幻想の平安文学

永井和子
NAGAI Kazuko

笠間書院

幻想の平安文学　目次

目次

Ｖ　書評・紹介

幻想の平安文学

幻想の平安文学——序に代えて

幻想その一——平安文学のイメージ

平安時代の文学はある意味において極めて手ごわい存在である。対象としては確かにあるのだが、文学の通例として読むという行為によってのみそれが生動するとすれば、平安文学、特に平安時代の物語はその性格上極めて自在な流動的存在であったという特殊性ゆえに、その時間的懸隔を人間の想像力によって超えるという面が強い。古い時代の作品に関しては当然のことであるが、そこには極めて微妙な時間的・空間的な問題があり、そうしたものといかに対峙して己の立つ場所を探し当てるのか、ということが私の平安文学に向かう歩みの課題の一つであり、よろこびでもあった。様々な次元における現実と非現実の間の問題をここでは仮にあえて定義をせずに「幻想」という言葉に置き換え、それを軸として物語文学を中心にいくつかのありようを点描してみたい。

幻想その二——『源氏物語』の六条御息所

平安時代の文学としては、漢詩文が中心的なものとして評価され、歌がそれに次ぎ、一般的には何れも「作者」が存在して作者名が明記されるのが普通であった。従って歴史上の実在者や現実との関連が強いが、それに比して物語は低位にある不確実なものであり、作者とは別に設定された「語り手」が存在してその語ることを記した形が建前の、現実と切り離された虚構的存在である。読者が即ち作者でもあり得るといった自在な面もあり、「作者」の存在そのものは直接には見えてこない。いわば物語自体が「幻想」を抱えるといってもよかろうが、ここではまず、そのような物語の内部に描かれた二重の「幻想」ともいうべき、『源氏物語』葵巻における六条御息所の物語の一部を眺めてみよう。

葵の上は光源氏の正妻であるが六条御息所は隠れた存在であり、物語の流れからいえば、光源氏の周囲にあって並列していた二人の女性がその均衡を破って激しく直接に対峙する場がこの葵巻である。葵の上は結婚十年後に懐妊した。賀茂祭の御禊《ごけい》の日、祭の見物に出る。祭の行列には光源氏も供奉している。一方鬱屈の日々を過ごしていた御息所も祭を秘かに見物していた。葵の上の一行はよい場所を確保するために、それとは知らず御息所の車を退ける。車争いの後、激しい屈辱と嫉妬の念にかられた御息所は物の怪となって懐妊中の葵の上を苦しめる。やがて男子を出産したが、葵の上は光源氏が宮中に参内した留守に急逝する。

あやしう、我にもあらぬ御心地を思しつづくるに、御衣なども、ただ芥子の香にしみかへりたり。あやしさに、御泔まゐり、御衣着かへなどしたまひて試みたまへど、なほ同じやうにのみあれば、わが身ながらだに疎ましう思さるるに、まして人の言ひ思はむことなど、人にのたまふべきことならねば、心ひとつに思し嘆くに、いとど御心変はりもまさりゆく。（『新編日本古典文学全集』小学館　底本　飛鳥井雅康筆大島本）

引用したのは物の怪として葵の上にとりついたことを、僧の焚く護摩の香のしみた衣により六条御息所が自覚した、とする部分である。物の怪は自己を統御できぬ人間の形象として否定的に扱われるのが通例であるが、こうした人間の理念を超える問題を語ることはある意味で物語の原点であり、この部分は現実と非現実の境にある主観的な「幻香」ともいうべききわどいものを扱う。この流れの中に次のような歌が記される。

袖ぬるるこひぢとかつは知りながら下り立つ田子《たご》のみづからぞうき（御息所）

嘆きわび空に乱るるわが魂を結びとどめよしたがひのつま

（声＝物の怪・身体＝葵の上・魂＝御息所）

前の歌はまだ読み手とその視点がはっきりしているものの、後の歌は読み手そのものが錯綜した境にある。歌という存在自体が日常性を離脱した幻想を場とするものであり、ここではある状況を設定してその面が強調される。物語は現実から飛翔して真実を語る幻想であるとも把握できよう。

『源氏物語』のこの部分をうけた現代の歌を数首紹介する。

〔異本「六条御息所の集」拾遺〕（『松平盟子歌集　青夜』砂子屋書房平成十五年十一月）

押しやられ怒濤の声に沈むわが網代車《くるま》消えはてよ葵枯れつくせ

屈辱の火だるまとなれるわが彼方　麗然と君の横顔は過ぐ

鬱々とおもへば闇の奥闇も開かれゆくわがあくがるるまま

〔葵の上集〕

夢ならず春告げ鳥の遠近《をちこち》にただひとこゑの懐妊と告ぐは

少年はいつしか肩広きをとこなりき几帳帷《きちやうかたびら》わけ来るごとに

かの網代車ひかるの君のおもひ女《め》ぞ腹の子がつとわれをつきたり

勿論「六条御息所集」「葵の上集」などは、松平氏の二重三重の幻想による見事な入魂の技である。『源氏物語』と松平氏の歌は、時代や表現形式や方法は異なるとしても、ある想念を語る点で同じ世界に属するものであろう。『源氏物語』では記さず歌わぬことによって語っているものがあったが、松平氏の歌は現代人の感覚でそれを顕在化する。

物語の例としてもうひとつ、平安後期に成立し菅原孝標女作かといわれている『寝覚物語』をあげてみよう。女主人公中の君はまさに夢と現実の間に揺れつつ物語は展開する。十三歳の八月十五夜、夢に天人が降下して琵琶の曲を伝授した。十四歳の八月十五夜、再び夢に天人が降下して琵琶の残りの曲を伝授し、「あはれ、あたら、人のいたくものを思ひ、心を乱したまふべき宿世のおはするかな」と予言して去る。十五歳の八月には天人は現れなかった。ここで物語の筋としては夢から現実への転換が行われるが、習ったこともない琵琶が弾けるという事実から女主人公は予言の現実性をも半ば肯定する。「夢」に懐疑を伴いつつも他者と異なる存在として密かに自己を位置づけることがこの物語の基調となる。他者とは一線を画した特別なものとして自己を把握する少女の心的状況を「かぐや姫感覚」として捉え、人間のひとつのありよう――幻想と見ておきたい。このように様々な次元で平安時代の物語は「幻想」と切り離し難い面を内包するのである。

幻想その三――鎌倉時代以降の書写による平安時代の本文

我々はテキストに従って『源氏物語』の葵の巻を読み、御息所の物語を楽しんだ。この行為を「平安時代の『源氏物語』」を読んだといえるだろうか。現在我々が手にするのは書写によって伝えられた本文であり、それを作者によって書かれた原本の遡源と見るのはある意味で幻想である。現在、平安時代の作品として大量の写本が残されているが、例外として『土佐日記』は紀貫之自筆本が推定され得る状況にあるものの、一般的に当時のままの原本は存在せず、戦乱による焼失も一因となり、殆ど鎌倉時代以降の書写である。とはいえ、原本が即ち作品として正統な価値を有するとは必ずしも言い切れず、現在では、原本ではないという事実そのものに注目して多様な本文の存在を受容し個々の異本の関係性そのものを考えるという方向にある。これは一方で共通項の不在という問題点を抱えるが、本文の多様性を超えたところに「作品」が存在するという認識であり、幻想そのものを共有する積極的な位置づけである。

『源氏物語』の場合も多くは中世以降の書写本であり、ここに平安時代とはことなった、中世における生成や発展の影響を見る可能性が残されている。寛弘五年（一〇〇八）頃に作者が執筆を開始したと思われる『源氏物語』は、写本群を三系統に分けて考えるのが普通である。

青表紙本系統——藤原定家が不審を残したまま証本とした本。

優先順位1伝定家自筆本　嘉禄元年（一二二五）書写か。「柏木」など。

優先順位2明融本　室町期書写（定家自筆本の臨模本）「桐壺」「帚木」「花宴」「花散里」「若菜」「橋姫」「浮舟」「夢浮橋」など。

優先順位3大島本（大島雅太郎氏旧蔵、古代学協会蔵、飛鳥井雅康筆写本）識語によると文明十三年（一四八一）書写。「浮舟」を欠く。

河内本系統——河内守源親行が父光行の志を継いで当時の二十一本を校訂校合したもの　例「尾州家本」（正嘉二年［一二五六］の奥書あり）

別本系統——青表紙本・河内本以外の本文。鎌倉期書写のものが若干存在する。

先に引用した葵の巻は大島本に拠り書写年代は室町後期ということになるものの、それを平安時代の『源氏物語』として我々は享受するというのが現状である。

物語ではないが『枕草子』の場合も同様に複雑な問題を抱える。四つの系統に分かれ、違いは段数・段の順序・長短等に及び、更に研究者による校訂の差異は大きい。これらを底本としてテキストが形成されるのであるから、ひとつとして同じ『枕草子』は存在しない。しかし我々は『枕草子』を楽しむことはできるのである。

三巻本系統　例「陽明文庫本」安貞二年（一二二八）定家書写の奥書を持つ伝写本。

能因本系統　例「学習院大学本」室町時代書写。三条西実隆あるいは公条か。

前田家本　前田育徳財団蔵の孤本。鎌倉中期書写。

堺本系統　例「高野辰之氏旧蔵本」元亀元年（一五七〇）の奥書を持つ伝写本。

一方、一般に研究対象として見る場合はなるべく書写された本文によりたい。活字にはない豊かな情報が存在するからである。「作品」という概念の再構築が必要であることはいうまでもないが、同時に本文の書誌学的研究についてはやや未成熟な部分があるのが現状であって、今後一層の進展が必要となろう。

幻想その四——本当に「女流文学の時代」か

平安時代を女流文学の時代と位置づけることがあり、それは一面で事実ではあるものの、些か説明を要する。女性の作品の価値を認めそれを評価する男性の存在なくしては成り立たないからである。例えば平安時代の物語作品についていえば名前が判っているだけで膨大な数に及ぶが、現在伝わっていないものが大部分でそれらを散逸物語と称する。なぜ『からもり』『はこやのとじ』『伊賀のたをめ』等は散逸し、『竹取』『伊勢』『源氏』などは残存し得たのか。様々な要素はあろうが、実は散逸物語こそ「女性的」なる文学であったために男性の価値感による支持が得られなかったという可能性もあろう。そうであるとすれば「女流文学」という概念自体が変容せざるを得ないこととなるのである。

幻想その五——物語は老者が語る

物語において仮託された語り手は多くの場合老者である。『源氏物語』の場合も竹河巻に

これは、源氏の御族にも離れたまへりし、後の大殿わたりにありける悪御達の、落ちとまり残れるが、問はず語りしおきたるは、紫のゆかりにも似ざめれど、かの女どもの言ひけるは、「源氏の御末々に、ひがことどもの混じりて聞こゆるは、我よりも年の数積もり、ほけたりける人のひがことにや」などあやしがりける。いづれかはまことならむ。

と、ほけた老人のたわごとであると述べ、これまでの物語の叙述そのものが一挙に相対化され、同時に幻想の面は更に深まる。このことは逆に、老耄した老人の語り手を設定することによって物語の自在性そのものを獲得するひとつの方法としたと見るのが私の考えである。

なお日本文学は必ずしも閉じたものではなく、異世界や外国への幻想・憧憬・夢想も著しいことを付け加えておこう。例をあげれば『竹取物語』（月の世界・蓬莱山）、『宇津保物語』（唐・波斯国等）、『紫式部集』（宋人）、『今昔物語』（部立…天竺・震旦・本朝）、『浜松中納言物語』（唐と転生）、「雅楽」（高麗楽…新羅・百済・高麗・渤海　唐楽…唐・林邑）など、広汎な世界に目を向けているのである。

幻想その六——現実への階梯と、これからの研究

日本においては、古くから文学研究はなされてきたものの、近代的な意味における日本文学研究が始まったのはそれほど古いことではなく、そこには人文科学としての未成熟は当然存在する。近代科学としての形態を整え

たのは明治の中頃である。日本の「文学」概念自体が大きな変容を伴っており、前述のように平安期には漢詩文が第一級の文学であり、ついで歌がその対象とされ、仮名で書かれた「物語」の地位は低い。「文学」成立後千年余、近代的な「文学研究史」出発後百年余ということになろうか。日本自体がまだ若く研究自体も若いのであって、これからの研究領域である。

日本文学研究の経緯を具体的に述べれば、明治期には複合学科から単独学科へという道筋を取ったことは未分化領域からの意欲的な自立といえよう。『東京大学百年史』によると明治二十三年（一八八九）に、帝國大学文科大学「和文学科」を「国文学科」と改称するが「国史」「古代法制史」を包括し「政治学」「理財学」「漢文学」は分離自立した。明治三十四年（一九〇一）に至って、「国文学科」が自立した名称となった。大正昭和期には単独学科内の細分化の傾向が次第に強まり、そのことが同時に狭い範囲の閉塞をもたらすことになって学問体系自体への模索が始まる。現在では学問体系の世界的な再編成と学際化に伴い国文学は日本文学という名称変更へと向かい、単独学科から複合学科に併合するという逆の道筋をたどっている。方法論としては芳賀矢一によってドイツ文献学方法が基礎理論として紹介され、伝統的な近世国学と結びついてまず文献学的な学問として出発した。その後先達の大変な努力による深化と共に、文芸学、歴史科学的な方法などの視点からの多様な反省の過程を経て今日に至っているが、いまだに内的な成熟の域には達していないのではないだろうか。学問分野を徹底的に考究し方法論自体を確立する以前に、新たな外来思想の影響や社会的変化による急速な研究自体の変容が著しいのである。

「文学」と「文学研究」の境界自体が問われている現在、新たな学際化により「日本文学」というより大きな把握を目指すのであれば、いたずらな細分化・多様化や拡散ではなく、まず学科を自立せしめた志に立ち帰り「日本」「文学」「研究」といった原点を突き詰めて行く必要があろう。いずれにせよ本文に即して本文そのものを読みぬくという厳しさは変わらない。同時に文学は万能ではなく、その限界を知った上で可能性を探るといった謙虚な姿勢をも忘れたくないと考える。創造や研究の根源には、現実から飛翔する幻想のたのしさがあるのはいうまでもない。それを現実へと追いつめて行く方向性が研究というものだろうか。

さて、以上のように幻想と現実をとりとめもなく語ったのは紛れもなく一介の「老者」である「私」であることを述べて終わりとしたい。

附

本稿は平成十七年二月五日、十六年秋に新築なった学習院女子大学2号館メインホールにおける「最終講義」の要旨である。当日は最新のマルチメディア装置を使わせていただき様々な資料を提示することができた。すべて学習院女子大学の皆様の並々ならぬご好意とお骨折りによるものであり、心から厚く御礼申し上げたい。特に日本文化学科の各位、最終講義を立案され、当日司会の労をお取りくださった徳田和夫教授、御参集下さった皆様に深謝申し上げる。

はからずも二月五日は平成九年（一九九七）に逝去された恩師松尾聰学習院大学名誉教授のご命日である。また、高橋新太郎学習院女子大学名誉教授は最終講義を志しながらその停年退職の直前、平成十五年（二〇〇三）一月十一日に亡くなられた。両先生を思うこと切なるものがある。

Ⅰ 枕草子

1　枕草子の跋文――「書きつく」という行為をめぐって

一、跋文の「書きつく」

三巻本枕草子のいわゆる跋文に次の一文がある。

aおほかた、これは世の中にをかしき事、人のめでたしなど思ふべき、なほ選り出でて、歌などをも、木、草、鳥、虫をも言ひ出だしたらばこそ、「思ふほどよりはわろし。心見えなり」とそしられめ、ただ心一つにおのづから思ふ事をたはぶれに書きつけたれば、物に立ちまじり、人並み並みなるべき耳をも聞くべきものかはと思ひしに、「はづかしき」なんどもぞ、見る人はしたまふなれば、いとあやしうぞあるや。（松尾聰氏・永井和子「新編日本古典文学全集　枕草子」（平成九）による。なお記述の都合上文頭にアルファベットを付した）

本稿ではこの部分の「書きつく」[1]を中心に枕草子を瞥見してみたい。というのは、「書きつく」は土佐日記の冒頭、

男もすなる日記といふものを、女もしてみむとてするなり。それの年の師走の二十日あまり一日の日の、戌の時に門出す。そのよし、いささかにものに書きつく。（菊地靖彦氏「新編日本古典文学全集」による）

栄華物語「松のしづえ」、

人のまねぶを書きつくれば、ひが事そらごとならんかし。（松村博司氏・山中裕氏「日本古典文学大系」による）

成尋阿闍梨母集（日記）の冒頭近く、

はかなくてすぎはべりにけるとし月のことども、をかしうもあやしきもかずしらずつもりはべりにけれど、それをしるしおきて人のみるべきことにもはべらぬを、年八十になりてよにたぐひなきことのはべれば、心ひとつにみはべるが、しばしかきつけてみ侍らまほしうて。（岡崎和夫氏「成尋阿闍梨母日記の研究」による）

および徒然草の冒頭、

つれづれなるままに、日ぐらし硯にむかひて心にうつりゆく由なしごとを、そこはかとなく書きつくれば、あやしうこそものぐるほしけれ。（松尾聰氏「徒然草全釈」による）

などにも見える言葉であることがその理由のひとつである。いずれもこの部分は、序文、跋文などにあたり、書き手の読み手に対するいわば口上ともいうべきものであって、書くこと自体に関わる内容を持つ。徒然草の場合、冒頭のこの表現は、枕草子の跋文の影響を受けていることが早くから指摘されているが、「書きつく」を軸として土佐日記を更にその先駆けとして置くことによって、土佐日記・枕草子・栄華物語・成尋阿闍梨母集・徒然草などに通底する口上史およびその表現史とでもいうべき何ものかが見えて来そうである。書き手の側からすれば「書く」という行為は何らかの意味で極めて内発的なものであろうが、読み手を意識した場合は、それをまともに言明せずに、ある諧謔を伴なった表現をとる点においてこれらは共通している。そしてそれは単なる口上ではなく作品の内容や質と深く関わることは言うまでもない。この意味でも、土佐日記が「いささかに」、枕草子が「たはぶれに」、成尋阿闍梨母集が「しばし」、徒然草が「そこはかとなく」と、それぞれの躊躇めいた辞を冠した上で用いた「書きつく」は、注目に値しよう。

「書く」という行為は、内部に隠れていた作者の深奥であれ、言葉にならぬ存在であれ、外部の世界であれ、何物かを「もの」として顕在化させる思い切った行為に他ならない。こうした口上は、そのあたりの機微とおそろしさを悠々と韜晦してしまう方法としての措辞であり、一種の責任のがれの弁でもある。書き手の側から言えば、書き記された、あるいは書き記されるはずの中身と距離を置いて一旦離れ、書くという行為自体を客体視し、別の次元の視点からの文言を付加するという営為は、覚悟をこめた、極めて意識的なものである。言葉としては現代語の書き付ける、書き留める、書き記す、メモとして残す、などとさほど変らぬ意味を持つものではあるもの[2]の、先の例の如き場面で見ると、「書きつく」は、作品を客体視して表現する場合の指標のひとつであって、現在の「執筆（する）」に近い意味を担うものではないか、と思われるのである。当然「書く」ということに包含されるのだが、どのような場面であれ「書く」行為によって思う「コト」が「モノ」に転化する事を強烈に意識して「書く」行為、とでも言おうか。そうした幾分「構え」のある言葉の響きをかわすためもあって、「いささかに」「たはぶれに」「しばし」「そこはかとなく」、「書きつく」という表現を伴なうものであるかもしれない[3]。

二、書くことに関わる表現

枕草子の跋文は伝本によって差異が激しく、またその成立に問題が残るものの、ここでは言辞についてのみ考えてみる。跋文では、「書きつく」は具体的にどのような行為を表現しているのだろうか。跋文全体の中において、同じく書くことに関連する表現をあげてみよう。

b目に見え心に思ふ事を、人やは見むとすると思ひて、つれづれなる里居のほどに、書きあつめたるを、

cあいなう人のために便なき言ひ過ぐしもしつべき所々もあれば、

d宮の御前に、内の大臣の奉りたまへりけるを、「これに何を書かまし。（eニツヅク）

e上の御前には、史記といふ文をなむ、書かせたまへる」などのたまはせしを、

fつきせずおほかる紙を書き（能因本「書きて」）つくさむとせしに、

gなほ選り出でて、歌などをも、木、草、鳥、虫をも言ひ出だしたらばこそ、

h人のにくむをよしと言ひ、ほむるをもあしと言ふ人は、

以上の例は、能因本においても、小差はあるもののほぼ同様である。更に能因本の場合は、跋文が長きにわたるために、以上の例の他に次のものが加わる。（松尾聰氏・永井和子「日本古典文学全集　枕草子」（昭和四九）による）

i物暗うなりて、文字も書かれずなりにたり。（・jニツヅク）（三二一段）

j筆を使ひ果てて、これを書き果てばや。（三二一段）

kわが心にもめでたくも思ふ事を、人に語り、かやうにも書きつくれば、（三二三段）

l何事もただわが心につきておぼゆる事を〜雪の上をも言ひたるに、（三二三段）

こうした表現は大きく「書く」と「言ふ」に二分される。a思ふ事をたはぶれに書きつけたれば・b目に見え心に思ふ事を〜書きあつめたるを・d何を書かまし・e書かせたまへる・f書きつくさむ・能因本i文字も書かれず・能因本jこれを書き果てばや・能因本kかやうにも書きつくれば、などは「書く」と表現されたグループである。このうち、書きあつむ・書きつくす・書き果つ、などは、複合動詞として書く行為を時間的空間的に限定・拡散するものであろう。何を書かまし・書かせたまへる、の場合は、この草子の成立との関連はさて置き、「紙に文字を書く」ことに重点を置いた表現と見られる。従って、あくまで「書く」が基本にあり、その上で「書きつく」が存在して「書く」行為をより積極的かつ能動的に強調していることになる。この言葉が能因本で繰り返されていることは極めて興味深い[4]。

次に、「言ふ」のグループ、c言ひ過ぐしもしつべき・g言ひ出だしたらばこそ・hよしと言ひ・h〜あしと

言ふ人・lおぼゆる事を～言ひたるに、などは、必ずしも「口頭で述べる」意味ではなく、書く行為を直接に指さずに、言い顕わすことを、包括的に書く行為を含めて、「言ふ」と表現したものである。

更に、書く・言ふ、の前提として、「思ふ」「おぼゆる」（a・k・l）ことに言及する点に注目したい。「思ふ」ことは自己の内部に閉鎖されたものであるが「書く」「言ふ」の段階はそれを外部に顕わす決然たるものであることをはっきりと意識しているからである。このことにも後に触れたい。

枕草子に見える跋文以外の「書きつく」の例は次の通りである。

「いかにかはすべからむ。御前おはしまさば、御覧ぜさすべきを、これが末を知り顔に、たどたどしき真名書きたらむもいと見苦し」と思ひまはすほどもなく、責めまどはせば、ただその奥に、炭櫃に、消え炭のあるして、「草の庵を誰かたづねむ」と書きつけて取らせつれど、また返事も言はず。（中略）上笑はせたまひて、語りきこえさせたまひて、「男どもみな扇に書きつけてなむ持たる」など仰せらるるにこそ（三巻本七八段。能因本八六段）

物語こそあしう書きなしつれば、言ふかひなく、作り人さへいとほしけれ。「なほす」「定本のまま」など書きつけたる、いとくちをし。（能因本二六二段。三巻本は一八六段に相当するがこの部分はナシ）

七八段の前半の部分は、頭中将斉信から「蘭省花時錦帳下」に末の句を求められた折の困惑の場面である。手紙に対する返事であり、かつその内容は歌に関わるものである。後半も歌の末の句を扇に「書きつけ」るものであって、「歌」に関連する「書きつく」という表現としては、これらの例は最も典型的な例である。この点も後述したい。また、「草の庵を誰かたづねむ」と「書きつけて」は、執筆した内容と執筆した行為をいうわけで、現在それを区別するために括弧付きで示す如く、この二つは言わば次元が異なる記述であることも注目に価しよう。

後者は「男も女もよろづの事まさりてわろきもの　ことばの文字あやしく使ひたるこそあれ。」で始まる段の一節である。異同も多く、且つこの部分は補筆の可能性もあってやや疑問の個所ではあり、且つ七八段のように「手紙の歌」にも関連はない。しかしここでも「なほす」「定本のまま」が「物語」本文とは次元の異なるものとして「書きつけ」られている点では七八段と同様であると見てよかろう。言うまでもなく「書く」という言葉自体こうした次元の違いを表現するのだが、「書きつく」は「かく」に比べて用例もさほど多くなく、更にそれを限定・強調して示すものである。こうしたところから問題を探ってみたい。

三、「書きつく」と詞書

枕草子七八段において見たように、「書きつく」は歌と結びつく表現としてしばしば用いられる言葉である。まず古今集に見える二例をあげる。（小沢正夫・松田成穂氏「新編日本古典文学全集」による。「歌」はその内容を省略し、単に歌が記述されていることのみを示したものである。以下同じ）

式部卿の親王、閑院の五の御子に住みわたりけるを、いくばくもあらで女御子の身まかりにける時に、かの御子の住みける帳のかたびらの紐に、文を結ひつけたりけるをとりて見れば、昔の手にてこの歌をなむ書きつけたりける「歌」　八五七番

歌召しける時に、奉るとて、よみて奥に書きつけて奉りける　伊勢「歌」　一〇〇〇番

このように、歌そのものではなく詞書の部分に用いられるのが普通である。詞書は詠歌の事情に関わる記述をなしており、歌とはいささか次元を異にする。いわば作品の存在そのものを外部から規定し、補足し、あるいは読み手や時間、状況といった現実に触れる部分を補完的に連結する口上である。歌集においては当然詞書そのものも作品の一部であろうが、ここでは一応便宜的に分けておこう。詞書における使用例は勅撰集・私家集の別なく、

通じて見られる表現である。

歌物語においてもおおむね同じことが言い得るであろう。例えば伊勢物語の例を簡単に示せば次の通りである。(永井和子「日本古典新書」昭和五三、による)

世の中をうしと思ひて、出でていなむと思ひて、かかる歌をなむよみて、ものに書きつける。「歌」　二一段

そこなりける岩におよびの血して書きつけける。「歌」と書きて、そこにいたづらになりけり。　二四段

この女、かへでの初もみぢをひろはせて、歌をよみて、書きつけておこせたり。「歌」と書きおきて　九六段

摺狩衣の袂に、書きつけける。「歌」　一一四段

伊勢物語でも、歌の存在を述べる部分と歌、という関係は変わらない。先の枕草子七八段もこうした関係に連なる。更にこれらの歌を書きつける対象は、もの(二一段)、岩におよびの血して(二四段)、初もみぢ(九六段)、摺狩衣の袂(一一四段)、であることも注目に値する。宇津保物語の「書きつく」について田中仁氏は、書きつける対象は本来なら書くべきではない所(端・裏・奥・包み紙)、普通の料紙ではないものに書く意味を持つことを指摘しておられるが、(5)ここでもそれは該当しよう。尤も、伊勢物語では歌について言及のある場合は「言ふ」「よむ」「やる」などと記されるのが普通であって、「書く」とわざわざ記す用例自体が極めて少ない。「書く」の例は「着たりける狩衣の裾をきりて、歌を書きてやる」(一段)、「京にその人の御もとにとて、ふみ書きてつく」(九段)、「女がたよりいだすさかづきの皿に、歌を書きていだしたり。「歌」と書きて、末はなし。そのさかづきの皿に続松の炭して歌の末を書きつぐ」(六九段)、「いはむや歌はよまざりければ、かのあるじなる人、案を書きてかかせてやりけり」(一〇五段。歌自体については「よめる」を用いる)などであって、いずれも「書くべきで

はないもの・ところに書く」ということになり、「書く」と「書きつく」の差はそれほど大きいものではないようである。

源氏物語にも「書きつく」の用例は一四例見える。（阿部秋生氏他「日本古典文学全集」による）

「歌」と書きつけたまひて、置きたまへり。（花宴）

「歌」と物に書きつけておはするさま（葵）

「歌」と、書きつけたるを取りて見たまひて（幻）

「歌」と書きつけて、みな焼かせたまひつ。（幻）

などのように、そのうち一二例はやはり歌に関わるものとみられる。そのほか、

「侍従の君に」と上には書きつけたり。（橋姫）

「承りぬ。いと悩ましくて、え聞こえさせず」とばかり書きつけたまへるを、あまり言少ななるかなと、さうざうしくて、をかしかりつる御けはひのみ恋しく思ひ出でらる。（宿木）

と、手紙の上書きを書く例、また歌は伴なわず短い手紙を書く例、が存在するが、いずれも歌ではないものの手紙であって、限られた場面に登場する言葉であることがここでも確認できるであろう(6)。

四、「書きつく」と口上

以上のように、一般に「書きつく」は歌を（手紙に）書く例が殆どであって、散文を書くこと、しかも作品全体という長い対象をその内部に包括する例は極めて限られる。更に言えば、「歌・手紙」に関する用例と、「それ以外」の用例に二分される。「それ以外」の用例は日記、随筆、歴史などに類する作品の、読み手の存在を意識

した冒頭・序・口上などに限定される。前者と後者を「歌と詞書」に対して「散文と口上」と言い換え得る構造として把握してみると、両者に通底するものは、基本的には作品とその外部の視点の存在という関係である。

本来話し言葉であったものが文字を介して「書かれる言葉」となったとき、それは飛躍的な進展であると同時に危険性をも胚胎した。心の中にあったコトは「書く」という行為によってたちまちモノに変化する。それが紙であれ、何であれ、秘されていたものが、他者にたやすく伝播し得るものとなる。歌や手紙は、書かれた瞬間にモノとなり、それ独自の力を担う存在に変わる恐しさを、源氏物語の若菜巻は象徴的に描く。それでも、ジャンルとしての物語の場合は「語る」コトを聞き取って「書く」という行為によってモノに変化させる、といった二重性の体裁をとる。従って、書き手にはそれほど責任はなく、語り手の方が却って危険を冒すことになる。作者の概念を捉える場合にも、こうしたいかがわしさが時に有利に働くであろう。作者は存在しないたてまえなのであるから、この意味からすれば、書き表すことのタブーを乗り越えて書いてしまったとしても、それは伝聞を記したまでであって、書く行為そのものの責任は多少軽減し得るのである。それに対して、日記、随筆などのジャンルに属する作品群は、それが虚構であるか否かを問わず、書き手が、即座に作者に直結する危険性をはらむ。口上とはこうした危険に対するおどけた安全装置の一種であって、その保証のもとに自在な世界が現出したと言いかえることもできよう。序、跋という構成自体には、漢文系の影響を考えることも可能である。

見る・感じる・思う・語る・書く、という内的過程を考えるとき、いずれにせよ語る・書く、という行為は外部にひらく点で決定的な差異が存在する。枕草子について言えば、作者が「目に見え心に思ふ事」を、その次元から、「書く」という行為に至らしめた事実は重い。「書く」主体の意志と引き換えに、それが何物であれ、隠れていたことは紛れもなく顕現してしまったのである。しかし、女流日記、例えば蜻蛉日記の冒頭のごとき、真正面から切り結ぶ語り口とはまた異なる意味で、枕草子の跋文はひとつのポーズである。我々に残されている跋文はあるいはその断片、あるいは残滓、痕跡であるのかもしれないが、作品の毅然とした潔さは、ここに見るがごとき明敏にして見事な選択と決断による「書きつく」行為そのものであることはまちがいない。枕草子はある「時」が終わった時点から歩み出した。定子の一族が喪失と屈辱と忍耐の只中にあったことが、書き手である清少納言の精神の最も奥深いところから芸術というごときものを生み出したとしたならば、清少納言は、個人であると共にいわば一族の代弁者でもあった。

筆者の「書きつく」の考察についてはまだ憶測の域を出ないが、とりあえず歌・手紙に関わる例と、口上に用いられた例との双方に偏在することを重視しておきたい。その共通項としては、いずれも作品の外部と内部との接点の指標として存在し、書き手の側の能動的な「執筆」意識と行為、あるいは構えを示す言葉ではないか、と考えるのである。口上はもともと、そぶりである。枕草子に即して言えば、作者と作品という微妙にして自在な虚実の間合いを、土佐日記と同様にひねりの利いた表現をもって記し、跋文として自覚的な執筆行為を言明したことによって、文学史の中で軽妙、闊達な作品群の重要な一翼を担うものと連なった、とでも枕草子風に強気に言っておこうか。

注

（1）田中仁氏、「「書きつく」の意味―宇津保物語を主な資料として」（「長谷川高士教授退官記念論文集」、平成三・三、三省堂）。田中氏は、宇津保物語の七七例の「書きつく」を精査された上で、そのうち七三例は歌を中心とする手紙について用いられており、わずかの例外を除き原則として「書いて、つける」のではなく「直接に書きつける」という意味であること、また、本来書くほどのものではない、と内容の価値を謙遜・卑下し、一方で強い自恃や何らかの意味であえて書かずにはいられないという自己主張、の二面性がある、としておられる。

（2）田中仁氏、「和歌を書きつけること—八代集の「書きつく」」、（「文芸東海」18、平成三・一二）。田中氏は、この部分について、注（1）の論文に基づき、清少納言は謙遜・卑下と自己主張・自恃の二面を意識しながら「たはぶれに書きつけたれば」と言ったものとされる。

（3）成尋阿闍梨母集については多少異なった観点が必要であろう。歌・日記両様の要素を含む作品の場合には、「口上」は既に存在が通例とも思われるからである。「書く」という表現を持つものを中世の作品を含めてあげておく。讃岐典侍日記冒頭「なぐさむやと思ひいづることども書き続くれば、筆のたちども見えずきりふたがりてすずりの水に涙落ちそひて涙ぞいとどまさるやうに書きなどせんに、まぎれなどやするとて、書きたることなれど、姨捨山になぐさめられてたへがたくぞ。」（石井文夫氏「日本古典文学全集」）、たまきはる跋文「文字かたもやは見え候べき。いかにひが事、かたくなしき事ども書き候ぬらん。本のため返す返すあさましくこそ候へ。ただ書きとめられんためばかりなれば、のちに御覧ぜん人は、なをさせ給へかしとて。」、とはずがたり跋文「修行の心ざしも、西行が修行の式うら山しくおぼえて社思ひ立ちしかば、その思ひをむなしくなさじばかりにか様のいたづらごとをつづけ置き侍ること。後の形見とまでは、おぼえ侍ぬ。」（三角洋一氏「新日本古典文学大系」）、建礼門院右京大夫集冒頭「家の集などいひて、うたよむ人こそかきとどむることなれ、これは、ゆめゆめさにはあらず。ただ、あはれにも、かなしくも、なにとなくわすれがたくおぼゆることどもの、あるをりをり、ふと心におぼえしをおもひいでらるゝまゝに、我めひとつにみむとてかきおくなり。」（久松潜一氏「日本古典文学大系」）

（4）本稿執筆中、津島知明氏「「わが思ふ事を書く」こと—能因本枕草子の筆付き」（「源氏物語と古代世界」、平成九・一〇、新典社）に接した。枕草子における「書く」ことの意識が、三巻本より能因本において特に濃厚であることに改めて注目し、そこから枕草子における「書く」ことの意味を問い直す卓論である。あわせて参照されたい。

（5）田中仁氏、注（1）論文。

（6）同じく本稿執筆中、学習院大学日本語日本文学科三年生鈴木幹生氏は、平成九年度における永井担当の「源氏物語演習」において考察の一部に鈴虫巻の「書きつく」（「歌」と御硯にさし濡らして、香染なる御扇に書きつけたまへり。）をとりあげ、平安期の一一〇例を例示し且つ注（1）（2）の田中氏の論文を紹介した上で、鈴虫のこの例はメッセージ性の強い「書きつく」であると結論づけられた。全く偶然のことであったが、氏のあげられた田中仁氏の論文から様々な示唆を得た。記して感謝したい。

2　動態としての枕草子――本文と作者と

一、はじめに

本稿は『枕草子』を読む場合の、極めて自明と思われる前提に関する素朴な覚え書きである。『枕草子』は様々な意味で捉えることの難しい作品であるが、その捉え難さこその作品の本領であって、現在も変化し続ける動態ともいうべきその自在な生命力に注目したいと思う。『枕草子』は、言わば柔らかな構造体として相対的な関係性のうちに存在しつつ、一方ではそれを超えた個としての絶対的なものとしても存在する、という特異な作品である。以下このことをいくつかの外在的な条件を中心に簡単に述べる。

二、本文はどこにあるのか

現在においては、『枕草子』には定まった本文がない、という著名な古典作品としては奇妙な状況それ自体がこの作品の特徴であることを、まず積極的に認めてみたい。その実態は『校本枕冊子』を始めとする諸校本によって確認できるが(1)、それ以前の問題として、現存本文が多岐にわたるということは作品にとって何を意味するかを考える必要がある、という揺れ動く状況の中で、一方では『枕草子』像は読むものにとっては確固として存在していることもまた事実なのである。

『枕草子』の本文には本来作者の手になる定本ともいうべきものが唯一存在し、そこから各本文が派生した、とは考えにくく、成立自体が数次にわたるものと推定される。本文系統は先人の長年にわたる研究によって、例えば池田亀鑑氏による、三巻本系統・能因本系統・前田家本・堺本系統という類別が行なわれ、現在では雑纂本は類纂本よりも本来的である、という認定が普通である。池田氏は類纂本を成立順序としては先とされ、この点は、現在では疑問が提出されているものの非常に興味深い見方であって、本文系統や成立の問題を超えて、一つの作品の内部（章段）が何故分類可能なのか、類別とは何か、作品とは何かなど、その意味へと考えを導くのである。

雑纂本二系統の優劣は定めがたく、三巻本・能因本の両系統はその特色を際立たせながら並立しているのが現況であろう。更に、三巻本を本文として考える場合に常識的に採られているのは、第一類本の善本（例えば陽明文庫本）を底本とし、一類本には存在しない巻初の欠落部分は第二類本の善本（例えば相愛大学本）で補うという方向である。やむを得ぬ策とは言いつつも極めて便宜的なものであって、言ってみれば現代の「取り合わせ本」を作ってそれを容認することとなる。一類本二類本という差異を分類の前提として認めることと矛盾を来たすのである。(2)

能因本をとる場合は学習院大学本などを一応の善本として本文を定めるのが普通である。しかし、三巻本にせよ、能因本にせよ、そのような本文の一見一元化に見える操作は何を意味するのか。特定の本を底本としそれぞれの内部のみで対校を加え、それを三巻本・能因本と称するとしても、この作品はその底本、あるいは同系統本自体で自立し得るほど単純なものではなく、三巻本・能因本両系統本の「もたれあい」がどうしても生じ、結局校訂本文は両本の中間的な存在となることがままあるのが現実である。校訂そのものが、校訂者の「見識」が「恣意」と紙一重の差で言い換えられる危険を伴うことは避け難い。これを意識化すれば石田穣二氏のごとく一

つの本文を特定しつつ、四系統にわたって自在に改定をほどこす方向をとることになる。(3)

どの本を底本とするにしても、このようにそれぞれの立場で校訂を加えることが不可欠であるとすれば、数多くの現代の異本が生じることになるが、このような現状そのものがこの作品の特色であり、前述のごとく『枕草子』の動態の一環として考えれば、むしろこの裂け目を率直に認めて、そこから見えて来るものを虚心に受け取りたい。このことは本文の問題に終わらず、今後、この作品についてもっと考える余地があることを示唆してはいまいか。先人の研究の明らかにするごとく、原作者の改定、改稿、増補といった成立面の問題が存在しようし、しばしば指摘されているように、いわゆる後人の手によるそれも考えられる。臆説をあえて述べれば、必ずしも原作者の手によるものばかりではなく、定子後宮の清少納言以外の人物の手によるものも存在していたのではないだろうか。筆者としては、作品の編纂という視点を重く見てこの意味での作者を清少納言と考えておきたいが、研究の進展によってあるいは具体的に章段単位の書き手の認定が可能になることも予測されるのである。(4)

三、底本本文の表記

ところで、変体仮名による『枕草子』の本文を我々が読みとる点から見ると、その書記の方法は底本によって多少異なった面がある。本文はそれ自体である解釈なり方法なりを提示しており、まず常識的に、筆写者が、原本に忠実に写す場合と、自己の判断を明確に示す場合とがあることはいうまでもない。

前者の場合、読みとりにくい文字があったとき、他本を参観することによって強いて判断するのは、それが同系統であれ、他の系統であれ、正確な読み方であるとは考えにくい。ここにまた新たな異本を生ずることになるからである。一般に、筆写者が書写の段階で文字をそのまま多義化している時には、読み取るすべがない、というのは古典を読む場合に我々がいだく共通の問題点である。筆による書写が、活字という定型化された文字としては置き換え得ないものを内包しているという認識についてはもはや常識であろう。『枕草子』の場合は特にこうした読み取り・文字認識が本文系統の問題と絡んで重要な意味を持つことになるのである[5]。

一方で後者のように、筆写者が意識的に正確な伝達を第一義とする場合もある。この点に関して、学習院大学蔵能因本の表記を例にとって小松英雄氏は「はるは　あけぼの」で次のように述べておられる[6]。

文学作品の表現は、書記様式と密接な関連を持っている。（中略）過去の言語についての研究は、資料とする文献の書記様式のありかたを正確に把握したうえでなされないかぎり、実り多い成果を期待できない。（中略）文体と書記様式との密接な関わりは、仮名文の場合だけに限らない。この基本的な立場に従うなら、『枕草紙』の表現を考察の対象とする場合には、それが書かれた時期の仮名文の書記様式がどのような状態にあったかについての配慮がつねに必要である。換言するならば、『枕草紙』の表現は、十一世紀初頭における仮名文の書記様式に基づいて考えられたものであり、そして、その表記形態によって読まれることを前提として書かれたものであるという事実を、まず、確認してかからなければならないということである。『枕草紙』の現存する諸伝本は、平安時代に成立した他の作品の場合と同様、あとの時期になって設定された書記の規範や、当該伝本の書写された時期までに、いわば、自然に発達した書記の慣習に基づいて表記されている。その慣習は、多くの場合、規範と補完しあう関係にある。能因本は、この意味では、たいへん読みやすいものの一つである。それは、文字に特別の癖がないだけでなく、みぎに述べたような規範や慣習の実践として、正確で効率的な読み取りを可能にするための、さまざまの〈しかけ〉が、表記形態に組みこまれているからである。論の方向をそらさないために、能因本のこの部分にどのような〈しかけ〉が組みこまれているかについての概略的な説明は、末尾に「補説」として添えることにするが、みぎに示したような形で活字に置き換えると、そういう大切な〈しかけ〉のほとんどが消えてしまうことだけは、ここに指摘しておきたい。

その上で能因本初段の表記形態について詳細に具体的な指摘をしておられるので、その結論的な部分のみを引用する。例示の部分は別行に記されているが、この稿筆者がなかぐろ「・」を付し続けて表示した。

仮名文の伝本に少しでもなじみがあれば、この本文はたいへん読みやすい。その理由は、たとえば、つぎのような用字原理によって、正確で効率的な読み取りが図られているからである。

①一音節語は、文中で紛れやすいために、漢字で表記されている。日・火・音（ね）

②日常的な二音節名詞で、特定の漢字と緊密に結びついているものは、漢字で表記され、それが区切りの指標として機能している。春・山・雲・夏・月・雨・秋・雁・風・音（おと）・虫・冬・雪・霜

③仮名の字母が、位置によって使い分けられている。

（1）語頭標示の「志」　志ろく・志ろき

（2）語末標示の「類」「須」　よ類・ほた類・みゆ類・から須・あら須（ず）

（3）助詞および語末標示の「ハ」　春ハ・山きハ・夏ハ・秋ハ・冬ハ

みぎには、写真（この稿筆者注、能因本初段の写真）に示した範囲に二例以上あるもののうち、一見して分かる書き分けだけを指摘したが、この伝本のなかには、このような規則がほかにもいろいろ見いだされる。仮名遣をはじめとして、全体に藤原定家による用字原理の影が極めて濃厚である。

以上の指摘に明らかなように、『枕草子』本文はまず「読み取る」行為そのものが意味を持つ。また、小松氏のいわれる「藤原定家による用字原理の影」は書写年代を考える上でも極めて重要である。写本読解に関わる小松氏の問題提起は今後の『枕草子』研究に関して大きな指針となることと思われるのである。

四、章段という区切り

次いで「章段」と仮に称されている区切りの問題に触れておきたい。この作品が章段という単位で括られる話の集成であることは、一つの大きな特色である。先に見たように、仮に雑纂本・類纂本と本文系統を分類する場合にも、その前提として「章段」の小単位の区切りが存在する。この区切り自体の認定のしかたに様々な考え方があることは言うまでもない。更に章段内容を分類して類聚章段・随想章段・日記章段などと大別し、その様態によって系統を分類することとなる。三巻本の場合は、萩谷朴氏のごとく配列そのものを重視し連想による配列と見るならば、構造体としての作品は全体性が強調されることとなり、章段という切り口自体の概念も異なるはずである。(7) 類纂本の場合は「類」としての各章段内容の把握が重視される。このように把握の方向が様々に分かれることは作品の「全体」と、章段の「部分」としてのあり方の相対的な働きを示唆するものと思われる。歌集が一つ一つの歌の集成でありながら全体としては生命力を持つ構造体をとり、場合によっては本によって存在の有無や配列が異なるのと同様に、『枕草子』は自在な形をしており、そこにはどうしても成立の問題が関わってくる。伊勢物語・大和物語などの短章の集成という作品形態をとるものにも、このような問題は避けられない。このような意味では『枕草子』の動態としての概念をこの点で強調してもいいのではないだろうか。(8) 仮に章段という単位あるいは項目内で見ても異文が多いという事実から、次にこの作品の語り手の問題に触れてみたい。

五、『枕草子』と作者

章段という単位を認めるとして、そもそも各章段の主体（語り手）は「私」であろうか。その「私」は清少納言なのだろうか。作品を章段単位に把握すると、その内部はこの点でも極めて柔らかい構造であると言えよう。

一般に十一世紀の日本語の文章は「私」あるいはそれに相当する主体を明示しない。(9)『枕草子』の「春はあけぼの」(初段)には、この文章の前提として「私が思うには」「自分の感じ方では」といった主体的な視点が潜在的に存在する。この場合の「私」はいうまでもなく読むものにとっては他者である。その「私」を一般化して「作者」という言葉に置き換えて考えることもある。筆者が疑問を持つのは、この章段が『枕草子』に内包されている、という前提ゆえに、この「私」の視点を全ての章段に関して絶対的なものとして固定化してしまってよいかということであり、更に言えば逆に、このような一つの纏りを「章段」と捉えてそれを『枕草子』の総体と考えること自体の可否を視野に入れてみたい。また、その一つ一つを特定の個人である清少納言に帰する確実な根拠はどこに存在するか、という疑問をも持つ。この場合には前述した通り「作者」の概念と切り離せぬ部分が存在する。こうしたことは『枕草子』の精緻を極める長い研究史の中でいわば根幹的なものとして問い続けられ、やがて自明の前提となった。中でも『枕草子』の作者は清少納言である、という事実は動かしがたい。しかし筆者個人としては現在この作品に接する時、個体発生は系統発生を繰り返す、といった形で、まだその当初の疑問から抜け切ってはいない。言わば帰謬法あるいは間接証明的に『枕草子』と清少納言の関係について覚え書きを記す所以である。

六、「私」による語りか

著名な香炉峰の段を例にとってみよう。この章段のごとく人物が関わる場合には、いわゆる日記的章段と言われることが多いのだが、それを、語り手が自分の作品の内部に作中人物として登場する、と一足飛びに言いかえてよいかどうかの問題である。この段には様々な解釈が存在するが、ここでは主体としての「私」と語りの問題を中心として述べる。引用は「新編　日本古典文学全集　枕草子」に拠る。章段数も同書に従う。

雪のいと高う降りたるを、例ならず御格子まゐりて、炭櫃に火おこして、物語などしてあつまりさぶらふに、「少納言よ。香炉峰の雪いかならむ」と仰せらるれば、御格子上げさせて、御簾を高く上げたれば、笑はせたまふ。人々も「さる事は知り、歌などにさへうたへど、思ひこそよらざりつれ。なほこの宮の人にはさべきなめり」と言ふ。（二八〇段）

この章段を、これのみ提示されたものと仮定する。順序として会話文から考えてみる。

1「少納言よ。香炉峰の雪いかならむ」と仰せらるれば

2人々も「さる事は知り、歌などにさへうたへど、思ひこそよらざりつれ。なほこの宮の人にはさべきなめり」と言ふ。

会話文は以上の二箇所である。1の会話の語り手は明記されないものの「あつまりさぶらふに」や「仰せらるれば」以下の敬意を伴う記述によって貴人であることが推定できる。2は「人々」という記述「と言ふ」という括りによって会話の語り手を明示する。1の貴人の会話文の聞き手は特定の個人として呼びかけられた「少納言」である。すなわち、この章段の登場人物は「（貴人）」「少納言」「人々」である。この「少納言」が表現はされぬが自明の存在であるらしい「他者」に「御格子（を）上げさせ」たのであり、また「御簾を高く上げ」たと読める。この普遍的な解釈からやや限定すれば、この記述自体の語り手である主体、即ち潜在的な「私」が「御格子上げさせて、御簾を高く上げたれば」と読むことになるのだが、何故その「私」という限定が可能なのか。もう一つの可能性としてこの「少納言」は「私」ではなく第三者であるとすることはできないか。これを「私」即ち「少納言」とするのは自己の視点から記された『枕草子』という作品の内部に包括される一文である、とい

う認定である。単独にここのみが提示されたとすれば、可能性としては第三者の語りであって「少納言」はその登場人物である、即ちある人物が「少納言」という人物に言及している、という読みも許されるはずである。この文章に即して言えば「御簾を高く上げたれば」の前に動作主を示す「少納言」の一語が入りさえすれば第三者の視点から描いた一文となって、様相は変わってしまう。後世のものであるが『十訓抄』の次の記述を見たい。

「同じ院（筆者注　一条院）雪いと面白く降りたりける朝端近く出で居され給ひて、雪御覧じけるに『香炉峰のありさまいかならん』と仰せられければ、清少納言御前に候ひけるが、申すことはなくて、御簾をおしあけたりける。世の末まで優なる例にいひつたへられけり。（以下略）（上第一、可定心操振舞事二十一）」

ここには「清少納言」と主語が示されており、第三者の視点であることが明らかになる。一人称・あるいは三人称の語りという両者の可能性が『枕草子』の表現では存在するのではないだろうか。日本語の特性はここで見る限り多義性を内包していると言えよう。ここに、特定の『枕草子』という作品名を与えることによって始めてこの「少納言」は清少納言であり、従って貴人は中宮定子であるということ、更に「少納言」は『枕草子』という作品の語り手である「私（清少納言）」である、という推定が成り立つことになろうが、この部分では「私」と「清少納言」との同一性は自明のことなのだろうか。言い換えれば『枕草子』の語り手は「清少納言」であり、従ってその内部の「章段」はすべて「清少納言」によって語られていること、即ち「枕草子」全体の語りの主体はすべて清少納言であるという理解の枠組みを前提としなければ成り立つまい。これは言わば常識の範疇に属することながら、全ての章段の前提とするのにはやや躊躇がある。このあたりも『枕草子』の成立事情・本文の問題に直結する複雑さにつながるのではないだろうか。

七、清少納言と『枕草子』

さて、『枕草子』が歴史的に存在した清少納言の著作であるという点については古来研究成果が積み重ねられており、研究史としては『枕草子』内部の記述と清少納言の伝記の考証がとりわけ精緻を極めるが、ここでは「私」との関係に絞りたい。先に述べた「私」の問題の手がかりとして、まず内部の記述の面から見ると、先にあげた「香炉峰」の段にある「少納言」が、作品内部における「私」と関わる「名称」としては最も直接的なものである。「少納言」の用例は岸上慎二氏が「清少納言の名について」において夙にあげられるごとく「香炉峰」の段を入れて全部で五例を数える(10)。

1、淑景舎、春宮にまゐりたまふほどの事など、（中略）とがめさせたまふに、「少納言が物ゆかしがりて侍るならむ」と申させたまへば、（一〇〇段）

2、解文のやうにて、進上餅餤一包　例に依て進上如件　別当　少納言殿　とて月日書きて、「みまなのなりゆき」とて、（一二七段）

3、同「もし、この弁、少納言などのもとに、かかる物持て来る下部などは、する事やある」と言へば、（一二七段）

4、「さりけるものを、少納言は春の夙におほせける」と、宮の御前のうち笑ませたまへる、いとをかし。（二六〇段）

5、「少納言よ。」（二八〇段）既述

いずれもいわゆる日記章段にあるが、一つ一つについて語り手の主体という視点から見るとこれらは香炉峰の段で述べたごとく「私」と「少納言」はやや近いものの作品の表現のみからは確定し難い。まして類聚章段・随想章段と言われるものについては、この方法からは「私」は見えにくいのである。しかし、香炉峰の段に限定して言えば、例の中でこの段の「少納言」ほど「私」を明示しているものはない。他の例は「少納言」という特定が言わば表現の必然性からなされたものであるのに対して、ここでは、「少納言よ」を削除して「香炉峰の雪いかならむ」のみでも成り立つからである。全体の語りが一人称的であるか三人称的であるかの問題、あるいはこれが清少納言であるか否かの問題は別として、この章段では「中宮と少納言」という関係が意識的に明瞭に示されているものとして読みたいのである。

清少納言に関する外部的な資料としては『紫式部日記』の「清少納言こそ、したり顔にいみじう侍りける人。」や『和泉式部集』の詞書「同じ日、清少納言に」「五月五日菖蒲の根を清少納言にやるとて」、『赤染衛門集』の詞書「元輔がすみける家のかたはらに清少納言すみしころ」、『公任集』の詞書「清少納言が月の輪にかへりすむ頃」、『実方集』の詞書「清少納言とてもとすけがむすめ宮にさぶらふとおほかたになつかしくて」などよく知られた例であろう。これらについても岸上氏が注意を喚起しておられるように『枕草子』内部では「少納言」外部では「清少納言」と称されているという事実が確認されるが、同時に「少納言」と「清少納言」が同一人物であることを証明するものではないことを付け加えたい。これは当面の問題ではないのでしばらく措くが、このように同時代の証言としては『枕草子』と清少納言との連関は直接的には窺いにくい。この繋がりは、もっと後のものとなるものの、例えば『無名草子』が次のように言う。

「紫式部が源氏をつくり、清少納言が枕草子を書き集めたるより、先に申しつる物語どもは多くは女のしわざにはべらずや。（中略）檜垣の子、清少納言は一条院の位の御時、中関白世を治らせたまひけるはじめ、皇太后宮の時めかせたまふ盛りにさぶらはせたまひて、人より優なる者とおぼしめされたりけるほどのことどもは、『枕草子』といふものに、みづから書きあらはしてはべれば、こまかに申すに及ばず（久保木哲夫氏校注・訳「新編日本古典文学全集」)」。

ここに「檜垣の子、清少納言」とあるように説話的にはここでも様々に伝承が動いていることは興味深い。なにより能因本の奥書は「これ書きたる清少納言は、あまり優にて」と作者名を明示するのである。『枕草子』という名称についても増補を考えるにせよ『八雲御抄』巻五は「清少納言」「清少納言抄」「清少納言枕草子」「清少納言枕」などと多様な称で示す。ここでも自明の前提に反するのであるが、作者の特定ということに関わる問題点を、原点として重要視しておきたい。

八、章段としての跋文

作者と現実世界の接点はいわゆる跋文である。ここには少なくとも作品内容とそれを書き記した主体との距離が見えることから、成立の面で重要視されている。跋文については様々な次元からの多岐にわたる問題が存在するが、ここでは一「章段」として考えてみる。(11) 三巻本・能因本に付された跋文は、両本によって異同がはげしく本来のものか否かについても説の分かれるところである。能因本の長い跋文はさておいて、三巻本によってみると次の四つの段落に分かれる。

1、この草子、目に見え心に思ふ事を、人やは見むとすると思ひて、
2、宮の御前に、内の大臣の奉りたまへりけるを、
3、おほかた、これは世の中にをかしき事、人のめでたしなど、
4、左中将まだ伊勢守と聞えし時、里におはしたりしに、

ここでも奇矯な臆説をあえて述べれば、この1〜4は、清少納言を含めて、別々の人間が書いたと考える可能

性はないだろうか。2については紙が多いので自分のみでは足りずに別の人の力も借りた、と読むことは絶対に成り立たぬか。これも極めて常識に反する見方ではあるが、一種のたくらみとして、複数の人物の跋文をそのまま残したとも見られるのである。編集者という概念を入れると、原作者と参加者の関係は現在言うところの編集作業であったとも考えられる。先に述べたように、章段の「私」は必ずしも清少納言を指定していない。『枕草子』の章段の中には聞き書きや昔語りの部分が多いが、もう一歩進めば、それ以外に別人の作も包含するかもしれないのである。跋文も本来のものか否かという次元ではなく、章段と考えれば、一種の逸脱の面白さとしてその可能性も理論的には考えられるであろう(12)。

九、終わりに

『枕草子』に「私」という第一人称的な語りを認めるならば、それはいわば日記文学的視点ということになろう。それは第三人称的な物語文学とどこに違いがあって、この独自な作品を形成することになるのであろうか。この作品を異質な章段の単位の集成、すなわち「書き集め」られたものとするならば、こうした点においてさえ章段内部では極めて立脚点の定めにくい問題となる。この作品の中には沢山の実在人物名が存在するが、そのうち最後まで見えて来ないのは、他ならぬ語り手の「私」である。「作者」の概念も清少納言という歴史的存在と必ずしも強固に結びつくわけではない(13)。そもそも『枕草子』には定まった本文は存在しないにもかかわらず『枕草子』は確固として存在している。注釈といわれる作業に至る以前の問題として、このように錯綜したこの作品に対する疑問は、既に解決している問題であっても筆者にとってはなお全て自明の前提であるとするところまでには至っていない。最後には自己も他者もないこと自体が自在な『枕草子』の世界であるという認識に立ち、外部的にもこの作品の基本的なあり方を動態として把握するとすれば、必ずしも現状を固定化することなく様々な可能性も考え得ることをあえて述べて、素朴な覚え書きとする所以である。

追記　本稿には故関根慶子先生の旧御蔵書から学恩を受けて成った部分がある。先生の御逝去を衷心から悼みつつ厚く御礼申し上げたい。

注

（1）田中重太郎氏『校本枕冊子』古典文庫・昭和二八〜三二、林和比古氏『堺本枕草子本文集成』日本書房・昭和六三、根来司氏『新校本枕草子』笠間書院・平成三、杉山重行氏『三巻本枕草子本文集成』平成一一など。

（2）筆者は能因本及び三巻本に触れる機会を与えられたことがある。『日本古典文学全集　枕草子』（底本は学習院大学蔵能因本）小学館・昭和四九。松尾聰氏・永井和子　校注・訳、『新編　日本古典文学全集』（底本は三巻本。陽明文庫蔵本および相愛大学蔵本）・小学館・平成九。

（3）『新版　枕草子』上下・角川文庫・昭和五四。

（4）最近特に章段単位の検討が目立つ。また、他の方法として村上征勝氏らにより『源氏物語』の作者に関して計量的な推論も行なわれており、『枕草子』についてもいずれこうした解析の方向もあり得るであろう。

（5）「人文学と情報処理」18（勉誠出版・平成一〇・一一）の以下のような論が問題点を指摘して示唆的である。加藤寧・大町真一郎氏「手書き文字認識の最先端技術について」、山田奨治氏「変体がなの認識実験とその応用」、原正一郎氏「国文学研究画像データベースから文字認識へ」など。

（6）小松英雄氏『仮名文の構成原理』序章「はるは　あけぼの」笠間書院・平成九。

（7）萩谷朴氏『新潮日本古典集成　枕草子』上下・昭和五二。

（8）稲賀敬二氏『鑑賞日本の古典　枕草子』（小学館・昭和五五）などは定子後宮の共同体としての意識を重く見

る。

(9)「私」および一人称の問題については現代語に関する論ではあるが次のものが参考となる。高橋純氏「一人称物語言説の審級に関わる視点と言語形式―一人称代名詞「私」を中心に―」「国語国文学会誌」42号・平成一一。そこに述べられているジュネットの分類に従えば『枕草子』はさしずめ「内的焦点化」にあたり、あるテクストが作中人物の知覚を採用して物語世界を喚起するタイプで、その人物から見た外的世界とその人物の思考や心理が言及されることになる、という中に入りそうに見えるが、本稿はその「分類」の認定自体が不可能な作品として『枕草子』を捉える。また藤井貞和氏「語り手人称はどこにあるか―源氏物語の語り」はゼロ人称の視点を提示していて興味深い。「論集平安文学」4・平成九。

(10)岸上慎二氏『清少納言伝記攷』新生社・昭和三三。同氏『枕草子研究』新生社・昭和四五、『枕草子研究(続)』笠間書院・昭和五八。

(11)跋文を作品として読むものに小森潔氏の「枕草子跋文の喚起力」がある。「日本文学」平成一〇・五。また永井和子「枕草子の跋文―書きつくという行為をめぐって」「国語国文論集」平成一〇・三も参照されたい。ただしここでは作者の執筆行為を重視している。

(12)関根正直氏『枕草子集註』は「枕草子は清少納言の筆作なり」としながら清少納言を「撰者」と称しておられることは明治三二年当時の表現としても示唆的である。同書発行は昭和三。

(13)三田村雅子氏の次の言も想起される。「現実の清少納言と、忠実でプライドの高い女房役を演じる清少納言と、そのような演技を更に誇張し、切りとり、語り、書く清少納言と、少なくともこの三つの層を意識化することなしに今後の枕草子研究はあり得まい」『枕草子　表現の論理』99ページ・平成七。

3　清少納言——基点としての「宮にはじめてまゐりたるころ」

一、はじめに

清少納言が『枕草子』を執筆した内的動機には、既知の知識としての中宮が現実に存在することを、出仕によって我が眼で知り得た衝撃に拠るところが多いものと思われる。

本稿では初出仕の叙述をこの作品の原型として捉えその意味を辿り直してみたい。ここには立場の隔絶とともに両者には人間としての同質性の認識もあって、作者は中宮定子の個人としての卓抜な才幹を知り、そのことが作者自身の個の意識と微妙に関わりあって、複雑な陰影として『枕草子』に表現されているものと思われる。同時にそれは言わば定子の権威の確認儀式としても捉えることが可能であり、作者の賛嘆の内部には極めて感度の高い人間同士が出会った時に相手を見定め序列をつける、鮮烈な鋭さが内包されているようである。「男まさりの才幹」とは、男性と女性、あるいは人間、のあいだにおける、共通の言語通路といったところだろうか。

二、モデルとしての中宮

「宮にはじめてまゐりたるころ」（一七七段）[1]に始まる章段は、作者が中宮定子のもとに出仕した時点の状況を後年記しとどめたものである。出仕時期は諸説あるが正暦四年（九九三）の冬の頃か。作者はここで、定子が中宮として畏怖すべき権威と気品と優雅を保ちつつ、一方で積極的な行動力・指導力、溌剌たる才幹を併せ持つ稀有な存在であることを発見した。以後定子とその特異な後宮は、作者にとって自己の「モデル・典型・規範」として起動しはじめるのであって、その意味でこの章段は『枕草子』全体の俯瞰的位置を占め、宮廷という異文化との出会いの衝撃を里人として意識化し、選択的に明示したものとして極めて興味深い。ここには「中宮と女房」としてのみではなく、類を同じうする二人の女性の出会いがあったことを作者は記したのであり、その意味では自己発見の場の記録でもある。自己の資質が発現できる場を得たという歓喜に満たされたその発見は、「書き手」として「書かれ手」を対象化し、共に『枕草子』の形成にあずかって行く。

一七七段の冒頭は次のように始まる。

　宮にはじめてまゐりたるころ、物のはづかしき事の数知らず、涙も落ちぬべければ、夜々まゐりて、三尺の御几帳のうしろに候ふに、絵など取り出でて見せさせたまふを、手にてもえさし出づまじうわりなし。「これはとあり、かかり。それか、かれか」などのたまはす。（中略）いとつめたきころなれば、さし出でさせたまへる御手のはつかに見ゆるが、いみじうにほひたる薄紅梅なるは、限りなくめでたしと、見知らぬ里人心地には、「かかる人こそは、世におはしましけれ」と、おどろかるるまでぞまもりまゐらする。(2)

作者の基本的な反応は、今まで馴染んだ場とは隔絶した世界に引き出され、自己を露呈せざるを得ない状況に置かれたことによる「はづかし」さである、という。隔絶した世界、という表現はある意味では当たらぬかもしれない。何故ならばある意味では宮廷は作者にとって間接的には既知のものとして馴染んだ場であったからである。知識として中宮の存在を知り尽くしていただけに、ここにあるのは遥かに及ばぬ立場の隔絶とともに、人間としての共通基盤に立った上での気後れともいうべき激しい羞恥であった。

中宮は作者に直接声を掛け、絵を見せる。ここで作者は、「さし出でさせたまへる御手のはつかに見ゆるが、いみじうにほひたる薄紅梅なる」と中宮の手について記述する。「おどろかるるまでぞまもりまゐらする」は、美しさに対する感嘆であるが、同時に他ならぬ中宮の肉体の一部である「手」を我が眼で現実に見た衝撃に対する反応であった。驚き、かつ見る、という記述は、ここに展開するはずの世界に対する作者側の積極的な参与の始まりを告げるものである。

前半の「手にてもえさし出づまじうわりなし。」はわかりにくく諸説あるところだが、作者の方はその「手」を固く隠蔽していた、と読んでおきたい。驚きつつ、対象から眼を逸らさないという姿勢はこの作品の基調ではあるものの、作者はこの時点ではまだ自己を自在に操るわけには行かない。といって我を忘れた空白にいるのでもない。中宮がいま示しつつある、場を自在に導く作法を凝視していたのだ、と自ら記す。多重な存在である『枕草子』の成因や基本的な性格をめぐる中宮と作者、公と私の比重の置き方については様々な観点があるが、内的な基調をなすのはこの作者個人の驚きの感覚であると捉えておきたい。

三、物語と絵の現実化

予め作者の脳裏に蓄えられて存在したイメージは、主として物語や絵によるものであるらしい。中宮の兄、藤原伊周が中宮のもとに雪の見舞いに訪れたことを記す場面にはこうある。

大納言殿のまゐりたまへるなりけり。御直衣、指貫の紫の色、雪に映えていみじうをかし。柱もとにゐたまひて、「昨日今日、物忌に侍りつれど、雪のいたく降りはべりつれば、おぼつかなさになむ」と申したまふ。「『道も無し』と思ひつるにいかで」とぞ御いらへある。うち笑ひたまひて、「『あはれと』もや御覧ずるとて」などのたまふ御ありさまども、これより何事かはまさらむ。

雪見舞の訪問をめぐる中宮と伊周との間の応答は、軽い挨拶程度の言葉で成り立っているものの内部に引歌めいたものを含んでいる。一般に表現の背後に典拠や引歌が存在する場合には、共通の教養を持つもの同士の親近感のある、逆に言えば排他的な閉じた関係が成立する。この言いまわしは拾遺集の「山里は雪降り積みて道もなし今日来む人をあはれとは見む」（冬・平兼盛）が介在するものの、その表現自体は『蜻蛉日記』にも「あはれといはむ、と言ふ声きこゆ」ともあって、使い古されたと言ってもよい表現である。(3) しかしここでは、こうした日常的な会話に引用を用いることが、物語ではなく美しい貴人達のやりとりに現実に存在することに驚嘆する。この出仕時の現実から学んで、日常会話における引用が極限まで先鋭化して行くきわどい面白さに『枕草子』はしばしば焦点を当てることになるのは言うまでもない。ここでは男性女性に関わりなくその一瞬の間合いをはかる才幹と感度自体が問われるのである。

この段の始めに、退出しようとする作者に、中宮が「葛城の神もしばし」「おりまほしうなりにたらむ。さらばはや。夜さりはとく」「今日はなほまゐれ。雪に曇りてあらはにもあるまじ」と例の「葛城の神」をからめた言葉をかける部分がある。この葛城の神のことも、行成が餅餤を送った折の口上「この男はみづからまゐらむとするを、昼はかたちわろしとてまゐらぬなめり」（一二七段）、斉信の言葉として「葛城の神、今ぞずちなき」（一五五段）などと見える極めてありふれたものである。(4) この表現は早く退出したい作者に対する戯れであるが、自己から他者を喩えるのは中宮のみである。冗談とはいえ権威の持つ一種の厳しさを内蔵しているものと考えたい。この辺りを作者も察知していたのではないだろうか。先にあげた行成、斉信の例はいずれも自分の戯称に過ぎないのである。

現実の生活における日常の場での引用は、それが冗談であろうと真面目なものであろうと、ややもすれば演技めいて気恥ずかしい部分がある。作者を始めて迎えた定子の側にそうした演技めいた部分がなかったとは言えない。しかし作者は、すべてに気を呑まれた初々しさであった、と述べる。以上二つの会話部分における引用が、それ自体としてはともに極めて平凡なものであるのは、作者側の意識的な選択による記述であるかもしれない。それは一歩間違えば軽薄に堕しかねないこうした表現が、相手と時と場を得た時、如何に鋭くも優雅にも機能するかという認識でもあった。会話のこうした技は「小白河」の段（三二段）に見られるように、作者にとっては宮仕えする以前から得意としたことであるが、中宮のこの後宮がまさに自分のその才を充分に発揮できる場であることを作者は発見した。勿論この面では中宮には生得の才や鋭敏さのみならず浩瀚な知識と目配りがあることを充分に知って、外部からの問いに対してはまず師としての中宮の忠言を求める、という具合に様々な章段において記すのである。なおこの中宮の助言の問題は、作者の側の意向のみによるものであるかどうかについて今後も考えて行きたい問題である。

その続きの叙述を見よう。

物語にいみじう口にまかせて言ひたるに、たがはざめりとおぼゆ。宮は、白き御衣どもに、紅の唐綾をぞ上に奉りたる。御髪のかからせたまへるなど、絵にかきたるをこそ、かかる事は見しに、うつつにはまだ知らぬを、夢の心地ぞする。

眼前の「現実」に引き比べられるのは、虚構としての「物語」と本物ではない「絵」である。しかし物語に言い、絵に描かれた登場人物の容儀の美・衣装の色・言葉は本当であった、という驚きは衝撃的であって、絵や物語ではなくて紛れもなく自分の眼で見たのだ、という切実な証言である。長徳二年（九九六）のころを描くと思われる記述の中に、藤原斉信について「せばき縁に、片つ方は下ながら、すこし簾のもと近う寄りゐたまへるぞ、まことに絵にかき、物語のめでたき事に言ひたる、これにこそはとぞ見えたる。」（七九段）と、ここでも現実の斉信の美しさを物語や絵の再現、と形容しており、その外にも類例がある。本物を見ようとすれば我が肉体の眼しかない当時におけるこうした証言の意味は、現代の我々よりも遥かに大きい。一方で、絵と現実の関係については「絵にかきおとりするもの　なでしこ。菖蒲。桜。物語にめでたしといひたる男女のかたち。」（一一二段）「かきまさりするもの　松の木。秋の野山里。山道。」（一一三段）などに見るように不信があって厳しい。あまり多くのものを見過ぎてしまったあとでは、「絵」の把握も一様ではなくなり、それに対比される現実との関係性が問われてくるのである。

四、たわむれ歌の厳しさ

それでは中宮が作者に直対した時にはどうか。当然中宮の方が数倍の巧者であった、と作者は述べる。一七七段の、時間的には少し後のことと考えられる部分には、中宮が作者に遠くのくしゃみの後にたわむれの歌をおくるという記述がある。

物など仰せられて、「われをば思ふや」と問はせたまふ。御いらへに、『いかがは』と啓するに合はせて、台盤所の方に、鼻をいと高うひたれば、「あな心憂。そら言を言ふなりけり。よしよし」とて、奥へ入らせたまひぬ。

という経緯があって、中宮から作者に「いかにしていかに知らましいつはりを空にただすの神なかりせば」と手紙が来る。作者にとっては中宮から贈られた最初の歌である。「薄さ濃さそれにもよらぬはなゆゑに憂き身のほどを見るぞわびしき」と返す。これもただならぬ中宮の才幹を見せる場面であり、同時に『枕草子』における、歌を才気で切り返す作者の技の原点となるものである。(5)

同時にここには戯れ歌の応酬以上の恐しさを作者は感じたのではないか。「われをば思ふや」とは、九七段の「思ふべしやいなや」と並んで直截に忠誠を問うに等しく、君主たるものの断固たる一面をのぞかせる。冗談とはいえ、忠誠は虚言であると決め付けて指弾し、作者の言い訳など聞こうともせぬ拒否の厳しさが背後にありそうである。ある意味で主従の序列付けの決定的な威嚇でさえある。「空にただすの神なかりせば」の文言は、もとより『大和物語』や『新古今集』、恋、平貞文の「いつはりをただすの森の夕だすきかけてをちかへ我を思はば」に拠るが、ここで想起されるのは『源氏物語』須磨の巻における光源氏の歌である。源氏は須磨に赴くに当たり桐壺院の墓に詣で、その折に賀茂の社に暇乞いをする歌の中で「ただすの神」を用いる。「うき世をば今ぞ別るるとどまらむ名をばただすの神にまかせて」がそれであるが、「ただすの神」はこの物語でも一例を見るのみであり、場面としては須磨行きと桐壺院の血脈に関わる沈痛な祈りの歌の設定である。『枕草子』では他ならぬ中宮の歌なのであって、ここには中宮と賀茂に関わる何らかの寓意があることも考えられる(6)。

五、中宮の権威と女房の限界

一七七段では、以上のように、作者に絵を見せる、作者に参上を促す、伊周を迎える、伊周の冗談から作者をかばう、作者に「われをば思ふや」と問いかける、戯れ歌を送る、といった発言し、行動する中宮の姿があった。また、同時に上位のものとして下のものをかばうという思いやりを見せる場が書き留められていることにも注意したい。ここには隔絶した美しさのみではなく、総じて場を確実に主導し、凛呼とした権威を示す中宮が造型されている。

一条帝が登場する章段からしても、帝の素直なやさしさに対比して頼り甲斐のある中宮像が窺われ、このことは後年中関白家の没落後も変わることはない。単なる概念的な中宮ではなく、更に人間としての定子の、自らの才幹によって立つ姿を造型した点にこの作品の特異性があり、事実歴史的な現実の面から言えば定子の存在は道長が主導する政治的な変革に反してまで一条帝に強い影響を与えた。こうした中宮の毅然とした姿は、実質的な女帝像を思わせ、年若い天皇が存在した場合は特に、単にその背後の男性政治家のみではなく、後宮における后妃の個人としてのありようが大きな影響力を持ち得ることを窺わせる。作者が描こうとしたのはそのような実質的な王者としての中宮であったのではないだろうか。

中宮の側に女房の同調を拒む厳しさがあることを見て来たが、まことに女房としての限界は当然存在した。一七七段では物慣れた先任の女房に関して作者は羨望の視線を送る。

次の間に、長炭櫃に、隙なくゐたる人々、唐衣こき垂れたるほどなど、馴れやすらかなるを見るもいとうらやまし。

（伊周ハ）女房と物言ひ、たはぶれ事などしたまふ。（女房ハ）御いらへをいささかはづかしとも思ひたらず、聞え返し、そら言などのたまふは、あらがひ論じなど聞ゆるは、目もあやに、あさましきまで、あいなう面ぞ赤むや。

なほ変化のもの、天人などのおり来たるにやとおぼえしを、候ひ馴れ、日ごろ過ぐれば、いとさしもあらぬわざにこそはありけれ。かく見る人々も、みな家のうち出でそめけむほどは、さこそはおぼえけめなど、観じもて行くに、おのづから面馴れぬべし。

初宮仕え当時はともかく執筆時の現在は馴れたと作者はいう。しかしそれは女房の立場に慣れた、というに過ぎない。普通の里人の生活においては夜は寝る時刻である。豊富な照明と暖房を得て宮中の夜は人工的に成り立っている。この時間のリズムに作者はいつまでも馴れずに夜は常に眠たがっている(7)。また、鋭敏な感覚を持つ作者は高雅な物言いに対してはただちに適応したものの、中宮の美しさは隔絶しており、賛嘆の対象としてのみ機能し絶対に同化し得ないものであった。

行動し、発言し、冗談を言い、引用をするのは中宮のみではない。この闊達な洒脱さは道隆・伊周など中宮一族に共通する気質であることも作者は見出した。定子の母高階貴子に対して作者は苦手意識を持っていたらしいが、これはある意味で同質過ぎる面があったとも考えられ、中宮の才幹は母から受け継いだものが多かったことは間違いなかろう。政治史からみれば周知のように高階氏の血脈は後に敦康親王の立太子に際して問題になったのではあるが、それは定子の出自が――歴史の変転によるものではあるが特に行成にとって――意識されていたことを窺わせる。(8)清少納言も『今昔物語』にいう「人を笑はする」元輔の血筋なのである。

しかし同じくエネルギーに満ちた女性の生き方として、男性と対等にわたり合える才幹を生かすのは言葉の面が主である、とは何たる空しさだろうか。しかしそこにおいてしか勝負できぬのが現実であって限界は自ずとあり得たのであり、そのはかなさを前提として『枕草子』の美意識は成り立つとも言えるのである。

六、男性との場

歌や歌合の世界では、男性と女性はある限られた部分ではあっても早くから共通の場を持っていた。しかし『枕草子』は歌語り的な面を持つ章段はあるものの、それらとはやや異なる男性と女性との場に視点を定める部分がある。『枕草子』の内部に関わる男性に眼を向けると、則光・方弘・生昌・惟仲などのほかに公任・伊周・隆家・斉信・道隆・行成・義懐・経房・俊賢などの高位の貴人がある。作者が才幹をきらめかせて言語の勝負に及ぶのは、主としてこうした高貴な人々を相手とした場合である。中でも藤原行成はその典型であり、作者はこの異世界の難物とのやりとりの苦労と歓喜をしばしば語る。それは一つには行成が単に朗詠するという形のみではなく、なまの漢詩文を会話に用いるからであり、もう一つには男性の世界と女性の世界を峻別した人物と見ているからではないだろうか。ここでは一七七段を離れ、例として一二七段を見よう。この章段は、

二月、官の司に、定考といふ事すなる、何事にかあらむ。孔子などかけたてまつりてする事なるべし。聡明とて、うへにも宮にもあやしき物のかたなど、土器に盛りてまゐらす。

と些か心もとなげに始まる。結果としては、作者の危惧の通り、列見・定考・釈奠などの行事を把握し損ねて入り組んだ間違いを犯している、と後の世に指摘されて久しい。しかしむしろ宮廷行事に関わる男性世界の言葉——定考・聡明など——を軽がると乗り越えた作者の技を見るべきであろう。なぜこのような記述を作者が始めに必要としたかと言えば、その行事——実際には二月の列見——に関連して行成から「餅餤」を送って来たからである。手紙としては「解文」の公文書めいた形式を以って「進上　餅餤一包　例依進上如件　別当　少納言殿」との立文が添えてあった。差出人は「みまなのなりゆき（任那成行）」。その奥に「この男はみづからまゐらむとするを、昼はかたちわろしとてまゐらぬなめり」とある。作者はいわば勝手の違った世界からの挑戦を受けたわけであり、例によって中宮に参上する。困惑は「返事いかがすべからむ。この餅餤持て来るには、物などや取らすらむ。知りたらむ人もがな」という言に明らかであるが、それは助言すべき中宮も知らない世界であり、「惟仲が声のしつるを。呼びて問へ」と仰せがある。惟仲の、かずけ物は必要なし、との言を受けて、結局「みづから持てまうで来ぬ下部は、いと冷談なりとなむ見ゆめる」と切り返す。解文に対しては「いと冷談なりとなむ見ゆめる」でかわし、「この男」以下は馴れた世界の言葉による返事である。このように冗談にせよ男性世界をまともに突き付けられると困惑するのだが、「この男は云々」と付け加えた部分は例の葛城の決まり切った冗談であり、既に「宮にはじめてまゐりたるころ」から馴染んだお手のものであった。

このように行成は、作者にとっては未知の領域である官人としての男性世界のしきたりを持ちこんだり、漢学の知識をそのまま日常レベルで用いる点においては随一であり、作者にとっては勝負の甲斐ある人としての形象化があった。四七段の応酬は次のごとくである。行成「女はおのれをよろこぶ者のために顔づくりす。士はおのれを知る者のために死ぬ」（史記）、作者「あるにしたがひ、定めず、何事ももてなしたるをこそ、よきにすめれ」（九条師輔　遺誡）、行成「改まらざるものは心なり」（白氏文集）、作者「はばかりなし」（論語）など。一三〇段は行成の「孟嘗君の鶏は函谷関をひらきて、三千の客わづかに去れり」（史記　孟嘗君）に対して作者の「夜をこめて」の詠があった。一三一段の「この君」（晋書）も漢学の直接的な応用である。

同時に行成は女の反応一般と作者の返事を比べて評価する点に特色がある。「女はおのれをよろこぶ者のために顔づくりす。士はおのれを知る者のために死ぬ」（四七段。前述）、「女の、すこしわれはと思ひたるは、歌よみがましくぞある。さらぬこそ語らひよけれ。」（一二七段）、「思ひ隈なく、あしうしたりなど、例の女のやうにや言はむとこそ思ひつれ」（一三〇段）、「同じくは、職にまゐりて、女房など呼び出できこえて」（一三一段）などど。男性と女性の差異に厳しい行成が、女の返事はかくあるだろうという予測を覆す返事をした、と作者を賞した、と作者は言う。これは他の女とは異なる、という賛辞ではあるものの、ようやく男性女性の地平が同一の所に言葉が成立した、という作者の誇らしい喜びを記したものと読み取りたい。行成との異性としての諧謔に満ちた交渉を記す背後には、他の男性達とは相違する行成の姿が見られると同時に、「男まさりの才幹」を言うならば、この行成を相手にした場合において始めて成立するのではないかと思われるのである。

七、同化と同化しきれぬもの

固有の社会が要請するものに必ずしも個人は同化しない、という点でも定子と作者二人には共通するものがあった。しかし、自立した価値観を持つ、などという後宮は、当時の常識からすればその宮廷自体が政治との関わりを絶たねば成り立ち得なかった。作者は、中の関白家の不幸後も、この後宮の必ずしも直線的ではない複雑な陰影を含めて受容している。政治的な現実とは別の世界を形成しようとする姿勢もそのあたりに関わるのかもしれない。尤も、この作品の成立や伝来の過程において作者、あるいは作者以外のところである選択が行なわれたのではないか、という可能性を筆者は捨て切れずにいる。成立・本文・作者さえも静的なものではないのである。(9)

宮仕えした作者は、定子中宮という紛れもない個人が作る世界を学んだが、そこで際立っていたのは豊かな才幹であった。後宮とは常に見られている世界であって、憶測や噂といったものを包括しつつも、皮相な面に止まらず、細分化された身分や階層を超えての凝視や、一瞬の判断で定まり、実力によって切り結ぶ新たな序列が創られる厳しさを持つ。ここに基点を置いて虚構実像を問わず、作者の描き方からすれば「聡明な女帝」といった新しい后のイメージが創出されたのではないだろうか。その意味ではこれは自己の証言による新たなる「物語」の創生であって、この点ではかの『蜻蛉日記』の作者の同類であると言えよう。

個人と個人、女性と男性の共通の言葉として才気・才幹が関わることを知ると同時に、現実の政治史の上で個人の持つ限界も作者は見定めざるを得なかった。中宮定子から個によって立つという自立性と自在さの姿勢を学んだとすれば、それはそれで作者自体が定子からどこかで自在に自立する部分を内包せざるを得ないのも、また当然であるかもしれない。

注

（1）新編日本古典文学全集、『枕草子』校注・訳　松尾聰氏・永井和子、小学館、平成九・一一。引用は同書による。

（2）本段については直接には小森潔氏『枕草子　逸脱のまなざし』一一、「枕草子の始発―宮にはじめてまゐりたるころの段をめぐって―」笠間書院、平成一〇・一、に言及があり、その他多くの論がある。

（3）一七四段にも兼盛の同歌の引用がある。「「けふ来む」などやうの筋をぞ言ふらむかし。」とあるのは作者自身があるいは一七七段を意識していたものか。

（4）作者個人の容姿には関わるまい。圷美奈子氏「『枕の草子』の研究」第三部「『葛城伝説』をめぐる言説に関する研究」学位論文、平成一〇・一〇、は豊富な用例からこの点に触れる。

（5）小森潔氏（2）論文ではくしゃみに不安が暗示され、あやうさを表象しているものと見て、定子と作者のやりとりに凶事を回避するための呪文としての可能性を読む。

（6）小山利彦氏『賀茂の郭公考（上）―風俗と習俗を視点に』「専修国文」平成四・一。

（7）永井和子「眠りの文学枕草子」、『完訳　日本の古典』枕草子二、校注・訳　松尾聰氏・永井和子、小学館、月報昭和五九・八。

（8）行成の『権記』寛弘八年五月の記事によれば、皇后宮定子の外戚である高階氏は伊勢斎宮と業平の子師尚を祖とし、その後胤である敦康親王は伊勢神宮に対して憚りがあるとの理由で立坊の不適を一条天皇に奏上した。

（9）永井和子「動態としての枕草子―本文と作者と」、お茶の水女子大学「国文」九一号、平成一一・八。

4　枕草子――今後への課題

一

『枕草子』の研究は近代以前に千年に足らず、近代に至って百年余を経た現在、先人の心血を注いだ偉大な足跡があらゆる面にわたって既に残されている。しかし、それにも関わらず不明の部分は余りにも多いのだが、最近は、様々な斬新な視点で、新たな研究への飛躍の機運が高まっている。今や作品自体に即した本当の意味の独創的な研究へ移行する過渡期にあると言ってよかろう。『枕草子』は、国文学の研究者のみならず多くの人々が一度は触れたことのある親しい古典のひとつである。ここではその読者の一人として、この作品の研究に対する感想の一端を記すこととする。

『枕草子』に入る前に、近代における国文学の研究史における始発の部分を少し振りかえってみよう。日本の文学研究が近代科学としての形態を整えたのは明治三十年の中頃芳賀矢一によってドイツ文献学の方法が研究の基礎理論として紹介され、その方法に従って書誌研究と文学史研究が推進され始めた頃からである。しかし芳賀矢一はその時、近世国学を文献学と規定し、文学そのものを把握する方法としては歌学的美意識を基準としたのであって、国文学がその出発点から、科学であろうとする一方では伝統的な歴史・風土の枠内にあったことを阿部秋生は『国文学概説』(1)の中で指摘し、そのこと自体評価すべき面と限界とを併せ持つものとする。ついで阿部は、国文学の方法に関して、それではどうすべきなのか、という課題に対する提案および主張として、昭和初年以降に芸術学的な美意識や歴史科学的方法の試みが存在した、としつつ「日本文学とは全く無関係な世界、同じく人間の所産であるということ以外には殆ど何の共通点もないほどに違った風土と歴史の中で生まれた美意識や歴史意識を、そのまま日本の文学の評価の基準として採ってよいものかどうかという疑問はある。適用するにしても、幾段階かの準備的な手続きを踏まねばならないはずである。あまりに飛躍しすぎ、性急でありすぎては、科学的であろうとして、却って結論に歪みを生ずるはずである。」と言う。これが書かれたのは昭和三十四年のことであって、その時期なりの研究方法に関わる真剣な提言であったことを考慮するにせよ、現在もなお、このことは国文学の状況について多くの示唆を与える指摘であると思われる。外来の理論や、他領域の方法に関わる情報量が飛躍的に増した現在、我々は個人の問題として「日本の文学の評価の基準」を本当に手に入れたと言えるのであろうか。

『東京大学百年史』によると、帝国大学文科大学が「和文学科」を改称して「国文学科」の名を用いたのは明治二十二年（一八八九）であった。政治学・理財学・漢文学は分離していたが国史・古代法制史を包括し、明治三十四年（一九〇一）に至って内容的に専門学科として独立した。各私立大学の歴史を考えても複合学科から単独学科へと、ほぼ同じような歩みを辿ったものとみてよいであろう。「国文学」の名称で言えば「国・文学」か「国文・学」についても並々ならぬ議論が重ねられたことを研究史は教える。ところで現在は、逆に多くの大学の「国文科」「国文学科」「日本文学科」が、周辺の学を総合して様々な改称・改変の波に洗われているのが現状である。当然これは国文学のみならず学問体系そのものの世界的な再編成と学際化がその理由の多くを占めていようが、単なる名称の問題に止まらず、そこで「国文学」のありようおよびその概念が改めて問われる結果となっていることから眼をそらしてはなるまい。思えば「国文学」というものの百年余の生命は、専門領域としての自立と他領域との複合化の境界における緊張感の歴史とでも言い換えられるかもしれない。『枕草子』に話を転じて、たとえば『訂正増補枕草子春曙抄』[2]を注釈書として用いるとしよう。これは言うまでもなく北村季吟が延宝二年（一六七四）に刊行した『枕草子春曙抄』をもとにしたものであるが、少なくともいわゆる「注釈」に関する限り三百年なり百年なりは非常に短く、極言すれば現在も所詮この訂正増補であるとさえ感じられて、こうした面の「注釈」に特定すれば一見前代との断絶感は乏しいかもしれない。しかもこれらの注釈は『枕草子』の専門家の手になるとは言い難い。近世期の加藤磐斎・季吟・岡西惟中はもとよりのこと、対象とする古典の時代・領域の幅は広かった。昭和に入って『枕草子集注』を著わした関根正直にも『古事類苑』の編纂や『装束甲冑図解』『近松名作選』の著作もあり、研究者としての専門も限定されたものではなく、大きく広い視点から対象をとり押さえたものであった。現在では研究の細分化に伴って広い領域を対象とする状況は考えにくい部分もあり、そこには深化と同時に閉塞感もあるのだが、一方ではまた社会学・歴史学・文化人類学などを始めとして複合的な視点や他領域の最新の成果を参照した研究や注釈も多く発表されている。この意味では事情は同様であって、作品に対する研究者の姿勢が、借り物なのか独自なものに基づいているか否かが、今日ほど問われている時代はない。それが単なる方法論の応用に過ぎぬならば、明治の文明開化の時代における未分化領域からの意欲的な「自立」と、現在の学際化との差異をきびしく再検討する必要があることになろう。

二

この百余年は『枕草子』全体にとっては飛躍的に研究の進展を遂げた驚くべき貴重な年月であった。烈々たる気迫に支えられた『枕草子』研究史には実に眼を見張るものがあり、その恩恵の上に現在があることは言うまでもない。先に筆者は「注釈」については一見近代以前との断絶感はそれほど感じられないと述べたが、実はその根底となる作品自体の認識については劇的な変化があった。ここでは、そのうちの本文研究に絞って些か述べたい。

端的に述べれば『枕草子』には定まった本文がない、ということを我々は知った。換言すると先人の百年がかりの努力の成果として我々は多様にして錯綜した本文の様相を教えられたのである。他ならぬ『枕草子事典』の企画の最初の段階でまず『枕草子』の本文が「定本」として作成された[3]、というのはすこぶる象徴的なことではないだろうか。言わば作品を積極的にかつ真摯に読み解くということが作品本文を創ることと直結していることになって、この作業自体が『枕草子』の特異性を示していよう。ここで、本文が不安定であるという現状認識に立って、選定のむつかしさを嘆くことは簡単であるが、筆者はここに構造体としての本文を創らしめ、無数の異本を生じさせる『枕草子』の、作品としての根源的な力を評価したい。問題はこの先にあって、ここで一本が提供されるならばそれは今日における本文の生成に他ならず、同様な意図をもって現実に存在する他の多くの本文との関係を如何に保ち、遇するかが問われよう。このことは『枕草子』に限らず作品にとって本文とは何かというまさに根源的な問題と切り結ぶことであり、『枕草子』はそれを考える恰好のモデルなのである。一方においてこの事実は如何にも危うく、不安定で、当然形態や成立の問題と直結しようし、また作者概念とも無関係ではない。いずれにせよこうした本文の多様性は、研究者としてのみならず、書写あるいは単に読むという形でこの作品に積極的に関わった多数の読み手の主体的な関与なしには考えられぬことである。注釈はこうした本文から出発し、同時にまた本文に回帰することになるのだが、今のところ筆者はこうした『枕草子』の特性を全体的な「動態」として把握したいと考えている[4]。

筆者には能因本・三巻本両本を伝統的手法に従って読む一端を担った経験がある[5]。能因本としては三條西家旧蔵学習院大学本、三巻本としては陽明文庫本・弥富破魔雄旧蔵相愛大学本を用い、校訂は最小限にとどめてできる限りそれぞれの底本を生かす方向で臨んだにも関わらず、能因本・三巻本各々の独自性、及び底本の独自性を保ち続けることが如何に難しいかを殆ど戦慄をもって知った。もとより筆者の非才の所以ではあるが、能因本を読んで能因本に徹し切れず、三巻本とて同様であり、一種の歩み寄りを余儀なくされたのが実情である。なお最近提供される本文は概ね底本により近い方向で校訂を施すものが多い。やむを得ぬ処置にせよ三巻本一類本の「春はあけぼの」から七十五段「あぢきなき物」までの欠落部分を二類本で補うのは一類本と二類本の混成本文に他ならない。将来、冒頭の欠落を持たぬ一類本の出現も夢ではあるまい。最近杉山重行氏が『三巻本枕草子本文集成』[6]を刊行、主要二十七本の異同を提示し改めて本文系統を見直されたことでもあり、今後も本文や影印本の開示および再検討が期待される。[7]

このような意味で筆者にとって本文の問題は終わったどころか始まったとしか思えないのである。本文概念自体が変わる可能性があろうし、活字化され抽象化されることに対する利点と同時に、人工化された擬似本文の限界もいずれあらわになろう。虚と実の間にある本文に対して、臆することなく大胆に立ち向かいたい。いずれにせよ誤謬の多いことはすでに安貞二年に「耄及愚翁」も指摘していたことである。このように本文の問題と内容解析は分かち難く結びついているのだが、文献学の成果とも言うべき本文研究が機能すればするほど、文学研究と乖離する傾向が顕著になって両極化するのも事実である。決着がつかぬほど入り組んだ本文の様相を研究が示した時、そこから新たに「文学」を問いかける動きが生じた。[8]その視点は本文研究・基礎研究の錯綜に対する言わば積極的な逆説として存在したのを忘れてはなるまい。それに続いて新しく研究を進めるものが、その相克の過程を経ずして、既に固定化した価値観から出発するのであれば、それはそれでまた閉塞に至るであろう。『枕草子』研究者は、本文に眼を背けずに、少なくとも直接筆写本文に触れてその「ふで書き」の持つ情報の豊かさや成果とともにその限界を感じ取って欲しいと願うのは言い過ぎであろうか。真に独自な方法論がこの国の文学研究に現に生まれつつある胎動を感じるが故に、本文を本当に読むことを立脚点とした今後の飛躍を期待したいのである。

三

『枕草子』の、文学の流れの上での位置付けは必ずしもたやすいものではない。周知のように小西甚一氏は文学史を雅と俗の表現理念として分類し、「完成の極にむかうものは、それ以上どうしようもないところまで磨きあげられた高さをめざ」し、これが「雅」であり、「既に存在する表現」へ随順し調和し、いわゆる平安時代を雅の時代とする。それに対して「俗」はいまだ拓かれていない世界であってきまった在り方を持たず、軽薄際まる新奇さ、潑剌たる健康さ、瑞々しい純粋さ、ひろびろとした自由さ、といったものを含んで極めて不安定であり、これを「古代（上代）」の中心理念とし「流れのいちばん深い底に海草のごとく生きて」いるものであるとする。その上で『枕草子』は「あまりにも日本人的すぎる」として「俗」をそこに見るのは、現在でも首肯できる見方ではないだろうか。(9)一見無構造的で不統一な形態を持つこの作品は、根源的な何ものかに直結しているという認識から、筆者もまずはじめたい。

『枕草子』は日本の戯文学とも言うべき一つの伝統の中にある系列と思われる。この自在性は日本の文学に常に内在しつづけた強い力である。現実世界における才気・遊び・軽みの要素は、中関白家の道隆・貴子・定子の持つ価値観であった。平安期のものとしても『竹取物語』『宇津保物語』『落窪物語』といった男性系の物語的な要素を内包しており、『枕草子』対『源氏物語』、清少納言対紫式部といった対比の視点も、享受者による一つの位置付けであろう。更に、戯作的なものは一方で冷静無比な傍観者としての、対象から一歩離れた視点を必要とし、その怖さも『枕草子』は持つ。このような作品であるとすれば研究もまともな方法論では解けず、直感的なものに任せる部分が必要なのかもしれない。少なくともそれを厳密な方法と共存させる必要があるだろう。

『枕草子』の作者は生きの良さ、切れの良さを含めて書き手としての能力抜群である。本質的に驚くべき率直な、そして晴れやかな人物であったのかもしれず、珍しく遊びのある女性であったらしい。ところが一方で作者の意思さえも届かぬ奥の方で煮えたぎる何ものかは、読むものに戦慄を伴うほどの力で迫る、という多重な面を持つ。堅固な時代にそれを超えた自在な価値観によって記された作品であったために、定子後宮の政治的な側面に状況を設定しつつ、逆に政治的なものから免れていたとも言い得る。一方で、現在のごとく時代そのものが柔らかくなり、すべてを許容してしまうと、逆に、作者が演じてみせたこの作品の先鋭な部分が風化する気味のあるのも事実なのである。

現在、作家による本質を衝いた読みや、国際的な受容も極めて多彩であり、『枕草子』は研究者のみに閉じた作品であるとは到底言い難い。その境界さえ溶解しつつあるのかもしれない。国外からの訳・評の端緒としてのアーサー・ウェイリーの業績も貴重であって面白く、再評価されて然るべきであろう(10)。研究者の立場としては、情報の加速時代にあって異質なものとの出会いがより日常的となる今後は、明治維新をもう一度繰り返すほどの気概をもち、先人の成果を継承しつつも一方で初心に帰って見直す勇気も必要である。

この時代にあって研究者という存在はいったいゆるされるのか。ゆるされるとすれば、如何にあるべきなのか。研究者にのみできること、とは何か。文学としての時代区分も揺れ動き、文学史が成立し得るか否かもより一層真剣に問われるだろう。『枕草子』は「文学」の範疇に入れて然るべきなのか。いったい、いつ成立したと言明するのが正しいのか。このような点から見ても、世界における文学遺産でもある『枕草子』については、成立・

作者・本文などの基本的な部分をはじめとして、現在はあらゆる面で研究の再点検・再構築が行なわれる過渡期にあると同時に、研究者たるものも問われている。しかし、別の時間軸から見れば『枕草子』研究はまだ千年足らず、近代に入って百年余と若いのである。最近の「余年」の研究ではなく、「百年」を年々遡って先人の論に触れると、その生新な力わざと問題意識には驚かざるを得ない。その基盤に立たぬ限り、足もとが揺らぐ。その上で、自在に、悠々と、今度は数千年先を見つめようではないか。

注

（1）阿部秋生氏『国文学概説』、東京大学出版会、昭和三四・一一。
（2）『訂正増補枕草子春曙抄』鈴木弘泰、青山堂版、明治二六・五。
（3）『枕草子』枕草子研究会編、勉誠出版、平成一〇・六。
（4）永井和子「動態としての『枕草子』―本文と作者と」「国文」（お茶の水女子大学国語国文学会）91号、平成一一・八。
（5）松尾聰氏・永井和子校注・訳「日本古典文学全集」『枕草子』（底本は能因本）、小学館、昭和四九・四。松尾聰氏・永井和子校注・訳「新編日本古典文学全集」『枕草子』（底本は三巻本）、小学館、平成九・一一。
（6）杉山重行氏『三巻本枕草子本文集成』、笠間書院、平成一一・三。
（7）西條勉氏「注釈／本文」（「日本文学」平成一〇・八）はこの問題を扱う。
（8）三田村雅子氏『枕草子　表現の論理』（有精堂、平成七・二）はその代表的な成果として高く評価したい。
（9）小西甚一氏『日本文学史』弘文堂、昭和二八・一二。
（10）アーサー・ウェイリー「清少納言の枕草子」（一）津島知明氏訳「王朝文学史稿」、平成二一・一二。津島氏の翻訳はこれ以後も継続して進められている。

5　枕草子の〈終わり〉の覚え書き——日記的章段の末尾

一、はじめに

1　『枕草子』とは何か

『枕草子』を自在な、もしくは随筆的なものと見てしまえば全体はそれでおさまって始めも終わりもない。しかし「春は曙」が「始め」ではないか、という意識が生じると「終わり」へと視線が及ぶのは当然である。「春は曙」を一章段と捉えた場合には「跋文」を作品の終結部と見なすことになろう。この方向は更に「春は曙」の次の章段はどうか、また「跋文」の前の章段はどうなのかといった点にも拡大して簡単ではない状況に思い至る。

本稿ではこうした些か難しい現実を前提とし、一、で『枕草子』の概要（一—2「『枕草子』の終わり方」参照）を述べた後に、三、四、では三巻本日記的章段の終結の一文を『枕草子』の方法とも絡めて考え、覚え書きとしたい（一—3「日記的章段の末尾」参照）。

2　『枕草子』の終わり方

『枕草子』を取り上げる時にまず問題となるのは何をもって『枕草子』という作品とするのか、という点である。共通した『枕草子』というものは存在しておらず、現存する本文は三巻本系統・能因本系統・前田家本・堺本系統に分類され、その位置づけにはなお錯綜した問題があって必ずしも明解な結論には至ってはいない。章段単位でいえば類聚的章段・随想的章段・日記的章段といった内容的な分類の方法が存在し、こちらは問題を懐胎しながら現在も有効に働き得る切り口として機能しつつある。(1)またこの三形態が作品自体の纏め方と一致しているか否かにより、所謂雑纂本（三巻本系統・能因本系統）・類纂本（前田家本・堺本系統）二種類の形態を持つそれぞれの本が共存する状況にあって、各本文の伝来やその特徴を前提としながら、作品として読む場合はそれぞれ独自の世界を認めるのが現状である。

このような状況のもとに、作品の「〈終わり〉を読む」という視座を定めるとすれば、それは『枕草子』に構造を認めるか否か、構造とは何かの問題にも至る方向性であり、この意味から見ても挑発的な問題提起であると言い得よう。

3　日記的章段の末尾

ここでは全体の問題ではなく、三巻本の日記的章段の終結部という極めて限られた部分について検討する。形態的分類や章段の単位等に最終的な共通した合意がなされているわけではないが、その問題は措くとして、日記的章段に注目する理由の一つは、取り上げる事柄の生起する時間の流れを無視しては成り立ち得ない、従って終結部とみなし得る部分が存在する、という特徴を持つからである。

日記的章段の内容はおおよそ、何が起こったのかという叙述と、その意味は何かという作者の捉え方を述べる二部分に大別されようが、そのうち最終部分に注目したい。日記的章段の半数には、最終の一文にその場に関わった人の「言葉」の引用が存在する。これを例示し、「言葉」の引用はある共同体の「場」を構築する作者の方法として把握できるのではないかという見通しを述べたい。

二、終わりとは何か

1　『枕草子』の終わり方の状況

『枕草子』のような集成型の作品にあっては、形の上から見て「終わり」にはおおよそ次のような三態、あるいはその複合があり得よう（ここでは「一本」の部分は除く）。

①『枕草子』全体の末尾章段（跋文を付すものはそれを含む）

②（跋文を付すもの）跋文の前の章段

③各章段の末尾・終結部分

常識的には、作品を単位とする①②が普通であろうが、章段を単位とする③が最も理解しやすい共通項を持つことになる。

2　類纂本の場合

類纂本に関して言えば、形態として何らかの意味における編纂作業が存在し、そこには構造という問題が必然的に付随する。その様相が顕著な前田家本四冊の内容を田中重太郎氏の『前田家本　枕冊子新註』(2)によって起筆部分のみ示せば、以下のごとくである。

第一冊　一段「春はあけぼの」～一〇七段「畳は」

第二冊　一〇八段「めでたきもの」～一九六段「めでたき物の人の名につきていふかひなく聞こゆる」

第三冊　一九七段「正月一日は空のけしき」～二九八段「めでたくこそおぼゆれ」

第四冊　二九九段「小白河といふところは」～三二九段「御方々・君達・うへなど」

三三〇（跋文）「中納言殿（中略）かやうの事こそは、かたはらいたき事のうちにも入れつべけれど、「一つおとすな」と侍れば、いかがはせむ」

終結に関する把握の三態に当てはめれば、①の場合は三三〇段を指し、②の場合は三二九段が該当する。③の場合は一～三三〇段の各章段、例えば一段「春はあけぼの」の末尾「…白き灰がちに消えなりぬるはわろし」あたりがそれに相当する。更に前田本は第一冊～第四冊の終結部、第一冊でいえば一〇七段「畳は」が章段として検討の対象となる。(3) このように終わりの概念には類纂本の場合は全体・冊・章段・終結部の文章、等を対象とし、編集意識の有無の問題から問われることとなり、極めて複雑である。堺本については省略するが状況は同様である。

3　雑纂本の場合

雑纂本の場合は三巻本にせよ能因本にせよ、章段単位でみると前記のように「春は曙」に始まり跋文で終わる形態は、その二章段を別とするのであれば自在な章段構成となる。一方で、萩谷朴氏のごとく作者側の微妙な連想の環を重視して捉える立場に従うと、ある意味において精密にして微妙な内的構成を認めることになろう。萩谷氏は、例えば第二段「比は、正月」について「この序説（永井註、「春は」の段）に続くはずのものとしてその存在を期待している文章は、当初から原作者によって、その期待通りに継続叙述せられているのである」(4) とされる。しかし内容の把握方法は別として、様々な形態がこの配列の流れの中に存在していることは間違いあるまい。萩谷氏ももちろん連想ばかりではなく「打聞き」や『清少納言家集』の資料的纏まり等も考慮して前段との継承関係を見ておられるのであるから、作品の構成や終わりの概念はますます複雑化するに至る。このようなメビウスの輪のごとき循環的な形と、予想外の捻れを持ちつつも、もとより「草子（冊子）」という現実の作品形態自体は、その輪がどこかで切断された構造体として存在するほかないわけで、当然そこには始めと終わりが存在する。

こうした点に関しては津島知明氏『動態としての枕草子』[5]が示唆的であり、単に形態・形式の問題には終わらぬ類纂本・雑纂本の本質に迫る論が展開する。特に第一章「『枕草子』が始まる仕掛けとしての「春は曙」、第四章「随筆文学以前」、第六章「跋の寄り添う『枕草子』」等が想起される。例えば日記的章段について「雑纂本に散在する日記回想段は――事件時とはまったく無関係に登場してきている。（中略）つまりけ最終的に日記回想段でさえもが「たはぶれ書き」の所産であり、暦日的な秩序にも縛られないことを強く標榜する結果となっている。」とされるのは極めて興味深い。

章段の配列については自在とはいえ、各章段の内部には固有の構成や世界があり、これが『枕草子』であるとすれば、もともと章段単位の把握は作品としてはある意味で「解体」に他ならないのかもしれない。随想段はもとより単に名称の羅列に見えかねない類聚的章段にもその配列には他作品との関連[6]、連想の流れ等があることは度々指摘されており、このことは当然ながら各章段の意識的な「終わり」があるか否かの問題に逢着する。

4　雑纂本の跋文――編纂中絶の可能性

雑纂本の跋文はそれぞれ「この草子は」「宮の御前に」「おほかた」「在中将」に始まる三つの部分に分けられ、能因本は更に「わが心にも」に始まる長文をもって終わる。終わりの問題と形態に関連して、よく知られた三巻本の「宮の御前に」の部分に触れてみよう。

宮の御前に、内の大臣の奉りたまへりけるを、「これに何を書かまし。上の御前には史記といふ書をなむ、書かせたまへる」などのたまはせしを、「枕にこそは侍らめ」と申ししかば、「さは得てよ」とて給はせたりしを、あやしきをこよや何やと、つきせずおほかる紙を書きつくさむとせしに、いと物おぼえぬ事ぞおほかるや。

帝側が「史記といふ書」を選択したとなれば史記は既に存在するものの書写、乃至はそれに近い作業により

「紙」から「冊子」的なものが形成されると見るのが自然である。それと比肩するものとして中宮から紙を与えられたからには「枕にこそは侍らめ」がどのような意味であるにせよ同様に「紙」から「冊子」への移行を視野に入れてよかろう。やや飛躍した考えを述べると、中宮の言が「これに何を書かまし」であることは、中宮の編集を経た中宮側の著作としての当初の意向が、中宮の死によって未完となった、編者不在の作品と解し得る可能性もあり得るのではなかろうか。そこから完成度の不確かさと非束縛の問題も派生し、もし中宮が長命であれば現在の『枕草子』の形態とは異なったものであった可能性も否定できない。言い換えれば、私的存在→公的存在への逆の流れを前提として公的存在→私的な清少納言への下賜が当初存在したのだが、中宮の死によって公に献上されることなく私にとどまった、その過渡的状態と捉える可能性である。萩谷氏が作者の連想を重視されるのは、それが「清少納言」という個人の「枕草子」であった故と見ることもできよう。『清少納言枕草子』という『八雲御抄』等の名称も想起され、「枕草子」を執筆したのは清少納言のみであった、という確証もなく、宰相の君あたりも「枕草子」的なものを書いた可能性も存在するかもしれない。

三、日記的章段の末尾——「証言」による終結

1　末尾の一文

この辺りで一応三巻本を選択し、その日記的章段の終わり方という微細な窓から終結部の問題に触れよう。前述のように生起した事柄や時間的に機序と無関係ではいられないのが日記的章段であり、終結部が把握しやすいからである。例としてよく知られた一文を挙げる。

A　雪のいと高う降りたるを、例ならず御格子まゐりて、炭櫃に火おこして、物語などしてあつまりさぶら

ふに、「少納言よ、香炉峰の雪いかならむ」と仰せらるれば、御格子上げさせて、御簾を高く上げたれば、笑はせたまふ。

B　人々も、「さる事は知り、歌などにさへうたへど、思ひこそよらざりつれ。なほ、此の宮の人にはさべきなめり」といふ。（『新編日本古典文学全集』二八〇段。以下の引用も同書による。[7]）

全体の叙述の順序をA、Bに分けると、A部分ではまず状況を述べ、Bの末尾における最後の一文の人々の言葉によって全体の意味づけがなされる、という構成がみられる。Aでは中宮と作者のやりとりがあり、Bは作者に対する評価に他ならず、現場における第三者が評定をする形である。このような〈「言葉」の引用〉による結論という叙述の型は雪山の段の末尾B文「「勝たせじとおぼしけるななり」と上も笑はせたまふ。」（八三段）と記された帝の言葉も同様の機能であり、裁定や作者の述べたい方向性を裏付ける。必然的にB部分の言葉の語り手は、A部分の成り行きを充分に理解している人々や中宮・帝など、作者の視点としては重要な人物となる。

2　引用の存在

次に、日記的章段からこうした引用型の末尾の一文Bのみを挙げてみたい。日記的章段の認定は赤間恵津子氏『枕草子日記的章段の研究』[8]の「資料　日記的章段の年時考証一覧」による。この「一覧」は随想章段等に含まれるものであっても、年時に関わる部分はその対象とする、詳細かつ精密な考証であるが、本稿では年時考証の内部には立ち入らない。

赤間氏による該当段は六十五章段であるが、そのうち約半数の三十四章段が基本型としてBの終結文に「（他者または自己の）発言・評言」を引用するという形を持つ。更に作者側の感想や発言者の「笑ひ」を付記する場合もある。[9]

3　中宮・帝の言葉

先述のようにもし言葉の引用を章段全体の証言として把握するのであれば、中宮や帝は発言者として最もふさわしい存在である。まず中宮の言葉を引用して閉じるものを列挙する。中宮の言に対して、作者が抱く感想的な記述が多い。章段によってはまず一応の結論を述べて内容を閉じた上で、更に時間的空間的懸隔をおいて追記的な言辞を添えるものがあるが、その場合は「付加部分」と注記した。

六段「…」とのたまはする御けしきも、いとめでたし。・九〇段「…」なむ仰せらるるも、いとをかし。・九六段「…」と仰せらる。・九七段「…」と仰せらるるいとをかし。一二四段「…」と笑はせたまひし。（付加部分「まいて―おぼしめされなまし。」）・一三一段「…」とてうち笑ませたまへり。（付加部分「さ言はる人をもよろこばせたまふもをかし。」）・一二二段「…」と啓したれば、右近の内侍などに語らせたまひて、笑はせたまひけり。・二八二段「…」と仰せらるる、いとわびし。（付加部分　まことにさる事なり。）・二九四段（御前にも）「…」と笑はせたまふ。計九例

帝については以下の段があり、第三者的な証言の傾向が見える。

八三段「…」とて上も笑はせたまふ。・一〇一段「…」と仰せられき。・一五五段（上）「…」と仰せられしこそ、物ぐるほしかりける君とこそおぼえしか。・二二八段「…」と仰せられて吹かせたまふは、いみじうめでたし。計四例

4　人々の言葉

他の人々や作者自身の言葉を引用するものを例示する。

一〇段「…」と言ひけむ人こそをかしけれ。・四七段（行成）「…」とて、それより後は、局の簾うちかづきなどしたまふめりき。・五四段（方弘）「…」とて、いとどさわがる。・七七段（作者）「…」とて笑はる。・七九段（人々）「…」など、かしがましきまで言ひしこそ、をかしかりしか。・八二段（作者）「…」

とてまゐりにき。・八九段「…」といふ言ぐさは、頭中将（斉信カ）こそしたまひしか。・九一段（源少納言等）「…」とて、―をかしかりしか。（「ねたきもの」の一部）・九五段（作者）「…」と啓しつ。・九八段「隆家がことにしてむ」と笑ひたまふ。・九八段（付加部分）「…」と言へば、いかがはせむ。・一〇二段「…」とばかりぞ、左兵衛督の中将におはせし、語りたまひし・一一五段（宣孝）「…」と聞こえしか。（「あはれなるもの」の一部）・一二七段「…」とまた人の語りしこそ、見苦しきわればめどもをかし。・一二九段（斉信）「…」とのたまふも、いとをかし。・一三〇段（行成）「…」などのたまふ。・一三七段　御前なる限り「…」なんど笑ふ。（付加部分あり）・一五六段（作者）「…」と言へば、その後は絶えてやみたまひにけり。・二五七段（大蔵卿）「…」とのたまひしこそ―あさましかりしか。・二八〇段（女房）「…」と言ふ。・二九三段（伊周）「…」とては笑ひたまへど、いかでかなほをかしきものをば。」計二十一例

まず生起した内容を記述した上で、人々の言葉を引用して締めくくるのであり、引用の機能としては意味づけ・証言・総括などが主なものである。

以上のように三巻本の日記的章段の末尾はある人の「言葉」を引用して終わる型が半数以上を占める。以上の例文ではむしろ「…」の内容こそ章段の要の部分であるが、ここでは引用の意味というよりも「引用」して章段を閉じるという事実そのものに注目したい。

四、引用の意味

三巻本の日記的章段の終結部のみに焦点を当てたが、そこに見える言葉の「引用」は更に『枕草子』そのものの意味と関連する。

いったい『枕草子』の章段内で語られている事柄は、「語った」ことを「書く」体裁を建前とする「物語」と如何なる関係にあるのか。「物語」が間接的な聞き書きであるとすれば、『枕草子』は、虚構であるか否かは別の問題として、ある意味でそれは事の起こったその場に立ち会い、見聞し、登場人物でさえある作者による第一義的な現場における「物語」の生成であると言えよう。ここでは章段の終結部に注目したが、『枕草子』においての会話文はいずれも発せられたその瞬間をとどめる新鮮な言葉として叙述されている。終結部に引用された会話としての「言葉」は、そうした章段内の事柄や空気を再確認し、章段内容を改めて位置づける作者の方向づけである。と同時に、これを一種の定型と見なし得るなら、それは『枕草子』の日記的章段を特徴づける方法としても置き換えられるのではないだろうか。

仮に、『枕草子』における歌が個に属する内的世界であるよりも「座」、あるいは共同体としての「場」における共通部分を担っているとするならば、それと同じく日記的章段の最後に引用された「言葉」もある共同体を共同体たらしめる重要な確認の「言語」として機能しているものと考えたい。どの章段にもある主張が存在し、常に他者とその言葉の存在や重さが意識されており、また、全体からすると跋文の存在はその存在と重さを特に強調する意味を担うものである。跋文に見える「書きつく」の語を、執筆意識の強い口上として把握したことがある。[10]『枕草子』の全体も、章段も、生きた新鮮な会話の「言葉」の力によって支えられ、依拠し、〈終わり〉に至った作品であると言い得るであろうか。

注

（1）池田亀鑑氏「清少納言枕草子の異本に関する研究」（『国語と国文学』東京大学　昭和三・一）。

（2）田中重太郎氏『前田家本　枕冊子新註』（古典文庫　昭和四六）。

（3）池田亀鑑氏は第一冊について、四季天文または自然界の現象等・地文または地理的事項・家屋土木・動植物神仏職業人間の好尚等・服飾調度等にわたって記したもので、整然として秩序ある分類と組織がある、とされる（尊経閣叢刊解説。昭和二）。室伏信助氏「枕草子前田本家本の性格」（『枕草子講座第　三巻』有精堂　昭和五〇所収）。

（4）萩谷朴氏『枕草子解環一』（同朋社　昭和五六）一六頁。

（5）津島知明氏『動態としての枕草子』（おうふう　平成一七）。

（6）例えば高田信敬氏「類聚の骨格―枕草子と拾遺・後拾遺」（『国文鶴見』昭和六〇・一二）は勅撰集歌との関連を見る。

（7）松尾聰氏・永井和子校注訳『新編日本古典文学全集』（小学館　平成九）。

（8）赤間恵津子氏『枕草子日記的章段の研究』（三省堂　平成二一）。

（9）表現の時期的な差異に関する問題提起は、原岡文子氏「「枕草子」日記的章段の笑いについての一試論」（『平安文学研究』昭和五二・六。『源氏物語　両義の糸』有精堂　平成三　所収）に詳しい。

（10）永井和子「枕草子の跋文―書きつくという行為をめぐって」（『国語国文論集』平成九・三）。黒木香氏『枕草子』における日記的章段の配列意識―今内裏と内裏」（『枕草子の新研究』新典社　平成一八）。

II

源氏物語

1　声をあげる老者たち――源氏物語をひらくもの

一、源氏物語の存在と老者

「源氏物語をどう読むか」という、大きな問題提起の中に位置付けられた主題の一部として、ここでは物語中の「老者」に関する一つの面を考えてみたい。題名通り、源氏物語の世界が私達の前に展開して行くのに際し、老者たちが声をあげて語るという事実が、伏線として関わるのではないか、という視点からの検討である。(1)

ここで「声をあげる」と述べたのは音声を出して語ることであり、出さぬのは沈黙を意味する。この両者には大きな違いがあるが、それは言うまでもなく、声をあげるものに語るべき内容があり、沈黙しているものにそれがない、ということではなく、人間という主体は表現すべき内容を持つ存在であることを前提として、物語内部の登場人物がそれを音声言語によって表現するものとして造型されているか、否か、の問題である。後述するように源氏物語内部の方法としては、この違いが非常に大きい。ところで、そもそも物語自体が、声という人間の肉体を用いた行為を経て成り立ったことを虚構的な前提として含み持つ形態である。この物語の内部と外部の「声」の相関性に、まず注目しておきたいのである。

「老者」は年をとっている存在、年寄、老齢者、加齢者、高齢者、ＡＧＥＤ・ＯＬＤＥＲ・ＥＬＤＥＲ、などといわれる、そういう状況にいる人物を仮にこのように表現しておく。(2)内容的な定義としては、「非統一性」を考えておきたい。これは個々の老者が示すものがそれぞれ「不統一」であるという次元から、一人の老者の心的状況、身体的なありようまで、あらゆる意味で「不統一」であって一つには括り切れないということである。これを「老者」と括ること自体矛盾があるが、こうした特徴を示す世代ということで考えておきたい。

「ひらく」とは閉じた世界をひらくこと、すなわち物語世界が生まれて実在すること自体を仮にこのように表現した。言うまでもなく源氏物語は文字によって書き記されている物語であるが、前記のように語られたものを書き記した物語である、という建前を虚構的に持っている。即ち、この物語の構造としては、虚構の語り手を介在させることによって既に存在していた過去をひらくことになるのだが、もとよりことはこれほど簡単ではない。語られた世界は語り手にとって必ずしも対象化されたものではなく、また語り手は一元的ではありえず、多重的な存在であるからである。語り手の更に外部から物語を見る視点も存在しよう。この問題は当然老者の語りとも大きく関わるものである。

とりあえず題名をこのような意味に限定して、声をあげる老者たちが源氏物語の物語としての世界を存在せしめた一つの要因として機能しているのではないか、という試論を中心に、以下に述べてみたい。

二、物語と老者

物語と老者はどのように関わりを持つのかを検討するに際して、ここではまず内部からおよそ三つの方向を考えてみよう。第一は、人物論を始点として登場人物を加齢の角度から考えて行く方向である。特定の人物は、物語の時間の中にどのように描かれているか、または描かれていないか。また、物語の時間的秩序の中で年をとることになるが、彼はどのような変容を示すのか、そのことが物語の方法・構成に如何に関わるのか、という面から考えるのには、人物論として成り立ち得る、主として中心的な人物に添って見たほうが考えやすい。ここからは人間の深部に及ぶ問題である、老いの持つ成熟と悲哀と滑稽といった重層的なものも、人物との関わりから見えてこよう。第二には、作品論的に、ある特定の状況、出来事、場面、問題を切り取って、その方角からそこにはたらく老者を捉えようとする方向がある。

第三は、第一、第二から自然に導かれるのであるが、物語における老者・老いの機能、あるいは老いそのものの意味を大きく捉える方向である。このような全体的な視点から見ようとすると、数量的には、人物としては端役的な、名のつかぬような人物が老者として圧倒的に多く、更にその取るに足らぬ存在が、物語のある状況に抜き差し成らぬ関係で関わっていることに気付くのである。私がここで取り上げるのはこの第三の方向を中心としたものである。

更にこれらを物語の外側の次元と関わらせれば、作者である紫式部が老いをどのように捉えていたか、平安中期の常識としては一般的にどう捉えていたか、といった現実の吟味が必要となり、その視点から物語と老いとはどのような関係にあるかという問題や、虚構としての方法論の問題にも至ろう。

こうして物語内部と外部を関係づける場合の問題点のひとつは、物語の内部を、外部の次元の「解釈」として用いてよいかということである。ここに操作の問題があるわけだが、私としては一つの方法論として成り立つのではないかと仮定した上で、そうした方法についての吟味も視野に入れて考えたい。

三、源氏物語における時間と老者

物語の時間的な秩序からすると、源氏物語は主人公光源氏の一生という時間軸を中心として流れている。(3)しかし源氏個人にとっても、どの時期にも均等な時間が与えられているわけではない。桐壺巻は彼の父帝・母更衣のことから語りはじめられるが、源氏の子供の時代についてはほとんど記述はなく、元服をもって事実上物語は開始し、幻巻は紫上を失った源氏を描くのみで、彼の死去は物語としては語られない。光源氏については、老齢へと向かう時期はあっても、いわゆる老者の時代は存在しないのである。(4)その外の登場人物達も当然年をとり、やがて死を迎えるが、その老いが語られたり、それ自体が主題化されるのは特別の場合のみである。物語としてはやはり成人である「大人の時間」が中心であり、言うまでもなくそれさえも均等な時間ではありえない。このように物語の時間は客観的・外部的なそれのみならず、内的には物語としての選択による独自の時間が設定されている。現代の時間論においても、観念的に等質の時間、無限の時間の追求という道筋を経て、更に最近では人間の尺度、有限な生命の尺度から時間を改めて質的に捉えなおすという傾向が著しい。こうした面からの生命論も活性化しているのが現状であろう。すなわち老者は、子供とともに、物語の世界における時間的な尺度から予め疎外されている存在である。こうした在り方が、逆に言えばそれ自体に自由な立場を自ずから与えることになろう。この自由さは、はじめから自明なプラス評価のそれではなく、価値評価からはずれた、無用・無益性をはらむ部分から成り立っていることを忘れてはなるまい。この捻れた二重性がむしろ老者の特質であり、未来の時間をはらむ子供との違いである。

従って源氏物語において老者が登場する場面は、多くの場合戯画性を帯びて来る。後述するように老者は異質性を持つものとして存在することが多いのだが、その場合その異質性は、高貴・知恵・老賢、といった面ではなく、むしろ卑屈・暗愚・虚妄などの面が強い。それがまず身体的な特色として記述されることもしばしばある。また、貴族の美的範疇から外れる老齢ゆえの身体的動作として、あくび、いびき、しはぶき、よひまどひ、などがとりあげられるのである。他の人物が沈黙しているのにもかかわらず、臆面もなくあげる「声」も、ある時には老者の身体的動作の一種とみられるかもしれない。
このように時間的にも、空間的にも異質性を持つ、「はずれた」老者が、その「声」をもって物語の存在そのものに関わって行くと見たいのである。(5)

四、中心的登場人物の表現方法

声をあげるということは、日本の文化の中で重要な問題である。これを源氏物語の登場人物の持つ表現方法としてみるとどうなるだろうか。これは、われわれ読者は、どの部分によって登場人物の考えを知るのか、というような、あくまで物語の方法の問題であることは言うまでもない。結論的に述べてしまうと、光源氏をはじめとする中心的人物については声(「会話」)は抑制されたものとして描かれ、声にならぬ沈黙の部分は、物語特有の方法である「心内語」として語り手によって表現される。それに対して名もないような周辺的人物の会話は非抑制的である。

物語の文章について現代の一般的な分類で分けると、語り手が語る「地の文」、登場人物が語る「会話」、登場人物の考えを語り手が表現する「心内語・心中思惟」などがあり、その外に「歌」「消息」などの形もある。物語の文章をこのように分類すること自体、あるいは分類のしかた、あるいはその内容の把握には様々な考え方が存在し、近代的な一便法でしかないものの、一応これを目安にすると、このうち音声を発するのは「会話」である。これらはその前提として、登場人物の「会話」でさえもすべて語り手が語るという二重性を持つが、ここではそれを単純化して一元的なものとして述べる。物語の根幹をなすのは、中心的な人物、たとえば光源氏、頭中将、藤壺、紫上などであるが、これらの物語を織りあげる人々の会話文は非常に注意深く表現されている。独り言は別として、会話（二者の対話・数人との会話・多数の人への呼び掛けなど）の場合には、声をあげた音を、自己以外の他者が聴覚を通して聞いているという状況がある。光源氏の場合でも、彼は考えていることをそのまま口にするわけではない。思う内容と会話表現は必ずしも同じではなく、声は極めて限定されている。物語としてはそれだけでは人物の造型として不十分で、ここに前述のごとく、必然的にこの人物はどう考えているかを語り手が立ち入って表現する「心内語」という方法がとられることになる。これは物語文学が達成したひとつの特殊な方法であろう。「心内語」の表現は音声をともなわず、その意味では沈黙しているといってよい。この「心内語」をどう扱うかという点に関しては、それぞれの物語にそれぞれの特色がある。それらを更に支えるのが語りという「地の文」であって、物語の文はこれらが複雑に交差しあい、ひびきあって成り立っている。言うまでもなく、「会話」表現にしても単に登場人物相互のやりとりを映すのみならず、読者に対するメッセージ伝達や作者の主張などをも広く包含し、また常にその内容を正確に伝えているとも限らぬが、声を前提としている点では一括りに考え得るであろう。ここで私が中心的人物とおおまかに述べた人たちは、光源氏を中心とした貴族圏に属する人々である。貴族圏から外れるその他の人物は、むしろそれぞれ会話によってその人の個性を表現している場合も度々みられる。

こうした見地から物語の文章を見るために、試みに「若紫」巻のはじめの部分を例にとろう。冒頭は、

瘧病にわづらひたまひて、よろづにまじなひ、加持などまゐらせたまへど、しるしなくて、あまたたびおこりたまひければ、（小学館「日本古典文学全集」1・二七三頁。以下引用は同書による）

という、語り手の叙述に始まる。この巻のはじめから、源氏の帰京までの部分を、仮に、北山の垣間見の前までの部分（前半）と、垣間見から源氏が帰京するまで（後半）とに分けてみると、前半において会話であることを明らかに示す「のたまふ」などで受けられている源氏の言葉は、次の通りである。

「いかがはせむ。いと忍びてものせん」とのたまひて（二七三頁）
「何人の住むにか」と問ひたまへば（二七五頁）
「心恥づかしき人住むなる所にこそあなれ。あやしうも、あまりやつしけるかな。聞きもこそすれ」などのたまふ。（同）
「絵にいとよくも似たるかな。かかる所に住む人、心に思ひ残すことはあらじかし」とのたまへば（二七六頁）
「さてそのむすめは」と問ひたまふ。（二七七頁）
「何心ありて、海の底まで深う思ひ入るらむ。底のみるめもものむつかしう」などのたまひて（二七八―二七九頁）
「さらば暁に」とのたまふ。（二七九頁）

物事の経緯を追って、答え、問い、意見を述べるというもので、極めて簡潔であり、源氏の心と会話はさほど離れず率直になされ、心内語の必要はない。改めて引用はしないが、逆に良清・僧都・聖などの言葉は長く、状況説明の役割を果たす。良清の明石の話などはその一例である。叙述が人物の心ではなく、状況描写として外側から描かれる場合、言い換えれば、物語が見えるもの、聞こえるものを描くときは、中心的な人物であろうともその一部分をなすか、逆にその視点によって見、聞くことになるか、などの方法で客観的に捉えられている。

後半の垣間見の場面は、源氏の眼によって見られている情景が客観的に記されるのではなく、見る源氏の心が共に動くものとして描かれる。言い換えれば、次のように、見られるものに参加する形での叙述に俄に変化するのである。

つらつきいとらうたげにて、眉のわたりうちけぶり、いはけなくかいやりたる額つき、髪ざし、いみじううつくし。ねびゆかむさまゆかしき人かな、と目とまりたまふ。さるは、限りなう心を尽くしきこゆる人に、いとよう似たてまつれるが、まもらるるなりけり、と思ふにも涙ぞ落つる。（二八一―二八二頁）

この叙述以後は、源氏の心と発言は分離して、二重性を帯びることになる。僧都と対座して、

昼の面影心にかかりて恋しければ、「ここにものしたまふは誰にか。尋ねきこえまほしき夢を見たまへしかな。今日なむ思ひあはせつる」と聞こえたまへば、（二八六頁）

に始まる会話も、内心の藤壺に関連する思いを注意深くおしこめての所望であるし、尼君に対するこの後の言葉も同様である。ここに源氏の心内語と語り手の説明の叙述が絡むことによって、他者を意識した源氏の「会話」であることが強調されるが、中心的人物にはこうした操作がおおむね施され、源氏の内面の苦悩と孤独感も表現される。逆に言えば自らを開かぬ存在であることによって、中心人物としての位置を占めることを得ているのである。例にあげたのは全くの一端であるが、こうした多重的な叙述方法が、物語の複雑極まる世界を形成していることは言うまでもなかろう。

自己を率直に開陳する方向ではなく、抑制・制約の中で選びぬいた言葉を如何に発するか、ということに登場人物の造型を託する点にかけては、源氏物語は群を抜いた力を示す。中心的人物は迂闊な言葉は吐かないのである。頭中将は率直な人で迂闊なことを時々言うように描いてあるが、しかしそれも場面性によることが多く、作者は思うことと話すことは厳密に区別し、非常に注意を払って描く。藤壺などはほとんど会話らしい会話がないことはよく知られている通りである。これらの人々はむしろ声を出さず、その点から表現すれば閉じた存在であると言うべきであろう。

五、周辺的人物の役割

物語の多彩な人物の中には、物語の内部に定位付けられることなく、名もないような「その他大勢」が必ず含まれている(6)。それぞれの必然に応じてそれぞれの役割を持つのだが、その多くは一回的な存在として描かれ、身分的には僧・女房・乳母・下仕え・はした者などに属する。また系図的には中心的な人物であっても、先に述べた疎外された年代の人、即ち子供・老者など物語の中心部分からは離れた存在である場合がある。これらの人々を仮に「周辺的人物」と呼ぶことにする。その人々はその場面性によって様々な様相を示すのだが、そのうちに「声をあげる存在」としての役割を持つものがある。いわば「会話」による表現であるが、これらの人々が中心的な人物と異なる点は、考えた上で言葉を発するのではなく、まさに率直に物を言うものとして造型されていることである。抑制されぬ声によって、こういう人々がある状況や中心的な人物の言動に対し、賛成したり、批判、感想を述べたりして、多元的な場面性を複合的に構成して行く。

先にあげた若紫巻は光源氏を卓絶した存在として描き、光輝にあふれかつ清純な貴公子として造型している巻であり、こうした働きは特に顕著である。中心的な人物に対してこれらの周辺的な人々がどのような言葉を発するか、同様に例をあげてみよう。私が最も注目したいのは次のようなものである。場面としては源氏が北山を辞するくだりである。

あかず口惜しと、言ふかひなき法師童べも、涙を落しあへり。まして内には、年老いたる尼君たちなど、まださらにかかる人の御ありさまを見ざりつれば、「この世のものともおぼえたまはず」と聞こえあへり。（二九八頁）

ここの「年老いたる尼君たち」の言動はまさにこうした源氏を称賛するために記されている。これに続いて、僧

都についても、

「あはれ、何の契りにて、かかる御さまながら、いとむつかしき日本の末の世に、生まれたまへらむ、と見るに、いとなむ悲しき」とて、目おし拭ひたまふ。（同）

との記述があるが、この源氏賛嘆の姿勢は最初に「この世にののしりたまふ光る源氏、かかるついでに見たてまつりたまはんや。」と尼君に述べた時から一貫したものである。しかしこの僧都は源氏の若紫所望というような物語の核心に触れる部分に関われれば、源氏の眼から、

「―かの祖母に語らひはべりて聞こえさせむ」と、すくよかに言ひて、ものごはきさましたまへれば、若き御心に恥づかしくて、えよくも聞こえたまはず。（二八八―二八九頁）

と述べられているように、なかなか手強い姿をも示す。またここにおいては、源氏を迎えた聖さえも率直な発言をする。

「あなかしこや。一日召しはべりしにやおはしますらむ。今はこの世のことを思ひたまへねば、験方の行ひも、棄て忘れてはべるを、いかで、かうおはしましつらむ」と、驚き騒ぎ、うち笑みつつ見たてまつる。いとたふとき大徳なりけり。（二七四頁）

こうした外部的な称賛は、源氏の藤壺思慕による苦衷に満ちた、明かされぬ内心との乖離を物語る。これらは若紫の巻としての源氏の造型に関わる要請、必然性からくるものであって、必ずしも一般化しにくいが、それでも、物語の外部の位置にあればあるほど、その発言は物語の内部から自由であり、率直になり得ることを示していよう。このように率直に声をあげて述べる人物とそうではない人物によって物語は立体的に構成されている。

乳母についても、例えば夕霧と雲居の雁の恋愛に関わる場面では、その一つの悪口が夕霧の心を刺し貫く。特に自分の姫君若君については身贔屓をする存在として書かれることも多い。同じく子供も率直な発言者である。

匂宮が幼い頃、死期の近い紫の上と交わした会話などが想起されよう。

橋本治氏による「窯変源氏物語」(7)は、一人称（源氏）、三人称の語りを交差せしめたものであるが、このことは一人称と三人称の形式の違いを際立たせることにもなってこよう。一人称による「私、源氏は――」という明快な自己表現をわれわれが如何に切望しても、もとの源氏物語は語り手を通じて相対的にしか語られていないのである。中心的な人物が声としては如何に閉じられたものとして造型されているかを示すものでもあろう。ここで私は沈黙という表現を声との対比から用いたが、その沈黙が「心内語」として描かれている場合にはまた別の側面が現われる。すなわち、心に思う、という在り方でそれはまぎれもなく存在し、開陳されているのである。厳密に言えば、思わない（存在しない）、思う（存在する・沈黙する・「心内語」）、言う（存在する・声として表現する・「会話」）というレベルで把握すべき事柄であるが、ここでは論述の都合でその点には立ち入らない。これは別の問題としてしばらく措き、一応声のレベルで考えておきたい。

六、声の持つ力

ここで、思うことと語ることとの絶対的な差異を示す二つの場面について述べる。朝顔の巻と若菜下の巻の例であるが、いずれも対話であって、話し手（源氏）と聞き手（紫の上）は共通している。

まず光源氏が、雪の夜、紫の上に藤壺のことを語ると、それを恨んで藤壺が夢にあらわれる朝顔の巻の場面をあげよう。

1ａ「ひととせ、中宮の御前に雪の山作られたりし、世に古りたる事なれど、なほめづらしくもはかなきことをしなしたまへりしかな。何のをりをりにつけても、口惜しう飽かずもあるかな。いとけ遠くもてなしたまひて、くはしき御ありさまを見ならしたてまつりしことはなかりしかど、御まじらひのほどに、うしろやすきものには思したりきかし。うち頼みきこえて、とある事かかるをりにつけて、何ごとも聞こえ通ひしに、もて出でてらうらうじきことも見えたまはざりしかど、言ふかひあり、思ふさまに、はかなき事わざをもしなしたまひしはや。世にまたさばかりのたぐひありなむや。やはらかにおびれたるものから、深うよしづきたるところの、並びなくものしたまひしを―」とのたまふ。（二・四八一―四八二頁）

ｂ入りたまひても、宮の御ことを思ひつつ大殿籠れるに、夢ともなくほのかに見たてまつるを、いみじく恨みたまへる御気色にて「漏らさじとのたまひしかど、うき名の隠れなかりければ、恥づかしう。苦しき目を見るにつけても、つらくなむ」とのたまふ。（四八五頁）

光源氏は朝顔の姫君に心を引かれている様子を示すので、紫の上はやや不機嫌である。源氏は紫の上を慰め、心を開いてじっくりと話をする。おりから雪が降っていた。ａはそのような場面のことであって「雪の山作られたりし」という記述は、この巻の前の薄雲の巻を受ける。「中宮」は藤壺であり、既に薄雲の巻で死去している。「世に古りたる事なれど、なほめづらしくもはかなきことをしなしたまへりしかな。」という部分には枕草子の雪山の段との関わりも指摘されている。

第一に「中宮のお前に」という表現は多少直接的な表現を軟らげてはいるが、ここで「中宮」というはっきりとした呼称をもって藤壺の名を口にしたこと、第二に実際に藤壺と近々と親近していたわけではないが、という言い訳をしつつ「やはらかにおびれたるものから、深うよしづきたるところの、並びなくものしたまひしを」などとその人について具体的に語ったことが問題となる。この会話は「のたまふ」という言葉ではっきりと受けられている。ここで、源氏は藤壺のみならず他の人々についても、多くのことを語った。その話のあとで紫の上と寝につき眠りに入る。その部分がｂである。自身の発言に触発されて、源氏は藤壺の死に対する秘かな自分の思いを深めつつ寝入った。そこに夢とも現とも判じがたいうちに藤壺があらわれ、「漏らさじとのたまひしかど、うき名の隠れなかりければ、恥づかしう、苦しき目を見るにつけても、つらくなむ」と恨むが、それほどはっきりしたことはaでは源氏は言っていない。この藤壺に対する思慕はそれまでに地の文や心内語によって度々語られてきたものであるが、ただ思うだけではなく、ここで紫の上という人物に音声として「中宮の云々」ということを言った、まさにそのことをうけて藤壺が出現する。ここから、源氏がうなされて苦しむ、という文脈に続いて行く。これを定式化すると、

人物Aのことを人物BがCに対して声を出して語る→その声を聞いて既に死去したAが人物Bのもとに出現する。

というパターンである。

若菜下の巻も同じパターンである。光源氏が、紫の上に六条御息所のことを語ると、御息所の物の怪が出現する場面である。

2a「——中宮の御母御息所なん、さまことに心深くなまめかしき例にはまづ思ひ出でらるれど、人見えにくく、苦しかりしさまになんありし。恨むべきふしぞ、げにことわりとおぼゆるふしを、やがて長く思ひつめて深く怨ぜられしこそ、いと苦しかりしか。心ゆるびなく恥づかしくて、我も人もうちたゆみ、朝夕の睦びをかはさむには、いとつつましきところのありしかば、うちとけては見おとさるることやなど、あまりつくろひしほどに、やがて隔たりし仲ぞかし。——」と、来し方の人の御上、すこしづつのたまひ出でて、（四・二〇〇—二〇一頁）

b「——中宮の御ことにても、いとうれしくかたじけなしとなん、天翔りても見たてまつれど、道異になりぬれば、子の上までも深くおぼえぬにやあらむ、なほみづからつらしと思ひきこえし心の執なむとまるものなり

ける。その中にも、生きての世に、人よりおとして思し棄てしよりも、思ふどちの御物語のついでに、心よからず憎かりしありさまをのたまひ出でたりしなむ、いとうらめしく、今はただ亡きに思しゆるして、他人の言ひおとしめむをだに省き隠したまへ、とこそ思へ――」など、言ひつづくれど、（四・二二七―二二八頁）

aの部分について言うと、第二部の若菜上の巻では、女三の宮の源氏への降嫁と、それに伴う一連の事件が語られている。若菜の下の巻のここは、女楽のあとで源氏が紫の上と語る場面である。朝顔の巻と同じくここでも「中宮の御母御息所」とはっきりとその人とわかる呼称をとる。この部分の「中宮」は秋好中宮であって、その母は六条御息所をさす。「さまことに心深くなまめかしき例しにはまづ思ひいでらるれど、人見えにくく、苦しかりしさまになんありし」は決して激しい非難ではない。このたびの源氏も多くの人の上を紫の上に語った。

aとbの間には少し時間的な間隔がある。aのあとで紫の上は女三の宮降嫁による苦悩によって発病し、六条院から二条院に移り、源氏も二条院に赴く。そして四月の十日すぎ、丁度葵祭りの頃、いわゆる柏木と女三の宮事件が、六条院が手薄になった隙に生じる。柏木のことによって女三の宮は病づき、源氏はそれを聞いて今度は急いで六条院に帰る。紫の上は既に息が絶えたと聞いて惑乱するが、物の怪ではないかと疑いさまざまに試みると、やっと紫の上についていたらしい物の怪が出現する。源氏はそれでも偽の物の怪、もしくは狐といったこともあり得るだろうと考え、もし六条御息所の物の怪であるなら、自分と六条御息所しか知らないことを、何か証拠として言うようにと言う。

すると物の怪が語るのが、bの部分である。aの「――思ふどちの御物語のついでに」と源氏が紫の上に自分のことを語ったことをうけて「心よからず憎かりしありさまをのたまひ出でたりしなむ、いとうらめしく、今はただ亡きに思しゆるして、他人の言ひおとしめむをだに省き隠したまへ、とこそ思へ」と今はもう自分が死んでしまったのだからそのことに免じて、もし他の人が自分を悪く言ったらそれを弁護していただきたいと思っていたのに、そうではなくていろいろとおっしゃるとは心外である、などと声高に言う。

この1、2を見ると、これらの例はいずれも物の怪の出現その他さまざまな要素が絡むものの、いずれも源氏が紫の上にのみ語っていること、聞き手は紫の上で、声を聞いたのはこの人だけであるはずであるのに、それ以外の存在が声を聞いていたという点で共通の様相を示すことになる。このように中心的な人物は迂闊に声を出して語ることはできない。生きている人間ではなく、亡くなってしまったなにものかが声をききつけるのである。

これらは思うことと、語ることとの絶対的な差異を示すものであって、声の持つ力の恐ろしさを存分に発揮した表現世界の意味を考えざるを得ないだろう。

1、は第一部の大きな問題である源氏と藤壺の秘密の間柄という秘事に関わり、2、は六条御息所が第二部の底流にあることを思わせる。声を聞きつける存在に常に囲まれながら、源氏物語の世界があることを改めて感じさせるのである。

このように、物語の空間的な位置から見れば中心的な人物であり、個人の体現している時間から見ても性に関わる大人の時間にあって、物語の中心にいる人物は、聞く耳を恐れて、他ならぬその物語の中心的なものを自ら語ることはできず、その意味で閉じた存在である。秘事は決してこのような人物からは洩れ得ないのである。

七、老者と伝達

それでは秘事は、物語の内部の登場人物に、どのようにして伝達されるのだろうか。今まで私が述べたことからすると、秘事は閉じられたままになりかねない。ところが物語は、特に血筋に関わる秘事を当事者だけに内密に伝えることによって動的なうねりを保ち続け、特にその当事者は秘密の共有者としての内的な生命を得る。この伝達に老者が関わる例をみよう。

再度述べるように、老者は性を超えたものであり、時間的には物語から外れている存在である。

第一部と第二部の根幹に関わる重要な秘密は、源氏と藤壺、柏木と女三の宮のそれであろう。これらは前述のごとく、中心的な人物から明かされることはない。光源氏はわが身に関わるこのふたつの大きな秘密を、自己の内部に隠蔽しおおせた人物として造型されている。しかし物語では、当事者のみではなく、その秘事に具体的に関わる立場にいた名も無い人物も当然それを知っている、という形をとる。それらは周辺的な人物に近いが、このような人物は、秘密を知った後に重荷を如何に処理するかの問題にも関わって来よう。そこから、何らかの動機があって、これも秘密裏に真実の伝達が行なわれるのである。まず第一部に語られる伝達の部分をあげる。夜居の僧が、冷泉帝に、源氏と藤壺の秘事を密奏する薄雲の巻のくだりである。

1、年七十ばかりにて、今は終りの行ひせむとて籠りたるが――「いと奏しがたく、かへりては罪にもやまかりあたらむと思ひたまへ憚る方多かれど、知ろしめさぬに罪重くて、天の眼恐ろしく思ひたまへらるることを、心にむせびはべりつつ命終りはべりなば、何の益かははべらむ。仏も心ぎたなしとや思しめさむ」とばかり奏しさして、えうち出でぬことあり。（二・四三九―四四〇頁）

源氏と藤壺との間のことを、表向きは桐壺帝の御子である冷泉帝に、実の父は源氏であるという形で告げる。ここでは何を、ではなくて何故明かすことになったかという部分をあげた。まずその人物は七十歳位である。藤壺の病気平癒の祈願のために呼ばれていたのであるが、言上をたいそう躊躇して、申し訳や言い訳が先に立つ。その動機は、価値観の逆転と言ってもよかろう。まず自己が秘事を明かす罪と、冷泉帝が事実を知らぬ罪とを比較し、後者が優先すると判断する。従ってそれを秘密のままで置くことは、逆に自己の罪となるというのである。ここでは「僧」であることも大きいが、この世の価値観とあの世の価値観とを比べるという視点自体が、単に僧であるのみならず、余命に乏しい年老いた存在であるゆえの動機となる。生を終えてこの世を抜け出る、というところから見れば、物語の内部から自由になれるのである。ここに老者が表現者となり得る可能性があろう。周辺の存在であり、かつ老者である、ということで、このような人物の持つ表現の自在性は二重に保証されている。これを物語全体から見れば、物語の根幹を揺るがすようなことを老者がなしているとも把握し得るであろう。

次の例は橋姫の巻のことであって、やはり第二部の秘密の血筋に関わり、父は源氏ではなく実は柏木であることを、弁の乳母が当事者の薫に伝達するものである。

2、このおいびとはうち泣きぬ。「さし過ぎたる罪もや、と思うたまへ忍ぶれど、あはれなる昔の御物語の、いかならむついでにうち出できこえさせ、片はしをもほのめかし知ろしめさせむと、年ごろ念誦のついでにもうちまぜ思うたまへわたる験にや、うれしきをりにはべるを、まだきにおぼほれはべる涙にくれて、えこそ聞こえさせずはべりけれ」とうちわなく気色、まことにいみじくもの悲しと思へり。（五・一三六—一三七頁）

同じく、柏木の秘事を、どうしてその子息に伝えるのか、という動機付けの部分である。僧と尼と性別は異なるが、薄雲の巻との近似は著しく、やはり明かす自己の罪は弁えながら、子が親を知らぬこと、の罪を優先する。この場合は、自分が生を終える前に伝えたいという意志があって、その機会が仏によって与えられたという言い方をしている。弁は六十位という設定であるが、この年齢はその場その場の必要に応じて少し変わって来ることがある。当時の年齢の常識からすれば老齢、という位置付けであろう。実際にはこの時は伝達の前置きのみであって、また後に訪れた時に具体的な内容を薫に伝え、柏木の手紙なども託す。この出会いにけ、柏木の乳母とこの弁の乳母は親子であったというような理由が付与されている。

現実にこの世で起こってしまったことは隠蔽できず、沈黙してはいけない場合がある、という時に、物語の内部的なものを押し破って、別の世界の視点から秘密を伝えるという役割を老者が持つ例である。物語の大切な秘事になると声をあげて告げ、当事者に明かし、この表現によって物語を動かすという機能が老者の力のひとつである。(8)

八、「翁」と「嫗」と「老人（オイビト）」

今まで「老者」という表現をしてきたが、これは現代語であって当時の言い方ではない。当時の表現として、「翁」「嫗」「老人（オイビト）」という言葉に触れてみるが、これらのいずれも現代語の「老者」ではなく、特定の「老者」を表現しているようである。いわば「名のないおどけもの」といったところか。(9)

翁（オキナ）―異質の部分を持つ身分の低い男性の老者（源氏物語に二〇例）

おとど（内大臣。四十位）「朝臣や、御休み所求めよ。翁いたく酔い進みて無礼なれば、まかり入りぬ」と言ひすてて入りたまひぬ。（藤裏葉巻）

嫗（オウナ）―異質の部分を持つ身分の低い女性の老者（二一例）

この大尼君（八十あまり）、笛の音をほのかに聞きつけたりければ、さすがにめでてきたり。「嫗は、昔、あずま琴をこそは、こともなく弾きはべりしかど、今の世には変りたるにやあらむ」―「たけふ、ちちりちちり、たりたんな」とはやりかに弾き、（手習巻）

老人（オイビト）―異質の部分を持つ老齢の女房（三九例）

いともの古りたる声にて、まづ咳を先にたてて「かれはたれぞ、何人ぞ」と問ふ。―声いたうねびすぎたれど、聞きし老人と聞きしりたり。（蓬生巻）

まず「翁」は中心的な人物について地の文で用いることはない。具体的には偏屈な年とった門番、下働きの変わったジイサン、などを指す。また身分が低いがまともな動きをする場合は、翁とは表現しない。こうした人物（まともな「ろうじん」）は物語には必要がないのであろう。少し変わっている、貴族の価値観から外れる、ぼけている、などの異質性を持つという限定の中における身分の低い老齢男性を言うようである。ここの例は特殊な使い方であって、「内大臣」（もとの頭中将）は自分のことを酔って「翁」と自称するが、この人を地の文で「翁」ということはない。中心的な人物は先に述べたように言いたいことも抑制されている。その時、ふざけて「翁」に変身して言いたいことを言ってしまうのである。光源氏にもこういう使い方の例があり、いずれもその発言は場面を激しく動かして行き、停止状態にある状況を打開して行く。このように中心的な人物は好んで自分からジイサンのふりをするのである。

「嫗」は源氏の中ではっきりしたものは二例のみなので考えにくいが、これも同様に異質性を持つ老齢女性と見てよいのではないかと思われる。例は宇治十帖のおわり近い手習の巻の場面である。横川の僧都・横川の僧都の母大尼君・妹尼という老者の三人組が投身した浮舟を救ったのだが、そののちこれらの人々が浮舟をひきとり、その生き方にさまざまに関わって来る話の中に位置づけられる。妹尼君は自分の亡くした娘に代わるものとして浮舟を待遇し、よい相手を探して婿にと考え、その有力な候補者を呼び寄せた場面である。相手の男性は非常にロマンチックな気持で訪れ、妹尼の方もいろいろともてなして歓迎し、それではここで音楽でも、といった雰囲気となる。大尼君がそれを聞きつけてその場に赴き、奇態な琴の調べですべてをぶちこわしにする。ここの「嫗」は八十過ぎの大尼君の自称例であって、これも無意識のバアサンへの変身と言えよう。

「老人（オイビト）」はおおむね何らかの異質の部分を持っている老齢の女房をさす言葉である。例にあげた蓬生に「いともの古りたる声にて、まづ咳を先にたてて」とあるように身体的な動作の記述が伴う描写も多い。

これらはいずれも「ろうじん」一般をさしているのではない。その中で異質性を持つものがそれぞれ「翁」「嫗」「オイビト」といった呼び方を与えられているのである。これらの周辺的な、自在でおどけた存在がないと物語は流れにくいであろう。これらの人々ははじめから社会的責任や身分的な桎梏から解放されており、自由な立場から声をあげることが可能なのである。源氏物語の内部的な老いの扱いは、必ずしも知恵や賢さを体現したものではなく、おおむねこうした生き生きとした「おどけもの」としての物語の活性化が中心なのではないか、と思われるのである。

九、老者と語り──ほけたりける人

源氏物語が前述のように「語り」という声をあげることを虚構として持つとすると、この声をあげる老人と、どのように関わり得るのかが次の問題となる。ここで竹河の例をあげるが、この巻自体が五十四帖の中でどのように位置付けられるかは問題であり、後人の作という疑いも残っている。ここでは、現行の源氏物語の問題ということで把握しておきたい。

これは、源氏の御族にも離れたまへりし後大殿わたりにありける悪御達の、落ちとまり残れるが問はず語りしおきたるは、紫のゆかりにも似ざめれど、かの女どもの言ひけるは「源氏の御末々にひが事どものまじりて聞こゆるは、我よりも年の数つもりほけたりける人のひが言にや」などあやしがりける、いづれかはまことならむ。（五・五三頁）

この文章は源氏の中で語りに関するものとして大変著名なところである。が問題はこの文脈であって、どのように読み取るかについても議論が百出している。これは他の引用文と同じく小学館「古典文学全集」のテキストであるが、清濁、鍵括弧、句読点などによって意味も全体の解釈も異なってしまう(10)。ここの読み方の歴史的分析に関しては神野藤昭夫氏の詳細な論(11)があるので参照されたい。ここではその問題には触れず、「語り手」のみに注目すると、玉鬘の一族、髭黒方の女房達の語りが一方にあり、それに対して紫の上方の語りがある、というように読め、今まで一つの筋の語りとして絶対的と思われていた源氏物語そのものが、俄に相対的なものとして意識されてくることになり、幾重にも混乱は重なる。さらにこの語り手の年齢を問題とするなら、一方は「自分たち」よりもずっと年齢が高い、ほけた人であるからひがごと（こと）が混じる、と言っていることから、ほかならぬ「自分たち」も老人であるということになって、ここで老者の語りというものを考えざるを得なくなってしまうのである。この物語の中で老者がはっきりと語り手に関わるのは殆どこの竹河のみであって、先に触れたように竹河自体が疑問を含むのであるから、あくまで推定という表現しかできないのであるが、これまでに述べたところを総合すれば、語りと老者の相関性は極めて強いとみてよかろう。

語りの問題に関して、「女房」という存在も極めて多義的である。ここでは、源氏物語の一次的な語り手に擬されている抽象的な存在としての「女房」をこのように称したのだが、さらに「老者」の意味を重視して「老女房」と称することは可能であるし、妥当であろう。単に女房であるのみでは、やはり物語の内部や人間世界に限定されてしまう。今まで見たように、源氏物語は老者のこの世を超えた自在な力をかりなくてはひらき得ないほど閉じられており、かつ重いのである。

一〇、老者の異質性の機能と源氏物語

ここで、以上の点を踏まえた上で、老者と源氏物語の関係に関しての卑見を、覚え書きとして述べておこう。

1、老者における、現世を超え身分を超えた別の価値観の存在が、物語世界をひらくものとして機能する。

最初に述べたように老者の定義はむつかしいが、基本的にあらゆる意味における「非統一性」と考えておきたい。物語における老者の異質性の機能は時間論的に言うならば疎外者、空間的に言うならば身分、あるいは周辺と言い換えてもよい。中心的な物語の外に重なりあって存在しているものが、中心的な人物が秘匿し、沈黙している世界を声として開いて行くのではないか。そこから語りとしての「物語」と結びつく可能性が生じる。その意味で現世を超え、身分を超えた別の価値観の存在が物語世界を内的にひらくものとして機能するならば、その一端に老者が存在するのではないだろうか。

2、老者の持つ二面性（正負・賢愚など）は同時に危険性・戯画性を帯び、物語に動的な力を付与する。

老者の持つ捻れた二面性によって、老者の表現行為は、ある意味で危険性を担っている。予め物語世界からは排除された年代だからである。しかしこれは物語の内部に動的な力を付与するものともなり得る。老人の持つ二面性・両義性はキケロがすでに指摘しているし、[12]『古今集』雑の部でもかなりはっきり意識されている。現代の、たとえば心理学においては、賢老人というような存在を想定するように、ある意味では老者は知恵を蓄積して行くが、一方で時間は限定されており、そこに近付くにつれてマイナス要因も増えてきて、生産性や社会的な還元はむつかしくなる。この世から見ると既に外れた存在であって、知恵は抑制されぬ危険へとたやすく変化し得る。このことが逆に動的な力ともなり得るのであって、その力を源氏物語は描いていると言えよう。[13]賢老人に対して、私の考えるのは相対的には愚老人である。絶対的見地からは賢老人に転化し得るものではあるが。

3、老者は身体としては終局的にこの世から離脱する存在であるために、別の次元の眼を併せ持つ自在性を示す、と見る作者の夢が源氏物語に結実したものか。

現在から離脱する意識を持ったときに、それはこの世における沈黙というタブーを破って、声として語られるものとして現出する。老人特有の身体的な特徴や動作（あくび・いびき・しはぶき、など）がしばしば語られるが、これは貴族的な価値観によって規制された世界からの離脱をも意味しよう。子供もこの世に新しく現われた存在という意味での異質性を持つが、声をあげたり、自在な行動をするものの、語りはしない。語るべき時間の堆積を与えられていないからである。こうした別の次元の眼を併せ持つものを内在させようとする意志こそが、源氏物語の特性ではないだろうか。更にそれを外在させることによって語りが成立する可能性がある。

4、すべての世代的存在が固有の絶対的な価値を有する、とする積極的な人間把握によって、新しい老者像の創造が可能となる。

時間的な加齢の持つ価値とは何だろうか。これを源氏物語についてみると、まず物語の時間から外し、周辺においやり、笑いものにしてみせる。ここで際立つのはその異質性そのものの価値である。老者は自閉することなく、自由な立場で自在にものごとの境界を開いて行く。その力が、外部から物語を語る、という力に転化されているのではないだろうか。大鏡・無名草子など明示されたものばかりではなく、高齢者の語りのかたちを取るのは、源氏物語に限らず日本の物語文学が暗黙のうちに内在させている性格であろう。伊勢物語・竹取物語などにも「翁語り」の系譜を見得るかもしれない(14)。それは単に経験を豊富に持つ世代であるという理由だけではなく、「老者」の逆説的な性格を生かしたものと考えられる。それが祖先から受け継がれた話であるなら、そこには各時代の時間の重みが加わろう。すべての世代の持つ力を源氏物語は生かし切って成立しているといってよかろう。

現実世界では、現在においても、有限である時間を知った老者の密かな恐怖は、強烈な孤独感と共に超えがたいものであり、受容しにくい。また痴呆老人と言われる人の考えは、我々には把握できない。それは我々がこの世の中に通用する言葉しか持たず、どのような力がそこに潜むのかわからないからであろう。源氏物語の竹河の巻で、語り手が「ほけたりける人のひがごと」と湜しく相手を笑いのめしている自在さの意味は大きい。物語の内部の人間、まして中心的な人物の価値観からは到底できないことである。

自分の時間や生命と引き替えに得た知恵を持つ老者が、肉体的にも協力であるとしたら、これは危険極まりない。肉体的には弱い存在であることによって、バランスがとれた存在となる。逆説的な表現であるが、老者をこの意味で動的・創造的なものとしてあえて把握しようとする、作者の祈りに似た行為ではないだろうか。

5、老者によって語られたという虚構性を持つ物語は、作者と時間からの遮断と、普遍性の獲得をはたす。

現実の作者である紫式部は、もとより老者ではない。物語は語られたものという体裁を取ることによって、特定の作者との間の関係を断ち、また特定の時間からも切り離されて、普遍性を獲得する。当然ここで作者はより背後に隠れ、自己韜晦が可能となり、物語は自ら歩み出す。更に、そこに老者という伏線が存在して、擬態としての自在さ・とぼけ・おどけ・諧謔・哄笑、などの、寒山拾得のごとき性格が、源氏物語の「語り」というもの自体に内在しているのではないだろうか。老者に語らせることによって、今度は作者が自在性を獲得し、懐の深い、豊かなあそびの要素を加え得ることになる。源氏物語は、優雅でありながら人間の闇に迫る凄味に満ちるが、時にこうした自在で濶達な面を見せることがある。もとよりこの語り手としての老者は、表面には顕在化していない。

6、老者と胎児との相関性――現代の視点による生命の回帰と永遠性への展望――とその願望

最近の生命学において、胎児期はさまざまになる点で注目されている。従来未知のものであった人間の最初の存在形態の情報が、現在では豊富に知られるようになって来たからである。同時に老化の研究の進展も著しい。一つの例をあげると、老者のみが持つある特有の物質は、人間が生まれる以前、母胎内にいる時にも持っていた物質である可能性が高いという。誕生後は消え、高齢になると出現するとすれば、本来顕在化していなかったものが、老人に達すると現われると言い換えてもよいだろう。このことは胎児と老人の共通性を示すと共に、胎児―老者―胎児といった生命の回帰や永遠性という視点の証しともなり得る。[15] また老人によって心外には開き得ぬ世界の存在を示唆し、閉じているならばそれを開く異質な「老者」の語りを虚構として用いる物語の方法に対しても、様々な示唆を与えよう。

オーストリアの数学者であり思想家であるゲーデル[16]の考えは多くの思想家に影響を及ぼしているが、そのうちの一つの不完全性の定理がある。一つの体系の中で語られたことが矛盾しているかどうかということは、その体系の中では必ずしも証明できない、とするものである。「老人の語り」についてはあるいはこの不完全性の定理が適用されるかもしれない。しかし根底の、顕在化していないその部分には、単なる現実の行為を超えた「老人の語り」が存在していそうである。これは、老年に達することを得ず、老年を一つの夢として用いた作者の無意識の願望であろうか。

どうあっても、この矛盾に満ちた人の世はとらえがたい。そこにあえて虚構の形で物語世界を構築した源氏物語は、「老者」の持つであろう不思議な力をも、その基礎の一つに据えたのではないか。以上のような視点から考えることによって、この物語に対する読み方の一端としておきたい。ともあれ、語り手も、作者も、作品には

はじめから存在しない。そこにあるのは光源氏・紫の上などの登場人物のみなのである。

注

（1）源氏物語の「語り」については多くの論がある。室伏信助氏「物語の語り手」、「語り・表現・ことば」、『源氏物語講座』6（勉誠社、平成四・八）などを参照されたい。また最近における「女房論」の成果も視野に入れて考える必要があろう。

（2）シモーヌ・ド・ボーボワール、朝吹三吉訳『老い』上下（人文書院、昭和四七・六）をはじめとして思索的な老人論は数多い。『現代思想［特集・老いのトポグラフィ］』（昭和六一・一）もよく問題点を捉えている。

（3）源氏物語の年立が早くに成立し得たのは、外部的な時間が極めて現実的に捉えられ、年時の設定が可能であるためである。光源氏の時間を追うことによって、わずかな例外を除き、すべての年月を矛盾なく把握することができる。

（4）石田穣二氏『伊勢物語』解説（角川文庫、昭和五四・一一）は物語における主人公の一生を元服から終焉までと位置付ける。

（5）永井和子「物語と老い―源氏物語をひらくもの」『国語と国文学』71―1（平成六・一）。なお永井の「老い」に関する論は『源氏物語と老い』（笠間書院、平成七・五）に収載。

（6）清水好子氏『源氏の女君』、「侍女たち」（塙書房、昭和四二・六）は、こうした存在をはやくに指摘している。

（7）橋本治氏『窯変源氏物語』1〜14（中央公論社、平成二〜四）。

（8）永井和子「老人の語りとしての源氏物語―虚構と時間」、『論集中古文学』5（笠間書院、昭和五八・六）。

（9）永井和子「源氏物語の翁」学習院女子短期大学『国語国文論集』14（昭和六〇・三）。「源氏物語の媼」同23（平成六・三）。「源氏物語のおいびと（老人）―言葉の意味するもの」、『源氏物語の探求』15（風間書房、平成二・九)。

(10) 高橋亭氏、三谷邦明氏等の「竹河」巻に関する諸論参照。

(11) 神野藤昭夫氏「竹河冒頭の解釈史・逍遥―語りの迷宮への誘い」、『源氏物語とその周辺』(勉誠社、平成三・一一)。

(12) キケロ〝M. TULLI CICERONS CATO MAIOR DE SENECTUTE〟の翻訳として『老境について』(吉田正通訳、岩波文庫)などがある。

(13)「光源氏」についての諸氏の論の中には、その「老い」について触れたものが少なからず存する。

(14) 永井和子「翁語りの系譜試論―竹取・伊勢・土佐・豊蔭・大鏡」、『国語国文論集』17(昭和六三・三)。

(15) 三木成夫『胎児の世界』(中公新書、昭和五八・五)。鎌田東二氏『翁童論』(新曜社、昭和六三・五)。以上の二著は全く立場を異にするものの、人間の生に対しての鋭い洞察に満ちた提言である。

(16) クルト・ゲーデル(一九〇六～一九七八)。一九四〇年にアメリカのプリンストン高等研究所の研究員となり、一九五五年に教授となる。不完全性定理は二十五歳の発見にかかわり、ある体系内部におけるその完全性の証明は不可能であることを厳密な数学的論証によって示した。その他の多くの証明を成し遂げたが、彼の個性的な思考とその柔軟な方法は、単に数学の分野に止まらず、合理的な存在に対する確信を基底としていた当時の思想に、多くの影響と反省をもたらし、今日に至っている。

本稿は東京女子大学学会主催の一九九四年公開連続講演会「いま『源氏物語』をどう読むか」Ⅲに際して述べた内容をもととして成ったものです。機会を与えてくださいました学会当局、室伏信助教授に深く感謝申しあげます。

2　末摘花覚え書き——異文化の体現者として

一、末摘花の容貌——異国のものか

源氏物語において末摘花は、その容姿から一般に「美しくない女性」更には「醜い女性」として捉えられている。末摘花巻・蓬生巻・それ以後の巻、とその間には若干の差異はあるものの、問題は末摘花が源氏物語全体の価値観の内部で「無」としてではなく、ひとつの確たる「異質な文化」として存在を主張していることであろう。宮の姫君としての超古代的な部分に加え、神話性その他が多く指摘されているが[(1)]、ここではこの異質性を源氏物語の時代の異文化と重なる面から眺め、それを体現したものとして末摘花を瞥見してみたい。言い換えれば外来者のイメージであって、それも統一的なものではなく、当時の尺度による奇妙な混淆形態と見る。末摘花は縦糸としての古代性に加えて、横糸としての異国的な文化をも織り成したがごとき多元的存在としても造形されているのではないか、と考えるのである。

末摘花の巻において、光源氏が雪の光にその姿を見顕わした部分の容姿の描写を現在の物差しで虚心に読むと「美しい末摘花」とまでは言わずとも、「個性的な末摘花」ほどには読める。

まづ、居丈の高く、を背長に見えたまふに、さればよと、胸つぶれぬ。うちつぎて、あなかたはと見ゆるものは鼻なりけり。ふと目ぞとまる。普賢菩薩の乗物とおぼゆ。あさましう高うのびらかに、先の方すこし垂りて色づきたること、ことのほかにうたてあり。色は雪はづかしく白うて、さ青に、額つきこよなうはれたるに、なほ下がちなる面やうは、おほかたおどろおどろしう長きなるべし。痩せたまへること、いとほしげにさらぼひて、肩のほどなど、痛げなるまで衣の上まで見ゆ。何に残りなう見あらはしつらむと思ふものから、めづらしきさまのしたれば、さすがにうち見やられたまふ。頭つき、髪のかかりはしも、うつくしげにめでたしと思ひきこゆる人々にもをさをさ劣るまじう、袿の裾にたまりて引かれたるほど、一尺ばかり余りたらむと見ゆ。(「新編日本古典文学全集　源氏物語」①二九二〜二九三頁。以下引用は同書による)

これを、末摘花を見ている源氏の感じ方の叙述は除いて、具体的に把握できる部分のみ結んで示せば次のようになる。「居丈の高く、を背長に見えたまふ〜(鼻)高うのびらかに、先の方すこし垂りて色づきたる〜色は雪はづかしく白うて、さ青に、額つきこよなうはれたるに、なほ下がちなる面やうは、おほかたおどろおどろしう長きなるべし。痩せたまへること、〜さらぼひて、肩のほどなどは、〜衣の上まで見ゆ。〜頭つき、髪のかかりはしも、〜袿の裾にたまりて引かれたるほど、一尺ばかり余りたらむと見ゆ。」現代の美意識に従って好意的に読めば、「背(座高)が高く、鼻は高く伸び先は垂れて色づいている。色白で青く、額は秀で、下ぶくれの顔は長く、痩せているが、髪は非常に長い」といったところである。表現は他に例を見ないほど細密であるが(2)、そこに現われる具体的な像と、現代の我々が「醜い」と判断することとは簡単に直結するだろうか。ここでは若く逸った光源氏の視点によって「かたは」「あなうたて」などの感想が挟まれることによって助けられる部分が多く、それほどわかりやすくはないように思われる。即ち女性の容貌に対する美意識の変化が著しく感じられる部分である。この叙述の示すイメージは、日本の伝統的な「をこ」の系統を継ぐと同時に、客観的に見れば異国、特にヨーロッパ系の女性像に近い。当時何らかの形でこうした異国の女性の絵なり、彫像なりが作者の目に触れた可能性も否定できない。

頭中将と競って、やっと「見る人」となり得た光源氏によってのみこの容貌は知り得るのであるから、光源氏は自分の笑いを他者とは共有できない。哄笑するかわりに困惑した源氏が、容貌とその人となりを他の人に隠蔽する、あるいは隠蔽し得ずに狼狽する、また少し仄めかしてみる、といった具合に物語は進行する。源氏は自分の規範は変えず、同時に末摘花の持つ異様な部分を強いて変えようとはしない。後に蓬生巻で末摘花のありようが自分の尺度との共通項を持ったとき始めて、ある価値を分かち合うものとして受け入れるのである。それなりの文化的背景を持つものが、自信に溢れて堂々と源氏に対峙する、というその態度の点においてもやはり末摘花は異質であったと言わねばなるまい。

二、末摘花の鼻―象の鼻

「普賢菩薩の乗物」、即ち象の鼻というこの比喩は、それ自体外来文化としての意味を担い、言うまでもなく極めてエキゾチックな存在であり、異質なものとしての重い位置付けがある。前掲の容貌の叙述はこの「鼻」にすべてが集約しているといっても言い過ぎではない。これは単に言葉の上のことではなく、象という奇異な動物が具体的にまた視覚的に把握できる何物かが当時存在したと見るほうが自然であろう。それでは「普賢菩薩の乗物」といった場合、「長い鼻」と「赤い鼻」とそのどちらに比重がかかるのか。あるいは「長く赤い鼻」であるのか。筆者の考えを先に述べれば、「長い鼻」がまず特異なのであって、当時菩薩の乗る象の鼻が赤い、という具合には必ずしも把握されていなかったのではないかと思われる。末摘花の白い長い鼻が、雪の寒さによって赤く変化した、即ち聖獣が滑稽なものに転化した、ということに重点があるのではないかと推定するのである。

普賢菩薩と白象を示す基幹的な経典は『法華経』の「普賢菩薩勧発品」である。まず「その時普賢菩薩は自在なる神通力と威徳と名聞とを以て、大菩薩の無量無辺の不可称数なるとともに東方より来れり」とその到来が語られ、ついで普賢菩薩は「われはその時六牙の白象王に乗り、大菩薩衆と倶にその所に詣りて云々[3]」と誓願する。憎の悪口を言う人に対しては「この人は現世に白癩の病を得ん。若しこれを軽笑せば、当に世世に牙・歯は疎き欠け、醜き唇、平める鼻ありて、手脚は繚れ戻り、眼目は角眇み、身体は臭く穢く、悪しき瘡の膿血あり、水腹・短気、諸の悪しき重病あるべし」とある（三三四頁）。ここに人間に関わる描写として「平める鼻」とあることを考えれば、人を超えた「象」の「長い」鼻の特異性はいよいよ極まろう。

この法華経をうけて成立した『観普賢菩薩行法経』には普賢が東方浄妙国土から六牙の白象に乗って至ることが語られ、「象の鼻に華あり、其茎譬へば赤真珠色の如し」という。この華は蓮華をさす。河海抄がつとに指摘するように「象の鼻は紅蓮華の色なり」と更に具体的な記述がある部分が、ここに象の長い鼻、のみならず、赤い鼻のイメージが被せられる根拠である。しかしこの部分の文字による表現のみではやや印象が薄い。何らかの中間的資料の存在が考えられるし、東西文化の接点としての正倉院御物の、装飾に見られる「象」の絵も想起される。

一体、源氏の時代において、普賢菩薩像、あるいは普賢菩薩と象の結びつきを具体的に示す絵画彫刻類は存在したのか。ここは仮に山本勉氏の「普賢菩薩像[4]」によって瞥見してみよう。中国における記録上の最も早い造例は四三一年とされるが、遺品としては甘粛省慶陽北石窟寺第一六五窟の浮き彫り（五〇九年）が恐らくそれに相当し、そこでは普賢が象に座る形をとる。日本の作例としては法隆寺金堂壁画第十一号（七世紀末）が最も早く、白象に乗る姿を示す。法隆寺のものは一九四九年に火災によって損傷を受けたものの、後の再現模写があるが、筆者（永井）のみるところ鼻の赤色については不明である。平安初期には天台宗が最澄によって開かれ、以後普賢像の例は急増したと推定されるものの、源氏の時代のものは残っていないようである。記録類に見えるものとしては、法華堂本尊に普賢像を据えた記録として九五四年九条師輔が横川に法華堂を建立し「普賢菩薩乗白象」を安置したという『叡岳要記』の記述が見え、九九九年藤原行成は桃園寺の造像始めに立ち合ったが、そのうちに普賢像があったという。一〇〇三年故東三条院詮子のための法華八講の本尊は阿弥陀・普賢・文殊であった。一〇〇五年道長は普賢像を安置して木幡浄明寺三昧堂を供養した（『御堂関白記』）。その後の院政期には女人往生という法華経の本願から、女性に関わる作例が多くなる。以上が山本氏の述べられるあらましであるが、ここからも現存はしないものの源氏物語の時代における普賢像の盛行の状況は推定されよう。源氏以後のものとなると、十二世紀、平安後期の画像としての「普賢延命像」は、松尾寺蔵、京都岩船寺蔵、「普賢菩薩像」は東京国立博物館蔵、鳥取豊乗寺蔵のものなどの名品が知られ、いずれも白象に乗る。

「新編日本古典文学全集　源氏物語①」の「漢籍・史書・仏典引用一覧」には末摘花巻のこの部分に前掲の『観普賢菩薩行法経』「象ノ鼻ニ華アリ、其ノ茎ハ譬ヘバ赤キ真珠ノ色ノ如シ～象ノ鼻ハ紅ノ蓮華ノ色ナリ」を引き「現存する平安・鎌倉期の普賢菩薩の絵画・彫刻は多く白象に薄く朱色を加える」と注されている。源氏の時代の遺品がない以上類推に過ぎぬが、これらの「薄い朱色」は必ずしも菩薩像の絶対的な条件ではないように思う。絵によって見ても「紅ノ蓮華ノ色」とは程遠い。

むしろ重要なのは、前述のごとく、菩薩像にはなかった（あるいは希薄であった）「長い鼻の赤さ」によって、ここに仏の世界とは異質の伝統的な「をこ」なるものが付与されることであろう。更にここから「鼻・花」の喩としての言葉が以下のごとくに引き出されてくる。「幼きものは形蔽れず、とうち誦じたまひても、鼻の色に出でていと寒しと見えつる御面影ふと思ひ出でられて、ほほ笑まれたまふ。」（二九六～二九七頁）、「なつかしき色ともなしに何にこのすゑつむ花を袖にふれけむ　色こき花と見しかども」（三〇〇頁）、「紅のひとはな衣薄くともひたすらくたす名をしたてずは」（三〇〇頁）、「あらず。寒き霜朝に、掻練このめるはなの色あひや見えつらむ。

〜」「〜この中には、にほへるはなもなかめり。」（三〇一頁）、「口おほひの側目より、なほかの末摘花、いとにほひやかにさし出でたり。見苦しのわざやと思さる。」（三〇四頁）、「鼻に紅をつけて見たまふに〜手づからこの赤花を描きつけにほはしてみたまふに」（三〇五〜三〇六頁）、「紅の花ぞあやなくうとまるる梅の立ち枝はなつかしけれど」（三〇七頁）。以上のようなわけで、この赤みは菩薩の象の鼻から末摘花の鼻への転換の装置として用いられたものと見ておく。

少し横道に逸れるが「普賢十羅刹女像」が京都廬山寺などに存する。これは「普賢」の単独像に、女性鬼神である「羅刹」を十人組み合わせて複合したものでほぼ十二世紀に完成した図像とされる。これに関して山折哲雄氏は[5]「源氏物語絵巻」と同時代の成立であることを考慮に入れて、密教図像の普賢は、光源氏のイメージと重なるものとして読みといておられる。山折氏はその普賢の姿が男性というより女性的であることから「〜男であることの無意味を生きる青年貴公子または女性性を生きる男のあり方、といったものではないだろうか。男性性の空無化という思想、女性化された男の思想性といってもいいだろう。」と述べられる。山折氏の方向とは全く別の意味ではあるが、仮に普賢が光源氏と類似のイメージを宿す余地があるなら、末摘花が「普賢菩薩の乗物」である白象を喚起するのは、極めて興味深い。高橋亨氏の『物語と絵の遠近法』にも奈良国立博物館蔵の「普賢十羅刹女像」（鎌倉）が「象の顔と羅刹女の和様化した服装と顔との組み合わせ」として掲げられている。[6]『日本書紀』二、猿田彦大神の「其ノ鼻ノ長サ七咫」に始まり、藤原明衡の『新猿楽記』中に見える猿楽見物の十三番目のむすめの「額短なり〜ひらはなにして塞鼻なり」の記述、『今昔物語』二八―二一、源邦正が「青経」と名付けられる部分の「色ハ露草ノ花ヲ塗リタル様ニ青白ニテ、目皮ハ黒クテ鼻鮮ニ高クテ、色少シ赤カリケリ」という描写、[7]「めのとのさうし」の「はなは人の顔のうちにさし出てたかく、目にたつものにて候、あひかまへてあひかまへてしろくおんけはひ候まじく候、さし出て見にくき物にて候」に至るまで、容貌のうち鼻の記述は多く、これは古今東西にわたって言い得ることと思われる。同じ異質の記号性であっても、鼻高（大鼻）と鼻低（小鼻）に分類でき、前者がより異質性・外来性が強いものであろう。芥川龍之介の『鼻』については筆者も全く別の問題意識から触れたことがある。(8)

白象→末摘花の顔の白さ、東方より救済に来るもの→東方にある常陸宮の姫君→異国からの来訪者、菩薩の乗物としての象→源氏を支える一人としての末摘花、などのイメージがこのあたりで結びつくことも可能である。

三、顔が白いということ

「色は雪はづかしう白うて、さ青に」という部分に関して述べれば、この物語の中で顔の白さは「白ううつくし」などと称賛される叙述が一般である。伊原昭氏の『日本文学色彩用語集成―中古』(9)によって検索すると、白い顔を異質なものととらえるのは落窪物語の「おもしろの駒」以外に該当例はなさそうである。この類似は早く長谷川福平氏によって指摘されており、諸氏の論究においても異論はないところであろう。(10)

火のいとあかきに見れば、首よりはじめて、いと細くちひさくて、おもては白き物つけ化粧したるやうにて白う、鼻をいららかし、さし仰ぎゐたるを、人々浅ましうてまもる。此の兵部少輔に見なしては、えねんぜず、ほほと笑ふ中にも、蔵人の少将はなばなと物笑する人にて、笑ひ給ふ事限りなし。「おもしろの駒なりけりや」と扇をたたきて笑ひて立ちぬ。（『日本古典文学大系本「落窪物語」一三五頁）

「おもしろの駒」の描写は末摘花と同様の具体性をもって細密に記される。この叙述は現代にも通じる価値観をもとにしており、その点末摘花の場合とは異なっている。「おもしろの駒」の白さについて松尾聰氏(11)は、～この「おもしろの駒」は色白の馬面の男をからかってつけたあだ名であるから「おもしろ」は「面［顔］

が白い」意である。したがって、普通の用例とは別あつかいにすべきである。たゞ「おもしろの」が「こま」につゞいていることに必然的に恐らくシャレがふくまれているであろうとすれば「こま」はあるいは「高麗楽」の略ではなかろうか。「扇をたたきて笑ひて立ちぬ」とあることもその推測を助ける。（『うつくし・おもしろし攷』一九三頁）

と述べておられる。これは「おもしろし」が音楽・花・もみじ・月・水・御殿・絵・詩歌・俳しなどについて用いられ、「明るく晴れやかなきもちだ」がその語義であることを論証される文脈の中で言及されたものであって、「おもしろの駒」は「高麗楽」という音楽に関わるものかとみておられるのである。もしそうであれば末摘花も「高麗」系の外来人のイメージを多少宿している可能性があるか。『紫式部日記』に見える五節の弁君はこの部分との共通性が指摘されており、「絵にかいたる顔して、額いたうはれたる人の、目尻いたうひきて、顔もここはやと見ゆるところなく、色白う、手つき腕つきいとをかしげに、髪は、見はじめ侍りし春は、丈に一尺ばかりあまりて、こちたく多かりげなりしが、あさましう分けたるやうに落ちて、裾もさすがに細らず、長さはすこしあまりて侍めり。」と記されるが、ここでも「色白う」は褒めことばである。逆に『大鏡』に記述の見える朝光の北の方は、年齢は四十余であり「色黒くて、額に花がたうち付きて、髪ちぢけたるにぞおはしける。」と色黒が強調されている。末摘花の「白うて、さ青に」は雪の光の中で見た超越的存在を示す面が強いものと見ておきたい。白象に似たその色は、あるいは「西洋人」のそれであったかもしれないのである。

四、末摘花の異質性

物語文学史の中では『竹取物語』の唐、天竺や、『宇津保物語』俊蔭巻の波斯国などが外国として親しい存在である。『紫式部集』には「年かへりて「唐人見に行かむ」といひたりける人の、「春は解くるものといかで知らせたてまつらむ」といひたるに、春なれど白嶺のみゆきいやつもり解くべきほどのいつとなきかな」（新潮日本古典集成、一二五頁）という宣孝との有名な贈答がある。[12] 外来人を積極的に迎え入れた当時、異文化との遭遇は当然あったものであろう。この末摘花の造型は、単に文献記述上の異質性のみではなく、なんらかの具体的な異国のイメージを組み合わせたのではないだろうか。

林田孝和氏[13]は末摘花が醜女であることをもって源氏を守護する力を持ち得ることを指摘しておられる。夙に並木宏衛氏は「しこ」は異質をあらわす語であって、常人とは異質の様相を持ち、異境から出現した霊力を有するものであることを述べられた。[14]

甚だ飛躍した考え方であるが、末摘花の母、即ち故常陸の親王の室は、外来人であった、という可能性はあるだろうか。物語の設定によれば、系図的に見て「（末摘花の）兄の禅師の君」の存在があるが、この人物の幅は小さく、位置を定めにくい。また「（末摘花の母の姉妹である）叔母」も現実を重視して逞しく対応するというやや単純な別の役割を持ち、末摘花の担う意味とは根本的にことなる。

この姫君の母北の方のはらから、世におちぶれて受領の北の方になりたまへるありけり。～心すこしなほなほしき御叔母にぞありける。（蓬生②三三二～三三三頁）

従ってそれを実体化させ、母が外来人であるかもしれないといった想定自体がほとんど無意味なのであるが、それ故にこそまた末摘花の隔絶した多元性が際立つのである。

前述のように、末摘花の造型は決して一様ではなく、その内部に様々なものを胚胎している可能性がある。父宮から「きん」を習い、狐・梟・木霊の住みかとなった荒廃にも関心を払わず、古代の価値観を守る末摘花は、唐守・藐姑射の刀自・かぐや姫、といった異界と関わる古い物語を好んだ。また故父宮との、この世を超えた深い部分の交流がある。注目すべきはこうしたものすべてが、静ではなく、常に動的に働くことであろう。造型自体が、一息に把握できるような統一したもの、完結したものではなく、混沌とした一種の物珍しさに対する好奇心を触発するものとして機能している。末摘花の衣で最も中心的な象徴性を担うものは黒貂の皮衣であろうが、これも古代性や高貴性の前提として外来の珍重すべき逸品という了解がある。ここでは、従来の指摘に加えて、容貌が日本離れしていること、普賢菩薩の乗り物にたとえられていること、などを中心に、外来の文化を体現した部分も付け加え得る可能性を述べたが、いずれもそのままではなく少しずらすことによって異質かつ滑稽なものに転換している点には注目すべきであろう。

さてこの異質なものを光源氏はどう扱ったか。物語に即して言えば光源氏はこの女性の精神の一部を評価することで、その違和感に耐えた。あるいは異文化を排除せず、といって相互理解などということは断念して、自分の精神的平衡を保つべく不断の努力をした、というべきか。いずれにしても堂々たる異文化の体現者とその受容という面もここには語られているように思うのである。

注

(1)　最近のものとしては鈴木日出男氏「夕顔と末摘花『源氏物語』の古代的構造についての断章」(「文学」、平成三・四)など。

(2)　高橋亨氏『物語と絵の遠近法』(ぺりかん社、平成三・九)は末摘花に見るがごとき周辺的人物の容貌描写の詳しさを「中心と周縁の文法」の視点から捉えておられる。

(3)　岩波文庫本『法華経』下三一六・三二〇頁の書き下し文による。

(4)　山本勉氏『日本の美術』三一〇号「普賢菩薩像」(至文堂、平成四・三)。なお同二六九号有賀祥隆氏「法華

経絵」には普賢菩薩の絵画についての記述がある。
（5）山折哲雄氏「空海密教と『源氏物語』をむすぶもの」（『創造の世界』平成六・一一）。
（6）高橋亨氏、注2参照。
（7）池田亀鑑氏「物語文学」1参照。
（8）永井「『鼻』を茹でる―今昔物語と芥川龍之介」（「学習院大学国語国文学会誌22号、昭和五四・三）。
（9）伊原昭氏「日本文学色彩用語集成―中古」（笠間書院、昭和五二・四）。
（10）長谷川福平氏「源氏物語における落窪物語の影響」（「國学院雑誌」7ノ6、明治三四・六）。
（11）松尾聰氏『うつくし・おもしろし攷』（笠間書院、昭和五一・一二）
（12）辻村全弘氏「藤原為時・紫式部と宗人」（「國学院大学大学院　文学研究科論集」15号、昭和六三・三）はこの視点からの論である。
（13）林田孝和氏『源氏物語の精神史研究』所収「源氏物語の醜女―末摘花・花散る里の場合」（桜楓社、平成五・九）。
（14）並木宏衛氏「『しこ』の系譜―醜の御盾」（「國学院雑誌71ノ7、昭和四五・七）。

3　浮舟——見られたものとしての変容

一、浮舟の存在

ある意味で、浮舟は『源氏物語』の世界から出て行こうとしている存在である。表現しようとするのが自己の主体の力であるとするなら、同時に、隠蔽しようとするのもその主体の力に起因している。みずからの力を失った時、人はどうするのか。『源氏物語』の手習巻以後の浮舟は、その力を喪失して顔や身を他者の眼に晒し、のちにその露呈を明確に認識し、自覚した人物である。浮舟物語のいわば死と再生の図式の中で、薫と匂宮に加え、他者が姿を如実に「見た」ということ、「見られた」人物がそれを知っているということは、どのような意味を持つのか。「見られた」ことに対する古代的な深層が沈められている可能性はないか。心理的な屈辱の感覚はどうだろうか。

一方、この物語の内部は姫君を見ることの禁忌に束縛されている。そこから垣間見→所有しいう関係も生まれるのであるが、失心して姿を見られたという事実は、いわば再生に際して「盛大な垣間見」にさらされたことであって、この点をも一因として浮舟はこの物語世界と訣別し、全く新しい存在として異なった場所へと歩み出さざるを得なかったのではないか、というのが筆者の大まかな見通しである。浮舟の存在について物語は極めて複雑な網の目を張り巡らす。その物語の枠組みの中において、外部から規制された様々な関係の中に取り込められ、浮舟は宇治川の流れに自己を消し去りたいと願う。それがかなわず、蘇生したとき、浮舟は以前の世界に立ち戻るのではなく、自己の判断によって新しい関係性――関係を持たないという関係――を築き上げて、全く異なった場所へと歩み出そうとした。「見る」という人と人との生々しい関わり方をその一因として捉え、ここではそれを軸として手習巻を中心に物語の叙述をたどってみたいと思うのである。言わば眼によって絡め取られたことによる浮舟の変容の様相である。[1]また、浮舟物語の内部に設定された贖罪や再生の意味とは次元の異なる問題として、「見る」行為自体が問いなおされ、人間の本質的な認識の問題として改めて提示されている宇治十帖の特異性も特記すべきであろう。

なお、本稿で「見る」あるいは「視覚」「視線」という語を用いるときには、文学用語としての認識主体の立場、観点、特に物語論における語る主体、話者の位置、などの意味は殆ど持たない。単純に、文字通り、物語内において作中人物が対象を眼で「見る」、ということである。また、「身」は身体、体、肉身などをさす。身体と言い換えてもいいのだが、認識論としての身体や、源氏物語論の中で特定の意味付けを持つ場合と紛らわしいので、あえて「身」を用いる。

二、姿を見られること

浮舟が妹尼に見出された場面の叙述は以下の通りである。

「生き出でたりとも、あやしき不用の人なり。人に見せで、夜、この川に落し入れたまひてよ」と、息の下に言ふ。「まれまれものたまふをうれしと思ふに、あないみじや。いかなればかくはのたまふぞ。いかにして、さる所にはおはしつるぞ」と問へども、ものも言はずなりぬ。身にもし疵などやあらん、とて見れど、ここはと見ゆるところなくうつくしければ、あさましくかなしく、まことに、人の心まどはさむとて出で来たる仮の物にや、と疑ふ。（日本古典文学全集『源氏物語6』手習巻、二七六—二七七頁。以下引用は同書による）(2)

「身にもし疵などやあらん、とて見れど」といった容赦のない行為は、それ自体特殊な存在である「老尼」によってなされたことは忘れてはなるまい。物語の上では妹尼は擬似的な母親、あるいは医療者、救済するもの、であって、このように浮舟を「見る」という行動に至るに際しては、いくつかの条件が注意深く構えられている。

子どもや老人ではなく、身分のある女性が一般に他者から「顔」を見られる場のひとつとして、病いが非常に重篤なとき、死に至るとき、などの、主体が自在性を失った場が存在する。死は主体がその肉体を他者に全面的に委ねねばならない最大の瞬間である。『源氏物語』では、一般にそうした場は然るべき室内において叙述され、主体の意志表示の代わりに、他の人々がその意志を代弁し、隠蔽すべきものとして取り扱う。その前提に立った上で、顔を見るという行為は特例として設定されているのである。御法巻にみえる紫の上の死の前後などが想起される。一方垣間見の形で女性の「姿」を捉える場も『源氏物語』には多く見え、浮舟も東屋巻では薫や匂宮によって垣間見られており、このことが二人の男性を浮舟に導く契機となる。この点については改めて後に触れたい。葛藤の末に入水を果たさなかった浮舟は、室内でさえなく、一人で、川と森の交錯する屋外の樹木のもとで、その姿を僧たちに見据えられる。老尼は身・身体というより「裸身」に直対し、直視する。浮舟にとって垣間見をされることと、失心して姿を見られることとはほとんど同義であり、大きな意味を持つ。

何故そのような異常事態にたち至ったかについては、手習巻の記述によると、前述のごとくそれは若い姫君としてではなく、得体の知れぬ化生のもの、と見たことによる。その存在は僧たちも見ることを憚る恐ろしいものであったが、横川僧都はそれを勇気と仏心をもって直視した。老僧集団は、森の中で発見した正体不明の存在を見ることによって、それが狐や鬼ではなく実体のある「人」であることを確認し、その上で救済者として機能する。失神して物を言わぬ「若い女性」を更に隈なく点検し凝視することによって、素性を探り当てようとする。見る側からすればいわば情報を担う存在としての浮舟であり、本人が意識を喪失しているのであってみれば、今まで帰属していた場のたしなみであった隠蔽など許されるはずもない。ここで隈なく明快に顕れた「身」に対して、意識を回復した浮舟は逆に強く「心」を隠蔽するのである。このことは老僧尼たちの理解を超えたことであった。生命のあるいきものの発見は、必ずしも「人間」の発見には至らなかったからである。

なお、見た人物が老僧や老尼である、という設定によって、浮舟の行き着く先は出家という行為として描かれているが、浮舟は必ずしもその出家の世界に安住してはいない。この点は『源氏物語』の読み方とも関わる非常に大きな問題であるものの、ここでは出家に関わる宇治や小野という土地の特異性、横川僧都の位置づけ、形代と贖罪などの吟味はしばらく措き、当面の対象を「見る」ことに絞っておきたい。

三、見られる浮舟

妹尼によって見られるまでの経緯を、物語の時間軸を溯ってたどってみよう。

「手習」はまず横川僧都（六十余歳）とその母尼君（八十余歳）、妹尼君（五十歳位）を設定し、その側から描かれる。母尼君を休ませるために宇治院に赴き、不吉の気を感じ取った僧都は、僧たちに近辺を点検させる。

森かと見ゆる木の下を、うとましげのわたりや、と見入れたるに、白き物のひろごりたるぞ見ゆる。「かれは何ぞ」と、立ちとまりて、灯を明くなして見れば、もののゐたる姿なり。「狐の変化したる。憎し。見あらはさむ」とて、一人はいますこし歩みよる。いま一人は、「あな用な。よからぬ物ならむ」と言ひて、さやうの物退くべき印を作りつつ、さすがになほまもる。頭の髪あらば太りぬべき心地するに、この灯点したる大徳、憚りもなく、奥なきさまにて近く寄りてそのさまを見れば、髪は長く艶々として、大きなる木の根のいと荒々しきに寄りゐて、いみじう泣く。「めづらしきことにもはべるかな。僧都の御坊に御覧ぜさせたてまつらばや」と言へば、「げにあやしきことなり」とて、一人は参うでて、かかることなむ、と申す。「狐の人に変化するとは昔より聞けど、まだ見ぬものなり」とて、わざと下りておはす。かの渡りたまはんとすることによりて、下衆ども、みなはかばかしきは、御厨子所などあるべかしきことどもを、かかるわたりには急ぐものなりければ、ゐしづまりなどしたるに、ただ四五人してここなる物を見るに、変ることもなし。あやしうて、時の移るまで見る。　（二六九―二七〇頁）

それは灯を点して白く広がり座ったその姿を近く「見る」ことから始まる。傍線のごとく「見る」が多用されており、ここは正体不明の対象物を恐れつつも「見る」という行為によって、それが何物であるかをつかもうとする部分である。この段階までは狐の人に変化したものであろうというのが僧たちの把握であり、泣くこと、髪が長い点から女性の変化と考えていることが暗示される。その報告を聞き僧都は、変化であるという内容を疑いながらも、その正体を判断し兼ねている。

とく夜も明けはてなん、人か何ぞと見あらはさむと、心にさるべき真言を読み印を作りてこころみるに、しるくや思ふらん、「これは人なり。さらに非常のけしからぬ物にあらず。寄りて問へ。亡くなりたる人にはあらぬにこそあめれ。もし死にたりける人を棄てたりけるが、蘇りたるか」と言ふ。　（二七〇―二七一頁）

ここで僧都は「人」であると断定する。しかし他の僧たちはまだ納得せず、ここに更に見る行為は下衆めいた「宿守の男」によってさえ継続される。見終えた男の判断は「狐のしわざ」であった。僧都は更に、物怖じせずに灯を掲げてその姿を見た法師に、再度見せる。

「何のさる人をか、この院の中に棄てはべらむ。たとひ、まことに人なりとも、狐木霊やうの物の、あざむきて取りもて来たるにこそはべらめ。いと不便にもはべりけるかな。穢らひあるべき所にこそはべめれ」と言ひて、ありつる宿守の男を呼ぶ。山彦の答ふるもいと恐ろし。あやしのさまに額おし上げて出で来たり。「ここには若き女などや住みたまふ。かかることなんある」とて見すれば、「狐の仕うまつるなり。この木のもとになん、時々あやしきわざしはべる。（中略）」と言ふさま、いと馴れたり。かの夜深きまゐり物の所に心を寄せたるなるべし。僧都、「さらば、さやうの物のしたるわざか、なほよく見よ」とて、このもの怖ぢせぬ法師を寄せたれば、「鬼か、神か、狐か、木霊か。かばかりの天の下の験者のおはしますには、え隠れたてまつらじ。名のりたまへ。名のりたまへ」と、衣をとりて引けば、顔をひき入れていよいよ泣く。「いで、あなさがなの木霊の鬼や。まさに隠れなんや」と言ひつつ、顔を見んとするに、昔ありけむ目も鼻もなかりけん女鬼にやあらんとむくつけきを、頼もしういかきさまを人に見せむと思ひて、衣をひき脱がせんとすれば、うつぶして声立つばかり泣く。何にまれ、かくあやしきこと、なべて世にあらじとて、見はてん、と思ふに、「雨いたく降りぬべし。かくておいたらば、死にはてはべりぬべし。垣の下にこそ出ださめ」と言ふ。

（手習巻、二七一―二七二頁）

「ここには若き女などや住みたまふ」と問うことから若い女性の姿であることが読む者に示される。女は見られることに激しく抵抗した。「衣をとりて引けば、顔をひき入れていよいよ泣く」「衣をひき脱がせんとすれば、うつぶして声立つばかり泣く」と再度にわたってこのことが強調される。

ついで僧都が、「まことの人のかたちなり。その命絶えぬを見る見る棄てんこといみじきことなり」と「人」であることを再び断言し、人であるからには命を救うのが仏の道だと述べ、屋内に抱き入れさせる。それを「たいだいしきわざかな。いたうわづらひたまふ人の御あたりに、よからぬものをとり入れて、穢らひ必ず出で来なんとす」と「よからぬもの」をとりいれる行為として非難する法師もあった、という。ここでは僧都以外は人であることをまだ必ずしも納得していない。僧都は「ありつる人はいかがなりぬる」と問い、法師は「何か、物にけどられにける人にこそ」と答える。

ここに妹尼が登場して「人」であることは決定的となる。失った娘の身代わりではないかと考える妹尼君は「いかやうなる人ぞ。まづそのさま見ん」と強い思い入れを伴ってまた「見る」ことを望むのである。僧都は「はや御覧ぜよ」と促す。

いと若ううつくしげなる女の、白き綾の衣一襲、紅の袴ぞ着たる、香はいみじうかうばしくて、あてなるけはひ限りなし。「ただ、わが恋ひ悲しむむすめのかへりおはしたるなめり」とて、泣く泣く御達を出だして、抱き入れさす。いかなりつらむともありさま見ぬ人は、恐ろしがらで抱き入れつ。生けるやうにもあらで、さすがに目をほのかに見あけたるに、「もののたまへや。いかなる人か、かくてはものしたまへる」と言へど、ものおぼえぬさまなり。湯とりて、手づからすくひ入れなどするに、ただ弱りに絶え入るやうなりければ、「なかなかいみじきわざかな」とて、「この人亡くなりぬべし。加持したまへ」と、験者の阿闍梨に言ふ。

（手習巻、二七四―二七五頁）

ここに至って始めて「いと若ううつくしげなる女」と具体的に記されることとなる。それに伴って、次の段階は素性の憶測をめぐらし、相応の待遇を考える。「さすがにいとやむごとなき人にこそはべるめれ。死にはつとも、ただにやは棄てさせたまはん。見苦しきわざかな」「知らぬ人なれど、みめのこよなうをかしければ、いたづらになさじと、見るかぎりあつかひ騒ぎけり」という叙述から「高貴な美しい若い女性」という判断にまで遂にたどり着いたことを示す。「さすがに、時々目見あけなどしつつ、涙の尽きせず流るるを」と、見られる方の意識も次第に戻ってきた。ここに頻出した見る行為は、まず相手の正体の認識であった。しかしこれ以上の情報は、決して得られない。人心地を取り戻した段階に至ったのにも関わらず、――あるいは至った故に、と言い換えてもよい――意識的にすべての視線を遮蔽しようとしているからである。

次いで本稿の最初に引用した部分がある。その部分で浮舟のいう「人に見せで、夜、この川に落し入れたまひてよ」という言葉の持つ意味はすこぶる重いのである。

母尼君の一行は宇治から小野にうつり、妹尼君は「この知らぬ人」の世話をする。四、五月も過ぎて妹尼君は僧都を「憑きしみ領じたるもの」を去らせるために呼ぶ。

「見つけしより、めづらかなる人の御ありさまかな。いで」とて、さしのぞきて見たまひて、「げにいと警策なりける人の御容面《ようめい》かな。功徳の報にこそかかる容貌にも生ひ出でたまひけめ。いかなる違ひめにてかくそこなはれたまひけん。もし、さにや、と聞きあはせらるることもなしや」（手習巻、二八一頁）

とまた浮舟を「見る」のである。修法によって「行ひせし法師」の物の怪が、魂を奪ったものとして調伏され、観音の加護が語られることになる。

始めは化生の物か狐か人か、であり、ついで人であって「高貴な美しい若い女」とわかり、更に素性は何かという段階を踏む。僧は狐である可能性が高いと捉え、宿守は狐、僧都は人、妹尼君は亡くした娘の替わりとしての若い女と見る。いずれにせよ、この認識に至る間に、この女性は徹底的に見られた。

語り手はこの女の正体を明かす言葉を一言も挟まない。「故八の宮の御むすめ」の葬送の噂を記すのみである。若い女を見たのは所有するためではなくて認識するため、あるいは救済するために見たのであるが、これは一種の所有の方向にむかう視線である。救急的な医療行為であるにせよ、見られたことによって絡め取られる事実には変わりがないのである。

後の夢浮橋巻には、この手習巻における浮舟発見のことを、僧都が薫に語る場面がある。

「かしこにはべる尼どもの、初瀬に願はべりて詣でて帰りける道に、宇治院といふ所にとどまりてはべりけるに、母の尼の労気にはかにおこりていたくなむわづらふ、と告げに、人の参うで来たりしかば、まかりむかひたりしに、まづあやしきことなむ」とささめきて、「親の死にかへるをばさしおきてもてあつかひ嘆きてなむはべりし。この人も、亡くなりたまへるさまながら、さすがに息は通ひておはしければ、昔物語に、魂殿に置きたりけむ人のたとひを思ひ出でて、さやうなることにやとめづらしがりはべりて、弟子ばらの中に験ある者どもを呼び寄せつつ、かはりがはりに加持させさせなどなむしはべりける。なにがしは、惜しむべき齢ならねど、母の旅の空にて病重きを、助けて念仏をも心乱れずせさせむと、仏を念じたてまつり思うたまへしほどに、その人のありさまくはしうも見たまへずなむはべりし。事の心推しはかり思うたまふるに、天狗木霊などやうのものの、あざむき率てたてまつりたりけるにや、となむ承りし。

（夢浮橋巻、三六一―三六二頁）

内容はほぼ同じであるものの、ここでは「見た」事実を「仏を念じたてまつり思うたまへしほどに、その人のありさまくはしうも見たまへずなむはべりし」と意識的に排除して告げていることに注目したい。夢浮橋巻において、他ならぬ薫に語らねばならないこの場では、このいきさつは聞き手との関係を微妙に意識して調整する必要がある。これを割り引いても、既に「解釈」したものとして把握されており、「見る」ことの意味は変容して、視覚による発見の持つ生々しい磁力はもはや主題とはなり得ないのである。

四、見る浮舟

手習巻に話を戻す。意識の戻った女は、ついでこの度は逆に「見る」側にまわる。自己の位置を定めるために、まるで「見られた」ことの報復であるかのように周囲を強く見る。

正身の心地はさはやかに、いささかものおぼえて見まはしたれば、一人見し人の顔はなくて、みな老法師ゆがみおとろへたる者どものみ多かれば、知らぬ国に来にける心地していと悲し。ありし世のこと思ひ出づれど、住みけむ所、誰といひし人とだにたしかにはかばかしうもおぼえず。ただ、我は限りとて身を投げし人ぞかし、いづくに来にたるにか、とせめて思ひ出づれば、

（手習巻、二八三―二八四頁）

この世から離脱を試みたことをおぼろに思い出すのだが、その時「人の言ふを聞けば、多くの日ごろも経にけり。いかにうきさまを、知らぬ人にあつかはれ見えつらん」と正に正鵠を射た推測をしていることに注目したい。この意識は今後の対応の核となって行くからである。まわりは老尼の集団であって、特に高齢の母尼君の老耄ぶりや、中将を通わせるつもりでいる妹尼君の態度のわずらわしさに、妹尼君の留守に中将が訪れた時、浮舟は母尼君のもとに逃れる。そこでまざまざと老者の実体を見ることとなる。

姫君は、いとむつかしとのみ聞く老人のあたりにうつぶし臥して、寝も寝られず。宵まどひは、えもいはずおどろおどろしきいびきしつつ、前にも、うちすがひたる尼ども二人臥して、劣らじといびきあはせたり。いと恐ろしう、今宵この人々にや食はれなん、と思ふも、惜しからぬ身なれど、例の心弱さは、一つ橋危がりて帰り来たりけん者のやうに、わびしくおぼゆ。（中略）夜半ばかりにやなりぬらん、と思ふほどに、尼君咳おぼほれて起きにたり。灯影に、頭つきはいと白きに、黒きものをかづきて、この君の臥したまへるをあやしがりて、鼬とかいふなるものがさるわざする、額に手を当てて、「あやし。これは誰ぞ」と、執念げなる声にて見おこせたる、さらに、ただ今食ひてむとする、とぞおぼゆる。鬼のとりもて来けんほどは、ものおぼえざりければ、なかなか心やすし、いかさまにせん、とおぼゆるむつかしさにも、「いみじきさまにて生き返り、人になりて、また、ありしいろいろのうきことを思ひ乱れ、むつかしとも恐ろしとも、ものを思ふよ。死なましかば、これよりも恐ろしげなるものの中にこそはあらましか」と思ひやらる。

（手習巻、二一七―三一九頁）

このあたりのことについてはかつて老者の異質性との関連から述べたことがあるので詳述は避ける。[3] その稿の中で竹取物語における老者によるかぐや姫の発見と重なることを指摘したが、本稿では、直視されたものが、逆に直視するものにまわる諧謔的な構造をも加えておきたい。一方は好意を抱き、一方は嫌悪感を持つという違いはあるものの、互いに、見る主体と対象は極めて明快に語られる。失神と老耄は自己を喪失する点においては同じことである。従って老者に対する嫌悪感は直ちに自分の失った不可視の時間への不安感と重なってしまう。ここで述べた「見る」行為はその意味で垣間見に近い部分をも抱え持つ。こうしたものを見ても、浮舟は自己を語らぬまま、なお老者の異質な世界に身を潜めようとするのである。ある意味で浮舟と老者は等質であると言えようか。

五、浮舟を見る薫と匂宮

宇治十帖にはその外にも多元的な視線が語られているが、ここで覗き見に触れておこう。両者の行為に「のぞく」が共に用いられていることから、ここでは「覗き見」の語をあえて用いる。この場合は、直接的な視線とは異なって、当然見られる側はそれを意識していない。見る側の一方的な行為である。薫と匂宮は、浮舟と交渉を持つ以前に、それぞれ浮舟を覗き見している。物語の展開から言っても、ここでは浮舟に宇治の大君中君の形代としての面が強く、見る側は極めて気ままで不躾な視線を投げる。宿木巻で薫が最初に浮舟を見た場面をあげる。[4]

車は入れて、廊の西のつまにぞ寄する。この寝殿はまだあらはにて、簾もかけず。下ろし籠めたる中の二間に立て隔てたる障子の穴よりのぞきたまふ。（中略）若き人のある、まづ下りて、簾うちあぐめり。御前のさまよりは、このおもと馴れてめやすし。また、おとなびたる人いま一人下りて、「はやう」と言ふに、「あやしくあらはなる心地こそすれ」と言ふ声、ほのかなれどあてやかに聞こゆ。（宿木巻、四七五―四七六頁）

浮舟がこの時点で「あやしくあらはなる心地こそすれ」と言うのは正にこの世の価値観の中にいることを意味する。

次いで、匂宮が浮舟を見る場面をとりあげる。ここはまだ浮舟をそれとは知らぬ段階である。

宮はたたずみ歩きたまひて、西の方に例ならぬ童の見えけるを、今参りたるかなど思してさしのぞきたまふ。中のほどなる障子の細目に開きたるより見たまへば、障子のあなたに、一尺ばかりひき離けて屏風立てたり。そのつまに、几帳、簾に添へて立てたり。帷子一重をうち懸けて、紫苑色のはなやかなるに、女郎花の織物と見ゆる重なりて、袖口さし出でたり。屏風の一枚畳まれたるより、心にもあらで見ゆるなめり。（東屋巻、五三―五四頁）

匂宮は浮舟にまつわる話を聞き、興味をもって覗き見る。

やをら上りて、格子の隙あるを見つけて寄りたまふに、伊予簾はさらさらと鳴るもつつまし。新しうきよげに造りたれど、さすがに荒々しくて隙ありけるを、誰かは来て見むともうちとけて、穴も塞がず、几帳の帷子うち懸けて押しやりたり。灯明かうともして物縫ふ人三四人ゐたり。童のをかしげなる、糸をぞよる。これが顔、まづかの灯影に見たまひしそれなり。うちつけ目か、となほ疑はしきに、右近と名のりし若き人もあり。君は腕を枕にて、灯をながめたるまみ、髪のこぼれかかりたる額つきいとあてやかになまめきて、対の御方にいとようおぼえたり。（浮舟巻、一一一―一一二頁）

見る側が気ままであるなら、見られた浮舟側の緊張感を欠いた無邪気な気楽さも記されている。この二人の覗き見がそれぞれを無防備な浮舟と結びつけることになって、二人の男性と一人の女性という構造に物語を導くことは言うまでもない。後で触れるが、これは橋姫巻における薫の垣間見の叙述とはかなり異なるものである。なお、浮舟は、出家したのち、先の求婚者中将によっても垣間見られている。中将はその美貌を知って出家をいよいよ惜しむのだが、この垣間見の方が、薫と匂宮の不躾な覗き見よりも遥かに伝統的な情緒を漲らせている皮肉は実に興味深い。

「さま変りたまへらんさまを、いささか見せよ」と、少将の尼にのたまふ。「それをだに、契りしるしにせよ」と責めたまへば、入りて見るに、ことさらに人にも見せまほしきさましてぞおはする。薄鈍色の綾、中には萱草など澄みたる色を着て、いとささやかに、様体をかしく、いまめきたる容貌に、髪は五重の扇を広げたるやうにこちたき末つきなり。こまかにうつくしき面様の、化粧をいみじくしたらむやうに、赤くにほひたり。行ひなどをしたまふも、なほ数珠は近き几帳にうち懸けて、経に心を入れて読みたまへるさま、絵にも描かまほし。うち見るごとに涙のとめがたき心地するを、まいて心かけたまはん男は、いかに見たてまつりたまはん、と思ひて、さるべきをりにやありけむ、障子の掛け金のもとにあきたる穴を教へて、紛るべき几帳などひきやりたり。いとかくは思はずこそありしか、いみじく思ふさまなりける人をと、わがしたらむ過ちのやうに、惜しく悔しう悲しければ、つつみもあへず、もの狂ほしきまでけはひも聞こえぬべければ退きぬ。（手習巻、三三八—三三九頁）

疑似的な垣間見と言うべきか。

六、見る浮舟の母

浮舟の母も隙間から覗き見めいたことを度々行なう。これは見ることによって情報を得る、という設定であって、極めて現実的である。母が、娘の婿選びに男性を見くらべる、と言い換えてもよい。浮舟の母は、薫が浮舟に関心を示していることを聞くが、左近少将をまず、浮舟に相応の婿と考える。しかし左近少将は浮舟が常陸介の実子ではないことを知ってから、実の娘への求婚へと方向を変える。憤慨した母は浮舟を中の君に預け、そこで匂宮夫妻を見て、その優雅なさまを把握する。

宮渡りたまふ。ゆかしくて物のはさまより見れば、いときよらに、桜を折りたるさましたまひて、（中略）こよなき人の御けはひを、「あはれ、こは何人ぞ。かかる御あたりにおはするめでたさよ。よそに思ふ時は、めでたき人々と聞こゆとも、つらき目見せたまはばと、ものうく推しはかりきこえさせつらんあさましさよ。この御ありさま容貌を見れば、七夕ばかりにても、かやうに見たてまつり通はむは、いといみじかるべきわざかな」と思ふに、若君抱きてうつくしみおはす。女君、短き几帳を隔てておはするを、押しやりて、ものなど聞こえたまふ。御容貌どもいときよらに似あひたり。（東屋巻、三六―三七頁）

宮の従者のうちに、かの左近少将を見つけて侮蔑の感情を持つ。

御粥強飯などまゐりてぞ、こなたより出でたまふ。今朝より参りて、侍所の方にやすらひける人人、今ぞ参りてものなど聞こゆる中に、きよげだちて、なでふことなき人のすさまじき顔したる、直衣着て太刀佩きたるあり。御前にて何とも見えぬを、「かれぞこの常陸守の婿の少将な。（中略）」など、おのがどち言ふ。聞くらむとも知らで人のかく言ふにつけても胸つぶれて、少将をめやすきほどと思ひける心も口惜しく、げにことなることなかるべかりけり、と思ひて、いとどしく侮らはしく思ひなりぬ。（東屋巻、三八―三九頁）

匂宮を見た母は、薫をも見る。

「大将殿参りたまふ」と人聞こゆれば、例の、御几帳ひきつくろひて、心づかひす。（中略）待たれたるほどに、歩み入りたまふさまを見れば、げに、あなめでた、をかしげとも見えずながらぞ、なまめかしうあてにきよげなるや。すずろに、見え苦しう恥づかしくて、額髪などもひきつくろはれて、心恥づかしげに用意多く際もなきさまぞしたまへる。（東屋巻、四四―四五頁）

母は再度左近少将を覗くが、一旦薫や匂宮を見てしまった上は、彼への侮蔑の念は拭いようもない。

少将のあつかひを、守は、またなきものに思ひいそぎて、もろ心に、さまあしく、営まずと怨ずるなりけり。（中略）ここにてはいかが見ゆらむ、まだうちとけたるさま見ぬに、と思ひて、のどかにゐたまへる昼つ方、こなたに渡りて物よりのぞく。白き綾のなつかしげなるに、今様色の擣日などもきよらなるを着て、端の方に前栽見るとてゐたるは、いづこかは劣る、いときよげなめるは、と見ゆ。むすめ、いとまだ片なりに、何心もなきさまにて添ひ臥したり。宮の上の並びておはせし御さまどもの思ひ出づれば、口惜しのさまどもや、と見ゆ。（東屋巻、七二―七三頁）

このように、母の意向は、覗き見をするごとに激しく揺れ動き、その視線は情報把握と、それへの対応といった風に設定される。男性を比べて相対化する、という覗き方も、見る行為としての逞しさの一環と見てよかろう。視覚によって得た感覚と情報を重視して、そこから方向を考えるというありかたも、特に宇治十帖に目立つ方法なのである。その意味では母も娘もなかなかしたたかな存在として描かれていると言えるだろう。

蜻蛉巻における薫による女一宮の垣間見も思い起こされる。ここでは「氷を持つ女一宮」を垣間見た薫が、翌日「氷を持つ女二宮（薫の正室）」を演じさせることによって、女一宮と女二宮の落差を改めて知ることになる、という点において、垣間見の持つ意味自体が、すでに変わってしまっているのである。

七、宇治十帖における見る行為

思うに、宇治十帖は、橋姫巻における薫の垣間見から始まったと言ってもよい。振り返ってみると薫が八宮の姫君たちを訪れる場面は、以上に見てきた様々な「見る行為」とは如何に異なっていることだろうか。

あなたに通ふべかめる透垣の戸を、すこし押し開けて見たまへば、月をかしきほどに霧りわたれるをながめて、簾を短く捲き上げて、人々居たり。（橋姫巻、一三二頁）

霧の深ければ、さやかに見ゆべくもあらず。（同、一三三頁）

そなたの母屋の仏の御前に君たちものしたまひけるを、け近からじとて、わが御方に渡りたまふ御けはひ、忍びたれど、おのづからうちみじろきたまふほど近う聞こえければ、なほあらじに、こなたに通ふ障子の端の方に、掛け金したる所に、穴のすこしあきたるを見おきたまへりければ、外に立てたる屏風をひきやりて見たまふ。ここもとに几帳をそへ立てたる、あな口惜し、と思ひてひき帰るをりしも、風の簾をいたう吹き上ぐべかめれば、「あらはにもこそあれ。その御几帳押し出でてこそ」と言ふ人あなり。をこがましきもののうれしうて、見たまへば、高きも短きも、几帳を二間の簾に押し寄せて、この障子に対ひて開きたる障子より、あなたに通らんとなりけり。（椎本巻、二〇七―二〇八頁）

宇治十帖の始発の部分では、垣間見という古典的な行為が、憧憬の視覚的確認と、そこからの飛躍という形でまだ生きている。人物設定の落差を無視して言えば、正篇とは異なる世界であっても、ここでは薫の形象は都の価値観をそのまま継承しているのである。

このような橋姫の垣間見から始まりながら、宇治十帖は次第に「見る」ことの意味を多元化する。「見る」ことの原義は、さまざまなレベルにおける所有に外なるまい。浮舟の登場は、特にこの問題を呼び起こす。浮舟は薫と匂宮という二人の男性によって見られ、所有される。そこから逃れた浮舟は、一旦死の世界に至り、更に、救済された代償として全身を他者によって見られることになった。一方では意味付け以前の問題として、見ることとは相手を認識するという根源的な行為であることを強く印象づける。こうして、まず見ることから始まる新しい世界へと、浮舟は歩み出そうとしたのではないだろうか(5)。

浮舟を発見する僧都・尼たちと薫という人間集団は、若紫巻の紫上をめぐる僧・尼と源氏、という図式と類似している。浮舟を見た横川僧都・母尼君・妹尼君は、いずれも僧であると同時に老齢であり、物語の世界では一種の性を超越した異人である。従って、それ故にこそ、その人々が「見る」行為を担ったとも解釈できるし、逆にそれは「見る」行為の反逆性を希薄化した、と解することもできるのである。浮舟の自意識の視点からすれば、意識を喪失していた時間は、ある意味で死と同義なのであって、特に、完璧に肉体を見られていた、という認識は、かつて自己の属していた集団からの精神的な離脱を意味することになり、現実とは馴染みようがない。今までの価値観は解体を遂げてしまったのであり、恐らくここから本当の再生へと浮舟の主題は暗示されているのであろう。

ヘルマン・シュミッツ流に表現すれば、浮舟には「逃げろ」という形で絶対的な場所が告知されたと言えるかもしれない。『身体と感情の現象学』の中で彼は次のように言う(6)。

ひとつの場所がすでに空間的定位に依存することなしに規定されていたり、あるいは同定されうるなら、その場所は絶対的である。絶対的な場所は、たとえば不安や痛みにおいて現れる。私はこれらを（中略）「逃げろ！」という抑制された衝動の諸形態と規定した。どういうことかと言うと、パニック状の不安やパニック的な痛みに襲われると、意識は空間的定位を失う。しかしそういったときにも、いやまさにそういったときにこそ、そこから「逃げ」ねばならぬひとつの場所が告知されている。この場所は、この「逃げろ！」の衝動を動機づけ、言わばこの狂乱状態にある者の尻に火をつけることによって実に鮮明に紛う方なく告知されている。

また彼は「不安と苦痛とは、それらがともに「逃げろ」という衝動が妨げられている徴候である点で本質的に同じである」とも言う。その意味では、浮舟はまさに逃げられないのである。

本稿では浮舟の持つ様々な意味を殆ど捨象して、「見る」という言葉の切り口からのみ瞥見してきたが、極めて多面的な物語の網目のうちでも、特に捉えにくいこと自体が浮舟の特色である。しかし源氏物語の最後になって、今までになく生の根源に根ざした新しい人間の次元が示され、それが浮舟に託されていることはほぼ確実であろう。この物語において唯一、死へと歩み出し、結果として、かくれた女性からあらわれた女性へと変容した浮舟は、更なる深みにかくれた心的内部において、改めて主体的に生きはじめるのである。

注

（1）本稿と関わる浮舟論として次のものをあげておきたい。秋山虔氏「浮舟をめぐっての試論」『源氏物語の世界』（東京大学出版会、昭和三九）所収。永井和子「浮舟」『源氏物語講座4』（有精堂、昭和四六）所収。のち『源氏物語と老い』（笠間書院、平成七）所収。広川勝美氏「浮舟出家の位相―浮舟論3」『講座源氏物語の世界九』（有斐閣、昭和五九）所収。小林正明氏「最後の浮舟―手習巻のテクスト相互連関性」『物語研究』（新時代社、昭和六一）所収。

（2）松尾聡氏はこの例の二十二歳ばかりの浮舟の「うつくし」を「盛りな肉体のかわいらしさをいうもの」と見ておられる。『源氏物語を中心としたうつくしおもしろし攷』（笠間書院、昭和五一）二〇頁。

（3）永井和子「源氏物語の老人―横川の僧都の母尼君」『古代文学論叢10』（武蔵野書院、昭和六一）所収。のち

『源氏物語と老い』（笠間書院、平成七）所収。

（4）垣間見についての論は多い。その意味に触れたものとして以下のものをあげたい。今井源衛氏「物語構成上の一手法—かいま見について」『王朝文学の研究』（角川書店、昭和四五）所収。篠原義彦氏「源氏物語に至る覗見の系譜」（『文学語学』昭和四八・八）。林田孝和氏「垣間見の文芸—源氏物語を中心にして」「入水譚の発生—浮舟物語前史」「贖罪の女君—源氏物語における浮舟物語の位置」『源氏物語の発想』（桜楓社、昭和五五）所収。同書五六頁に「記紀に載る「豊玉姫説話」「諾神黄泉行説話」や広く民間に伝承される「異類婚姻譚」—鶴女房・蛤女房・魚女房などの民譚にみられるように、神神はその本姿を人に垣間見られることによって、永遠に神の世界に去らなければならなかった。垣間見によって、その本姿をあばかれた神神は、顕し世に止まることを許されず、人の世界との訣別が運命づけられている」とあり、更に二四三頁には高崎正秀氏の論を引用しつつ「見るなの禁」と表現されている。室伏信助氏「かいまみ」（『国文学』昭和五八・一二）。高橋亨氏「物語文学のまなざしと空間—源氏物語の〈かいま見〉」『物語と絵の遠近法』（ぺりかん社、平成三）所収。三谷邦明氏「源氏物語の〈語り〉と〈言説〉—〈垣間見〉の文学史あるいは混沌を増殖する言説分析の可能性—」『源氏物語の〈語り〉と〈言説〉』（有精堂、平成六）所収。

（5）宇治十帖の感覚の特殊性に関して次の論がある。三田村雅子氏「源氏物語の見る／見られる」「〈音〉を聞く人々—宇治十帖の方法」『源氏物語感覚の論理』（有精堂、平成八）所収。吉井美弥子氏「源氏物語の「声」」『論集平安文学三　平安文学の視角—女性』（勉誠社、平成七）所収、など。

（6）ヘルマン・シュミッツ「端的な知覚の基本形式」『身体と感情の現象学』（小山侃編・訳、産業図書、昭和六一）所収。

4　源氏物語の愛と死

一、愛と死と——源氏と紫の上

『源氏物語』において愛と死は非常に重要な要素の一つである。平安期の物語そのものがこうした人間の根源的な私的領域を表現する形式として成り立っているとさえ言い得ようが、『源氏物語』においては更に大きな主題として示され、既に桐壺巻に桐壺帝の立場から更衣に対する愛とその死、喪失と哀哭が語り出される。更衣の死から物語としての『源氏物語』は開始したのであって、そこに創出された鮮烈な生命が主人公光源氏である。その意味からすれば愛と死はこの物語の骨格として作用しているとも見られる。ごく大まかに見ても、夕顔・葵の上・藤壺・柏木・紫の上・八宮・大君などの死の場面は特に意識的に叙述される。桐壺更衣の死が主人公の創出に関わったことに準じて言えば、夕顔は玉鬘、葵の上は夕霧、藤壺は冷泉帝、柏木は薫、八宮は大君・中の君へと、物語内部に何ものかを残し、引き継ぎ、新たな物語の創造へと連なる形で動的に作用して行く。その中で紫の上の死は、何も生まず、何をも引き継ぎようがない。それどころか主人公光源氏の死をもその内部に引き入れ、物語は終わるのである。ここでは源氏と紫の上にしぼって、その愛と死の場を瞥見してみたい。

なお「愛」の語は『源氏物語』に用例はなく、当時としては異性に対する本能的な愛欲の心をさす[(1)]。阿部秋生氏は「漢語の「愛」は、必ずしも人間の美徳だけを表はしてゐるとは限らない。（中略）紫の上が、自分の生活を愛執に溺れてゐる姿として意識せざるをえなかったことは、物語が語ってゐるところである。」と仏教、出家、罪障の見地から愛執と愛の差異を詳細に論じておられる。(2) 本稿で「愛」というときは現代語としてのそれであって、「愛情」に近い意味として用いることを前提とする。具体的には紫の上の物語についてその始まりの若紫と終わりの御法の巻とを、姿を他者に「見られた女性」として把握してみよう。

二、二人の男性に見られる——源氏と惟光

若紫の巻で垣間見により源氏は紫の上を見た。言い換えると源氏に見られた少女、という形で紫の上の物語は始まる。

日もいと長きにつれづれなれば、夕暮のいたう霞みたるにまぎれて、かの小柴垣のもとに立ち出でたまふ。人々は帰したまひて、惟光朝臣とのぞきたまへば、ただこの西面にしも、持仏すゑたてまつりて行ふ尼なりけり。(中略)きよげなる大人二人ばかり、さては童べぞ出で入り遊ぶ。中に、十ばかりやあらむと見えて、白き衣、山吹などの萎えたる着て走り来たる女子、あまた見えつる子どもに似るべうもあらず、いみじく生ひ先見えてうつくしげなる容貌なり。髪は扇を広げたるやうにゆらゆらとして、顔はいと赤くすりなして立てり。(引用は小学館『新編日本古典文学全集』による。①二〇五〜二〇六頁)

ここで、惟光朝臣と覗いたとあることに注目したい。山の聖域における垣間見であるから源氏にせよ惟光にせよそれなりの禁忌を犯したことになるが、同時にこの女児が無性の童子に近い存在であることも前提となろう。惟光自体が光源氏の私的生活においては特別の存在であって、訳をよく知るものとしてそれまでも造形されてきたが、以後も源氏の手足となって紫の上を迎えるべく力を尽くす。物語としては当然源氏が主体となるが、惟光

の視線が加わったのは、この時点においては対象はまだ未知の存在であったからであり、尼と少女たちを確認したとしても意味付けはされていない。

この部分の二行目の一部を『源氏物語大成』の大島本本文によって示せば「これみつのあそむと」であるが、青表紙本系の榊原家本・池田本・三條西家本と河内本には「これみつはかり御ともにて」とある。このように二つの本文が存在することは、この部分の解釈に関わる問題である。「これみつのあそむと」とあるからといって絶対的に「二人で覗く」ことにはならず、「これみつはかり御ともにて」とあるからといって絶対的に「一人で覗く」とはならないであろうという含みを差し引くとしても、常識的には、源氏の目のみの存在と、それに他者の目が加わる叙述とは決定的に異なると見るのが自然である。[3]

この本文の異文と連動するか否かは別として、『源氏物語』若紫巻の垣間見の部分を絵画化したものにも、この源氏と惟光が様々な姿で存在するのは興味深い。絵と物語の方法的な差異の問題や絵画化の系譜の問題は暫く措き、描かれた二人のみを単純化して大別すれば、①源氏のみ覗く・②源氏と惟光とが覗く・③源氏が覗き惟光は後（横）に控える・④その他、というようなことになろうか。絵を示せないのは残念であるが、身近な図録から幾つか拾うと次のようなことになる。①天理図書館蔵「源氏物語絵巻（左端）」（秋山光和編『源氏絵』所収、日本の美術、至文堂、昭和51）①浄土寺蔵「源氏物語扇面散屏風」（秋山虔・田口栄一氏監修『源氏絵の世界』所収、学研、平成9）[4]②東京大学文学部国文学研究室蔵、慶安三年跋承応三年版『源氏物語』（日向一雅・篠原昭二・鈴木日出男氏編『絵本源氏物語』所収、貴重本刊行会、平成10）③土佐光起筆「源氏物語図屏風」（六双、福岡市美術館蔵、『源氏絵の世界』所収。源氏は立ち惟光は座る）③狩野雪信筆「源氏物語画帖」（京都国立博物館蔵、堺市美術館、『源氏物語の絵画』所収、昭和61。源氏は立ち惟光は座る）③土佐光吉筆「源氏物語画帖」（京都国立博物館蔵、『源氏絵』所収。立つ源氏に向かって惟光が座る）④宗達筆「源氏物語色紙」（『源氏絵』所収。源氏の側には幼童が控える）④筆者は未見であるが、インディアナ大学美術館蔵源氏物語屏風について「源氏の側に控えているのが惟光ではなく侍童になっている」と久下裕利氏は述べておられるのは宗達筆のものに近いか（『源氏物語絵巻を読む』笠間書院、平成8）。

このように二人で覗くという絵の存在もふまえて、前述のごとく絵の主題の問題は暫く措き、「これみつのあそむと」の本文をとるという前提でこの部分を把握したい。垣間見という行為は見るもののみならず見られたものに対して動的な契機を齎す行為である。惟光という他者にも見られたということは、紫の上が単に源氏の主観による存在であり、そこから新たな物語が紡ぎ出されるというのみではなく、客観的な他の視線の保証があることを意味しよう。紫の上は見られて然るべき存在だったのである。また野分の巻では夕霧がその姿を見たことが夕霧にとっての紫の上物語の開始となったのであり、見られたことの意味については後にまた触れたい。

この部分の中心は源氏がこの世に一人ともいうべき少女を発見した歓喜である。垣間見の外的なあるいは内的な経緯は詳細に描かれ、これによって源氏は状況をほぼ把握した、という形で叙述される。ここに「さても、いとうつくしかりつる児かな、何人ならむ、かの人の御かはりに、明け暮れの慰めにも見ばや、と思ふ心深うつきぬ。」とあるごとく見ることによって方向を決定したのは源氏であった。以後紫の上は「妻」であると同時に「子」でもある。物語の枠組みはあくまで光源氏に即しており紫の上は源氏から選ばれた存在であってその逆ではない。しかし次第に紫の上に光が当てられると、その内面は自立したものとして存在し始め、そこで源氏は相対化される。このあたりは一元的ではない『源氏物語』の方法の恐ろしさと言うべきであろう。

三、三つの生

若紫から開始した物語は、御法における紫の上の「死」によって終結する。叙述は多く紫の上に沿いその孤独を写すが、全体としてみるとやはり光源氏物語に組み込まれている。

この巻には心内語が多く会話は少ない。試みに鈴木一雄氏による物語文学全体に及ぶ詳細にして大規模な調査による数字を参照しても、『源氏物語』の総行数に対する会話の割合は平均31・3％であるのに対し、御法は11・8％で極端に少ない。因みに最小は匂宮6・3％で御法は2番目に少ないことになる。心内語については平均23・9％であり、御法は26・2％。これは数字の上からは特記すべき数ではないが、紫の上の死に至る部分までの前半をみると40％近いのではないだろうか(5)。

登場人物も極めて限定されており人物の呼称としても、多種多彩な呼び方をされるはずの光源氏は「院」としてのみ6例を数えるだけで、文章における主体としての呼称を殆ど持たない。紫の上は「紫の上」「女君」「上」と最小限度わずかに呼ばれている。いずれにせよ社会的な関係ではなく、紫の上と源氏と周囲の家族とでも言うべき人々の閉じられた家の内部における死をめぐる微妙な心理を叙述する。「紫の上、いたうわづらひたまひし御心地の後、いとあつしくなりたまひて、そこはかとなくなやみわたりたまふこと久しくなりぬ。いとおどろおどろしうはあらねど、年月重なれば、頼もしげなく、いとどあえかになりまさりたまへるを、院の思ほし嘆くこと限りなし。」と、紫の上の衰弱と死の予感におののく源氏の嘆きに始まる御法巻の巻頭は、すべてを言い尽くし凝縮し、主題的なものが提示されていると言ってよい。「しばしにても後れきこえたまはむことをばいみじかるべく思」う源氏であるが、紫の上は「みづからの御心地には、この世に飽かぬことなく、うしろめたき絆だにまじらぬ御身なれば、あながちにかけとどめまほしき御命とも思されぬを」というごとく自己としてはこの世に執着を持たない。「ほだし」が存在しないことは執着とは無縁であることであり、同時に前述したごとく桐壺更衣などのように物語として引き継ぐものを持たないことを意味しようから、ここですべては終結してしまう。しかし「年ごろの御契りかけ離れ、思ひ嘆かせたてまつらむことのみぞ、人知れぬ御心の中にもものあはれに思されける。」と源氏との契りを承認し、源氏を嘆かせることが悲しいというこれこそが、「愛」であるといってよかろう。

「愛」と「死」という対をなす言葉はある面で現代的な把握であるかもしれない。いうまでもなく源氏も紫の上も、世界の把握の方法として一に「現世」、二に「(この世における)出家」、三に「後世」の三段階を考えるからである。このような考え方をとれば、愛は有限な現世にあって死と共に消失するのではなく、別次元にまで及び、言い換えれば時間の概念に、別の世界の実存性をも包含する。特に紫の上のいう「後世」は死後の自分のものであるが同時に源氏をも視野に入れたものであり、「本意あるさま」も現世においての自己の出家であるにも関わらず源氏を包含し、三段階の生を前提として永遠の世界を希求するのである。

源氏は紫の上の死も出家も、許可はおろか受容しない。その理由については次のように言う。「さるは、わが御心にも、しか思しそめたる筋なれば、かくねむごろに思ひたまへるついでにもよほされて同じ道にも入りなんと思せど、一たび家を出でたまひなば、仮にもこの世をかへりみんとは思しおきてず、後の世には、同じ蓮の座をも分けんと契りかはしきこえたまひて、頼みをかけたまふ御仲なれど、ここながら勤めたまはんほどは、同じ山なりとも、峰を隔ててあひ見たてまつらぬ住み処にかけ離れなんことをのみ思しまうけたるに、かくいと頼もしげなきさまになやみあつひたまへば、いと心苦しき御ありさまを、今はと行き離れんきざみには棄てがたく、なかなか、山水の住み処濁りぬべく、思しとどこほるほどに、ただうちあさへたる思ひのままの道心起こす人々には、こよなう後れたまひぬべかめり。」これはまた極めて具体的な思惟である。後世では「同じ蓮」と契ってあるが、現世で両人とも出家すればやはり離れることになり、紫の上の側を離れるのに忍びないというのである。源氏は現世を中心に考え、死を目前にした紫の上は既にいわば必然的に連続した時間として後世を中心にすべてを見る点で異なるのだが、両者とも現世の死を完全な終結と見ない点は同様である。これらは心内語としての叙述であってほとんど会話は成立せず、それぞれの思いは微妙な裂け目を形成する。このようにこの巻の巻頭にはいまや物語から退場しようとする主人公たちの死に対する思いを堂々と記す圧倒的な強さがある。ここでは観念ではなく実際に歩みつづけた生の結論として、むしろ循環的な永遠の時間が正論として絡め取られる。それぞれ孤絶しつつも別の世の実在性に対する予感あるいは信頼の内にあるものこそ両者の愛であるというべきであろうか。あるいは所詮他者である両者が同質の部分を希求しつつ異質な部分を感じ取り、その想念が複雑に絡み合うと言うべきであろうか。

しかし、次の段階に至ると、二人の思いは「一つの生」に哀切に限定されて来るのである。出家の志を遂げ得なかった紫の上は、法華経の供養を思い立ち、これが社会との最後の接点となり、夏を迎えいよいよ弱るが、紫の上は様々な想念を決して口に出さない。「御心の中に思しめぐらすこと多かれど、さかしげに、亡からむ後などのたまひ出づることもなし。」と抑制する。ただ「けはひ」によって言葉よりも「もの心細き御気色はしるう見えける。」というが、まさにこの部分以後は、前述のごとき分析的な思念と趣を異にして「現世」における死におびえおののく人間が描かれる。「まして、このころとなりては、何ごとにつけても、心細くのみ思し知る。明石の御方に、三の宮して聞こえたまへる。惜しからぬこの身ながらもかぎりとて薪尽きなんことの悲しさ」。歌なら本音を語ってよいのだろうか。ここに繰り返されるのは到底悟り澄ました姿ではなく、不可解な死によって生を剝奪される人間の絶望である。絶唱の「おくと見るほどぞはかなきともすれば風にみだるる萩のうは露」が凛とした前段と死に近い後段とを止揚した歌であると見てよいのかもしれない。私としては紫の上の死に至る

苦悩は、女三宮事件を端緒とするが、そうした外因より、自己の慢心に対する許しがたさに起因すると考えておきたい。(6)

四、再び二人の男性に見られる――源氏と夕霧

紫の上は死してのちまた姿を見られる。

御几帳の帷子をもののたまふ紛れに引き上げて見たまへば、ほのぼのと明けゆく光もおぼつかなければ、大殿油を近くかかげて見たてまつりたまふに、飽かずうつくしげにめでたうきよらに見ゆる御顔のあたらしさに、この君のかくのぞきたまふを見る見るも、あながちに隠さんの御心も思されぬなめり。「かく何ごともまだ変らぬ気色ながら、限りのさまはしるかりけるこそ」とて、御袖を顔におし当てたまへるほど、大将の君も、涙にくれて目も見えたまはぬを強ひてしぼりあけて見たてまつるに、なかなか飽かず悲しきことたぐひなきに、まことに心まどひもしぬべし。(④五〇八～五〇九頁)

源氏は紫の上の死の顔を見た。これは夫として生ある顔を見つづけたことと絶対的に異なっている。見るために見るのである。ここでも一人ではなく、野分の巻の垣間見に起因した物語の終結の部分として、夕霧が見る。一般に垣間見という手法によって物語は状況を劇的に推し進めて行くのだが、現実には見ることは欲望と快楽と紙一重のところにあり、見られるものにとってある場合は屈辱である。男性が女性を見ることは多く所有に連なるのであるし、見ること、見られることは神話的な根源を持つ。手習巻において失心し僧達の視線に顕わに晒された浮舟は、そこから再生した。(7)

こうした源氏と惟光、源氏と夕霧の視線を紫の上は知らない。厳重に他者の視線から隠蔽されているはずの女

主人公紫の上は、逆に見られるべき人であって、その視線に耐え得る存在であったのではないか。紫の上が見られたことは、物語の機能の上から言えば前述のごとくその隔絶した存在に対する他者からの保証である。おぼろに隠されている藤壺とことなり、紫の上は見られることによってある意味における普遍性を持つのであって、そのことによって源氏の伴侶たりえたのではないだろうか。

人生は他者に対して、開き、閉じ、開く、という形で形成される。ある年齢までの幼児は自己の自己たることを知らず、見られることも意識しない。成人の女性のみが見られることを禁忌とした時代にあっては、他者に閉じる部分に自己の領域が存する。老いれば姿を他者に顕わにし、死に至れば人は「骸」を残し、それを他者に晒さざるを得ない。「殻をだに残さず」という嘆きは切実なものとして捉えられるのである。

紫の上の物語上の生は源氏と他の男性には見られて始まり、見られて終わった。ここでは主人公たちの愛と死に関わるごくわずかの部分を見たが、人間にとって不可解な謎は決して感傷的に扱われてはいない。時代の持つ限界の中において観察者としてすべてを冷静に見通しつつ、物語という形式によってその不可解なるものを捉え尽くそうとした作者の強靭な意志を『源氏物語』においては特筆すべきであろう。

注

（1）　秋山虔氏編『王朝語辞典』、東京大学出版会、平成一二。「愛」の項は山口仲美氏執筆。

（2）　阿部秋生氏「紫の上の出家」「国文学論叢第三編」、至文堂、昭和三四。

（3）　湖月抄は「これみつばかり御ともにて」の本文をとる。湖月抄の影響の強い改作本『源氏董草』は「惟光ひとり御供にてかの麗はしかりし小柴垣よりそとのぞき給へば」とする。永井和子編、笠間書院、平成一一。松尾聰氏が『全釈源氏物語』（昭三四）においてこの部分を「臨《のぞ》く（面と向う）」とされたのは、この行為を不自然と見られたことも一因か。なお全体的な問題は吉海直人氏「『源氏物語』若紫巻の「垣間見」再検討」（国学院雑誌、第百巻七号、平成一一・七）を参照されたい。

（4）『源氏絵の世界』所収の田口栄一氏編「源氏帖別場面一覧」によると、若紫巻において垣間見の場面を扱ったものの数は突出している。

（5）鈴木一雄氏「源氏物語の文章」「国文学解釈と鑑賞」昭和四六・六。

（6）永井和子「紫の上――女主人公の定位試論」、森一郎氏編著『源氏物語作中人物論集』、勉誠社、平成五。

（7）永井和子「浮舟――見られたものとしての変容」『源氏物語と古代世界』新典社、平成九。

5　「八の宮物語」としての宇治十帖

一

ここに述べるのは、『源氏物語』宇治十帖を八の宮物語とみると、どういうことになるだろうか、というひとつの奇妙な夢想である。

こうした方向を定めて、結論的に極言すれとなれば、まず桐壺帝が物語の世界自体を拓き、第一・二部はその第二皇子である光源氏の物語、第三部に包括される宇治十帖は第八皇子である八の宮の物語という具合に読めないか、更に粗く括れば、兄弟の皇子の物語とは見られないだろうか、という問いかけにも至る。様々な方向性が考えられようが、ここではひとまず、こうした桐壺帝の皇子二系列に代表される一族の大枠を、仮にこの物語に置いてみるとしよう。

このような見方を取った場合には作者が誰であるかの問題は別として第一部・第二部と第三部の質的な関係が問題となる。ここではこの両者は並列的な存在ではなく、まして付加的な在りようでもなく、言わば互いに互いを相対化し、緊張感を帯びた等価のものとして一体化しているものと考えておきたい。一方で宇治十帖は第一・二部における兄＝源氏系列の男性である薫、匂の宮と、弟＝八の宮系列の女性である大君、中の君、浮舟、の複雑を極め、かつ必ずしも素直には馴染まぬ合流点ともみなされるからである。そしてこの全体像は、いわば皇子でありながら皇子ではない光源氏を語る物語として雄大な『源氏物語』をなすことになるであろう。『源氏物語』を三部構成とみると、その第三部の匂宮・紅梅・竹河三帖と宇治十帖は一つの集合をなすのであるから、宇治十帖自体の意味がやや稀薄になるのは免れまい。ここでは三帖を十帖の繋ぎ、あるいは前史としてしばらく措き、第一・二部と宇治十帖とを二つの部分として捉えておく。その内容については大まかに大君物語・中の君物語・浮舟物語と把握し、薫・匂宮をそこに対峙させる、または薫物語をそこに読み取る、という捉え方が一般的であろう。ここではそれを否定するのではなく、その全体を八の宮物語によって括る可能性を考えてみたい。

二

宇治十帖の八の宮側の登場人物を簡単に表示すると以下のごとくである。

橋姫巻…	八の宮	大君	中の君	
椎本巻…	八の宮死去	大君	中の君	
総角巻…		大君死去	中の君	
早蕨巻…			中の君	
宿木巻〜夢浮橋巻…			中の君	浮舟

第一の橋姫巻は周知のごとく、

　そのころ、世に数まへられたまはぬ古宮おはしけり。

という言葉をもって始まる。鈴木一雄氏の、物語の冒頭には主人公の出自が語られるのが物語史を通じての原則である、とする指摘に仮に従うとすれば、橋姫巻において八の宮という存在が紹介され、そこから大君・中の君に話が至るのであって、読み手にとって既知の存在である薫・匂の宮という枢軸は大きく屈折して、別の中心軸から新たな主人公が創生されたことになる。(1)

八の宮は死を目前にして、姫君たちに軽率な結婚を厳しく戒める。

……軽々しき心ども使ひたまふな。おぼろけのよすがならで、人の言にうちなびき、この山里をあくがれたまふな。ただ、かう人に違ひたる契りことなる身と思しなして、ここに世を尽くしてんと思ひとりたまへ。

(椎本巻・日本古典文学全集)

更に、主だった女房たちにも姫君の将来に関して訓戒する。

かかる際になりぬれば、人は何と思はざらめど、口惜しうてさすらへむ、契りかたじけなく、いとほしきことなむ多かるべき。(中略)生まれたる家のほど、おきてのままにもてなしたらむなむ、聞き耳にも、わが心地にも、過ちなくはおぼゆべき。にぎははしく人数めかむと思ふとも、その心にもかなふまじき世とならば、ゆめゆめ軽々しくよからぬ方にもてなしきこゆな。(同)

この遺戒が姫君たち——浮舟を含めて——の人生の深部に強く植え込まれ、それがこの十帖全体を個人の意志を超えて方向づけ、物語の上に息を吹き込む動因となると見ることによって始めて、これを八の宮物語と称することが許されるだろう。八の宮に関わる部分の叙述は、仏教的世界とこの世への執着といった絶望と矛盾を内包しながら深い淵のごとく静的であってかつ長く、以後の物語の動的な流れとは対照的である。遺戒はその遺戒であることを超え、八の宮の意思の実現・あるいは非実現への序曲として位置付けられているのであって、その準備段階が整った上でここから新たな物語が形成されて行くものと考えてもよいのではないだろうか。

八の宮の遺戒の拠って来るところの一つは宮という身分の規範である。しかし、八の宮は皇子であるとはいえ、もともと語り手によって「世に数まへられたまはぬ古宮」と紹介された存在である。その姫宮——皇女——たちの結婚について苦慮した朱雀院の物語を既に第二部の若菜巻あたりにおいて知っている読み手には、八の宮や姫君たちの身分は、それが非常な苦衷の原因となるほどの高みにあるとは感じられない。八の宮の仏教への傾倒、それとは切り放し得ない薫の特異な存在の仕方や道心の問題は措くとしても、かなり過剰な自意識であるという把握も成り立ちそうである。

そうではなくて、逆にこの遺戒を絶対的なものとして設定すること自体が皇子としての特殊な身分を証明する矜持の具体化であったと見なし得る。宇治に住する敗残の宮であるかもしれないが、ここで皇子としての誇り高い生き方を自己のみならず姫君達の生き方にまで及ぼして強く律したという点においては、朱雀院以上の真面目な激しさと説明抜きの執念を併せ持つ。逆説的に言えば、大君の死・中の君の不幸・浮舟の絶望といった宇治十帖の物語そのものが、皇子の一族であることの誇らかな証しであるといってもよいのである。こうした皇子の物語という視点に立てば、第一・二部と宇治十帖は同質なものとなり得るだろう[2]。

大君はその遺戒を守ろうとするが、その内容に対する検討や吟味ではなくて「守る」という観念性自体が先行する物語が形成されていることは言うまでもない[3]。呪縛されているという前提が物語の命題として与えられている以上、大君は死という形でそれを果たさざるを得ない。中の君の生涯も、自己の意志によらず言わば他律的にやむを得ず遺戒に背く形をとることによって物語化されているのである。

椎本巻で八の宮は死去し、その肉体的な生命は消失するのであるが、以後においても八の宮への主な言及場面は二箇所にある。一には総角巻に中の君と阿闍梨の夢に八の宮が出現することが語られ、二には宿木巻に八の宮邸の寝殿を寺に改装する記事があって、ともに宮が思い出として語られる。一の総角巻の叙述の直後に大君は死して主題は中の君に引きつがれ、二の宿木巻ではその部分から薫と弁の君の会話に繋がって浮舟という存在が引き出されてくる。このように大君から中の君へ、中の君から浮舟への受け渡しという話の折り目ごとに八の宮は死後の登場を果たし、物語の深部に執拗に関与しつづける。不在ではなく非在というべきであろうか。この意味で浮舟も八の宮の意志に包みこまれた存在である。ただし手習巻以後は埒外に逃れてまた新たなる世界を拓き、八の宮物語を別の意味で完成させたといってよかろう。この点についてはここでは暫らく措くこととする。

神野藤昭夫氏は、「宇治の人物たちを呪縛し、牽引してゆく根源もはるかとおくにあったということができるのではあるまいか。[4]」と宇治十帖の前史ともいうべき八の宮自身の位置付けを精密にかつ鋭利にあとづけておられる。時間的には平行した表裏二つの世界――二人の皇子の世界――がこの物語においてはほぼ同時に進行していたことの例証になるであろう。

三

『源氏物語』では、重要な登場人物たちは一般に、死去して後もなお物語の上に強い力を残し続ける。一旦登場した人物は去ることなく、生者は生者なりに、死者は死者なりに在り続け、この世に異なった世界の響きを伝える。存在論的に表現すれば、存在しないという形で存在すると言い換えてもよい。宇治十帖においては特に八の宮という一人の人間の思いの力が一本の強い筋として通っているのであって、その思いの未来に向けての具体化である遺戒の設定は序曲としてかなり重い役目をなし、以下の展開はその実現の物語をなしている、と見ることはやはり可能であろう、と考えるのである。

宇治十帖は、このような意味で、八の宮物語としてあるいは一人の人間の執念の物語としても楽しめるかもしれない、というのがこの割り切り過ぎた言葉足らずの素描である。もとより『源氏物語』の真価は構造やその解釈に終わるものではない。そうした考えさえも色褪せるほど、その一こま一こまに固有の光彩が鮮やかにほとばしる生き生きとした生命体である。にもかかわらず、一方で、そこからやはり全体像のあれこれへの模索へと我々を導く豊かな誘惑に満ちた存在である。こうした不思議な行き来と、ゆれと、緊張感を、ここで奇妙なひとつの夢想と称する所以である。

注

（1） 鈴木一雄氏『全講和泉式部日記』「起筆と冒頭のちがいについて」（昭和四六）。

（2） このあたりに王権論を絡める把握もある。藤本勝義氏「八の宮」（「別冊国文学・源氏物語必携Ⅱ」昭和五七）など。

（3） 永井和子「宇治の大君」（「国文学解釈と鑑賞」昭和四六・五。のち『源氏物語と老い』平成七、収載）。その他この点に触れた論は多い。

（4） 神野藤昭夫氏「宇治八の宮論」『源氏物語と古代世界』（新典社研究叢書・平成九）。長谷川政春氏の「宇治十帖の世界―八宮の呪縛性」（『国学院雑誌』昭和四五・一〇）は言葉の呪縛性を問題にする。参照されたい。

6　源氏物語の「齢」覚え書き――「過ぐる齢にそへて」の周辺

一、個人の生と時間

『源氏物語』の若菜下巻において、酔いをよそおう光源氏は柏木を前にして次の言葉を発する。

「過ぐる齢にそへては、酔泣きこそとどめがたきわざなりけれ。衛門督心とどめてほほ笑まるる、いと心恥づかしや。さりとも、いましばしならむ。さかさまに行かぬ年月よ。老は、えのがれぬわざなり。」（用例は『新編日本古典文学全集』による。以下同じ。④二八〇頁）

女三宮と関わりを持った若い柏木に放った痛烈な矢であって、この言葉と鋭い視線は柏木を死へと導く。物語の流れにおける位置づけについては既に多くの研究が積み重ねられているこのよく知られた言葉のうち、「過ぐる齢」という表現を『源氏物語』の加齢表現の一つと捉え、「齢（よはひ）」の周辺の様相に関して些か述べてみたい。源氏の発言に即して言えば、他者である柏木を貫く言葉であると同時に自己の時間に向けての激しい表出でもある。「過ぐる齢」という表現に絞れば、物語中の四例はすべて若菜巻を中心とした晩年に近い源氏の専用語なのである。

「齢（よはひ）」は、いうまでもなく現代語の「年齢（ねんれい）」に相当する言葉であるが、完全に同一というわけではない。「年齢」は「ある個人が経てきた時間」を「現在の時点で把握する」面が強い。「齢」は「現在の時点で把握する」ことは同様であるが「ある個人が経てきた時間の全体」の情感を視野に入れる傾向がある。人間の生そのものと分かち難く結びつき、個人としての有限なる時間軸をより強く意識した言葉ではないかと考えるのである。冒頭の光源氏の言葉は自己の限定された時間を知る苦さや痛みを戯れに託した発言である面を持つ。
以上、言わば当然の謂いであるがここに改めて「齢」を概観しておきたい。

二、「齢（よはひ）」という言葉

まず、漢字としての「齢」の文字の表わすものの一つに「とし・よはひ」の義があり、『大漢和辞典』は『説文新附』の「齢、年也」、『一切経音義』の「齢、年齢也」を引く。「齢」は「歯」に通じ歯が年齢によって生滅し、生え方で年の違いがわかるところから来たものである。「齢」の意を歯の文字によって表現したものに『左氏伝』「君之歯未也」があり、『禮記』に「古者謂年齢、歯亦齢也。」とある（同辞典）。

日本の用例を見ても岩波日本古典文学大系『日本書紀』巻十一仁徳天皇の項には「仁孝遠玲　以歯且長」を「ひとをめぐみおやにしたがふこと遠くきこえて、みよはひまたひととなりたまへり」と歯の字を「よはひ」と訓む。頭注に「歯は、人寿の数、年齢」とする（同書上三八二頁）。『名義抄』も「歯、ヨハヒ・ツラナル」とよむ。一方で『大唐西域記』長寛元年点五には「護法菩薩年　ヨハヒ　幼稚にあり」と「年」を「ヨハヒ」と読む例もあって「歯・齢」は「年」とも重なる部分を持つ。『霊異記』下十六では「齢（与ハヒ）盛りなりしときに」と訓んでいる。『源氏物語』では「齢」「よはひ」の両表記があるが、本稿では特に問題がない限り仮名表記の「よはひ」であっても便宜上「齢」と表記する。

さて、和語としての「よはひ」の語源については様々な考え方がある。世延ひ・世間ひ・よはへ（世間歴）など。また、ヨは齢、ハヒはナリハヒと同じ・ヨは寿ハヒは接尾辞または語尾、ヨクハヒノビタルの義・世祝でありヨイハヒの義・ヨは世であって世栄ヨハへの義・弥老ヨハヒの転など。限りのある個人の生に関わる語であることを考えると、「齢（れい）」がやはり「歯」なる人間の肉体性を根源に持つ字形であることといみじくも一致する。「よ」自体に年齢の意識もあると考えられ、『紫式部日記』の「年暮れてわがよ更け行く風の音に心のうちのすさまじきかな」などが想起されるが、ここでは「よ」との相関関係については暫く措き、「とし」との関連に絞っておく。

以上のように「歯」「年」「齢」「年・齢」の訓及びその語義については判断が難しい場合が多い。現代語の「年齢（ねんれい）」はそれらの広義をくるみ込む言葉であるといい得るであろう。

「よはひ」を考える上でまず『古今集』春上の次の歌を見たい。「年」と「齢」双方の語を一首の中に持つからである。

　年ふれば齢は老いぬしかはあれど花をし見ればもの思ひもなし（五二）

「年ふれば齢は老いぬ」という表現にはその前提として「年」と「齢」は異なる語としての意識がある。両者とも平行した時間を刻むが、「年」は一年、また一年という時間であって、ここでは自己の年である以上に他者と共有する時間、悠久無限なる自然の進行でもある。それが非情に経過した厳然たる結果として人間の「齢」が老いてしまったという。ここにいう「齢」はあくまで自己の生に即した時の堆積に他ならず、有限なる時間である。従ってこの「齢は老いぬ」には下句「もの思ひ（アリ）」に応じた人生の終結への慨嘆があり、「しかはあれど花をし見ればもの思ひもなし」で反転する。この歌は「染殿の后（文徳帝皇后藤原明子）の御前に、花瓶に桜の花をささせたまへるを見てよめる、前太政大臣（明子の父良房）」の詞書を附す。いうまでもなく『枕草子』二十一段（『新編日本古典文学全集』三巻本）に作者がこの歌の「花をし見れば」を「君（定子中宮）をし見れば」と書きかえたとする記事があってその面でも著名なものである。
『古今集』雑上には老いに関する歌群があるが、その中で次の歌は同様に「年」「齢」の二語を用いる。

さかさまに年もゆかなんとりもあへず過ぐる齢やともにかへると（八九六）
とどめあへずむべも年とはいはれけりしかもつれなく過ぐる齢か（八九八）

八九六番歌は時の経過としての「年」と共に自己の「齢」の逆行を願うもので、如実に両語の差異が窺われる。冒頭にあげた『源氏物語』若菜下巻の「さかさまに行かぬ年月よ。」はいうまでもなくこの歌を引用したものである。八九八番歌は「年」に「疾し」を掛け、ここでは二つの時間の並行性を主題とする。いずれも冒頭の若菜巻の発言と同じく「過ぐる齢」の語を持ち、強い関連性が窺われる。片桐洋一氏の『古今和歌集全評釈』には八九六番歌について次のような趣旨の言及がある。

「年」は人の身について言う場合「色も香も同じ昔に咲くらめど年ふる人ぞあらたまりける（五七）」のように、あくまで「年」が主体で、人はその時間の中に身を置いて「経（へ）る」ものであり、「われのみぞ悲しかりける彦星も逢はで過ぐせる年しなければ（六一二）」のように「過ぐす」ものであった。それに対して「齢」は五二番歌のように、みずからが「老い」るものであり「数知らず君が齢を延ばへつつ名だたる宿の露とならなむ（三九四）」のように「延びる」ことをねがうものであったが、八九八番歌、八九六番歌のように「齢」もまた「年」と共に過ぎ去るものとして詠まれる場合もあったことがわかるのである。(1)

氏の指摘されるごとく「年」「齢」の対比あるいは差異が歌の眼目となる。なお五二・八九六・八九八の三つの歌を見る限り「年ふる」「年ゆく」に対して「齢老ゆ」「過ぐる齢」の表現的な区別がありそうに見えるが、後述するように『源氏物語』について見ると「齢ふる」「年過ぐ」「年老ゆ」と「年」「齢」を置換した例もあってこの点のみでは区別し難い。

以上『古今集』の例を見たが、その表わす内容は前述のごとく「齢」は個人が生まれてからの有限なる時間の総体・堆積を把握する傾向が強い表現と考えられる。『岩波古語辞典』が「多く人間の、重ね経た年齢にいう」と見るのに近い。同辞典は「類義語トシ（年）は、稲のみのりの意から、一年の意」とする。このように「齢」の語が表現する時間には、人間の生の営みとその推移に関わる何らかの把握が離れ難いものと思われる。また「年」の直接性に比して間接的、歌語的な婉曲表現とも見なし得る。このようなことを前提として『源氏物語』を見よう。

三、源氏物語の「齢」

『源氏物語』の「とし」は「齢」（七七例）に比べて用例も七〇九例に及び、内容も多岐にわたる。その一つは自然の悠久なる時間、外部の時間であって、その無限性については『古今集』に見た通りである。一方、対比的に人間の生に関していう場合もあり、このような例では「齢」と区別し難い。例えば「としのほど」と「よはひのほど」は両方とも用例があり極めて似た内容を持つ。

意味の近似は、「年」「齢」「年齢」が本文翻刻の際の表記の問題とも関連してくる。本稿は前述のごとく『新編日本古典文学全集』本を用いたが、『源氏物語大成』校異篇・索引篇と比較すると両者には例えば以下のような表記の小異がある。

「年齢は幾つにかものしたまひし」（夕顔①一八七頁）

源氏が右近に夕顔の素性を聞く時のことであるが、『新全集』では「年齢」に「とし」と振り仮名をする。『大成』（一四〇頁）によると底本大島本に「とし」とあって異同はない。

「……六十にあまる年齢、めづらかなるものを見たまへつる」（手習⑥二八六頁）

は僧都が妹尼に語りかける場面でここも「とし」と振る。同じく『大成』（一九九四頁）によると底本大島本に「とし」とあってこの部分にも異同はない。

「年齢のほどはかたはならねど、人に後ると嘆きたまへり」（竹河⑤一一三頁）

は「としよはひ」と振る。竹河の末尾で玉鬘の三男が年相応の官位か否かをいう場面であるが『大成』（一五〇一頁）によると大島本は「としよはひ」とかな書き。但し別本系の伝西行筆本は「とし」である。

本稿では前の二例は「よはひ」の対象とせず「とし」と捉え、最後の例は「とし・よはひ」と考え対象とした。

一方『大成』の底本大島本には見えぬが他本では「よはひ」の例が見えることもある。

「六十にあまりて今さらに人のもときおはむはさるへきにこそはあらめ」（『大成』手習一九九九頁）

この文の冒頭は青表紙系榊原家本・伝二条為氏本・肖柏本・三条西家本、河内本、別本系高松宮家本・保坂本・池田本・国冬本・阿里莫本・桃園文庫本に「よはひ六十にあまりて」とある。『新全集』はこれを『大成』底本の独自異文と見て「齢」を補い、

「齢六十にあまりて」（手習⑥二九四頁）

と校訂しており、同書の方針に従って考察の対象とした。

また、校異を仔細に見ると先に見たような語義の重なりから、「年」と「齢」が伝本によって入れ変わる現象もあるが、それは別の問題として特別な場合を除き省略した。

さてこのように『新全集』を基として見た場合の私見による「よはひ」の用例数は次の通りである。

・七七例を対象とする。このうち手習の一例は前述のごとく独自異文を改めたもの。

・「御よはひ」「としよはひ」「よはひども」も含める。

この用例を巻別にあげる。

夕顔二・若紫六・末摘花一・紅葉賀一・花宴二・葵二・賢木一・須磨二・明石四・澪標三・関屋一・絵合二・松風一・薄雲三・朝顔三・少女六・玉鬘一・胡蝶一・蛍一・常夏一・野分一・行幸四・藤裏葉一（第一部五〇）

若菜上八・若菜下六・柏木一・横笛一・鈴虫一・夕霧一・幻一（第二部一九）

竹河二・橋姫二・椎本一・手習二・夢浮橋一（第三部八）

全体として第一部に多く第三部は少ない。第二部は本稿で問題とする若菜巻に集中する傾向がある。この七七例は、

会話五三　地一四　心内語八　歌二

に分けることができ、会話の例が三分の二に及ぶ。

会話のうち一九例が光源氏のそれであって、冒頭にあげた若菜下巻の言葉もこのような全体像の中に位置を占めることになる。

ここで「齢」の前後にくる言葉にふれておこう。前述のごとく「齢」には単独の用法もあるが、様々な形容を伴うことも多いからである。

北山渓太氏の『源氏物語辞典』は「よはひ」の項に、

①年齢。若紫「いふかひなき程のよはひにて」②寿命。明石「ことわりの御よはひなれど」

の二義をあげておられる。更に熟語・成語として「とし―」「残りの―」、参考として「とし（年）いのち（命）よ（世）」を加える。関連語に「―かさなる・―すぐ・―たる・―つむ・―つもる・―のするゑ・―のつもり・―

のぶ・―のほど・―ふ」をあげられる。

私見によって「齢」を形容する語の概略を列挙する。

いくばくならぬ―・いときなき―・厭はれぬべき―・児（ちご）ならぬ―・いはけなき―・いふかひなきほどの―・今さらの―・いま少しもの思しる―・おとなしきほどになりぬる―・おとなしくならせたまひにける―・かばかりの―・ここらの―（二例）・五十八を十とりすてたる御―・ことわりの―（二例）・さばかりの―・すぎにける―・すぐる―（四例）・たれも思ひなかるべき―・何事も思ししりにたる御―・残りすくなき―（二例）・残りの―（五例）・残りとまれる―・蛭の子が―・ふりぬる―（二例）・人となりゆく―・見果てつるここちする―・世にしほじみぬる心地する―・わりなき―・わりなの人に恨みられたまふ―・惜しかるまじき―・惜しむべき―[2]

「齢」が後に伴う語は以下の通りである。

―（は）おほく・―かさなる・―すぐ（二例）―（に）そへて・―足らで・―足る（二例）・―つむ・―のすゐ（四例）・―（なれど）するゐになりたる心地・―のつもり（五例）・―のべむ・―のほど（九例）・―ひさしき・―ふりぬる人・―まさる（二例）・―（も）はづかしけれど・―（なども）わかびたまふべきほど・―六十にあまりて

単独で用いることもあるが数は少ない。藤壺の死去を悼む「入道の宮の御齢よ」（朝顔②四八四頁）など。この場合も強い情感を伴う。また年齢が何歳であるかに関連して用いるのは「齢六十にあまりて」のみであり、先に述べたようにあるいは大島本の「齢」を欠く本文が正確であるかもしれない。

このように多様な様相を持つのが「齢」の特色の一つである。

四、光源氏と「齢」

「齢」の語のみに絞って光源氏を追ってみよう。先に見たごとくこの語は「若菜上・下」に集中しており、その最後の例が冒頭の柏木に対する言葉であるからである。物語の流れに添い、光源氏に関わる会話や心内語を中心として「齢」の語のあらましを辿るが、その年齢は「若菜以前」の第一部では三十九歳まで、「若菜上」は三十九から四十一歳まで「若菜下」では四十一から四十七歳に及ぶ。

まず源氏の発言として最初に見えるのが次の例である。

1、「言ふかひなきほどの齢にて、睦ましかるべき人にも立ちおくれはべりにければ」（若紫①二一八頁）

十八歳の源氏が尼君に語る言葉であって、幼少の源氏が三歳で母に六歳で祖母に死別したことを表現する。この「言ふかひなきほどの」のように、何らかの形容が添っているのも前に示したごとく「齢」の語の特色のひとつである。ある時点の具体的な年齢というより「ある齢であればある事象を伴う」という意識が強い。ここでは「幼い年齢」と「母の存在」といったもので、こうした表現には両者の一致、あるいは不一致に対する感慨を自ずと内包する。

2、「我より齢まさり、もしは位高く、時世の寄せいま一きはまさる人には、なびき従ひて」（明石②二三二頁）

年長者である明石入道に明石への誘いを受けて従うべきか否かと思案している年少者（二十七歳）としての源氏の心内語。「年齢」と「栄達」の相互関係の通念が見える。

3、「内裏にもさこそおとなびさせたまへど、いときなき御齢におはしますを」（澪標②三二〇頁）

藤壺に源氏が語る十一歳当時の冷泉帝の将来。「年齢」と「帝位」を意識する。

4、「昔の例を見聞くにも、齢足らで官位高くのぼり世に抜けぬる人の、長くえ保たぬわざなりけり」（絵合②三九二頁）

2と同じく「年齢」と「栄達」の相応意識から来る光源氏自身の不釣合いな栄達に対する自覚。

5、「静かに籠りゐて、後の世のことをつとめ、かつは齢をも延べん、と思ほして」（絵合②三九二頁）

4に続く部分。不釣合いの解消法として三十一歳の源氏が出家の意向を示すことを語る。源氏は「出家」を「齢」を延ばす方便として把握するが、こうした傾向は「齢」に関しては始めての記述である。

6、「蛭の子が齢にもなりにけるを。」（松風②四二三頁）

明石の姫君が三歳になったことを紫の上に述べる。「かぞいろはあはれと見ずや蛭の子は三年になりぬ足立たずして」（日本紀饗宴歌　大江朝綱）による。なお明石巻（②二七四頁）には同歌を引いた源氏の歌「わたつ海にしなえうらぶれ蛭の子の脚立たざりし年はへにけり」は「年」を用いる。この例の「蛭の子が齢」の「齢」は「年」に近似するが「三年間の年月の経過」という婉曲表現と見ておく。

7、「ましてことわりの齢どもの時いたりぬるを、思し嘆くべきことにもはべらず」（薄雲②四五四頁）

直接的には、太政大臣（六十六歳）や式部卿の宮が世を去ったことに動揺した冷泉帝から譲位を仄めかされた源氏が、それを諌める言葉。「ことわりの齢どもの時いたりぬるを」は「齢」と「死」を結びつける表現である。なお帝の譲位指向の要因としては藤壺の死、夜居の僧都の密奏により実父を源氏と知ったことの衝撃が大きい。

8、「掟のままに、朝廷に仕うまつりて、いますこしの齢重なりはべりなば、のどかなる行ひに籠りはべりなむと思ひたまふる」（薄雲②四五六頁）

7に続く。5と同様であるが「いますこしの齢重なりはべりなば」という条件がある。同じく三十一歳の冬。

9、「齢の積もりには、面なくこそなるわざなりけれ。」（朝顔②四七五頁）

源氏三十二歳。訪れた朝顔宮の許を辞去する際に、「すきずきしきやうになりぬるを」と弁解する言葉。「齢」「厚顔」を結びつけるが、このあとに源氏は歌を贈り、「年ごろの積もりも、あはれとばかりは、さりとも思し知るらむやとなむ、かつは」（四七六頁）という言葉を添える。先の「齢の積もり」を響かせた表現であり「年ごろの積もり」の差異を見ることは難しい。この類を「年」「齢」の近似表現と見る所以である。こうした自嘲めいた表現は、

10、「やうやうかやうの中に厭はれぬべき齢にもなりにけりや」とて、西の対に渡りたまへば」（常夏③二二七頁）

と源氏三十六歳の夏における言葉でも繰り返される。9の例においては朝顔宮との年齢差はさほどないが、この常夏の例は気の置けない若君達に対する発言であって「厭はれぬべき齢」と冗談めかした表現であるものの若さとの相対関係からしてその「齢」に至ったという自覚は覆いようもない。こうした諧謔性も「齢」の表現につきものである。

以上のような「齢」前史を経て「若菜上」に至る。

11、「過ぐる齢も、みづからの心にはことに思ひとがめられず、ただ昔ながらの若々しきありさまにて、改むることもなきを、かかる末々のもよほしになむ、なまはしたなきまで思ひ知らるるをりもはべりける。」（若菜上④五七頁）

玉鬘は源氏の四十の賀を催す。髭黒と玉鬘の間に生まれた子供二人を前にして源氏が複雑な自分の心境を語る言葉。「過ぐる齢」の表現は源氏に関わる表現としては初出である。このことは後述したい。この子供達について「末々」といい、年立上は三歳と二歳であるが「二人同じやうに、振分髪の何心なき直衣姿どにておはす。」と叙述されている。わかりにくい文脈であるが『新全集』の「だんだん年をとっていくのが、自分では特に気に

なるわけでもないし、ただ昔と同じ若い気持で暮していて、なんの変ったこともないのですが、こうして孫たちができると、それに促されて自分の年齢がなにやらきまりわるいくらい痛感させられるときもあったのですね。」という訳に従いたい。末尾の部分は「過ぐる齢」が「思ひ知らるる」と見るのである。結果的には自己の「過ぐる齢」をここで始めて肯定したことになる。

12、「小松原末の齢に引かれてや野辺の若菜も年をつむべき」（若菜上④五七頁）

11の叙述に続く。玉鬘の歌に対する源氏の返し。「末の齢」は孫達の行く末長い齢の意か。若菜の私もきっと長く年を積むはずだ、というわけで、ここも先に見た『古今集』の歌と同様「齢」と「年」の意味の差から来る区別がある。なお、「齢」を含む歌は二首あり、他の一つも源氏の歌である。筑紫の五節君に贈った「をとめ子も神さびぬらし天つ袖ふるき世の友齢経ぬれば」（乙女③六三頁）がそれで、昔の乙女も神さびたか、古い友達の私も齢を重ねたのだから、という源氏は三十三歳。

13、「四十の賀といふことは、さきざきを聞きはべるにも、残りの齢久しき例なむ少なかりけるを、このたびは、なほ世の響きとどめさせたまひて、まことに後に足らむことを数へさせたまへ」（若菜上④九七～九八頁）

秋好中宮主催の四十の賀を辞退しようとする源氏の言葉。「残りの齢」はこれ以後の時間を言い、このあたりに人間の「齢」の限界が示される。人生は五十年の思想によると『新全集』頭注にいうのが当たろう。

14、「弁官もえをさめあへざめるを、上達部なりとも、若き衛府司たちはなどか乱れたまはざらむ。かばかりの齢にては、あやしく見過ぐす、口惜しくおぼえしわざなり。さるは、いと軽々なりや、このことのさまよ」などのたまふに、大将も督の君も、みな下りたまひて、えならぬ花の蔭にさまよひたまふ夕映えいときよげなり。（若菜上④一三八頁）

この例は後の連関からしても源氏の言葉として極めて重い。この時、光源氏は四十七歳であったと推定される。柏木の女三宮に対する思慕は蹴鞠の場における垣間見に端を発するが、源氏はその蹴鞠の場で若い君達も参加するようにと呼びかけ、夕霧や柏木がそれに応じた。自分は既にその「齢」に遠い源氏が、若さ相応の乱れを許したわけで、後の事件を源氏自身がそそのかしたことになる。ここにも「齢」と「羽目をはずす」の関係が見える。

このように若菜上には「齢」に関わる源氏の戸惑いの意識が見えるのであるが、続く若菜下においてはそれがより明確な形を見せる。

まず「この世はかばかりと、見はてつる心地する齢にもなりにけり」（下④一六七頁）といったのは三十八歳の紫の上であるが、源氏に関しては次の言葉が「齢」の語の使い始めである。

15、「人にさまざま後れ、残りとまれる齢の末にも、飽かず悲しと思ふこと多く」（若菜下④二〇六頁）

ここに至れば既に自分の位置を「齢の末」と紫の上に対して表現するに至る。

16、「その外は、誰も誰も、あらむに従ひて、もろともに身を棄てむも惜しかるまじき齢どもになりにたるを、やうやう涼しく思ひはべる」（若菜下④二七〇頁）

と、出家しても惜しくはない年であると源氏は女三宮に述べる。

17、「過ぐる齢のしるし、うれしく思されける。」（若菜下④二七三頁）

18、主の院、「過ぐる齢にそへては、（以下略）」（若菜下④二八〇頁）

朱雀院御賀の試楽の折に明石の女御も里帰りする。打ち続く御子誕生に喜び、相手をする源氏を語る部分。冒頭の例はここに位置する。

若菜以後に見える光源氏の述懐である次の例もあげておこう。

19、「過ぐる齢にそへて忘れぬ昔の御物語などうけたまはり聞こえまほしう思ひたまふるに、何にもつかぬ

身のありさまにて、さすがにうひうひしくところせくもはべりてなん。」（鈴虫④三八六～八三七頁）

以上のごとく「過ぐる齢」四例（11、17、18、19）が源氏に関わる言葉としてここに集中するのであって、18はその流れに添う一つの表現であることがはっきりする。また「齢過ぐ」七例のうち四例が源氏に関するもので、あとの三例は以下の通り。「かくわりなき齢過ぎはべりて、かならず数まへさせたまへ」（若菜①一三七頁　尼会話）、「幼くものしたまふが、かく齢過ぎぬる中にとまりたまひて」（須磨②一六六頁　左大臣〈八十歳〉会話）、「過ぎにける齢を思ひたまへ出づれ」（竹河⑤七七頁　中将会話）

五、「過ぐる齢」

冒頭の源氏の発言を三たび引用する。

「過ぐる齢にそへては、酔泣きこそとどめがたきわざなりけれ。衛門督心とどめてほほ笑まるる、いと心恥づかしや。さりとも、いましばしならむ。さかさまに行かぬ年月よ。老は、えのがれぬわざなり。」

「過ぐる齢」とは限りのある生の終着に近いがその経過中のある時点であって、終着そのものではない。しかし「時の過ぎ行くことを知ったもの」の深い悲しみを宿した主体的な物言いである。光源氏の言う「酔泣きこそとどめがたきわざなりけれ」はその経過中の発見としての擬態である。人間の生と関係なく否応なしに過ぎる時間が「さかさまに行かぬ年月」であって、これは既に『古今集』において「齢」と対比されていた悠久の時の推移である。その上に「老いはえのがれぬものなり」という明確な認識がくる。場面としては柏木との対決に他ならぬが、物語を辿ると光源氏固有の「齢」の延長線上に来る発言であることが判然とする。

源氏物語が人間を扱うとき否応なしに時間意識が生じる。登場人物はいわゆる「年齢相応」の通念に或る時はとらわれ、時に拒否する。進展することはあっても逆転はしない時を相手にするとき、そこに些かの諧謔や自嘲の宿るのも当然であろう。その世代的な通念は常に反転した二様の価値観を担う。例えば「子供、可憐・弱さ」「若年、活力・未熟」「成年、重厚・厚顔」「老年、老熟・老残」など。[3]これに関わる「齢」の語には複雑な人間の生がからみ様々な時間が発現する。生の有限を知る痛ましさを示す言葉が冒頭の表現の一面であると見ておきたい。

注

（1）片桐洋一氏『古今和歌集全評釈』（講談社　平成一〇・二）。氏の発言のうち例歌の一部を省略し、他の部分はそのまま引用した。

（2）このうち「ふりぬる齢（の僧）」に関しては、松木典子氏の次の論において「時の流れを刻み込んだ者」であり「光源氏と物語の歴史を受け止める者」としての役割を見ておられる。「『源氏物語』幻巻御仏名の光源氏について―「古りぬる齢の僧」による光源氏賞賛の照らすもの」（「中古文学」六五　平成一二・六）。筆者としてはこれを首肯しつつも、このあたりの表現にはかなり諧謔の含みがあると考えている。

（3）「老年」に関しては、永井和子『源氏物語と老い』（笠間書院　平成七・五）所収の論を参照されたい。

7　源氏物語の年齢意識――光源氏四十賀の現実性

一、人間の生と年齢

自然的時間は一般に無限であるものとして把握され、それは一年という繰り返しの単位で区切ることが可能であるが、人間にとってはその一年は有限の生である。物語文学が現実をかたどることを選択したとき、無限の時間の中に一方向にのみ流れる生の時間を置くということを無惨にも同時に選択せざるを得ず、有限である生命の秩序そのものを包含することとなった。『源氏物語』は一年の堆積という時間の区切りを重ねたこの「年齢」をどのように把握しているのかについて瞥見してみたい。ある人物が何歳であるかという記述はさほど多くはない。逆に言えば、記述される時にのみ年齢が存在する。この視点から光源氏の年齢記載についてみると、若菜巻に見える光源氏四十歳の算賀は年齢の明記という点で生の現実性の確認として位置づけられ、年齢意識の上で重要な記述と考えられるのである。なお本稿の「年齢」は「年（とし）」と「齢（よはひ）」ではなく、現代語の謂である。(1)

二、『竹取物語』と『大鏡』

人間の生物的な時間は、社会を形成すればその年齢による区分が単なる個人に収束するのではなく社会的な枠として存在することになる。例えば個人を国の成員と見る時には年齢区分は政治的・法的に重要な問題である。制度としての年齢把握と年齢区分は、仮に課税を軸としてみればその記載例として以下のごとき規定が成り立ち、その基準とする。

凡そ男女は、三歳以下を黄と為よ。十六以下を小と為よ。廿以下を中と為よ。其れ男は廿一を丁と為よ。六十一を老と為よ。六十六を耆と為よ。夫無くは寡妻妾と為よ。(「養老律令　戸令　三歳以下条」『日本思想大系』[2]岩波書店　による)

規定の意味する内容ではなく、年齢の数詞[3]としての把握・表現・区分、に限定すると、当然数詞(「三」「十六」等)が用いられており、明確に誤解の余地なく表現され、それに伴う区分(「黄」「小」等)も判然としており、むしろ正確に規定すること自体がこの戸令の目的である。

物語文学における年齢記載について結論を先に述べれば、数詞は必要以外には用いられず、しかも「十二三歳」「四十ばかり」「二十七八のほど」とぼかした表現をとるのが普通である。大まかな区分はあるもののその区分自体の様相が物語文学としての機微に連なる。即ち物語の登場人物は特別な場合を除き基本的に「年齢は記されない」従って「年齢はない」のであって、これは現代の日常における年齢意識と同様であろう。まず年齢の扱い方が対照的な二作品『竹取物語』『大鏡』に絞って年齢記載の例を見たい。

『竹取物語』には年齢の数詞的記載は翁についての二例のみである。「翁」は当初から年齢や身分を「おきな」としてのある区分(老い・卑賤)に固定されたものであり、地上の時間の流れに添って物語の時間を経過する。

かぐや姫に結婚を勧める時の翁の発言、

「翁、年七十に余りぬ。今日とも明日とも知らず。この世の人は、男は女にあふことをす。女は男にあふことをす。」(『新編日本古典文学全集』による)

と、かぐや姫の素性を知り月から迎えが来るのを悲しむ場面の、

「このことを歎くに、鬚も白く、腰もかがまり、目もただれにけり。翁、今年は五十ばかりなりけれども、物思ひには、かた時になむ、老いになりにけりと見ゆ。」

という地の文とがその具体例であり、この両者の矛盾は翁の誇張的表現と現実の年齢の表現の差異かとしてしばしば問題となる部分である。言葉としては「五十・七十」と十歳単位の区切りを示しながら、表現としては「年七十に余りぬ」「五十ばかり」と朧化したものである点は前述のごとく他作品にもしばしば見えるところであり、物語における年齢把握、あるいはその表現の特徴と見られる。年齢区分の視点からすれば前者の「七十」が「今日明日とも知らず」という生命の限界にある年齢として把握されていること、後者の「五十」を未だ「老」ではないと把握していることが特徴的であろう。即ちある年齢が人間の生物的状況に連動するものとして捉えられているのであり、むしろそれを表現するためにこの記述が存在したのであって、数詞的な年齢を年譜的に記載したとは言えない。かぐや姫については、

「いとをさなければ、籠に入れてやしなふ。」「この児、やしなふほどに、すくすくと大きになりまさる。三月ばかりになるほどに、よきほどなる人になりぬれば、髪あげなどとかくして、髪あげさせ、裳着す。」「この子いと大きになりぬれば、名を御室戸斎部の秋田をよびて、つけさす。」

のごとく年齢ではなくて成長の様態を記されるのみであり、むしろ地上の年限的な年齢と時間を超えるものとして描かれる。ここで翁に代表される人間の生の時間は相対化され、かぐや姫をめぐる天上の異質な時間とは異次

元にありながら、ある点で共有されているという不思議な時間の並存により、この作品は夢想と憧憬を包含して成り立つ。

『大鏡』においては、その序文では歴史的に長い時間を語る必然性や、老齢の異質性の提示もあって語り手には虚構としての超高齢が設定される。語り手はまず大宅世継と夏山繁樹について、

「例の人よりはこよなう年老い、うたてげなる翁二人、嫗といきあひて」(『新編日本古典文学全集』による)

と外見的な区分を述べ、登場人物に関しては名を問う以前に年齢がまず以下のごとく執拗に畳み掛けて問いかけられ、言及される。

「さてもいくつにかなりたまひぬる」「いくつといふこと、さらに覚えはべらず。」「されば、ぬしの御年は、おのれにはこよなくまさりたまへらむかし。みづからが小童にてありし時、ぬしは二十五六ばかりの男にてこそはいませしか」「年三十ばかりなる侍めきたる者」「いくつといふこと覚えずといふめり。この翁どもは覚えたぶや。」「さらにもあらず。一百九十歳にぞ、今年はなりはべりぬる。されば繁樹は百八十におよびてこそさぶらふらめど、やさしく申すなり。」「なほ、わ翁の年こそ聞かまほしけれ。生まれけむ年はしりたりや。」「十二三まで侍りしかば、」「四十たりの子にて、」「十三にてぞ、おほき大殿にはまゐりはべりし。」

まず数詞としての年齢記載が目立つ。ここには「一百九十歳」のような正確な数詞とともに、「二五六ばかり」「三十ばかり」「百八十におよびてこそ」といった幅を持たせた表現が並立する。これは年齢の推定を示すとともに、「十二三」というような年齢のぼかしの表現の同類と見てよかろう。このような年齢に対する『大鏡』の強い関心はその性格上作品全体にわたる。特に本体をなす本紀の部分では、年齢は年譜的に正確な数詞として記される。

「文徳天皇……東宮にたちたまふ、御年十六。……位につきたまふ、御年二十四。」

このように『竹取物語』『大鏡』は大枠に異質的な時間を設定しつつも内容的には対照的な年齢の把握をするが、『源氏物語』はこの両者の大枠を外し、虚構として捉えなおしながら、その両者の年齢の捉え方の物語性と現実性を共に受け継いでいるものと考えられる。

三、『源氏物語』の年齢意識

『源氏物語』の年立あるいは年表が成立し得たのは、『竹取物語』的な世界に立ちながらもそれとは異なって、あたかも『大鏡』本紀のごとき現実性を一応の年序として内包している故であった。一条兼良の『源氏物語年立』や、本居宣長『源氏物語年紀考』等はこうした『源氏物語』の具有する時間の現実性に対する捉え方である。言い換えれば、そこに『源氏物語』の時間把握の方法と創造を見てとったのである。

『源氏物語』全体を見ると、数詞としての年齢記載はそれほど多くはなく、約五十例がそれに相当する。作中人物には大まかな老若の区分はあるものの、年齢を数詞として記載されることなしに描かれ、記載されるのは場面性を優先した特別な場合に限る。先に「年齢はない」と述べた所以である。古来、注釈者が巻序や内容を考えるとき、作中人物の年齢記載の存する部分と年月の解釈によって、書かれていない年齢と年月等を推定し、検証しようとしたのも『源氏物語』の持つ時間の現実性を信頼した故であり、作者側の物語に対する時間認識には大まかに見て矛盾がないことが前提となる。[4]宣長の新年立も同様な意識である。

一般の年立が軸とする光源氏の年齢についてまずその数詞としての記載を見ると、誕生以後はイ・十二歳まで、ロ・「四十歳」、ハ・「四十八歳」に三分される。このイロについては既に『玉の小櫛』帚木巻で宣長が「そもそも源氏の君の年は桐壺巻に十二といへるより後藤裏葉巻に三十九歳のよし見えたる、その間にはすべて齢をいへる事なければ云々、」と指摘したところである。

イ、「三つになりたまふ年」（桐壺　以下同じ）「皇子六つになりたまふ年なれば」「七つになりたまへば読書始などせさせたまひて」「十二にて御元服したまふ。」

ロ、「あけむ年四十になりたまふ」（藤裏葉）「今年ぞ四十になりたまひければ」（若菜上）

ハ、「五十八を十とりすてたる御齢なれど、末になりたる心地したまひて」（柏木）

イは幼児〜少年の年齢である。ロは四十歳という長寿の賀の年齢である。即ち、少年の年齢と老いの年齢のみ記載がありその中間はない。元服後の十二歳〜三十九歳までの数詞的年齢記載は欠落し、その間は「成人」であり「年齢はない」状態で物語を形成する。しかし算賀は長寿の賀であるのみならず老いの確認という苦い二面性を担うものとして主題的に設定されており、これは物語のみならず歌の世界においても算賀すべてにわたって持つ両義性である。更に言えば「年齢のないもの」として存在してきた光源氏は算賀によって決定的に生物的年齢を定められたことになり、それに伴って有限の生の持ち主であることを明示した。ハの表現は背後に白楽天の詩を置く極めて間接的な表現であり、年譜よりも場面性が強調される。これ以後の年齢記載は見えず、雲隠巻に至る。

物語においては、当時の慣習を反映して年齢相応の規範化である社会儀礼・通過儀礼が語られることが多い。例えば誕生・産養・五十日・百日・袴着・元服・裳着・結婚・算賀・死・葬等であるが、このうち有限の枠を定めるのは誕生と死であり、年齢が明示され開示されるのが算賀である。あらゆる儀式に存在する開示に伴う明快な社会性と、個人の内部にひそむ思いの乖離とは複雑な多義性としてしばしば物語の主題と結びつき、現在でもそれに変わりはなかろう。誕生年を基準とした慶賀である算賀は生物としての老者の境界であり、他者及び自己に対する老齢の意識化として捉えられる。『源氏物語』においては少女巻に紫上の父式部卿宮の五十賀に関する記述があるが、玉髪物語の内部において重い意味を担うものの具体的な描写は伴わない。若菜巻には前述の源氏四十賀が四度にわたって詳細精密に描かれ(5)、また朱雀院五十賀開催の記事がある。このいずれも、物語における年齢の指標であり、同時にその意味が重視されるのである。

四、若菜巻の年齢表現と世代交代

こうした算賀を含む若菜巻の年齢記載に目を向けると、先述のごとく年齢の数詞的記載があるのは物語上の必然性がある場合である。

「そのほど御年十三四ばかりにおはす」（上　女三宮）・「二十にもまだわづかなるほどなれど、いとよくととのひすぐして」（上　夕霧）・「二十がうちには、納言にもならずなりにきかし」（上　朱雀院が源氏の若い頃を回顧）・「今年ぞ四十になりたまひければ」（既出　上　源氏）・「四十の賀といふことは」（既出　上　源氏）・「六十五六のほどなり」（上　明石尼君）・「このたび足りたまはむ年」（下　朱雀院））・「二十一二ばかりになりたまへど」（下　女三宮）・「今年は三十七になりたまふ」（下　紫上）

女三宮についてはその幼さが年齢によって具体的になり、夕霧については年齢よりも大人びた態度を指摘する。明石尼君はほけるほどの年齢ではないことを強調する。朱雀院に対しては間接的な表現で五十の算賀について述べる。紫の上の三十七歳は年次の矛盾か厄年意識かという点を含めて問題が多い部分であるがここでは触れない。長大な若菜巻上下においてさえも朱雀院の間接的な表現の例を入れて数詞的表現は九例であり、それぞれの場面の必然性を負った記述に限定されるものとみておく(6)。

一方で若菜巻における物語の年次は八年間にわたり異世代の多様な人物が登場し、その年齢意識は顕著である。

人物には年代区分的要素を付加し、子供・若い人・大人・老者などの区切り・特徴を示す表現が多い。若菜巻の年齢に関わる表現を大まかに区分して挙げる。

子供‥いはけなし　いはけなげなり　いはく　幼し　幼げなり　生ひ先（頼もし・遠し）およすく　片なりなり　かたほなり　きびはなり　こめく　こめかし　わらは

若い人～大人‥若し　若若し　若ぶ　若やかなり　若人　いまめかし　盛り　おとな　おとなぶ　おとなしねぶ

老者‥老い　老ゆ　老人　翁　後らす　後らかす　後る　古代　古人　さだすぐ　ほく　ほけほけし　ほれほれし　見果つ　行く末　行く先

なお、この物語においてはどの年齢も両義性を持つものの、若さの持つ力や、大人の成熟性が中心的な価値観であり、子供・老者は日常世界から逸脱した特異な世界を持ち、物語を動かすものとして位置づけられている。(7)

一方若菜巻の時間を仮に光源氏を軸とした年次に添ってみると、ここには四世代が存在して物語を形成し動的に交代して行く様相が見える。光源氏四十歳・四十一歳・（四年空白）四十六歳・四十七歳・四十八歳の八年間である。

第一世代

＊明石入道　七十五歳前後（「老い法師のために功徳を作りたまへ」）

＊明石尼君　六十四、五～七十二、三歳（「ほけ人にてぞありける」）

第二世代

＊朱雀院　四十三～五十一歳

＊源氏　四十～四十八歳（下　四十七歳時）「過ぐる齢にそへては、酔泣きこそとどめがたきわざなりけれ。衛

門督心とどめてほほ笑まるる、いと心恥づかしや。さりとも、いましばしならむ。さかさまに行かぬ年月よ。老いは、えのがれぬわざなり。」）

＊明石女君　三十一〜三十九歳

＊紫上　三十〜三十八歳（本文から逆算。「めでたき盛り」「行く先少なき心地」）

第三世代

＊柏木　二十四、五〜三十二、三歳・没（「かかる命のほどを知らで、行く末長くのみ思ひはべりけること」）

＊夕霧　十九〜二十七歳（「容貌も盛りににほひて、いみじくきよらなるを」）

＊女三宮　十四、五〜二十二、三歳（「幼き御こころばへ」「こめかしき」「いはけなし」）

＊東宮　十四〜二十二歳（「御年のほどよりは、いとよくおとなびさせたまひて」）

＊明石女御十二〜二十歳（「ほどなき御身（十二歳時）に、さるおそろしきこと（出産）をしたまへれば、少し面やせ細りて」）

第四世代

＊明石女御腹第一皇子誕生・匂宮誕生・薫誕生

仮にこのように四世代に分けると『源氏物語』全体における若菜巻の、転換部としての年齢の絶妙な配置の大きさも見えて来よう。中でも光源氏と女三宮との間に位置する柏木の年齢の微妙さが悲劇を暗示する設定として印象的である。第一世代は特異な存在として物語を形成する。それに続く安定した年代の源氏が「過ぐる齢にそへて云々」の言を柏木に投じたのはまさに四十賀を遥かに越え五十歳を控えた四十七歳の時であった(8)。第三世代の若者たちは既に若者ではなくなって物語の中心を担い、第四世代は次代を予測させる。このように、数詞としての年齢記載が少なく、しかも時間的に長期にわたる若菜巻においての光源氏の算賀は、いかに繰り返し盛儀が描かれようともそれだけに自他共にある屈折点としての大きな意味付けを伴ったものであると言えよう。人間関係の面では超えられない、生き物の交代としての時間の枠取りが常に前提となるからである。

五、『源氏物語』の時間

以上、若菜巻における光源氏を中心として年齢について眺めてきたが、年齢を記載すること自体が有限の世界を意味するという視点からしても算賀は意識的な区切りとして重みを持つ。「年齢のない」自在な物語の時間の内に、算賀は有限な人間を明確な生物的存在として置き換える明確な節目であり、その慶賀と老いとの両義的な複雑さは見逃し得ない。虚構の内部において現実の意味を明示する指標として算賀を把握しておきたい。このように複雑に絡み合う登場人物達の年齢設定を背景として『源氏物語』の全ては主題化されるのであり、同時に場面性と年譜的な記載とは、常に拮抗しあいながら『源氏物語』の時間意識をなすのである。

注

（1）この二語の場合には表現意識の差があり、「年」は他者と共有し得る自然的な時間の進行（無限）、「齢」は自己の生に即した時間の堆積・総体（有限）として区別できるものと把握しておく。永井和子「『源氏物語』の齢——「過ぐる齢にそへて」の周辺」伊藤博・宮崎荘平氏編『王朝女流文学の新展望』所収。竹林舎　平成一五・五。

（2）同書の注に「律令の年齢は原則として数え年」とし、名令55の「年」の注にも「戸籍にもとづき数え年」とする。田令の「五年以下不給」に関しても補注に「律令における年齢表示は原則として数え年で示し、戸籍に記載された数え年が年齢に関係する律令の諸規定の基礎となっている」とある。源氏物語においてもこの原則は変らぬものとみておきたい。年齢の数え方について近代の日本では「年齢計算ニ関スル法律」(明治三五年一二月二日法律第五〇号)によって次のように規定されていた。「(1)年齢ハ出生ノ日ヨリ之ヲ起算ス(以下筆者略)」この規定は新憲法下で改正され、「年齢のとなえ方に関する法律」(昭和二四年五月二四日法律第九六号)として公的な基準を示している。「(1)この法律施行の日以後、国民は、年齢を数え年によって言い表わす従来のならわしを改めて、年齢計算に関する法律(明治三十五年法律第五十号)の規定により算定した年数(一年に達しないときは、月数)によってこれを言い表わすのを常とするように心がけなければならない。(以下筆者略)」

(3)　本稿では「三二」「六十六」などの数字を伴う具体的な年齢の記載を「数詞」とする。国語学的に厳密な定義を施したものではなく、表現の問題として捉える。

(4)　年次が問題を解きほぐす端緒となることがある。成立論はその典型である。

(5)　四十賀については歴史的事実の指摘を含め多くの研究がある。物語における意味に触れた主なものは以下の通り。武者小路辰子氏「若菜巻の賀宴」『源氏物語』生と死と」所収　武蔵野書院　昭和六三・川名淳子氏「若菜巻光源氏四十賀について」立教大学日本文学　五二・五五号　昭和五九、六〇(源氏の老いに関連する記述がある)・浅尾広良氏「光源氏の算賀」「源氏研究」七号　平成一四・四、『源氏物語の准拠と系譜』所収　翰林書房　平成一六など。

(6)　年立に関して稲賀敬二氏は「中世源氏学が作成した旧年立の矛盾を修正するために宣長が作成した新年立は、旧年立では矛盾を生じなかった部分に、新たな矛盾を露呈する。中略　作者は年齢的な矛盾をなくす大綱は立てていたであろうが、書かれた物語は、帰納された年立とは当然くいちがうのである。」と述べておられる。『源氏物語の研究』第四章、第一節、四、「年立をめぐる問題」笠間書院　昭和四一。

(7)　永井和子『『源氏物語』と老い』第一部参照。笠間書院　平成七・五。

（8）「過ぐる齢」という表現四例はすべて近接した光源氏の発言（若菜三例　鈴虫一例）に集中している。永井和子　注（1）論文参照。

8 「問はず語り」の場としての源氏物語――非礼なる伝達

一、「問はず語り」の重さと危うさ

「問はず語り」をするということは一般的にまず「問われないのに一方的に語る」行為であり、結果的に「打ち明け話」に至ることもある、といったふうに捉えられるであろう(1)。前者は「語り方」に関わるものであり、後者はその「語られる内容」に関わるものであるものの、その両者は分かちがたく結びついている。もとよりこのように大まかな概括をするだけでは不十分であり、語り方についての「しまりなく誰にでもおしゃべりをする」のようなやや軽いニュアンスから、内容に関しての「告白」などのような重い意味をもって解釈されることもあって、その用い方についてはかなりの幅があり得る。

いずれにせよ、ここには、語り手と聞き手の存在を前提とする「問はず語り」の場とでも言うべきものが想定される。『源氏物語』の例に限定してみるとその場は物語の筋における屈折点として重要な部分を占め、かなり重要な伝達行為として用いられる場合が見られる。このような意味で具体的な「問はず語り」の場を手がかりとしながら、『源氏物語』の語り、あるいは語りの一面を考えてみたいのである。結論を先に述べれば、聞き手に対して礼を失するようなかたちで、ある情報が語り手から伝達される語り、として把握しておきたい。語り手の語り方・その内容双方に関して、聞き手の側には一種の不信の念が付随し、先述したように 見「軽いおしゃべり」に見えたとしても、その内実は重い。「問はず語り」の場の状況は、語り手の押しつけがましさと聞き手の辟易といった設定が付随するが、同時にそこには禁忌を破ってゆくダイナミックなエネルギーを内包する故に物語の流れにおいての屈折点に位置し得る強い表現形態であると考えるのである。

この語が使われる場自体がかなり限定されており、「語り手が自分側の強い欲求に駆られ、（一方的に聞き手を選んだ上で）内密の打ち明け話をする」といった状況がある。語り手にとってその内容は、本来は言うべきではなく、更に語ってはいけないことがしばしばあり、聞き手にとっても聞きたくない内容を予想するがごとき不安感がある。語り手と聞き手の関係は複雑であるが、語り手に対する聞き手の理解は必ずしも前提としてはおらず、むしろその欠落の場を設けることが条件であるともいえようか。言い換えれば、語り手は聞き手との共感の上に立って語るのではないために、聞き手は困惑し警戒し拒否的な態度をとらざるを得ない場が設定される場合に、それは「問はず語り」として把握される。語り手がこれから「問はず語り」をすると宣言するのではなく、聞き手側が「問はず語り」と捉えるのである。更に興味深いことは、聞き手と語り手の不適合から出発するために、聞き手はそれを排除したつもりでいながら、情報はより強力に聞き手に伝達される。「問はず語り」を聞いてしまった聞き手は、ある衝撃を与えられ、時に狼狽し、いつの間にか語り手の「問はず語り」の内部に入り込み、気がつくと抜き差しならぬものとして聞き手が「問はず語り」自体によって変容してしまう。聞き手にとってその「問はず語り」は事実であるか否かは不明であって判定しがたく中途半端な心理的状況に置かれ、語り手と聞き手は必ずしも信頼関係によって結びついているわけではない、という、その信頼されない語り手の一方的な「問はず語り」によって「物語」そのものが成り立つ部分がある、といったやや逆説的な把握もあり得るのではないだろうか。こうしたことから、『源氏物語』そのものを擬似的な「問はず語り」として把握するのは当然短絡に過ぎようが、ある面では「問はず語り」が「物語」の一様態であり、同時に方法であるとも把握できるわけであり、両者の距離はあるいはかなり近いのかもしれない。

二、弁の尼の「問はず語り」

『源氏物語』における「問はず語り」の例はあまり多くはなく一三例見えるのみである。橋姫巻において弁の尼が薫の出生を明かす一連のくだりに四例見え、この四例は先に述べた典型的な場を形成するものである。宇治を訪れた薫は柏木に関わる「昔の御物語」を始めた弁の話に驚き、それを「問はず語り」として把握する部分について見よう。薫は逡巡しつつ知りたい気持も強く、「古物語」の詳しい内容を後日聞くことに決め、ここから第三部の中心的な問題の一つである、薫が出生の秘事を知る物語が始まるという部分である。

例1　あやしく、夢語り、巫女やうのものの問はず語りすらんやうにめづらかに思さるれど、あはれにおぼつかなく思しわたることの筋を聞こゆれば、いと奥ゆかしけれど、げに人目もしげし、さしぐみに、古物語にかかづらひて夜を明かしはてんも、こちごちしかるべければ、「そこはかと思ひわくことはなきものから、いにしへのことと聞きはべるも、ものあはれになん。さらばかならずこの残り聞かせたまへ。霧晴れゆかばはしたなかるべきやつれを、面なく御覧じ咎められぬべきさまなれば。思うたまふる心のほどよりは、口惜しうなん」とて立ちたまふに、（新編日本古典文学全集『源氏物語』橋姫 ⑤147頁。以下引用は同書による。）

傍線は筆者の付したものである）

物語の場面では「夢語り、巫女やうのものの問はず語りすらんやうに」と比喩的な表現であって基本的には「問はず語り」は「巫女やうのもの」のする行為であろうと薫が受け止めることを意味する。薫は内密の話をまず「あやしく〜めづらかに」と捉える。しばしば指摘されるように聞き手にとって「問はず語り」は理解を超えたものとして受け止められることが多い。[2]「夢語り」の語はこの例以外に『源氏物語』に一〇例あるが、「巫女」と結びつくのはこの例を見るのみで、双方とも現実から乖離した理解しがたい状態を表現する。文脈は「夢語り」は「巫女やうのものの問はず語りすらむやう」と並んで「めづらかに云々」に掛かるものと見る。こうした比喩によってその内容が聞き手にもたらす非現実感は二重に強調され、聞き手の薫にとっては不意打ちであり「問はず語り」が「巫女やうのもののすること」として捉えられていることは、単なるおしゃべりの次元を超える様相を帯びることを示すために不安感も大きい。内容以前に語り手の弁自体が薫の前に突然出現した見知らぬ「おいびと」であり、この人物も語る内容も信頼すべきか否かさえ判断できない。礼を欠いた一方的な伝達であるが故に、薫は却って聞きたいという気持にかられる。この意味では「問はず語り」は一種の挑発的な行為である。

この場面を一般化すると、語り手は老人、聞き手は若い人であって、聞き手側の反応は「理解できない・非現実的で不思議な思いがする・自分に関わる個人的な秘事と予測する・人目の多い今の状況では具合が悪い・不用意に古物語にかかずらって夜を明かす（長いことを予測する）のは洗練に欠ける・しかし聞いてみたい」というような要素を内包する。

こうした要素を確認した上で、続いて他の三例を物語の流れに添って順次あげる。まず、薫が話の証拠としての手紙を得ていよいよ驚きこれを秘匿する場面である。

例2　ささやかにおし巻き合はせたる反故どもの、黴くさきを袋に縫ひ入れたる取り出でて奉る。（中略）つれなくて、これは隠いたまひつ。「かやうの古人は、問はず語りにや、あやしきことの例に言ひ出づらん」

と苦しく思せど、「かへすがへすも散らさぬよしを誓ひつる、さもや」と、また思ひ乱れたまふ。（橋姫 ⑤163頁）

「古人」は、「問はず語り」に「あやしきことの例」として漏らす恐れがあるという。「古人」は弁の乳母であり、薫にとっては内容が「あやしきことの例」と把握される。例1と異なるのは薫が当事者である自分ではなく、それ以外の聞き手の存在を想定していることである。ここで、「問はず語り」は「当事者に情報を伝える」のみではなく「当事者以外に当事者の情報を伝える」即ち「秘事を他人に漏らす」可能性のある語りという意味に拡大することが確認されよう。従って聞き手は「言ひ出づらん」と危惧しつつも、語り手が「散らさぬことを誓」うのであるから危険はあるまいが、と思い乱れる。逆に言えばここに「問はず語り」の持つ一面、「聞き手を選ぶ」のは語り手側であるから、語り手は他言しない（していない）という保証はない」といった、一層危険な部分が見えて来る。

例3（薫八）こなたにて、かの問はず語りの古人召し出でて、残り多かる物語などせさせたまふ。（椎本 ⑤183頁）

この場面では以前の「問はず語り」をした老者、と人物を指定して述べたものでありそれ以上の話は形成しないが、「問はず語りの古人」と特定したこと自体がこの語の包括するものを表現する。

例4（弁八）昔の御事は、年ごろかく朝夕に見たてまつり馴れ、心隔つる隈なく思ひきこゆる君たちにも、一言うち出できこゆるついでなく、忍びこめたりけれど、中納言の君は、古人の問はず語り、みな、例のことなれば、おしなべてあはあはしうなどは言ひひろげずとも、いと恥づかしげなめる御心どもには聞きおきたまへらむかしと推しはかららるるが、ねたくもいとほしくもおぼゆるにぞ、またもて離れてはやまじと思ひよらるるつまにもなりぬべき。（椎本　⑤201頁）

例2を受け、老者の「問はず語り」は弁に限らず他の老人にも適用できることであるが、という前提のもとに、他にも漏らす可能性があるという一般論に立ち、更に特定して姫君たちの耳に入ったのではないかと危惧する。従って、ここで前に述べた事項に「語り手は、当事者にとって聞かせたくない特定の人にも語ってしまう危険性もある」ことを付け加えたい。このように「問はず語り」は語り手に属する一方的な問題を内容とし、聞き手側には何らの特権もないにもかかわらず、一旦聞いた上では聞き手側の問題へと複雑に変化し、具体的にみれば宇治十帖における薫に関わる展開の端緒となる場を拓くのである。

以上四例の場の大まかな共通項を結論として述べておけば、「語り手は老人である・語り手側が、相手を、心を通わせる聞き手と認めた時に一方的に話す・内容は聞き手に関わる秘密や内密の事実、あるいは語るべきではない打ち明け話である・ただし聞き手は当事者とは限らない・過去の事実、昔に関わる話が多い」というところである。聞き手側からすれば――ここでは薫に特定するが――その伝達の結果「内容は自分（聞き手）に関することであって驚愕する・語り手を必ずしも信じず、聞くことが疎ましい・他にも漏らしているかもしれないという危機感を持つ」といったことになろうか。語り手側に語りたい強い内的欲求があるのは内容が特定の聞き手に関わる重い内容であるからである。しかし聞き手にとっては意外であって、内容を信じるよりは語り手を疑う。いずれにせよ「問はず語り」は語り手の隠蔽と開示、聞き手の拒否と受容、といった屈折を見せ、かなり動的な危険を胚胎することになろう。基本的には、様々な広がりを見せつつも内容は「秘事」なのである。

三、源氏物語の「問はず語り」——語り手と聞き手との落差

弁の話の部分の四例をまず纏めて先に見たが、他の九例についても瞥見しておく。以下は物語の話の順にあげる。

まず、葵の上の出産に際して出現した物の怪に関する部分を見よう。出産後の源氏の思いである。

例5　大将殿（源氏）は、心地すこしのどめたまひて、あさましかりしほどの問はず語りも心憂く思し出でられつつ、いとほど経にけるも心苦しう、またけ近う見たてまつらむには、いかにぞや、うたておぼゆべきを、人の御ためいとほしうよろづに思して、御文ばかりぞありける。（葵　②42頁）

物の怪は「すこしゆるべたまへや。大将に聞こゆべきことあり」（②38頁）と予め光源氏を呼び寄せた上で語った旨、この文の前に記述がある。内容は御息所の妬心の言とみてよかろうが、語り手は物の怪・葵の上・御息所と変幻し、重層して必ずしも特定できない。例1の巫女と通じる把握しがたさである。源氏は「あさまし」「心憂し」と感じ、聞くべきではないことを聞いてしまった、という「問はず語り」に対する疎ましさが強い。語り手及び内容に対する不快感や懐疑によって、源氏は葵の上に直接会うことはせず手紙をおくる成り行きとなり、源氏と葵の上との関係において物語は重い内容をかかえこんで行く。

例6　いたく更けゆくままに、浜風涼しうて、月も入り方になるままに澄みまさり、静かなるほどに、御物語残りなく聞こえて、この浦に住みはじめしほどの心づかひ、後の世を勤むるさまかきくづし聞こえて、このむすめのありさま、問はず語りに聞こゆ。をかしきものの、さすがにあはれと聞きたまふ節もあり。（明石

②244頁）

語り手は明石の入道、聞き手は光源氏である。この文脈の把握は難しいが、少なくとも二あるいは三つの段階がありそうである。まず「御物語残りなく聞こえて」が最初あるいは総論としてあり、次に心遣いや後世を祈る様を「かきくづし聞こえて」と次第に語り始め、次の段階として娘のありさまを「問はず語りに聞こゆ」がある。以下明石の入道の長い話が始まる。これは光源氏を聞き手と定めて少しずつ語り始め、最後に最も語りたいことを打ち明けた様相である。従って聞き手である源氏の側には余裕があり「をかし」「あはれ」と聞く部分もあるといった反応を示すが、一方的であることに変わりはない。この例は入道の願望を光源氏に伝達する記述といった要素が強く、明石の女君物語の端緒をなすものとなる。

例7　恋しさの慰む方なければ、例よりも御文こまやかに書きたまひて、奥に、「まことや、我ながら心より外なるなほざりごとにて、疎まれたてまつりしふしぶしを、思ひ出づるさへ胸いたきに、またあやしうものはかなき夢をこそ見はべしりか。かう聞こゆる問はず語りに、隔てなき心のほどは思しあはせよ。『誓ひしことも』」など書きて、（明石　②259頁）

源氏から紫の上への手紙に関する部分である。源氏は明石の存在を「はかなき夢」と表現し、自分の紫の上に対する隔てのない心の深さを証するものとして打ち明ける。しかし紫の上にとっては明石の女君の存在を知った衝撃は大きい。「あやしうものはかなき夢をこそ見はべしりか」というその「夢」を打ち明ける行為を「問はず語り」とする。紫の上は「忍びかねたる御夢語につけても、思ひあはせらるること多かるを」と返事を書く。「問はず語り」は例1の「夢語り」と同じくここでも「はかなき夢」に重なる。「言いにくい秘密を聞き手に打ち明ける」という屈折した伝達と把握してよかろう。

例8 「（略）年経たる人の心にも、たぐひあらじとのみめづらかなる世をこそは見たてまつり過ごしはべる」と、ややくづし出でて、問はず語りもしつべきがむつかしければ、（惟光）「よしよし。まづかくなむ聞こえさせん」とて参りぬ。（蓬生　②347頁）

光源氏が蓬生の家を訪れた時、末摘花に仕える老女はこれまでの落魄の状況を惟光に語ろうとする。今に至るまでの経緯――言ってはいけないことをも含めて――を一気に内緒話として語ろうとするエネルギーに溢れる。その前に「いともの古りたる声にて、まづ咳を先にたてて、『かれは誰ぞ。何人ぞ』と問ふ。（中略）声いたうねび過ぎたれど、聞きし老人と聞き知りたり」とあるその老人である。聞き手の惟光は「問はず語り」と捉え、それが始まりそうなことを知り辟易して去る。従って内容そのものは記述されない。ここも例6と同様に「ややくづし出でて」とすこしずつ心を開いてゆく言葉がある。「くづす」をこのように用いるのはこの物語では全部で三例であるのに、そのうちの二例が「問はず語り」と関わる表現であるのも興味深い。「くづす」の残りの一例も明石入道の話である。

（明石入道に）昔物語などせさせて聞きたまふに、すこしつれづれの紛れなり。年ごろ公私御暇なくて、さしも聞きおきたまはぬ世の古事どもくづし出でて、かかる所をも人をも見ざらましかばさうざうしくやとまで、興ありと思すこともまじる。（明石　②238頁）

なお他に「かきくづす」が一例ある。「十五夜の月おもしろう静かなるに、昔のことかきくづし思し出でられてしほたれさせたまふ、もの心細く思さるるなるべし」（明石　②274頁）。やはり明石巻であって、参内した源氏の目から帝について述べる。他は築地などの崩れを言うのみである。

例9　かの大弐の北の方上りて驚き思へるさま、侍従が、うれしきものの、いましばし待ちきこえざりける心浅さを恥づかしう思へるほどなどを、いますこし問はず語りもせまほしけれど、いと頭いたううるさくものうければなむ、いままたもついであらむをりに、思ひ出でてなむ聞こゆべきとぞ。（蓬生　②355頁）

蓬生巻の末尾。ここでは語り手が自らの話を「問はず語り」として位置づける。ここでは二様の解釈が可能である。まず、今まで語った「蓬生」の内容全体をさして「今まで「問はず語り」をしたように、これからも「問はず語り」をしたいが」と見る場合である。この時は末摘花の誠心・源氏の優しさを含めて「問はず語り」と表現したことになり、末摘花物語をさすと見てよかろう。第二は、「（今までとは違って）これからは「問はず語り」を付け加えたいが」と見る場合である。内容として「かの大弐の北の方上りて驚き思へるさま、侍従が、うれしきものの、いましばし待ちきこえざりける心浅さを恥づかしう思へるほどなど」と具体的に述べるように、今までの末摘花物語ではなく、いわば大弐の北の方や侍従に関わる悪口や内緒話である。両様に読めることに注意したい。明らかに聞き手を意識した表現であり、ここから「物語」の在りようそのものに繋がる例である。「問はず語り」の中止を「いと頭いたううるさくものうければなむ」と肉体的な状況を理由としていることは、「問はず語り」がエネルギーを要する作業であることを暗示する。

例10　（源氏ハ）上（紫ノ上）にも、今ぞ、かのありし昔の世の物語聞こえ出でたまひける。かく御心に籠めたまふことありけるを、恨みきこえたまふ。「わりなしや。世にある人の上とてや、問はず語りは聞こえ出でむ。かかるついでに隔てぬこそは、人にはことに思ひきこゆれ」とて、いとあはれげに思し出でたり。（玉鬘　③125頁）

「昔の物語」は、玉鬘は源氏のむすめではなくて、実は内大臣と夕顔の忘れ形見であるいきさつなどを指す。紫の上は源氏の「心に籠めたまふ」ことを恨む。この「問はず語り」は、新編日本古典文学全集の現代語訳「生きている人のことだって、尋ねられもせぬのにこちらから進んで話をきり出すことがありましょうか」のように解することもできるが、「打ち明けるはずがあろうか」のように見てよいのではないか。そうであるとすれば源氏の言葉はかなり皮肉な意味を持つものとなろう。

例11　これは、源氏の御族にも離れたまへりし後の大殿わたりにありける悪御達の落ちとまり残れるが問はず語りしおきたるは、紫のゆかりにも似ざめれど、かの女どもの言ひけるは、「源氏の御末々にひが事どものまじりて聞こゆるは、我よりも年の数つもりほけたりける人のひが言にや」などあやしがりける、いづれかはまことならむ。（竹河　⑤59頁）

最も重要な例であり、様々な問題を持つ部分である。[3]この文の捉え方自体も難しいが、例1～例10のごとき「問はず語り」の例からするとこの竹河の表現にも再考の余地があるかもしれない。この文脈は、語り手が玉鬘方の悪御達が一族の話を「問はず語りしおきたる」ものと考えておくが、それは「おしゃべり」とは考えにくく、もっと内密な、言ってはいけないことを打ち明ける行為を意味してはいないか。更に源氏方の話をひがごとと侮りつつも問題として相対化するのであれば、『源氏物語』自体が、言ってはいけないあやしげなことを述べてしまう「問はず語り」に転化し得るということにも繋がるのである。この点については、後に「七」において触れたい。

例12　「言ふかひなくなりにし人よりも、この君の御心ばへなどのいと思ふやうなりしを、よそのものに思ひなしたるなん、いと悲しき、など、忘れ形見をだにとどめたまはずなりにけん」と恋ひ偲ぶ心なりければ、

たまさかにかくものしたまへるにつけても、めづらしくあはれにおぼゆべかめる問はず語りもし出でつべし。（手習　⑥３０７頁）

妹尼君の亡きむすめの婿、中将が小野を訪問する。尼君は久しぶりに訪れた中将を前に「問はず語り」をしたい気持ちが非常に強いという文脈である。「おぼゆ」の主語は中将である。ここも単なる思い出話ではなく、尼君の強い欲求と危うさをはらむ内容と推測される。『源氏物語の解釈と基礎知識　手習』(4)には「問はず語り」の内容はむすめの代わりに浮舟を発見したこと等を指すのであろうが、浮舟にしてみれば「この問はず語りを望むはずはないのである。」とあるが文脈から言えば聞き手の中将側に添った叙述である。

例12に応じた表現とみられる例が以下の例である。

例13　「笛の音にむかしのこともしのばれてかへりしほども袖ぞぬれにし　あやしう、もの思ひ知らぬにやとまで見はべるありさまは、老人の問はず語りに聞こしめしけむかし」とあり。めづらしからぬも見どころなき心地して、うち置かれけんかし。（手習　⑥３２２頁）

中将は浮舟を見かけて心を動かすが、浮舟は応じようとしない。中将から恨みの歌が送られて来たのに対して尼君が返歌をする場面である。中将に対する言い訳かたがた「あやしう、もの思ひ知らぬにや」と尼君は浮舟の冷たい態度を述べる。「問はず語り」の内容は浮舟のことであるが、ここでは浮舟の視点ではなく、この場面の前に、母尼君が「ここに日ごろものしたまふめる姫君（中略）埋もれてなんものしたまふめる」と述べたことを受けたものであろう。尼君が自分の老いた母の話を「問はず語り」と言うのであるから中将に対する言い訳としての表現である。様々の幅を持つが、本来であれば礼を失してしまう「言うべきではないこと」という点は一致するのである。

以上のように、例5～13においても、語り手と聞き手の落差を無理におし通すことによって物語が生じるという状況は同様である。

四、他作品の「問はず語り」

「問はず語り」の例の中で、歌その他はさておき、成立年代が『源氏物語』に近い物語的な作品の例をいくつか挙げる。『宇津保物語』蔵開中には次の例が見える。

例14　大将（仲忠）「あるやうおはしけるものを。こればかりは、殿（梨壺ト仲忠ノ父雅兼）の御ためにも、仲忠らがためにも、体面なることなむ侍らぬ。例のやうなる世に、そよりめでたきことなりとも、何かは。かくみな人の、不要になりぬといひ騒ぐ世に、いかにまれ、かかる聞こえ（懐妊の噂）のあるのみなむ、うれしきこと侍るべき」。「いで、あやしの問はず語りや。よきこと候ひつきて、何かはとてこそ」。（新編日本古典文学全集『宇津保物語』蔵開中　②481頁）

仲忠は、帝のもとに参上した帰途、異腹の妹、東宮妃梨壺のもとに立ち寄る。この「問はず語り」はその前の「かかる聞こえのあるのみなむ、うれしきこと侍るべき」を承ける。懐妊の噂を聞いたのちにそのことを告げなかったことを咎める会話である。梨壺は一旦それを否定するような言葉を発する。頭注には「「問はず語り」は、自分勝手な話、の意」とする。岩波大系本は「まあ、不思議な問はず語りというものですね」と「問はず語り」はそのままの形で注する。岩波本の本文は「うき事候ひつきて何かはとてこそ」であり「よき事」とする本文とは異なる。いずれにせよこの「問はず語り」も、「聞こえ」に対して、否定的に「いい加減な話」と不快感をこめて把握したものと解し得る。

次は『蜻蛉日記』の鳴滝に籠もって兼家に送った手紙の中の例である。

例15　さむしろのしたまつこととも絶えぬればおかむかただになきぞ悲しき　とて、文には「『身をし変へねば』とぞ言ふめれど、前渡りせさせたまはぬ世界もやあるとて、今日なむ。これもあやしき問はず語りにこそなりにけれ」とて、幼き人の「ひたやごもりならむ。消息聞こえに」とて、ものするにつけたり。（新編日本古典文学全集『蜻蛉日記』227頁）

テキストでは「これもまた変な問わず語りになってしまいました」と現代語訳する。手紙の中の自分の言葉に対しての言であり謙辞的用法であって、「言うべきではないことを言ってしまった」という儀礼的な恥の感覚が付随しよう。

『浜松中納言物語』にも例がある。

例16　昔よりのことゞも、かき崩し、「（中略）聖の問はず語りにもをのづから聞えさせ侍やう侍りけん。（後略）」（岩波日本古典文学大系『浜松中納言物語』320頁）

中納言に対する吉野尼君の言葉である。聖の言を自分側のものとして相手に述べる点で、例13の表現に近い。例6、例8と同様に「かきくづす」の語が存在するのも興味深い。

『大鏡』下、道長上、藤原氏物語の例では鎌足について世継が述べた内容に間違いがあると繁樹が指摘し、「ぬしのの たぶことも、天の川をかき流すやうに侍れど、折々かかる僻事のまじりたる」と述べるのに対して、「世継がいはく」と反論を記す。

例17 「昔、唐国に、孔子と申すもの知り、のたまひけるやう侍り。「智者は千のおもひはかり、かならず一つあやまちあり」とあれば、世継、年百歳に多くあまり、二百歳にたらぬほどにて、かくまでは問はず語り申すは、昔の人にも劣らざりけるにやあらむ、となむおぼゆる」（日本古典文学全集『大鏡』341頁）

内容は反論であるが、表現としては自分の話を謙遜しながらも、実は堂々と語る。いずれも拒否的な姿勢を予測しつつ、それ故に強い主張となり得ている例である。

以上にあげた17例のうち、例7、10、13（以上『源氏物語』）、14、15、16、17は、いずれも会話中に存在する。このうち例14をのぞき、礼を失したいかがわしい伝達であることを予めへり下って述べた表現であることは注意してしかるべきであろう。

五、作品『とはずがたり』の題名

ここで作品の題名としての『とはずがたり』に触れる。一四世紀初頭（一三〇六）に成立した作品であり、作者は正嘉二年（一二五八）に生まれた久我雅忠女、後深草院二条。宮廷における後深草院を始めとする男女の愛情生活を中心に記したものである。

一般に、この題名は「老後、若い頃の思い出を、聞かれたわけではないが、自分から語ったもの」というような微笑ましいニュアンスで捉えられるようである。しかし、『源氏物語』の例を時代的な用法の差を無視して適用することが許されるならば、もし作者自身の命名とすると「本当かどうかはっきりしない、あやしげなことを記した、本来であればおおやけにできないいかがわしいもの」を敢えて記す、といった意を籠めた謙辞ではないかと思われるのである。こうした謙辞的な用法は上記の例13などの例から推測されるが、その前提には「語るべきではない」という厳しい判断がありそうである。後代の命名であったとしても、やはりいささかのいかがわしさを内包するものとなる。ただし作品中に「問はず語り」の用例は見えない。「跋」にあたる部分に「修行の心ざしも、西行が修行のしきうらやましくおぼえてこそ思ひ立ちしかば、その思ひを空しくなさじばかりに、かやうのいたづらごとをつづけ置きはべるこそ。後の形見とまではおぼえはべらぬ。」（新編日本古典文学全集、533頁）とあることを重視したい。

「問はず語り」の語義の研究史をたどれば、既にいくつかの論が提示されている。特に松本寧至氏は作品としての『問はず語り』の研究上その題号に触れ、言葉としての「問はず語り」について詳述しておられる。(5)以下に内容を簡単に紹介する。

松本氏は花鳥余情『源氏物語』竹河の「わるこたち」の該当部分には「人もとはぬにいふをとはず語りとはいふ」とその語義が注されていることから論を始められ、以下「問はず語り」の例を精査された（筆者注、基本的には「問わぬに語る」という花鳥余情の指摘は現在の辞書類にも踏襲されている(6)）。「問はず語り」の意味内容には変遷が見られ、まず「誰」がするものかという問題について、特殊な経験や知識を有している人であり、またそれを累積させているのは老人であると指摘され、橋姫の例からするとそれはもともと巫女のすることであった、として、

「とはずがたり」するのは、実は神であった。それが「みこともち」たる巫女を通してなされたわけである。神々の信仰が滅びて、巫女・語部の職掌は女房に移って行った。そしてそれがある事情に詳しい人のものとなり、更にある特殊な経験をした人のものになっても行ったのである。

と述べておられる。「何」を「問はず語り」するかという点に関しては「これを内容面から言い換えれば、「とは

ずがたり」は神の言葉であり、一族に伝誦される「カタリゴト」であったわけだ。「とはずがたり」根本はここにある。一族の伝承は正しく厳かに、そして必ず代々に語り伝えねばならぬ使命がある。しかもこれは公開的なものではない。25（筆者注『伊勢神楽歌』）の「とはずがたりはわれぞしる」というように非公開的な秘密性が付随する。」とされるのは筆者にとっても興味深い指摘である。「聞き手」の側からは「当該事件に対していつの場合も聞き手が話者と同様の意味を感じ取るわけではない。ここから、饒舌・愚痴などの意が生じてくる。」と述べられ、従って内容の変遷を以下のように纏められる。

もと尊重するべき重要なものであったことから、秘密の内容が情事に置き換えられ、それを語ることで暴露にもなり、自己のことなら告白・述懐となり、他人のことなら愚痴・饒舌という意に変わって行った。更に話者自身によって、謙遜・卑下の場合にも用いられるようになった。秘密のことの内容が情事に変えられたあたりから「とはずがたり」の特質が出て来たといえる。

この語に付随する形容詞・連体修飾語句の類に「あやし」「あさまし」などが伴う点について、「これは何に由来するかといえば、巫女の語りの「不気味さ」「くどさ」などにあろうと思われる。この気分が饒舌にも自己卑下にも転じさせる潜在的な要素であろう。」とされる。「あやし」が結びつく点については、前述したように近年の高橋亨氏の言及に至るまで多く注目されているところである。(7)

ついで阿部秋生氏が『源氏物語研究序説』(8)において論じられた明石君物語が貴種流離譚の意識のもとに構想された論拠としての「問はず語り」論を呪術的世界を重視したものとして紹介される。

更に、淵江文也氏『物語文学の思想序説――源氏物語の美質――』「昔語り・問はず語り」(9)を紹介され、淵江氏の『源氏物語』一三例の分類を引用される。

第一類―聞き手からすれば闇から鉄砲の様に「予期せざる以外な話」という感に重点をおいて用いられてい

る型（闇鉄砲型）

第二類―聞き手の期待を上廻って、とかく老人やお伽衆の様な人のしがちな故事話の型（志斐語型）

第三類―語り手から「自発告白的に、問い詰められもせずにする話」の型（自発告白型）

松本氏によると「（淵江氏は）老人のおしゃべりが「問はず語り」といわれたもので、それが聞き手によって巫女、えたいのしれないつぶやき、わめきに比べられたに過ぎないとされた。要するに、氏（筆者注　淵江氏）は源語の用例の検討から、阿部氏と反対に、神秘性からの離反を見、伝承性に対して知的世界を見出そうとされている。」とされ、松本氏ご自身の見解は阿部氏の論に近いと言われる。三氏とも「問はず語り」を日本の文学そのものの流れの中における言葉として把握しようとされる姿勢は共通であり、方向は異なるものの筆者は多くの示唆をいただいた。

なお、松本氏は作品としての『問はず語り』の題名は「二条自身の命名によると見るべきである。」とされ、これは氏の近年の輪においても同様である。作品論としての『問はず語り』の研究史は『女流日記文学講座　第五巻』「とはずがたり(10)」に詳しい。

六、老者の語り――信頼されない語り手

「問はず語り」の語り手に老者が多いことは自制力に乏しく、状況に鈍感なものとして老者が把握されている故と考えられる。更に、老者を離れて考えるとしても、本来、人の「話」や「聞き書き」は疑わしい部分を胚胎する。それが人の話である以上、真偽のほどは全く保証されないのであって、「問はず語り」はむしろ話し手が聞き手に何らかの意味でゆさぶりを掛けるものとして機能する。物語は語り手の存在を疑似的に内包することによ

って成り立つ。語り手は老者と関連が深いが、老者は権威をもって物語の語りを絶対化するのではなく、その語りは聞き手には素直には聞き入れにくい面があって逆に物語を混迷に導き重層化してゆくのではないか。

老者と物語の語り手との関連については様々な把握があり得ようが、筆者は概ね次のように考えている。老者は賢・愚二方向の様相を持つ。(11) 賢の部分は若いうちには持ち得なかった知恵を老いるに及んで最大限に発揮し、飛躍し、時には神に近い啓示をもたらし、人間世界の価値観を根幹としつつそれを超えようとする方向性を有する。愚の方向は、理解しがたいものであって、人間の価値観からすると異質としか捉えようのない存在である。問題としたいのはこの後者の異質性である。物語世界の内部には存在しにくい老者は、しばしば語り手として物語の外部に存在し、秘された物語そのものを拓いて行く。『源氏物語』においても老者の賢の部分は存在し得るが、愚の部分は多くの場合は語り手が担うのである。

以上のことは物語の語り手側の内発的な事情を重視した把握である。次に聞き手側の受け取り方を問題としてみたい。筆者は『源氏物語』内の語り手として薄雲巻の夜居の僧都、橋姫巻の弁の尼を取り上げたことがある。ここでは同じ場面において「聞き手」の反応に重点を置いて述べることとするが、両者には強い懐疑というかなりの相似が存在する。

薄雲の巻は、物語の根幹を拓く重要な部分として冷泉帝に召された夜居の僧が藤壺の秘事を奏上する叙述を持つ。この場面を「語り手」「聞き手」の問題として振り返ってみよう。夜居の僧は逡巡する気持ちをまず述べる。

「今は夜居などいとたへがたうおぼえはべれど、仰せ言のかしこきにより、古き心ざしを添へて」とてさぶらふに、静かなる暁に、人も近くさぶらはず、あるはまかでなどしぬるほどに、古代にうちしはぶきつつ世の中のことども奏したまふついでに、「いと奏しがたく、かへりては罪にもやまかり当たらむと思ひたまへ憚る方多かれど、知ろしめさぬに罪重くて、天の眼恐ろしく思ひたまへらるることを、心にむせびはべりつつ命終はりはべりなば、何の益かははべらむ。仏も心ぎたなしとや思しめさむ」とばかり奏しさして、えうち出でぬことあり。

語る側は「老者」であり「僧」である。「老者」であることはこの世の時間の僅少を意味し、「僧」であることは来世の存在をこの世と連続して考える生のあり方と関連し重層的に作用して語り手としては真剣に考えた末の行動である。しかし聞き手の冷泉帝はまず「恨み」が残るかと推察し、「法師」という条件を却って「横さまのそねみ深く」と把握するが、心中の疑いの思いはともかくとして、僧に対しては隠さず述べよという。僧は「あなかしこ。（中略）かかる老法師の身には、たとひ愁へはべりとも何の悔かはべらむ。仏天の告げあるによりて奏しはべるなり。」と答え、帝は「……このことを知りて漏らし伝ふるたぐひやあらむ」と質問し「さらに。なにがしと王命婦とより外の人、このことのけしき見たるはべらず。……」との答えを得る。漏らしていないかということが関心事として重要事項となるのである。この場合は「老・僧」が疑いの元ではあり、更に「天変頻りにさとし、世の中静かならぬはこのけなり。」ということが聞き手にとって真偽を判断する一つの傍証をなす。

既に例1以下で見たように、橋姫において宇治に赴いた薫に弁が出生の秘事を語る場面も、薄雲に極めて似通った経緯を記述する。

この老人はうち泣きぬ。「さし過ぎたる罪もやと思うたまへ忍ぶれど、あはれなる昔の御物語の、いかならんついでにうち出できこえさせ、片はしをもほのめかし知ろしめさせんと、年ごろ念誦のついでにもうちまぜ思うたまへわたるしるしにや、うれしきをりにはべるを、まだきにおぼほれはべる涙にくれて、えこそ聞こえさせずはべりけれ」と、うちわななく気色、まことにいみじくもの悲しと思へり。

弁は「尼」であり更に老人であって、「夜の間のほど知らぬ命の頼むべきにもはべらぬを。」と述べる。薫は

「(略)と、うちわななく気色、まことにいみじくもの悲しと思へり。おほかた、さだ過ぎたる人は涙もろなるものとは見聞きたまへど、いとかうしも思へるもあやしうなりたまひて」と話を聞き始め、驚愕した薫は後を約して立ち去る。こののちに例1にあげたように「あやしく、夢語り、巫女やうのものの問はず語りすらんやうにめづらかに思さるれど、」の記述がある。ここでも夜居の僧と同じく「老齢であってこの世における時間が少ない」と焦慮が聞き手を選んで語る要因となるが、老齢は聞き手にとっては信頼の根拠ではなく、却って老齢ゆえの混迷かという疑いを付加する要因として捉えられるのである。

語り手は双方とも「秘密を知っている・隠し通している・身分が低い・親子の倫理を優先させる・時間的に自らの死が近い・隠匿することによって次の世に罪を重ねたくない・子なる人に真実を告げたい」という条件を担う。聞き手は「老・僧(尼)・泣く・密かに告げる」ということを語り手の在りようと場の双方から疑わしいと思う。更に「真実の父を知らせる・秘事である」ことを告げるに至って、聞き手は社会的な自分の位置と他者の存在に気づき「他人に漏洩していないかを確認する」ということを共通して行う。このことは先述したように「問はず語り」の語り手に老人が多いことと強く結びつくものである。

七、物語と「問はず語り」

以上のように、筆者は老者を社会的な非在者として把握しているが、そのことが受け手・聞き手の側が老者の話に不信を抱くことに繋がるのは当然であるかもしれない。「問はず語り」の語の問題を超えてこれは物語そのものが権威あるもの、として語られるのではないことを暗示し、「いかがわしさ」「不信感」を自ずから胚胎していることを意味するのではないだろうか。語り手の持つ本来的な積極性は受身の存在である聞き手の意欲を上まわるのだが、その聞き手の状況を変え、好奇心を喚起し、関係性を構築する。あるいは信じ、あるいは疑う、というまさにその機微の上に虚構としての物語は存在するのであって、読者の興味は押し寄せる不信感とそこを押し通ろうとする一種のゲームであり得るのである。老者はやがては自己崩壊してゆくという危うさの故に存在し、聞き手はそれを知っている。第一、草子地自体が物語の内容を疑っているではないか。現在でも、虚構と現実、あるいは作品世界と現実・事実の問題は片付いてはいない。否、それを対比させるという概念自体が再検討を迫られている。この問題を物語全てに帰趨せしめることは躊躇されるものの、「問はず語り」は何らかの意味で物語の問題と大きく関わり、「問はず語り」の語自体がその問題を顕在化したものともみなし得るのではないか。語り手は現実から遊離して、存在から不在へ、さらには非在となることを感じるが故に語る、ということは、あるいは語りの問題として一般化され得るかもしれない。「問はず語り」は、礼節をわきまえずに怪しげな話をしながら、実は語らずにはいられない真実を語る、という逆説的な物語の仕組みそのものへの関心を導く言葉であるとひとまず考えておく所以である。

注

（1）　松本寧至氏『問はず語りの研究』第二章「『問はず語り』題名考」（昭和四六・四　桜楓社）に詳しい。注（5）～注（10）参照。近時の藤井貞和氏担当「ものがたり」の項にも「問はず語り」というのは、語りは問われて語るというコミュニケーションとしてある、との前提を立ててみるとわかりやすい」との叙述がある。秋山虔氏編『王朝語辞典』（平成一二・三　東京大学出版会）。

（2）　注（1）松本寧至氏『問はず語り』題号考」参照。最近の高橋亨氏担当「問はず語り」の項にも（問はず語りの語には）「多くはあやしが結びついている」とあるように、多くの指摘があるところである。「国文学」平成二・一。高橋亨氏「物語の語り手（2）——古御達の語り」にも言及がある。「講座　源氏物語の世界」（昭和五七・五　有斐閣）。

（3）竹河巻のこの部分に関しての読みには諸説があり、大きな問題をかかえるが、ここでは「問はず語り」の語義に関してのみ触れる。

（4）吉田茂氏担当部分。平成17・5　至文堂。注（1）松本寧至氏の論参照。

（5）注（1）松本寧至氏「『問はず語り』題名考」。

（6）注（1）及び秋山虔氏編『王朝語辞典』（平成一二・三　東京大学出版会）など参照。

（7）注（2）（4）参照。

（8）阿部秋生氏『源氏物語研究序説』（昭和34・4　東京大学出版会）。阿部氏はつとに源氏の一三例をはじめ他作品の「問はず語り」の例を博捜し、詳しく検討を加えておられる。

（9）淵江文也氏『物語文学の思想序説—源氏物語の美質』（研究叢書4　昭和三八・七　神戸商科大学経済研究所）。

（10）『女流日記文学講座　第五巻』「とはずがたり　中世女流日記文学の世界」（平成二・五　勉誠社）。なお松本氏は同書10頁に「「とはずがたり」という題名はおそらく作者自身がつけたものと思われるが、言葉の意味は、誰からと（ママ）問われもしないのに豊富な経験を語らずにはいられない、といったもので、きわめて衝動性のつよいものである。ついでにいえば「独り言」という聞き手を予想しない消極的なものとはちがう。したがっておよそ日記文学とよばれる作品は、みな誰かに語らずにはいられないという衝動で執筆されているもので、いずれも「とはずがたり」ならざるをえない、ということともなり、その点でもなかなか日記文学史上意味深い題名である。」と述べておられる。

（11）永井和子『源氏物語と老い』（平成一〇・九　笠間書院）所収の諸論を参照されたい。

9　「柱」のある風景——源氏物語・枕草子における柱に寄る人

一、場としての柱

「柱」という語には様々な意味合いがこめられているが、ここでは建築物の「柱」に限定して『源氏物語』における「柱」と「人」との関わり方を瞥見し『枕草子』にも触れてみたい。建物の柱は余りにも日常的で身近な存在であるために物語の上で特記されることは少ないものの、『源氏物語』の叙述を見ると当時の柱のありようが推測され、更に作品なりの柱の捉え方が窺われる。それは大まかに言えば生活空間における柱と人との強い親近性である。古代の建造物における柱はその基幹であり、建物そのものである。平安期における建物、特に寝殿造は、柱で構成された空間を屋根で覆ったものといっても過言ではなく、柱は天と地を太く貫く基本的な存在である。しかしその構造上の必然を含みながら柱は、あくまでも居住空間内に存在し「人」の住まいの一部として機能する。人は柱をありのままに受容し、時に近くに座り、よりかかり、時に遮蔽物として隠れる。一方、柱の方でも心理的あるいは物理的重みを托す人間を拒まず、単なる建造物の必然性を超えて人の存在そのものと同化する。それだけに常にそこに在った人が不在ということになればそれは深い喪失感と結びつくのである。『枕草子』は柱に情感を示すことは少なく、位置や場を述べる現実面が際立つ。

まず『源氏物語』について、建物の柱に限定すると、[1]その用例は全体でわずかに二〇例であるが、そのうち一九例までが柱を身の置きどころの「場」とする人間の心情や動作に関わる。他の言葉とのつながりからしても「寄る（寄りゐる・寄りかかる）8例」「隠る　3例」「そばむ・向かふ・在る・書きつく・見る　各1例」「柱のもと　1例」に加えて真木柱姫君物語に関連するものが三例あげられ、残りの一例のみが物を置く位置として「廂の柱のもと」を指定して言う。

この二〇例を柱の表現面からまとめると以下のようになる。

「廂の柱　1例（賢木）」「母屋の柱　1例（若菜上）」「中の柱　1例（若紫）」「中柱　1例（空蟬）」「柱　7例（薄雲1・真木柱2・若菜上1・橋姫1・椎本1・手習1）」「柱隠れ　2例（須磨1・野分1）」「柱のもと　1例（宿木）」「真木の柱　2例（真木柱）」「真木柱　4例（須磨1・真木柱1・東屋1・蜻蛉1）」

『源氏物語』の建築に関しては様々な考察があるが、[2]ここでは鈴木賢次氏による柱の太さに関わる具体的な言及を引く。[3]

寝殿や、対の柱は「母屋の柱」と「廂の柱」に大別される。それぞれの柱は、建物ごとに間隔が一定で、おおよそ一丈（約3m）ほどであった。母屋の柱は建物本体を支えるのであるから太い。どのくらい太いかといえば、当時の寺院建築なみに太いのである。約一尺（三十cm）近い円柱である。「柱がくれに」（須磨巻）「柱に寄りゐたまへる」（薄雲巻）「常に寄りゐたまふ東面の柱」（真木柱巻）「母屋の柱に寄りかかりて」（若菜上巻）などには、人体ほどの太い柱の存在が窺える。

寝殿造の柱についての言及であるが、『源氏物語』や『枕草子』が主たる舞台とするこの寝殿造そのものが、あたかも現代における自宅と勤務先の建築形態が異なるがごとくに、そこに仕える人々にとってはある意味では非日常的な建物の空間であったのではないだろうか。太い柱はその象徴である。但し建築形態によって柱の機能が変わることはない。

二、柱に寄るという姿勢

まず、最も多く見られる「柱に寄る（寄りゐる・寄りかかる）」座位の姿勢を、若紫巻の源氏が北山において垣間見をする場面を例にとって見ることとしよう。なお「（柱に）寄る」の語は現代語の寄りかかる・もたれる、背をあずけるといった動作と把握してよかろうが、厳密にいうと一方に「寄りかかる」（若菜上）の例があるために、もたれずにそば近く座る動作と区別しがたい。「脇息に寄りたまふ」（帚木）などの表現に照らして、仮に柱を頼りとして極めて近くに座り、心理的・物理的に支えとする動作を言うものと見ておく。

例1　人々は帰したまひて、惟光朝臣とのぞきたまへば、ただこの西面にしも、持仏すゑたてまつりて行ふ尼なりけり。簾すこし上げて、花奉るめり。中の柱に寄りゐて、脇息の上に経を置きて、いとなやましげに読みゐたる尼君、ただ人と見えず。（若紫　引用は『新編日本古典文学全集』による）

尼君は「同じ小柴なれど、うるはしうしわたして、きよげなる屋、廊などつづけて、木立いとよしある」「なにがし僧都のこの二年籠りはべる方」に仮住まいをしており、その中の柱にもたれて座り経を読んでいる。その経は脇息の上にあるが、同時に脇息も身をゆだねる具でもあろう。これは経を読む姿勢とすれば極めてくだけた姿であり、そこに源氏が「なやましげに」と把握する所以があって、ただならぬ衰えの美といったものを感じ取るのである。このように柱は当時の生活の中で、座位の不安定な身を支える役割を持つ。同時に身体を柱に預ける、背をもたせかけるというしぐさは、頭を何もない空間に据えて背筋を伸ばし端然と座す、という改まった姿勢とは対極の、力を抜き、安らぐ姿勢でもある。

人は室内でどこに座を占めようとするのか。区切りのない空間の中で選ぼうとするならば、頼り、身を寄せるよりどころとしての場を柱の近くに求めるのは自然なしぐさであろう。仮に五間四面の邸を模式的に考えても、母屋の内部は広い空間であって柱はないが、その母屋の周囲の柱は十四本、廂の周囲の柱は二十二本存在する。必然的に柱に寄り掛かる、もたれるという動作が付随するとしても、それは多くの場合結果であって目的ではない。人が座るという姿勢をとる時、下半身を置く平面が必要であり、さらに空間の中に上半身を平面に対し垂直に直立させて保つのが普通であり、その座位から頭や背を自在に動かす。しかし、他の直立したものに上半身を預ければより安定して快適であり、その具となるものが柱である。垂直のものとして壁があるが、それは極めて限られた部分である。他の簾・帷子・几帳・帳・壁代・障子・屏風等[4]はいずれも軟構造であり、かつ移動を前提としたものであるから、長く安定してもたれかかることはできない。柱はそれを可能とし、建具の移動の基点となる不動の堅固な存在として機能する。

柱をもたれる具とする記述は、前述したように上記の若紫巻を入れて八例あり、この物語における基本的な意味を担う。順次その様相をたどってみる。

例2　御几帳ばかり隔てて、（源氏は斎宮女御に）みづから聞こえたまふ。「前栽どもこそ残りなく紐ときはべりにけれ。いとものすさまじき年なるを、心やりて時知り顔なるもあはれにこそ」とて、柱に寄りゐたまへる夕映えいとめでたし。（薄雲）

場所は二条院。源氏がひそかに思いを寄せる斎宮女御の許を訪れた折の記述である。ここで先の尼君の例と連動させると、源氏の動作はいささかくだけ過ぎているかもしれない。しかし斎宮女御は二条院の寝殿に里下がりをしたのであり、源氏は父親格の男性として御簾の中に入った後のことであった。源氏にとっては自邸に娘を迎えた、という形をとって微妙なそぶりを示す場面である。源氏がもたれた柱は、前栽を見る、夕映え等の語からかなり外部に近いところにあるという設定である。柱は構造上母屋の広い居住空間を確保するために、母屋と廂の間と、廂と簀子の間といった周囲にめぐらせたものであり、必然的に母屋の室内には柱は存在しない。したがって柱は何らかの意味で建物の中心部ではなく外部・外縁部と結びつくのが特色であり、境界的な位置を占める。

例3　(源氏の)「……まづは、かやうに這ひ隠れて、つれなく言ひおとしたまふめりかし」とて、御几帳を引きやりたまへれば、(明石の君は)母屋の柱に寄りかかりて、いときよげに、心恥づかしげなるさましてものしたまふ。(若菜上)

明石の君について言う。場所は六条院の寝殿、その東側に明石の女御が住む。この場面では女御は母明石の君とともにいて女御は母明石の君とともに、父入道の入山を伝えられ、驚きの中にいる。そこに源氏が西側の女三宮のもとから突然現れる、といった複雑な場を叙した部分である。明石の君は几帳を引き寄せてとっさに身を隠していたが、その几帳を取り去る。源氏は母子の雰囲気にとまどい些かふざけてみせる。ここは寛ぎの雰囲気より柱に身を隠すといった意味合いもありそうだが、前の二例に照らせば、「柱に寄りかかる」と明確に描かれるように、とっさの場でありながらゆったりと構えるというところか。母屋の柱は廂との間のそれである。

以上の三例をみるといずれも場所は自宅、または自宅に準じたところで、柱に身をもたせかけた寛ぎの姿勢である。この意味で柱は自己が安心して身をおく場と捉えられよう。

三、柱に寄る人の不在――光源氏・真木柱

柱が人の身を寄せる存在であるとすれば、人が去った後はどうか。柱は不在者への思いと結びつくことになる。

例4　(源氏の)出で入りたまひし方、寄りゐたまひし真木柱などを見たまふにも胸のみふたがりて、ものを

とかう思ひめぐらし、世にしほじみぬる齢の人だにあり、まして馴れ睦びきこえ、父母にもなりて生ほし立てならはしたまへれば、恋しう思ひきこえたまへることわりなり。(須磨)

源氏が須磨に赴いたのち、紫の上が愁嘆を重ね、柱を見て不在の源氏を想起する場面である。ここではすべての柱ではなく、源氏が寄っていた特定の柱という感覚が強い。真木柱の語については注釈書では多く引歌を指摘する。出典は未詳であるが紫明抄は「わぎもこがきてはよりたつ真木柱そもむつまじやゆかりと思へば」をあげる。小異があるが河海抄・孟津抄・岷江入楚なども同様である。「柱に寄る男性」とは建物の内部に至った男性の、女性と関わる場合のかけひきや逡巡といったものを祖形にもつ、一つの類型的な叙法ではなかったか。この歌では立つ姿であるが、この背後には古代的なやはり人が寄りどころとした柱への思いが前提にありそうである。

引き歌の存在をその記述の背後に見ようとした真木柱の語そのものがあたかも物語を誘引したかのように、一種の歌ことば的な流れとして不在者を想起するという視点が以後『源氏物語』に定着して行く。この不在のイメージが物語として生成したのが真木柱巻である。去るに際して、女性自身がその柱に自己の存在の痕跡を強く埋め込み、不在の自己を柱に仮託するというその形象化は、真木柱の物語を形成するにとどまらず、この人物を物語の記述中に名称として「真木柱(の姫君)」とさえ呼称するに至る。

このように玉鬘物語の内部にあって、真木柱は去る人として意識的に造形される。髭黒大将を父とし、式部卿宮のむすめである北の方を母とする真木柱は、父と玉鬘との結婚によって母と共に屋敷を去るが、灰を投ずるといった北の方の激しい行為とは異なり、柱の割れ目に歌を挟むという行為によって柱と同化する。なおここでは「柱」の用例は一つの場面に集中するので、その全体をあげる。

例5〜例8　常に寄りゐたまふ東面の柱を人に譲る心地したまふもあはれにて、姫君、檜皮色の紙の重ね、ただいささかに書きて、柱の乾割れたるはさまに、笄の先して押し入れたまふ。

今はとて宿離れぬとも馴れきつる真木の柱はわれを忘るな
えも書きやらで泣きたまふ。母君、「いでや」とて、
馴れきとは思ひいづとも何により立ちとまるべき真木の柱ぞ
御前なる人々もさまざまに悲しく、さしも思はぬ木草のもとさへ、恋しからんことと目とどめて、鼻すすりあへり。（真木柱）

「人に譲る心地」とあるように、特定のある柱を「自分の柱」として所有するがごとき個人との結びつきが強調される。更に歌では真木柱は擬人化され、北の方の歌も同様である。

例9　「……幼き人々も、いかやうにもてなしたまはむとすらむ」と（父鬚黒は）うち嘆きつつ、かの真木柱を見たまふに、手も幼けれど、心ばへのあはれに恋しきままに、道すがら涙おし拭ひつつ参でたまへれば、対面したまふべくもあらず。（同）

このいうところの「真木柱」は「今はとて」の歌であることは当然であるが、歌が押し込まれている柱自体ではなく、湖月抄の「抄」のいうごとく「歌を書いた桧皮色の紙」を指すと思われる。そうであればここでも「柱」はいわば擬人化されて紙情報を他者に伝える伝達者となるのである。「真木柱」の「真木」は檜などの見事な柱の美称といわれる。

なお、津島知明氏は『源氏物語事典』の真木柱（人物）の項の最後に「そもそも彼女の呼び名であり巻名でもある、あの真木の柱に歌を残す印象深い場面も、あまり触れられていないが、柱の持つ、神の依代（よりしろ）的性質を考えるならば、無視できないものがあろう」とする考えを示される。(5) 真木柱の語について堀淳一氏(6)は『河海抄』所引の万葉集1355歌の「真木柱」を踏まえ同集の190・928・4342歌にも共通して見られるのは「家ぼめ」の機能であるとし「褒め、寿ぐことで柱は堅固となり、それが支える家屋に住まう人々の平

安も生まれる。枕詞としての用例も含め、これら万葉歌に見える〈真木柱〉は、堅固な状態を指示する、あるいは称賛することで永続性を家屋に宿らせ、そこに起居する者たちの隆盛を招く呪的な意味を含む言葉としてあるらしい。」とした上で「家を祀る童女――真木柱姫君の詠歌の意味（その二）」には真木柱巻に描かれる大殿祭神事の祝詞中の「柱」と関連づけ、真木柱姫君は祭に奉仕する童女と重なるとされる。歌の前後の記述は去る人の悲嘆を語るのみではなく、物語の転換点の機能を果たすもので、

「真木の柱は」と詠む姫君は、御巫および忌部の役割を担い、自身が去る邸において「大殿祭」の形式をなぞるごとく、「家ぼめ」「室ほぎ」を柱に向かって行っているのではないか（中略）ではこのいびつな形姿を持つ「たたへごと」はいったい誰のために行われているのか。それは新しくこの邸に移り来る女主人玉鬘のために施されているのではないか。

と把握される。祭の童女と重ね物語の転換点とみる点は今後の検討が必要であろうが、両氏ともに真木柱という語そのものに注目された点は真木柱姫君論において新しい視点を齎すことになろう。本稿では『源氏物語』の建物・柱・人間の親近性、あるいは同化性については当時の日常的な生活感情に結びついたものと考えるにとどめておく。

四、柱に寄る薫

「柱に寄る」八例中三例が薫に集中しており、「柱に寄る」人としてのイメージを体現する。

例10　（薫は八の宮に）本意をも遂げばと契りきこえしこと思ひ出でて、
　立ち寄らむ蔭とたのみし椎が本むなしき床になりにけるかな

とて、柱に寄りゐたまへるをも、若き人々はのぞきてめでたてまつる。（椎本）

八の宮が世を去って後、姫君達を弔問するために宇治を訪れた薫を女房達がのぞいて称賛する場面で、薫は客人として八の宮邸の柱に寄る。鬱屈してもの思いに耽る風情である。

例11　（中の君は宇治への訪問について）「この月は過ぎぬめれば、朔日のほどにも、とこそは思ひはべれ（後略）」とのたまふ声の、いみじくらうたげなるかなと、常よりも昔思ひ出でらるるに、えつつみあへで、寄りゐたまへる柱のもとの簾の下より、やをらおよびて御袖をとらへつ。（宿木）

薫は匂宮の邸、二条院にいる中の君を訪れ、寄っていた柱の許から中の君の袖を捉える。例10と同じく、ここも薫は客人として訪れた邸であるにも関わらず「寄りゐたまへる柱」とあって、その基本的な居場所と姿勢が行動の前提として示されることは極めて興味深い。

例12　夷めきたる人をのみ見ならひて、少将をかしこきものに思ひけるを、悔しきまで思ひなりにけり。寄りゐたまへりつる真木柱も褥も、なごり匂へる移り香、言へばいとことさらめきたるまでありがたし。（東屋）

場所は例11と同じく二条院。浮舟の母中将の君は少将を婿にと志していたが、中の君の邸で薫の姿を垣間見し、少将との格差に驚嘆する場面である。寄りかかっていた主体の薫は現在は不在であるものの、直立する真木柱と平面を占める褥にいまだに残る香からその不在が感覚として把握されるということは、薫には気に入りの柱があったことをも推測させる。柱と不在者の関係は、既に例4の須磨巻に見えていた叙述であり、光源氏・真木柱と引き継がれた不在のイメージが描かれる。例10・例12は、いずれも外部の視点から把握した叙述である。先に述べたように柱は境界的な場所に存在する故に、垣間見と結びつきやすいのである。三例とも客人としての場であることも極めて興味深い。薫の自邸における姿勢も恐らく同様であったものと推測され、柱に寄ることは安らかな思いから発展して、鬱屈した恋の場を連想させ、薫像の形成に関わるものと思われるからである。

五、柱と人――「隠れる」から「書きつける」まで

以上、最も例の多い「寄る」の用法を見てきたが、それ以外の用例を巻の順に概観する。

例13　灯近うともしたり。母屋の中柱に側める人（空蟬）やわが心かくるとまづ目とどめたまへば、濃き綾の単襲なめり、何にかあらむ上に着て、頭つき細やかに小さき人のものげなき姿ぞしたる、顔などは、さし向かひたらむ人（軒端荻）などにもわざと見ゆまじうもてなしたり。（空蟬）

源氏が中川の邸で、空蟬と軒端荻の碁を打つ姿を垣間見する場面。この場合は空蟬自身が必ずしも意識的に「そば」んでいるわけではないのかもしれないが、外部からの視線は勿論のこと、向かい合う相手の視線さえも遮ろうとする空蟬の意向が感じられる。それを垣間見ている源氏の視点から「側める人」として捉える。

例14　（紫の上）別れても影だにとまるものならば鏡を見てもなぐさめてまし

（紫の上が）柱隠れにゐ隠れて、涙を紛らはしたまへるさま、なほここら見る中にたぐひなかりけりと、（源氏にとっては）思し知らるる人の御ありさまなり。（須磨）

先に例4で須磨巻の、柱を見て源氏の不在を悲しむ紫の上の姿を見たが、ここはそれに先立つ場面で、須磨に赴くことを悲しんで紫の上が源氏と歌を交わす部分である。歌の中の「鏡」はここで「不在時に残されたもの」として先にあげた源氏不在時の「柱」と同じ意味を担うものとなるのである。ここで柱は悲しむ姿や心情を源氏から隠す役割を持ち、例4と考え合わせれば源氏も紫の上も柱を座位としていたものと考えられる。

例15　（夕霧は）見やつけたまはむと恐ろしけれど、あやしきに心もおどろきて、なほ見れば、柱がくれにすこし側みたまへりつる（玉鬘）を（源氏が）引き寄せたまへるに、御髪のなみ寄りて、はらはらとこぼれかかりたるほど、女もいとむつかしく苦しと思ひたまへる気色ながら、さすがにいとなごやかなるさまして寄

りかかりたまへるは、（野分）

場所は六条院東北の町の西の対。野分の折夕霧はあまりにも玉鬘に親しげなそぶりをする源氏の姿を垣間見て驚く。玉鬘は意識的に柱に隠れている。

例16　猫は、まだよく人にもなつかぬにや、綱いと長くつきたりけるを、物にひきかけまつはれにけるを、逃げむとひこじろふほどに、御簾のそばいとあらはに引き上げられたるをとみに引きなほす人もなし。この柱のもとにありつる人々も心あわたたしげにて、もの怖ぢしたるけはひどもなり。（若菜上）

柏木が、猫の綱に引き上げられた御簾の間から寝殿の女三宮を見る場面。ここでは柱のもとにいるのは女房たちであり、とっさに柏木の視点に入ってくる。『源氏物語』の中で女房の場・座位について言うのはこの例のみである。女房の視点から描いた作品では『紫式部日記』に「柱隠れにて、まほにも見えず」（十月十六日行幸）という例があり、後に触れる『枕草子』にも「廂の柱によりかかりて、ものもいはでさぶらへば、」などが見られる。

例17　内なる人、一人は柱にすこしゐ隠れて、琵琶を前に置きて、撥を手まさぐりにしつつゐたるに、雲隠れたりつる月のにはかにいと明くさし出でたれば、（中の君カ）「扇ならで、これしても月はまねきつべかりけり」とて、さしのぞきたる顔、いみじくらうたげににほひやかなるべし。（橋姫）

薫が宇治に赴いて音楽を奏する姫君達を垣間見するところ。ここも姫君達が端近にいるために、垣間見の視点からは柱に隠れて見える。

例18　世の中の常なきことを、しみて思へる人（薫）しもつれなき、と（匂宮は）うらやましくも心にくくも思さるるものから、真木柱はあはれなり。これに向かひたらむさまも思しやるに、形見ぞかしとうちまもりたまふ。（蜻蛉）

浮舟の死を知って憔悴している匂宮を、薫が見舞う。匂宮は薫こそ浮舟の「真木柱」であると思って見守る。この真木柱の用法は、以上の例を辿ることによってはじめて理解される象徴的なものである。「浮舟と真木柱」の親しい関係を「浮舟とその相手である薫」と読みかえて「薫＝真木柱」とし、それゆえに「真木柱」は「浮舟」を思うよすがとなる、といった特殊な意味を持つ。『源氏釈』は、須磨巻の真木柱に『河海抄』が注した前述の「わぎもこ」歌を引く。

例19　（紀伊守は）「（大君・浮舟は）あやしく、やうのものと、かしこ（宇治）にてしも亡せたまひけること。
　昨日も、いと不便にはべりしかな。川近き所にて、（薫は）水をのぞきたまひて、いみじう泣きたまひき。
　上にのぼりたまひて、柱に書きつけたまひし、
　　見し人は影もとまらぬ水の上に落ちそふ涙いとどせきあへず」（手習）

紀伊守が、既に没したものとして浮舟の不在を悲しむ薫の、浮舟への思いを語る。聞き手は浮舟を新しい生へと導いた尼君たちである。柱に歌を書く例としては「柱よせに「来つつ見し宿にも影もたのまれし我だに知らぬ方へ行くかな」とざればみ書きたり」（宇津保・蔵開下）などの例がある。柱寄せは円柱にそえる長い方形の材木で、格子や妻戸と柱との間の隙間を防ぐものである。薫は柱に歌を書きつけたのだ、という情報は間接的に紀伊守から齎されたものであるが、柱に直接に歌を記す行為は、真木柱巻の歌を柱に挟む行為から更に発展したもので、『源氏物語』自体からするとこの流れは、「柱と人」の不即不離の関係を極めて強く意識させよう。

例20　あたら、思ひやり深うものしたまふ人の、ゆくりなく、かうやうなることをりをりまぜたまふを、人も
　あやしと見るらむかし、と心づきなく思されて、瓶にささせて廂の柱のもとに押しやらせたまひつ。（賢木）

この例のみが、場所を示すのみで人の動作とは直接には関わらない。源氏が藤壺に雲林院の紅葉の枝を贈ったところ、結び文が付けてあるので不快に思い遠ざけた、とする部分。母屋内部の生活空間から見ると廂の柱のあたりは外部である。

論の都合上、まず「寄る」という語を中心に流れを辿り、次に他の表現を概観した。「寄る」という記述からはあたかも所有するがごとき個人固有の座という意識が強く見られ、自己のテリトリーを確保する動きとつながる。その個人の不在がまず源氏について「真木柱」の語を軸として語られる（須磨）。この不在のテーマは真木柱姫君の造型に引き継がれて、薫も他者から香りのみを残す不在者として描かれる（椎本）。これをうけて匂宮は薫を浮舟不在時の柱（身代わり）とみなし（宿木）、浮舟の不在の喪失感を今度は薫が柱に記すに至る。『源氏物語』における「柱」、特に「真木柱」の語は、歌ことば的な世界を背後に持ちつつ物語的な象徴性を意識的に担っているようである。

六、『枕草子』の柱――位置の記述

『枕草子』の柱は一二例を数える。用法は『源氏物語』と大差ないが仔細に見ると女房の視点が大きく作用しており、極めて現実的かつ直接的であって「柱という位置」を語る場合が多い。例1・2は柱にものをつける例であるが、それ以外はやはり「人（犬）の居る場所・身を置く在り処」であり依拠する存在である。現実における作者の宮仕えの時間的経緯と関わらせれば、はじめのうち柱は他者の視線から身を隠す遮蔽物として意識されていたようである。この時期に「柱に寄る」動作が記されるのは一条帝や道隆に限られるが、経験を積み馴れてくると作者も「柱に寄りかかる」ようになる。あるいは「柱に寄る」のは贅沢な楽しみで、特権的なポーズではなかったか。少ない例からの推測にすぎないが、こうした時間的な経緯がその記述内容から伺われるのは極めて興味深い。『源氏物語』の大きな流れをなしていた不在者への愁嘆といった記述は皆無である。

枕例1・枕例2　中宮などには、縫殿より御薬玉とて色々の糸を組みさげてまゐらせたれば、御帳立てたる母屋の柱に、左右につけたり。九月九日の菊を、あやしき生絹の衣に包みてまゐらせたるを、同じ柱に結ひつけて月ごろある、薬玉に解きかへてぞ捨つめる。（引用は『新編日本古典文学全集　枕草子』による。三七段　節は）

薬玉を付ける場所としての柱であり、こうした例は『源氏物語』には見えない。前述したように以下の例はすべて人と関わる。

枕例3　暗うなりて、物食はせたれど、食はねば、あらぬものに言ひなしてやみぬるつとめて、御けづり髪、御手水などまゐりて、御鏡を持たせさせたまひて御覧ずれば、げに、犬の柱もとに居たるを見やりて、（七段　上に候ふ御猫は）

宮中の中宮のもとに帰って来た翁丸の居場所。中宮ご座所である内部から見ると、ここも外部とのぎりぎりの境界に翁丸が謹慎しているというニュアンスである。

枕例4　はじめゐたる人々も、すこしうち身じろぎくつろい、（現れた貴公子たちを）高座のもと近き柱もとに据ゑつれば（三一段　説経の講師は）

説経の場の柱。ここでは高座に近い柱もととあるから特等席を譲ったことになる。

枕例5「その柱と屛風とのもとに寄りて、わがうしろよりみそかに見よ。いとをかしげなる君ぞ」（一〇〇段　淑景舎、春宮にまゐりたまふほどの事など）

中宮の妹原子（淑景舎）の春宮入内の折、秘かに原子の美しい姿を見るようにと中宮から言葉をかけられる。入内は長徳元年（九九五）一月のことで、作者は宮仕えしてそれほど間がなく、盛儀に圧倒され身を隠している。

枕例6　へだてたりつる御屛風も押しあけつれば、かいま見の人、隠れ蓑取られたる心地して、あかずわびしければ、御簾と几帳との中にて、柱の外よりぞ見たてまつる。（同）

枕例5の続きの部分。作者がいるのは中宮の言葉通り隠れた場所であり、更に柱の外側であるが、位置関係は多少つかみにくい。

枕例7　大納言殿（伊周）のまゐりたまへるなりけり。御直衣、指貫の紫の色、雪に映えていみじうをかし。柱もとにゐたまひて、（一七七段　宮にはじめてまゐりたるころ）

雪の見舞いに中宮を訪れた外来者としての大納言の座位。この段は文字どおり作者が新参の女房として中宮のもとに出仕した折の記述である。時期については諸説があるが、おそらく正暦四年（九九三）春または冬の頃と考えられる。

枕例8　御前に人々所もなくゐたるに、今のぼりたるは、すこし遠き柱もとなどにゐたるをとく御覧じつけて、「こち」と仰せらるれば、道あけて、いと近う召し入れられたるこそうれしけれ。（二五八段　うれしきもの）

遠い場所にいる新参の女房が、仕えた主人から目をかけられた歓喜をいう。作者の経験か。遠くではあっても柱に隠れている遠慮の姿勢であろう。

以下は「寄る」例である。

枕例9　上の御前（一条帝）の柱に寄りかからせたまひて、すこしねぶらせたまふを、「かれ見たてまつらせたまへ。今は明けぬるに、かう大殿籠るべきかは」と（中宮が）申させたまへば（二九三段　大納言殿まゐりたまひて）

帝が柱に寄りかかって眠るさまを叙する。「声明王のねぶりをおどろかす」という大納言（伊周）の朗誦につながる挿話。場所は清涼殿であるから、柱のあるのは訪れた人を迎える場であって天皇御寝間ではない。正暦五年（九九四）頃のことか。作者はまだ新参である。

枕例10　殿（道隆）は薄色の御直衣、萌黄の織物の指貫、紅の御衣ども、御紐さして、廂の柱にうしろをあて

て、こなた向きにおはします。（一〇〇段　淑景舎、春宮にまゐりたまふほどの事など）

枕例5、6と同場面。権力の中心にいる道隆がゆったりと柱に背を預け、原子の入内に喜びを隠せない様子を言う。前述のように作者は新参の女房である。

枕例11　右近内侍に琵琶ひかせて、端近くおはします。これかれ物言ひ、笑ひなどするに、廂の柱に寄りかかりて物も言はで候へば、「など、かう音もせぬ。物言へ。さうざうしきに」と（中宮が）仰せらるれば（九六段　職におはしますころ）

枕例11、12は、何と、今は作者が中宮の傍らで「柱によりかかる」動作をする例である。音楽を伴う場であり「端近く」ある場面。長徳三、四年（九九七、九九八）の頃と考えられる。作者は宮仕して四、五年たつ。慣れてきてからの姿である。

枕例12　御方々、君達、上人など、御前に人のいとおほく候へば、廂の柱に寄りかかりて女房と物語などしてゐたるに、物を投げ給はせたる、あけて見たれば（九七段　御方々、君達、上人など、御前に）

日時ははっきりしないが、長徳元年（九九五）四月以前のことであることは間違いなく、枕例11と同じ頃であろう。

以上『枕草子』の一二例を『源氏物語』に照らして見たが、ここでわかることは『源氏物語』では多く用いられていた「よりかかる」動作が、ここでは実は主人格の人々のものであるらしいことである。

ここで二作品について見てきたことを整理しておく。①座る時の指標としての場を形成する。②「寄る」ことは精神的に、また物理的に安息の姿勢である。③静止した座位から、安らぎや物思いへと叙述が導かれる場合が多い。④個人が固有の柱に寄る傾向があり、建物——柱——人という関係から人と柱はしばしば一体化する。⑤それゆえに柱は不在者の象徴ともなり得る。⑥構造上居住空間の内部における外縁部にあり、住居内の境界的な部分に位置する。⑦その位置の必然として時に垣間見の視線から捉えられる。⑧柱に「寄る」人は『源氏物語』

では尼君・源氏（2）・明石の君・真木柱・薫（3）などである。「隠れる・側む」人は、空蟬・紫の上・玉鬘・女房・中の君でありすべて女性である。『枕草子』では「寄る」人は作者が新参のうちは帝・道隆について描かれるが、後には作者自身の姿勢として描かれるようになる。「隠れる」のは作者・新参者である。⑨寝殿造構造の建築物において柱に寄る姿勢は、女房の立場からすればある美的な憧憬の指標だったのではないか。

七、『源氏物語絵巻』鈴虫二図――柱を背にする男性は誰か

以上、余りにも日常的に過ぎて記されることの極めて少ない柱についてその記述を『源氏物語』と『枕草子』を中心に追ってきた。ここで絵に目を転じてみよう。吹き抜け屋台の俯瞰的な構図を取る物語絵では、林立する柱の縦線によって区切られた人間世界ともいうべき構図が非常に多い。言葉の叙述と異なって、特に外から室内を「見る」という視線を前提とする絵画では、その境界となる多数の柱をむしろ意識的に用いる。

ここでは国宝『源氏物語絵巻』の二十図に絞って見ることとする。先に「柱に寄る」という記述について述べたが同絵巻の中で該当するのは「宿木三図」と「鈴虫二図」である。

宿木三図の場所は二条院、匂宮が自邸の廂の間において前栽の秋草を前にして琵琶を弾き、それを聴く身重の中の君が脇息にもたれながら少し内側に描かれる構図である。匂宮は直衣姿で隅の柱の前に座す。中の君に向かって琵琶を弾く姿勢であるから柱に背をもたせるのではなく当然少し前傾しているが、柱を半ば背にした座位は自邸に寛ぐ姿であり、先述した住居の外縁において、「自邸で寛ぐ」という要素をそのまま絵として表現する。物語の流れからすればこの二人は薫・浮舟をめぐって危うい緊張関係にあるのではあるが。紙幣にも採用された鈴虫二図には、まだ考える余地が多少ありそうである。(7) 直ちに看取されるのは、ただならぬ静謐な雰囲気と、六

人の男性の等質性である。多少の動きを示すのは笛を吹く人物の動作のみであって、みな同じように前傾した姿勢をとり、極めて静かな空間を表現する。

廂の間に三人の貴人が座し、簀子にも三人の公達が高欄に下襲をかけて座り、そのうちの一人（夕霧カ）は前述のように笛を吹く。廂の間の三人のうちの一人（源氏カ）は柱を背にし、もう一人の人物（院カ）と向かい合う。残りの一人（蛍兵部卿宮カ）は左隅にあって肩のあたりまでしか見えないが、やはり柱にやや隠れる形で座る。もう一つの特色は『源氏物語』本文、絵巻の詞にはこの情景がそのままの形では叙述されていないことである。絵は物語本文と絵巻の詞を写し取って描いたものではないことを差し引いても、物語本文では①源氏・夕霧・蛍兵部卿宮が女三宮のもとで鈴虫の宴を催して楽しむ。物語本文と絵巻の詞では②冷泉院から召しがあり、院へ向かう車中、月を賞して貴公子たちは笛などを奏する。同③冷泉院では源氏は父子として静かに語り合う、といった記述がある。①の人物群と宴の場面、②の月と音楽、③の人物群、を一つの場面に構成したいわば虚構の場面である。従ってどの人物が誰かという当てはめ方に点に異なった把握が存在する(8)。

筆者としては②③の場が描かれていることに異論はないものの、人物について触れておきたい。絵の構成面から見ると人物群の中で柱を背にした人物は中心的な存在であり、逆に「柱を背にする」ことによってその中心性が強調されているように思われるのである。更に言えば中心にあるのは「柱」そのものではないか。この人物が光源氏であるとするなら、物語の叙述において見てきた「柱に寄る」人と矛盾はないか。即ち、ここに意味を付与するなら、主人の院という身分の人物に対して、客の源氏の姿勢はやや寛ぎ過ぎていないか、ということも考えてみたい。

この人物が源氏であることに関しては、叙述において見てきたように、内部の主人（冷泉院）に対するやや外縁に在る外来者であること、外来者が境界の柱に寄る描写が多いこと、が一応の決め手になろう。寛いだ姿勢は、音楽が奏される場であることと、実は二人は父子である、という読み取りが先に立つ故か、不自然ではない。しかしなお断定には些かためらわれるのである。

この絵には様々な読み取り方がある。久下裕利氏(9)は『源氏物語絵巻を読む――物語絵の視界』においてこの図は「柏木グループ」の主題に応じたもので「うつむきかげんに対座する父子、光源氏と冷泉院とを配して、その対角線上に夕霧を位置づけて読むべきなのだろう」と把握される。氏は笛を吹くのを夕霧とした上で、横笛巻の柏木から薫への伝承と関係付け、源氏の優れた才芸は誰に伝承されたかに注目し、「光源氏にとっても本来伝えたい相手は夕霧ではなく目の前に座る冷泉院であったのだ。藤壺との血を継ぐわが子冷泉院こそ「末の世の伝へ」を確かなものにしたかったに違いない。」として子に伝えられぬ嘆きを示したものとされる。示唆に富む指摘でありこのような構図を読む場合には、図としては院と源氏とを逆にすることも可能であろうか。

横井孝氏(10)はやはりこの図について精緻な考察を施された上で「顔という人物の「部分」ではなく、姿態の「全体」がトレース上で重なり合うということ」を指摘され、「画面によって人物の大きさに多少の異同が生じ、かならずしも像がぴったり重なりあうわけではないにしても、類似した姿態をとる人物が巻や場面の別をまたいで存することは、顔貌表現の類型とともに見出すことはできると思うのである。」としてその例証を上げ、「国宝源氏物語絵巻もいくつかの「型」のくり返しでできあがっている。」と述べておられる。このように絵画に「型」の概念を用いると個々の図の意味を超えて類似した姿態が存在することが首肯できるとすれば、人物の等質性も肯定できるのである。

長崎巌氏(11)はこの図について「冷泉院は「御引直衣姿（おひきのうしすがた）」、柱を背に冷泉院と対座する源氏、及び画面左端の蛍兵部卿宮とおぼしき人物は「冠直衣姿」、そして高欄を背にする夕霧以下の公達は「直衣布袴姿（のうしほうこすがた）」に描かれている。（中略）天皇も宮中で直衣を着用することがあり、その場合には袙の上に身丈を幾分長めに仕立てた直衣を、腰で折上げずに前を合わせただけにして引き掛けるように着用し、裾は左右に引いた。また袴は指貫ではなく、長袴をはいた。これが「御引直衣姿」である。「御引直衣姿」はもっぱら天皇が用いる着装法であったが、上皇もしばらくは在位のままの服装形式を用いたから、退位した上皇が「御引直衣姿」をとることもあったと考えられ、退位後四年余りになる冷泉院が「御引直衣姿」をとることは不自然ではないとされている。」と述べておられる。冷泉院とされる人物の長い直衣の着用から、これが冷泉院であることは十分に納得され、向かう人物が源氏であることになろうが、逆に太上天皇に準ずる源氏が「御引直衣姿」であることは考えられないであろうか[12]。いずれにせよ「柱に寄る」ということによってこの人物が中心性を担うことは間違いないように思われるのである。

八、建造物から人間との関係性へ——柱の喚起力

以上に見たように、当時の人々は生活空間の日常性における一つの秩序と捉えて折り合いをつけ、使いこなしていたようである。この身近にある無骨で不動のものは、まず人が空間に身をおく座位の場を形成し、不安定な身を支えて安心感を与える。他者の目から個である身を隠す遮蔽の役をし、更にそれが個人の存在とむすびつき、それに寄っていた人の記憶を呼びさまして不在者の記号ともなる。柱は構造上建物の「内部」における更なる内と外——居住者と外来者——の境界にあると言うべきかもしれない。その柱を内部の人も外来者も——妻と夫であっても——巧みに扱うのであるから、そこには人と人が関わる微妙な風景が生まれる。空気のような存在の柱を『源氏物語』はそれなりの複雑にして多重的なものに飛翔させ、言葉として変換し、意識的に把握する。『枕草子』はその作品の性質上より明快であって柱はあくまで建築の一部分であり空気を空気のままに記す。なおこ

こでは二作品に限定したが、その背後には歌を含めて他の作品の多くの例があることは言うまでもない。余りにも当然の存在であるために文章の叙述には極めて少数の例しか見えず、絵巻における多数の明瞭な形象との対照は著しいが、両者はそれぞれの方法によって柱を非常に効果的に捉える。またこの二作品によると、寺院建築に似た構造を持つ寝殿造の広大な宮中の殿舎や貴族の邸の太い見事な柱そのものがそこに仕える女房にとってはかなり「非日常的な日常」を意味し、その柱に「寄る」という行為は高雅な豊かさ、美意識を伴うものであり、そこから様々な意味で精神性へと敷衍して行くものであることが推測される。

このように二作品における柱は建物自体の象徴性を担い、多くのものを喚起するに至る。中心的な意味を担う座・場の概念は、現代も形を変えつつ受け継がれているものと考えておきたい。

注

（1）「橋柱」「宮柱」や詩歌の引用（例「松の柱」）・人名などは数に入れない。

（2）太田静六氏『寝殿造の研究』昭和六二・二、吉川弘文館、『源氏物語事典』東京道「真木柱」の項、池浩三氏『源氏物語――その住まいの世界』平成元・九、中央公論美術出版、など。

（3）鈴木氏の説明は以下所収。池浩三・倉田実氏編集『源氏物語の鑑賞と基礎知識　空蝉　特集　源氏物語における「建築」』平成一三・六、至文堂。鈴木賢次氏担当の「寝殿造建築の各部②柱、礎石」の「柱」。なお「中の柱」については次の記載がある。「「中の柱」とは、それならば母屋の内側に立つ柱ということになるのであろうか。ところが建築構造においては、母屋の内側には柱が原則的に不要である。母屋の梁間は二間と定まっていて、内部には広い開放的な室内と、壁で囲われた閉鎖的な塗籠があるのみである。塗籠境に柱のようなものがあるかも知れないが、それは仕切り壁を支えればよく、小柱程度ですむのである。「中の柱」の用例では、東面の母屋で空蟬と軒端荻が碁を打っていたとき、空蟬は「母屋の中柱にそばめる」（空蟬巻）というのがある。このとき、軒端荻は母屋の東面で東向きであった。両人は向き合っているはずであるから、この中柱は母屋の柱でよいことになる。また、西面で仏を拝んでいた尼が、「簾すこし上げて、花奉るめり。中の柱に寄りゐて、脇息の上に経を置きて」（若紫巻）とある。外から建物を見た情景が綴られていて、廂が開放された場合、母屋の柱は目に見える。したがって、「中の柱」を母屋柱とし、その隅以外の柱と解釈しても支障がないといえる。」

（4）屛風に寄りかかる例として「平中、（中略）ちかくだにえ寄らで、四尺の屛風に寄りかかりて立てりていひける」（大和物語六四）がある。

（5）津島知明氏の論は以下所収。林田孝和・原岡文子氏他『源氏物語事典』平成一四・五、大和書房。

（6）堀氏の論は以下所収。仁平道明氏編集『源氏物語の鑑賞と基礎知識　真木柱』平成一六・一一、至文堂。同様の主旨が九五・一〇三・一〇五頁にも指摘されている。

（7）以下を参照されたい。永井和子編集『源氏物語の鑑賞と基礎知識　横笛・鈴虫』平成一四・一二、至文堂。

（8）小松茂美氏編集・解説『日本の絵巻』1・平成五・一〇、中央公論社などでは柱によるのは蛍兵部卿宮、向かうのは光源氏とされる。

（9）久下裕利氏『源氏物語絵巻を読む――物語絵の視界』「2・〈鈴虫〉第二図を読む――父子相伝の笛」平成八・九、笠間書院。

（10）横井氏の論は以下所収。久下裕利氏編『源氏物語絵巻とその周辺』平成一三・四、新典社「技術としての源氏物語絵巻」「四　人物表現の類型」。

（11）長崎巌氏「服飾表現からみた絵巻物」若杉準治氏編『絵巻物の鑑賞基礎知識』平成七・一一、至文堂。『讃岐典侍日記』『建礼門院右京大夫集』に天皇着用例がある。

（12）河鰭実英氏「御引直衣の研究」学苑一六〇号、昭和二九。

III

寝覚物語

1　寝覚人物小考——原本・中村本の対比による

一

平安後期の物語「寝覚」（以下便宜上原本と略称する）とその改作本である「中村本夜寝覚物語」の対応は三つの部分に分けて考えることができる(1)。

第一部　原本巻一・巻二——中村本巻一・巻二初頭

第二部　原本欠巻部（推定巻数五—六巻）——中村本巻二の大半・巻三・巻四

第三部　原本巻三・巻四・巻五・巻末欠巻部の一部——中村本巻五

実際に対比可能なのは第一・第三部分であるが、両本を細かくつき合わせてみれば、中村本は縮少本であると同時に改作本であり、しかもその対応は一様でなくて非常に変化を極めていることが明らかである。この二部分は特に改変態度そのものの違いが著しく、量からみれば第一部は略原本の1／2に第三部は1／4〜1／5に縮少せられ、内容的には第一部は原本に略忠実であって大きな事実・筋の改変はなく大体文章面からの簡約化がなされているが、第三部分は中心的構成はともかく事実そのものの改変が甚しい。両本を合わせみる場合この縮少あるいは改変態度そのものの変化という面が往々にして見過ごされてしまうのではなかろうか。各部分の大きな変化のみならずその内部の細かな起伏をとらえ改作の方法がどのように変わって行くかをみることは、ひいては中村本作者の古代物語に対する根本的な姿勢を見定めることになるのではないかと考えるのである。例えば中村本第一部は、風流な人々が東山辺に集って物語・さうしの中のおぼつかなきことを互いにいい合わせつつあった時「ふるき人のかたり侍りしは」とて物語の始まる、特殊な導入部分をはじめとして、少なくとも自分のことばで物語を作りあげんとする意欲をもって書き出されたらしく、最初の部分は一字一句もゆるがせにせずきめ細かく変えられて中村本なりの整った文章が進められて行くのであるが、筆の運びにつれてそれは安易なひき写し無造作な省略に流れて来ている。適当な語句を拾って簡単に繋げ筋の運びのみを写した部分、「校本夜半の寝覚」で言えば小は数行から大は十頁以上にも及ぶ省略の施された部分など、中村本第一部分の後部に至るほど著しい。この点を考慮せずに、結果においてはともかく、始めから現代の意識をもって構成・描写・心理と割切って対応させて行くのは却って中村本の基本的性格を見失うことになるであろう。

以上のことを頭においてここでは両本の構成面からみた人物の取り扱いの違いを中心に考えてみたい。

二

主なる登場人物の具体的な違いは次のごとくである。

1　変更

A　系図　○太政大臣の四人の子女の血縁関係

故関白と主人公の関係については原本に確証がない。

中村本は、系図的にもかなりの改変が見られるというのが従来の定説であったが、研究の進むにつれてこの面でも多くの点が是正され、反対に、一二を除いては殆んど違いがないことが明らかにされつつある。原本において今まで必ずしも位置のはっきりしなかった人物がやはり中村本と同じ座にすわることになった。即ち小姫君は大君の遺子(2)であること、新大納言は主人公の弟(3)であること、尚侍は故関白の長女であり新大納言上は三女(4)であること等であり、何れも中村本第二・三部の記述を原本及び欠巻部推定資料において仔細に確かめることによって逆に原本の系図が改められるに至ったのである。私も細部はともかく同じ結論を得ているので贅言は避けたい。

B　性別　○大君遺子　○女主人公第三子

C　構想上の位置　○朱雀院妃　○女一宮　○女主人公長男

D　役名その他　○大君母君　○左衛門督長男　○宰相中将息　○主人公弟　○中宮附女房

2　有無

A　原本にあって中村本にないもの　○宣耀殿女御　○右大臣女御腹女二宮　○式部卿女御腹女三宮　○前斎宮　○但馬守息右近のせう　○宰相中将舅帥宮　○大君附宣旨君　○同帥君　○同中将　○女主人公附中将君　○女一宮附大弐乳母　○帝附兵部内侍　○同蔵人少将

B　中村本第二部にあって原本に確証のないもの　○中務宮御女　○左衛門督第二子　○女主人公第四子　○女一宮附みくしげどの

ここでは以上のうちいくつかを取り上げて考えてみたい。

○太政大臣の子女　系図上から明らかなのは開巻第一に語られる四人のはらからの血縁関係の違いである。即ち原本では大君中君（女主人公）・左衛門督宰相中将がそれぞれ同腹であるのに、中村本では大姫君左衛門督・乙姫君宰相中将(5)をそれぞれ同腹としている点である。中村本の出現直前に、この改変の意味について松尾聰氏は「敵味方を血縁的にはっきり分けてしまったことは」「作中人物の心的葛藤の息苦しさを減じて物語を単純化し快楽を求める低俗な読者に媚びようとする意識から行われたものと想像される」(6)と卓見を示されたが、事実一見些細にみえるこの改変は原本の深刻な悲劇を底の浅い説話に置き換えてしまった。原本の女主人公は実姉に対する「罪」の意識から永遠に逃れることができずに苦しみの生涯を送る。それを中村本はお伽草子にみられるような、母を異にする姉妹の物語に変えようとしたのであろうか。しかし実際にこの四人の関係を両本に辿ってみると、中村本の変更は物語の運びの上に何ら有機的な作用を及ぼしてはいないことに気づく。少なくとも第一部にはそのために原本を変えたところは一つも見当たらぬのである。例えば大君の味方である左衛門督にしてもその「情だちたる御心ばえなき」性格描写（校本夜半の寝覚――以下原本の引用は同書による――九四、九五、一一一、一一八、一三一頁等）はすっかり省かれているし、逆に広沢に女主人公を訪れてその美しさに心ほどけるといった美しい場面（一四五頁）もない。わずか第三部に「べつたうどの（註、左衛門督）にはおほかたのけしきはおなじやうなれどすこしのへだてはなをありて姫君をばみせたてまつらず」（下一八一頁）といった言葉を挿んでいるにすぎない。大君中君の間柄にも異母姉妹となったための特に変わったところとてない。思うに開巻最初の部分の改変であることが意味をもって来るのではなかろうか。いわば改変態度の問題である。始めの改変は殆んど意識されずに書き継がれていったものとみられ、それもさほど深い考えがあった上での改変とは思われず、むしろその方が自然であり解りやすいという作者の一つの解釈によって単純になされたことではなかろうか。

○故関白　女主人公が関白に嫁し幾許ならずしてその死にあったことは、原本第三部及び拾遺百番歌合・風葉集・無名草子にてらしても疑いのない事実である。ただ中村本では「大納言（註、主人公）の御をぢ」（上一三三頁）となっているのに原本ではその確証がないことが系図上の一つの空白であろう。中村本をみると主人公の父関白は病革まるに際して、

わがこともいわじ、大なごんのかたち心ばえすぎてあまりなるに、よはひよりもつかさくらゐすぎ給なん事

あやうく、ちうぐうはとうぐうおわしませばなにのうたがひかあらん、こどの丶、左大将の御事をかぎりなくをぼして、いまはの時まで「人におとし給ふな」と返々の給をきしうへに、大なごんもおほかた此きわに

物ののぞみなきよし申給へば……（下一二三頁）

とて弟左大将に関白を継がせその新関白には、「大しやう（註、主人公）はかたくな丶るあやまちすべきは（き脱カ）には見え侍らざめればよはひのほどあさう侍れどもおほやけわたくしへだてなくの給あはせよ」（下一二四頁）と言い遺す。またこの関白は最期にあたって、「……侍らざらんあとにはか〴〵しからぬ物どものたゞよひ侍らんを、御らんじすてずをきてさせたまへ……」（下一〇四頁）と主人公に後事を托して没し、関白の位は主人公に引き継がれる。ここで主人公と関白は叔父・甥の関係から発展して非常に密接な関係を持つことになり、後見役として故関白北方（女主人公）を始め三人の姫達の身をもそれぞれしかるべく定めて行く準備がはじめて整ったといえよう。がこのことは原本巻三に、「我（註、主人公）は先立ちて内に参り給て御局のしつらひなどせさせ給ふ」（一五四頁）「二月ついたちに（〔そ〕マ〔て〕サトセ）御所顕有ける。そのことどもは皆殿（註、主人公）ぞしり給ひける」（一五九頁）等と主人公が故関白長女たる尚侍の世話一切をしていること、「我はひたぶるに若（すセ）びて、いたくしたくのことを思ひ寄ら（しセ）ず、あるにまかせ給はましかば、いみじう哀なる遺言を思ふとも、かずのまゝに我らはいかゞせまし……」（一五三頁）と回想していることとそのまま一致するのではなかろうか。後見役を世間が許容するには何か理由があるはずであり、それが他に求められなければ、中村本のごとき血縁関係を想定するのが最も自然であろう。叔父甥の間柄を認めるならば巻三以下の物語に何らの抵触なくしかも風葉集恋四・無名草子にみえる「おい関白」「わか関白」の称呼もはじめて意味をもって来るものと考えられるのである。一方、これを中村本の創造とするならばその意図はどこにあったのであろうか。人物を小さく局限して整った体系的なものに纏め上げようとする傾向の一つの表われとみることが可能である外に次のことも考えられよう。主人

公の位は原本第一部においては権中納言兼中将（㈠六頁）・大納言（㈠五八頁）であり第三部では内大臣（㈢一五二頁）・右大臣（㈤三四〇頁）と進んで巻五を終わり、最終位として関白の位に至ることが残存諸資料から知られる。ところが中村本第一部の中納言（上一二頁）大納言（同七二頁）は変わらないが、第二部では左大将（下一八頁）左大臣（同八一頁）関白（同一〇八頁）と異常な累進を示して第三部に引き継がれて行く。このような身分上の誇張を必然化するためには故関白を叔父となして父―叔父―主人公と次々に最高位をうけついで行くことにするのが都合よいことは、先にひいた中村本の記事に照らしても明らかであろう。原本の関白左大臣（㈢一九八頁）が中村本で関白太政大臣（下八一頁）になっているのはやはり主人公を巻五までに関白たらしむるを急ぐあまりの賢しらと見得る。強いて言えばこのような構想上の理由も見出だせるが、他に中村本の系図改変が殆んどないことも考え合わせて私はやはり原本にもこの叔父・甥の血縁関係はあったこととしたいのである。

○大君遺子　小姫君を中村本は何故若君に変えたか既に御考察もあることながら、[7]仔細にみると、「若君」は「小姫君」の性格をそのまま受け継いだというよりももう少し積極的に利用されているようである。

　○かたみの若君（中略）ものいひはいとうつくしくおよずけさがなくてしらぬ人ともおもはず、ふたりの御中にいりてなれむつれ給ふもあはれにおぼす。（下一八〇頁）

○えさらぬ事にてうちなどへまいり給ぬるひまにはかたみの若君いとなれまほしげにともすれば御ぞひきあけてふしまつはれ給ふ。（中略）御あたりに我よりほかはよせじとおぼしつゝふせぎ給ふ。（下一八七頁）

○かたみの若君あやにくにむつれ給へば、いとあはれにて中〱我が御こよりもかなしくし給へば…（下二〇八頁）

等を始め一九二頁、二一二頁の記事に明らかなように、「かたみの若君」をめぐる叙述に強調されているのは女主人公への執拗なまでのあやにくなる愛情でありそれに応える女主人公の姿である。原本小姫君のかかる面は該当部分にも殆んど描かれず、ごく自然な姫君らしい愛情が巻四・五にほの見えているにすぎないから中村本の意識的な作為と考えられる。思うにその愛情のつよさを出したくて大人しやかな姫君をその範疇から逸脱させずにむしろ若君に変えたのではなかろうか。この若君を仲だちとして、大君・中君姉妹はしっかりと結ばれるのである。物語中大君は最も不幸な女性の一人であり、その死まで至らしめた終局の原因は主人公女主人公にあったとみてよい。この点を中心に考えれば中村本は二人の運命に暗い影を落としている、大君に対する「罪」を軽減しようとして、第一に血縁を変え、第二に女一宮事件を省略したとみることもできる。そしてその第三として、大君の遺子が女主人公の子となりきっていること、親子の愛が互いに緊密なることを強調したと考えてはいけないであろうか。それによって、巻末欠巻部はともかく原本巻五までには殆んど役を負っていない大君の遺子が中村本では主人公女主人公一家の構成員としてしっかりと結びつき、短篇物語としての纏まりを一層強いものにしている。幾分以上のような意識が働いた上での変更ではないかと臆測するのである。

○左大臣宣耀殿女御　中村本にみえず原本に、

中宮は明日よりかたき御物忌にて登らせ給はず。承香（きやとマ）殿は里に出給ひにしかば后（左マ）大殿の女御宣耀殿と聞ゆるぞ侍ひ給へど……、（㈢一九九頁）

と前田家本の一例を見る。拾遺百番歌合六番右に、

暁しのびまかる所よりかへるとて冷泉院の左のおとゞの女御の御もとにまふで給へるに朝まだきゆき、の道のたよりにもすぎぬ心はうれしかりけりと侍りければ　左大将《まさこきみ》

玉ぼこの道行ずりのたよりにもとふべき宿はさしてこそくれ

また寝覚物語絵巻詞（第一段第三枚）に、

ねも[きこ]ゆなりあさまたきおきたる人もあなりとをかしくおもひやられてこゝよいつくそと[と]はせたま

へは故左大臣との丶女御のおはすところ[な]り[と]ますまことさそかしいてあはれを[　]ほとなめるを

……（枠内は不明な字）

とある。「冷泉院の左のおと丶の女御」「故左大臣とのの女御」であろう。松尾氏は右の資料につき「恐らく現存本巻四に説明されてゐる女一宮女二宮の御母である冷泉院の右のおほいどのの女御（梅壺女御）であらう。現存本の右のおほいどののは左の大い殿の誤写であらうと思ふ」(8)と述べられたが、この梅壺女御も原本では一例をみるのみで左大殿の誤写と考えるほどの根拠も持たぬようである。中村本の出現を見た現在、後述のごとく女一宮の母君として右大臣女御の見えることが確かめられることも傍証となろう。この女御が中村本に省かれてあること自身、巻末欠巻部において何らかの広がりを持つことを意味するのではなかろうか。右の僅々二資料では纏まった筋は推定できないが、殆んど同一の場面が取り上げられていることはこの場の重要性を物語っているものと考えられるのである。

○右大臣梅壺女御　原本現存部には前述のように一例を見るのみで何らの発展もない。中村本の右大臣女御がこれに相当すること明らかながら、これに多少の改変が加えられていることに注意したい。

○こよひはみぎのおと丶の女御のぼらせ給ふべかりけれど、この御なごりえさり給はでこの御かた（註、尚侍方）にてあかさせ給ふ。（㊄一六七頁）

○みぎのおと丶の女御は御つかひたちかへりあれとのぼり給はねばこの御かた（註、尚侍方）に御つかひありて……（同一七〇頁）

○……みぎのおほいどの丶女御、六月ばかりよりた丶ならずなり給ふ。……ないしのかみもうちつづきた丶ならずおはす。（同一八九頁）

○三月つごもりがたにみぎのおほいどの丶女御をんなみやうみたてまつり給ふ。おなじくはおとこにておはせざりけんとうちにもいとくちおしくきこしめす。かゝるにつけてもないしのかみの御事いかにと人々おもひあへるに四月十日ごろいとなやみ給ふこともなくてわかみやむまれ給ぬればとののうちは申すにおよばずよろこびあはぬ人なし。（同二一〇頁）

何れも原本残存部圏内に、多少の変化はあるが、尚侍についてのみの記述がみられるところである。女一宮女二宮の母君という原本の既定事実（四二三六頁）を遅らせ尚侍若宮御誕生の喜びと対比することなど、すべて尚侍との対照の上に描かれる。ここでは右大臣女御は尚侍のめでたさを際立たせるための一人の女御にすぎない。原本にも帝の尚侍に対する御寵愛の様が頻出するけれども、それは実は尚侍の母親役をつとめる女主人公に対する御思慕の表れであったことが、軽い揶揄を籠めてえがかれている。中村本では尚侍の入内・若君御誕生ということは大団円の幸福を形造る重要な要素であるから、ここでは手ばなしにさいわいを強調する要があったわけである。右大臣女御は短篇化された物語の中で有効に用いられている一方、その図式的観念的扱いは中村本の性格の一つをかなりよく示すものであろう。

○斎宮　中村本にみえない。原本に「昔おはせし方には、入道殿の一の（ナシマサトセ）御腹の女二宮と申しは斎宮にぞ居給ひ（にマサトセ）しかど、替り給ひにし後、聞えをかす人数多あれどことの外に思し離れて世を背かせ給ひにけるが京の宮も焼けにければ同じ山水の流も諸共に聞えかはい〔給〕マサト）て、此三年はかりはこゝ（註、入道広沢別邸）にぞおはしましける。浅くはあらざりけん御罪も残りあるまじく行ひ澄しておはしますを（註、女主人公は）羨しく見奉らせ給ひて御対面どもあり。」（四二六八頁）と説明される。女主人公がこの方を「羨しく見奉る」のはここのみならず、巻五の初めにはその憂き身の述懐の導入として斎宮の行い澄ましていられるさまが語られ、また世を離れた清らかな存在として、広沢を訪れる主人公からの避け所にもしばしば用いられている。（四二七〇・二七四、五二九一頁等）主人公に、帝に、女主人公の様々に乱れる心から出家の志はしばしば洩らされるけれど、はっきり出家の決心を思い定めたのはこの斎宮との接触が直接の契機をなしているものと見られる。その出家は結局は馳けつけた主人公の阻止によって遂げ得なかったのではあるが、それに代わるものとして導かれた父入道のゆるしによる主人公との結婚生活も決して幸福なものでは有り得なかったこと明らかで、巻五は「『此世はさばれやかばかりにに（ナシマサトセ）て飽かぬ事多かる契にてやみもしぬべし、後の世をだに如何でと思ふをさすがに清々しく思ひ立つべくもあらぬ絆勝に成増るこそ心憂けれ』とよるの寝覚絶ゆるよな〳〵なく（六字よなくマサトセ）とぞ」という未解決のままの嘆きで終わっている。中村本は父入道にすべてを打ちあける場を一篇のクライマックスに仕立てて大団円のうちに物語を結ぶが、こうした素朴な解釈を強ち噛えないほど原本のこの部分の流れは内面的であり、説明のあまりにも尠い憾みがあるようである。尤も我々には大きな欠巻部に挟まれた三巻しか残されていないことも考えねばなるまい。中村本の構想上からみて、斎宮の問題にされなかったのはむしろ当然である。原本巻四に至ってはじめて現れる斎宮はここのみで役を終えるものとは考えられず、拾遺百番その他の資料に窺われる女主人公の憂き嘆きのうちにいつもこの斎宮の悟り切った姿が彼岸の理想として描かれていたのではなかろうか。

三

主人公女主人公の悲劇的な運命は中村本では「さいはひ」に繰り上げられ置き換えられている。これが最初からの意図でありすべてがそれに適うようにと変えられていることは以上述べて来たところに明らかであろう。中村本は原本の二人の幸を妨げる因子を取り去ったところに幸福の実現があると考えたのであろうが、その妨げとなるべきものに外面的要素を考えて、実はこの悲劇の根本的要素である女主人公の性格の示現という内面的構成を見なかったために、結果的には甚しく原本の意図と反した物語になってしまっている。

女一宮・大皇宮を廻る事件の省略によって両者の役割が大きく変わって来ていることは既に度々論ぜられている。(9) 女主人公の長男「若君」の改変も女三宮事件が省かれた以上、帝の若君、ひいては女主人公への御鍾愛を示すために宮中に召しこめられることを書いても強ち不自然とはいえない。現にこの御寵愛のほどは帝との初めての対面の場(三七四頁)、

帝「はゝのびわはならふや」若君「ちいさくさぶらふとていまだをしへず」帝「ふえはふくや」若君「はゝのさうのことにあはせてこそふき候へ」帝「てんじやうのあそびなどにもまずはゝをめしいだすべきなゝり」

にたとえ原本に拠ったとしても中村本としては珍しく具体的な会話をもって写されている。それが何故帝との親しい関係に発展しないかというに、故関白の死後主人公は若君を我子として公然と東の対に住まわせる(下一〇一頁)故に、原本の母と共にあって参内すること自身が省かれているのである。中村本ではその若君が父の許に居るからこそ女主人公も宮中よりの退出後は主人公邸にひきとられてここに幸極まりなき一家の現出をみる。

人物の官位その他にも意を用いてあり、主人公については先に見たごとくであるが、石山で生まれた女主人公第一の姫君についても原本では巻末欠巻部に描かれる裳着の式(拾遺百番歌合二番)立后(無名草子)の祝事が中村本では巻五に繰り上げられている。若君(原本まさこ)は原本残存部分に何ら官位の記載なく拾遺百番歌合八番に、

右大将三ゐの中将ときこえしきたやまにこもりゐぬとつたへきゝて
しらざりしやまべの月をひとり見て世になき身とやおもひいづらむ

とあることによって右大将以前に三位中将であったことが知られる。この歌は風葉集巻十七に「世になきさまに

聞えてのち右大将北山にこもれりとつたへきゝて月のあかゝりける夜なかむらんおもかげもみるこゝちして思ひやられければ、ねざめのひろさはの准后」の詞書を持つもので、ここに暗示された内容から推して三位中将になったのはかなり後のこと、少なくとも自ら事件を起こしその事件に関与できるほどの年齢に達していたころと考えられる。しかるに中村本では巻五後部において九、十歳の若君をはや三位中将となし上げているのである（二一九頁）。即ち以上の主要なる三人には物語の筋に可能な限りの最高位を得させている。左衛門督・主人公弟君となると変化はなく、宮中将・宰相中将・左衛門督第一子・乳母子ゆきよりは却って低きに止められる。主要人物をいやが上にも極立たせようとした意図は充分汲みとれるところである。

一時期の幸を描くならば中心が主要人物に置かれていることは当然としても、単なる創作ではなくして中村本の背後には古典的長篇である「寝覚」が厳然と控えていたのであるから、そこから長篇に発展すべき因子となる人物やその性格を注意深く取り除き、要なき端役を切り捨て、それなりの纏まりをみせている手腕は凡ならざるものがある。一方いかにもお伽噺めいた幼稚な浅さは否み難く、人物の個々の描写はより個性の乏しい平板なものになっており、筋を重んずるあまりの改変は却って類型的なものとなって不自然であり、平安期の物語からは遠く逸脱しておわっている。

四

以上最も素朴な「人物」の面を取り上げてみたのであるが、中村本の人物配置はその人物の醸し出す筋の違いほどには変わっていないといえよう。特に系図的にみてしかりである。異なった主題を持つ第三部にしても基本的な人物そのものは動かされていない。

物語の中にまず「人物」を読みとるのは蜻蛉日記・更級日記を始めとして無名草子の時代に至るまで一貫した態度であった。無名草子の物語評論は人物評論に終わっているし、それもその人物を人間の総体として見るのではなくして切断されたある一場面に対しての「あはれ」であり「にくし」である。物語をそらごとでなく事実譚として扱う意識は源氏物語をはじめ前代の物語研究には不可欠であった多くの系図の存在が示しており、横山由清が「寝覚」を研究した時まず取り上げたのも年立であり系図であった。中村本の系図が容易に動かされていないことにも注意されよう。意識的であるかどうかは別として、人物の性格の発展によって物語は進んで行くのであるが、中村本の場合その創造性ははじめから問題ではなかった。人物の配置さえ見失わなければあとは原本を巧みにひきうつし縮少して行けばよかったのであるから、始めに述べたように、そこに生まれた人間像はあくまでも結果的にできあがったものにすぎず、性格の発展による物語の進行とは逆にむしろ筋を動かす手段としての人物になりおわってしまったことは当然といえよう。本稿では外面的な相違のみに考察を限ったが、更にその描き方に立ち入ってみれば、原本が綿々たる心理・性格描写をもって具体的に人物を浮き上がらせているに対し中村本はむしろ説明的であり抽象的である。中村本の底の浅い説話的な低さは作者個人の問題であるというより当時の物語享受の方法自体、享受者自体が変わって来ていることを示すのであろう。「寝覚」が人生の具体的な一解釈であるとするならば中村本は更に間接的な古典の一解釈であり、これを平安期の物語と同一次元においてみることはできない。

原本「寝覚」一端の問題のみならず、源氏の梗概本、あまのかるも、とりかへばや等の改作本と並んで、中古―中世期の物語意識の流れをみる上にも、中村本は誠に貴重な資料であるといえよう。

注

（1）古典文庫本『夜寝覚物語』解説参照。

（2）「ねざめ『小姫君』考」長谷川和子氏、「学習院大学国語国文学会誌」第一号・「『夜半の寝覚』系図論」北川大成氏、「平安文学研究」第十八輯。

（3）「はらからともいはじ」北川大成氏、「解釈」第二巻第三号。

（4）「『夜半の寝覚』の系図について」種本節子氏、「語文」第十八輯。

（5）原本の中君。その他にも人名の称呼は両本一致しない場合が度々あるが、ここでは原本第一部分に現れる称呼を便宜上用いることにする。

（6）『平安時代物語の研究』一七二頁。尚、至文堂版「日本文学史―中古」四一〇―四一一頁にも同様の論が示されている。

（7）注（2）参照。

（8）『平安時代物語の研究』一一一頁。

（9）「現存夜半の寝覚は果して改竄本なるか」橋本佳氏、「思想」昭和六・四、『校本夜半の寝覚』四一〇頁、同氏。『平安時代物語の研究』一三三―一三六頁、松尾聰氏等。

2　宇治十帖と寝覚物語――作者と読者の問題

一

寝覚物語は源氏物語の影響を受けているといわれている。このことは当然、寝覚の作者が源氏を読んでいたことを前提としていよう。それでは寝覚の読者はどうであろうか。もし、読者もやはり源氏物語を読んでいたのであるとすれば、二つの物語の間には、我々が現在の時点でひとくちに影響といってしまうより以上の、微妙な関係があるのではなかろうか。このようなことを、宇治十帖と寝覚物語とについて考えてみたいと思う。

二

寝覚物語には、一人の女性の一生が叙されており、その内容は四つの部分に分けて考えることができる。そしてその第一部は、姉と妹（女主人公）に対して一人の男性（主人公）がかかわりを持つという形で展開する。この、姉妹対一人の男性、という構成から思い起こされるもののひとつに宇治十帖がある。大君・中君・浮舟、対、薫、がそれであるが、この場合は三人の姉妹が一人の男性を争うという形ではなくて、順々に一人ずつ登場する女性を男性の側で争う、という形といえるかもしれない。しかし、美しい姉妹と薫の登場には、すでに姉妹に対する恋の可能性は秘められていようから、寝覚の作者は、その可能性を実現して見せたものとも考えられる。勿論、宇治十帖のみの影響とは言い難いが、一応この関連をもう少し細かく見てゆくことにする。

ここに一人の年老いた父親がいる。彼は太政大臣であるが、夫人はすでに亡く、二人の子息と二人の美しい姫君とがのこされている。大きな邸にやもめぐらしをしながら、父はこども達に琵琶や琴を教えるのを楽しみにしている――。といった寝覚の人物紹介は、やはり我々に橋姫の巻を想起させるようである。このような源氏と寝覚の類似がある時には、寝覚が源氏の影響を受けた、として、

…かくの如く寝覚もまた源氏等の古物語に眩惑し、これに倣ひたるものなるが、力めてその模擬の跡を隠さんとして、事実を交錯せしめ、変幻出没、人を驚かしむるを事としたるが如し。…（藤岡作太郎博士、国文学全史・平安朝篇、夜半の寝覚）

のように見ることがしばしばある。

即ち、類似を「隠さん」としている、いいかえれば、模倣しているのだけれど、知らぬ顔をして自分のものとしてしまっている、とする立場である。寝覚成立当時の読者を考えてみると、彼らすべてではないにしても、かなりの人が、源氏を読んでいた、ないしは知っていた、と見るのが自然であろう。一応このことを仮定しておく。その場合、「隠さん」として、果たして隠しきれるものであろうか。むしろ逆に、読者が源氏を読んでいることを前提として、更に新しい物語を作って行こうとする積極的な物語制作の手法があり得るのではなかろうか。そうであるとすれば、この寝覚物語の類似は、読者をして橋姫の巻を思い起こさせるために意識的になされたものと見ることもできて、甚だ意味深いものとなってくる。

つづいて寝覚には、薫に相当する男性が紹介される。この若者は、ごく大まかに、

……左大臣の御太郎、かたち心ばへ、すべて身のさい、この世には余るまですぐれてかぎりなく、世のひかりと、おほやけ・わたくし思ひあがめられ給ふ人有。年もまだ廿にたらぬ程にて、権中納言にて中将かけ給へる、ものし給。関白のかなし子、后の御兄、春宮の御をぢ、いまも行末もたのもしげに、めでたきに、心ばへなどの、さる我まゝなる世とても、おごり、人を軽むる心なく、いとありがたくもておさめたるを……、と外面的に叙してあるだけで、どういう性格の人物かは、ただ「心ばへなどの、さる我まゝなる世とても、おごり、人を軽むる心なく云々」という点から推測されるに過ぎない。読者はここに、薫型の主人公を想像してもよいわけである。この人物は、太政大臣の姉むすめと婚約する。彼は初秋の、月の美しい夜、乳母の病気見舞に行った時、思いがけない楽の音に心をひかれて、隣家をのぞき見した。そこには三人の若い女性が、楽を奏していた。ここで読者は更にまた、橋姫の巻の、同じような場面をいやおうなしに思い起こしてしまう。母のない美しい姉と妹、世の声望を荷う貴公子、西に傾く月を眺めながら箏の琴・和琴・琵琶をもてあそぶ女性達の夢のようなふしぎな美しさ。このように並べてみると、作者はやはり宇治十帖を意識的に読者の頭に重ね合わせていると見てもよさそうに思われる。さまざまな別な要素が絡み合っているにせよ、ここまでは橋姫の巻と同じであった。そこで、次に何が起こるであろうか。貴公子はどうするか。読者は期待する。ところがここまで読者の興味を橋姫と似ているという点にひきつけておいて、その次から、趣向は全く異なってくるのである。薫は姫君達の姿に心を動かされ、大君に対面した。しかし相手は宮の姫君であるし、自分は仏道に心をひかれている身であるから、恋心などは意識しないで礼儀正しく言葉を交わす。それに対し寝覚の主人公は、次の瞬間いきなり行動を起こしてしまう。

…月かげのかたによりて、やをらいり給にけり。人気におどろきて見かへりたる程に、やがてまぎれて、姫君を奥の方にひきいれ奉る。人心地おぼえず、むくつけくおそろしきに、ものもおぼえず。

というテンポのはやい叙述は、読者をも驚かせるのに充分である。この主人公はすでに「姉」と婚約しているのであって、登場人物達こそお互いに知らないが、この契を結んだ相手は、身分の低い女性などではなく、ほかならぬその「妹」であることを読者は知っているのだから。そしてこの主人公は、道心深い薫型の人間ではなく、むしろ源氏型の人間であることもわかってくる。かくして、寝覚の第一部は、主人公と、「妹」である女主人公とを中心に発展して行くことになる。

三

このように先行の物語と同様な設定・場面をもってきて物語を作る場合に、先行物語を読んでいる読者を予想して作者が意識的にそれを用いるということも有り得たようである。引き歌が、既知の歌をひいてそこに二重の効果をねらうように、「引き物語」「引き場面」とでもいうべき手法があって、いかに重ね合わせるか、そして同じようではあってもいかに異なった、新しいものを創造し得るか、という点にも、作者と読者と同じ地盤の上に立った物語の面白味があるのではなかろうか。

源氏と寝覚の類似点については、今問題とした姉妹の楽を奏する場面はもちろんのこと、そのほか二十ほどの項目が既に指摘されている。これらも、もう一度新しい眼で見直してみる必要があろう。

作者の側からいえば、寝覚の第一部は新しい宇治十帖を目指したものとも考えられる。源氏の大君は恋を妹にゆずってなくなったのであるから、姉妹の間の嫉妬などは成立し得なかった。もし、大君がゆずらなかったら、どうなっていたであろうか、という発想が、寝覚の作者の頭に生じたのであるかもしれない。姉妹二人にかかわりを持つことは、普通には有り得ないことである。そこで「姉」と婚約している男性が、「妹」を、身分の低い別の女性と思い違えて、契を結び、「姉」と正式に結婚して後にそれが「妹」であったことを知る、という形に変型している。しかし姉と妹とを対等に愛したわけではなく、あくまで「姉」は添えもので、中心は「妹」にあるのだから、主人公の苦悩はさほど深刻なものではない。むしろ二人のひとに心を分ける苦しみという主題は、第二部以降に、別のかたちで女主人公の上に据えられている。また、主人公は宇治十帖の薫と異なって、甚だ強引なところのある、源氏に似た一般的な男性である。うらがえしの宇治十帖物語といえるかもしれない。このように、一見同じような設定、場面を持ってきながら、あるところまで来ると全く変えてしまうことは、同じ条件を与えられながらいかに新しい世界を創造してゆくかということに結びつくであろう。寝覚の作者が誰であるかは別として、更級日記の、

いみじくやんごとなく、かたち有様、物語にある光る源氏などのやうにおはせむ人を、年に一たびにても通はし奉りて、浮舟の女君のやうに、山里にかくしすゑられて、花、紅葉、月、雪をながめて、いと心細げにて、めでたからむ御文などを、時々まち見などこそせめ。

という、源氏・浮舟の組合せを、体現したような趣きもあるのである。寝覚の第一部はこのように宇治十帖と同様の設定から始まったが、第二部、第三部と物語が進むにつれて、全く別の新しい世界へと変貌し発展して行く。

四

以上、宇治十帖と寝覚について考えてみたが、一般に二つの作品の影響関係などを云々する場合には、前の作品が、後の作品の成立当時に、どの程度享受されていたかをまず考える必要があるのではなかろうか。それによってその後の作品の成立は、作者のみならず読者の問題にもかかわって来ることになる。当時の読者の時点に立

って考えれば、類似などという言葉に包含し切れない微妙な面白さがそこに見出されるであろう。おそらく、現在の我々が知り得るよりはるかに多くの先行文学や事実が、物語の中には溶かしこまれていたのであり、それを読者は敏感に感じとっていたものと思われる。そして作者の側も、そのことを充分知っていたからこそ、むしろ意識的に先行の物語を利用し、また、挑戦して見せた面もあるのではなかろうか。逆に物語は、かなりきびしく当時の読者によって制約されていたとも言えるであろう。このような条件のもとで、新しい世界を切り開き得た作品のみが、長い生命を保ち得たのであり、寝覚物語は、そうした数少ない作品の一つであると私は考えている。

3　夜の寝覚

三巻または五巻。物語。作者未詳。別称「寝覚」「よはの寝覚」。平安後期成立。

【題名】この物語の題名が本来何と呼ばれていたものであるかについては確証をみない。「よはの寝覚」「寝覚」「夜の寝覚」の三つが並び称されているのが現状であり、かつ、この三つとも確かな根拠を持っている。「よはの寝覚」は『更級日記』奥書に藤原定家が用いた名称である。「寝覚」はこの物語の起筆部分に「人の世のさまぐ〳〵なるを見聞きつもるに、なほ寝覚の御仲らひばかり…」と主題として提示されているものであり、更に前田家本の標題として用いられている。定家は自筆の『拾遺百番歌合』本文に「寝覚」と記す。「夜の寝覚」はこの物語の末尾に「夜の寝覚絶ゆるよなくとぞ」とあり、島原本の標題として用いられている。定家は『拾遺百番歌合』目録と『明月記』天福元年（一二三三）の記事に「夜寝覚」と記す。このように、すでに定家が三つの異なった題名を用いているのであり、この題名の問題は物語の主題とも密接に結びついたものとして考えることも可能であろうが、現在のところ、この三つはいずれとも断定することはできないと見るべきであろう。

【作者と成立】定家筆『更級日記』の奥書に「よはのねざめ、みつのはまゝつ、みづからくゆる、あさくらなどは、この日記の人のつくられたるとぞ」とあることから、作者を菅原孝標女かとする考えが古くからあったことが証せられるが、この問題についてはいまだに結着がつかない。『更級日記』『御津の浜松（浜松中納言物語）』『夜の寝覚』の三者が、果たして同一作者かという問題は、成立年時にも結びついてさまざまな検討がなされている。孝標女であれば、没年（康平二年［一〇五九］以後）が下限となる。和泉式部の歌を引用すること、『無名草子』が「古物語」と認定していること、などからほぼ後冷泉朝の寛徳二年（一〇四五）―治暦四年（一〇六八）に成立したものとみて大過なかろう。本文の「候ふ」の用例の検討から、『後拾遺集』が撰進された応徳三年（一〇八六）よりやや後の成立とみる考えもある（阪倉篤義「夜の寝覚の文章」『国語と国文学』昭和39・10）。

【構成】中間と巻末に大きな欠巻を持ち、その意味では現存本はすべて残欠本である。欠巻部分を考慮し、次のような四部構造を持つものとして把握するのが普通である。第一部―五巻本の巻一・二（前田家本上巻）、第二部―中間欠巻部、第三部―五巻本の巻三・四・五（前田家本中・下巻）、第四部―巻末欠巻部。これは形態的にみた構成であるが、内容・主題にも大きくかかわってくる問題である。

【梗概】以下、この四部構造を持つものとして全体の梗概を記しておく。なお欠巻部分は残存している第一部・第三部の本文、『無名草子』『拾遺百番歌合』『風葉和歌集』、中村本『夜寝覚物語』、『寝覚物語絵巻』などから推定したものである。

第一部―時の太政大臣には二人の妻があったが、この二人は相ついでなくなってしまったので、太政大臣は四人の子女をかかえて暮らしている。次女中の君は、楽才に恵まれ、美しさも類なく、大臣の秘蔵の姫君であったが、十三歳の八月十五夜、その楽才を賞でて夢に天人が降り、琵琶の数曲を教えて去ったが、さらに翌年の同夜、秘曲五つを教え、「あはれ、あたら人の、いたくものを思ひ心をみだし給ふべき宿世のおはするかな」という予言を与えて去った。（ここに作者が、中の君という女性を主人公に据えたことが明らかになる。）姉大君の婚約者、左大臣の長男中納言（のち関白に至る）は乳母の家に病気見舞に赴き、たまたま隣家に方違えに来ていた中の君を、別人と誤認して契りを結んでしまう。中の君は懐妊し、中納言は大君と結婚する。やがて双方とも、それぞれに兄、義妹であることを知って驚愕する。二人の悩みのうちに中の君はひそかに姫君を生み、この姫君は母を秘して中納言の父母の邸にひきとられる。真相を知った大君の怒り、中の君の苦しみ、何も知らずに出家してしまった父大臣の嘆き、といった家庭の崩壊を記述して第一部は終わる。

第二部――中の君は、年老いた左大将（前関白左大臣）に懇望され結婚し、若君（のちのまさこ）を生むが、実は中納言の子供であった。ようやく寛大な左大将の愛情に心なごんで来た矢先に、姉大君はかたみの姫君（小姫君）をのこして嘆きのうちになくなり、相ついで左大将も世を去る。前から志のあった帝は未亡人となった中の君を宮中に召されるが、中の君は亡夫の長女を代わりに内侍督として差し出そうとする。中納言も相変わらず中の君に言いよるが、中の君はなびこうとしない。

第三部――内侍督参内に、中の君は母として宮中につきそって参内した。よき折というわけで帝は中の君の許に忍び込まれるが、中の君はあやうく逃れた。中納言の妻となられた女一の宮の母君、大皇后の、中納言を中の君にとられまいとする策謀もあってのことであった。こうした危機の折、中の君の心に中納言が大切な人として意識されるようになる。しかし帝への疑いを持ち執拗に中の君を問いつめる中納言に、ふと絶望を感ずる。そんな折、女一の宮の許に中の君の生霊が二度にわたって出現したということを知り、自己の統御外にある自己を認識した中の君は、出家の決心をする。しかし懐妊のため果たせず、中納言はすべてを父太政大臣に打ちあけて許しを乞う。やがて中の君に若君が誕生し、督の君にも皇子が生まれ、表面的には幸せを極めたが、中の君の心は暗く慰まなかった。

第四部――中納言と中の君との間に生まれた姫君は立后し、ますます一家は繁栄の道をたどる。まさこは三位中将となったが、冷泉院（第三部の帝）の寵愛しておられた女三の宮との間に恋が芽生えていた。院は激怒し、まさこを勘当し、大内山に籠ってしまわれた。中の君は何らかの事情によって白河院に身をかくしていたが、悩みのため急死し、また蘇生した。（この部分は『無名草子』が不自然であるとして強く非難しているところであり、また、まさこ勘当事件との前後もはっきりしない。）結局中の君は、まさこの勘当の許しを得るために、白河院より脱出し、生存を明らかにした。中の君が生きていることを知った人々のよろこびは大きく、中の君の上にも一時平和な時期が訪れたらしい。その後中の君は出家し、人々の嘆きのうちに世を去った。

【構想と主題】この物語は『浜松中納言物語』『狭衣物語』と並んで、『源氏物語』以後の平安後期を代表する物語の一つである。中でも、『源氏物語』の目指したものを最も良く継承し、かつ別の独自性を強く打ち出した作品である。起筆部分に「人の世のさま〳〵なるを見聞きつもるに、なほ寝覚の御仲らひばかり、あさからぬ契ながら、世に心づくしなるためしは、ありがたくも有けるかな」と、まず男女のままならぬ「寝覚の御仲らひ」が示され、更にこれは女主人公中の君の夢に下った天人の予言によって明確化される。即ち宿命的な苦悩という主題が示されるわけであるが、この苦悩は、男女の恋の苦しみからはじまり、ついで女性の苦しみへ、そして男女を超えた人間の苦悩へと次第に変容し、漸層的に深化して行く。そしてこのことは、先にのべた第一部、第二部、第三部という形態的な構造に、それぞれ照応する。まず第一部は、偶然に起こった事件に苦しむ男女の姿が、余裕のある筆で書き進められる。引歌も多く、作者は作品としかるべき距離を保って、和歌的世界を背景とした古典的な物語の型はくずされることがない。第二部は、二人の男性に心を引かれて悩む女性の話に転化する。欠巻のため細部は不明であるが、第一部の偶然性によるものとは異なり、自分の責任によって選択可能な苦しみである。第三部に至ると、はっきりと自己の意思を持った女性が、自ら運命をえらび取って行く、という甚だ現実的な話に変貌するが、結局この女性はなおその意思とは別に自己の弱さによって傷つき、また新たに徹底的に無力な自己を発見せざるをえないという道すじをたどる。特に第三部では、人物の心中思惟が、物語の叙述の均衡をこわすほどに長大であり、心的傾斜が著しい。このような構想の内的深化は、書き進めるうちに生じた作者の側の必然的な成長と発見に強く結びついていると見てよいであろう。次の現存しない第四部については、さまざまな把握が可能であろうが、苦しみは深く追求されながらも、物語としての趣向もこらされた部分であったと想像される。以上のような特徴は、物語史上珍しい女性主人公の設定という点にも関連があろう。伝統的な男性主人公を立てながら、視点を女性の側に据えるという物語の方法は、すでに『源氏物語』から見えていたが、この物語は女性と思われる作者による女性の追求という一つの実験でもあった。しかしながら男性を鋭く見据えるという裏付けが乏しかったところに、この物語の限界があったとみるべきであろう。男性主人公中納言は、一途に中の君を追い求めるという常識的な人物像から一歩も出ていないのである。以上のようにこの作品は『源氏物語』の目指したものを継承した物語として極めて正統的な世界を構築しているが、しかし物語という伝統的な形式を襲うものである限り結局そこには物語ジャンルの限界が示されてもいるのであり、この意味で極めて特色のある平安後期の作品といいうるであろう。この物語は中世においては高い評価を得、『無名草子』『拾遺百番歌合』『風葉和歌集』などにも大きく扱われていたが、近世の頃にはかえりみられなくなっていた。いつの間にか生じた二部分の欠巻のためでもあったと考えられる。従って伝本の数も少なく、成立・作者の面でも不明の点があまりにも多い。しかし一方、改作本の存在もあって、極めて特殊な形態復原の謎をかかえ込んだ作品であり、このためにまずこの物語はどのような原形のものであるかという基礎的な把握が優先し、物語としての位置づけという面での考究はまだ緒についたばかりであるといってよかろう。

【改作本】この物語には中世の改作本が存在する。一般に、平安期の物語が後世改作されて普及した現象は知られているが、この物語のようにその双方が伝来することは極めて珍しいといわねばならない。この物語をはなれて、広く平安期の物語と中世のそれとを対比するという視点も、両本の細かな検討から可能となってきた。さてこの物語の場合幸運なことには、改作本によって原作系本の欠巻部分の内容がかなり明らかとなるという特殊事情がある。原作系本と改作本とは同じく五巻であるが、改作本は原作系本を等質等量に均一に縮小したものではない。即ち改作本は原作系本第一部（現存）、第二部（欠巻）、第三部（現存）、および第四部（欠巻）の冒頭、の全体を五巻とする。原作の深刻な物語は、苦悩をのり越えて幸いを得るという明るい物語に作り替えられている。これは中世期のさかしらともいえようが、同時に原作系本の持つ矛盾や限界を見事についたものとも見られよう。第四部という女主人公にとっての不幸が描かれた部分は切りすてているし、そこに至る第三部までの不幸の因子は注意深く取り除いているのである。大きくみて、改作本は、まず梗概化し、ついで改作を試みる、という手段を順次用いて物語を構成している。更に細かく見れば、原作系本第一部（五巻本巻一・二）は、改作本では巻一・巻二の一部分がこれに相当する。この部分はほぼ半分の量に忠実に縮小されていて両本を細かく対比することができる。第二部は、欠巻のため他の資料による推定ではあるが、筋自体が物語の短編化をすでに目指している。しかし内容はさほど変わっていないことが裏づけられている。第三部（五巻本巻三・四・五）に至ると、改作本の量は五分の一ほどになり、巻五がほぼこれに相当する。しかも筋は大きく変わり、文章も一部分を除き両本対比することさえ不可能である。即ち改作本というに適わしいのはまさにこの部分である。以上のような両本の比較の問題は、鈴木一雄・鈴木弘道・三谷栄一・永井和子らによって整理され、更に近来細かな部分にまで行きとどいた観察がなされるようになってきた。この改作本には中村秋香旧蔵のいわゆる中村本があり、明治三十八年藤岡作太郎の『国文学全史・平安朝篇』に紹介されて以来、長い間行方不明を伝えられていたが、昭和三十年代に至って金子武雄により翻刻された（古典文庫『夜寝覚物語・上下』。改定本が『物語文学の研究』昭和49に所収）。またこれより前に鈴木一雄により神宮文庫蔵の零本一冊が発見されたが（「神宮文庫本『よはのねざめ』について」『国語』昭和29・4）、これは中村本の巻二にあたるものであることが明らかになった。そののち更に、宮内庁書陵部に、中村本巻一・巻三に相当する部分があることが発見され、いずれも三条家旧蔵本であることから、神宮文庫本も三条家旧蔵本の一つづきのものであることが判明した。従って三条家本はここに一冊（ただし巻三まで）

がそろうことになり、影印本も発刊されている（古典研究会叢書『改作本夜寝覚物語』）。中村本の奥書にみえる「平入道兼誼」は仙台藩抱えの連歌師であった猪苗代兼誼（一七二八―一八〇三）であろうが、書写年代は近世といわれている。三条家旧蔵本は書写は室町末期とされ、誤脱も少ない善本であるが、巻四・五のないことが惜しまれる。またもう一つ、中村本の所有者中村秋香によると思われる写本及び覚え書が、秋香の孫中村浩のもとにあることが明らかとなった（永井和子「中村浩氏蔵『夜寝覚物語』」『寝覚物語の研究』昭和43）。以上のようなわけで現在のところ改作本は三本をかぞえることとなる。

【諸本】三巻本としては前田家本（尊経閣文庫蔵）一本のみ。五巻本としては島原松平文庫本・天理図書館本（旧竹柏園本）・国会図書館本（横山由清自筆本を写したもの。『窓のともし火』を付す）・東北大学本・静嘉堂文庫本・実践女子大学本の六本、計七本が現在のところ見出し得る伝本のすべてである。このうち前田家本は、近世初期の書写とみられ、誤脱も少ない善本である。五巻本は、巻序の乱れなども生じており、書写年代もまちまちで、その相互関係も必ずしもはっきりしなかったが、このうち島原本は、昭和三十五年新しく発見されたもので、横山由清『窓のともし火』の奥書に見える「島原侯本」であろうことが野口元大の調査によってほぼ明らかとなった。さらに他の五巻本はことごとくこの本を祖本とすることが推定されるに及び、島原本は三巻本である前田家本と並んで五巻本中の最善本であることが認定され、両本の対校も可能となった。しかし両本とも善本とはいうものの、大きな欠巻を生じたのちの近世初期を遡り得ず、また共通の錯簡・脱文を持っており、原本の姿には遠いといわねばなるまい。なお実践女子大学本は、黒川春村の孫黒川真道の旧蔵本である。この本は、いわゆる「黒川本」であるかどうか明らかではない。「黒川本」とは、かつて藤岡作太郎が『国文学全史・平安朝篇』において取り上げ、大野木克豊が明治四十三年に『寝覚物語解題及考略』において前田家本と対校した本であるが、その後行方不明を伝えられている。戦後実践女子大学本の存在が知られるに及んで、それが別の黒川家旧蔵本であって、いわゆる「黒川本」とは別の本とする関根慶子らの論と、同一であろうとする野口元大らの論とがある。また、国会図書館本の原本である「横山由清自筆夜半の寝覚附窓の燈」が安田家に存在することを川瀬一馬が報告したが（『国文学論叢』昭和10・12）、戦後この本も行方不明となっている。平安時代末期の成立とみられる『寝覚物語絵巻』の本文は、こうした意味で最も早い書写を示すものとして注目すべきであろう。

【複製】尊経閣叢刊（前田家本）。影印校注古典叢書（島原本。翻刻併載）。

【翻刻】日本古典文学全集（島原本）。日本古典文学大系（島原本）。『校註よはのねざめ』（藤田徳太郎・増淵恒吉、昭和8。天理本）。『校本夜半の寝覚』（橋本佳、昭和8。国会図書館本を底本に前田家本・天理本・東北大学本・静嘉堂文庫本を校合）。『寝覚物語全釈』（関根慶子・小松登美、増訂版昭和47。前田家本）。『寝覚物語対校・平安文学論集』（関根慶子ほか、昭和50。前田家本・島原本の対校）。

4　寝覚物語の方法と表現――「偏った物語」として

一、物語の自在性

残存している平安時代後期の物語を見ると、それぞれの物語の内包するものはかなり幅広く自在であって、何らかの意味での過剰や偏りを含み持ち、物語は本来自由な行為を許容するものであることを再認識せしめる。この偏頗なものは、物語を生み出すそもそもの根源的な創造の部分に連なるものと考えられる。ここではそのような物語の偏りの視点から、寝覚物語を取り上げてみたい。

寝覚物語は完全な形態を留めてはおらず、現存する部分を対象とする他はないが、現在の物語史的な視点から挙げられる特色は、女性を中心人物とすること、心理的な傾斜を次第に強めていること、そのために物語が変容して行く構造を持つこと、自閉的傾向があること、などである。変容が極まった結果、物語概念を逸脱した物語に至っているという把握も成り立つ。

ところでこのような特色は、無名草子ではさほど問題になってはいない。無名草子は、源氏、狭衣についでこの物語に触れ、そこでまず「寝覚こそ、取り立てていみじきふしもなく、また、さしてめでたしと言ふべき所なけれども、はじめよりただ人ひとりのことにて、散る心もなくしめじめとあはれに、心入りて作り出でけむほど思ひやられて、あはれにありがたきものにて侍れば」という発言を留めている。この総論の後に、細部の各論に入るのだが、この作品は「物語」である、という認定自体には些かの疑問も呈してはおらず、物語という総括的な把握の中における批評であり、平凡ではあるがそれなりにすぐれている、というのがこの物語に対する最初の発言である。十二世紀の無名草子をこの当時の一般論として把握することはできぬものの、散逸物語を含めて考えると、物語というものには、現在残存している作品から推し量られる以上の多元的な自由度や偏りが許されており、享受面を含めてかなり広い、柔軟な存在であったことが推測できるのである。物語は本来豊かな懐を有し、その自在さ自体が物語の行為そのものであったと思われる。寝覚物語が特異な物語のうちには入らず、平凡な作品であるとすれば、我々はこの物語の所在をどこに求めればよいのか。とりあえずこの作品と作者との距離を測るところから始めてみたい。

なお、以下寝覚物語を第一部（五巻本巻一、二）第二部（中間欠巻部）第三部（巻三、四、五）第四部（末尾欠巻部）のごとく四部構造を持つものとして把握する。(1) 引用の本文は鈴木一雄氏校注「日本古典文学全集　夜の寝覚」による。

二、「語り手」から「作者」へ

この物語の起筆部分は周知のごとく、

人の世のさまざまなるを見聞きつもるに、なほ寝覚の御仲らひばかり、浅からぬ契りながら、よに心づくしなる例は、ありがたくもありけるかな。（三九頁）

と書き始められており、ここに作者が物語の「語り手」を特に設定した事実は明らかであるが、物語の内部には草子地的な「語り手の顔出し」は極めて少なく、この草子地の有無の面から見れば語り手設定が物語のしくみに抜き差しならぬ関わりを持つとは言いがたい。しかし、第一部においては語り手は潜在し、物語はいわばその内部に顕在する語り手の意識に統御されて語られている。言い換えれば語り手は物語の外部にあって、作中世界とは一線を画した位置に存在するのである。同時に作者は語り手の更に外側に位置する。

一方この物語は「中の君」と呼ばれる女性に焦点を当てるという方向を明確に打ち出し、この女性の音楽の才を賞して夢に天人が降下したことを巻頭の部分に語る。物語が実際に動きだすと、この中の君がまさに中心人物であることが筋だての上からも明確になる。しかし叙述の上から見れば、第一部ではこの女性の内部に踏みこむという姿勢は見せない。巻一、巻二で中の君が専ら外側から、あるいは他の人物の視点を通してから描かれているとすれば、語り手の立場は堅持されていると言い得るであろう。

ところが第三部になると、この逆の事態が生ずる。語り手の統御はむしろ姿を消し、登場人物は自由に動き始める。特に中の君が他を圧して大きく存在するようになり、方法としては作中人物の心内語を克明に写すという偏りを見せる。いわば語り手はたてまえとしても存在の必要を失いかけるのである。第三部は語り手の仮託を超えて作者の意向が優先し、その結果登場人物が極めて主観的な「作者」の方法によって描かれる。そして更に作者までも欠脱し、作中人物に同化して行くのである。ここに至る道程としての第二部の欠落は如何ともしがたいが、起筆部分から長編的な物語を目指したことは読みとれるだろう。こうした変化を、次元の違いを考慮せずに並べてみると次のように纏められる。

第一部　作者―不在　語り手―存在　中の君―不在

第三部　作者―存在　語り手―不在　中の君―存在〔↓作者不在―中の君存在〕

従って起筆部分の「よに心づくしなる例は、ありがたくもありけるかな。」という感想は、第三部では作者の言葉としても読みかえ得ることになる。作者の関心は当初からそこにあったことを露呈したと見るべきかもしれない。作者が語り手の設定を経由せずに語るに至り、更に登場人物自体に重なってしまう、という変容がむしろこの物語の偏り、または特色の一つであろう。作者がこの方向転換によって登場人物の心を写す心内語多用という方法を発見したとすれば、失われた第四部をも視野に入れて、作者が本来書きたかったことは何かという問題に我々は改めて逢着することになる。

三、作者の意識と中の君の造型

作者の側を主体として見れば、不安の「感覚」といったものが先に存在し、物語作者の行為として「作り物語」を言語化して行く時に、作り手の懐疑的な志向、閉じる志向が、その過程において次第に姿を現してくるとも言い換えられる。これは枠組みとしての語り手に対する越権行為であるが、先に見たようにそれも物語の許容する自在さと見たい。一人の女性を中心とした世界を造型して行く時に、この観念は、思ったとおりにはならない人生、というかたちで物語の軸として形成される。従って主題的なものが先行し、中の君は、自己の理想とするものを覆された人物の形象化でもあるのだが、その把握のみではやや不十分であろう。

中の君の物語は「天人降下」の夢から始まっている。このことは日常的な次元の物語に、何らかの意味でこの世を超えた世界への見通しが、始めから付与されていることを示す。天人降下を含めて、この物語で中の君はかぐや姫にしばしばたとえられている。その異質性の自覚を筆者は「かぐや姫感覚」と述べたことがある。(2)天人の降下によって中の君は登場人物のうちただ一人、日常世界への懐疑を知った人間となった。中の君はやがて物語の語る複雑な日常性に組み込まれて行くが、非日常の視点を内部に確固として保ち、異質性を自覚することによって、女主人公として自立する。その日で世界を解釈し、日常を独自のものに変容させてゆく、という意味で他の登場人物とは一線を画している。中の君は「天人降下」に、自発的かつ意識的に縛られて生きた女性である。言い換えれば、先に述べた日常性の変容あるいは異質性の付与は、普通の人間が、内部のなにものかに支えられて生きるという極めて主観的な装置として働いているのである。

中の君は、源氏物語の女性達が持っていたもの、に加えて、持っていなかった幸せなものをも多く持っている。にもかかわらず不幸であったという(3)。例えば源氏物語における一夫多妻婚の女性側の問題や、結婚拒否の諸条件――単純化すれば、空蟬の身分の低い人妻としての、朝顔の宮の皇女としての、大君の没落した宮の姫宮としての、それぞれの厳しい生き方など――は設定されてはいない。皇女といった不自由な身分ではなく、母こそ早く失ったものの、財力、権力、愛情のある関白太政大臣のむすめである。男性側の愛情も一人の男に終生愛される設定であるし、外的な環境、資質、容姿もすべて整い、全く欠ける所がないという形の造型である。従って苦悩は外的条件や制度によるものではなく、物語の状況設定に伴う、内的なものとなる。

苦悩という言葉を敢えて使うとすれば、中の君は殆ど完全無比の造型であって、苦悩の主題を負わせるのはむしろ不自然である。源氏物語の女性たちの苦しみの多くは、光源氏が複数の女性と交渉を持ったことに起因しているとすれば、中の君の苦しみはそれらを取り払ったところに存在する。それは自己の理想とした生き方が、男性の突然の侵入によって、覆されたことに始まる。ついで、その男性が姉の婚約者（後に夫。以下「主人公」と称する）であったということがわかり、懐妊、秘密裏の出産、姉との関係の崩壊と物語は進み、心の苦しみと、健康な身体としてのありようとの乖離は著しい。むしろ中の君に課せられているのは、女性自体が人間として抱え持つ内的な問題である。女性の内部の過剰な激しいうねりを、理念によって抑圧し自己管理しようと試みた苦しみを、自己を中心に置いて構築した物語とでも言い換えられようか。

中の君は自分の人生の理想や、自然な異性への夢を絶たれた絶望感を、天人降下による異質性への開眼に縋って理解しようとした。中の君は、ついにかぐや姫ではあり得ず、かぐや姫と人間の裂目にあって生きたのであって、このことは女性にとって普遍的なものによみかえられよう。この問題については後に改めて触れたい。

四、二つの夢

中の君の人生に構えられた二つの衝撃的な事件――天人降下と主人公の侵入――について物語の構想上重視したいのは、この二つが「夢」という言葉で同化して表現されていることである。(4) 逢瀬を夢とするのは古典的手法であるが、この物語では更に重層的に用いる。寝覚物語には「夢」の用例は五二例を数え、源氏物語の一四七例にくらべ、五分の一の物語総量を持つ寝覚物語としては多いと言えよう。この五二例のうち一七例は巻一に集中し、そこにこのことが暗示されていると思われるので用例を挙げてみる。

夢の語はまず天人降下の部分に見られ、文字どおり夜の「夢」である。

1・小姫君の御夢に（四一頁）

2、3・夢をば、恥かしうて、なかなかに語りつづけず。つねにならひし箏の琴よりも、夢にならひし琵琶は（四二頁）

4・「夢に琵琶を教ふる人こそあれ」（四四頁）

5・寝入りたまへど、夢にも見えず（四四頁）

十三歳の八月十五夜、天人は琵琶の音をめでて中の君の夢に下り、琵琶の秘曲五つを教えて去る。十四歳の十五夜に再び下り、残りの曲五つと、「あはれ、あたら人の、いたくものを思ひ、心を乱したまふべき宿世のおはするかな」との予言を残して去った。十五歳の十五夜にはあらわれなかった。中の君はこれを自分一人の内に秘め、他に語らない。前述のように中の君の異質性の自覚としてこれを捉えるならば、こうした体験を持った中の君のもとへ主人公が侵入し契りを結んだことの意味は大きい。互いに偶然の人違いをし、誰ともわからぬ出会いである。中の君の後見役対の君に対して、主人公は、

6・「まろも夢とぞおぼゆる」（五八頁）

と述べる。この「夢」という表現が、巻一において特定のこの一夜を象徴するキーワードとして用いられて来るのである。

7・今宵の夢はまづ思ひ出でられて、「消息をだにせずなりぬるよ」（六二頁）（大君に始めて消息する日の主人公の心中）

8・「かかるべかりける御契りにて、思ひかけぬこともありけるにこそあめれ。あさましう夢のやうなるめをも見るべかりけるかな。」（七八頁）（対の君が中の君の妊娠を知る場面であるが、これは「夢のやうなる」といっているのでやや比喩的な表現であり間接的である）

9・この対の君、宵の間などに参りつつ見るに、ものうちのたまへる気配などの、ただ見し夜の夢なるに、いとまたあさましく（七九頁）（主人公が大君を訪れるのを見て、対の君は相手を知る）

10・「あはれ、あたら様を、あさましき夢のうちにも紛れたまふかな」（九二頁）（新少将が人違いを主人公に指摘して中の君の上を思いやる）

11・「他事ならじを。ありし夢の名残のさむる夜なきにこそは」（一〇〇頁）（中の君の部屋で起きて嘆いている気配がするのを主人公が察知する）

12・「このわたりにては、いみじくつつましくはべり。さは、その夢御覧じけむ所に、いみじく忍びて立ち寄らせたまへ。」（一一二頁）（対の君が主人公に述べる）

13・「むくつけしと見し暁は、かうにこそありけれ」と、夢のやうに思ひ出づ。（一一三頁）（大君を訪れた主人公を見て対の君はあの夜の男性であると知った。これも比喩的である）
14・「夢などの、つつしむべきやうに見え」（一一八頁）（主人公の口実。夜の夢）
15・「その夢のなかにも、かかる事なむはべりける」（一一九頁）（主人公が中宮に語る）
16・宮も、「物語にこそかかる事はあれ、夢のやうなることをも聞くかな」と、いといみじくあはれがらせたまふ。（一二〇頁）（比喩的）
17・「旅寝の見し夢には、つぶつぶとまろに、うつくしう肥えたりし手あたりの」（一二四頁）（主人公が中の君にあう）

以上のように6（主人公）、7（主人公）、9（対の君）、10（新少将）、11（主人公）、12（対の君、主人公）、15（主人公）、17（主人公）の、八例が共通して「契り」を指す。この語は物語の叙述として共有されていることが巻五の例などから推定される。中の君は天人降下の「夢」を見、主人公との契りの「夢」を経験した。この夢は「事故」と言い換えてもよい。いずれも不確実な部分を蔵しつつ他から突然やって来たものであり、中の君はその不安感と怒りを主体的に自己の責任として引き受けるかどうかが物語の焦点となるが、第一部の視点によると中の君は専ら侵入の被害者であり主体的な部分は描かれていない。天人降下は夢の中のことであるから中の君の内部にのみ隠蔽されており、そのことの意味は第三部に至って問われる極めて内的なものである。

巻二の四例は次のようにすべて「夢のやうに」という表現であり、巻一のような寓意は宿していない。

まいて夢のやうにて、ただ一目ほのめき寄りて、月ごろを経て（一五六頁）
飽かず夢のやうなる契りの形見ともうち見むあはれは、浅からじを（一七九頁）
かたみに、限りとおぼしかぎりしほど、夢のやうにおぼし出でらるるに（一八三頁）

我が身の有様の、すべて現様なることはなく、夢のやうにおぼえながら、御車にたてまつる。（二二二頁）
巻三～五の三一例についても巻一のごとき使い方は殆どなく、多くの状況に拡散している。巻五の、同様な例を挙げる。
「この姫君の、夢ばかりの契りにはべりけるを」（四七八頁）（主人公、入道に語る）
「いなや、旅寝の夢を思ひあはするまではひとりあらむとおぼさざりける浅さに、さまざまなりける乱れとこそおぼゆれ」（五二六頁）（中の君、主人公に語る）
後者は前述のごとく巻一の使い方そのままを中の君の言葉としてかたどった例である。二つの夢は中の君と主人公の、表裏の関係をなすばかりではなく、中の君の主観的な意識のなかで互いに引き合い緊張状態を作り出すのである。

五、女性主人公の矛盾

中の君は精神性を備えた造型であると同時に、容姿の上からもこの世ならぬ美しさを持った人物として描かれる。この超絶した美しさを物語は言葉を極めて繰り返すが、第三部に至ると時に中の君の魅力について相対的な評価を強めた叙述が見える。

「母君（中の君）をこそ、我が女とも言はじ、世に類なき一つ物と、幼くより見しを、かれはせちに愛敬づき、うつくしくにほひすぎたまへるほどに、気高きかたや、ただすこし後れたる心地すると見るを、これ（石山姫君）は、今から、かばかりきびはなる御程に、いと気高く、うち見むにただ人とはおぼえず、かたじけなきさまさへ添ひたまひつるを。」（四九二―四九三頁）

主人公は中の君との間柄をすべて父入道に打ち明け、十一歳の石山姫君を孫として紹介し初めて対面させる。驚喜した入道は中の君に果たせなかった后への道を考えるという、物語の場面性や入道の短絡的な喜びの表現を優先した文脈であるが、石山の姫君にくらべて中の君は気品に乏しい、との記述は注目に値する。

第一部における容姿の描写について少し述べると、初めての契りの折主人公は「あえかにらうたげ」（五六頁）に感じたという。大君は「かたなりなるところなくととのひ果てて、程すこしそぞろかなれど、見苦しうもあらず。頭つき、様体いときよげにて、あざやかに気高く、きよらなるかたち、もてなし、有様も、心恥かしげに、よしある気色ぞ、人にことなる。」（七九頁）と対比的に描かれる。中の君の美しさは「はなばなとにほひみちたりし御かたちの変るまで」（一〇五頁）、「旅寝の見し夢には、つぶつぶとまろに、うつくしう肥えたりし手あたりの」（一二四頁）、「御顔はいとどにほひわたりて、うち面痩せたまひつるうつくしさは、似るものぞなきや」（一三八―一三九頁）、「色は、雪などをまろがしたらむやうに、そこひなく白く、きよげなるに、苦しげなる面つき、いとあかくにほひて、言ふかひなく臥したまへる顔の、あざあざとめでたきさまは」（一五六―一五七頁）、「あはれにらうたく、にほひのみまさるを」（一五九頁）、「いといたく面痩せたまひつるかたちの、言ひ知らず薫りをかしげなる、にほひこぼれぬばかりらうたげにて」（二二二頁）等と描かれる。

以上のように「にほふ」がごとき、豊かにして健康な、生き生きとした美貌を持つ女人として描かれていることを改めて指摘したい。このことは一人の女性に多くの男性を配して動かす物語の必然であるが、他の物語のごとき逆の関係、即ち一人の男性に多くの女性を配する場合の男性の造型――例えば光源氏――のようなわけにはいかず、またかぐや姫のような拒否的存在ともなり得ない。必然的に一方で軽さ・浮薄・色ごのみにつながる危うい部分を内包し、中の君はこのことによって恥の意識を濃厚に抱え込まざるを得ず、「人目」を異常に気にし、また他からの批判を極端に恐れる。事実、帝は「心や多くあらむな。まだ女ながら、内の大臣に名立ちけむよ。

いと重くはあらぬにやあらむ。」（二八二頁）と考え、これに類した記述も散見する。無名草子は「また、后の宮・東宮など一度に給ふ折、中のうへゐざり出でて、寝覚せし昔のことも忘られて今日のまどゐにゆく心かなと言はれたるほど、いと憎し。」以下に、第四部における中の君の「幸福ぶり」を批判する。即ち美貌はそれなりに矛盾を宿した極めてむつかしい造型である。主人公・関白・帝といった男性とのやむを得ぬ関わり自体が「心や多くあらむな」という推測を招き、中の君はそれを絶対的には否定しきれない。中の君は一方で理想を高く持った人として描かれているから、父に対して終始異常に恥じ、生霊として出現したという事件に際しても、自己の内部の嫉妬を探り当ててショックは大きい。帝への抵抗は自分の誇りにかかわる問題であった。終始主人公を拒むものの、素直な気持に従えば主人公に対して肯定的にならざるを得ない。出家志向も、こうした狼狽の中から生じたものであって、ここに二つの夢の対立的な、しかも客観的であるより、あくまでも中の君の主観的把握による緊張関係の意味があろうと思われる。

六、女性の物語の創造

以上のようなわけで、中の君の物語をここでは次のように読んでおきたい。ある女性の、異性に対する自然な初々しい感情や夢想が、男性の侵入という事故のために阻まれた。この女性はかつて少女の時、自らの異質性を証するかもしれない夢を見たことがある。彼女は健康な女性であって、自然な感情が、強く自分の身体を支配していることを自覚している。主人公を激しく拒否しながら、また惹かれることをも強く感じている。そうした自分の内部の危機的状況を彼女は少女の折の夢によって意識的に支えてゆく。即ち第一の夢（天人降下。観念）によって第二の夢（侵入。肉体）の行方を自覚的に縛り付けようとしたのである。こうした自己の認識を軸とした抑制と誇りの過程の物語であるとすれば、女性が物語の中心として存在する意味のひとつは読み取れることになろう。源氏物語の広がりとは異なって狭く自閉した視点であるが、女性が自ら秘かに構築した世界であり、男性を拒否しながらも抗いがたい内部の自然の力で希求せざるを得ない、不可思議な恐ろしさを、女性側が発見して行くという極めて率直な視点でもある。精神と肉体を持つ人間の矛盾という点では一般性を持とう。その表現としては心の動きを細かに具体的に描きこんで行くという方法を用いる。その結果細やかではあるが極めてわかりにくい、切れ味の悪い文章となったことは否めない。現実の時間と登場人物の心的時間という二つの時間を設定し、時に物語の時間経過に対する感覚は欠如する。ひとつのものに次第に執して行くというアンバランスな感覚は、女房という語り手設定の限界を超え、ここに「作者」の出現を見、その捉えがたさは、語り手のたてまえを崩し、更に作者さえ欠落させて直接的に表現されることになる。第四部を持たぬ現在、全体の方向性は推定による他はないが、第三部までの過程ではやや不十分な感も強い。

中の君を始めとする登場人物は、のびのびと思うままにかつ執拗にものを思う、という自由を持った人たちである。矛盾したもの、過剰なものをふくめて自由に考えるという存在によって、この物語の人物たちは個として生きる。人間関係を行動ではなく心の面の自在さから追うということは、女性主人公の創出と、分かちがたく結びついている。主人公を始めとする関白・帝などの男性たちの行動が中の君の思惟を支えるという構造であって、中の君が隠蔽する本質は男性達によって鋭く見抜かれている。閉塞した状況を観念による置換という方法で再生しようとした人間の物語とも読めようか。源氏物語の厳しさから排除されたある偏頗な感覚がここにあるが、同時に自在な物語への復帰でもあった。源氏物語では表現できなかった何物かを語ろうとした平安後期における作者の志を、物語の本質と関わるものと見たいのである。

注

（1）この物語の研究書として平成二年度には次の二冊の刊行をみた。本稿にかかわるものとして併せて参照されたい。野口元大氏『夜の寝覚研究』（平成二・五、笠間書院）。永井和子『続　寝覚物語の研究』（平成二・九、笠間書院）。

（2）永井「寝覚物語――かぐや姫と中の君と」（『続　寝覚物語の研究』所収）

（3）河井隼雄氏は中の君が主人公と結ばれぬのは現実の父―入道―の背後にある「父なるもの」の呪縛の故であるとされる。河井隼雄氏・永井「対談　寝覚物語」、「創造の世界」76号（平成二・一一）。永井「寝覚物語の老人」（『続　寝覚物語の研究』所収。）

（4）中世の改作本には「夢」重視の構造が見える。河添房江氏「中村本寝覚物語」、「大系物語文学史」第三巻所収（昭和五八・七）など参照。

5　心内語論――心情表現の深化

進め方

物語の文章を表現の形の上から見るときに、「地の文」「会話文」「心内語」「消息文」「歌」などに分けるのが普通である。「物語をどう論じるか」という問題を、このうちの「心内語」を中心に焦点を当て、「夜の寝覚」を当面の対象として些か考えてみる。

「夜の寝覚」は心内語の多い作品として知られており、特に第三部についてはその傾向が著しい。この物語は数人の主要人物についてそれぞれかなり長大かつ精細な心内語の直接記述があり、これをこの物語の「方法」として把握することができる。問題は、心内語の量的な多さではなく、その「方法」によって如何にこの作品が独自のものとして存在しているかを問うところにあろう。この物語の心内語は、次第に手法を超えた一つの創造として質的変化を遂げてゆく。ここでは登場人物の「心内語」を物語状況内の他者との「関係」として限定して把握し、他者に対して開いているか、閉じているかの状況設定を中心に、登場人物の造型や物語の方法とかかわるものとして瞥見してみたい。

物語において、登場人物の直接的な心内語「A」が表現されている場合、この人物による会話文の叙述との繋がりから極めて単純化して分類すると、次のイ～ニのように分けることができよう。それぞれの繋がりの状況は地の文によって説明されているとは限らない。いうまでもなく、同一人物の心内語と会話文がある場合は、時間的な展開から見て、「思う」内容が記されて後に「言う」内容が叙述されるのが普通である。

イ、心内語A→会話文A（同一）　　開く
ロ、心内語A→会話文a（要約）
ハ、心内語A→会話文B（変更）
ニ、心内語A→会話文ナシ　　閉じる

イ、は心内語と会話文が一致する場合で、心中はほぼ同一の表現で他者に伝達される。ロ、は会話であるために表現としては要約・拡大・縮小・変改を施すが、主旨に変更はない場合である。ハ、は思う内容と言う・話す・語る内容が異なる場合。ニ、は心内語のみで会話文は記述されない場合である。

心内語表現は長短に拘らずそれ自体閉じた存在であるが、会話の叙述との関係を見ると、ある人物と他者との心的距離がいかに位置付けられているかをはかる指標ともなる。イ、は外部に最も開き、ある人物と他者との間に懸隔はない。ロ、もほぼこれに準ずる。問題はハ、ニ、であって、ハ、は変更を余儀なくされた他者あるいは外部との緊張関係が存在する。ニ、は完全に閉塞した状態であり、外部に心内を漏らさぬ、あるいは漏らせぬ、厳しい状況が設定される。このような観点をも加えて具体的に作品を見て行きたい。この物語の中心人物中の君について見れば、ニ、を体現することによって女主人公としての自立性を得ていると見られる。

一、夜の寝覚の心内語

鈴木一雄氏は、「源氏物語の文章」（解釈と鑑賞　昭和44・6）において、

「源氏物語」の文章は地の文・会話文・心中表現・消息文・和歌などという要素分けを、むしろ拒否しているといえる。

と述べ、「このような無理をあえてしてまで」要素分けをし調査することの意味として、源氏物語の文章・表現を確認し他の物語と共通する要素のなかで比較できる確実なデータの必要性を挙げておられる。その例として「夜の寝覚」に言及し、

「夜の寝覚」を読めば、特に巻三以降、心中表現（心中思惟・心語）の長さ・おびただしさ、そしてくどさにすぐ気づく。では、それが「源氏物語」の心中表現とどう異なっているのか。また、「夜の寝覚」には和歌がすくない。特に、独詠歌の減少がいちじるしい。これは心中表現の多さ――散文による心中表現のくどさとかかわるのであろうか。

と述べられた。その上で源氏物語・竹取物語・落窪物語・狭衣物語・夜の寝覚について、いずれも岩波書店「日本古典文学大系本」を用い、行数から計算した詳細なデータを表示報告し、その意味を精密に分析しておられる。

鈴木氏は更に「講座日本文学　源氏物語下」（解釈と鑑賞別冊昭和53・5）所収の「心内語の問題」において、この調査をも

〈鈴木一雄氏「夜の寝覚」解説による〉

		総行数	心中表現の行数	心中表現の回数*	1回の心中表現の平均行数	総行数に対する心中表現の割合(%)
物語別の心中表現量の比較	竹取物語	560.5	10.5	25（　8）	0.4	1.9
	落窪物語	3,023.0	136.0	339（134）	0.4	4.5
	源氏物語	26,919.0	3,014.5	3,842（919）	0.8	11.2
	狭衣物語	6,642.5	1,003.0	1,249（　84）	0.8	15.1
	夜の寝覚	5,757.0	1,102.5	829（156）	1.3	19.2
『夜の寝覚』巻別心中表現の比較	巻　一	1,099.5	194.5	162（　27）	1.2	17.7
	巻　二	1,020.5	165.0	148（　38）	1.1	16.2
	巻　三	1,339.0	247.0	161（　26）	1.5	18.4
	巻　四	1,097.5	225.5	171（　35）	1.3	20.5
	巻　五	1,200.5	270.5	187（　30）	1.4	22.5

＊印の「心中表現の回数」のうち（　）内は間接心中表現の回数を示す。

とに源氏物語を中心とする心中表現の問題を、他の物語との比較を絡めて展望整理された。一方、同氏校注・訳による小学館「古典文学全集本」の「夜の寝覚」解説の部分にも「心中思惟重視の表現」の一証としてこの調査の結果を挙げておられる。このように、夜の寝覚の心内語調査の結果に関しては、以上三回にわたって表示しておられることになるが、ここでは「古典文学全集本」によって五つの物語との比較の表を挙げさせていただく。心内語の認定方法には読み方によって小差があるにもせよ、ここで明らかなように他の作品に比して寝覚には量的に心内語が多く約19％を占め、それも概ね巻の進むに従って増加の方向にある。

鈴木氏も触れておられるように、物語文について実際に心内語を取り出そうとすればたちどころに矛盾が生じるし、また文章の解釈によっても異なるのだが、概ねの傾向は知ることができよう。また、しばしば指摘されているように、心内語と地の文との分かち難さ、融合の問題もあり、そこに古代物語の特性を知ることにもなるのだが、心内語に限らず寝覚には本文自体がやや読解しにくいという限界があるので、ここでは立ち入らない。

二、寝覚の心内語の状況

人物との関わりから見たこの物語における心内語の特徴の第一は、特定の人物に片寄ることなく、回数・量ともすべての主要人物について心内語表現が見られるということである。第二に極めて長大な心内語が存在しているということが挙げられよう。第一部ではそれほど多くはないが、第三部においては特に著しく、この長大な心内語も、主要人物すべてに及んでいる。これらのことは心内語表現はこの物語の方法として把握すべきことがらであることを示そう。この物語は中の君という女性を中心に置き、男性主人公（中納言から昇進して行くが、以下この人物を主人公と称する）を配する構造を持つものの、第一部においては中の君の心情はそれほど多くは記されておらず、心内語があるとしても長いものではない。ここに中の君の姉である主人公の妻大君、こうした間柄を一切知らされていない父入道が絡む。中の君が女主人公として正面から描かれるのは第三部に至ってからであり、それこそ心内語が叙述の中心となる。ここに至って、その心内語も長大かつ複雑なものとなってくるのである。ここではその長大な部分を主として、さまざまな様態を事例として見ることにする。先の鈴木氏による調査は大系本によるものであったが、本文としては同氏による全集本「夜の寝覚」を使わせていただく。なおこの物語には中世の改作本も存在するので、時に言及する。原本の心内語の意味がより明らかになると考えるからである。改作本の頁数は金子武雄氏『物語文学の研究』（中村本。笠間書院　昭49・4）のそれである。

三、第一部の心内語

この部分にはこの物語の特徴である長大な心内語（一頁以上）はそれほど多くないが、そのうち最も長い三例に限って説明を加える。

事例1。中の君（但馬の守三女と誤認）との衝撃的な出会いののち、主人公が今後の処遇を考える部分がある。ここは二段階に分かれた直接的な心内語として記述され、分量としては全集本一頁半ほどにあたって、開巻以来最初の長大な例である。相手を身分の低い女性と誤認し、世間の思惑を気にしている主人公は、この女性を中宮のもとに宮仕えさせた上で会おうと考えを決めたという内容である。引用は省略する。（巻一・六〇頁）

ここは心内語の形を持つが、内容としては説明的な叙述であって、読者に主人公の考えの経緯を直接知らしめる役割を果たす。この心内語に応じてその後に実際に中宮に但馬の守三女の出仕を勧める記事がある。（六四頁以下）

このような心内語は、先にロ、として分類したものであって、長くはあっても主人公の心内に閉じられることなく、叙述の上で開かれて行く方向性を持つ。会話として他者（中宮）に伝達され、物語の動態として転じてゆくわけで、いわば地の文的な心内語といってもよかろう。従って登場人物の意志は、物語そのものにほぼ共有されることになる。

改作本は一般に心内語を省略・縮小する傾向にあり、ここもその方向に従って整理されている例である。この扱いはおおむね妥当であり、原文の姿勢・視点はそのまま生かされ著しく変更されているわけではない。（改作本一四頁）

事例2。心内語という表現方法を効果的に用いている例である。主人公と中の君との間の噂は次第に広まり、大君方の人々は中の君の悪口をいう。これを聞いた主人公が姉大君を目の前にしつつ中の君に強く同情している部分である。「女は、見馴れぬ限りこそあれ、言ふかひなくなりぬれば、いかがはせむに思ひなり、あるまじく便なきことにても、忍びて心をかはす、みな世のつねの事なり。」（二〇九頁）に始まる心内語は二頁以上に及ぶ。一般的な女性論から始まり、大君方の対応への不満、中の君の身の処し方、現在の状況の苦い認識へと移る主人公の心内語に続くのは次の文である。

…とおぼしつづけて、いと世の中うとましく、あぢきなくながめ入りたるを、上は、ただ心癖に見なしたまひて、いみじく心やましかりければ、ゐざり出でて、「日に添へて、あらぬ様におぼしうつろふ御気色こそ、ことわりぞやと思ふものから、見るたびに心動きはべれ。ただ心にまかせて、あなたにおはしましつきね。一つ心に、誰も隔ておぼすに、なかなか心づきなさまさる」とのたまふを「言に出でて、などて言ひなしたまふ」と思ふがにくければ、…「何事を、いかにのたまふともこそ、心得はべらね。誰が申し知らせたることとならむ。…」（巻二・二一一―二頁）

主人公は中の君への思いを隠して大君に向きあうと、大君は中の君に対する嫉妬をあらわにし言葉に出して怒る。主人公は、中の君との間柄を否定して、心内語とは反対にやさしい言葉を大君にかける。このように心内と会話が異なるハ、では、登場人物の心情は内に閉塞せざるを得ず、鬱屈したエネルギーが物語を推し進めることになる。改作本ではここをも要領よく整理している。(改作本五三頁)

事例3。登場人物は対座しながら、両者の会話は描かれず、約三頁にわたって精細な心内語と地の文のみで状況が写される例。心内語は長いので間を所々省略し、地の文のみをほぼそのままの形で引用する。(巻二・二二三—五頁)

(入道心内語)「思ひつづくるに、この人の咎かは。…ありけめ」(一頁半)

と、

(入道心内語)「かしこに言ひはしたなめられて、…我さへ、…いづくにか身をも隠さむ」

とおぼすに、みなさめて、いとかくても見えたてまつらじとおぼせど、おぼしつづくるにえ堪へたまはず、

泣きたまひぬるを、姫君、

(中の君心内語)「いかなる事をおぼすらむ」

とおぼすに、恥かしくわりなくて、涙落ち添ひたまひぬる気色、いといとらうたげなり。

(入道心内語)「あはれ、いかにすべき人の御身なるらむ。…頼み思ひしか」

とおぼすに、いと口惜しく、

(入道心内語)「大納言殿の上はいとよし。…鎮め言はむや」。

左衛門督の押しおもむけ、ひたぶるに言ひし気色を、つらしとおぼし出づること限りなし。

(入道心内語)「若き女房たちなどは、…あだし心つくらむ」

とおぼせば、局など、心とどめて、をかしきやうに、みなしなさせたまふ。…見どころありてしなさせたまふ。

と、はかなきことにつきてももてなしおぼしたるを見るに、いみじくあはれなれば、…みなさぶらひつきたり。（入道心内語）「心にまかせて遊びたはぶれして、…おぼし慰めさせむ」

このように心内語をつなげる叙述はこの物語に多用されており、第三部に特に多い。入道の心内語は一見閉じられているかに見えるが、思う内容は行動として実現して行くのでここもロ、の形である。入道は真情をもって対し、自らが傷つくことはないが、事実を隠している中の君は傷つく。改作本（五七頁）は叙述を追いながら簡単に整理し、心内語と会話を有機的に繋ぐ。

以上のように心内語の長いものの3事例を見たが、屈折はあるもののその長さが即ち登場人物の孤独な心情を表す、ということにはならない。第一部の心内語は手法として、あるいはこの物語の心内語重視の序曲として見て良い。改作本の要約によっても充分に把握できる表現なのである。ここでは長いもののみを挙げたが、全体的に心内語表現そのものが物語の創造に直結するとは、まだ必ずしも言いきれない。第二部は欠落していて現在は存在しない。

四、第三部の心内語

第三部においては長大な心内語が頻発する。巻三のあたりから、主人公の中の君賛嘆（二六二―三頁）、新たに中の君を恋い慕う男性として登場した帝の思い「故大臣の…などて、我も、これをかの入道にせめて、請ひとらずなりにけむ、と来し方の御心ののどけささへ悔しう」（二八一―三頁）などが目立つ。義理のむすめ内侍督の母代わりとして参内した中の君のもとに帝は忍び込むが、中の君は辛うじて逃れた。この一夜の危機的状況を表現するのに、作者は帝と中の君双方について心内語を多用する。帝は先の心内語をうけて「いかでこの人に、いとかくくだけきと、また心のうちをだにつぶつぶと、言ひ知らせて、気色をも見ばや」（二八三頁）と思い「まことに、我が身思ひ知られ、心憂く、若々しき御心かな」（二九五頁）などと語りかける。

事例4、として、二九四頁から三一一頁に至る帝の侵入から退去までの一夜の叙述を、その文章の形のみで羅列してみる。

影につきたるやうなる内の大臣など、ここにては、かかるべきやうなし、人は、誰かは紛ふべくもあらぬ御気配なるに、なかなか死ぬる心地して、ものもおぼえず。かきくらさるる心まどひのなかにも（二九四頁）

を地の文とし、それに続く叙述は文の形のみ示す。（長）は長大なものをあらわし、心内語に傍線を施した。

中の君心内語　地　中の君心内語　地　帝会話　地　中の君心内語　地　帝心内語　地　帝会話（長）　地　中の君心内語（長）　地　中の君心内語　地　帝心内語　地　中の君心内語　地　中の君心内語　地　中の君会話　地　帝心内語（長）　地　中の君心内語　地　中の君心内語　地　帝心内語　地　帝会話（長）　地　中の君心内語　地　中の君心内語　地　帝会話　地　帝心内語　地　中の君会話　地　帝会話　地　帝会話（長）　地　中の君心内語　地　中の君会話　地　帝会話　地　帝心内語　地　帝歌　地　中の君歌　地　帝会話　地　中の君会話　地　中の君心内語　地　帝会話　地　帝会話　地　中の君心内語　地　帝心内語　地　帝歌　地　中の君歌　地　帝心内語　地

最後の地の文は「と、悔しく、いみじくおぼさるるに、人目苦しからずは、やがてたちつづきぬばかりの御心地ぞ、せさせたまふ」（三一一頁）という一文である。ここに至ると、心内語は単なる方法ではなく、会話と絡むことによってひとつの創造を為したものとして把握できるであろう。言葉として表現されるものと、されないものを峻別し、行動・動作の写生ではなく、両者の心の微妙な動きを直接写すことに意が用いられている。時間の観念からすれば不自然な程に、その心の相貌が綴られるのである。いわば時間の支配から解放されたところに追うものと拒むものの緊張関係そのものが表現されたものとでも言おうか。言葉を超えて心と心が直接感応しあうことを表現する独特の叙述である。

一方で長大な心内語は次第に増加してくる。主人公と帝との間にあって身の処し方に悩む中の君においては特にそれは著しい。物語の筋の上では巻四のあたりで生霊事件が起こる。これは主人公の正妻となった女一宮のもとに中の君が生霊として出現するという事件であり、以後中の君の心内語はそれに続く会話を持たず、すべて閉じられてくる。

事例5。中の君の心内語は例えば次のごとくである。

つくづくとおぼしつづくる夜な夜な、「さるは、面馴れて、さすがに度ごとに、いみじう心の乱るるこそは、かの十五夜の夢に、天つ乙女の教へしさまの、かなふなりけれ」とおぼし出づるぞ、前の世まで恨めしき御契りなるや。（四一三頁）

物語の巻頭に語られている、中の君に天人が下った夢まで射程に入った心内語ともなれば、これは自己のうちに閉じる孤独なものである他はない。他者との会話という形では決して共有されないのである。四一五、四五五頁などにも孤独な長い心内語があり、こうして中の君の心内語は次第にニ、「会話文ナシ」の形に集約してくるのである。その挙げ句、中の君はこの世に絶望し出家に望みを掛けるようになる。その意向を聞いて驚くものの、出家を容認するに至る父入道の心中はまた丁寧に写され、その心中の通りに中の君に語る。ロ、の状況である。入道に関しては思いと会話は概ね一致しており、入道は常に率直で物語の状況は開かれていると見てよい（四六一頁など）。その父に対しても中の君の心は閉じており、中の君と主人公の会話も心内語も次第にずれを生じ、り得ない。

この傾向は登場人物全般に及ぶに至る。

事例6。最後に次のような中の君の心内語をもって唐突に第三部は終結する。これに続く会話は、ここではあ

「この世は、さはれや。かばかりにて、飽かぬこと多かる契りにて、やみもしぬべし。後の世をだに、いかでと思ふを、さすがにすがすがしく思ひ立つべくもあらぬ絆がちになりまさるこそ、心憂けれ」と、夜の寝覚絶ゆるよなくとぞ。（五六九頁）

五、心内語の意味

以上のようにこの物語の心内語を人間関係の面から見ると、ロ、ハ、ニ、と、巻を追って閉塞の方向へ向かっているのである。人物でいえば主人公・入道・帝・大皇宮等の心内はやや開かれ、大君・中宮はやや閉じている。その中で中の君のみは完全に閉塞することによって女主人公としての自立性を得ている。心内語が会話とずれを生じ、個人の中に閉じられるということは、登場人物個々の心的孤立を示すに他ならない。それはとりもなおさず、心内はそもそも他者に対しては伝達不能であるということの認識につながろう。その絶望的な状況を認識しつつ、かつ重層的に語り、虚構世界を創造して行くところに物語の力がある。しばしば引用される源氏物語柏木の巻巻頭の心内語なども、この閉塞性に添ったものである。本来、「語り手」を設定し一元的な「語り」をたてまえとするならば、直接的な心内語は最も遠い所に存在するはずである。逆に言えば、そのたてまえによっては決して共有されることのない登場人物の心内が、作者の多元的な語りによって拓かれてゆくところに物語文学の方法がある。寝覚に即して言えば、心内語自体が物語世界を創造している、とも表現し得るであろう。場面性が

崩されてまで心内語は優先され、その結果、物語の外的な筋立てとの不整合が露呈してしまっという事態が生ずる。物語の中に二通りの時間が流れているとでも言い得るだろうか。中の君の無惨な心的状況の日常化を記して巻を終わるのだが、こうした表現も、心内語を方法・手法から創造・発見へと導く物語内の質的変化が前提として内部に存在していることによって可能となった、ということができよう。とはいえ、心内語のみが自立して心情表現の深化につながるわけではない。心内語表現に文章の力点が移れば、当然会話文・地の文も変質する。表現と非表現の問題がただちに関わって来るのである。物語文学の表現と心内語の問題は、前掲の鈴木氏の論と併せ次の諸論について広く見られたい。


稙田定樹氏『中古中世の敬語の研究』（「源氏物語の内話」の項）清文堂、昭和51・3。

甲斐睦朗氏『源氏物語の文章と表現』桜楓社、昭和55・9。

渡辺実氏『平安朝文章史』（「ものがたり」の項）東京大学出版会、昭和56・7。

小松英雄氏『仮名文の原理』笠間書院、昭和63・8。

秋山虔氏「状況と会話・内話」、「国文学」昭和52・1。

大森純子氏「心内語」、「別冊国文学、源氏物語必携Ⅱ」昭和57・2。

伊藤博氏「心内語」、「国文学」昭和58・12。

松井健児氏「心内語」、「別冊国文学、源氏物語事典」、平成1・5。

6　山里の女としての中の君

一、都と山里

寝覚物語巻五には、女主人公中の君の出家の願望を述べた非常に長い心内語があり、その述懐のうちに、次の一文がある。

うち垂髪にて都のうちにありとも、我が身はなにの頼もしげあべきにもあらずは。（鈴木一雄氏校注、日本古典文学全集『夜の寝覚』四五七頁）

ここに否定的にいう「都のうち」とは、中の君の本来の住まいのある場所である。この時中の君は現実には都の近郊広沢にある父の別邸におり、この文の直後に、

秋の気色になりたる風の音も、山里にはことにあはれに聞きなさるるに、（四五九頁）

とあるごとくそこはしばしば「山里」と記される。この物語の女主人公の居所には、かくのごとく、都と、都の外の場所が用意されており、その二つの場は同時に心理的な視点でもある。「身をとどまかうざまに漂はいて」「つねに世にもありつかず、浮き漂ひてのみ過すを思ふに」（四五六頁）という「浮き漂」う身は、とりもなおさずさまざまな場を漂う心でもある。二つの居所がある、ということ自体ではない。それらを行き来することによって二元的な視点を付与された中の君には何が齎らされたか。都ではないにせよ所詮広沢の「山里」は「山」で

はなく、出家は実現せず、末尾欠巻部では中の君は白河院、更に某所などに身を隠し、最後には広沢において物語を終わる。ここではその機縁として設定されている広沢を中心として考えるが、結局中の君は遂に住むべき所を見出だせず、山里をも否定することに至っているものと見られるのである(1)。

二、女主人公の居所

寝覚物語が主人公を女性として造り上げたとき、物語の内部にはさまざまの問題が生起して来た。ここで女主人公の居所の問題との関連を考えると、仮に主人公性ともいうべきものを想定してみても、行動が自由な男性と異なって、女性の場合はおのずから物語の実際の場は極めて限定される。空間的な広がりや自在さは閉ざされており、女主人公中の君を中心とするこの物語が、その仕組みの方向を人間の内部に向かわせるのはある意味で当然であるかもしれない。

一般に、物語の登場人物たちの居所については、人間関係や習俗の問題とも極めて密接に結びついているために、その意味を把握しにくいことがしばしばある。当時の実際の結婚の様態は今日必ずしも明らかになっているとはいえず、居所に関連していえば、通う・据う・迎う等の語彙の意味するところや、男性・女性がそこに如何に関わってくるかについては、複雑な個々の有り様が推定されているのが現状であろう。しかしそれを物語という虚構の世界の内部で考えると、婚姻は居所と関わるために、その意味するところは別として、却って移転や人物の動きそのものを克明に描く場合も多い。

例えば源氏物語の女性たちのうちのある人々は、乙女の巻以降六条院という光源氏の宰領する居所に在った。六条院そのものが現実を超えた物語の壮大な虚構であること言うまでもないが、それは源氏側の理想を実現したものであったにせよ、複数の女性を居住せしめることを含めて、女性側の積極的な意志や発想によるものとはいいがたい。源氏との婚姻関係が前提であるが、なお移り住むこと自体に対する女性側の躊躇、逡巡と、その意味を問いつづけることが、この辺りの叙述を女性物語の形成・深化へと促しているともいい得よう。

物語の仕組み自体が根本的に異なっているものであるから比べようもないが、寝覚物語のごとく、中間と末尾に欠巻が存在し、内容も男性との関係を問題としている女性の物語にあっては、居所の問題が物語の内部に直接関わってくるためもあってか、中の君の居所の移動は作者によってかなり精細に記されている。

ここで居所の土地の想定について触れておく。この物語は京都を中心としており、浜松中納言物語のごとく唐の国に物語が飛翔する等のことはない。しかしその中において見れば、中の君は前述のごとく転々と居を移し、しかもそれは京都の周辺が多い。後期の物語の女性たちは、京都の中心部を既に離れがちである。宇治十帖以来、狭衣物語も、女性の住まいは京都を離れ、その離れた所から都の価値観を見返すがごとき様相を示している。この物語史的な流れの中において、居所を検討するとすれば、中の君は一体どこに住んでいた、といったら良いだろうか。中の君は、基本的には都の住人であるが、先に述べたように都の中でも度々居所を変えており、むしろ住みかを定めず漂うこと自体がこの人物の特徴であって、そのことが造型と密接に関わるかと思われる。中の君は極論すれば家を持たない女性である。しかし実際の想定としては自分の意志で居所を変えることを可能としているのか、否か。第一部と第二部では微妙にその意味は異なるが、一箇所だけ、自分の意志で移転することのできる所があった。それが「広沢」である。ここではこの広沢を「都」に対して「山里」としてもとらえていることの意味を中心として考察を試みてみたい。中の君の居所の移転は次のように記される。

第一部（巻一・巻二）

(1)、太政大臣邸（父の家。天人降下）　(2)、九条邸（物忌）　(3)、一条邸（方違）　(4)、石山寺（病気平癒祈願）

⑸、石山の小家（密かに出産）　⑹、石山寺　⑺、一条邸　⑻、広沢（太政大臣別邸。静養）　⑼、太政大臣邸
⑽、広沢

第二部（中間欠巻部）細部は不明
〃⑽、広沢　⑾、左大将邸（結婚→夫の家。死別）

第三部（巻三・巻四・巻五）
〃⑾、左大将邸　⑿、宮中（督の君の義母として。帝事件）　⒀、左大将邸　⒁、広沢　⒂、王人公邸（結婚→夫の家）

第四部（巻末欠巻部）細部は不明
〃⒂、主人公邸　⒃、白河院（生存を秘す）　⒄、某所（隠れ所）　⒅、広沢

以上のように現在わかるもののみ跡付けてみても、中の君は十八回にわたり居所を変えている。これを整理してみると、具体的な居所は、父の家・都の別邸・石山寺・広沢・婚家などであり、移転の理由としては物忌・方違・出産・結婚・静養などが考えられる。本来、女性にとって父の家は夫を迎える所、またはいわゆる実家、あるいは里としてあり、やがて伝領することが多い。この物語も形の上ではその形態を持つが、中の君の心理的状況としては姉大君との絡みで父の家に居つづけることは許されない。いわばそれの変形として広沢があるが、単にそれのみではなく、この地を大きく都に対して山里ととらえ、動に対する静、外部に対する内部といったふうに、いわば中の君の二元的な視点の場として構築していることは極めて興味深い。とはいえ、これは画然と思惟の方向が異なるということではない。むしろその幅の中を行きつ戻りつといった具合で、地理的な設定を超えて自在に中の君は考えをめぐらすようになり、結果的に地上には遂に住むべき所を見失ってしまうのである。

具体的に見てみよう。第一部では父の家が中心であるが、中の君が主人公と出合う所は九条であるし、方違え

に一条邸が設定され、更に⑷、⑸、⑹では人目を避けて密かに出産するため石山に赴く。⑾、⒂は結婚のための移転である。婚家を自身の家としながらも、中の君はそこに住み続けることはできない。全編を通じて⑻、⑽、⒁、⒅では広沢を舞台としている。仮に静養と記したが、この広沢は物語の以上のような流れにあって大きな意味を持ち、内的な住みかであると言えよう。

広沢は父太政大臣が「つひのすみか」として広沢の池の畔に造営した、御堂を中心とするすまいである。したがってここには常に父が存在している。中の君は心理的に父に強く依存してはいるものの、主人公との間柄を秘密にしているために、信頼を裏切っている結果となり、その罪悪感のゆえに、心底から甘えることはできない。むしろ、父の存在は倫理的な規範であって、それを越えて空間的にもそこを少し離れた、孤独な自己観照の場として在るといった方が、特に第三部については正確であろう。都と離れ、自然の豊かな静謐の地、という以外に、ある観念としての「山里」の呼称が選びとられていることに注目する所以である。

語としての「広沢（の池）」は六例あり、他に「嵯峨（野）」五例、「西山」四例の別称がある。この地が「山里」と称されていることの意味に絞って、考えを進めてみたい。

三、二つの山里、九条と広沢

この物語における、言葉としての「山里」の使い方を例示する。「山里」一二例、「山里がち」一例、「山里めかし」一例、計一四例を見ると、二例の「九条」、一例の比喩的な表現を除いて、すべて「広沢」について用いられる。1～10は、第一部の例である。参考として中世の改作本である中村本の該当箇所を併記する。大体において、中村本も山里の意識はそのまま踏襲している。広沢以外の例から挙げてみよう。

1、九条：中の君が、方違えに来た但馬守の女と出合う

かたみになつかしくおぼえて、風涼しく月明き夜、山里めかしくおもしろき所なれば、端近くゐざり出でて、物語などしたまひつつながめたまふ。（五〇頁）

わざとめきておかしき所なれば（古典文庫中村本上、一六頁）

2、（九条）：中納言の中宮への言葉

中宮に「ある山里に、ほのかなるものをこそ見たまへりしか」と申したまへば（六四頁）

「しのびて山ざとにまかり侍しにおもひのほかなる事こそ侍しか」（中村本上、二八頁）

3、比喩：宮の中将の主人公への言葉

「思いもかけぬ山里、蓬、葎のなかに、かたち、有様をかしからむ人を見出でては…」（六九頁）（中村本ナシ）

九条について1、に「山里めかし」ということは、逆に九条は山里そのものではないということになろう。中村本には山里の語はない。2、は中納言が中の君発見を中宮に語る場面であり、この山里は現実の九条ではなく、美しい女性がひっそりと隠れ住むいわゆる伝統的な「山里」を、場所をはっきりといわずに仄めかす形で用いている。中村本はそのニュアンスを伝える。いずれにせよ九条は山里であるとはいいがたい。3、は宮の中将が中納言に女性について品定め風に語る場面で、2、の用い方に近い。次に挙げる4～14の一一例はすべて広沢である。

4、父、大臣が、中の君に広沢移転を語る

「乱り心地いと苦しければ、山里にまかりぬ。」（一四八頁）

「ここちのいみじく侍れば山さとにまかりぬ。」（中村本上、七四頁）

5、中納言が広沢の中の君に手紙を書く

紛るるかたなからむ山里のつれづれに、かの御目とまるばかりと乱れ書きて、（二二八頁）

まぎるるかたなからん山ざとのつれづれのめとまるばかりかきつづけて（中村本上、一二七頁）

6、中納言の歌

つらけれど思ひやるかな山里の夜はの時雨の音はいかにと（二三〇頁）

袖ぬらす夜半のねざめのむらしぐれうき世のほかはいかがきくらん（中村本上、一二九頁）

7、8、中納言の推察・行動

「あはれ、山里に、いかに思ふこと繁う、ながめたまふらむ」とおぼしやりて、なよらかなる御衣どもに、薫物心殊にたきしめて、夕暮に、山里へおはします。（二三一頁）（中村本省略部分）

9、中の君の女房少将が、中納言に中の君の様子を語る

かかる山里に、あるにもあらず心苦しうながめつつ、言はでおぼしたる御気色の、心細う、（二三五頁）（中村本ナシ）

10、年賀に訪れた宰相中将の感想

さぶらふ人も、かかる山里につきなきまで、きよげにうち装束きわたりたれど、なにの心地よげならず。（二四二頁）（中村本ナシ）

11、以下、第三部。中納言の行動

院の御覧ぜむところさへつつみ憚るほど、山里には、思ふままにもえ紛れたまはず。（四四五頁）（中村本ナシ）

12、中の君の様子

夕涼みには、さはいへど、秋の気色になりたる風の音も、山里にはことにあはれに聞きなさるるに、すこし心地も静まるやうにおぼさるれば、（四五九頁）（中村本ナシ）

13、中納言が広沢に居ることを、大皇宮が非難する
…おぼし構へしままに、ひとへにもてあらはれ果てて、山里がちに籠り居たまへるを、（五〇二頁）（中村本ナシ）

14、中の君の懐妊を親しい人々が知る
峰の朝霧晴れぬ山里にて、御心地の有様をも、かくなりけりと、親しき限りは見たてまつり知り、（五〇四頁）（中村本ナシ）

前述のごとく、1、2については、3をも考え合わせることによって、男性側の「山里」の語のもつ基本的な概念が推測される。雅趣に富みながらも侘しい山里の、このような比喩的な把握は、これを九条と特定することによって、そこにたまたま在った女性・中の君と、その存在を発見した男性・中納言の、両人の物語としての骨格を示すとも見られる。互いに名を秘し、あるいは別人として振る舞うという状況は一段とその象徴性を深める。この男性の、在るはずもない所に女性を発見したという純粋な歓喜が根底にあってこそ、この物語は成り立つ。しかし、男性はこのような情熱によって一途に導かれて行くのに対して、女性の側は、既に天人の降下によってこの世を超えた視点を付与されてしまっている。女性の主人公性が優先する、このくいちがいが物語の根幹であろう。もともと九条は中の君にとって厄年の災厄から逃れるための所であり、「かたき御物忌にて悪しかるべければ、所さりて忌みたまふべきなれば」（四九頁）ということで赴いた静かで安全な場所のはずであった。中の君は改めて逃れる場を探さねばならない。ところで九条は「山里めかしく」はあっても「山里」ではない。ここに広沢が設定される所以である。

4～14は広沢をさす例である。第一部と第三部とは微妙に異なる。5、6、7、8は都にいる中納言の眼から中の君の居所を山里という。実際中の君にとっても静かで安全な山里であった。しかし第二部の初頭には、無名

草子によると広沢の中の君の許に中納言が忍びこむことが描かれているものと推定される。(2) ここで客観的にも広沢は必ずしも逃避の場所ではなくなる。中村本にもその事実はあり、女房を語らって十月一日に赴いたとする。

…入道どのはひをかぎりて、ほとけの御まへにてむごんにてをこなひし給へば、よきひまなるに、いかにいかにと、大なごんどのよりはせめ給へば、ほのめかしきこえたるに、いと忍てまぎれいり給ふ。山ざとの人めまれなるところなれば、しる人もなし。（上一六四頁）

あやしく見る人もやとつつましけれど、山ざとなれば、御物いみのかたきさまにいひなして、御物いみつけわたしなどす。（一六七頁）

おぐら山のあさ霧にまぎれいで給ふ。（上一八八頁）

山里の静かさは同時に男性の侵入を許す不用心な面もあわせ持つことになるが、この危険な変容はありながら、中の君は自己の考える隠棲の地として山里をなお強く意識しており、この意識はこのまま第三部へ引き継がれて行く。

なお拾遺百番歌合十番右に次の歌がある。中間欠巻部にあったものと思しく、中村本に、該当する記事が見える。

としひさしくたえてのち、めぐりあひたまへる秋、月のひかりむしのこゑも、ただむかしながらの心ちして、いし山にて、すみはつまじきちぎりなりけむ、ときこえしほど、わかれたまひし夜の心ちおぼしいでられて、なかなか心づくしもややたちまさるに、人やりならずなみだにくれて　関白

かぎりとていのちをすてしやまざとのよはのわかれににたるそらかな

［…ひろさはにてわかれしあかつきおぼしいでて

「かぎりとていのちをかけし山ざとのよはのわかれににたる空かな

かばかりにてもおぼしいづる事もなかりつらん」との給ふままに」（下一三七頁）

歌に「山里」とあり、これを15、と見ておく。詞書の「いし山」の「い」は「に」と似た字体で一般に「西山」の誤写と考えられており、4〜14の例からみても広沢をさすとしてよかろう。この西山云々は、先に引用した、中村本では上一六四頁以下の部分に相当するものである。

四、広沢の中の君

先に述べたように第一部の「山里」と第三部のそれとは微妙に意味を異にする。第一部では中納言を厳しく拒否し、この世から逃れることのできる場であった。第三部においても、中の君の主観としては同様であり出家も可能なはずであった。ところが前述の事実に加えて、すべてが明らかとなり父も公認し中納言も訪れるようになって、中の君は、始めて広沢の山里としての機能の変容を知り愕然とする。ここを機縁とした出家への道も閉ざされ、中の君は行くべき場を失って追い詰められ、おのれの中に更に山里を求めねばならない。その閉塞性が第四部を呼びおこすとも考えられる。

石川徹氏は「夜半の寝覚は孝標女の作と思う(4)」において、その根拠の一つとして「広沢が西山に変ること」を述べておられる。巻二に七回出てくる「広沢」の語が、巻四では「西山」と表現されていることは、「更級日記」に孝標の山荘として二例見える「西山」を思い浮かべて、この物語の作者である孝標女が、つい西山と書いてしまったためであろう、と推定しておられる。このことは「広沢」が「西山」と呼ばれることはあり得ない、という前提を必要とするが、事実の指摘として大変興味深い御着眼である。あるいは巻四においては、静養の地山里としてよりも、そこで即ち出家が可能な山としての意識が優先して、広沢が西山に呼び変えられているのかもしれない。

具体的に広沢を見てみよう。第一部巻二に語られる中の君の広沢行きは、最初は、中の君が父の病気を案じていることを聞き、父が呼び寄せたものである（一八三頁）。大臣が回復してからは、大臣本人も姉も帰京を奨めるが、中の君は「なほ、この御有様の見たてまつらまほしければ、今しばし、かくて」（一八五頁）と述べて、ここでははっきり広沢滞在の意志を示す。一旦は帰京するものの姉との溝は深まり、中納言との噂を心配した大臣は再び呼び寄せる。

御堂は別に建てて、中に渡殿して、いと小さくをかしげなる寝殿を建てられたり。そこにぞ、つねはおはする。御堂につづきたる大きなる廊を、つづきてあるに、移ろひたまひて、この寝殿に迎へたてまつらむと、おぼしなりぬ。（二〇七頁）

のごとく、本格的な移転である。「寺より渡れと侍れば」「山より山にこそ入りまさらめ」「ただこの庵にて世をつくさむと、おぼし離れよ」「かく世離れたる御すみか」など出家の方向が強いが、中の君側の心中には触れられていない。以上のように第一部では殆ど父の意向によって広沢移転が描かれており、中の君は受動的である。しかし世の中を離れた安息の場としての設定は尽くされており、女性側が、一先ず「憂きふるさと」としての都との対比における「山里・広沢」として捉える視点は、用意されたと見てよかろう。ただし現存本巻二は、ここで終わっているために、以後の詳細は不明である。

第二部中間欠巻部における広沢の位置付けは定かではないが、既述の改作本やほかの資料から推測すると、中の君は関白の許に嫁すまでここに在った模様である。

第三部巻四に至ると、帝との事件、生霊の出現、女一宮の存在などに苦しむ中の君は、自分から広沢行きを希望する。石川徹氏の言われるように、ここには「広沢」の語はなくすべて「西山」と言い換えられている。広沢に赴くものの、すでに関白の末亡人としての身分は重く、かつ広沢の地そのものも変わってしまっている。しかし中の君はこれを外面的な変化としてしか把握していなかった。設定としては、父大臣の居所とは別に中の君の居所が新しく造営されており、かつ、昔中の君のいた所には斎宮がおられる、という具合に細分化されている。「このついでに、かくてやがて住み果てなむ」と決意する重い意味を持つ。ところが、一方で主人公にとってはこの時こそ「山里の女」中の君を「都の女」として我が物にする好機であった。主人公は一切を父大臣に告白し、更に懐妊がわかって出家は果たされず、広沢が逆に中の君を拒否する形になる。しかし中の君がいわば幻の広沢に抱く観念が中の君を自己の内部に向かわせ、その心理はここで十分に深化され対象化されており、広沢の外面的な状況と関わり無く広沢そのものが中の君を挑発しつづけるのである。言い換えれば、ここで中の君は外側の広沢を失い、その絶望に裏打ちされて自己の内部に二極的な存在としての新しい「広沢」を構築したとも捉えられるであろう。

第四部においては、もとより広沢の有りようはさだかではないが、「風葉集」に触れておきたい。同集にはこの物語の歌が二四首入集しており、「中の君」を示す呼称は「広沢の准后」である（一〇三五・一二七〇・一三二一・一四〇〇）。松尾聰氏は『平安時代物語の研究』(5)において「(風葉集に）女主人公の歌が「広沢の准后」の名で出てゐること」について、

風葉集では前にも述べたやうに、読人名は一切、その人が物語に於いて到達した最後の身分名を以て称する事になってゐる。従って、右の名称によって女主人公は白河院を出てから、准后の待遇を賜はり、晩年を、父入道の在す広沢に住んでゐた事が知られる。

と述べておられる。かくのごとく広沢は中の君の最終の地でもあった。第三部から見るに、更にその位置付けは変化しているものと思われるが、広沢の重要性そのものは推測できよう。

五、山里の意味

源氏物語では「山里」は比喩的な表現を除くと嵯峨・桂・大井・北山・須磨・西山・小野・宇治などを指す。女性について見れば、明石の女君・落葉の宮・宇治の女君達が住み、男性に関しては源氏の御堂、別邸があり、朱雀院の出家後の住まいであった。源氏物語の山里についての論究は家永三郎氏の「日本思想史における宗教的自然観の展開」を始めとして数多く、浮き世を逃れる場としての有り様を中心とする考察が様々に進められてきている。(6)

高橋文二氏は『風景と共感覚』(7)所収の「常世の面影・源氏物語の「まめ人」「まめ」をめぐって」において、「まめ人」が山里に踏み込み禁忌を犯し、異界であるはずの山里がたちまちにこの世と変ずる様相を、源氏物語のまめ人、夕霧の小野訪問、薫の宇治訪問を例にとって論じておられる。まめびとと山里についての卓論であり、寝覚物語もある意味では極めて似通った状況にあると言えよう。

歴史的地理的な裏付けは夙に鈴木弘道氏の『寝覚物語の基礎的研究』(8)第三節「地理的素材」に詳しく、広沢の御堂は寛朝僧正創建の遍照寺から作者の思いついたものか、と述べておられる。

野口元大氏は「寝覚の女君」(9)において広沢の女君を精細に分析され、

広沢は、いわば現実から聖別された異次元の世界なのであり、そこに籠ることによって、彼女は無条件に、無際限の保護と援助を約束されるのである。

と述べ、広沢の「異界性」を指摘しておられる。「異界性」は言い換えれば私の考える「山里」の一面と軌を一にする。

寝覚物語の広沢は特別な場所であることは私もかつて度々述べてきたことであるが、(10)山里との関連から見ると、女性と男性それぞれの把握の違いが極めて巧妙に物語の居所の仕組みに内蔵されているように思われるのである。

山里は古来、伝統的に隠棲の地として把握されている。この物語においても中の君の父大臣にとってはまさにそのような土地であって、そこで出家し入道と呼ばれるようになり、全体を貫く一つの倫理的観念的な存在として重要な位置を占める。しかし、この人物は物語の内部では別の次元に置かれ、主題的なものを担う存在ではない。中の君は、当初自分の意志ではなく、父の縁で広沢へ赴いたのだが、そこで都とは異質な山里としての広沢を発見する。父とは異なった自分の人生の中における新たな「山里」を「都」とは別に構築し、そこを心身ともに行き来することによって自在な二元的思考が可能となった。女性を主人公とした場合この辺りの距離が限度であろうが、「山里」のみに住むのではなく、現に在る「都」と在るべき「山里」と二つの場が想定されていることは極めて興味深い。

一方、昔物語からの一型として、寂しい山里に思いもかけぬ美しい女性を見いだす、という伝統的な物語型がある。都に住む男性である中納言を中心として考えれば、源氏物語を引き合いにだすまでもなくこの型を根底に据えることが可能である。

まず、中の君は中納言によって「山里にかくれすむ美しい女性」として発見された[11]。しかし中の君にとって「山里」とは思索の地である。物語の進展につれ、この両面性を持つ二つの「山里」はくいちがいを見せる。第三部の終結部では結婚により遂に中の君は中納言のものとなった。しかし心は中納言[12]に占有されることはなく、中の君は自在な場を、更に別の次元で求めねばならない。物語の発展を第四部に期待する所以である。このように第一部から第四部に至るまで、広沢は中の君の原点であり続けた。俗世である都や、主人公側の生活空間としての把握に対して、あくまでも内部の「山里」であった広沢を、中の君の幻の住まいとすべきであろうか。このような女性主人公の居所の想定[13]に、宇治十帖を承けるものとしての、後期の物語の様相のひとつを見るのである。

注

（1）本稿は永井の次の論と関連する。「女主人公は何処に住むか―寝覚物語中の君の居所」学習院女子短期大学「国語国文論集」一九号。平成二・三。『続　寝覚物語の研究』（笠間書院、平成二・九）所収。

（2）「また、老関白のもとへ渡らせ給ふほど近くなりて、わりなく対面し給ふほどのことども。」などの記載がある。桑原博史氏校注、新潮日本古典集成、六五頁以下。

（3）日本古典文学影印叢刊一四「物語二百番歌合」一四五頁。

（4）帝京大学文学部紀要（国語国文学第一三号）、昭和五六・一〇。なお同氏編著「校注夜半の寝覚」（武蔵野書院、昭和五六・一〇）解題一二頁にも同様の指摘がある。

（5）一三「よはのねざめの物語」九九頁。東宝書房、昭和三〇・六。

（6）目崎徳衛氏「歌枕と山里―都市意識を映す鏡として」、「国文学」昭和五一・六、等。

（7）副題「王朝文学試論」、春秋社、昭和六〇・九。なお同書所収「まめなるものの頽落・「物語」の視座」。

（8）塙書房、昭和四〇・六。

（9）「寝覚の女君―「夜の寝覚め絶ゆるよなくとぞ」」、上智大学「国文学科紀要」第四号、昭和六二・一。

（10）永井和子「寝覚物語の老人」（学習院女子短期大学「国語国文論集」一五号、昭和六一・三。『続　寝覚物語の研究』所収）等。

（11）永井和子「寝覚物語―かぐや姫と中の君と」（「国文学」昭和六一・一一）は中の君をかぐや姫との相関から捉える。『続　寝覚物語の研究』所収。

（12）男性主人公の官位は上がるが、本稿では「中納言」の呼称で一貫した。

（13）河添房江氏「夜の寝覚と話型―貴種流離の行方」、「日本文学」第三五巻第五号、昭和六一・五、は、この問題に触れるところがある。

7　寝覚物語の時間——物語内部における「昔」の形成

一、寝覚物語の時間

寝覚物語は物語の内部に時間的な秩序を持ちつつ展開して行く物語である。まずある人物（太政大臣）の紹介に始まり、その次女にあたる少女中君が「主人公」として特定され、中君の生の時間軸に従って物語は展開して行く。その少女が十六歳の時、ある貴公子と偶然に契りを結んだ、というそのことが、この物語の話としての原点であり、同時に時間的な出発点でもあった。以後彼女の二十八歳までを我々は辿ることができるのだが、時間の堆積に従って当然この出発点は次第に「過去」のこととなる。物語はこの「過去」をくりかえし検証し、復元し、現在と重ね、意味を執拗に問い続けるのである。中君のみならず物語内の人物達は、それぞれにこうしたそれぞれの原点を持ち、過去の時間の重層的な視点によって現在を把握するのであるが、その過去は必ずしも堆積によって変容しない。個々の人物の捉えたままの姿で現在に存在し、おのおのは別なのである。時間が内在化し、かつ孤立していることは、この物語の特質と言えるであろう。過去に関わる時間表現の一つとして「昔」の語がある。この語を用いて表現すれば、各人物はそれぞれ異なった「昔」を各人の内部に厳しく抱え込み、主張し、互いに融和することはないのである。物語の末尾（第三部）においても「過去」は必ずしも救済や昇華を意味するものとはならず、生々しく現前したままであることは、時間に対する極めて特徴的なこの物語の姿勢を暗示するものとも見られる。意識の上で「昔」と現在との間には、時間的な懸隔よりもむしろ心理的な連続性が強調されるのである。

二、物語文学と時間

一般に物語文学と時間の問題を考えるとき、そこには様々な次元が存在しよう(1)。物語は本来、「過去」のことを語り手が聞き手に対して語るところに成立している。物語文学は、こうした「過去」を、現存する「現在」の聞き手に語ることを虚構のたてまえとして設定する形をとり、ここに物語文学の伝承性が存在する。これを外的な時間設定といってもよい。寝覚物語においてもこの点は例外ではない。物語文学全体からみると、この意味の「過去」と「現在」の時間差は物語によって異なり、各物語固有の時間設定の違いが見受けられる。伝承という過程を想起すれば本来この距離は極めて遠いものであったと考えられ、昔の話を伝え伝えて、現在に至るという形が基本であったであろう。寝覚物語の場合、この時間差はさほど大きくはないものと推定される。起筆部分によると「人の世のさまざまなるを見聞きつもるに、なほ寝覚の御仲らひばかり、あさからぬ契ながら、世に心づくしなるためしは、ありがたくも有けるかな。」という語り手の感想があって、ある語り手が、自分が「見聞き」した中で「寝覚の御仲らひ」ほど「心づくしなるためし」はめったにない、という口上であるから、最も近ければ自分の過去の経験の中にその「過去」は収束できるものである。遠ければ自分の経験ではなく、更に伝承した過去ということになるが、それにしても自分の経験と比較している点から見て「大昔」ではなく、かなり近い「過去」ということになろう。ついで「そのもとの根ざしをたづぬれば、そのころ太政大臣ときこゆるは、朱雀院の御はらからの、源氏になりたまへりしになむありける。」と続くのであり、基本的には「そのころ」形式の物語と把握してよい。

設定としては物語の外部にある時間は、一旦「語る」という伝達行為により物語世界として提示されはじめると、聞く時間――実際には読む時間――と、同時進行の形となる。源氏物語における草子地の問題のある部分がここに関わろう。この点を「現在」あるいは「現在」の進行の形で把握することもできるが、寝覚物語においてはむしろこうした意識は希薄であるので、この次元における時間についてはしばらく措くこととしたい。

更に物語世界内部に限定した場合、成立時と、内部に設定された「過去」の具体的な度合いの問題があろう。例えば源氏物語が、物語成立当時の時間から約百年以前の時代を設定したか、といわれるような問題である。

物語内部の虚構としての年数の問題に至れば、例えば源氏物語は約八十年間を舞台とし、寝覚物語は現存する第三部までに約十六年が存在する、といった時間の長短による切り口が可能である。

ここで問題としたいのは、作中世界における時間の意識の視点である。寝覚物語は十六年にわたって前述のように堅固な「過去と現在」を形成している。作中人物は過去を強く意識しつつ現在を解釈しているのであるが、このことは過去と現在が一続きのものとして把握されるといった、物語における時間と長編性という構造の問題に関わるのではないだろうか。このような意味で設定として外在する時間と、内在する時間との関係は複雑である。また、時間を年時的な、例えば十六年間といった実際に流れる時間と、作中人物の心理的な時間意識と分け、これを外的時間・内的時間と把握することもできる。心的な意識の流れを追う寝覚物語の場合、叙述・表現の長短と、現実に流れている時間との差異の問題も無視できない。例えば作中人物二人が相対しているような時に、現実には外的な時間は短いはずであるが、心内語は極めて長く精細であって、この場合には異なった時間の把握が必要になってくる。

以上のように物語の時間は、「物語の形式」に付随するものと、「物語の内部」に関わるものとに大別されよう。

まず、語り手が聞き手に語っている、として設定されている「現在」の場がある。この虚構的な時間は前に述べたようにここでは考慮に入れない。次に語り手は、物語の内容を「過去」の出来事として語っていることを前提とする。(「人の世のさまざまなるを見聞きつもるに…」)更に物語の時間は「そのころ」の語を起点として「過去」から「現在」へと転換し、「物語の内部」の世界に至る。(「そのもとの根ざしをたづぬれば、そのころ太政大臣ときこゆるは…」)。

この「現在」から寝覚物語は開始する。この物語の場合は殆どこうした「物語の内部」の問題に限定されてくることとなり、このように時間の問題は、個々の物語によって様々な固有の面と呼応するものとして存在する。このような視点から、本稿では、寝覚物語の時間構造を考える一環として、過ぎ去った時間を意味する「昔」の語の表現を軸とした具体的な考察を試みたい。

三、「昔」の形成

寝覚物語は四部構造を持つ作品である。現存するのは第一部と第三部であり、他は残ってはいない。このことは、作品の実体が現存するか否か、という外的状況によって、作品全体の内部的な構造を規定してしまうかに見えるが、むしろ内的な必然によっても妥当なものと考えられるのである(2)。

第一部と第三部によってもある程度作品が読める、ということは、物語自体が連続性を強く帯びているということでもある。このうち第二部の内容については、改作本や、無名草子などの外部の資料から推測できる部分もあるのだが、最も参考となるのはほかでもなく第三部自体の記述であり、このことは一方でこの作品の階層的な構造を示している。第二部は第一部を、第三部は第一、二部を受け、第一部〜第三部は内的に一体化している。

そのために、欠巻に起因する問題は別として、物語内部の時間設定は極めて具体的であるといえよう。物語の外にある時間と、内部にある時間とが明瞭に区別されるのである。

外的な「物語の形式」と関連して物語類の冒頭の叙述を考えると、時間を限定した表現として「昔」という表現があらわれてくる。

今は昔、竹取の翁といふものありけり。（竹取物語）

昔、男、初冠して、奈良の京春日の里に、しるよしして狩にいにけり。（伊勢物語）

今は昔、男二人して女一人をよばひけり。（平中物語）

今は昔、中納言なる人の、むすめあまた持たまへるおはしき。（落窪物語）

今ハ昔、本朝ニ聖徳太子ト申ス聖オハシマシケリ。（今昔物語）

などが典型的なものであるが、先に見たように寝覚物語は冒頭にはこの「昔」の語を持たず、むしろ「今」に近い意識から始まっている。しかし一旦「物語の内部」に踏み込んでみると、そこには「昔」の用例は極めて多いのである。いわば寝覚物語は物語の外部に「昔」を持たず、内部の時間として「昔」を形成するとも言い得よう。用例は七二例であり、他の作品と数の上から比較しても極めて多数を占める。

「昔」は時間を「過去」に限定するが、必ずしも特定の具体的な時間を示すわけではなく、一方で極めて主観的な把握を内包している。この物語にも引用されている伊勢物語第四段、古今和歌集恋五巻頭の歌、

月やあらぬ春や昔の春ならぬ我が身ひとつはもとの身にして

にしても、様々な解釈はあるにせよここに示された「昔」が「現在と切り離された」時間、「過去」として峻烈に意識された主観的な時間であることは明らかに読み取ることができる。いわば流れる時間を、過去と現在の意識によって切り取る言葉であると言えよう。

「昔」の語について望月郁子氏は、類義語イニシへと対比しつつ、上代・平安時代の和文資料を中心に用法を精査しておられる。(3) 氏はまずムカシとイニシへについて次のように言われる。

①ムカシは、「心の向く過去」を原義とし、妻が生きていたあの頃・かつての自分の全盛時代・強烈な印象をうけたあの時など、なつかしく、忘れがたく心引かれる過去を言う。これは、記憶に鮮明な過去であるところから、直接体験した過去・近い過去をさす傾向が強い。すなわち、二年前・三年前をさしてムカシと言うことがかなり多く、時には、一月かそこら前をさし、つい先頃・今まで・以前などと訳せる場合も少なくない(この点、現代語のムカシと相違する)。この近い過去をさすムカシは、上代・平安時代を通じてムカシの用法の主流をなす。

②一方、イニシへは「過ぎ去ったかなた」を原義とし、神代の昔、故事・伝説として伝承されている事件のあった当時、歴史上有名な事件当時など、直接体験を越えた、何十年・何百年も隔たった遠い過去をさす(この遠い過去をさすイニシへは、万葉集ではイニシへの全用例の90%を上回る)。

ついで、ムカシとイニシへは上代におのおの用法を広げ区別が紛らわしい場合が生じて、上代ではムカシの四倍の用例数を有したイニシへが、平安時代になるとムカシより少なくなり、おのおの新しい用法を生み、中世にはいるとイニシへの意味領域がムカシに侵されて消滅するに至る、としてその展開を詳細に検証される。

本稿は「昔」に限定しイニシへに触れることはしないが、作品別の用例数の関係から望月氏による表を引用させていただき、加えて宇津保物語と平安後期の三物語を私に同様に表示する。寝覚の「昔」は、長編物語としては源氏、宇津保についで多数である。

作品	ムカシ	イニシへ	比率 ムカシ／イニシへ
万葉集	14	56	0.25
古今集	27	11	2.3
土左日記	11	1	11.0
竹取物語	5	0	
伊勢物語	155	7	22.1
かげろふ日記	18	3	6.0
和泉式部日記	6	0	
枕草子	18	0	
源氏物語	375	106	3.5
紫式部日記	5	2	2.5
更級日記	16	2	8.0
大鏡	35	12	2.9
方丈記	4	2	2.0
平家物語	143	22	6.5
古今著聞集	109	6	18.2
徒然草	20	8	2.5
伊曽保物語	1	1	1.0

数字は複合語を含む用例数である。
（望月氏による表）

宇津保物語	288	19	15.2
寝覚物語	72	6	12.0
浜松中納言物語	30	0	
狭衣物語	47	6	9.8

＊（永井による追加）

＊寝覚物語は阪倉篤義氏等編総索引により、この「昔」の項を基本とする。宇津保物語は同研究会編索引による。浜松中納言物語は池田利夫氏編総索引による（「昔今」を含む）。狭衣物語は榊原邦彦氏等編古活字本総索引による（「昔の世」を含む）。

寝覚物語七二例は、五巻本についていうと第一部は巻一・二例、巻二・五例合計七例であるのに対して、第三部は巻三・二三例、巻四・二一例、巻五二一例合計六五例と、第三部に偏在する。これは物語の流れから見て当然とは言うものの、この物語第三部の特殊性を表しているものと考えられる。まずこの物語において「昔」がどのように用いられているかについて瞥見し、時間の意識に絡め取られたこの物語の特質を探ってみたい。

四、第一部――「昔」の始発

「昔」の語の用例を見るにあたって、第一部の七例から始める。前述のように第一部（巻一、二）の七例は、第三部（巻三、四、五）の六五例に比しては物語の量的比率から見ても極めて少ない。しかしここには、既にさまざまなレベルの時間をさす「昔」が典型として存在するのである。意味・用法の面と、物語内の時間意識との相関性を中心に考えて行きたい。なお例示（１２３…）は叙述の順に従うので、分類（ＡＢＣ…）とは必ずしも一致しない。

物語は始まり、太政大臣が紹介され、むすめの中君の夢に天人が降下し、琵琶の秘曲を教えた時語った言葉に、次のように見える。[4]

1、「…おのが琵琶の音弾きつたふべき人、天のしたには、君ひとりなむものし給ひける。これもさるべき昔の世の契りなり。…」（巻一、四七頁）

この「昔の世」はいわば熟語として「前世」をさす。この昔は実際には物語の内部を流れるこの世の時間からは完全に離れているが、なおかつ連続相として「生」を把握した場合の表現である。仮にこのような昔を「A」とする。

天人から琵琶を教えられた中君は、人の寝静まった夜更けに密かに弾く。父太政大臣からは習っていない中君が、琵琶を弾くのを聞いて大君は驚き、次のように思う。

2、「つねにひき給ふ箏の琴よりも、是こそすぐれて聞ゆれ。（私ハ）昔より、とりわき殿の教へ給へど、つねにたどたどしくてえ弾きとどめぬものを、あさましき君の御さまかな」（巻一、四八頁）

この「昔」は、物語にその場面自体が具体的に語られているわけではないが、冒頭に太政大臣は「姫君のいとすぐれて生ひたち給ふには、姉君には琵琶、中君には箏の琴ををしへ奉り給ふに、をのをのさとうかしこく弾きすぐれ給ふ」とあった叙述に応じる。具体的には当時中君は十三歳であり、五歳年長の大君は十八歳であるから、その大君が「昔より」というのは十数年以前からのことであろう。十八歳の少女のいう「昔」とは如何にも可愛らしく、人物が主観的に把握した過去の時間であることがわかる。「昔」の指す時間の幅は望月氏も指摘されるように極めて大きいといわねばなるまい。これを「C」とする。

物語は進み、中君は大君の婚約者（ノチニ夫）中納言と互いにそれと知らず契りを結ぶという決定的なことが生じ、姫君が生まれる。この男性主人公に当たる人物は、官位の昇進はあるが、仮に「中納言」と称しておく。姫君は中納言が引き取って養育しており、中納言は中君に消息を贈ったおり、姫君のことを述べた後に次のようにいう。

3、「（歌）かたみぞと見るたびごとに涙のみかかるや何の契なるらむ　昔の世さへ恨めしく」（巻二、一四七頁）

この「昔の世」も歌から知られるように例1、と同じく「前世」を意味する。

姉大君は中君と夫が親しいという噂を聞き、苦悩のあまり兄左衛門督に訴える。

4、「昔より「殿（入道）の御志の、あの君（中君）には、こよなく思しおとしたれど、…後見思ひきこえめ」と思ひわたるに…」（巻二、一五二頁）

5、「昔よりとりわきたる（左衛門督ノ）御心ばへの、あはれに思ひ知られ侍れば、かくもきこえ侍るなり」（巻二、一五三頁）

この4、5は続く場面であり、2、と同様、この叙述に相当する具体的な場面はないが推測は可能で、作中人物である大君の主観的な時間的範囲からみた「昔」をさす。同じく「C」と分類する。

左衛門督は出家して入道となった父に、中納言と中君の噂を告げる。

6、「…男の好きといふものは昔よりかしこき人なく、この道には、乱るる例ども侍りけり。…」（巻二、一五五頁）

この「昔」は物語内に設定された時間とは関係なく、一般的な「過去」として把握したものである。これを「B」とする。

中君は広沢に移り、大君と仲の良かった頃のことを思う。

7、月をも花をも、もろともにもてあそび、琴の音をも同じ心にかきあはせつつ過ぎにし昔の、恋しきに（巻二、一六八頁）

この「昔」は、既に物語に語られており、登場人物のみではなく読者も、その「昔」の時間のことをいくらか知っている。具体的に該当する場面の一部が本文に見えるこのような「昔」は、物語の時間の流れの内部に形成された「過去」といってよかろう。これを総括して「X」とする。

このように、第一部はまだ時間的な幅も狭いが、既に様々な「昔」表現の意識を読み取ることができよう。

五、「昔」と時間

1～7の「昔」が表現している過去の意味を、物語の叙述との関係を主軸として「ABCX」と分類したが、これを整理して示す。

前世　A

物語時間外の一般的な過去　B

語られてはいないが物語時間内の過去　Ｃ
物語において既に語られている過去　Ｘ（具体的な事項として後に示す。Ｄ〜Ｇ第一部、Ｈ〜Ｑ第二部）
これを先の七例に当てはめて表示する。

例			本文	分類
1	会話	中君→天人	これもさるべき昔の世の契なり	Ａ
2	心内語	大君	昔より、とりわき殿の教へ給へど	Ｃ
3	消息	中納言	…何の契なるらむ　昔の世さへ恨めしく	Ａ
4	会話	大君→左衛門督	昔より殿の御志の…と思ひわたるに	Ｃ
5	会話	大君→左衛門督	昔よりとりわきたる御心ばへの	Ｃ
6	会話	左衛門督→入道	男のすきといふものは昔よりかしこき人なく	Ｂ
7	地の文	中君の心中	過ぎにし昔の、恋しきに	Ｘ

7、が地の文である以外は、すべて会話・心内語・消息である。「昔」の語の主観的な様相を表わすものと考えられよう。このことは第三部にも共通する。

七例中四例が「昔より」の表現であるが、これは一旦「昔」として切り離した過去の時間を、更に現在に結びつけることによって、そのものの持つ時間的な連続性を強調した表現である。従って主観性も強く、論拠・経験といったものとも関わる。これも第三部にも用例が多い。

このＡＢＣＸの分類を、そのまま第三部にも転用する。但しＸは具体的な叙述を意味するので、第一部第二部の基本的な事項にもアルファベット順に記号を付し、以下Ｄ〜Ｑという分類とする。その後に、第三部の「昔」がＡ〜Ｑのどれに該当するかについて考えてみる。

物語の最初の場面では中君は十三歳であった。しかし実際に物語が時間軸によって動く部分は十六歳の秋からであり、第一部の終わりの部分は十八歳の正月である。

六、第三部――「昔」と化した第一、二部

このような分類意識から全体の「昔」を見るとどうなるだろうか。第一部の例を前提として、引き続いて第三部における「昔」の用例を追ってみる。なおこの間に中間欠巻部が存在し、時間的には約八年の空白がある。第二部は中君十八～二十六歳に該当し、中君が二十七歳の正月を迎える頃から第三部は開始する。はじめの部分の例のみ順番に挙げる。

義理のむすめが内侍督として召された後、帝から中君に消息がある。

8、故大臣の、病のはじめに、御ことをなむ言ひおきしかば、昔よりの志にそへて、いかでと思ふ心ふかきを、（巻三、一九八頁）

ここは第二部にあったと推定される帝の懸想をさす。これに続く、

9、君ももし昔わすれぬものならば同じ心にかたみとも思へ（巻三、一九九頁）

10、ももしきを昔ながらに見ましかばと思ふも悲し賤のをだまき（同）

という帝・中君の贈答における「昔」は、何れも故関白、あるいはその在世中をさす。中君の筆跡をみて帝は、

11、昔見しにも、こよなく書きすぐれにけるかな。（同）

と述べ、第二部に何らかの理由で中君の筆跡を見るということがあったものと推定される。大皇宮が中君の姿を帝に垣間見させる目的で、自分の許に中君を呼び、長恨歌の絵を見せたとき、

12、「齢を思へば、昔ありけん塚屋にこもりては、うとましき齢になりゆけど、(巻三、二〇四頁)

と中君に述べた。この故事・典拠は現在のところ明らかではないが、「昔」は一般的な過去を言う表現である。中宮は、帝が気もそぞろであることの理由として、中君が参内して近くにいることを考えるが、そこに、

13、昔より思しそめてしことの、目にちかうてさぶらふに、御心のみだるるにこそあめれ。(巻三、二一〇頁)

とある。中君の姿を見て恋慕の情が募った帝は大皇宮にそのことを語るが、中納言の姿は嫉ましい存在として映る。

14、「むべこそ、故大臣の、命にかへて思ひまどひ、内大臣(中納言)も、昔より心をしめて思ひ侍けれ。」(巻三、二一二頁)

15、「昔よりの本意ふかしといふとも、宮にならべ奉らん事は、いとあさましかるべくなむ。」(同)

帝と大皇宮がいう「昔(より)」は何れも第一部に見えた中納言と中君の間柄をいう。

このように、第三部のはじめの部分に見える「昔」(8〜15)は、12をのぞいて第一部に既に語られた、あるいは第二部で語られたと推定される「X」に相当する。

以上のことから第一部第二部の事柄を大まかに年表の形で纏め、前述のごとくその主たる事柄ごとに先のCに続いてD〜Qの記号を付してみる。ABCの分類は前節と同様である。第二部は推定による。これに第三部の概略の年表を続けて示す。後述のごとく、第三部の「昔」は第三部の事柄をさすことはないので、Q以下の記号は必要としない。

七、略年表による内容の分類

	区分	関根慶子氏全訳注「寝覚」該当頁	鈴木一雄氏等校注訳「夜の寝覚」該当頁
前世	A		
物語時間外の一般的な過去	B		
物語時間内の過去	C		
第一部　主題提示・太政大臣の息子二人、女二人（大君・中君）の紹介		上 一七	一 二
第一年（中君十三歳）　八月　＊十五夜、中君の夢に天人降下し、琵琶を教える。姉妹の親睦	D	二四	一三
第二年（十四歳）　八月　＊十五夜、天人再び降下し、琵琶五曲と宿世の予言を与える		三一	一四
第三年（十五歳）　八月　＊十五夜、天人降下せず		三三	一五
＊太政大臣、大君の夫として、中納言を定める		三六	一六
第四年（十六歳）　七月　＊十六日、中君、九条の家に赴く	E	四六	一九
＊中君を別人と誤認した中納言、密かに契を結ぶ		五〇	二〇
九月　＊中君病み、懐妊と判明するが、これを固く秘す		一一三	四二
十月　＊一日、中納言、大君の許に通い始める		一一三	四三
十一月　＊中納言、先夜の相手を中君と知り、驚愕する		一二九	三〇
第五年（十七歳）　一月　＊真相を知った中納言、中君の許に密かに忍び込む		二〇三	七八
二月　＊中君、病状悪化により一条に移転		二四六	九九
三月　＊太政大臣、心労のため病み広沢の別邸に移転		二四九	一〇〇
＊中君、出産のため密かに石山の尼の小家に赴く		二五三	一〇二

(5)

	四月	＊五、六日、中納言、中君と対面		二五八	一〇三
		＊七、八日頃、中君、姫君出産。中納言、姫君を母を秘しひきとる	F	二七七	一一二
		＊太政大臣出家、以後広沢に在住		二八九	一一七
		＊中君、広沢に赴き父入道と対面、やがて帰京		三一一	一二八
	五月	＊中納言邸にて姫君五十日の祝い		三二七	一三四
	七月	＊中納言と中君との関係が噂に上り、大君・中君方離反する	G	三四七	一三七
		＊大君・中君の兄達もそれぞれ仲違いする		三四九	一三八
	九月	＊中君、広沢に赴き噂を恥じるが、入道は中君をかばう		三九五	一五九
第六年（十八歳）	一月	＊新年、広沢に兄達が集まり、入道・中君と対面し心和む		四三八	一七四
第二部　八年間		＊春、中君、大君と睦じかった昔を回顧			
		＊中納言の叔父大将、中君に求婚。故北の方との間に三姫君あり	H		
		＊宮中将から中君の琵琶の噂を聞いた帝、中君に入内を要望	I		
		＊入道、大将に中君との結婚を許す	J		
		＊中納言、結婚のことを聞いて中君のもとに忍び込む	K		
		＊中君・大将（関白）結婚、中君は次第に打ち解ける	L		
		＊中君にまさこ（男児）誕生。父は中納言。大将は我子として慈しむ			
		＊中納言、朱雀院女一宮に通う	M		
		＊大君、小姫君を出産の後死去	N		

		＊大将死去。帝、中君に改めて内侍督としての入内を要望	O		
		＊中君、亡夫の長女を自分の代わりに内侍督にと志す	P		
		＊中君、中納言の訪れを拒否	Q		
第三部					
第十四年（二十六歳）	暮	＊中君、中納言を拒否		中 三三	二 二一
第十五年（二十七歳）	一月	＊中君、内侍督に付き添って参内		四五	一七
	二月	＊帝、大皇宮の計らいで密かに忍び込むが中君拒否		一〇一	四〇
		＊中君宮中から退出		二三七	九七
	三月	＊帝、中君のかわりにまさこを宮中に留める		二九〇	一一九
		＊大皇宮、中納言・中君を恨む		二九五	一二一
	四月	＊女一宮発病、中君の生霊出現		二九六	一二二
	五月	＊女一宮のもとに中君の生霊再び出現		下 三〇	一四四
		＊衝撃を受けた中君、広沢に赴く		四七	一四九
	六月	＊中君発病、出家を志す		一〇〇	一七三
	七月	＊入道、中君の出家を許す		一〇八	一八一
		＊中納言広沢に赴き入道に一切を打ち明け、中君の出家を止める		一四一	一九一
		＊中君の病は懐妊と判明		一八四	二〇七
	九月	＊中納言、中君に帰京を勧める		一九四	二三〇
	十月	＊中君帰京。こども達の世話に専念し、中納言と齟齬を生ずる		二五九	二三八
		＊内侍督懐妊		二六四	二四〇

第十六年（二十八歳）	一月　＊内侍督懐妊四月にて退出	二六四	二四〇
	二月　＊中君、若君出産	二八四	二四七
	七月　＊内侍督に皇子誕生	三〇二	二五三
	＊中納言・中君それぞれに昔を回顧する	三一九	二六一

八、それぞれの「昔」

先に例15まで挙げたが、七二例全体を検討すると以下のような結果となる。まず第三部の六五例はことごとく第一部・第二部の事柄をさし、第三部自体の事柄が「X」として、該当することはない。また、中君にとっての基本的な体験である天人降下が、「昔」と表現される例も見えない。

七二例の「昔」をその所在によって分ければ、会話二四・心内語二二・歌（引歌を含む）八・消息三であるのに対して、地の文は一七例である。また、半数近い三二例が「昔より」の表現をとる。

「昔」と表現された事柄が、どの内容をさしているかを右の表にあてはめて考え、その数のみ示すと次のとおりである。

「A」前世二、「B」一般的な過去二、「C」物語の過去四、「X」具体的な叙述をうける過去六四（「D」姉妹の親睦二、「E」中納言と中君との出会い二九、「F」姫君出産五、「G」大君との離反二、「I」帝の懸想八、「L」大将との結婚一七、「M」朱雀院女一宮関係一）計七二例

「昔」がこのようにいくつかに纏められ、散在せずに集中しているということは、極めておもしろい現象である。更にその集中を作中人物ごとに細分してみると、事柄そのものは同じことをさすにしても、人物によって把握の

仕方がそれぞれ異なっていることを読み取ることができる。このうち物語の中心であり、かつ用例としても最も数の多いのは、中君と中納言との間柄をいう「E」二九例である。

（帝→大皇宮）「むべこそ、故大臣の、命にかへて思ひまどひ、内大臣（中納言）も、昔より心をしめて思ひ侍りけれ」（巻三、二一二頁）

（大皇宮→帝）「昔よりの本意ふかしといふとも、宮にならべ奉らん事は、いとあさましかるべくなむ。」（同）

（女一宮）「人やはつらき。昔より、かかる本意ふかき人とは聞えき。」（巻五、三七五頁）

（中君）「さればよ、昔より、憂く、あはつけき名をのみ立つ身の契りの心憂くもあるかな」（巻四、二八三頁）

（中納言→入道）「このついでに、聞しめしいれぬまでも、昔よりの、人しれぬ心の乱れ、契りのうらめしさを、聞えさせあらはしてん」（巻五、三四二頁）

この「昔より」のことは帝・大皇宮・女一宮にとっては許すことのできぬ事実として映る。中君にとってはすべての物思いの始まりであり、疎ましい過去の時間である。中納言にとっては愛情の既存権ともいうべき輝かしい連続性の証明であり、父入道はここに縁ともいうべき二人の抜き差しならぬ間柄を見る。このように同じことをさす「昔」でも作中人物によって全く把握がことなり、懐かしむ気持より、連続性を強調し、自己の主張の論拠とする面が強い。用例の多くが、地の文よりも会話・心内語などに存在することと無関係ではなかろう。

一方、帝は帝で、第二部に記述があったと思われる中君に対する昔の思慕「I」を主張して譲らない。登場人物はそれぞれの「昔」をもつのである。

（帝→内侍督）「かのひと、昔より思ふ心深かりしかど、くちをしくてなむやみにし。」（巻四、二五三頁）

（帝→中宮）「昔よりゆかしと思ひし人なるを、かかる折だにいかでと思ひて、大皇宮に聞えさせしかば」

（巻四、二七八頁）

（中宮）「昔より思しそめてしことの、目にちかうてさぶらふに、御心のみだるるにこそあべかめれ。」（巻三、二一〇頁）

物語の流れからするとこうした経緯を経て、巻五の「昔」は次第に故大将と中君との間柄「L」に収束して行く。

（中君）「ひまなく、あまり横目なかりし昔の御ありさまを、むつかしくもあるかな。…とおぼえしことの、かなふにこそあめれ」（三七八頁）

（中君）「恋しさのつきせぬ昔のかたみには、この御ことどもをこそは」（三八〇頁）

（中君）すこしさだすぎ、世の常のなべてのさまなりし昔の御心のみ恋しく「などて、すこしうちゆるぶ気色を見え奉らですぎにけん」（三九九頁）

これは望月氏が「源氏物語までのムカシ」として「恋しい亡き人、なつかしい故人の生存中、よかったあの頃、印象鮮やかな往時など「心の向く過去」を言う。」とされたものに近い。しかし以上に見たように強力な、未だに現在として生きつづける「昔」を経た上で第三部の末尾に置かれると、これこそ虚しく、現在とは絶縁した絶望的な「昔」として変容してしまうのである。

こうした「昔」の把握は、作品の内部に長い時間を構築しているという意味ばかりではなく、作品自体の初期の時間が常にそれ以後の部分を支配しているということでもある。

この物語には、他の物語に比して「昔」の用例が多く、七二例をしめる。作中人物または語り手が、既に物語において語られていた「事柄」を、過去のものとしてとらえ、「昔」と表現する用法がほとんどである。その「事柄」はいくつかの場面に集中しており、作中人物はそれを「現在」に鮮烈に甦らせる。こうして作中人物は、現在を生きつつ、常に過去を強く意識し、過去の時間の堆積そのものの重さを根拠として現在に対処するのであるが、一方でその時間把握がそれぞれ異なるということは、それぞれの持つ時間そのものが異なるということでもあろう。過去を表面上共有しつつ内実は異なった時間を生き、それぞれに孤独であり、自己の内部に自閉してしまうといったこの物語の内的部分に傾斜する一面は、この「昔」の語の異例の多さと関わるものと考えられる。過去を現在と遮断しつつ、なお強く連続する相として捉えるという屈折した時間意識を内包することが、作品の内部に「昔」を強力に存在させる一因でもあろう。この物語の時間の持つ特殊性の一端を、以上のような「昔」という過去表現に関わるものとして把握しておく。この物語の時間表現全体の問題、及び他の物語との相関性等については他日を期したい。

注

（1）　あらゆる物語論はことごとく、「時間」と無縁ではあり得ない。ここでは中村真一郎氏が源氏物語の主題のひとつを「時間」ととらえておられることを指摘するにとどめる。『王朝の文学』、新潮叢書（昭和三二）など。また、時間論の上では「現在」「過去」の語の意味についてさまざまな解釈が可能であるが、本稿では一般的な把握に従う。

（2）　永井和子「「ねざめ」の構造」、『寝覚物語の研究』所収、笠間書院、昭和四三。

（3）　望月郁子氏「イニシヘ・ムカシ考」常葉女子短期大学紀要2、昭和四九。なお本稿の望月氏に関わる引用等はすべてこの論に拠る。

（4）　阪倉篤義氏校注、岩波日本古典文学大系、昭和三九、による。但し表記は私にかえた部分がある。

（5）　関根慶子・小松登美氏「増訂寝覚物語全釈」所収の永井和子作成による「年表」をもととして補訂整理し、

年時の概略を纏めた。（昭和四七、学燈社）。関根慶子氏『全訳注「寝覚」上・中・下』（三巻本）、講談社学術文庫、（昭和六一）における事項の該当ページを下欄に示した。なお鈴木一雄・石野敬子氏校注訳『夜の寝覚』一・二（五巻本）、完訳日本の古典（昭和六〇、小学館）は「年立」を付載する。この該当ページも最下欄に記した。

8　中の君——非現実と現実とのあいだ

一

寝覚物語の中の君は、女性の存在のあやうさを鋭く認識するといった意味で、基本的な感覚としては竹取物語のかぐや姫を継承した造型と言えよう(1)。かぐや姫のありかたは、ひとつの類型として源氏物語の紫の上に投影されており、光源氏という超絶した主人公に対峙する形で女性像が刻みこまれている。源氏物語においては人間の内的な部分への関心という方向も定まり、ここに動的な大きな物語が構築された。寝覚物語は、感覚としては竹取物語を、深化の方法としては源氏物語をうけ、女性を中心とした小さな物語として誕生した。その表現方法としては心内語の多用に特色があり、平安後期に成立した物語として独自の傾向を持っている。言わば、存在のあやうさの感覚・女性主人公の設定・心内語を多用する方法、といったところが当面この物語のありようとして把握できるであろう。

これらの特色を中心に中の君についてみると、中の君は感覚としては異次元世界との境界領域に立ちながら、物語のなかで年を重ねるに従って、人間世界の網に組み込まれた現実を極度に意識するようになる。「人目」に呪縛されることによって行動の自由を失い、それだけ心内語によって切り出される部分が量として多くなるのである。更に思惟の幅さえも次第に限定されてくるようになり、現存部分について見れば、中の君の心内語の具体的な記述は、物語に描かれたこの世の現実の限界を超えてはいない。例えば、この世からの離脱をはかって志向した出家も、「人目」への強い恐れから出発している。現存部分の末尾に、「この世」に対するより深い思考への兆しが読み取れることからすれば、巻末欠巻部の第四部以降に発展する問題であろうが、非現実を、時間的な幻想の非実現の問題に読みかえてしまった、この徹底した日常世界との調和や同化への感覚の不自然さそのものが、中の君の独自性であるとも考えられるのである。源氏物語の紫の上の出家に描き出されている人間の存在に対する深い洞察とも異なって、日常性を帯びた救済としての出家への希求は、自己を閉じ孤立した女性のそれとして独特な視点である。思うにこうした切実な女性像が、源氏物語とは決定的に異なってしまった物語の終末的感覚ではないだろうか。

ここでは中の君の男性拒否から出家志向に至る軌跡を取り上げ、内的な部分に日常的な感覚を包括して行くことによって図らずも別の現実を発見する状況を考えてみたい。

二

物語のなかにおける女性の様相の一つに、男性に対する拒否的な姿勢がある。源氏物語について言えば空蝉・朝顔・宇治大君などがこれに相当する。[2] 物語史の視点に立って、女性を主人公とする代表的な物語、竹取物語・寝覚物語を見ると、いずれの場合もこの拒否する姿勢とそれに伴う苦悩が根幹にあることは極めて興味深い。女性を中心とした両物語とも、女性が男性によって拒否されるのではなく、男性に対する女性の拒否の苦悩を女性側から記すことによって物語性を獲得しているのであるから、その必然性をいかに設定するかという点が大きな問題となる。

この二つの物語を比べれば、竹取物語はその拒否の理由を天界・人間界、罪・罰という対比で示し、予め与えられた運命的な設定として明確に示した。それに対し寝覚物語の中の君の拒否は、源氏物語を経由してより複雑な状況を人間界の内部に設定したものであって、さしずめ女性側の拒否の意識化・物語化とも言い得るだろう。また、愛情をもちつつ自他の立場を考えて拒否する姿勢をとる場合と、相手を拒否する意識が先行する場合と二様あろうが、寝覚の場合は後者である。

このように、時代的なあるいは把握方法の差異はあるにしても、二つの物語における女性の拒否の物語化という親近性は疑いあるまい。更に、拒否という姿勢を糸口にして、そこには女性の持つ流離・浮遊感覚とも言うべきものが表現されているようである。極めてたくましく現実に密着しながら、一方ではこの世から漂い出てしまいかねないような、相矛盾した存在としての女性を視野に入れるなら、対男性に鮮やかに見せる対応の根底にあるものとして、これは普遍的な感覚とも言い得るだろう。

寝覚の場合、中の君の少女期から物語の時間は開始するが、その楽才を愛でた天人による人生の啓示という事件がまず語られる。このことはあたかもかぐや姫のごとく、少女の期待も不安も人間の側ではなく、天人の次元で認識されて行くという構図に導かれるだろう。物語の開始の時から物語の世界は絶対的なものではなく、相対的なものとして位置付けられているのである。従ってそこに語られる男性の愛情やそれに対する拒否も、中の君当人でさえ理解できない形で形成されてゆく。この意味ではいわば理解できない人生、不可解な拒否が予め仕組まれていたとも言えよう。この体験によって中の君は、自己の異質性を強く意識する。自己に啓示された天人との関わりであり、決して人に語られることはなく、自分の内部を照らすものとしてのみ存在する。言わば、他を拒否して寄せ付けぬ基盤が設定されているわけで、ここにまず中の君像の基本的な立脚点があろう。

物語の内容から見れば、男性――以下中納言と称する――が侵入して強引に契りを結んだことが、それ以後の拒否の姿勢の根幹にあったと読める。これは人違いといった偶然も設定されているが、第一に、突然襲われたことに対する女性の本能的な怒りという普遍的な事柄があり、第二に天人の啓示を受けた特別な自己が簡単に蹂躙されたことへの反発があり、第三に物語のなかで中の君のうえに設定されている極めて特殊な状況がある。この中納言が姉の婚約者（後に夫）であったために、姉の激しい怒りをかい、物語の当初、平和な家庭における姉妹として描かれた中の君は、家庭における存在の基盤を失わざるを得ないのである。庇護者である父は中の君を溺愛しつつかつ家庭の道義的な秩序を維持する存在として描かれているから、中の君は父に対して男性の侵入を明かすことができない。姉の激怒と悲嘆、父との懸隔に直面し、中の君は家族から孤立する。侵入した男性に対しては以後頑なに自らを閉ざし沈黙を以て応ずる外はない。

このような、日常性からの疎外感は、最初に語られた天人降下譚における中の君の異質性の自覚と結びついて、天人による救済が可能かに見えるが、天界とは既に断絶している。もともと夢か現実か不分の境の出来事であり、二度の降下はあったものの、期待した三度目の訪れはなかった。その存在は中の君の意識の内部を強く拘束し方向づけるが、以後降下することはないし、天からの救済が語られることもない。中納言の侵入ののち閉塞状態におかれた中の君を見るとき、天人の訪れがなかった時に詠んだ「天の原雲のかよひ路とぢてけり月の都のひとも問ひ来ず」が、恐ろしい絶望の歌として改めて読み取れてくるのである。これが物語の最初の歌であることも象徴的である。異性に対する自然な愛情の開花に先立って、拒否の感覚を持ってしまった不幸な女性として、中の君は造型されて行く。

こうして中の君は、中納言のみならず、第二部から登場してくる老関白・帝をも拒む。欠巻のため細部は推測による外はないが、老関白については、父の意向に添って結婚はするものの心は閉ざし、帝に対しては拒み通す。中の君の内部に設定されたこうした姿勢を男性側は理解できない。中の君は拒否することによって自己の存在理由を主張するという形をとり、かぐや姫求婚譚に似た様相を示すのである。

三

あらゆるものを拒否して孤立した中の君は、第三部以降心理的な救済を自分の子供達に見いだす。また、父との内的な信頼関係も失ってはいない。いわば男性女性という横の関係には拒否姿勢で臨み、親子という肉親としての縦の関係を強く押し出す形で物語は再構築されている。その間の心の動きは克明に叙述されているが、不幸の実感の方が先にあることは否めず、物語の構造はややわかりにくい。

第三部は、いつまでも少女のままで自閉している内部と、練達の手腕をもって家を宰領して行く力を持つ外部との、心理的均衡の内にある中の君像をもって開始する。中の君は、異次元の感覚と、極めて日常的な生活感情とを共存させている人物として造型され、ここには男性の介入する余地はない。この均衡は帝の闖入や自分の生霊の出現といった事件によって崩れて行き、次第に内的な傾斜を強める。こうした経緯の中で中納言を肯定的に受け入れることもあったが、結局拒否の姿勢は崩さない。このような多重的な心理を描く物語の手法として、心内描写という方法が採られていることは前述のとおりである。

内面描写・心内語の多寡で見るなら寝覚が他の物語を引き離して多い(3)。なかでも中の君の心内語は長大であって、他の人物と比べてもそれが会話表現として再現されることは稀であり、ずれが大きいことをもって、他者に対して最も閉ざされた関係としてとらえたことがある(4)。

我々の次の関心は、前述したような、青春の生の痕跡とも言うべき、現実を超えた部分に捉われて生きる中の君と、物語の現実に顕現する中の君像との乖離を、この心内語という方法によっていかに描いているのかという問題に導かれて行く。中の君の場合、内的な傾斜を強めるということは、非日常性の部分が大きくなるという方向ではない。逆に外的な部分を、内的なもののなかに取り込む、と言えばよいだろうか。具体的に述べると「人目」のなかの自己であることのたび重なる確認である。

四

帝の闖入事件の後の述懐に、

「何事も、などてか人に劣らむ。いかで、いみじう重りかに、恥かしく、人にすぐれても、ただなる世に過いてばや」とのみ思ひおごりしものを。（日本古典文学全集、三四七頁）

とあるがごとく、中の君は、世間との調和を理想としながらそれを実現できなかったもの、として自分を把握することが多い。この不幸については、

「…さすがに度ごとに、いみじう心の乱るるこそは、かの十五夜の夢に、天つ乙女の教へしさまの、かなふなりけれ」とおぼし出づるぞ、前の世まで恨めしき御契りなるや。（四一三頁）

と考え、これ以後物語は「前の世まで恨めしき御契り」を負いながら現実との折り合いをつける方向に進んで行く。

ひたぶるに憂きをそむきてやむべきになぞやこの世の契りなりけむ（四二六頁）

ここから、「出家」への意向が記されるが、中の君にとって出家は極言すれば現実逃避または病気平癒の方便・

手段として始まる。

「…心強くかけ離れ入り居なましかば、人を憂しと思ひ分く節もなく、我が世に知らぬ名も流れで、いかに残りある心地して目やすかべかりけり」と、もののみ悔しきに（四三九頁）

広沢において斎宮の様子を「…この世を捨てて、かやうに行ひてあらむことは、いとやすかべいことなりかし」と見ても、

「何事も人にすぐれて、心にくく、世にも、いみじく有心に、深きものに思はれて、なにとなくをかしくてあらばや」と、身をたてて思ひあがりしに、…あはつけうよからぬ名をのみ流して、人にも言はれそしられ、世のもどきをとる身にてのみ過すは、いみじく心憂く、あぢきなうもあるかな。昔、…、あふなう髪などをも削ぎやつしてましかば、…この世もおのづから住みつき、後の世はたいかに頼もしく、人聞も物思ひ知り顔にてはやみなましものを。…つねに世にもありつかず、浮き漂ひてのみ過すを思ふに、いみじく口惜しく、まして後の世いかばかり暗きより暗きに入らむ道のたどりも堪へがたからむ。心地もいと苦しくのみあるは、命もながらふまじげなめるを、このついでに、やがて世を背きなばや。（四五五―四五七頁）

と考える。この出家は、病気は妊娠の所為であったことがわかって実現しなかったのだが、そのとき中納言も、

憂き世を背きぬると思ひなさまし心はゆくとも、いかに見苦しく人見扱はましほどよな。（五〇〇頁）

と同じ「人目」の論法で説得するのである。このような経緯を経たうえで、次のように最後の場面において中の君はやっと「世のつねにとまる心のなき」自己を発見し、そのうえで「出家しない自分」を位置付けた。

「…まことは、世のつねにとまる心のなきも、心やすきわざなりけり。この世にしむ心のあらましかば、恨めしき節なくはあるまじき」などおぼすに、「この世は、さはれや。かばかりにて、飽かぬこと多かる契りにて、やみもしぬべし。後の世をだに、いかでと思ふを、さすがにすがすがしく思ひ立つべくもあらぬ絆が

ちになりまさるこそ、心憂けれ」と、夜の寝覚絶ゆるよなくとぞ。（五六八―五六九頁）

ここではじめて「この世」を「後の世」との関係において見据え、中納言に対処する覚悟も定まったというべきであろう。

源氏物語における紫の上の出家は、病気平癒の願いを籠めるという点は同様であるが、

「今は、かうおほぞうの住まひならで、のどやかに行ひをも、となむ思ふ。この世はかばかりと、見はてつる心地する齢にもなりにけり。さりぬべきさまに思しゆるしてよ」とまめやかに聞こえたまふをりをりあるを…（日本古典文学全集四　若菜下、一五九頁）

のように「この世」に対する深い認識からむしろ始まっているのである。

五

寝覚物語における中の君の造型は明快とは言い難く、物語史のなかでも極めて定位がむつかしいといえよう。ここでは天人譚から拒否へ更に出家希求へ、というひとつの軌跡を辿ってみたが、この物語が完全な形では残っていないということが、有機的な昇華といった物語の統一的な把握を困難にしている面もある。更に原因のひとつは、女性の存在の混沌を、単に女性主人公の造型を超えて、そのまま物語に方法化したこしにあるのかもしれない。作者は客観的に物語を語るという姿勢をもってはじめながら、次第に作中人物に密着し、「物語」という形態をふみ出して行ってしまう。現実に生きながら現実とは別次元においても生きるという女性の境界的な心の揺れと性の矛盾を、心内語というこれも極めて境界的な表現を多く用いて描いているありよう自体が、分析を拒むなにものかを表しているとも考えられるのである。

注

（1）河添房江氏「夜の寝覚と話型――貴種流離の行方」「日本文学」35、昭和六一・五。永井和子「寝覚物語――かぐや姫と中の君と」『続　寝覚物語の研究』所収、平成二・九。

（2）山田利博氏「源氏物語における『拒否する』女性達」「中古文学論攷」5、昭和五九・一〇。

（3）鈴木一雄氏「夜の寝覚　解説」日本古典文学全集、昭和四九・一〇。

（4）永井和子「心情表現の深化――夜の寝覚」「國文學」平成三・九。

9　夜の寝覚の恋――女主人公は何を恋うたか

一、はじめに

「恋う」という心の動きが、異性へのひたむきな思いであるとすれば、この物語の女主人公はこうした一途な気持ちを抱けなかった人物であるようだ。むしろ、それは何故なのか、このような人物がどうして女主人公となり得たのか、と問い掛けることこそが、この物語の持つ世界を解きほぐすことになるであろう。女主人公は決して生来冷然と他者を見据えていたというわけではない。それこそひたむきに、一途に、生きた。ただ、そこに開けていたに違いない未来への夢は、他ならぬその「夢」の世界を垣間見てしまったために些か複雑な様相をもって女主人公を呪縛してしまうのである。その結果、自己さえも定かではなくなり、内的な空虚を埋めるには「ひと」ではなくて「こと」を恋うことにならざるを得ぬという意味において、これは「悲恋」の物語と言えようか。「夜の寝覚」を、こうした女主人公を中心に見て行くとしよう。

二、少女の三年間

「夜の寝覚」は「夜半の寝覚」「寝覚」とも呼ばれる物語作品であるが、その呼称それぞれに根拠があって、本来の名についてはよくわかっていない。ここでは仮に「夜の寝覚」と称しておく。成立は平安時代の後期と考えられる。具体的に述べれば後冷泉朝の寛徳二年（一〇四五）―治暦四年（一〇六八）頃の成立であろうか。同じ頃に「浜松中納言物語」「狭衣物語」などがあって、それぞれの特色ある世界を形成している。源氏物語以後における一つの物語隆盛期に生まれた作品と言ってよかろう。作者はわかっていないが、この点については後に触れたい。「夜の寝覚」は当時相当評価の高い作品であったと見られ、少し後の時代の物語評論書である「無名草子」にも大きく取り上げられており、「拾遺百番歌合」「風葉和歌集」等でもかなりの傑作として扱われている。また「寝覚物語絵巻」も一部分残っている上に、この物語を語り直したいわゆる「改作本　夜の寝覚物語」（現存）も中世期に成立するという具合であった。しかし物語の流布という点ではそれほど恵まれず、現在は島原本系統（五巻本）と前田家本（三巻本）を合わせても僅か七つほどの伝本しか残っていない上に、その伝本すべてが中間と末尾に大きな欠巻を持ち、完全な形ではない。しかし欠巻部分の内容は、前述の「無名草子」「拾遺百番歌合」「風葉和歌集」「寝覚物語絵巻」「改作本　夜の寝覚物語」などからある程度の推測が可能である。こうした形態上の事情を考慮して、次のように四部に分けて考えると把握しやすい。

第一部　　五巻本巻一、巻二（三巻本上）
第二部　　中間欠巻部
第三部　　五巻本巻三、巻四、巻五（三巻本中、下）
第四部　　末尾欠巻部

これは欠巻部を考慮したという理由のみの区分ではなくて、物語内部の構造を捉える上にも極めて有効である。言い換えれば、第一部・三部のみ残存している物語の全体像の問題にも関わって来るのであるが、ここではこの問題にはあまり立ち入らぬこととする。

さてこの物語を、巻の区分ではなく、語り口の内容から別の分け方をしてみると、大まかに次のような構成を持っている。女主人公の問題は、こちらの分け方から主に考えてみよう。

物語の起筆部分（語り手の口上）

人の世のさまざまなるを見聞きつもるに、なほ寝覚の御仲らひばかり、浅からぬ契りながら、よに心づくしなる例は、ありがたくもありけるかな。（鈴木一雄氏校注「日本古典文学全集　夜の寝覚」一九頁。以下引用は同書による）

物語の内容

1、女主人公の素性の紹介

2、物語第一年～三年（女主人公十三歳～十五歳）

3、物語第四年～十六年（女主人公十六歳～二十八歳）

物語は時間的な流れに添って語られるのが普通であるが、その時間は必ずしも等質に配分されているものではない。2、と3、は年数としては三年間と十六年間であるが、実は物語は3、の部分が主であって、2、はその前提としての少女時代の三年間である。問題はなぜその2、を必要としたか、という点であって、これが前述の未来への「夢」の問題と関わって来るのである。具体的には、1、2、はこのような具合に語られている。

1、女主人公の素性の紹介

そのころ太政大臣といわれた方があった。二人の北の方がそれぞれ男君二人、女君二人を残して亡くなってしまったのち、大臣は四人の子女を迎え寄せて、男君には笛・漢詩文を教え、女君には姉大君には琵琶、妹中の君には箏の琴を教えられたが、皆それぞれ見事に会得なさる。ここから物語は一歩踏み込んである人物を特定する。

続く文章をそのまま引用する。

中にも、中の君の十三ばかりにて、まだいといはけなかるべきほどにて、教へたてまつりたまふにも過ぎて、ただひとわたりに、限りなき音を弾きたまふ。「この世のみにてしたまふことにはあらざりけり」と、あはれにかなしく思ひきこえたまふ。（四〇頁　傍線筆者）

ここでこの物語の中心となるのは中の君と呼ばれる女性であることがはっきりする。従って以後、この女主人公を中の君と称することにしよう。更に父太政大臣の「この世のみにてしたまふことにはあらざりけり」という感想はまさに中の君のその後の心的風景を言い当てていたことが明らかになる。

2、物語第一年〜三年（女主人公十三歳〜十五歳）

中の君十三歳という年齢が明示された年、「八月十五夜」にその箏の琴の見事さに夢に天人がくだる、ということがあった。本当に「この世のみ」のことではなかったのである。天人は

「今宵の御箏の琴の音、雲の上まであはれにひびき聞えつるを、訪ねまうで来つるなり。おのが琵琶の音弾き伝ふべき人、天の下には君一人なむものしたまひける。これもさるべき昔の世の契りなり。これ弾きとどめたまひて、国王まで伝へたてまつりたまふばかり」（四一―四二頁）

ということで琵琶の秘曲を教え、来年を約して去った。琵琶は姉大君が父から教えられた楽器であって、中の君のものではなかったことに注意したい。

…またの年の八月十五夜になりぬ。その年、この君は十四になりたまふ。（四三頁）

約束通り夢に天人は下り、五つの曲を教えた上で、

「あはれ、あたら人の、いたくものを思ひ、心を乱したまふべき宿世のおはするかな」（四四頁）

と言って去った。

翌年の八月十五夜にはもはや天人は現れなかった。物語に明示はないが、中の君は十五歳のはずである。中の君は、

天の原雲のかよひ路とぢてけり月の都のひとも問ひ来ず（四四頁）

という絶望の歌を詠む。「月」の世界との音楽を通じての交流がここに断たれた。「この世のみにて」はあらざるこうした十三歳、十四歳という年齢に加えて、ここにそれを否定するような十五歳を描いたのは何故か。このことは月と少女との物語である「竹取物語」とも関わろうが、いわば少女から成年への心的移行であって、中の君はもはや天人の助けなく自立して地上に生きねばならないのである。

さて、ここまでが第二段落である。この特異な十三歳、十四歳、十五歳が、単に中の君の卓越した音楽の才能を示すのみではないことは明らかであり、表題の「何を恋うたか」という問い掛けに関わって述べれば、それはまず「月の都の人」から始まったということになるであろう。

3、物語第四年～十六年（女主人公十六歳～二十八歳）

本筋の部分に入ると、中の君の姉大君の結婚問題に添って話は展開しはじめる。関白左大臣の長男で世の光と崇められている中納言が大君の婚約者として定まった。この貴公子がこの物語の「主人公」である。物語第四年、十六歳の年、もののさとしがあって、中の君は厄を逃れるために九条の家に移った。その家の東に、中納言の乳母の家があり、見舞いに訪れた中納言は箏の琴の音に引かれて隣家を垣間見し、別人と誤認して中の君と契りを結び、中の君は惑乱する。ここから中の君を「恋う」中納言と、中納言から逃れようとする中の君、という長い物語は開始し、一途に女性を求める男性と混乱しつつ拒否する女性とも言い換えられる心理的構図が、やや定ま

りかけることになる。

このようにして第一部の物語は始まり、第三部に至るが、ここで立ち止まって年齢のことに触れておきたい。

三、寝覚・更級・浜松の十三歳

ここにどのような意味を考えるにせよ、この物語においては明記された中の君の「十三歳」という年齢が、一つの重要な出発点になっていることは間違いない。前述のようにこの作品の作者は不明であるが、御物本「更級日記」の奥書に、藤原定家はこの物語も菅原孝標女の作か、とする伝承を書き記している。

常陸守菅原孝標の女の日記なり、母倫寧朝臣の女、傅の殿の母上の姪なり、夜半の寝覚、御津の浜松、みづからくゆる、あさくらなどは、この日記の人のつくられたるとぞ

「更級日記」は「あづま路の道の果てよりも、なほ奥つ方に生ひ出でたる人」の一生を述べたものである。作者と重なる部分が多いこの「人」は父の任地常陸にいたのだが、京都に上って物語を読むことを熱望している。そのことが実現して上洛した年齢を「十三歳」と明確に示している。

十三になる年、のぼらむとて、九月三日門出して、いまたちといふ所にうつる。（秋山虔氏校注「新潮日本古典集成更級日記」一三―一四頁。以下引用は同書による）

日記を現実の年時と重ねれば、孝標の任期が満了した寛仁四年（一〇二〇）が孝標女十三歳の年と見られ、意識的に意図したものではなかろうが、この部分を特に「十三歳」と明示したことにはやはりそれなりの意味があるはずである。父赴任時は九歳であったはずであるが、何故十三歳以前の年齢から始めなかったのか。この日記においては、一生の見取り図として物語への憧憬が一つの基本的な道筋をなすが、やはり十三歳は重要な原点と

して位置付けられている。

なお他の物語作品のうちでは「浜松中納言物語」巻五の終わり近くに「十三歳」の用例がある。先の定家奥書にある「御津の浜松」はこの「浜松中納言物語」を言う。

やがてうちつゞき十一月十日余日のほど、関白殿の姫君、御裳着の夜、いかめしうのゝしりてまいり給ぬ。(中略)姫君十三にぞなり給ける。(松尾聰氏校注「岩波日本古典文学大系　浜松中納言物語」四二九頁)

この関白殿の姫君は必ずしも重要な人物ではなく、東宮となった式部卿宮(主人公である中納言の競争相手)の妃となる人物に過ぎないが、裳着、入内と結び付けられているのは注目に値する。なお裳着に関しては「落窪物語」巻四に、

左の大臣殿の太郎、十四にて御冠、姫君十三にて御裳着せ奉り給ふ。(松尾聰氏校注「岩波日本古典文学大系　落窪物語」二四四頁)

とあって、やはり十三歳の時に落窪と道頼の間の姫君が裳着を行なった旨の記載がある。「令義解」の「戸令」に「凡ソ男ノ年十五、女ノ年十三以上ニシテ、婚嫁スルコトヲ聴《ユル》セ」とあり、「令抄」の「戸令」に古代中国の宋武の時に始まる制度にならったものと考えられているように、十三歳は結婚を許される年齢であることが裳着の年齢と重ねられていることは間違いなかろう。現在の「十三参り」の風習も想起される。

裳着に関わるこの二例の「十三歳」は、物語として特別の位置付けは認められないから除外するとしても、いわば少女から成年への出発の時にあたる特定の「十三歳」の明示が「夜の寝覚」「更級日記」(「浜松中納言物語」)に共通の重い意味を持って存在することは、あるいは同一作者説に結びつき得る可能性があるかもしれない。

仮に同一作者とすれば「更級日記」の上洛が偶々十三歳であったことは作者にとって極めて重要な印象深いことであって、その意識から「夜の寝覚」の天人降下を「十三歳」と設定したことは十分に考えられることである。

その逆も当然考えられようが、どちらかと言えば前者の方が自然であろう。

再びこの点から「更級日記」に帰れば、十三歳の年十二月、「人」は三条の家に到着し、物語に熱中する。年齢記載はないものの、十四歳にあたる翌年には継母との歌の贈答、乳母の死、藤原行成の女の死、源氏物語などの物語への熱中、物語への耽溺を戒める夢告、天照大神を念ぜよという夢告等が語られる。十五歳の折には猫を飼うことに始まり、姉との交流を記す。十六歳には自宅が焼失して猫が焼死したことのほかさしたる記事はない。十七歳の時、姉が出産し、死去した。このように十三歳以後の数年には極めて重要な記事が年次的に多く見られ、それからは記事の年時は必ずしも特定できなくなる。ここにも「夜の寝覚」との関わりを見ることも可能である。「更級日記」の上洛の記のうち、九月十五日には下総「いかだ」に到着、二泊し、十七日は「まののてう」で歌を詠み、月夜の「くろとの浜」に泊まり、更に十八日は月夜の「まつさと」に泊まり、乳母を見舞う、という記述がある。「夜の寝覚」において、中納言が乳母を見舞い、中の君の許に忍び込んだのはやはり月夜の八月十六日のことであった。ここは島原本は「十八日」とあるが物忌みの十七日の前日という意味で前田本の「十六日」が正しかろう。八月十五夜の天人の代わりに、主人公が出現するのである。このあたりも八月と九月の違いはあるものの、月の夜・乳母の見舞い、十六日、十八日といった設定に両作品の何らかの繋がりを見ることができるかもしれない。

また同一作者ではなく、その十三歳の意味は異なるにせよ、「夜の寝覚」では十三歳の中の君について「まだいといはけなかるべきほどにて」（四〇頁）「幼く小さき御程に」（四一頁）と記す。後者は大君との対比の上の叙述なので多少差し引くとしても、「まだ幼い年ごろ」という点には変わりがない。「更級日記」の十三歳が示す少女の早熟と健気さは評価すべきであろう。

作者について特定するまでには至らぬものの、この「十三歳」の明記は、両作品の作者について何らかの重要な手がかりになるものと考えるのである。

四、不確かなものへの出発

九条の家における契りはお互いに誤認した所から生じた出来事であったが、やがて中の君は懐妊し、かの男性は中納言であって姉大君の婚約者であることが明らかになる。一人の男性に、姉と中の君の姉妹が対するという構図である。第一部では、怒りを募らせる大君、強引に中の君を求める中納言という視点に対して、中の君は思いがけない偶然による家庭内の悲劇に翻弄される女性として描かれ、叙述は被害者的な弱々しさが中心であって、その心情の特異な部分に立ち至るほどの造型はなされていない。中の君はひたすら我が身を消したいと願い、「骸をだに残さず、この世になくなりなばや」（八五頁）、「いかで人の見ざらむ巌のなかにも」（一〇七頁）などの叙述が目立つ。やがて中の君は姫君を秘かに出産する。第二部について詳しい内容は不明であるが、ここで中の君はかなり年長の関白左大臣と結婚したものと見られる。この関白は既に三人の姫君を持っており、高貴にして包容力のある人物であるが、中の君はやはり打ち解けようとはしない。第三部に至ると、大君は既に悲嘆のうちに死去しているし、中の君の夫関白も亡くなってほぼ障害がないことをもって、主人公は中の君との結婚を求める。しかし中の君はここでははっきり拒否の姿勢を示す。子に生きようというのである。しかし第三部では変化そのものが主題である。ひとつの例を引こう。巻三に語られる事件として帝からの求婚の話がある。帝が、養女の入内に付き添って来た中の君の許に忍び込み、中の君は驚愕の極みに至りながら拒否し続ける部分である。

影につきたるやうなる内の大臣（主人公）など、ここにては、かかるべきやうなし、人は、誰かは紛ふべくもあらぬ御気配なるに、なかなか死ぬる心地して、ものもおぼえず。かきくらさるる心などひのなかにも、

「あないみじ。内の大臣の聞きおぼさむことよ」とは、ふと、おぼえて、「あさましう、あやしと、御覧じおぼさむことは」とおぼして、汗になりて、水のやうにわななきたる気色、我も、なかなかなる御心まどひを鎮めさせたまふほど、とみにものも言はれさせたまはず。（二九四頁）

「かくてはまた、内の大臣に、いかなる事を言ひ聞かせたまふらむとすらむ」（二九七頁）

「内の大臣に言ひ聞かせたまはむことは、ただ同じことなれど、我が心の問はむにだに、心清く、底の光をかこつかたにも」（二九八―二九九頁）

以下同様の記述があるが省略する。危機的状況にあって内の大臣（主人公）を中の君が強く意識する場面である。ここで主人公は拒否の対象ではなくなり、そのあと冷静に立ち戻った時には更にその心がはっきりして、中の君は狼狽する。

いみじかりつる心地のまどひのなかにも、まづ、「あないみじ。内の大臣、いかに聞きおぼさむ」と、うちおぼゆることのみ、先に立ちつるも、今思ふぞ、あやしき。（三一三頁）

おぼろけならずしみにける心にこそ。（三一四頁）

即ち、拒否しながら無意識の内には強く愛するという矛盾した自分の心を見いだして驚く。心は既に自己の統御できるものではなくなっており、自分で把握できない存在へと変わっているのである。このあと主人公の正妻に生霊として出現することもあるが、これが偽の生霊であるか否かを問わず、やはり自己の内部に無意識の部分の存在を示す同様の設定である。

以後物語は曲折あるものの、この自己への懐疑という姿勢は基本的には変わらない。叙述自体も変化して第三部では人物の心情が明確に記述されるようになるが、それは変化し、把握しがたい自己をいよいよ照らし出す。この意味では第三部にこの物語の独自性が最も顕著に見られるといってよい。

中の君は、主人公、関白、帝、を拒否するのであるから、いわばこれは男性拒否の物語である。しかし絶対的な拒否はもはやあり得ず、拒否しつつ愛するという矛盾した面も次第に明らかになる。それでは何を希求したのか。それは自己の理想であり、過去であり、更にあの世であるはずだ。理想と現実との乖離に対しては常に悲嘆を繰り返し、その原因として主人公の最初の侵入を位置付けて責める。過去としては暖かい父と姉という平和な家族、頑なな自分を許した亡き関白を慕う。しかしそれと全く逆の気持をも自己は内包していることも中の君は知っている。結局中の君にとって定かな自己さえ存在せぬこととなり、必然的にこの身を捨て、あの世を希求することとなる。

その原点は巻四の、

　さるは、面なれて、さすがに度ごとに、いみじう心の乱るるこそは、かの十五夜の夢に、天つ乙女の教へしさまの、かなふなりけれ（四一三頁）

という述懐にあろう。十三歳、十四歳、十五歳の原初体験が、ここに浮かび上がるのである。天からの交流を得る自己であること、それほどの特異な楽才を持つこと、その天人が自己の人生の方向を啓示したこと、更にそれは既に断たれていること、といった体験を「物語」の始まる以前に持つ少女として中の君は造型されているのである。これは夢の中のことであるが、夢であるはずの天人の教えた琵琶の曲を現実に見事に弾きこなし、その音は父大臣を驚かせる。このようにこの体験は明確な啓示のようでありながら、実は夢と現実の境界にある不確かなものであって、中の君はいよいよ混乱する。こうした自負と不安の境にある少女が、現実の「物語」の開始に伴って、男性の闖入という事態に直面した時、惑乱に陥るのはある意味で当然のことと言えるかもしれない。むしろ天人の降下は不確かな世界への誘いであった。大人になるということは、一面、不確かな部分に耐えて生きるということである。ここで「竹取物語」に視点を移してみよう。

五、かぐや姫と中の君の問題

「竹取物語」は、かぐや姫を中心に考えるならば、月の世界の女性がこの世にくだり、この世の結婚を拒否し、また天に帰って行くという話である。この物語は普通三部に分けて考えられており、竹の中から翁によって見出だされたかぐや姫の生涯は、異常な出生と成長を遂げた少女の話が語られる部分、五人の貴公子と帝の求婚を拒否し続ける女性としての部分、月の世界への飛翔、という部分に括られるであろう。源氏物語をはじめ平安時代の多くの作品に影響を与えて来たが、特に物語の女性は、どの作品も結局かぐや姫に帰することに気付かざるを得ない。即ちかぐや姫は女性の原型的な存在なのである。問題となるのは最後の月の世界への回帰の部分であるが、異界ならぬ「人間」の世界の女性を扱う物語文学においても、これが死もしくはある心的風景としてそれぞれの作品固有の世界を拓いていることが、現在次第に明らかになって来つつある[1]。

先に述べたように、中の君がかぐや姫に擬されていることはほぼ間違いない。特に全体の構図として、かぐや姫の生い立ちの部分と求婚の部分は、中の君の十三歳とそれ以後とに相当しよう。「月の都」の人が夢の中に訪れたこと、男性を悩みながらも忌避すること、という物語の内容自体に言い換えてもよい。注目すべきは、生い立ちと男性忌避が、『夜の寝覚』の内部で必然的に相関したものとして捉えられることである。

言葉の上から「竹取物語」との関係を指摘しておく。「竹取物語」の求婚譚のはじめの部分に次のような叙述がある。

> そのあたりの垣にも、家の門《と》にも、をる人だにたはやすく見るまじきものを、夜は安き寝《い》も寝ず、闇の夜に出でて穴をくじり、かいばみ、惑ひあへり。

「夜の寝覚」においても主人公は、まず中の君を垣間見する。更に、別人と誤認して隣家の中の君のもとに忍び込んだ時、その境界にあるのは「竹」であった。「東に、ただ呉竹ばかりを隔てたる所に」「竹のもとに歩み寄りたまひて」「こなたもかなたも竹のみしげりあひて」「こなたも竹多くしげりて」「この竹のなかに隠れて」「竹のもとに紛れ入りたまひぬ」「竹のうちへ入りて見たまへば」など「竹」を強調する記述がある。琴の音に引かれて垣間見をしたのであったが、中の君の容貌は、

むら雲のなかより望月のさやかなる光を見つけたる心地するに（五三頁）

と月光に譬えられている。主人公は、

「かたちは、やむごとなきにもよらぬわざぞかし。竹取の翁の家にこそかぐや姫はありけれ」（五三頁）

と感嘆するのであるから、このあたりの意識的な竹取物語の引用は明らかであろう。

かぐや姫は帝の求婚を拒否した。これは「夜の寝覚」の巻三に描かれる出来事であるが、中の君も帝の闖入に際しては、はげしくこれを拒む。いわば当初から拒否される帝としての造型である。この帝も、中納言と同じくまず中の君を垣間見する。「竹取物語」の求婚者のごとくに。そして二月二十五、六日の月の夜に至って「月影にめでたき」中の君の許に忍び込むのである。

「竹取物語」の帝がかぐや姫に理解を示したように、「夜の寝覚」の帝も単なる闖入者ではなくして極めて人間的である。帝についてかつて筆者は以下のように述べたことがある。「両主人公の間の障害であることを超え、帝の苦悩が執拗に問い続けられるという形で具体的に主題と関わって行く。この物語なりに帝の意向に真正面から取り組むという方法によって、帝は単に概念的かつ伝統的な設定にとどまらず、むしろ人間として描かれているると言えよう。その意味に於いて帝は男性主人公に比肩する存在なのであり、そこではじめて中の君と等質に向きあい、関わりあって行くことが可能となるのである(2)」。帝は帝たる権威をもって中の君に向き合ったのではない。美しい女性に対する男性としての憧憬を率直にかつ真剣に示すことによって、その思慕の重さが、拒否の重

さとして中の君側に苦悩を与える。こうした帝の位置付けも両物語の共有する一面と考えられる。「夜の寝覚」における天人降下は、「竹取物語」において後に明らかになる「おのが身は、この国の人にもあらず、月の都の人なり」という出自の先取りであろう。それを今まで告げ得なかった憂愁を秘めてかぐや姫の告白はあるが、「夜の寝覚」の中の君は憂愁に加え懐疑の物語化であると言えるかもしれない。

六、心の内側へ

以上のように少女から成年への階梯をまず主題化するという面で「夜の寝覚」は「竹取物語」「更級日記」へと結びつく。それでは「夜の寝覚」はどのような方法をもってそれを物語としたかと言えば、心の内部の動きを細かに描写するという方向を取る。具体的に述べれば、いわゆる心内語が他の物語を圧して多く、特に第三部にその傾向が著しい。月の世界から天人の啓示を受け取った少女が、それを内的体験として心に深く刻んだまま現実世界に生きる喪失感を表す方法として、これは極めて有効である。心の内部では中の君に限らず各人物とも極めて自由であり、そこに視点を定めた物語として、「源氏物語」とはまた異なった独自の面を拓くのである。「源氏物語」は既に藤壺物語、大君物語、浮舟物語という具合に、登場する女性をひとつの主題を持つ物語として括ることをも可能にしたが、この物語は更にそれを推し進めて、女性の自意識の成長そのものを物語化した作品であるといってよかろう。中の君は特別の存在である自己という意識が強く、必ずしも現実に妥協せずにその心の高貴と純粋を自ら守ろうとしていた。しかしその自己さえも不確かで、自己の意志を裏切り、把握できぬ代物であることが次第に明らかになる。居所もしっかりとは定まらずにさまよい、心とは逆に不本意な契りの度に身は次々と子供を宿す。中の君はやや確かな「母」という存在に転化して行かざるを得ない。そのために繰り返し語られるこの世からの離脱をかなえることは、いよいよ困難なものとなる。出家への願望はいわば希求の象徴としてのそれであって、最終的には末尾欠巻部が暗示するように当初からの望みのごとく「身を隠す」ことになるのものと考えられる。

前述のように、少女から成年に至るということは、ある意味で確かなものから不確かな世界へ歩み出すということでもある。考えれば「竹取物語」も「更級日記」もそのような少女の出発をまず述べたのではなかったか。

この物語の主題は必ずしも一本の棒のようにすっきりと通ったものではない。変化し変容を続ける人間の動的な生そのものに、物語そのものがおのずと目覚めて行く趣きである。こうした物語においては「誰を恋うたか」を特定することは極めてむつかしかろう。従って「何を恋うたか」と言い換えたのであるが、この答えも簡単ではない。確かなものは果たして存在するのか。「恋う」主体さえ不確実なのである。仮にこれを逆説的に「夢」と言って置くことにしようか。

注

（1）河添房江氏「夜の寝覚と話型―貴種流離の行方」「日本文学」35、昭和六一・五、永井和子「寝覚物語―かぐや姫と中の君と」「国文学」31の13、昭和六一・一一（『続　寝覚物語の研究』笠間書院、平成二・九所収）などは「夜の寝覚」の「竹取物語」摂取の問題を扱う。

（2）永井和子「寝覚物語の帝―中の君の主人公性との関わり」「国語国文論集」18、平成一・三（『続　寝覚物語の研究』平成二・九所収）

10　夜の寝覚の研究状況——未知の物語として

一、欠落の内包

散文によってのみ表現できるものは何か。韻文・散文の区分そのものは近代に属する概念であるが、散文の本質を見据えることからすべてが始まるのは、同時に歌とは何かを問うことでもある。またそれは物語とは何かという問いであり、如何に研究の軌跡を印したか、という当面の課題におのずから連なる切実な問題でもある。平安時代の物語に限定してみても現代の我々は残された存在を対象とするほかはないが、物語が物語であるためのぎりぎりの本領と、その境界については絶えず意識し直す必要があろう。

平安時代の物語研究についてはさまざまな方法と道筋があるが、源氏物語がさしずめあらゆる指標となるのはある程度やむを得まい。前期物語群であれば初期の存在としての意味と共に源氏物語に至る道筋を考え、源氏物語研究は結論としては「○○であるが故に源氏物語は（あるいは紫式部は）優れている」という方向性を内蔵する。後期物語についてはいわば必然的に「(源氏物語には比肩し難いが）○○において新展開・独自性・発見・特色がある」ということが一般的である。

寝覚物語はこうした物語史的な前提条件のもとで見れば後期物語の一群に位する と考えられている作品である。中間と末尾に欠巻が存在することが推定されており、欠落部の巻数も不明であることが形態的な特色である。全体像が把握できねば作品としての把握にも限界があることになり、この意味で量的な欠落はこの作品の質的な把握方法の困難さと深い関わりを持つ。

これを別の面からみると、逆に未知の部分を内蔵する起爆力を秘めた存在ということもできるのではないだろうか。研究自体にも一層の深化と飛躍の余地を残しているが、日本国内のみならず諸外国における未発掘の資料の存在もやや明らかになり、次第に研究の糸口が見えつつある現在、極言すれば全体像の発見も必ずしも夢ではない。先ほどこの物語の物語史上の位置について些か曖昧な言い方をしたが、この不確かなもの自体の持つ力を積極的により強く意識したいものである。欠巻の存在する現状をすべての前提として是認するのではなく、完全な形が一気に出現した時たじろがぬように、今のうちに自在な限り大きな可能性を胚胎した最高の論をあらゆる面において構築しておこうではないか。ここでは個々の問題というより、研究の動き自体を概観しておく。

二、断簡資料の現況

始めに未知の欠巻部分を埋める可能性のあるものとして、最近の資料に関する動きに触れる。①田中登氏による断簡の発見　②大和文華館の展示　③『寝覚物語欠巻部資料集成』の発刊　④米田明美氏の学会発表　⑤仁平道明氏の推定　という順に述べたい。

①　新しい資料の発見は田中登氏の「新出寝覚物語絵詞断簡の意義」（「中古文学」37　昭和六一・六）に端を発する。これは寝覚絵巻第三図に相当する詞書で、第二段第四紙に続くものと推定され末尾欠巻を考える上で貴重な資料となった。ついで田中氏による伝慈円筆末尾欠巻断簡の出現の報告（平成十四年現在では計三葉）が相次ぐ。現在までの田中氏の考察を挙げておこう。「『夜半の寝覚』末尾欠巻部断簡の出現」（「中古文学」50　平成四・一

一)・「新出の『夜半の寝覚』末尾欠巻部断簡」(「汲古」29　平成八・七)・「『夜半の寝覚』末尾欠巻部の考察」(『古筆切の国文学的研究』風間書房　平成九・一〇)・「『夜半の寝覚』末尾欠巻部追考—新出資料を中心に」(『源氏物語と古代世界』新典社　平成九・一〇)・「『夜寝覚抜書』の解読法」(「国文学」(関西大学)82　平成一三・三)など。このうち「夜寝覚抜書」は物語の「抜き書き」であり伊井春樹氏「『夜の寝覚』散逸部分の復元—新出資料『夜寝覚抜書』をめぐって」(「国語と国文学」平成一二・八)に詳しい。田中氏・伊井氏の論はいずれも筋の推定のみならず寝覚物語の本質に迫る精密な考察である。現在、寝覚の本文は七本程度であり数が少なく、五巻本である前田家本と三巻本である島原本が最も古いが、その二本にしても近世初期の書写と考えられる。断簡は正確な年次は不明であるとはいえ鎌倉期に遡りうるとすれば、この物語の本文の流布状況を考える上でもその意味は大きい。

② このような機運を背景に平成十三年十月には、大和文華館において多彩な分野にわたる盛大な総合展である「特別展　国宝寝覚物語絵巻—文芸と仏教信仰が織りなす美—」の開催をみた。寝覚絵巻については同館蔵の寝覚物語絵巻と国立博物館蔵の狩野養信筆模本、田中登氏蔵伝寂連筆詞書断簡のうち一葉、寝覚物語に関しては前田家本上巻・実践女子大本五冊・天理図書館本(旧竹柏園本)五冊のうち四冊、改作本である中村本五冊のうち二冊・書陵部本二冊・横山由清「窓のともし火」が展示された。更にここに慈円筆断簡二葉が公開されたことは極めて注目すべきであろう。

③平成十四年三月発刊の『寝覚物語欠巻部資料集成』(風間書房　田中登・米田明美・中葉芳子・澤田和人氏編著)は、文字通り欠巻部資料の集成である。無名草子・風葉集・拾遺百番歌合・改作本寝覚物語・寝覚物語絵巻詞書などのほかに夜寝覚抜書・伝慈円筆寝覚物語切・寝覚物語絵巻詞書断簡など、上記の大和文華館展示新出資料も収められている。また展示図録所収の澤田和人氏「寝覚物語絵巻についての一考察」も補訂して添えられた。

本書所収の「抜書」と伝慈円筆断簡に関して簡単に一部分のみ本文を紹介する。

・夜寝覚抜書（大和文華館展示）は中間欠巻部（三場面）と末尾欠巻部（三場面）からの歌を中心とする抜書であってこの物語としては極めて珍しい形を持つ。成立その他未詳であるが後光厳院宸筆と伝える（大阪青山短期大学蔵）。前掲した伊井氏・田中氏の論を参照されたい。

1「はるやむかしのとのみ…おぼしいでられて
　さきにほふはなもかすみもみやこにてみしながらなるはるのあけぼの
あはれなどかげをならべて山のはにすみはつまじき契なりけん」（中間欠巻部）

2「ひるはをぐらのやまを…うれはしきことなりや。
たぐひあらばとはまし物をいとかゝるわかれにたふるいのちありやと
いまはいとゞおもひいでじをぬるたまのなにとみえつるゆめにあるらむ
ぬるたまのゆめのうちなる身ともがなすべてこの世にあらじと思を」（同）

3「月はいみじうきりわたり…ひとやりならぬ涙にくれて
かぎりとていのちをすてしやまざとの夜半のわかれににたるそらかな」（同）

4「かろうじて御ぐしかきいでたれば…かなし。
ますかゞみうつれるかげはかはらねどやよこはいかになれるわが身ぞ」（巻末欠巻部）

5「あはれ…おぼえざりきかし。
しほれわびわがふるさとのおぎの葉にみだるとつげよあきのゆふかぜ
しらざりし山ぢの月をひとりみて世になき身とやおもひいづらむ」（同）

・伝慈円筆寝覚物語切。鎌倉時代写三葉。田中登氏の論を参照されたい。

1「おもひきこえてしを…思ひかしづきゝこへ…」
2「けだかくしうとくなるさましたり…き丁…」（大和文華館展示）
3「ものを、もふなめり…人よりは思ひしる…」（同）

④　ついで平成十四年十月十二日中古文学会秋季大会では米田明美氏の「『夜の寝覚』末尾欠巻部「ちご宮」再考——伝慈円筆寝覚物語切の一葉から」と題する発表があり、ここでは伝慈円切を用いて別の読みの可能性を提示している。

⑤また、仁平道明氏は『解釈』平成十四年十一月・十二月号において、小島孝之氏が「散逸文献のことなど——在ジュネーヴ日本文学関係資料の紹介を兼ねて」（「実践女子大学文芸資料研究所別冊年報Ⅳ」（平成一二・一三））において詳しく言及された伝後光厳院筆の四葉を、寝覚末尾欠巻部の断簡ではないかと推定されている。その四葉を順不同に挙げれば次のとおりである。

1徳川黎明会蔵　手鏡「集古帖」所収散文切
「あてにめてたく…ならすかしとおほ」
2細川家永青文庫蔵古筆手鏡「墨叢」所収
「御ふくの程は…あくまてし給へる」
3「古筆学大成　漢籍・仏書・其の外」所収手鏡
「ときけとかくてこそ…ときくもいと」
4思文閣「名家古筆手鑑集」（昭和48）所収（難読のため小島氏の読みに従う——永井）
「しもにいとかろ…けしき」
仁平氏はこれのツレとして同氏蔵の次掲の断簡を挙げられる。

5仁平氏蔵断簡　伝後光巌院筆

「しにこしかたゆくするゐ…かはかり」

更に伝後光巌院筆の未公開の公共機関蔵一葉があるとされ、その上で先にあげた「抜書」と同筆かと推定されている。同氏により、以上六葉について詳細な報告が近々なされるとのことで発表を待ちたい。

こうしてみるとここ一、二年のうちに寝覚の断簡発見には急速な進展があったというべきであるが、ともあれ、断簡資料・古筆切をこの物語に結びつけるのは容易なことではない。まず原資料認定に関しては資料そのものに対する信憑性の問題のみならず、厳密な専門的手法と経験、判断力、感覚が必要である。それを前提とするにしても、なおかつ特に寝覚物語欠巻部の場合は本文の問題もあって証明が困難である。筋への遡及や全体性の中における位置付けは、大胆な飛翔と同時に慎重な考慮が必要とされるであろう。その上でこれに次ぐ今後の発見を大いに期待したいのである。

「抜書」の一部を除くとすべて末尾欠巻部に偏在することは注目に値する。断簡が元来同一のものである可能性もあろう。また拾遺百番歌合など他の資料には、現存する第一部・第三部に対してよりも巻末欠巻部に対する言及が多い。この点について筆者はかつて第四部の内容に対する評価を一因とすると考えたが、あるいは流布状況自体の問題へと発展する可能性があるのかもしれない。その上における作品論への合体と昇華を望むが、そもそも断簡・切というもの自体が、欠落を持つ寝覚と同様に想像力と夢を喚起する存在なのである。双方の夢の力が今後の寝覚研究をより深めんことを、というのは更なる夢というものであろうか。

三、研究の軌跡

この物語の研究史は必ずしも直線的ではない。宿命的にいわば資料的発見が進展を促すがごとき波があって、常に不安定であり安全圏に着地しにくい趣を呈して来た。近代以後についてみれば、昭和初期にこの物語の位置が定まった時を第一波、三十年頃に改作本の発見・公開があった頃を第二波とすれば、現在の論調は次第に手堅く細やかではあるもののやや低調であるように見受けられる。この物語の持つ本質的に不安定な部分を見逃して現状をそのまま肯定するのは却って危険である。以下こうした研究のあらましを辿ってみよう。

この物語は鎌倉期には完全な形態を持っていたものと推定され、無名草子・風葉集・拾遺百番歌合などの一群においては高く評価されていた。改作本はこの少し後に成立したものと思われる。しかしいつの間にか知られざる存在となり、欠巻、脱文、巻次の錯乱、錯簡などのある不完全な形態のまま江戸末期の黒川春村、横山由清に引き継がれる。改めて混乱を正すべく考証的、研究的な機運が生じるが、そこにおいても決定的な結論は得にくかった。

明治大正期に至って近代的な文献学的研究が改めてなされるが、物語の存在そのものをめぐる混乱はそのままであって、平安期の成立か否かという見極めさえ難しかった。しかし藤岡作太郎氏による黒川本改竄本説が契機となって、橋本佳・増渕常吉・藤田徳太郎氏などによる反論などから研究自体が進展し、当時の黒川本は改作本ではなく平安後期の作品であることが明らかになる。なお黒川本については現在の実践女子大学本説とその反論とがある。

昭和に入ると欠巻を持つ平安期物語としての認識は決定的となり、松尾聰氏の中間・末尾欠巻部の詳細な推定が行なわれて全体像がほぼ明確になった。この欠巻部推定の方法自体は現在まで引き継がれているとみてよい。

「菅原孝標女—その作品「夜半の寝覚」の形態について」（岩波講座日本文学　昭和七）・「夜半の寝覚欠巻補考　附、末巻梗概」（「文学」昭和一〇・一〇）などに詳しい。この時代の成果は橋本佳氏『校本夜半の寝覚』（大岡山書店昭和八）藤田徳太郎・増渕常吉氏『校注夜半の寝覚』（中興館　昭和八）などにうかがうことができる。一方で絵巻の複製が大正八年に、「絵巻物集成」が昭和四年に発刊され、寝覚物語絵巻は国宝源氏物語絵巻に次ぐ絵巻史上の貴重な存在であることが明らかになり、同時に寝覚研究にとって欠くことのできない注日すべき資料として今日に至っている。

戦後に至り昭和二十八年には鈴木一雄氏の改作本系神宮文庫本の発見紹介、二十九、三十年に金子武雄氏による中村本の公開があってこの物語の研究は一気に花開く。改作本の発見により松尾氏らの中間欠巻部の推定が裏付けられたのである。原本と改作本との比較研究が機ともなって、ここに始めて主題論・構想論といった作品論的な考察も芽生え、ようやく他の物語研究と肩を並べるようになる。関根慶子・小松登美氏『寝覚物語全釈』（学燈社　昭和三五。筆者も年表・系図等を担当）・阪倉篤義氏『日本古典文学大系　夜の寝覚』（昭和三九）の注釈なども相次ぐ。永井和子『寝覚物語の研究』（笠間書院　昭和四三）はそのような時代を反映したものであり、野口元大氏の島原本の発見なども重なって研究は大幅に進展した。阪倉篤義・高村元継・志水富夫氏による『夜の寝覚総索引』（明治書院　昭和四九）はこの作品の決定的な「物語」への仲間入りであったし、『日本文学研究資料叢書　平安朝物語Ⅳ』（有精堂　昭和五五）は寝覚に関する論六篇を収録した。なおここには河添房江氏の現況報告があって同氏の鋭い寝覚研究の嚆矢をなす。石川徹氏『校注夜半の寝覚』（武蔵野書院　昭和五六。石川氏は作者を孝標女と断定される）、鈴木弘道氏『平安末期物語人物事典』（和泉書院　昭和五九）、高村元継氏『校本夜の寝覚』（明治書院　昭和六一、野口元大氏『夜の寝覚研究』（笠間書院　平成二）、永井和子『続　寝覚物語の研究』（同平成二）、堀口悟・横井孝・久下裕利氏『平安後期物語引歌索引　狭衣・寝覚・浜松』（新典社　平成三）などの意欲的な研究成果の発刊も相次ぐ。稲賀敬二氏が新しい問題意識をもって作者論等を中心に積極的に発言されたことも看過できない。また三谷栄一氏は物語史の上からつとに原本と改作本について明快な位置づけを示された。

ここで特記したいのは鈴木弘道氏の研究である。断簡発見の機運にある現在こそ何よりも『平安末期物語の研究』（初音書房　昭和三五）、『寝覚物語の基礎的研究』（塙書房　昭和四〇）などに始まる同氏の精密な基礎研究に立ち戻って改めて検証しなおすべき時ではないか。特にどの段階で欠巻を生じたかの再吟味は急務である。なお昭和四十年代までの研究史は鈴木氏の『平安末期物語研究史　寝覚編浜松篇』（大学堂書店　昭和四九）に詳しい。

近代以後に限っても単行本・雑誌等所収論文は総計四百点ほどに及び、現在では研究内容はますます精密化してきている。以上の研究者による論に加え、最近の以下の方々の寝覚論はそれぞれの新鮮な切り口と方向性を持って研究を推進してきた。順不同にお名前を挙げるが疎漏はお許しいただきたい。三谷邦明・三田村雅子・神田龍身・三角洋一・加藤史子・足立繭子・横井孝・志水富夫・鈴木紀子・山中理恵子・乾澄子・大槻修・大槻節子・高橋雅恵・長南有子・倉田実・大倉比呂志・渡辺澄子・横溝博・石埜敬子・宮下雅恵・吉海直人・赤迫照子・中村真一郎・円地文子・津島佑子氏など。『物語をものがたる』（初出「創造の世界」84）などに始まる河合隼雄氏の「物語」分析も捨て難い。

こうして昭和三十年頃に始まった第二波が寝覚研究を一気に押し上げて現在に至っているのは前述の通りであるが、前述したように現況には些か危惧を抱く。寝覚の位置は安定したように見えるが、一面それは不確かであるものを確かであるとする誤認をも与えたのではないだろうか。全体的にやや細微に過ぎる閉塞状態の中に在るがゆえに、断簡の発見という新たな波が研究を大きく揺るがすことを切に期待するのである。

四、今後の展望

筆者個人としての大まかな見通しを簡単に挙げる。①小島俊之氏の報告にみえるように今後の資料の探求は世界的に広がるであろう。同時に研究自体が既に世界の研究へと広がりを見せつつあってその成果は夙に見えている。②旧約聖書創世記に見えるヤコブの妻としての姉妹の話まで遡るようなスケールの大きい姉妹論を期待したい。寝覚も同時に姉妹と関わり双方に子をなす物語である。③物語史という縦の関係と相関関係にあるものとして、平安末期物語群という横並びの物語の把握方法は今後も進むはずである。浜松・狭衣などの作品研究の深化は著しく、寝覚研究も絶えず修正を迫られている。④改作本の研究も、原本を前提とした比較の時期を脱し、独自の作品として見る方向が推進されよう。⑤表現についてはまだ検討の余地がある。例えば独自性をいうとき心内・心情表現をあげることが多いが、心内語が即ち心的深化に直結するわけではない。なお緻密な再検討を要する。⑥コンピュータを用いた分析の方向に進むことはほぼ確実であろう。⑦この上で全巻の発見と、作品論の一層の進展を期待したい。

筆者も昭和二十八年からこの物語に関わり続けて今に至るが、当時の志の万分の一も明らかにし得ていない。全巻の発見は本当にこの物語の「未知」をうめることになるのか否か。状況が判然としない中で判断し分析せざるを得ないという宿命的なものがあるにせよ、名前さえはっきりしない寝覚物語は、いかにもはかなく変動する存在であって、本当に源氏以後の散文史の一端を担う「物語」なのだろうか、とさえ未だに考えているのである。

11　女主人公という選択――強い中の君の出発

一、『寝覚物語』の中の君

平安後期物語群の中の一つに位置付けられる『寝覚物語』は他の物語に比してどこに特色を持つのか。その特色がどのようなものであれ、それはこの作品が中の君という「女性を中心とする」物語であるという事実そのものに結びつく問題が少なくないと思われる。本稿では『寝覚物語』の独自性を、このような物語構造自体の視点から改めて纏めなおしてみたい。

女性を主人公とする物語は様々な限界を有するが、それをつきぬけようとする動きも生ずる。この作品も中の君に主人公性を付与するためもあって、天人降下などの超現実性と紙一重の設定を行なう。また物語を牽引して行く強力な男性――中納言・帝といった厄介な男性たち――の存在も不可欠である。その限界は筋のダイナミックな動きよりも登場人物の内部に向かうという方法として逆に独特な世界を築くことになったが、これは物語としては一種のきわどい冒険でさえある。人間の心内の描写に固執すると他の登場人物との関係性が希薄になって物語の動的な流れを滞らせることにもなり、特に中の君という女性にそれを集中させた場合には動きが乏しくなる危険性を伴う。そのため中の君は空間的にもしばしば移動し、自らのありようも、変化するもの、として描かれる。

行き違いとも言うべき経緯の中における第一部の弱々しい中の君は、第三部の始めでは他者から「心強し」という語によって形容される女性として登場する。それは心内語を方法として叙述により多く取り入れたと思しき部分と重なる。中の君はその当初こそ「心強」い姿を見せていたのであるが、間もなく様々な出来事に関連して外部から把握される姿と内部の矛盾に気づき始め、自分の在りようさえ把握できないという状況に追い込まれるに至る。中の君の、精神性を時に自ら裏切るような、女性という生々しい肉体を持つ存在であるという造型は、それなりに評価してしかるべきであろう。「物語」という枠組みを壊すほど心内の描写を多く用い、また物語路線に戻り、といった叙述の律動を繰り返しつつ、物語は次第に混沌に陥る。所詮人間とは理解されない存在であるという認識はとかく閉鎖的なものに向かいやすい。「女主人公」の物語はそもそも成立しにくかったのではないだろうか。女性の存在自体を深く掘り下げるにしても、男性主人公的なものを設定した上で行う方法の方がより焦点を結びやすい。それにも関わらず女主人公を選択した物語という部分に焦点を当ててみよう。

二、女主人公の条件

この物語について「女性を中心とする」と表現したが、このことは物語の起筆部分が中の君の父系から語られていること、叙述が中の君を軸にして語られることなどによる仕組みの謂いである。(1) しかし物語にはまず「中心」となる人物が必ず存在するか否か、あるいは物語において作中人物とは如何なる存在であり、何故に作中人物という切り口が可能なのか、あるいは物語の主題や構造と作中人物とは如何に関わるか等の点については不分明の部分が多い。現代語の「主人公」「女主人公」という語はひろく物語を作中人物の面から捉える言葉の一つであるが、はたして日本の平安時代の物語文学はこの言葉の語義によって把握し得る内的構造をすべての作品において持つか否かについても必ずしも明らかではなく、話型としての分類や整理とは多少異なった面の把握が必要となろう。「主人公」「女主人公」は対偶的に存在するのか否か、対等の関係なのか否か、複数の存在は単なるバリエーションであるのか。こうした問題を考えると、この言葉は仕組みの枠を超えて、主題的な部分を捉える近代的な把握の方向性を視野に入れざるを得ない極めて捉えにくい多義的な概念である。現代語「主人公」「女主人公」の語そのものは外来の思想や物語の構造性に由来しようが、その根底には卓絶した人物ヒーロー・ヒロインを語る、という世界的な古代物語の発生に関わる概念があると考えられる。卓絶した「人物」という把握から必然的に主題的な部分と密接な関係を生じてくるからである。本稿における当面の問題は『寝覚物語』の具体的な作中人物中の君であるが、これを、「中心となる」という仕組みの面と同時に、以上の意味における「女主人公」として位置付けたい。仕組みの問題は主題的な問題と峻別しなくてはならないが、同時に非常に深い関わりを持つと考えられるからである。

言葉の意味としてここにもある種の混乱が必然的に生じてしまうのだが、本稿では「女主人公」を「(男性ではなく) 女性である主人公」の意味で用いたい。この物語において一般に「主人公」とされる関白左大臣の子息である男性を、巻一の呼称のまま「中納言」と称することとする。中の君とは終始対偶的な男性ではあるが、「女主人公」と対偶的な「主人公」としての存在であるか否か等の問題とは一応切り離しておきたいからである。

中の君の主人公性と関連する造型としてその異質性がある。『竹取物語』[2]は女性を中心とする物語の仕組みの点で『寝覚物語』の先蹤的な作品である。かぐや姫は現実と月の世界を貫く存在としてダイナミックな主題を形成し、中の君にもその異質性は冒頭の夢の中における天人降下という形で鮮烈に受け継がれている。ただしそれは中の君の夢中に自閉し他者に共有されぬものとして語られているために、自己の異質性のそのものの存在が中の君にとって事実か否か自問せざるを得ない問題として捉えられ、むしろその疑問自体が物語の主題とも言うべきものを引き出して行くことになるのである。

三、物語構造と女主人公

物語の構造としては自立したひとつの作品を単位として把握する時における、「女性を主人公とする」ということの意味が問われよう。物語が多くの場合男性と女性を登場させるとすれば、男性が中心になる場合（男性主人公）とそれが女性の場合（女性主人公）とでは質的に微妙な差異が生じる。物語の仕組みの面からからみると、伝奇的な物語は別として平安期における貴族社会の現実の再現性という性格を濃厚に持ち、作中人物の空間設定と時間軸を中心に語り進められ、その中である特定の人物が中心的な存在であり、かつそれが主題性と関わる場合始めてそこに「主人公」という概念が適用されるのは先に述べたごとくである。

女性を主人公とした場合、空間的な限界と受動性は男性との大きな差異である。当時の女性の生活空間の広がりは限定され、積極的な行動性よりも他者からの動きを受動的に受け止める在り方を反映し、そのことが物語の内容と大きく関わって来る。特別な場合を除いて物語性の形成力は弱く、むしろ他者や状況への反応として内的な方向に形成されることが多い。『寝覚物語』は現実性を基盤にした作品であり、女性を中心としたための動きの少なさや受動性は紛れようもない。「出仕する」あるいは女性のもとに「通う」ことはなく、選択権も限られ、基本的には居所を移動しないために男性の持つ空間移動、時間的な自由度は極端に小さく、独自の視点を必要とせざるを得ない。

この物語の第一部について言えば、広沢という非日常的空間を設定し、そこを自己回復の場とするがごとく、「流離」の概念をも含有することになろう。第四部までにわかっている限り一八回移動するのである(3)。これが

「女房」であれば、この空間移動の自由度ゆえにある程度自在な目を獲得し、そこに仮託としての語り手の資格が生じるものの、一般に姫君としての女主人公は語られることはあっても語る主体となることは極めて難しい。「(女性)主人公」が定まれば必然的に作品構造の時間軸が切り取られて来る。即ちその人物の持つ時間の開始と終了が物語のそれとほぼ軌を同じくする。この点は男性と女性にはそれほどの差異はなかろう。この物語の場合、時間軸は『源氏物語』のごとき長さは持たないであろうし、また短編性の集成と長編性の問題やそれによる複合的な多岐にわたる構造は持っていない。光源氏が中心人物として存在しながら、いわゆる藤壺物語・浮舟物語などをその内部に形成する形は、この物語では第四部の世代交替による時期を除いて恐らくなかったと思われ、その第四部も中の君の主人公性は存在し続けたものと推定される。逆にこの中の君の生の時間軸こそむしろ主人公性の証左と捉えて然るべきかもしれない。

「(男性)主人公」を選択した時それに対偶し得る「(女性)主人公」が存在する場合、異性との結びつきから見ると当然いくつかの型が考えられる。男性の場合は女性の獲得・喪失の問題が大きい。多くの場合「(男性)主人公」が最終的に獲得または喪失する対象が「(女性)主人公」である。

「(女性)主人公」を選択した時にはこの関係は、一人の男性を複数の女性が争う、といった型を除き成立しにくい。この物語では中の君を争う獲得型の男性としては中納言と帝などがあり、物語の筋を強く領導する。一方、中の君の父入道、同情的な兄たち、夫となる関白、などは安全な男性群として中の君を守る。

それに対して、これもそれ自体が受動的なものであろうが、それに代わる型のひとつとして女性側の男性拒否という構図がある。『竹取物語』は、かぐや姫という人間世界から超絶した存在そのものが、人間世界との葛藤の物語を包含しつつ男性拒否の理由として予め設定される。『寝覚物語』の場合は、自分の異質性が中の君自身に確認されずに宙吊りになった「かぐや姫感覚」ともいうべき状況にあり、それが男性に対する態度のありようとして物語化されるに至る。自覚的な拒否は拒否しきれぬ自己という発見と常に交互に現われ、中の君は自信と自己不信といった懐疑に波のように漂わざるをえなくなる。この意味では同じ拒否といっても流動的な部分を多く抱え、絶対的な拒否の物語とは異なった様相を持つのである。

四、物語としての面白さ

この物語は前述のように女性主人公の持つ様々な限界を逆に特色とするものと言えよう。これは書き手の問題意識と密接に関連するが、この点については後に触れたい。自閉的な狭さと心の動きへの集中を避けられないが、一方で物語としての趣向を意識的に豊富に盛り込もうとしていることは認めねばならない。しかしこの裂け目は必ずしもなだらかに繋がらぬ面を持ち、例えばこの傾向について『無名草子』は次のように言う。『無名草子』の記述は散発的に様々な女房の意見を併記した形ではあるものの、全巻が存在していた時代のことばとして貴重な視点である。

『寝覚』こそ、取り立てていみじきふしもなく、また、さしてめでたしと言ふべき所なけれども、はじめよりただ人ひとりのことにて、散る心もなくしめじめとあはれに、心入りて作り出でけむほど思ひやられて、あはれにありがたきものにて侍れば。（新潮日本古典集成　六三頁）

返す返す、この物語、大きなる難は、死にかへるべき法のあらむは、前世のことなればいかがはせむ、（七三頁）

「あはれにありがたきもの」という総評の中で平凡と不自然さの併存を指摘している点は第四部を考える上でも示唆的なものを含むのである。

それに加えて『無名草子』が他の部分で指摘するように「誤解」「謎」「ずれ」「すれ違い」「弁明」といった手法も、物語の常套手段であるとは言え不自然なほど頻用される。読者を意識した趣向と登場人物間のそれとは区別する必要があるが、起筆部分の「人の世のさまざまなるを見聞きつもるに」に始まる「主題提示」と言われる部分の「寝覚の御仲らひ」という表現は、予め書き手が一方的に設定した読者の興味を喚起する一種の謎かけであろう。琵琶を弾く大君、箏の琴を弾く中の君、という設定に対し天人は中の君の夢に降下して琵琶を教える、という交錯も同様である。天人の予言の謎は言うまでもない。物語そのものが、中納言が恋い慕う人は実は妻大君の妹であった、という行き違いから始まるのである。父入道は一切真実を知らされず「誤解」する者として描かれる。入道はそれにも関わらず中の君を守りつづけ、超えられるものとしては存在せず、いつまでも中の君にとって「正当にあるべき姿」の象徴として描かれる。従って父像への幻滅や、怒りといった方向性はみられない。石山の姫君は実は本当の孫であったと明かされ驚く入道に、中納言はその経緯を述べて弁明する。中納言は中の君のもとへ帝が闖入したことを中の君の失態と誤解し中の君を責める、といった具合で、『無名草子』がしきりに非難する中の君の「そらしに」もこうした趣向のひとつであろう。

このような趣向を盛り込みながら、すべてが狭い家庭の問題に収束されてしまうために物語の幅は極端に狭くなる。最初の出発点である「父と二人のむすめ」という構図は『源氏物語』の橋姫巻と同様の趣向であるが、それに対する男性である中納言も中の君の家庭の内部に取り込まれ、大君との確執を生む。第二部に始まる宮中という異世界も、帝の超絶性より男性としての面が強調され、大皇の宮の造型にも喜劇的な母性を強調する。様々な人物は、親子・兄弟・姉妹・夫婦といった息苦しい関係性の細部に絞り込まれるのである。従って登場人物の心の部分へと踏み込む手法を取るのも当然の結果であるのかもしれない。

この趣向と人物の心内への集中の叙述は、第一部と第三部を見る限り、なだらかに語られるのではなく、むしろ質を異にする記述が物語の中を波動のごとく交替し、うねって行く。心内の渦へと向かう叙述が極端になると、物語的な趣向へと趣き、そしてまた心内に沈み、気を取り直して趣向へと移る、ということを繰り返す。そして物語の進展に従って心内への傾倒が次第に強くなる様相を見せるのである。このことと「女主人公」という設定とは無関係ではあるまい。

五、「弱し」から「強し」への「心変り」――強い女性としての出発

物語の叙述が女主人公の心的な領域へと傾斜する様相がよく見えるのは第三部の始めの部分である。他者が外側から捉える中の君と、中の君の心的な内部とは異なることをはっきりと語り、周囲は中の君を理解できない状況であること自体が物語化されて行く。

言うまでもなく第三部の発端に見える中の君の姿の第一部との差異は、第二部を持たぬ我々にとってよく察知されるのであるが、それは我々読者がそのように感じるだけではなく他ならぬ物語の中の君以外の登場人物がその変化を指摘する。以下その記述を具体的に見よう。

巻三の冒頭は、故関白の末亡人である二十七歳の中の君の冷たい態度を中納言が恨むという心内語から始まる。中の君は中納言を避け、継女故関白の内侍督の参内の準備に専心している。故関白に関わる筋は対男性の問題ではなく「継母」としての行動であるから、中の君は安全圏に身を置くことになる。尤もこの行動が帝という新たに危険な男性に連なることはこの段階で自明なことであるのだが、今はこの点には立ち入らないことにしよう。なお文章自体も心内語を続ける極めて長いものに変容し、この部分も一続きの長大な記述である。全文をあげ、区切りをつけて辿ってみたい。

「なになり袖の氷とけず」と、嘆き明したまひてし朝より、あまりよろづのことわりを思ひ許し、心をもあながちにのどめ過す、ことわりも過ぎてまめやかに恨めしく、人目恥かしきまでおぼし知らるれば、「いかが、のたまひ、おぼしなる。いとほしともや、おぼし弱る気色見ゆる」と、心見るとて、御消息もなくて、宮へ参りたまふついでにも、南の御簾のうちにて、「姫君はいかに」とばかり、あさはかにて、やがて立ち入らで、若君をも、「我を思はば、母なしばし見たてまつりたまひそ」と、「我をいみじく憎みたまへば、心憂し」と言ひ知らせて、渡したてまつりたまはず、あと絶たするやうにて年も返りぬるを、心知る人、嘆きいとほしがれど、（鈴木一雄氏校注訳　日本古典文学全集『夜の寝覚』二五三頁）

右の部分の「おぼし弱る」の語に注目したい。中納言がそれを期待するということは現在の中の君の状況は「おぼし弱」ってはいないということである。次に中の君がなぜそうした態度をとったのかという理由がやはり心内語として記述される。

過ぎにしかたは、「なかなか、あさはかなるものに恨みられたてまつらむは、苦しう」など、乱れたまひし人知れぬ御心のうちなれど、今は、「あながちに靡きたてまつりても、なにの目やすきことかあらむとする。后の宮の御心おきて、見もてゆく、いともの恐ろしく、まいていかばかりか心憂きことあらむ。見果てぬ夢の世を、あながちに恨み寄りたまふも、さすがに今はじめ、はしたなめたまふべきにもあらず、言ひやるかたなくのみおぼゆるを、かくておぼし絶えうとみたらむも、さはれかし、いかばかり悔しかるべきことぞ」と、つゆばかり見あやめたまふ気色もなく、なだらかにて、内侍督の御参り、正月の二十日あまりの程なれば、いと近くなりぬる御急ぎ事どもばかりは、大納言たち、中納言、帥などに、くはしくきこえ置きて、その事かの事など、おほかたなる御文の御返り、はたあべいほどに聞こえたまひて、例ならぬ気色もなきに、（二五三―二五四頁）

前半は中納言に対して靡こうとしない中の君の心中である。それを言葉として発することなく、中納言の方の意地を張った態度をも気にせずに内侍督の入内に専念するが、中納言はそれに納得できない。

いと妬く、「かばかりの絆どもを行きちがはせて、いとかう、そば顔なる御心強さは。かからむものとは思はざりしを。折々の御返しを思ひあはするに、いかにおぼしなる御心変りぞ」と胸ふたがりながら、我が心をも執念く念じつつ、うちうちの御言の葉は絶えて過ぐしたまふに（二五四―二五五頁）

先に中の君が「おぼし弱る」ことを期待した中納言の心内の記述は、この部分の中の君の「御心強さ」「御心変り」をいう中納言の言葉が対応し、中納言は中の君の「弱」から「強」への（そして自分に対する態度の）「変化」を指摘する。

以上の部分に見える「弱」「強」「変」という言葉に即して考えてみよう。まずこの物語において「おぼし弱る」「心強さ」に関連してこれに類する語はどのように使われているのかを眺めてみたい。(4)「弱」「強」に関連する複合語等はあまり用例数は多くはないものの数の上からは「弱し」の類（か弱し・思し弱る・思ひ弱る・心弱げなり・心弱し・弱げなり・弱し・弱りくづほる・弱る）は27例、「強し」の類（心強さ・心強し・強し・強る）は18例ある。これを第一部と第三部に分けると、第一部「弱し」19例・「強し」4例、第三部「弱し」8例・「強し」14例と数の上で語彙数は逆になる。表を参照されたい。傾向として第一部は「弱」第三部は「強」が多い。更に人物別に見ると「強」は中の君に集中する。結論を大まかに述べておけば中の君は「弱」から「強」に「変」ったところから第三部は出発し、人物像の再構築が行われて物語は本格化したものと言えよう。

具体的にまず「弱し」類から見ると、27例中13例が中の君に関わる。

第一部は「弱る」「弱げ」といった懐妊した中の君の心身の衰弱を外部から捉える表現が中心で9例見える。

語	第一部			第三部				
弱し類	巻一	巻二	計	巻三	巻四	巻五	計	総計
か弱し					1		1	1
思し弱る					1		1	1
思ひ弱る	1		1	1			1	2
心弱げなり		1	1					1
心弱し	4	4	8		2		2	10
弱げなり	1	2	3			1	1	4
弱し	1	1	2		1		1	3
弱りくづほる	1		1		1		1	2
弱る	1	2	3					3
計			19				8	27

強し類	巻一	巻二	計	巻三	巻四	巻五	計	総計
心強さ				1	1	1	3	3
心強し		1	1	5	2	1	8	9
強し		2	2	1	1	1	3	5
強る		1	1					1
計			4				14	18

言葉の前後のみあげる。「月ごろ弱りくづほれたまひぬる心地」「弱りたまへる人」「女は心弱くてしづみ入らせたまふならん」「弱げになりまさりたまふ」「弱らせたまふなり」「月ごろ弱りつる人」「弱き人」「道の程も消え入るばかり弱げに」「いと弱げにて」、がそれである。

第三部の4例は用い方が異なり「心弱し」が3例、第一部のような身体の弱りをいう「弱し」が1例見える。「いとほしともや思し弱る気色みゆる」は先にあげた第三部冒頭の例であって「弱」くはない状況が前提にある。「心弱く乱れ立ちて」という表現は帝の無体に心が乱れたことへの中の君の反省である。「いとかうあまり心弱うみえじ」も中納言への態度の反省であり、以上2例とも中の君が自分の「心弱」い態度を反省するものであって自分から「弱」さを否定し「強」くありたいという希求が顕著である。末尾近くの「子持ちの名残なほ弱げにて臥いたまひたるに」の例のみ産後中の君について「弱げ」を用いる。

中の君以外の人物に関しては「心弱し」――「気弱」「弱気」の意味に用いる例が殆どで14例を数える。「――と心弱く思し弱る折しも」（中納言に関していう。以下括弧内は関わる人物）・「心弱く思ふにはあらで」（対の君）・「弱き心地して」（対の君）・「心弱きやうになりもてはべるかな」（中納言）・「心弱く惑ひたまふべくや」（中納言）・「心弱げなるぞ」（大君）・「心弱くおぼつかなくて」（父入道）・「心弱くあざむかるる」（父入道の一般論）・「心弱くうちしのばれて」（少将）・「思ひ弱る心のなからん」（中の君を中納言が）・「いと弱うくづをれにたり」（大宮）・「いと弱うくづをれたまへるは」（女一の宮）・「いとか弱くなどぞ思しめされつる」（父入道）、がその例である。

以上のように「弱」の類は第一部の中の君の心身について用いるが、全体としては中の君に必ずしも集中せず広く用いられている。それらは気弱といった心の状態について用いられ、価値としては負性を帯びたものといえるであろう。

「強し」の類は18例中16例が中の君に集中し、第一部と第三部では用い方が異なる。第一部の4例は以下のとおりである。「せめて強く思しなりて」（父入道が案じて）・「とく強りたまひて」（同）・「心強き人、なかりしものなり」は女は恋には弱いものだと中の君を父が慰めるもの。「主強くさだまりて」は主人がはっきりと決まって、という入道の心内語であり当面の問題とは離れる。第一部では「気を強く持って元気になってほしい」という中の君への願いが中心であり、逆にいえば中の君は「弱い」のである。

第三部は言葉としては「心強し」が中心で中の君の強情、意志堅固なことをいう。11例にのぼるこれらの例からも中の君に関わるひとつのキーワードとして把握できよう。「そば顔なる御心強さは」は引用した部分の例である。「え心つよからじ」（大宮が、帝をみれば中の君は心を引かれるだろうと推測する）・「心つようひきくくまれたる単衣の関」（帝の闖入の折の中の君の抵抗）・「さても、あさましう、心つよかりつる人の心かな」（中の君の抵抗に帝はあきれる）・「すべておもぶき強くはべりける人」（中の君の強情を帝が大宮に訴える）・「心強き程にぞはべりける」（同）・「心つよう、さばかりもてはなれしに」（中の君が帝を逃れたことに対する中納言の思い）・「月ごろの心づよさぞ、憂きや」（姫君を振り切る中の君を中納言が怨む）・「あながちにのがれそむきたてまつりたまふ御心つよさよ」（大弐の北の方が中納言を拒否する中の君の強情さを言う）・「心つよくのみ思ひはなるることのみ思ひしかど」（中の君が中納言を離れぬ心を自覚する点で珍しい例である）・「我ながら思ひとるかた強からず」（山籠りをしなかった中の君の反省）・「心つよくかけはなれいりゐなましかば」（同）は男性への抵抗を含めた意志の強固なことをいい、他者がそのように評価すると同時に中の君自らもかくありたいと願う。出家の志についても中の君が用いるのは興味深い。

中の君以外の人についていう例は次の2例である。「心をつよく思して」（入道が中の君の出家の志を認めたことについていう）・「心つよく見すぐすかな」（入道が石山姫君を見てわが身の我慢強さを思う）というわけで2例とも「本来心弱い入道が非常に努力して」の意味合いで用いる。

以上のように「心強し」の中の君への集中がみられることは、第三部において強と弱の二重性を持つ明確な中の君像を改めて刻んだものと解される。物語の筋の上では、他者からは強いと見られ、自らもそのように自覚している中の君は、一方で極めて弱く、自己の統御さえ儘ならぬ危機的状況に次第に至らざるをえない。そうした状況を心内語を用いて叙述するという方向に向かって行く出発点としてもこの「心強し」という造型は意味を持つ。中の君のこうした心強さは既に『無名草子』が指摘している。

「大殿に入道の許し取らせ給ひしほど、大将（筆者注　中納言）の、千々の言葉をつくして、率て隠してむと苛られ揉まれ給ひしに、身をば千々に砕き、命も絶ゆばかり思ひ沈みながら、心強く靡かで、我も人も人聞きおだしきさまにもて鎮めてやみ給ひしほどは、いみじき心上衆とこそおぼゆれ。（六八―六九頁）

すべて中のうへは、いみじき心上衆とこそものすめれ。わりなく人の惑ふ折は、いみじくあやにくだち心強く、また思ひ絶えむとすれば、あはれを見せむとしためるを。（六九頁）

いずれもしたたかさ、強情といった意味に用い、意識的な「心上衆」の方便と捉える。『無名草子』において他に「心強し」が用いられているのは『源氏物語』の朝顔と末摘花についてであり、空蝉もそれに加えてよかろう。

「槿の宮、さばかり心強き人なめり。世にさしも思ひ留められながら、心強くてやみ給ぬるほど、いみじくこそおぼゆれ。空蝉もその方はむげに人わろき。（二八頁）

次の末摘花の例では賞賛する。

「末摘花、好もしと言ふ」とて、憎み合はせ給へど、大弐の誘ふにも心強く靡かで、死にかへり、昔ながらの住ひ改めずつひに待ちつけて、「深き蓬のもとの心を」とて分け入り給ふを見るほどは、誰よりもめでたくぞおぼゆる。（三〇頁）

末摘花に関して、太宰大弐が筑紫に下向の折、むすめの女房として同道しようと誘うが動じなかった態度を

『源氏物語』の末摘花巻には末摘花に関して「心強し」といった例はないが、一般論としてやや否定的に述べた部分が同巻にある。

つれなう心強きは、たとしへなう情おくるるまめやかさなど、あまりもののほど知らぬやうに、さてしも過ぐしはてず、なごりなくくづほれて、なほなほしき方に定まりなどするもあれば、のたまひさしつるも多かり。（新編　日本古典文学全集『源氏物語』1・二六五―二六六頁）

また蓬生巻には、

はかなき御調度どもなども取り失はせたまはず、心強く同じさまにて念じ過ごしたまふなりけり。（2・三三六頁）

とあって、『無名草子』の記述はこの本文を受けたものと見られる。『源氏物語』には39例の「心強し」があるが必ずしも同じ人物に集中しているわけではない。この意味で『寝覚物語』においては中の君に集中していることは極めて興味深い。

なお『寝覚物語絵巻』第四段第五紙にも「心強し」と推定されている例がある。

さるこころにはありけるとてえこころつ□かりはてたまはすなかせたまひぬるいみしくいとをしくおほゆれと

冷泉院の描写であるが以上述べた文脈の中で見ると意味が一層明確になろう。

中納言は中の君の態度を「心変り」と表現した。しかしこの語の用例は引用した例の他には見えず、『浜松中納言物語』にも見えない。『狭衣物語』に、

「切に斷く言ひ威し給へば、心変りこそし侍りぬべけれ。外道のむすめにも仏は謀られ給はざりけるものを」[5]

の例がある程度である。

『源氏物語』には5例みえ、そのうち2例は心が平常とは異なった状態に陥ることをいう。六条御息所について「いとど御心変りもまさりゆく」(葵2・四二頁)、光源氏について「かく、心変りしたまへるやうに、人の言ひ伝ふべき頃ほひ」(幻4・五二七頁)とあるのがそれである。あとの3例は以下のとおりである。

「あらためて何かは見えむ人のうへにかかりと聞きし心がはりを

昔に変ることはならはずなん」(朝顔2・四八六頁)

この朝顔の歌の「心変り」については池田亀鑑氏『新講源氏物語』(朝日古典全書も同様)は「他人事に御心変りをきいてゐますから」と光源氏の心変りとされ、他の説の多くは朝顔のそれと解する。筆者としては池田説をとりたい。歌のあとにある記述は明らかに朝顔自身が自分は変ってはいないと述べたと解してよいだろう。

「夜の間の心変りこそ、のたまふにつけて、推しはかられはべりぬれ」(宿木5・四〇九頁)

匂宮の心変りを中の君がいう。

「いかなる人の心変りを見ならひて」(浮舟6・一三三頁)

匂宮が浮舟にいう。寝覚の例の場合は「弱」「強」も中納言に対する態度であり、愛情の問題ではあるが「心変り」はこれらの用例からすると、①ある人物から、別の人物へと思いが移る、②ある人物への強い思いが、弱くなる、の二面が考えられ、先にあげた中の君の例は②である。

『無名草子』によれば中の君を「心強し」と評したのは中間欠巻部である第二部に書かれていたと思われる故関白との結婚が定まったころのことであって第三部から急に変貌したわけではないことは推定される。先に筆者はこの物語の構造を第一部（巻一・二）・第二部（中間欠巻部）・第三部（巻三・四・五）・第四部（末尾欠巻部）と捉えた。これを中の君に添って更に大摑みに言えば第三部が大きな屈折点となって第一部・第二部と、第三部・第四部に二分できよう。以後は「心強さ」がその前提となるのであり、これは他者へのより強力な関係性を意味する。中の君造型の新たな出発点と捉える所以である。

六、未知の物語として――『墨蹟彙考』所収の断簡

この物語は中間部と末尾に欠落を持つ作品である。欠落の量も不明ではあるものの一物語としての自立が認められているのはその全容を推定するに足る資料が他に存在しているからである。この物語自体の残存部分に加え『寝覚物語絵巻』『無名草子』『拾遺百番歌合』『風葉和歌集』『改作本寝覚物語』などがそれに当たるが、近年この物語の断簡類が資料として注目されている。(6) この物語の断簡であるか否かの認定は厳密な資料的な操作を始めとして極めて難しい問題を包含しているものの、仮にそれをすべて肯定するとすれば、この物語については未知の部分がまだ非常に多いことを率直に認め、全体像の構築には慎重でなくてはならないであろう。

二〇〇三年夏、専修大学図書館貴重典籍に加わったという古筆手鑑『墨蹟彙考』一帖を同年十二月六日の公開講演会で専修大学教授小山利彦氏が披露された。「――例えば伝後光巌院宸筆の「するほどに」という極札のついた、九行から成る切である。」「――殊に「院」という文字があり、冷泉院であることが想定され、悲しみの対象がヒロイン寝覚の上の偽死事件であることも想定できるのである。『夜の寝覚』研究史において注視すべき資料となるものと思われる。」と小山氏は同講演会の資料に述べておられる。断簡の内容は以下の通りである。

するほとにおほるゝなみたにうちおとろき

たれは御なこりはなおまくらにとまる心地
すうせ給てのちゆめのうちにもみえ給は
さりつるさた〳〵とおしへ給つる事とも
のけにことはりといまそしらるゝにも涙は
なかれまされは院もうちおとろかせ給て
よるひるよとまぬ御なみたかないかてか御命
もたへ給らんいまはいふかひなしとおほ
しなくさむときもあれかしとうらみ

試みに解釈すると以下のようなことになろうか。「——するうちに、溺れるほど流れる涙にはっと目が覚めたところ、御名残はまだ枕に留まっているような気持がする。お亡くなりになってから、夢の中にもお現われにならなかった（その方が）（今マタハ夢にお出ましになって）はっきりとお教えくださったさまざまな事が、本当に当然であったと、今こそはっきりとわかるにつけても涙がますます流れるので、院もお驚きあそばして（マタハおめざめあそばして）、『夜も昼も淀むことのない御涙ですね。このままではどうして御命もお耐えになれましょう。今は言う甲斐もない、とお思いになって心をお慰めになる時もあればよいのに』とうらみ——」

ここには少なくとも三人の人物が想定されよう。

人物①「おほるゝなみたにうちおとろ」く。地の文においてその動作に敬語は添わない。

人物②「うせ給てのちゆめのうちにもみえ給はさりつる」人物。心内語。人物①の心内語中、敬語で遇される。

人物③「院」。二重敬語で語られる。会話中では人物①に対して敬語を添えて発言する。この物語であるとすれば冷泉院か。

人物②は人物①の枕にその名残が留まるとあることから夢中に出現したと見られる。人物①は「院」に極めて近い人物である。特に「うちおとろかせ給ひて」を「おめざめあそばして」の意とすればその関係はより近くなる。「よとむ（涙が淀む）」はこの物語に2例の用例がある。

資料としての外部的な問題は擱くとして、このような状況を断簡から読み取ってみると小山氏が述べられるように「寝覚」の断簡である確率は高いように思われる。夢に関しては欠巻部分に相当する資料にいくつかの言及がある。

『風葉和歌集』巻九哀傷

　母のおもひに侍けるころ、人の返事につかはしける　ねざめの右大将

わかれにしその暁の夢にてもまたはみるよのなきぞかなしき

『拾遺百番歌合』十五右

　しらかはの院より、あながちにのがれいでたまへるを、はじめてきかせ給ひて、つかはしける御ふみに

　中宮

見しままのゆめのうちにぞまどはるゝたちをくれにしみをうらみつゝ、

同十六右

　中宮よりたちをくれにしみをうらみつゝと侍りける御かへし（寝覚上）

くものなみへだつるそらにたゞよへどきみにつたふるまぼろしもなし

『無名草子』

右衛門督尋ねおはして「醒めがたき常に常なき世なれどもまたいとかゝる夢をこそ見ね」と宣ふ返し、まさこ「かけてだに思はざりきやほどもなくかかる夢路にまよふべしとは」などあるほど。

『寝覚物語抜書』

あはれ我を思いいつる人もあらむかし三位中将山ふかくあとをたちたえこもりたるらむ心さしのほとよいかてゆめのうちにも□くてあるそとしらせてしかな

（田中登氏等編『寝覚物語欠巻部資料集成』による）

本稿では小山利彦氏のこの物語の偽死事件に関わるとされる推定がおそらく当たっているであろうことを述べるのみにとどめておきたい。中君の心強さの行方には、未知の部分が多くかかえこまれているのである。

七、書かざるを得なかったもの

この物語には心内語が多いものの、それは心理的追求の深化とは必ずしも同じではない。量的にみればかつて鈴木一雄氏は『源氏物語』『竹取物語』『落窪物語』『狭衣物語』『夜の寝覚』の五物語における心内語の量を、いずれも「日本古典文学大系本」（岩波書店）を用いて調査されたことがある。『寝覚物語』には量的に心内語が多く約20％を占めそれを「心中思惟重視の表現」として把握された。[7] 特に第三部についてはその傾向が著しいが、この作品の心内語の量的な多さは「表現方法」であり心理的な傾斜の問題とは異なる。むしろ問題はその方法によって如何にこの作品が独自のものを形成しているかにあろう。

筆者は登場人物の「心内語」を物語状況内の他者との「関係」として限定して把握し、心内が他者に対して開いているか、閉じているかの面から考えたことがある。[8] 物語において登場人物の「心内語」とそれに続く「会話」についてその関係を、同一、要約、変更、などに分けて見てみると次のようなイロハニのパターンに単純化される。

イ、は心内語と会話文が一致する場合で、登場人物の心内はほぼ同一の表現で他者に伝達される。例「○○をしたい」と思う→会話「○○をしたい」

ロ、は会話であるために表現としては要約・拡大・縮小・変改を施すが、主旨に変更はないものである。例「○○をある時ある場所においてしたい」と思う→会話「○○をしたい」

ハ、は思う内容と会話の趣旨・内容が異なるもの。例「○○をしたい」と思う→会話「○○はしたくない」

「××をしたい」「△△は美しい」

ニ、は心内語のみで会話文は記述されない場合である。例「○○をしたい」と思う→会話ナシ

心内語表現は長短に関わらずそれ自体閉じた存在であることはいうまでもないが、イ、の場合はその人物と他者との間に殆ど懸隔はない。ロ、もほぼこれに准ずる。問題はハ、ニ、であって、ハ、は変更を余儀なくされた他者あるいは外部との特殊な関係が存在する。ニ、は完全に閉塞の状態であり心内は他者とは共有できぬ状況が設定される。

このような観点からすると『寝覚物語』の心内語はロ、ハ、ニ、と、巻を追って閉塞の方向へ向かう。人物でいえば主人公・入道・帝・大皇宮等の心内はやや開かれ、大君・中宮はやや閉じている。その中で中の君のみは完全に閉塞し、内部で過剰に拡散しかつそこにひとつの領域というべきものを作りあげることによって女主人公としての自立性を得ているのである。心内語が個人の中に閉じられるということは、登場人物個々の心的孤立を示すに他ならない。それはとりもなおさず、人の思いはそもそも他者に対しては伝達不能であるという厳しい認識につながろう。場面性が崩されてまで心内語は優先され、その結果、物語の外的な筋立てとの不整合が露呈してしまうという事態が生ずる。心内語は第一部でも多用されるが第三部では量的により多くなるばかりか、他者に閉じてしまうものとして描かれた時、質的にこの物語の方法として自立する。他者から「心強し」と把握され

る中の君は、様々に変転する状況に応じて自問するが、それを重ねるうちに、自分で自己を把握しようとしても一定のものは存在しないということを発見する。この発見の驚き、認識こそがこの物語の行き着いたところである。絶対的であるはずの自己さえも相対的な存在であるという、自分が自分に対して持つ距離感の意識がこの物語には非常に強い。

これはもとより、現代の言葉によって、すべてが内面に転化した、などと言い切るほどの徹底したものではない。先述のようにむしろこの物語では仕組みと問題意識は波動として交互に働く。『寝覚』は寝るべき時に覚めているのみではなくて、「寝」と「覚」の境界に位置する混迷の世界の謂いであるのかもしれない。このように『寝覚』は女性を主人公としたことで逆に物語の掟をも破りかねない独特な世界へと至っているのであるが、物語としては救い難い平凡さへと向かう危険性をも常にはらむのである。

文学史的に見ても女性を主人公とする物語は成立しにくかろう。『竹取物語』のごとき物語はもはや昔の物語である。伝奇的なものを排除し現実性へと物語を引き据えた時、女主人公の持つ受動性は紛れようもない。受動的に対処して行くこと自体が持つ面を重視すれば、これは既に物語というよりそれなりの深化を遂げて日記文学に連なるものに変容する。いずれにしても男性を主人公とした方が遥かに容易であると思われる。

書き手側からいうと、「女性」というものに、問題とせざるを得ない何物かを発見してしまったのがこの選択の理由であろう。異質性を持った女性という設定でありながら現実の人間としての時間性を放棄しない以上、それを書きつづけるには他ならぬ「物語」そのものを出てしまう状況さえ生じてしまう。このあたりの物語の壊し方に女主人公を創出した意味を見出すべきであろうか。

注

（1）　この問題は以下の論を参照されたい。永井和子「寝覚物語の『中の君』——男性主人公から女性主人公へ」（『源氏物語を中心とした論考』笠間書院　昭和五二・四）。「寝覚物語の主人公——その理想性をめぐって」学習院女子大学「国語国文論集　7」昭和五三・三）。いずれも『続　寝覚物語の研究』笠間書院　平成二・九）所収。

（2）「寝覚物語——かぐや姫と中の君と」（「国文学」第31巻13号　昭和六一・一一）。『続　寝覚物語の研究』所収。主人公は翁かかぐや姫かの問題についてはここでは触れない。

（3）河添房江氏「夜の寝覚と話型——貴種流離の行方」（「日本文学」第35巻第15号、昭和六一・五）。永井和子「女主人公は何処に住むか——寝覚物語中の君の居所」（「国語国文論集」19　平成二・三。『続　寝覚物語の研究』所収）

（4）検索には坂倉篤義氏編『夜の寝覚索引』（昭和四九　明治書院）を用いたが、筆者が部分的に補訂した。

（5）巻二　朝日古典全書（古活字本）二九七頁。

（6）田中登氏「新出寝覚物語絵詞断簡の意義」（「中古文学」37　昭和六一・六）に始まる断簡資料の紹介論文。同氏等編著『寝覚物語欠巻部資料集成』（風間書房　平成一四・三）。仁平道明氏「「夜の寝覚」末尾欠巻部断簡考——架蔵伝後光厳院筆切を中心に」（久下裕利氏編『狭衣物語の新研究』新典社　平成一五・七）など。なお仁平氏の紹介された断簡と専修大学蔵の断簡とは極めて密接な関連があろう。

（7）「講座　日本文学　源氏物語下」（解釈と鑑賞別冊　昭和五三・五）「古典文学全集夜の寝覚」解説）。

（8）「心内語」（「国文学」第36巻10号　平成三・九）。

Ⅳ　物語と作者

1 「鼻」を茹でる――今昔物語と芥川龍之介

一

芥川龍之介の短篇小説「鼻」は、今昔物語、あるいは宇治拾遺物語の話に拠っていることはよく知られている。このことは作者が新思潮に発表の折、末尾に、

禅智内供は、禅珍内供とも云はれてゐる、出所は今昔（宇治拾遺にもある）である、しかしこの小説の中にある事実がそのまゝ出てゐるわけではない。

と注していることからも明らかであるが、それと同時に「そのまゝ出てゐるわけではない」という通り、両者を仔細によみくらべてみるとあたかも原文にかなり忠実に従ったと思われる部分にさえ、芥川らしい精緻な工夫が凝らされているさまを読みとることができる。ここではその一つの例として「鼻」の主人公禅智内供が、鼻を短くするために用いた「ゆでる」という方法を中心として、その言葉の意味するところを「鼻」における表現の側と、今昔物語等における意味、用法の両面から考えてみたいと思う。

「鼻」全体の筋については省略するが、ここで問題とする部分は、長い鼻に悩む禅智内供が京の医者から教わってきた鼻を短くする法をいよいよ実践するくだりで、今昔物語の表現を大方借り用いて効果的な描写をしている

箇所である。

その法と云ふのは、唯、湯で鼻を茹でゝ、その鼻を人に踏ませると云ふ、極めて簡単なものであった。湯は寺の湯屋で、毎日沸かしてゐる。そこで弟子の僧は、指も入れらな《ママ》いやうな熱い湯を、すぐに提《ひさげ》に入れて、湯屋から汲んで来た。しかしぢかにこの提へ鼻を入れるとなると、湯気に吹かれて顔を火傷《やけど》する惧がある。そこで折敷《おりしき》へ穴をあけて、それを提の蓋《ふた》にして、その穴から鼻を湯の中へ入れる事にした。鼻だけはこの熱い湯の中へ浸しても、少しも熱くないのである。しばらくすると弟子の僧が云った。

――もう大分茹った時分でござらう。

内供は苦笑した、これだけ聞いたのでは、誰も鼻の話とは気がつかないだらうと思ったからである。鼻は熱湯に蒸されて、蚤のくふやうにむづ痒い。

弟子の僧は、内供が折敷の穴から鼻をぬくと、そのまだ湯気の立ってゐる鼻を、両足に力を入れながら、踏みはじめた。内供は横になって、鼻を床板の上へのばしながら、弟子の僧の足が上下《うへした》に動くのを眼の前に見てゐるのである。弟子の僧は、時々気の毒さうな顔をして、内供の禿げ頭を見下しながら、こんな事を云った。

――痛うはござらぬかな。医師は責《せ》めて踏めと申したで。ぢやが、痛うはござらぬかな。

内供は、首を振って、痛くないと云ふ意味を示さうとした。所が鼻を踏まれてゐるので思ふやうに首が動かない。そこで、上眼《うはめ》を使って、弟子の僧の足に皹《あかぎれ》のきれてゐるのを見ながら、腹を立てたやうな声で、

――痛うはないて。

と答へた。実際はむづ痒い所を踏まれるので、痛いよりも却て気もちのいゝ位だったのである。

しばらく踏んでゐると、やがて、粟粒のやうなものが、鼻へ出来はじめた。云はゞ毛をむしった小鳥をそ

っくり丸炙《まるやき》にしたやうな形である。弟子の僧は、之を見ると、足を止めて独り言のやうにかう言った。

——之を鑷子《けぬき》でぬけと申す事でござった。

内供は不足らしく頬をふくらせて、黙って弟子の僧のするなりに任せて置いた。勿論弟子の僧の親切がわからない訳ではない。それは分っても、自分の鼻をまるで物品のやうに取扱ふのが、不愉快に思はれたからである。内供は信用しない医者の手術をうける患者のやうな顔をして不承不承に弟子の僧が鼻の毛穴から鑷子で脂をとるのを眺めてゐた。脂は鳥の羽《はね》の茎のやうな形をして、四分ばかりの長さにぬけるのである。

やがて之が一通りすむと、弟子の僧は、ほっと一息ついたやうな顔をして、

——もう一度、之を茹でればようござる。

と言った。

内供は矢張、八の字のよせたまゝ不服らしい顔をして弟子の僧の言ふなりになってゐた。

さて二度目に茹でた鼻を出して見ると、成程、何時になく短くなってゐる。これではあたりまへの鍵鼻と大した変りはない。内供はその短くなった鼻を撫でながら、弟子の僧の出してくれる鏡を、極りが悪るさうにおづおづ覗いて見た。（第四次「新思潮」創刊号〔大正五年二月〕所載の本文による。以下同じ。傍点筆者。なおこの本文は、後の単行本所収のものとは少異がある）

右の部分は、今昔物語巻第二十八、「池ノ尾ノ禅珎内供ノ鼻ノ語《コト》 第二十」に次のような記載があるのに該当する。

然《サ》テ、此ノ内供《ナイク》ハ、鼻ノ長カリケル、五六寸許也《バカリナリ》ケレバ、頷《オトガヒ》ヨリモ下《サガリ》テナム見エケリ。色ハ赤ク紫色ニシテ、大柑子《オホキナルカムジ》ノ皮ノ様《ヤウ》ニシテ、ツブ立《タチ》テゾ皺《フクレ》タリケル。其レガ極《イミジ》ク痒《カユ》カリケル事无限《カギリナ》シ。然レバ提《ヒサゲ》ニ湯ヲ熱ク涌《ワカ》シテ、折敷《ヲシキ》ヲ其ノ鼻通ル許《バカリ》ニ窟《ウガチ》テ、火ノ気《ケ》ニ面ノ熱ク炮《アブ》ラルレバ、其ノ折敷《ヲシキ》ノ穴ニ鼻ヲ指《サ》シ通シテ、其ノ提《ヒサゲ》ニ指入レテゾ茹ル、吉ク茹テ引出《ヒキイデ》タレバ、色ハ紫色ニ成《ナリ》タルヲ、蕎様《ソバ》ニ臥シテ、鼻ノ下ニ物ヲカヒテ、人ヲ

以テ踏マスレバ、黒クツブ立《タチ》タル穴毎ニ、煙《ケブリ》ノ様《ヤウ》ナル物出《イ》ヅ。其レヲ責《セメ》テ踏メバ、白キ小《チヒサキ》虫ノ穴毎ニ指出《サシイデ》タルヲ、鑷子《ケヌキ》ヲ以テ抜ケバ、四分許《バカリ》ノ白キ虫ヲ穴毎ヨリゾ抜出《ヌキイデ》ケル。其ノ跡ハ穴ニテ開《アキ》テナム見エケル。其レヲ亦同ジ湯ニ指《サシ》入レテサラメキ、湯ニ初ノ如ク茹レバ、鼻糸《イト》小サク萎《シボ》ミ腠《シジマリ》テ、例ノ人ノ小キ鼻ニ成《ナリ》ヌ。亦二三日ニ成《ナリ》ヌレバ、痒《カユカ》リテ皺延《フクレノビ》テ、本ノ如クニ腫《ハレ》テ、大キニ成《ナリ》ヌ。如此《カクノゴト》クニシツヽ、腫《ハレ》タル日員《ヒカズ》ハ多クゾ有《アリ》ケル。（岩波日本古典文学大系二六、今昔物語集五、八五～八六頁。以下引用は同書による）(1)

また、宇治拾遺物語二五「鼻長《ながき》僧の事　巻二ノ七」によって示せば次のごとくである。

　さて此内供は、鼻長かりけり。五六寸ばかりなりければ、おとがひよりさがりてぞ見えける。色は赤紫にて、大柑子《おほかうじ》のはだのやうに、つぶだちてふくれたり。かゆがることかぎりなし。提《ひさげ》に湯をかへらかして、折敷を鼻さしいるばかりゐり通して、火のほのほの顔にあたらぬやうにして、其折敷の穴より鼻をさし出《いで》て、提の湯にさしいれて、よく〳〵ゆでて引あげたれば、色はこき紫色なり。それを、そばざまに臥《ふし》て、したに物をあてて、人にふますれば、つぶだちたる孔《あな》ごとに、煙のやうなる物いづ。それをいたくふめば、しろき蟲の穴ごとに指《さし》いづるを、毛ぬきにてぬけば、四分ばかりなる白き蟲を、孔ごとにとりいだす。其あとは、孔だにあきて見ゆ。それを、又おなじ湯にいれて、さらめかしわかすに、ゆづれば鼻ちひさくしぼみあがりて、たゞの人の鼻のやうになりぬ。又二三日になれば、さきのごとくに、大きになりぬ。（岩波日本古典文学大系本　九八～九九頁。以下引用は同書による）

「鼻をゆでる」とは何とも奇抜な着想であり、表現ではないか。しかし言葉そのものは、もとになった今昔物語の本文に三例、宇治拾遺物語の本文に二例見える「ゆづ」をそのまま借り用いたものである。ところでこの今昔等の「ゆづ」は、「鼻」におけるおもしろさと全く等質の、奇抜な表現であったろうか。結論を先に述べれば、今昔物語等で用いられた「ゆづ」という言葉は、限られた時代の限られた意味を持つ特殊な語であったが、芥川はそれが現代語で一般的な意味しか持っていないのを知りつつあえてそのまゝ用いて、効果あらしめたのではないか、と私は推定している。従ってこの「ゆでる（ゆづ）」という語の意味から、まず考えてみることにしよう。

二

「ゆでる」とは、湯などに「何物か」を入れて熱を加え、変化せしめる、といったようなことであろうが、現在の我々にとって、多くの場合その「何物か」とは「食物」であり、調理の一法である。この一般的用法は平安時代から現代まで変わりはなく、新撰字鏡に、

　煠　以菜入涌湯日煠煮也　奈由豆

とあるように、野菜類を「ゆでる（ゆづ）」というのは今日普通の用法であり、用例も多い。また催馬楽、大芹の、

　大芹《おほぜり》は　国の禁物《さたもの》　小芹《こぜり》こそ　ゆでても旨《むま》し　これやこの　せんばん　さんたの木《き》　柞《ゆし》の木の盤《ばん》　むしかめの筒

も同様である。そのほか観智院本名義抄の、

　腩　ユテシシ　イリシシ

十巻本和名抄の、

　茹　文選伝玄詩云厨人進藿茹有酒不盈杯《茹音人恕反　由天毛乃藿音霍葵藿也》

なども「ゆでしし」「ゆでもの」として理解することができる。

ところで一方、今昔物語に見るように、「ゆでる」対象が「食物」以外のものであることがある。そしてそれは「人体」に限定される。こうした例をさがしてみると管見に入った用例(2)でみる限りでは、どうも平安時代の後

期から末期の作品に集中してあらわれる特殊な用法のようである。（なお今昔物語集については巻一、三、五、七、九、十一、十二、十三、十五、十七、二十、二十二、二十三、二十四、二十五、二十六、二十七、二十八、二十九、三十、三十一巻の範囲であることをお断りしておく。）

「ゆづ」の対象は「人体」であり、そして、更にその目的といえば、病気・けがなどの治療に限定されると思われる。これは、現在の古語辞典類にも大むね採用されている語義であり、例えば上田万年・松井簡治氏の「大日本国語辞典」の、「ゆづ」の項における、語の意味の部分のみをあげれば、

一、野菜などを、熱湯に入れて暫し煮る。うでる。

二、患部を湯にひたし、又は湯気にて蒸す。たでる。湯治す。

のように見えており、この二義を並記するのは他の辞典類も凡そ共通のことである。極めて例がすくないのであるが、以下食物以外に用いた例をあげてこのことを例証してみよう。

例1〔栄花物語巻第十六、もとのしづく〕寛仁三年四月ばかりに、堀河の女御明暮涙に沈みて在しませばにや、御心地も浮き、熱うもおぼされて、例ならぬ様にてあり過させ給程に、いと悩しうおぼされければ、「御風にや」とて、茹でさせ給ひて上らせ給ふに、御口鼻より血あえて、やがて消え入り給ひぬ。（岩波日本古典文学大系本、下、二五頁。以下引用は同書による）

堀河女御延子が「風」の治療に用いた例である。頭注に「入浴してからだを温めなさってのぼせあがられた折に」とあり、大むね従いたいが、こまかい語義については後に改めて考えることとする。栄花物語にはまた「ゆゆで」という名詞の形で三例ほど見える。いずれも同じく「風」の治療に用いたものである。なおこれについても後述するが、栄花物語には「風」の描写が極めて多く、具体的な治療法の記述も精細である。

例2〔栄花物語巻第一、月の宴〕かゝる程に、九条殿悩しうおぼされて、御風などいひて、御湯茹などし、

薬きこしめして過させ給ほどに、まめやかに苦しうせさせ給へば、みやも里に出でさせ給ぬ。（前掲書上、三九頁）

師輔の「風」であり、この場合も結局そのまま死に至る。この部分の大系本補注には「湯茹」の詳しい解説がみられる。

湯茹は湯治。簡便な保温療法で、その延長が温泉療法。日本文学全書本栄花物語の頭注に「この詞、この物語の中数多所見えたり、意は湯もて身をあたゝむる事なり、風ひかんとするとき今もしかする事世のならはしなりかし、風の事にいへるは野府記八巻に風病之所レ致者、先服二朴皮一、云々又加二湯治一云々と見ゆ云々」（これは小右記、万寿四年十月廿八日条を指す）とあり、小山田与清『松屋筆記』（巻十三、風を治るに湯治すること）に「字鏡に煠、以レ菜入レ湯、奈由弖（なゆで）ともありて、由弖は湯に入ることなり」とある。

この補注には「風」についての考察も詳しく、十三ケ所の風の記事のうち大部分は死亡の転帰をとっているから、今日の単なる風邪より広く、重症のものを含むとしておられるのは従うべきであろう。なお「風」の実体については各説ありて定めがたいので、ここでは触れない。

例3 〔栄花物語巻第十二、たまのむらぎく〕かゝる程に、如何しけん、大将殿日頃御心地いと悩しうおぼさる。御風などにやとて、御湯茹でせさせ給ひ、朴きこしめし「御読経の僧ども番かゝず仕うまつるべく」など宣はせ、明尊阿闍梨夜ごとに夜居仕うまつりなどするに、御心地さらにおこたらせ給さまならず、いとゞ重らせ給ふ。（前掲書上、三六七頁）

頼通の病の場面。長和四年十二月のこの病の折には、結局具平親王の事件に関連した物の怪のしわざということが明らかとなってめでたく平癒した、という記述がのちに続く。この例も「風など」の治療法としての「湯茹で」である。

例4　〔栄花物語巻第三十、つるのはやし〕……又この程にあさましうあはれなりつる事は、侍従大納言の朔日よりあやしう例ならぬ、風にやとてほを参り、湯茹などして心み給けれど、いと苦しうのみおぼされければ「いかなるにか」とおぼし、殿ゝ内もよろづに御祈も騒ぎけるに、四日の夜さり、殿の御前の終らせ給し折にこそうせ給にけれ。（前掲書下、三三一―二頁）

侍従大納言行成の死を叙した部分。なおこの「ほを参り」というのは、他の用例（例3など）から見ても朴を浴湯に入れるのではなく、朴を煎じて飲用することをいう。朴は風邪の折の妙薬とされている。

例5　〔狭衣物語三〕殿には、ゆゝしきまで、恋聞えさせ給ひけるに、参り給ひたれば、見つけさせ給へる嬉しさの限りなきにも、とゞめ難げなる涙の気色も、見たてまつらせ給には、「戯れにも、我思ひよる筋は、あさましき事かな」と、思し知られつゝ、雪げに御足も腫れて、悩ましく思さるれば、茹でつくろひなどして歩きなどもし給はず。（岩波日本古典文学大系本二二〇頁。古典文庫刊蓮空本も同じ。なお朝日日本古典全書本下、一〇頁には「雪げに」以下は「雪やけに足も腫れて悩ましう思さるればゆでつくろひなどして、歩きなどもし給はず。」と少異がある。古典文庫刊宝玲本「さころも三、」十一、十二頁は「ゆきけに御あしもはれてなやましくおほさるればゆてつくろひなとしてあるきなともし給はす」。）

主人公の狭衣が、飛鳥井姫君の兄の僧にあいに、氷の閉ざす粉河寺を訪れ、父堀河大殿のもとに帰って来た場面。雪のために足を痛めて「ゆでつくろふ」のである。古典全書本の「雪やけ」は霜やけの類の語か。

例6　〔とりかへばや上〕「こと〴〵しかるべきにもはべらねど、乱れがはしうおこりたちはべりぬる時、はた動きなどせられぬくせにて、ゆでなどしはべるとて、こもりゐはべるぞ。……」（鈴木弘道氏「とりかへばや物語の研究校注篇解題篇」四〇頁）

宰相が、病気見舞に来た女中納言に対して謝意を述べることば。「おこり」のために「ゆで」などするという。

頭注に「入浴などしますので」とあるが、やはり病の治療のためという目的を持ったものであろう。

例7 〔とりかへばや上〕おとなしき人は、台盤所の方にて、とかうことおきて、大上の禄どもなど見たまふ
ことどもありて、わが御方におはしなどして、子持ちの御方、なか〳〵こよひゆで《(して)》などして、人ずくなにて
臥したまへり。(同、七四頁)

産後七日目の四の君の様子。本文底本(伊達家旧蔵本)「ゆしてなど」を岡田真氏旧蔵本によって「ゆでなど」と改めてある。今井源衛氏による書陵部蔵御所本「とりかへばや」の複製を見る限りでは、「ゆゝて」(「ゆ」のおどり字)と読める字体である。伊達家本はこれを「ゆして」にまぎれやすい字体で記したものであり、やはり「ゆゝて」とみてよいと考えられる。即ち「湯茹《ゆゆ》でなどして」である。ここは病気ではなく、出産の回復を目的とした唯一の例である。頭注に「湯で身体をあたためる」とあるが、やはりある意味で産後という病的状態を改めるための手段であろう。

例8 〔続詞花和歌集雑上〕大斎院御足なやませ給ふをすぎのゆにてゆでさせ給ふべき由申ければ、ゆでさせ
給へどしるしも見えざりければ　斎院宰相
足曳の病もやまず見ゆるかなしるしの杉とたれかいひけむ
返し　斎院
しるしありとすぎにし方はきくものは我がこのみわのやまぬなるべし(国歌大系第九巻所収。七五三)

続詞花集は藤原清輔の私撰集で成立は永万元年(一一六五)以後とされている(和歌文学大辞典)。これも「足」をゆでたのであるが、「杉の湯」とあるように湯の中に杉の葉を入れたものとみられる。その縁で古今集雑下の「我が庵は三輪の山本こひしくはとぶらひ来ませ杉立てる門」をからませた贈答歌である。国歌大系本の頭注に「この歌は『杉』といふ湯であった故杉に慣用の『しるし』を言ひかけて居る」とされるのは「杉の湯」という

固有名詞と解されたのであろうか。なお大斎院は選子内親王、宰相はその女房であろうとすれば、詞書の成立は永万元年よりもっと早く寛和元年（九八五）から長和四年（一〇一五）のころと考えることも可能である。

例9〔重之集上一六七〕あるやむことなきところのあたりにて、かせにわつらふに、ゆゝてするに、かたひらこへは、いみしきしなの、ふるきかたひらをおこせたり、かへすとて

かへしやるみちにほとふるから衣こゝの物そと人もこそみれ（私歌集大成中古一、六七二頁。西本願寺本）

「かぜ」のための「湯茹で」である。ここでは特に「かたびら」を「湯茹で」のために乞うたところ古いかたびらをよこしたと読める文脈である点が具体的な描写として注目される。今日の「浴衣（ゆかたびら）」であろう。栄花物語巻第十九、玉の飾の巻にも「かぎりと見たるにぞ急ぎ上らせ給て、御湯帷子《かたびら》ながらおはしましたるに、御けしきの例ならずおはしませば」（前掲書下三〇七頁）とみえる。なお重之は、およそ一〇〇〇年頃に没した歌人であるが、重之集自体の成立ははっきりしていない。

以上九例は和文脈の「ゆづ（ゆゆで）」であったが、以下今昔物語などにみえるものをあげてみる。

例10ノ1、〔今昔物語巻第十九、信濃ノ国ノ王藤観音出家語《セルコト》第十二〕今ハ昔、信濃《シナノ》ノ国、□ノ郡ニ□ノ湯ト云フ所有リ。諸《モロモロ》ノ人、薬湯也《ナリ》トテ来《キタリ》テ浴《アム》ル所ノ湯也。而《シカ》ル間、其ノ里ニ有ル人、夢ニ見ル様《ヤウ》「人来《キタリ》テ告《ツゲ》テ云《イハ》ク、『明日ノ午時《ウマノ》ニ観音来《キタ》リ給ヒテ此ノ湯ヲ浴ミ可給《タマフベ》シ、必ズ人結縁《ケチエン》シ可来《キタルベ》シ』ト」……男此レヲ聞《キキ》テ云《イハ》ク「己《オノレ》ハ此ノ一両日ガ前ニ狩ヲシテ馬ヨリ落《オチ》テ、左ノ方《カタ》ノ肱《カヒナ》ヲ突キ折《ヲリ》タレバ、其ヲ茹《ユデム》ガ為ニ来《キタリ》タルヲ、此《カ》ク礼《ヲガ》ミ合給コソ恠シト思ユレ」ナド云テ、（前掲書四、八七―八八頁）

例10ノ2〔宇治拾遺物語八九、信濃国筑摩湯に観音沐浴事巻六ノ七〕……「おのれさついころ狩をして、馬よりおちて、右のかいなをうち折りたれば、それをゆでんとて、まうできたる也」（前掲書二〇七―二〇八頁）

例10ノ3〔古本説話集、信濃国筑摩湯観音為人令沐給事　第六十九〕……「をのれは、さいつごろ、かりをし

て、むまよりおちて、みぎのかひなをうちをりたれば、それゆでむとて、まうできたる也」（岩波文庫本一五九頁）

今昔物語、宇治拾遺物語、古本説話集に見える類似の説話である。大筋は、信濃の国の筑摩湯の人が、観音が湯浴に来るという夢を見て、待っているうちに、予言と全く同じ風体をした男が来たので、これこそ観音と礼拝したところ、男は驚くが結局仏縁に感じて出家したという話である。「左（右）のかひな」を骨折したために治療に来た、という描写で、ここでは薬湯（温泉）である点が注目に価する。

例11　〔今昔物語巻第二十、震旦ノ天狗智羅永寿、渡此朝語《コノテウニワタレルコト》第二〕「宣《ノタマ》フ事尤《モト》モ理《コトワリ》也。然《サ》ハ有レドモ、大国ノ天狗ニ在《マシマ》シケレバ、小国ノ人ヲバ、心ニ任《マカセ》テ抜《レウ》ジ給ヒテムト思《オモヒ》テ、教へ申シツル也。其《ソレ》ニ、此《カ》ク腰ヲ折リ給ヒヌルガ糸借《イトホシ》キ事」ト云《イヒ》テ、北山ノ鵜《ウ》ノ原《ハラ》ト云《イフ》所ニ将行《ヰテユキ》テナム、其ノ腰ヲ茹愈《ユデイヤ》シテゾ、震旦ニハ返シ遣《ヤリ》ケル。其ノ茹《ユデ》ケル時ニ、京ニ有《アリ》ケル下衆《ゲス》、北山ニ木伐《コリ》ニ行《ユキ》テ返《カヘリ》ケルニ、鵜ノ原ヲ通《トホリ》ケレバ、湯屋ニ煙《ケブリ》ノ立《タチ》ケレバ、「湯涌《ワカス》ナメリ。寄《ヨリ》テ浴《アミ》テ行カム」ト思《オモヒ》テ、木ヲバ湯屋ノ外ニ置《オキ》テ、入《イリ》テ見《ミレ》バ、老《オイ》タル法師二人、湯ニ下《オリ》テ浴《ア》ム。一人ノ僧ハ腰ニ湯ヲ沃《イ》サセテ臥《フシ》タリ。……（前掲書四、一四五—一四九頁）

震旦と本朝の天狗が力競べをする話。震旦の天狗が老法師の姿に化して人をたぶらかさんとするが、かえって横川座主の供をする童子に怪しまれて「腰ヲ踏ミ被折《ヲラレ》テ」しまう。治療のため鵜の原の湯で「茹愈《ユデイヤ》シ」たが、そこには天狗の異臭が漂っていた、という筋である。頭注によると「北山ノ鵜ノ原ト云々」以下は、真言伝には、

房ニカキヰテ行テ湯治シテナン唐シヘ返シケル。此事ハ此国ノ天狗ノ人ニ付テ語リ伝ヘタル事也

とある由であり、これに従えば「ゆでいやし云々」は真言伝では「湯治」といいかえられる可能性があることになろう。

例12　〔今昔物語巻第二十四、行典薬寮治病女語《テンヤクノレウニユキテヤマヒヲヂセルノコト》第七〕其後《ソノノチ》女ノ云《イハ》ク、「然《サ》テ次ニハ何《イカ》ガ可治《ヂスベキ》」。医師「只

薏苡湯《ヨクイタウ》ヲ以テ可茹《ユツベ》キ也。今ハ其ヨリ外ノ治不可有」ト云テ、返シ遣テケリ。（前掲書四、二八六―二八七頁）

五十歳ほどの腫れた女が、医師によって「寸白《スバク》（条虫）」によるものと診断され、虫を引出して「柱ニ七尋許《ヒロバカリ》巻」きとられたのちもと通りに治った。引用したのはそのあとの医師のことばである。「薏苡湯」は頭注によるとハトムギの煎汁であるが、これは服用したのではなく外科的に用いたのであろう。引用部分の前に、

抜クニ随《シタガヒ》テ、白キ麦ノ様ナル物差出《サシイデ》タリ。其ヲ取《トリ》テ引ケバ、綿々ト延《ノブ》レバ長ク出来《イデキタリ》ヌ。

とあるのは、禅智内供の話と考え合せると何らかの共通なイメージがあるようである。ちなみに今昔物語の「鼻」の描写には何らかの寓意があろうかと思うが、ここでは触れない。

例13　〔今昔物語巻第二十八、大蔵ノ大夫紀ノ助延ガ郎等、脣ヲ被咋亀語《カメニクハシタルコト》、第三十三〕而《シカ》ル間、一人ノ男有《アリ》テ、亀ノ頚ヲフツト切《キリ》ツレバ、亀ノ躰《ムクロ》ハ落《オチ》ヌ。頚ハ咋《ク》フ乍ラ留《トド》マリタルヲ、物ニ押充《オシアテ》テ、亀ノ口脇ヨリ刀ヲ入レテ、頤《オトガヒ》ヲ破《ヤブリ》テ、其ノ後《ノチ》ニ亀ノ頭《カシラ》・頤《オトガイ》ヲ引《ヒキ》放チツレバ、錐《キリ》ノ崎《サキ》ノ様《ヤウ》ナル亀ノ歯共《ドモ》、咋《ク》ヒ被違《タガヘラレ》ニケレバ、其レヲ和《ヤハ》ラ構《カマヘ》テ、棍《ヲコツリ》抜キニ抜ク時ニ、上下ノ脣《クチビル》ヨリ黒《クロキ》血走ル事无限《カギリナ》シ。走リ畢《ツキ》ツレバ、其ノ後《ノチ》ニ、蓮《ハチス》ノ葉ヲ煮《ニ》テ、其レヲ以テ茹《ユデ》ケレバ、大キニ腫《ハレ》ニケリ。其ノ後膿返《ノチウミカヘリ》ツヽ、久クナム病《ヤミ》ケル。（前掲書、五、一〇八―九頁）

亀にたわむれたところ、唇をくいつかれた郎等の話。「蓮ノ葉ヲ煮《ニ》テ」ゆでるのに用いている。

以上の十三の例が現在のところ私の見出し得た食物以外の「ゆづ」の用法のすべてであるが、いずれも身体の一部をゆでる事によって治療したことを意味する。これを表にまとめてみれば次のようなことになろう。

	語	出典	病状	備考
例1	ゆづ	栄花	風	
例2	ゆゆで	栄花	風	

例3	ゆゆで	栄花	風	
例4	ゆゆで	栄花	風	
例5	ゆでつくろふ	狭衣	足の腫れ	
例6	ゆづ	とりかへばや	おこり	
例7	ゆづ（ゆゆで）	とりかへばや	産後	
例8	ゆづ	続詞花	足の病	（杉の湯）
例9	ゆゆで	重之集	風	
例10	ゆづ	今昔等	腕骨折	温泉
例11	ゆでいやす	今昔	腰骨折	
例12	ゆづ	今昔	条虫	薏苡湯
例13	ゆづ	今昔	唇外傷	蓮の葉
禅智内供	ゆづ	今昔等	長鼻	ゆでて更にふむ

禅智内供の場合も、このように見て来ると、「ゆづ」という言葉そのものは今昔物語の文脈の中ではさほど特殊なものではなく、むしろ極めて自然に用いられた語であると言い得るであろう。

更に、「鼻」では、「ゆでる」目的は、「長い鼻を短くする」ためのものとされている。実際以上に短く見せる方法を鏡に向かって工夫したり、一人でも自分のような鼻のある人間を見つけようと物色したり、焦燥の毎日である。

内供がかう云ふ消極的な苦心をしながらも一方では又、積極的に鼻の短くなる方法を試みた事は、わざわざ

　こゝに云ふ迄もない。内供はこの方面でも、殆出来るだけの事をした。烏瓜を煎じて飲んで見た事もある鼡の尿《いばり》を鼻へなすって見た事もある。しかし何をどうしても、鼻は依然として、五六寸の長さを、ぶらりと唇の上にぶら下げてゐるのである。

そして「もと震旦から渡って来た男で、当時は長楽寺の供僧になってゐた」知己の医者から教わった方法というのが「茹でゝその鼻を人に踏ませると云ふ、極めて簡単なものであった」ということになる。

しかし、今昔物語では、もちろん最終的には鼻を小さくするためであったにせよ、直接には腫れて痒いので、ゆでた、と読めるような文脈である。即ち先に引いたように、「色ハ赤ク紫色ニシテ、大柑子ノ皮ノ様ニシテ、ツブ立テゾフクレタリケル。其レガ極ク痒カリケル事无限シ。然レバ提ニ湯ヲ…」というわけでゆでると「紫色」になる、それをふませてまたゆでると鼻は小さくなる、二三日たつと「痒リテフクレノビテ、本ノ如クニ腫テ、大キニ成ヌ」といった筋合いのものであり、単に大きいのではなく、病的に赤く腫れて痒みのあるものとしてとらえる。このことは狭衣の場合、寸白の女の場合とも共通する。

芥川が「『もう大分茹った時分でござらう』内供は苦笑した。これだけ聞いたのでは、誰も鼻の話とは気がつかないだらうと思ったからである」と記述していることから考えても作者はこの「茹でる」という語をかなり意識し、興じて、わざわざその「ずれ」のおもしろさを巧みに作品の中に持ちこんだと推定するゆえんである。

ただし、作者が、栄花物語以下の用法を知っていたかどうかは自ずとまた別の問題であろう。先に述べたように、この意味の「ゆづ」は用例がすくない上に、時代的にも平安末期に局限しているようである。古い辞書類や、江戸時代の例がないことから見ても、やはり食物を茹でる意が本来であって、治病関係に用いるのは日常語的な転義であると見てよいと思われる。

三

ところでこの「ゆづ」とは具体的にどのような方法を指すのであろうか。まず前述のごとく、「入浴してからだを温める」、即ち湯治などとほぼ同様な意について考えてみよう。例としては、「例9」重之集の「かたびら」を用いたという記述が参考となろう。また、「例10」の今昔の例では、

此ノ湯ヲ浴ミ可給《タマフ》シ

と夢に見て、実際に来た男は、

其ヲ茹《ユデム》ガ為ニ

といっているし、宇治拾遺の題には、

観音沐浴事

古本説話集の題は、

為人令沐給事

とある。更に温泉における「ゆゆで」であった、「例11」の天狗の話も、

湯ニ下《オリ》テ浴《ア》ム。……湯ヲ沃サセテ臥《フシ》タリ

とあり、更に真言伝では「湯治シテ」と見えていることは、前に述べた通りである。従って「浴ム」「沐浴」「沐ス」「湯治」とも言いかえることは可能なのであって、その限りでは入浴に近い。

しかし、治療にのみ用いたこと、用例のすくないこと、禅智内供の話などを考え合わせると、どうももう少し限定して考えた方が良さそうである。現に、この話の発端の部分には禅智内供の池尾の僧坊の賑いを叙したのちに、

湯屋《ユヤ》ニハ寺ノ僧共《ドモ》、湯不湧《ワカ》サヌ日无クシテ、浴嘡《アミノノシリ》ケレバ、眈《ニギ》ハヽシク見ユ

とあって、しかる後に「提ニ陽ヲ熱ク涌《ワカ》シテ……茹ル」という話に移行する。即ち潔める、あるいは温めるための「浴ム」とは区別して用いられているのである。しかも、おだやかな「入浴、温浴」と異なって、

火ノ気《ケ》ニ面ノ熱ク炮《アブ》ラルレバ、其ノ折敷ノ穴ニ、鼻ヲ指シ通シテ

とあることからすると、火の上に提をのせ熱湯をたぎらせ、(3)その「湯ニ指《サシ》入レテサラメ」いたこととなり、温度は入浴どころではなかった筈である。宇治拾遺の、

火のほのほの顔にあたらぬやうにして、

にしても同様である。勿論これらには説話特有の誇張表現があり、そのまま事実とは受け取りかねるものの、これは「熱い湯を用いて心理的肉体的にショックを与える」という点では「ゆづ」という治療法のかなり本質的な要素をついているのではなかろうか。

このように見ると、足の腫れや、腕・腰の骨折、外傷などは、入浴湯治よりもずっと熱い湯に患部をひたしたり注ぎかけたりすることによって治したとも言えそうである。「風」の場合には、右のことを考えてみると、富士川游氏の「日本医学史」、第八章、浴法の項に、

脚湯（坐浴）モ亦古クヨリ行ハレシコトハ本草衍義(4)ニ「熱湯助二陽気一、行二経絡一、患二風冷気痺一之人、多以レ湯渫レ脚至二膝上一、厚覆使三汗出二周身一、然亦別有レ薬、亦終仮二陽気一、而行爾、四時暴泄利、四肢冷、臍腹疼、深二坐湯中一、侵至二腹上一、頻頻作レ之」トアリ。続詞花集ニモ「大斎院御足なやませ給ふをすぎの湯にてゆでさせ給ふべき由申ければ、ゆでさせ給へどしるしも見えざりけり」トアルニテ知ラルベシ。

とある「脚湯」の類の部分浴があるいはこれに相当するのではないであろうか。短い時間脚を膝上まで熱い湯にひたすこの方法は、今日でも変動の調節に用いられる。(5)富士川氏はまた、

我ガ邦ニアリテモ、浴法ハ古クヨリ行ハレ、栄花物語玉村菊巻「大将殿日頃御心地なやましくおぼさる、御風にやとて御ゆゝでせさせ給ふ」トモ、近世ニ至リ大和本草ニ「傷食・食滞・泄瀉・腹痛等ノ症ニ温浴ヲ用フルトキハ気廻ハリテ早ク愈ユ、薬ヲ用フルニ勝レリ」等ノ説モアリテ、浴法ハ再ビ興リ、殊ニ薬浴法ハ温泉ト併ビテ盛ニ行ハルルニイタレリ。

と、栄花物語の「ゆゆで」を入浴法とし、脚湯とは区別しておられる。しかし私は「ゆゆで」も脚湯に近い方法ではないかと考えたいのである。ただし、栄花物語その他に、足に患部がある以外に脚を云々した記事がないし、また必ずしも脚湯と断定はしにくいのであるが、少くとも「入浴」ではなくて、「身体の一部をかなり熱い湯に短時間浸すことによって心理的肉体的に激しい刺戟を与える治療法」といったような方法であろうと推定したい。

服部敏良氏の『平安時代医学の研究』中の「平安時代文化の医学的検討」の項には、

寺院に於いても諸種の設備を整え民衆の利便を図ったが、就中有名なものに浴室があった。寺院の浴室は今日の大衆風呂とも称すべきもので、僧侶ほか一般庶民の入浴を許していた。

と指摘されており、禅智内供の池の尾の寺の浴室はこれに当たろう。同書「風の病」の項には栄花物語の湯ゆでの記述や、諸書の「風の病」の記事を豊富に引き、その実態を詳しく考察されたのちに、結論として、

即ち当時の風の病の治療法としては、或は朴を煎じてのみ、あるいは韮を服し、湯治を行い、或は冷水を灌頂する等の方法が行われた。

と記しておられるところをみると「湯ゆで」即ち「湯治」と解しておられるのであろう。(6) また、温泉療法の歴史については『明治前日本医学史三、日本治療学史』(西川義方氏)中の「温泉療法史」の項(四七〇頁)に詳しい。

以上のように、「浴ム」「沐浴」などと大きく言いかえることは可能ではあるものの、「ゆゞ」とはその中の一つの、あくまでも治療を目的とした方法というように見ておきたい。

このように考えることは決して今昔物語の内供の記事を平板にしたりはしない。むしろその茹で方の活写は他の例とは全く異なったおもしろさを表現しているし、何よりものは人間の「鼻」なのである。それをあたかも食物であるかのように「提」に入れて「ゆでる」とは何とも苛烈で愉快な表現ではないか。

この微妙な原文のあやを、芥川は敏感に受けとめて「鼻」に生かしているとみてよかろう。

なお「湯屋」は和名抄に「由夜」、類聚名義抄に「ユヤ」と見え、更級日記にも「ゆやにおりて御堂にのぼる人声もせず」などと見える語である。また源氏物語などには「ゆどの」の語も頻出する。これらは庶民階級のごとき「むし風呂」ではなくて湯を身体にあびせるもので今日の浴法にやや近いものと言われている。

また、江戸時代の和歌系の随筆書の筆者達にとっても、この語は大変気になる存在だったようである。まず、山城岡崎の歌僧釈慈延は、「隣女晤言《りんじよごけん》」（享和二）において、

栄花物語月宴に、九条殿なやましうおぼされて、御かぜなどいひて、おほむゆゝでなどして、くすりきこしめして云々。此風のこゝちにゆゝでするといへるは、いかさまにするにか。医法にある事にや尋ぬべし。源氏物語などにはなき詞なり。狭衣に、雪やけにあしもはれて、なやましうおぼさるれば、ゆでつくろひなどして、あるきなどもし給はずと云々。これは足の痛に湯でする《ママ》こと、今もする事なり。杉をせんじてする事もあるべし。（日本随筆大成二ノ七、三八〇―三八一頁）

と疑問を述べた上で続詞花集雑上（前掲例8）の用例をあげる。次に富士谷御杖の「北辺随筆《きたのべ》」（文政二）も狭衣（例5）をあげ、

湯して足をあたたむるを「ゆでつくろひ」といへるも、今は菜などをこそさはいふなれ。菜をゆづといふは、今のみにあらず、ふるくいひける事なり。催馬楽、大芹「おほせりは、くにのさたもの、小芹こそ、ゆでゝもうまし云々」、とよめり。されば此狭衣のは、もと菜をゆづといふより、転用せるなるべし。云々（日本

随筆大成一ノ八、七五頁）

と「ゆづ」の語義の転用を推定する。小山田与清の「松屋筆記」には、先の古典文学大系本頭注の引用部分の他に、

栄花月の宴に御風などいひて候湯ゆでなどして云々もとの雫に御厨にやとてゆでさせ給ひてのぼらせ給ふ云々同衣の珠には風などいひて有馬へと出立給へどゝもあり風を治るに湯治することなり。云々（図書刊行会本第一、一一九頁）

と風の治療という観点から「湯治」の意と考える。

これら三つの随筆に相互関係はないようであるが、いずれにも共通するのは、和文脈のみの例であって今昔物語への看取がないために疑問のまま終わってしまっていることである。しかしこの当時すでに「ゆづ」「ゆゆで」が疑問をふくむ注目すべきことばであったことがわかっておもしろい。現代の辞書類はこうした記述を受けついでいるのであろう。

なお「鼻」の中では「ゆでる」の語が先に見たように三ケ所に用いられているが、この部分を二種類の英訳本によって見ると、次のようにいずれも“boil”があてられている（日本女子大学名誉教授新井明博士による）。

1. Akutagawa, Ryunosuke

Tales Grotesque and Curious,

Tr. Glenn W. Shaw. Tokyo : Hokuseido, 1938.

(First ed., 1930)

“The Nose”

The method was the very simple one of just boiling his nose in hot water and letting someone trample on it.

"It must be boiled now, I think."

"If you boil it once more, it'll be all right, I think."

2. Akutagawa, Ryunosuke
Japanese Short Stories. Tr. Takashi Kojima.
New York : Liveright Press, 1961.

"The Nose"

The formula was a simple one : first to boil the nose in hot water, and then to let another trample on it and torment it.

"I suppose it must be sufficiently boiled by now"

"Now, your Reverence, we have only to boil it once more, and it'll be all right."

この外英訳本としては福田昜氏の"The Nose of Naigu Zenchi"（英語青年、昭和二七年七月号）があるが、省略のため「ゆでる」に相当する部分は訳出されていない。新井氏によると英文脈の中にあっても"boil"はきわめて奇異かつユーモラスな表現であるとのことである。

四

さて、この「鼻」については、さまざまの評論、註釈が行われているが、今昔物語等との関連にしぼってみれば、吉田精一氏の「鼻注解」(解釈と鑑賞、昭和四十一年十一月号、十二月号、四十二年一月号)と、馬淵和夫氏の「今昔物語集と芥川龍之介」(四十一年十一月号)と題する論が最も精細であろう(7)。

私の問題とした部分について吉田氏は、

そうして最後にこころみた新しい治療法がどうやら成功する。この療法も珍妙をきわめたものであるが、これは今昔、あるいは宇治拾遺にあるものを、大体そのまま適用したものであって、芥川のてがらではない。

また原文の

鼻ノ下ニ物ヲカヒテ、人ヲ以テ踏スレバ、黒クツブ立タル穴毎ニ、煙ノ様ナル物出ツ、其ヲ責テ踏メバ、白キ小虫ノ穴毎ニ指出タルヲ鑷ヲ以テ抜ケバ、四分許ノ白キ虫ヲ穴毎ヨリゾ抜出ケル。其ノ跡ハ穴ニテ開テナム見エケル。

というあたりは、素朴で単純ながら、力強く、淡々と叙しながら奇怪幻妖なおもむきがあって、芥川の巧緻な現代的表現も及ばないほどの迫真性がある。そぞろに今昔物語作者の筆力の妙を思わせるすぐれたパッセージである。

と評しておられる。

馬淵和夫氏は、「さてこの今昔のはなしを、芥川がどうよんでいたかつまり芥川の創作の部分ははずして、原文をどのくらい正確によんでいたか、という点をとりあげてみよう」というわけで、

1、原文では真言宗であるらしいのに、芥川は内供を観音経をよむことにしているから天台の僧という想定を

した。2、「湯は寺の湯屋で、毎日沸かしてゐる」云々は蒸風呂を想定しているのであろうからほぼ正確である。(8)3、「湯気に吹かれて顔を火傷する」というのは芥川も原文の意味をくみとるのにこまったらしい。おかしいとおもい乍ら書いたのかも知れない。4、「法慳貪」ということばは辞書にはない。「慳貪」はあるから恐らく芥川の造語であろう、などの問題点をあげられる。

最後に、一体芥川はどんな「今昔物語集のテキストをよんでいたか」という問題に挑戦される。まず「薮の中」や「偸盗」に出てくる「多嚢丸」という名前についてみれば「国書刊行会本丹鶴叢書今昔物語」のみにあり、国史大系・攷証今昔物語集には「多衰丸」とある。丹鶴叢書の版本は、どちらともよめる字体である。ところが、一方「禅智内供」という名前は「国書刊行会本」では題も本文も「禅珍」である。むしろ国史大系、攷証今昔物語集の本文（題名は禅珍）の人名である。というような点から、鼻の成立した大正四年九月以前の発刊になる今昔は丹鶴叢書系以外ほとんどなく「多嚢丸」「禅智」をからみ合せる限り、何をテキストとしたかわからない矛盾をはらむことになる。といった詳しい考証をしておられる。

この何をテキストとしたか、ということは馬淵氏の言われるように確定はできないのであり、吉田氏もこれに言及して「未定」としておられるが、私の問題とした観点からもう一度考えてみよう。

まず、明治から芥川の没する昭和初年までに出版された活字本今昔物語のテキストをあげる。

1、「史籍集覧」近藤瓶城。明治三十四年六月。片仮名混り本。注はなくルビも殆どない。
2、「国史大系」第十六巻。経済雑誌社。明治三十四年十月。片仮名混り本。諸本による異同注記がある。
3、「丹鶴叢書」国書刊行会。上明治四十五年四月、下大正元年十二月。片仮名混り本。ルビなし。
4、「校註国文叢書」博文館刊。池辺義象。上大正四年七月、下大正四年八月。頭注あり。平仮名混り本。ルビ多し。

5、「攷証今昔物語集」芳賀矢一。上天竺震旦大正二年六月、中本朝部上（巻二十まで）大正三年八月、下本朝部下（巻廿一欠、廿二〜卅一まで）大正十年四月。片仮名の送り仮名のみ。注は他本の異同注記のみ。本文のあとに、宇治拾遺などの説話や仏典に見える、類似の話が全文列挙してある。

右のうち「5」については、ここで問題とする本朝部巻二十八は大正十年発行ということになるので、差し当って「1・2・3・4」のいずれかということになる（大正四年十二月「鼻」脱稿）。また「羅生門」の原典も巻二十九にあるから問題外である。因みに今昔の明治大正期における研究状況は、片寄正義氏の大著『今昔物語集の研究上』（昭和十八年）に「今昔物語研究史」と題して詳述されている。

結論から言うと馬淵氏の、

さてもしこのわたくしの推察（永井注、校注本をみているのではないかという推定）があたっているとしたならば、芥川が「今昔」をよんだのは、大正四年八月二十八日よりあとということになる。ところが、これもまたぐあいのわるいことがある。というのは、芥川は「羅生門」を発表したのは大正四年十一月であるが、これを脱稿したのは大正三年十二月ということである（吉田精一先生の御教示にする）。とすると、わたくしの推定は、あやまっている。すくなくも修正しなくてはならぬ。そこで、つぎの様な経過を考えてみる。まずかれは、ある「今昔」のテキストにより「羅生門」を着想して、大正三年十二月に脱稿した。ところがその後大正四年九月以降に「校註国文叢書」を入手したが、「羅生門」については加筆訂正したかどうかわからないが、大正四年十一月に発表した「鼻」以後の作品については「校註国文叢書」を参考にし、それより影響をうけた。

という御意見に従いたい。

馬淵氏が先の論文に挙げられた理由に、一、二をつけ加えさせていただけば、「校註本」の頭注（「茹づ」）に

「湯にて蒸るをいふ也」とあるのも、あるいは芥川の注意をこの語に向けさせる機となったかもしれない、という気がする。

もう一つ、昭和二年四月発刊の新潮社版日本文学講座第六巻所収「今昔物語鑑賞」（芥川龍之介）に引用の今昔物語の本文が、「校註本」にほとんど一致する、という事実がある。芥川の晩年に発表されたこの一文には、今昔物語本朝部の五話が、本文合計約一五〇〇字ほど引用されている。これを先の四本と照合してみると、漢字、仮名、ふりがなに至るまで、一三字を除いて「校註本」本文に全く一致する。また、天竺部の「三獣行菩薩過兎焼語第十三」の約六〇字分は、「校註本」には天竺部を収録していないために他を探さなくてはならない。この部分のみは「攷証今昔物語集」によっているらしいことがやはり照合で確かめられる。つづいて「『耳は高く』以下の言葉は同じ話を載せた『大唐西域記』や『法苑珠林』には発見できない。」と芥川は記しているが、この二つの話は「経津異相巻四十七」とともに、攷証今昔物語の本文のあとにそのまま附載されているものである。従って攷証今昔物語を見ていることはほぼまちがいなかろう。

以上の事実は昭和二年当時「校註本」を底本として引用したらしいということであって、大正初年に遡るものではないが、少くとも大正初年にこの本を読んだという可能性を増す例証となろう。また冒頭に引用した芥川の注記「宇治拾遺にもある」という認識は「校註本」の頭註によった以外には考えにくい。

このようなわけで「鼻」は「校註本」によったと推定したいのであるが、ここで問題となるのはやはり「校註本」の発行時のことである。奥付による限り上大正四年七月、下同八月刊行ということになろうが、羅生門とは矛盾し、更に「羅生門」とほとんど同時に書きはじめたという「鼻」ともくい違ってしまう。

羅生門…大正三年十二月脱稿（吉田精一氏説）大正四年十一月帝国文学発表
鼻………大正四年十二月脱稿（新思潮本文発表時の注記）大正五年二月新思潮発表

吉田精一氏は、「鼻」の「注解」で説明しておられるように、未定稿「あの頃の自分の事」の中の「半年ばかり前から悪くこだはった恋愛問題の影響で…」「羅生門」「鼻」を書いたとする芥川の言によって、これを大正三年初夏の恋愛から半年後——即ち十二月ごろと推定しておられるのであろう。この年時は大正四年二月二十八日の恒藤恭氏あての書簡にこの恋愛のことが書いてある事実をもとにしておられるのであろうから、動きそうもない。(9)

なお森本修氏『芥川龍之介伝記論考』（昭和三九・一二）によると、

…「羅生門」と並行して書きかけて途中で止めていた「鼻」を十一月初旬からふたたび書きはじめた（「鼻」は大正五年（一九一六）一月二十日に書き上った）云々（永井注、全集の末尾に「大正五年一月」作とある）

ということになる。同氏の『新考芥川龍之介伝』（昭和四六・一一）も同様である。

このテキストの問題について、つとに今昔物語の方面から論究されたのは長野甞一氏である。同氏の「芥川龍之介の『王朝物』その一」（立教大学研究報告第四号、昭和三二）を母胎とする『古典と近代作家——芥川龍之介』（有朋堂、昭和四二）には、大正三年八月作、九月「新思潮」発表の「青年の死」から、大正十一年七月作、八月「表現」発表の「六の宮の姫君」に至る、いわゆる王朝物が、古典とのかかわりの上から精緻に追求されている。長野氏は「芥川が座右におきまたは参看したであろうと思われる今昔物語の刊本について考えておこう」（「青年と死」永井注、攷証今昔物語集によると推定される）とこの面についての詳しい考察を示されるが、後年芥川が「校註国文叢書」を手沢本としていたことの例証を示されるものの、やはり同書発刊以前の大正三年、四年のあたりのごく初期の作品については何をもととしたかについては特定されない。「鼻」については特に「禅智」「禅珍」の問題がからむので複雑になってしまうのである。

また、森本修氏も、今昔物語との関連を問題にしておられる。氏の「羅生門」（『芥川龍之介作品研究』八木書店、駒尺喜美氏編、昭和四四）には「では、芥川は当時ほとんど知られていなかった『今昔物語』をどのような刊本で読んだのであろうか」として、安田保雄氏の説（「芥川龍之介『羅生門』」明治大正文学研究・第五輯・昭和二六）や、前記長野氏の説を紹介されつつ、結論としてはやはり「『国史大系』『史籍集覧』『丹鶴叢書』のいずれかによったものとみられる」ということにならざるを得ない。ただしこれは「羅生門」についてのことであり、「羅生門」の成立年時には今なお明らかではない部分があるようであるから、「鼻」の成立と切りはなして考えれば、「鼻」は「校註本」を参看したとみる考えとも矛盾しないであろう。

いずれにせよ、以上のべたことは「鼻」のそれも一部分を問題とした上でのテキスト推定であり、限界があるので「羅生門」及び王朝物全体の視点から見たより詳しい検討が当然必要であろう。馬淵氏のいわれる「ある今昔物語」のテキストが見出される日を待つこと切なるものがある。

また、別の観点からすれば、「鼻」の成功は夏目漱石の激賞という事情があるにせよ、大正四年の夏に、「校註本」という今昔物語の平仮名絵入り頭注つきの本、という当時としてはポピュラーなテキストが発刊されていて、知識人の間に今昔物語に対する認識が多少芽生えていたといったような素地があるのかもしれない。また、そのような場合、芥川のことであるからこの一般的な「校註本」ではなくて、やや専門的な他のテキストをすでに読んでいた、というような痕跡を残そうがために、人名その他種々さりげない工夫がこらされている、といったことも考えられぬことではない。

右のことから、芥川の初期の作品と今昔物語のテキストとの関係はおよそ次のようにまとめられるであろう。

イ、「青年と死」大正三年八月作、大正三年九月号「新思潮」発表

今昔物語巻四（天竺部）による

テキスト「攷証今昔物語集」上、天竺震日部（大正二年六月）

ロ「羅生門」大正三年十二月または大正四年九月作、大正四年十一月号「帝国文学」発表

今昔物語巻二十四（本朝）、二十九（同）、三十一（同）による。
テキスト「史籍集覧」「国史大系」「丹鶴叢書」のいずれか。
ハ、「鼻」大正四年十二月または大正五年一月作、大正五年二月第四次「新思潮」創刊号発表
今昔物語巻二十八（本朝）による
テキスト「校註国文叢書」（大正四年七月、八月）

これ以上の推定は控えるが、ここで確かなことは、「鼻」執筆の時点において、芥川の手許にあった今昔のテキストは「攷証今昔物語集」「校註国文叢書」および「史籍集覧、国史大系、丹鶴叢書」のいずれか、の最低三種、最高五種にも及んでいたらしい、という事実である。今昔物語に対する彼の本格的な態度を物語るものであろう。「鼻」につづき「芋粥」「偸盗」以下の今昔ものが数多執筆されるが、その根底にはこのような多種類のテキストの「目次」から「題」「本文」に及ぶ、作家としての鋭い眼が光っていたのである。

以上のように、平安後期～末期という限られた時期において、ごく日常的な平俗語として用いられたとおぼしい「治病の目的をもって温（熱）浴する」という意味の「ゆづ」が、芥川龍之介の「鼻」に何くわぬ顔でまぎれこんでいるという事実は、何を意味するのであろうか。その間には今昔物語という作品が介在するのであるが、今昔の言葉の豊かな生命力に驚くとともに、その生きた言葉のずれを巧みに衝いて軽妙に変型した、若い芥川の直感にも驚くのである。未解決の問題も多い。大方の御教示を乞う次第である。

注

（1）今昔物語の入手しやすいテキストには現在朝日古典全書本（長野嘗一氏校註）、小学館日本古典文学全集本

（馬淵和夫氏・国東文麿氏・今野達氏校註）などがあり、それらの本文、頭註などをも参考とした。

（2）総索引によって用例を見出せなかった作品は次のようなものである。（ゆづ・ゆゆで）万葉集、竹取物語、伊勢物語、古今集、土佐日記、後撰集、蜻蛉日記、枕草子、源氏物語（二種）、紫式部日記、更級日記、大鏡、方丈記、徒然草、四条宮下野集、馬内侍集、曽根好忠集、詞花和歌集、千載集、極楽往生歌、明恵上人歌集、梁塵秘抄、後拾遺集、金葉集、鎌倉右大臣家集、新古今集、藤原定家全歌集、芭蕉紀行文、蕪村句集、閑吟集、無名草子、大和物語、宇津保物語、落窪物語、平中物語、篁物語、多武峯少将物語、浜松中納言物語、ねざめ物語、松浦宮物語、唐物語、平家物語、閑居友、和泉式部日記、十六夜日記、うたゝね、海道記、東関紀行、おくのほそみち、きのふはけふの物語。

（3）この点については「四」馬淵和夫氏の論文の部分で言及する。

（4）「本草衍義《ほんぞうえんぎ》」は、国会図書館支部上野図書館編、「本草関係図書目録」によると、宋の寇宗奭の著わしたもので、丹波元胤校。文政頃の刊本がある。

（5）野口晴哉氏「体運動の構造Ⅰ」五七頁など。

（6）服部氏『平安貴族の病状診断』（吉川弘文館）六頁以下にも同様の記述がある。

（7）吉田精一氏、近代文学注釈大系「芥川龍之介」所収「鼻」、稲垣達郎氏「歴史小説家としての芥川龍之介」（河出書房、「芥川龍之介研究」所収）などにもこの点についての言及がある。

（8）この点については「三」で述べたように、入浴（行水）と見る考えもある。特に今昔物語巻六第四十などに見える「温室」は、古典文学大系本の頭注によると「奈良の大寺の資材帳には大抵温室院があり、月二回浴室を開いて僧を浴せしめ、その翌日に布薩を行なった」ということであり、同巻十九「参河守大江定基出家語第二」の記事にも、この温室の功徳の話が見え、「湯ヲ涌《ワカ》シテ大衆ニ浴《アブ》セムトシテ」「サフメカシテ湯ヲ浴《ア》ム」等の描写が見える。なお入浴の歴史については武田勝蔵氏「風呂と湯の話」（塙新書）に詳しい。

（9）吉田氏「芥川龍之介」（七、初恋）にくわしい。

2　六条斎院物語歌合——物語と作者の関係

一、歌と物語の問題

天喜三年（一〇五五）五月三日に行なわれた『六条斎院禖子内親王物語歌合』は、歌と物語を考える上で大きな意味を持つことは言うまでもない。この視点から問題を捉えると、『堤中納言物語』との関連や、散逸物語との関わりなどの研究の広がりが想起されよう。本稿はその点をふまえつつも、物語と作者の関係との実態に絞って考えてみたいと思う。

この歌合の全般的な問題に関しては、本和歌文学論集3『和歌と物語』所収「物語歌合と物語歌集」において樋口芳麻呂氏が既に詳細に記されているので見られたい。(1)

二、『物語歌合』の意味

我々はいわゆる「物語」を幾つか持っているが、最も単純な文学史上の特色のひとつは、その殆どが作者不明であるという事実である。このためにその「物語」を文学史の上で現実の時代や時間と関わらせようとすれば、外部的な操作によってその間隙を埋めることから始めねばならない。端的に表現すれば、物語は書写されている形そのものが基本的に「無署名」であるということに起因している。それは古代的な伝承や昔語りを書きとめた、という物語本来の性格を宿していることになろうが、同時にそれは時代や作者自身から解き放たれた「物語」の自在性を保証することでもあった。

一方、歌はその一首ごとに作者名を明示し、詠み手を確定するのが一般の形である。特に勅撰集の成立はその形式を確立しているし、歌語りにおいても誰が、いつ、詠んだものであるかは現実の歴史とも接点を持ち得るものとして捉えられている。ここには「個人の歌」としての自立性が関わって来よう。

この形式の点から『六条斎院物語歌合』（以下、『物語歌合』と略称）を見ると、これはまさに物語の匿名性と歌の実名性を同時に満たした形に他ならない。更に言えば、「歌合」という場、天喜三年（一〇五五）五月三日という年時、詠み手の明示などの点で、「歌」を優先し、「物語」がそれに包括されたものと見てよかろう。当然これは記録であって全体像としては「作品」ではないのだが、このようなことが行なわれたこと自体の意味は見逃し得ない。一方、『拾遺百番歌合』や、『風葉和歌集』などは、この意味からは物語が優先され歌を包括しているものと考えられる。確かに『拾遺百番歌合』は歌合という形式を踏まえたものであること、内容が物語歌であるという点でこの『物語歌合』と近似している。しかし「詠み手」は物語の登場人物であって現実の「作者」ではないし、創作の場とは関係がなく、既に存在している物語の歌を取り上げたものである。『風葉和歌集』も和歌集の形式を持つが詠み手は物語の登場人物である。現実の作者名がわかるものもあったであろうが、それを記すことはない。『無名草子』も方法としては同様である。

この『物語歌合』の詳細は不明であるが、歌の制作に止まらず、『栄華物語』が「物語合とて今新しく作りて、左右方わきて廿人合せなどせさせ給ひていとをかしかりけり」と記すことばをそのまま受けとるとすれば、実作者による物語制作という生々しい場を示す点でも異例である。この実名性ゆえに、『物語歌合』の発見によって『堤中納言物語』や『狭衣物語』の研究に大きな視界が開けたのであり、ここから物語そのもののこの時期における位置付けの問題へと研究は発展したのであった。

一方で、歌の作者が即ち物語の作者であるとしたら、先に述べた、作者と切り離すことによって生じた物語の自在性とは、どのように関わるのか。一般論として作者はわからなかったのか、わかっていてもそれを表現しないのが物語だったのか。その匿名性とは、「作者不詳」という結果として我々が抱いた、単なる幻想であったのだろうか。それともこれは物語のひとつの実態を表わし、そこに時代による変質という観点を加えねばならないのか。このあたりに物語史の問題が胚胎して来よう。このような視点からまず考えてみたい。

三、物語と作者——『源氏物語』と紫式部

『紫式部日記』は位置付けが極めてむつかしく扱いに注意を要するが、物語とその作者を考える上で様々な問題を提供しよう。ここには、物語との関わりに関して非常に屈折したものが窺われる。物語に関する記載をいくつか引用する。

1　左衛門の督、「あなかしこ、このわたりに、わかむらさきやさぶらふ」と、うかがひたまふ。源氏にかかるべき人も見えたまはぬに、かのうへは、まいていかでものしたまはむと、聞きゐたり。（二〇一―二〇二頁）、（日本古典文学全集、中野幸一氏校注・訳『紫式部日記』小学館。引用は以下同書による）

2　入らせたまふべきことも近うなりぬれど、人々はうちつぎつつ心のどかならぬに、御前には、御冊子つくりいとなませたまふとて、明けたてば、まづむかひさぶらひて、いろいろの紙選りととのへて、物語の本ど

もそへつつ、ところどころにふみ書きくばる。（中略）局に、物語の本どもとりにやりて隠しおきたるを、御前にあるほどに、やをらおはしまいて、あさらせたまひて、みな内侍の督の殿に、奉りたまひてけり。よろしう書きかへたりしは、みなひきうしなひて、心もとなき名をぞとりはべりけむかし。（二〇四―二〇五頁）

3　こころみに物語をとりて見れど、見しやうにもおぼえず、あさましく、あはれなりし人の語らひしあたりも、われをいかにおもなく心浅きものと思ひおとすらむと、おしはかるに、それさへいとはづかしくて、えおとづれやらず。（二〇六頁）

4　「かうは推しはからざりき。いと艶に恥づかしく、人見えにくげに、そばそばしきさまして、物語このみ、よしめき、歌がちに、人を人とも思はず、ねたげに見おとさむものとなむ、みな人々いひ思ひつつにくみしを、見るには、あやしきまでおいらかに、こと人かとなむおぼゆる」とぞ、みないひはべるに、恥づかしく、人にかうおいらけものと見おとされにけると思ひはべれど（二四一頁）

5　うちのうへの、源氏の物語人に読ませたまひつつ聞こしめしけるに、「この人は日本紀をこそ読みたまふべけれ。まことに才あるべし」とのたまはせけるを、ふと推しはかりに、「いみじうなむ才がある」と、殿上人などにいひちらして、日本紀の御局とぞつけたりける、いとをかしくぞはべる。このふる里の女の前にてだに、つつみはべるものを、さるところにて才さかしいではべらむよ。（二四四頁）

6　源氏の物語、御前にあるを、殿の御覧じて、例のすずろごとども出できたるついでに、梅のしたに敷かれたる紙にかかせたまへる。

すきものと名にし立てれば見る人の折らで過ぐるはあらじとぞ思ふ

たまはせたれば、

人にまだ折られぬものをたれかこのすきものぞとは口ならしけむ

めざましう、と聞こゆ。（二四九―二五〇頁）

これらの記載は既に『源氏物語』、特にその成立との関連、または紫式部の意識の問題から注目されているものである。日記作者としての姿勢に絞ってみると、5・6の「源氏の物語」という表現は、自作の『源氏物語』が宮仕えの生活の中で瓦解していく危機感からの要請によってなされたという見解が室伏信助から提示されている。(2)ここからは『源氏の物語』の作者である紫式部という関係はまず動かないであろうが、1・2・3・4についての『源氏物語』という作品特定は帰納的な推論であって、「物語」一般、あるいは他の「物語」と読むことも可能である。いずれにせよここには「物語」に対する容易ならぬ複雑な意識が籠められているわけで、『源氏物語』作者であることの矜持と不安、両者の軽々しい結びつけに対する自負と激しい拒否を読み取ることができる。式部の置かれた彰子中宮の周囲の人々との関係を考慮し、式部の独自な内面を忖度するとしても、物語とその作者との関わりの基底にあるものはかなり微妙なものであることが予測される。このことは物語とは何かという我々の問い掛けにも関わるのだが、一応これを『源氏物語』と「紫式部」という個の問題として捉えておくとしても、同時に物語とその作者という一般的な問題に対する基本的な証言としても捉え得るものであろう。

四、『更級日記』と物語

『物語歌合』とほぼ同じ時期に重なる『更級日記』の定家自筆本には、周知のように次のようなことが奥書として付記されている。

ひたちのかみすがはらのたかすゑのむすめの日記也　母倫寧朝臣女　傅のとの丶はゝうへのめいなり　よはのねざめみつのはま丶つみづからくゆるあさくらなどはこの日記の人のつくられたるとぞ

この作品の作者が誰であるかということは、この付記の前半部分によって特定され、かつ外部資料からもそれは凡ね裏付けられる。しかし作者「ひたちのかみすがはらのたかするのむすめ」はその名を日記作品中に記さず、日記に見える潜在的な「私」（「あづま路の道の果てよりも、なほ奥つかたに生ひ出たる人」）も、周囲の人物を「母」「継母」「はらからなる人」「頼む人」「幼なき人」などと呼称して個人名は殆ど表さない。日記文学にとっても、その内部の表現と実際の作者との関係は重要な問題である。

後半の「よはのねざめ」以下の記述も、さまざまな問題をはらむが、少なくとも日記作品中に物語作者としての言及はなく、「とぞ」という表現は伝聞を意味すると同時に、作者を同定することを憚る気持を伝えたものとも解し得る。現存している「よはのねざめ」などの作者が孝標女であると仮定した場合、その成立を、言及がない事実に照らして、日記執筆後と捉えるか、否か、という論に発展して行く問題ともなっている。この点については難しい面があるものの、たとえ日記執筆時点で何らかの物語を既に書いていたとしても、それは日記中には記さなかったものと把握したい。日記には「日記文学」として現在把握されている目的意識があり、かつ『更級日記』の物語に対する独自の姿勢がある。その虚構性を考慮しない場合でも、やはり物語との結びつきの痕跡は残さなかったのではあるまいか。この日記には自己（私）を他と切り離して、まず個として確立させる傾向がある。もし『夜半の寝覚』『浜松中納言物語』が奥書通り孝標女の作であるとしても、『更級日記』の執筆時期と関わりなく、その意識において、物語と作者との関係については『紫式部日記』と同様の微妙さを宿しているのではあるまいか。

稲賀敬二氏は「孝標女の初恋の人は『雫に濁る人』か」[3]において

孝標女はもともと自分の心の中を、あからさまにさらけ出すのを避けたい性格が強かったのではあるまいか。この事は後にふれる「日記執筆後の物語創作」という予想にもつながるものであるが。

と言われ、それが日記執筆という行為によって変化した時に、『夜半の寝覚』等の物語も生まれたと見ておられる。

そして自己を表現する事を避けよう、避けようとしていた彼女の性格が、更級日記を書く事によってある程度克服された時から、彼女は物語を書き始めたのではあるまいかという――これも理由にならぬが私の心証である。

更に、孝標女があからさまにさらけ出さぬからこそ隠れていた事実を、「物語」の内容と結びつけて考察される。例えば氏のこの考察の表題の「孝標女の初恋の人は『雫に濁る人』か」は、日記中の歌に見える「雫に濁る人」は亡くなった姉の夫であると推定し、『夜半の寝覚』における女主人公中の君と大君の夫中納言との人物関係の相似を指摘されるという具合である。これは、同一作者と仮定してのことだが、架空の物語のうちに、現実の作者の体験の痕跡を注意深く推定された結果である。こうした卓抜な推定によって辛うじて作者と物語との関係が暗示されるわけで、両者の間の秘密はなお明らかではない。稲賀氏の『物語流通機構論』は、物語の創作は、制作から享受までの過程において、すなわち作品成立、伝流、流通に、女房圏ともいうべき集団を背後に持つ動的な営みであることを推定した画期的な論である。今まで私が述べたことは、このような流通に至る以前の個人の内的な姿勢であって、それを物語の無記名性と関わるものとして把握したいと思う。

当面の問題である『物語歌合』のあった天喜三年（一〇五五）は、孝標女四十八歳の年にあたる。日記内で年時の明示されているものとしてはその十月十三日夜、阿弥陀来迎の夢が語られている部分がほとんど唯一のものである。これを遡ること十六年、長暦三年（一〇三九）三十二歳の折の冬、作者は祐子内親王家に出仕した。ここになじめず退出しがちであることが記されているが、この年、祐子内親王の妹禖子内親王が誕生している。長久二年（一〇四一）にはまた祐子内親王家に出仕し、長久五年頃までそれが見えていて、ここでは他の女房と交遊があったことが述べられている。孝標女の作品（群）については定家が何らかの役割を果したとみられ、作品が現在伝わっているという事実がその流通の証拠となろう。しかし執筆の意識自体は孤独な営み、ないしは孤独な楽しみでもあって、匿名性をここの時点では考えてよいように思われる。

現存する『夜半の寝覚』『浜松中納言物語』の側から考えてみても、これらの物語には享受者への顧慮が希薄である。別の表現を用いれば、内的な必然性の方が前面にあって、自閉的とさえ見られるほどの個への執着が見られる。しかしそれは作者という個人名とは結びつかないのである。同時代の『狭衣物語』については、『物語歌合』から「宣旨」という呼称が浮かび、作者の可能性もあり得て、ややサロン的雰囲気もあるのだが、内的な姿勢の問題は同じであろう。「作者不詳」の自在さはやはり物語の基本的な性格として把握できると思われる。

五、『物語歌合』の内容

さてこの意味で「歌」に「物語」が包括された形をとるのが『物語歌合』である。ここでは次のような開催の日・場・題材との関係から見て行きたい。

ア〈開催日〉この歌合は「題　物語」であるが、既に度々指摘されているように現実の開催日である五月三日という日、内親王家という場にあわせて「あやめ草」「根合」などの趣向を取り入れる。併せて、イ〈水の縁〉、ウ〈恋の歌〉、エ〈宮中意識・高貴な存在との対比〉について指摘しておきたい。アイウについては具体的に後述するが、物語との関係でエの対比の問題は予めここで触れておく。

エ〈宮中意識・高貴な存在との対比〉

あやめ草がその美しく香り高い葉を愛でるものであったり、邪気をはらう凜とした麗姿を示すものであるうちなら、高貴な世界とは何の違和感もないだろう。しかし根合は、そこを踏み越え、下にあって長々と上の葉を支える「根」を競うものであり、そこからは必然的に根が生える汚い水泥が連想されて来ざるを得ない。このことは、美・醜、高貴・卑賤、現在・過去、といった対比的な比喩表現となり、五月五日の根合は、低いものが高貴なところへ移り、醜が美に変転する機会ということになる。従って変化自体の楽しみや驚きを表わすものとして「あやめ草」があると同時に、美のうちに自ずと美ならぬ本源が含まれ、その逆もあるというやや皮肉な存在ということになろう。

してみれば「あやめ草」から広がって境界を越えるおもしろさや異質なものの取り合わせがこの歌合の歌に反映しているのは極めて自然である。まして六条斎院禖子内親王家の歌合であり、関白頼通の後見に関わるものであってみれば、ここに高貴な場からの発想を意識するのは頷けよう。単なるあやめ草に留まるのではなく、歌も物語も、このような共通理解のもとにある「対比」の趣向にまで踏みこんでいると思われるのである。

ここで物語史についてみると身分の高—低から、恋という対等の場への転換を問題にするのは『竹取物語』から始まってある意味で物語的な定型であったかもしれない。この身分の高—低は愛情の前に越えたり越えられなかったりする人間の営みとなるのである。その最も典型的な例は女性と帝、男性と妃、という関係だろう。この主題は『源氏物語』において複雑に深められ、かつ人間精神に踏み込むものとしても高められ、王権の問題にも拡大していったが、後期物語では観念としてはあり得ても、必ずしも中心的な主題とはなりがたかった。しかし中世に至ると、それがある意味で、低から高へという出世物語として、また価値の逆転や多層化の物語へと変換してゆく。これは物語の短篇・中編・長編の問題とも絡んで一概には言いにくいのであるが、『物語歌合』はその過渡期のひとつの様相を呈しているものと言えないだろうか。高度に洗練された場においては、「対比」さえも一様ではあり得ない。しかしそれは物語によって始めてその微妙な差異が表現されるものであって、歌合の場の一首の歌ではむつかしい。ただ「対比」についてある前提を共通のものとしていることは確かであって、歌合の場ではその一端を象徴的に捉えた歌を提出したということはあり得よう。このような意味で歌の表現が物語の内実にも関わりのあるものとして把握しておきたい。ここに提出されたとおぼしき物語の多くは散逸しているが、「逢坂こえぬ権中納言」を見ても、「根合」という場の切り口が際立っていることは言うまでもない。

　このような方向を以下に具体的に見て行きたい。まず『物語歌合』の全文を挙げる。萩谷朴氏『平安朝歌合大成』第四巻一六〇「天喜三年五月三日　六条斎院禖子内親王物語歌合」の本文及び表記に従う。ただし『新編国歌大観』第五巻を参照して表記を私に改めた部分もある。

　　題　物語

　　　霞隔つる中務の宮

　　　　左　　　　　　　　　　　　　　　女別当

1九重にいとど霞は隔てつつ山のふもとは春めきにけり

　玉藻に遊ぶ権大納言

　　　　右　　　　　　　　　　　　　　　宣旨

2有明の月待つ里はありやとてうきても空に出でにけるかな

　菖蒲かたひく権少将

　　　　左　　　　　　　　　　　　　　　大和

3かけてのみ夜をしのぶる諸蘰あふひをみても花は忘れじ

　よそふる恋の一巻

右　　宮少将

4折らせなむ春の深山の桜花雲ゐにみればしづ心なし

浪いづかたにと歎く大将

左　　中務

5あり果てぬ宿の桜の花をみて惜しむ心のほどは知らなむ

あやめも知らぬ大将

右　　左門

6あやめ草玉の台のつまなれどなどかこひぢに生ひ始めけむ

打つ墨縄の大将

左　　少将君

7我ながらいかに惑へる心ぞと契り結ぶの神に問はばや

淀の沢水

右　　甲斐

8賤の男の淀野なりけるあやめ草大宮人のつまと頼むよ

あらば逢ふ夜のと歎く民部卿

左　　出羽弁

9つねよりも濡れそふ袖は時鳥なきわたる音のかかるなりけり

菖蒲うらやむ中納言

右　　讃岐

10あやめ草なべてのつまとみるよりは淀野に残る根をたづねばや
　岩垣沼の中将
　左　　宮の小弁
11ほととぎす花橘のかばかりもいま一声はいつか聞くべき
　浦風に紛ふ琴の声
　右　　武蔵
12春の日に磨く鏡のくもらねばいはで千歳の影をこそみめ
　浪越す磯の侍従
　左　　出雲
13君もゆき花もとまらぬ山里に霞む空をやひとり眺めむ
　蓬の垣根
　右　　少納言
14見し人も荒れ果てぬめる故里に霞のみこそたちかはりけれ
　逢坂越えぬ権中納言
　左　　小式部
15君が代の長きためしにあやめ草千尋にあまる根をぞひきつる
　なにぞ心にと歎く男君
　右　　式部
16昔にもあらず淋しき山里にもろともにすむ秋の夜の月

をかの山たづぬる民部卿

左　　　　　　　　　　　　　　　　小左門

17眺むるにもの思ふことは慰まで心細さのまさる月かな

云はぬに人の

右　　　　　　　　　　　　　　　　小馬

18あやめ草人知れぬには茂れどもいつか見すべき浅からぬ根を

岩垣沼のがり　　　　　　　　　　　中宮の出羽弁

19五月闇おぼつかなきに紛れぬは花たちばなの薫りなりけり

返し

20橘の薫りすぐさず時鳥おとなふ声を聞くぞうれしき

又

21ひきすぐし岩垣沼のあやめ草おもひ知らずも今日にあふかな

返し

22君をこそ光と生ふにあやめ草ひきのこす根をかけずもあらなむ

鈴木一雄氏は「『逢坂こえぬ権中納言』について」(4)において、次のように述べておられる。

物語合作品（永井注、『物語歌合』）の約半数までが、かかる状態（永井注、五月を背景とする）にあることとは、もちろん、物語合が五月三日に催されたためである。しかしながら、これを一概にあてこみと評し去ることは出来ない。たしかに物語合の季――発表の場と時――より受けた制約であるが、この制約は、歌合の歌が題詠・口承・晴の歌という制約を持ち、題の心、声調（リズム）・無難さという特色をつくっているのと似ている。端午の節句を明後日にひかえた、五月の雰囲気の最も高潮した折の物語合、かくして五月を配し、根合を織込み、子規、菖蒲などを詠むことは、自然と季節に強い感受性と深い関心とを持ち、折つきなからざるを以て信条となし、つきづきしさを「あはれ」と嘆じ、「をかし」と感じた社会にあっては、また当然のことといわねばならない。物語合の性質より見れば、むしろ正当の想の構え方というべきであろう。かかる点に、社交性、遊戯性を本質とする物合と、物語との結びつきを見ることが出来、一段と当夜の興趣の高められたことも想像出来るのである。

その上で、この計画はこの年に入ってからの仰せであること、当夜作品は読んで番えられた点から見て、新作の短篇であったことを結論しておられる。

このことはまた神野藤昭夫氏により『物語歌合』は物語合とも称し得る実態を持っていたとして、物語史の側面から精緻な方法をもって指摘されている。(5) 常連的な作者群、開催日を意識した素材や発想、和歌に由来する主題的題名、薫的人物の恋の不如意などが共通項として見られることから、固定化してゆく物語史の主流に近接するものとして捉えておられるのである。

井上真弓氏の「六条斎院家物語合」(6) には散逸物語の特色をA～Jに分類して、その共通性を証するという方法が見られるが、そのうち「A―逢えぬ嘆き」には物語合1・2・4・5・7・9・11・13・14・15・16・17の歌が該当するとしておられる。「B―あやめ・根合に関したこと」は3・6・8・9・10・11・15・18が該当するとされる。

『物語歌合』及び散逸物語に関し、また両者の関係については、このほかに既に多くの論述がなされているのであるが、ここでは個々の物語ではなく、その物語名と歌の「共通性」に絞って考えたい。

六、五月（五日）の歌合

一体、五月三日の開催日と「菖蒲」「根合[7]」とは、具体的にどの程度むすびつくのか。それを見るために、萩谷朴氏の『平安朝歌合大成』（以下、『大成』と略称）に従って、『物語歌合』を中心とした時期の歌合のうち、五月五日頃に行なわれたとおぼしきものの題を挙げてみよう。ただしこれは「歌題」そのものを問題にするのではなく、むしろ題材の目安としてとらえてみたい。「あやめ（草）」の場合は歌も記す。

◆本文は『大成』によるが、私に表記をあらためた部分もある。
◆各項目の最初の一・二・三〜十九の数字は引用の順を表し、次の一〇六・一二〇などの数字は『大成』の歌合番号を示す。
◆（　）内は西暦を永井が注したもの。「注」も永井の注。

一・一〇六［長徳三年―長保元年（九九七―九九九）］　五月五日　左大臣公季根合

五月五日、左大将より菖蒲の根合したる扇に薬玉をおきて、これが勝ち負け定めさせ給へとありしに、殿は左大臣にておはしましましかば、

左にや袂の玉もむすぶらむ右はあやめの根こそ浅けれ

注、年次は赤染衛門集の一首による萩谷氏の想定。根合の記録として最古のものとされる。

二・一二〇　万寿二年（一〇二五）五月五日　東宮学士阿波守義忠歌合　十番

題　谷中菖蒲・園中蓬・取苗人・引糸女・野草路滋・山樹蔭暗・盧橘芳風・瞿麦匂露・水上夜蛍・雲間郭公

左勝　谷中菖蒲

谷深みたづねてぞ引くあやめ草千歳あるべき薬と思へば

右

谷深み生ふるあやめの長き根は引き勝つ人もあらじとぞ思ふ

心浅きみぎはに生ふるあやめ草ひきどころなきものにざりける（注、勝負の判の歌）

注、全体は完全には残存していない。

三・一二三　長元八年（一〇三五）五月十六日　関白大臣頼通歌合　十番（十巻本）

題　月・五月雨・池水・菖蒲・瞿麦・郭公・蛍・照射・祝・恋

菖蒲　左持　輔親

あやめ草たづねてぞひく真菰刈る淀のわたりのふかき沼まで

右

むかしよりつきせぬものはあやめ草ふかき淀野にひけばなりけり

注、天徳歌合に匹敵する晴儀の歌合で、以後の範例となるもの。

四・一二七　長久元年（一〇四〇）五月六日庚申　斎宮良子内親王貝合

題　蓬萊の山・長浜、などの地名・舟貝などの貝の名を列挙する。詳細は省略。

大淀

大淀に四方の浦貝ひろひても千尋ばかりの菖蒲をぞひく

大淀の浜に人のゐたる

いかにせむ今日大淀の浜に来て菖蒲やひかむ貝やひろはむ

注、貝合の最古の資料。開催日に関係なく地名と貝の名をよんだものがほとんどだが、「大淀」の二首にいずれも菖蒲を詠みいれている。

五・一二〇　長久二年（一〇四一）五月十二日庚申　祐子内親王名所歌合

注、祐子内親王家歌合に関する和歌合抄目録によると「題歌枕　南国都々名」とあるものがこれにあたる、と萩谷氏は推定しておられる。しかし二十巻本の断簡として「照射」の二首の伝わるのみである。

六・一三五［永承三―四年（一〇四八―四九）五月］　六条斎院禖子内親王歌合　六番

題　さうぶ・さかき・なつやま・しのぶ草・こひ・いわひ

菖蒲　左勝　　　　　　　　　　播磨

賤の屋も玉の台もあやめ草かからぬつまはあらじとぞおもふ

右　　　　　　　　　　出雲

水隠れて生ふるあやめを尋ぬれば底に年ふる根をぞひきつる

注、成立年時不明。永承三―四年は萩谷氏の推定による。五月も題による推定。

七・一四〇　永承［五年（一〇五〇）］五月五日　六条斎院禖子内親王歌合　三番

題　菖蒲

菖蒲　左　　　　　　　　　　大和

郭公こゑもや聞くとあやめ草あさからぬまを尋ねつるかな

右かつ　　　　　　　　　　左衛門

五月雨になびくあやめの薫る香はひきて恋ふべきためしなきかな

左　　　　　　　　　　出羽

ひきかけぬつましなければあやめ草底深き根をなほぞたづぬる

右かつ　　　　　　　　　　　　　　美作
淀野にはのこりもあらじあやめ草かからぬ軒のつましなければ
左　　　　　　　　　　　　　　宮殿
おり立ちてあまりひけれど菖蒲草かくばかりなる根だになきかな
右　　　　　　　　　　　　　　小馬
あやめ草長き根にこそ沼水の底の心のほどは知らるれ
注、永承五年は萩谷氏の推定による。氏は物合としての菖蒲根合に伴うものであったか、と推定される。

八・一四　永承六年（一〇五一）五月五日　内裏根合　五番（十巻本）
題　菖蒲・郭公・早苗・祝・恋
菖蒲　　左持　　　　　　　　　　左馬頭経信
万づ世にかはらぬものは五月雨のしづくにかをるあやめなりけり
右
筑摩江の底のふかさをよそながらひけるあやめの根にて知るかな
注、『栄華物語』(8)三十六「根合」巻などにも記載がある本格的な内裏歌合。右歌の作者は『栄華物語』には少納言源信房とするが、頭注のごとく『後拾遺集』によって良暹法師の作と見るのが妥当。

九・一四七　永承六年（一〇五一）五月十一日庚申　祐子内親王歌合雑載　五首　本文拾遺
注、橘・花橘・郭公・水鶏・床夏に関わる五首が残存するが、完本ではないために歌合としての位置付けは不明である。

十・一四八［永承六年（一〇五一）］夏　六条斎院禖子内親王歌合

注、夏日・夜月・鵜川の題によって萩谷氏が成立年次を推定されたもので、「五月」とは直接には結びつかない。

十一・一一五　天喜元年（一〇五三）［五月五日］　東宮女御馨子内親王歌合　本文拾遺

おきゐつつ待つかひありて宿毎にかたらひわたる時鳥かな

注、「万代集」に信濃の作として見えるものを、萩谷氏が題の時鳥によって五月五日と推定されたもの。

十二・一五二　天喜元年（一〇五三）五月　近江守泰憲三井寺歌合　七首　本文拾遺

注、鶯・藤花・卯花・鹿・月・残菊・白雪などに関わる七首。開催の五月の季節に関するものは残存していない。

十三・一六〇　天喜三年（一〇五五）五月三日　六条斎院禖子内親王物語歌合

注、当該『物語歌合』

十四・一六四　天喜四年（一〇五六）五月　頭中将顕房歌合　十五番

題　月・五月雨・菖蒲・常夏・郭公・花橘・照射・蛍・祝・恋

菖蒲　左かつ

年を経て来る今日ごとにあやめ草淀野わたりの沼にこそひけ

右

菖蒲のうへに根ざしとどめよあやめ草たづねてひくもおなじ淀野を

注、長元八年（一〇三五）関白左大臣歌合の歌題構成と殆ど同じであることが萩谷氏によって指摘されている。

十五・一六五　［天喜四年（一〇五六）五月］　六条斎院禖子内親王歌合　六番

題　五月雨あまりあり

注、萩谷氏が歌題から五月と推定されたもの、［五月雨あまりあり］を五月閏の年とせず、五月雨が長く続くことと解されるのである。

十六・一六七［天喜四年（一〇五七）五月］　六条斎院禖子内親王歌合　十二番

夏題　遠聞郭公　草蛍似露

注、成立年時は萩谷氏の夏題による推定。

十七・一八二　某年五月五日　六条斎院禖子内親王歌合　十二番

題　菖蒲・郭公・五月雨・橘・卯花・樗・早苗・照射・蛍・水鶏・夏草・蚊遣火

菖蒲　　左　　兵衛

玉にぬく今日のあやめは宿ごとの軒端にかけてたれか見ざらむ

右　　駒

長き根をたづぬ〳〵とせしほどにひきもやられぬあやめ草かな

注、成立年不明。治暦二年以前の某年。

十八・一八四　治暦二年（一〇六六）五月五日　皇后宮寛子歌合　五番

題　菖蒲・蓬・卯花・花橘・常夏

菖蒲　　左　　小伯耆

いつかとも待たでや今日を過ぐさまし軒に菖蒲のかからざりせば

右　　淡路

あやめ草玉造江に見えつるは君がよどのにふけばなりけり

注、左は結び花（絹糸を花の形に結んだものか）、右は造り花（金銀瑠璃などを彫鏤したものか）をもって、物合の形で進めた特殊なものとされる。『四条宮下野集』にも言及がある。

十九・二二三　寛治七年（一〇九三）五月五日　郁芳門院媞子内親王根合　断簡　十番

題　菖蒲・郁公・五月雨・祝・恋（別本による）

左ぢ　左少将忠教

長き根ぞはるかにみゆるあやめ草ひくべき数を千年とおもへば

右　右中弁師頼朝臣

田鶴のゐる岩垣沼のあやめ草千代までひかむ君がためには

左持　二位宰相経実

あやめ草ひく手もたゆくながき根のいかであさかの沼に生ふらむ

右　前典侍

君が代のながきためしにひけとてや淀の菖蒲の根ざしそふらむ

注、永承六年五月五日内裏根合を先蹤とする。時代はかなり下るが参考までに挙げた。

五月に行なわれたとおぼしき一～十九の歌合のうち当該の十三『物語歌合』を除き、残る一八の歌合について歌題と歌の関わりを中心に見る。（「一～十九」の漢数字は前掲の歌合の掲載順の番号）

＊題によって萩谷氏が開催の季を「五月」または「夏」と推定されたもの

六・十・十一・十五・十六

これらの歌合については推定の順序が逆となるので「五月の題」の例とはしがたい。

＊断簡・拾遺など、全体像が不明のもの
一（ただし「菖蒲根合」の折と推定）・二（ただし「谷中菖蒲」の部分は残存）・五・九・十二・十九（ただし「菖蒲」の部分は残存）
一・二・十九については菖蒲の歌の例となり得る。
＊「菖蒲（草）」の題が含まれるもの
一（五日）・二（五日）・三（十六日）・四（ただし「題」としては淀・大淀）・六（推定）・七（五日）・八（五日）・十四（五月）・十七（五日）・十八（五日）・十九（五日）
ここから、五月（五日）の歌題としては何よりも「菖蒲」が第一であったことがほぼ明らかになる。
＊「菖蒲」とあわせてそれ以外の題をも含むもの
二　谷中菖蒲・園中蓬・取苗人・引糸女・野草路滋・山樹蔭暗・盧橘芳風・瞿麦匂露・水上夜蛍・雲間郭公
三　月・五月雨・池水・菖蒲・瞿麦・郭公・蛍・照射・祝・恋
六　さうぶ・さかき・なつやま・しのぶ草・こひ・いわひ
八　菖蒲・郭公・早苗・祝・恋
十四　月・五月雨・菖蒲・常夏・郭公・花橘・照射・蛍・祝・恋
十七　菖蒲・郭公・五月雨・橘・卯花・樗・早苗・照射・蛍・水鶏・夏草・蚊遣火
十八　菖蒲・蓬・卯花・花橘・常夏
十九　菖蒲・郭公・五月雨・祝・恋
十四以下は『物語歌合』以後の年時の開催であるから必ずしも例とはしがたいが、五月の歌合の題としての典型は把握することができよう。

七、『物語歌合』の趣向

これらを前提として『物語歌合』を見ると、五月の歌題に対する強い親近性が窺われる。（「1〜22」の洋数字は萩谷氏による『物語歌合』の歌の掲載順の番号。）先に挙げたア〜オに添って具体的に述べる。

ア〈開催日〉五月の歌題との関わり

3物語題「菖蒲」　6物語題「菖蒲」歌「菖蒲」　8物語題「淀」歌「淀野・菖蒲」　9歌「時鳥」　10物語題「菖蒲」歌「菖蒲・淀野」　11歌「ほととぎす」「花橘」　12歌「祝（主旨）」　14物語題「蓬」　15歌「祝（主旨）・菖蒲」　18歌「菖蒲」　19（19以下は贈答）歌「五月闇・花橘」　20歌「橘・時鳥」　21歌「菖蒲」　22歌「菖蒲」

（主旨、祝とも）

このように歌のみならず物語の題からも「菖蒲・淀・淀野・時鳥・花橘・祝・蓬・五月闇」などの五月の歌題の伝統的な主題を見ることができるのである。このことをもって先に述べた「歌による物語の包括」という表現を再度繰り返したい。提出の場の特定は物語歌のみならず物語の題や内容にも少なからぬ影響を齎らしていよう。

11の物語の題名「岩垣沼の中将」の「岩垣沼」の表現は物語歌として『風葉集』に「我が恋はいはかきぬまの水よただ色には出でずもるかたもなし」の歌が見え、本来『拾遺集』恋一の「青山の岩垣沼の水隠りに恋ひやわたらむ逢ふよしをなみ」（『万葉集』二七〇七にも見える）によるものと思われる。しかし19は「岩垣沼のがり」として歌に「岩垣沼のあやめ草」の言を用い、たちまちに「沼―菖蒲」という形に転位しているのである。このことは後世の十九が、左歌に「田鶴のゐる岩垣沼のあやめ草」として更にそれを敷衍していることからもその結びつきが知られよう。

12・15はその表現から「祝」を意識したと見ることが可能である。[9] 特に12「君が代の長きためしにあやめ草千尋にあまる根をぞひきつる」（小式部）はそのまま『堤中納言物語』の「逢坂越えぬ権中納言」の歌であるが、この物語には他に三首の「菖蒲」の歌があって、なぜこれを選択したかについては様々な推測が可能である。例えば樋口芳麻呂氏は物語の最初の歌であることをその理由としておられ、そのように解してよかろう。同時に慶祝の意を籠めた歌であって、後の影響も窺われ、十九「君が代のながきためしにひけとてや淀の菖蒲の根ざしそふらむ」（前典侍）などはその典型である。

イ〈水の縁〉そこから発展して「菖蒲」「水」の縁でみれば物語題・歌を含めて「たまも・こひぢ・よど・さはみづ・ぬれそふ・ぬま・うら・なみ・いそ」などの言葉が伏流として用いられている。春・秋・月などもあるが全体として五月の季節感を濃厚に持つと見てよいだろう。

ウ〈恋の歌〉更にこれらの歌は恋歌（あるいは歌題としての「恋」）としての読みが可能である。物語歌の特色でもあるが、先の他の歌合では季の歌の趣向として用いられていた言葉が、ここではたちどころに恋歌に変転する。例えば「菖蒲」に関する「ひく・つま・こひぢ・よどの・ね」などは『物語歌合』では恋のレトリックとして多義的に何と有効に使われていることだろうか。10「菖蒲うらやむ中納言」が「あやめ草なべてのつまとみるよりは淀野に残る根をたづねばや」と詠む時この「あやめ草」は単なるあやめではなく「中納言」の「うらやむ」嘆声をのせるものに変化する。これは物語の題である以前に歌の側からの要請なのである。

エ〈宮中意識・高貴な存在との対比〉五月を離れても、ここでは高貴な「身分」と賤しいものとの対比や、比喩表現が見られる。これについては前述したのでそれにゆずり、歌の番号と言葉のみを列挙する。

1「九重・霞・山のふもと」　4「深山・雲ゐ」　6「玉の台・こひぢ」　8「賤の男・大宮人」　15「君が代」

22「君・光」

なお「九重」以下一つ一つの言葉の用法を例示すべきであるが、ここでは私に検索したことを根拠として述べたものであることを注記するに止める。

八、物語作者であること

以上に『物語歌合』において物語が歌あるいは歌合に包括されるさまを述べたのであるが、これは見方を変えれば物語の価値観が歌合に近付いたということであるかもしれない。ここではその土壌のサロン的性格が明瞭であるが、これは一見『源氏物語』や『夜半の寝覚』などの、物語とその作者との微妙な関係にある非サロン的性格と対極にあるものとして考えられそうである。事実、これは物語の多様性を示すものであり、ある場合には物語の歴史に添う変容として、あるいは短篇・長編の問題として、また個々の物語の性格として把握できるものであろう。技巧的物語と、作者の個に収斂して内に入る物語、周囲の人間関係を広く包摂した物語と、評判は関係なく作者の内部に密着した物語、などは、「物語」そのものの位置や評価の問題と関係なく存在する。一方で洗練と巧緻の極みの成果があり、一方にはやや自閉的な物語がある。前者は主として享受が中心であり、後者は書くという表現行為が優先する。『物語歌合』に即して言えば歌に物語を近付けるか、物語に歌を包括するかの問題ともなろう。

このことを先に述べた物語の匿名性と考えあわせるとどうなるだろうか。『物語歌合』において歌の作者名が物語作者名であるとしたら、その名を表わしたことは歌合の社交的な場を包摂した部分と如何に関わるのかと言い換えてもよい。私はここに近代的な意味における「作者」の概念に近いものの誕生を見る思いがする。ここでは匿名性による自由はもはやないのである。その場に生身を引き据えて歌を詠む、という行為と同じものをこの物語制作の場に見るのである。実名性によって自由を束縛され「作者」として生身を生きねばならない「宴」の背後の厳しさがここにあろう。歌は遊びであるとしてもその善し悪しは現実の人間の評価に繋がりかねず、歌合はゲームであるとしても左・右の勝負の本質は変わらない。『物語歌合』も斎院家の高尚なゲームであるに過ぎず、サロン的な共通の基盤にある土壌から生まれたものであろうとも、歌のみならず「物語」までがこうした公の凝視に耐えねばならぬとしたら、現実に身を曝しつつものを作るということは、何と苦しいものであろうか。『狭衣物語』は物語としての動的なうねりには乏しいかもしれないが、『浜松』『寝覚』を越えるしたたかさを宿していることも想起される。『物語歌合』は、物語作者である事実を背負い、ものを創る楽しみと苦悩とを知った逞しい女性たちによって、後期物語世界が支えられていた、という可能性を示している点で極めて重要な意味を持つと思われる。物語と歌の激しい接点であるのみならず、物語史の上の作者像に対して鋭い切り口を示したものとして把握したい。思うに物語とその作者との最初の内的関係は、その不思議さの点で古今変わりがないのではあるまいか。精神の上に様々な矛盾を抱え込みつつ一つのものを創作する、微妙かつダイナミックな個人の営みの上に、あらゆる物語はまず立脚しているのである。

しかし、この物語作者名記載は、物語史から切りはなされて、この『物語歌合』のみが示していることは、些かの不思議ではある。詳細な点は不明の部分が多い現在、歌の作者は、本当に「新作物語」の作者でもあったのかという点についても、なお今後の検討が必要であるように思われるのである。

注

(1)　風間書房、平成五・九。

（2）室伏信助氏「紫式部論」『女流日記講座3　和泉式部日記・紫式部日記』勉誠社、平成二。「冊子つくり」によって『源氏物語』評価が上昇した過程をここに読みとる考えもある。福家俊幸氏「藤原道長と紫式部」『源氏物語講座』4　勉誠社、平成四・七。
（3）稲賀敬二氏『源氏物語の研究　物語流通機構論』笠間書院、平成五・七。
（4）新注国文学叢書　佐伯梅友氏『堤中納言』講談社、昭和二四・二、付載論文。『堤中納言物語序説』桜楓社、昭和五五・九所載。
（5）神野藤昭夫氏「六条斎院家物語考―物語史の動向を考へる」「国文学研究」54、昭和四九・一〇。神野藤昭夫氏にはこのほか散逸物語の全容について、また、個々の物語について多くの論考がある。参照されたい。
（6）『体系物語史』3、有精堂、昭和五八・七。
（7）根合の意味は三谷栄一氏『古典文学と民俗』（有精堂、昭和四三）に詳しい。氏は五月の田植えにおける予祝行事をもととし、稲と時期的に重なり同じく成長の早い菖蒲を用いて作柄を占ったものが始めであるとされる。
（8）松村博司・山中裕氏校注『栄華物語』下、四五〇頁。岩波書店、昭和四〇。
（9）歌題として「菖蒲添祝」も見られる。俊頼『散木奇歌集』二八八「あやめに祝の心をそへて　みかきもる衛士のたまえにおりたちてひけばあやめのねもはるかなり」（関根慶子氏『散木奇歌集集注篇』）検索は後藤祥子氏編『平安和歌歌題索引』（瞿麦会、昭和六一・六）によった。

3　物語作品と作者――「作者不明」についての覚え書き

はじめに

平安期の物語について我々はそのいくつかを手にしているが、作られた時点の物語の把握の仕方は現在とはかなり異なっていた、ということが推測される。

共同体としてのある集団が存在するとして、その内部に物語作者と見なされる個人が存在する時に、集団はどのように作者に対峙するのか。作者側はどうか。そのあたりの対応は、当時の物語観と微妙に関わるであろう。物語とは、取り立てて言うほどのものではない、作者についても言い立てるほどのことではない、という当然至極の物語観に落ち着くものの、同時に、集団・作者双方にそれのみでは片付かない、物語に対するある種の感覚があることが『紫式部日記』などから感知される。それは、伝写の過程においての変容が作者からの乖離をもたらす、という現実の問題とは別に、物語は固定したものではなく作者とは離れて固有の生命力を持つ、という面から見れば『源氏物語』の作者は紫式部である、ということの持つ意味も問われ、作者とは何かという問題に逢着する。同時に現実の裏返しである虚構物語の存在を許している、あるいは欲している、という事実に対する、作者・読者双方のある種の気はずかしさもあり得よう。作者側から言えば、そうした物語認識を是認しながら、なおかつ物語を作る個人という存在であることの微妙さである。こうした微妙さは、物語という不思議なものに対する一種の「怖れ」「憚り」といった感覚であって、そのことが「物語の作者は不明である」という物語に対する我々の常識とどこかで結びつく一因ではないか、と考える。物語は作者が書き記したその時から、ある意味で「作者不明」の要素を胚胎しているのではないだろうか。

本稿は「作者不明」ということは物語が生まれる現場及び物語の本質と深く関わる面があり得る、という見通しのもとに記した覚え書きである。(1)

一、「作者不明」ということ

物語の文学史的特徴のひとつは、その殆どが「作者不明」であるという事実である。言うまでもなく「作者不明」とは、時間的、あるいは距離的に隔たった場から見た状況の説明であって、物語生成の場の状況とは多少食い違う面があるのは当然であろう。

この問題は、本来物語は「無署名」の語りであり、伝承・昔語りを書き留めた、という物語本来の性格を宿すことと関わりがある。更に、物語文学が「書かれたもの」であることを前提とすれば、書写行為を繰り返すことによって、読者が作者に転化し得るという文学史的時間の堆積にも起因している。無署名であるということは、現代の価値観からすれば、時代や作者自身からさえも解き放たれた物語の自在性を保証するという積極的な評価に繋がり得る特質ではある。(2)

当時における古物語はともかく、当時の「今」書かれた物語は時代そのものが物語を生む基盤であって、狭い社会における同時代の特定の個人が作者＝読者となり得る状況にあった。絶えず変容して行く物語の本質に深く関わるものであって、そうした物語生成の現場においては、作者と見なされる個人に対して読者の側にもそれなりの対応の仕方があり、あえて作者を問わない、あるいは見て見ぬふりをする、といった対応が要請されたことは想像に難くない。特定の作者の個人的な意向以前に、一般論として作者は「自分がこの物語を作ったとは名乗らない」、読者も「この物語の作者は誰である、とは言わない」といった物語に対する当時の普遍的な認識があった、と仮に考えておきたい。しかしそれは作者が自作であることを固く秘匿する、ということには必ずしも直結しない。作者が自作であることを明言するのであればそれでよいし、自然に明らかになるというのであればそれはそれで許される、といった程度の緩い社会的了解であったと思われる。

物語は虚の世界であって現実ではない。作者はまず、自分とは別の「語り手」という、カリスマ性に満ちた異次元の存在に変身しなくてはならない。集団の現実の社会性からして、現代の文学に対する意識とは異なるもの、作者側としては作品を現実と峻別し突き放す意識が強く存在したことが予想される。作者は物語を自己とは別のものとして自在に浮遊させておくこととなって、物語はある意味における作者不明、あるいは匿名という結果に及ぶこととなる。一方で作者は物語作者であるという自覚や矜持は捨てがたく、意識的か否かを問わず、自分の作であるという証拠は多かれ少なかれ必ずどこかに残存させるという結果ともなり得る。共同体としての集団側にも作者への対応にはとまどいがあり、公的性格を持つ集団であればなおのこと、正面切って物語作者として対応するのは避けるものと考えられる。

このような状況のうちに物語生成を考える時、その前提として物語というものは現実とは別次元の異質性を帯びた存在であって、日常の意識の裂け目から生じた底の知れないもの、という意識がかなり強かったことが推測される。物語は一定の限度を超えない限り「つれづれの慰め」とはなるが、かなり危うく、決してのめりこんではいけない存在であり、そうした「怖れ」「憚り」といった要素が加わることによって「作者不明」ということにもなり得よう。

匿名性についてはどうか。現代の社会の仕組みでは「作品Aの作者はBである」ということは多くの場合明示される。しかしなお、作者を明らかにしない、筆名を用いる、あるいは匿名とすることによって身を隠すことは可能であり、その結果として、読み手側の作品への対応が微妙に変化する、という状況が普通である。物語生成当時もそうした微妙さがあったのではないだろうか。藤井貞和氏は物語作者の匿名性について以下のように述べておられる。

物語の作者の名まえは知られない、というのが物語史上の大原則にある。匿名者によって物語は書かれる。つまり物語を書くということは、名をあらわすほどのことでない、という一面があろう。匿名性のつよい行為であったのにちがいない。隠れておこなうから作品を産みだすことができた。これは十分に把握しておくべき基本的なことがらとしてある。(3)

この方向性は筆者の考えと近似している。先に、一種の「怖れ」「憚り」の意識があると記した仮定をもとに、以下に具体的な面に触れてみたい。

二、物語作者としての紫式部――作者と読者の誕生

『紫式部日記』における物語の記述は、物語とその作者を考える上で様々な問題を提供する。紫式部は自己と物語――『源氏物語』――に関してかなり微妙な表現を用いているからである。『紫式部日記』は作者と読者という関係性の誕生の上に成ったものである。読者側から言えば、集団の中に物語の作者が存在する、という生々しい場として『紫式部日記』はある。作者側から言えば、周辺に読者が存在する集団に属している、という場合の

両者の対応の一例としていくつかの部分を瞥見してみる。

まず、よく知られる寛弘五年十一月一日の記述を引用する。この日記に関しては萩谷朴氏『紫式部日記全注釈』上下を始めとして諸氏の多くの注釈や論考があるが、ここでは紫式部側の反応を中心として簡単に触れる。

1　左衛門の督、「あなかしこ、このわたりに、わかむらさきやさぶらふ」と、うかがひたまふ。源氏に似るべき人も見えたまはぬに、かの上は、まいていかでものしたまはむと、聞きゐたり。（新編　日本古典文学全集、中野幸一氏校注・訳『紫式部日記』小学館、一六五頁。底本は黒川本。引用は以下同書による）

引用部分は『源氏物語』の成立との関連から特に注目されているところである。同時にここからは紫式部の独自な内面と共に、物語とその作者との関わりの基底にある他者との応答の機微が忖度される。このことは前述の、物語とは何かという問い掛けにも関わり、『源氏物語』と「紫式部」という個の問題と同時に、物語とその作者という一般的な問題に対する基本的な姿勢の一端としても把え得るものであろう。

男性に対する女性の反応の約束事は拒否的な態度をとることである、ということを割り引くとしても、しばしば指摘されるように、左衛門の督公任の呼びかけに対する紫式部の反応は極めて醒めたものである。ここには前提として公任側に「紫式部は『源氏物語』の作者である」という認識があるのに対して、作者の態度には、まずこの前提自体に対する自己側の覚醒がある。敦成親王五十日の祝宴の折であり一同は酔いも加わって陽気な冗談を交わす。公任としても同様であったと思われるが、紫式部には「わかむらさき」（萩谷説では「我が紫」）といった登場人物への言及以前の問題として、「物語」に対する容易ならぬ複雑な意識が存在し、自己と『源氏物語』との冗談めいた結びつけに対する錯綜した思いがあるのではないだろうか。虚構の『源氏物語』の中にのみあるはずの不在＝非在のものを、現実と同一視する冗談への一瞬の困惑と見たい。こうしたやや拒否的なものをそこに読み取るとしても、それにもかかわらず、紫式部は公任の言葉を巡るやりとりを敢えて『紫式部日記』に記した。ここに自負や矜持が共存する複雑さが重なる由縁があろう。

2　入らせたまふべきことも近うなりぬれど、人々はうちつぎつつ心のどかならぬに、御前には、御冊子つくりいとなませたまふとて、明けたてば、まづむかひさぶらひて、いろいろの紙選りととのへて、物語の本どもそへつつ、ところどころにふみ書きくばる。かつは綴ぢあつめしたたむるを役にて、明かし暮らす。（中略）局に、物語の本どもとりにやりて隠しおきたるを、御前にあるほどに、やをらおはしまいて、あさらせたまひて、みな内侍の督の殿に、奉りたまひてけり。よろしう書きかへたりしは、みなひきうしなひて、心もとなき名をぞとりはべりけむかし。

（一六七―一六八頁）

宮中への還御を前にした冊子作りは、これも既に様々に論じられているように『源氏物語』と関わるものであろうと推定される。様々な趣向を凝らした装幀をもって冊子を彩るのであって、物語はここでは、彰子が宮中に持参するに足るモノに転換しているために、紫式部は自己とは切り離してその様子や状況の細部を写しとることができる。あたかも『源氏物語』の絵合巻において絵のモノとしての側面である外部の豪奢を重視したと同様である。後半については自作の物語が既に自己のものではなくなっている状況を直視しているし、池田利夫氏の指摘を始めとして特に『源氏物語』執筆時における複数の伝本情報としても注目されている部分である(4)。

3　試みに、物語をとりて見れど、みしやうにもおぼえず、あさましく、あはれなりし人のかたらひしあたりも、われをいかにおもなく心浅きものと思ひおとすらむと、おしはかるに、それさへいと恥づかしくて、えおとづれやらず。

（一七〇頁）

4　「かうは推しはからざりき。いと艶に恥づかしく、人見えにくげに、そばそばしきさまして、物語このみ、よしめき、歌がちに、人を人とも思はず、ねたげに見おとさむものとなむ、みな人々いひ思ひつつにくみしを、見るには、あやしきまでおいらかに、こと人かとなむおぼゆる」とぞ、みないひはべるに、恥づかしく、

人にかうおいらけものと見おとされにけると思ひはべれど、

5　内裏のうへの、源氏の物語人に読ませたまひつつ聞こしめしけるに、「この人は日本紀をこそ読みたまふべけれ。まことに才あるべし」と、のたまはせけるを、ふと推しはかりに「いみじくなむ才ある」と、殿上人などにいひちらして、日本紀の御局とぞつけたりける、いとをかしくぞはべる。このふる里の女の前にてだにつつみはべるものを、さるところにて才さかしいではべらむよ。　　（二〇五―二〇六頁）

6　源氏の物語、御前にあるを、殿の御覧じて、例のすずろごとども出できたるついでに、梅のしたに敷かれたる紙にかかせたまへる、　　（二六八頁）

すきものと名にし立てれば見る人の折らで過ぐるはあらじとぞ思ふ

たまはせたれば、

「人にまだ折られぬものを誰かこのすきものぞとは口ならしけむ

めざましう」と聞こゆ。　　（二一四頁）

これらも1と同様、『源氏物語』特にその成立との関連や紫式部の意識の問題から注目されている部分である。3には物語を――自作の『源氏物語』であるか否かを問わず――自分とは離したものとして対象化した苦みを読み取ることができる。4には「物語このむ」という事実が、6には『源氏物語』作者であることが「すきもの」として、他者からやや揶揄的に把握されているものとして記してあることは興味深い。5・6の傍線部「源氏の物語」という表現は、自作の『源氏物語』が宮仕えの生活の中で瓦解して行く危機感からの要請によってなされたという見解が室伏信助氏から提示されている。(5)

5について付け加えれば、1の公任の場合と同様に、帝が『源氏物語』を読んだ、具体的には人に読ませて聞いた、ということを前提としていることである。公任と異なるのは、帝は物語そのものに言及しているのではなく、その背後に作者が仮名物語ではない『日本紀』を読んだであろう、という推測を述べている点である。更にそこから「まことに才あるべし」と「才」の存在を推定した。それゆえに「日本紀の御局」のあだ名も生じたと記し、自分には「才さかしいで」ということはあり得ないのに、と「いとをかしくぞはべる」と記す。ここで注意すべき点は、人々の側において、『源氏物語』は「才」→「日本紀」という回路を経ていることである。言い換えれば「日本紀の御局」であれば作者に対する一種の敬称的な呼び名として周囲も受け入れたということになろう。例えば「『源氏物語』の局」とは呼ばなかったであろうと思われて、非常に興味深い。即ち仮に『源氏物語』の作者であることに直結したあだ名であったとしたら、あるいは非礼にあたるのかもしれない、との推定が可能だからである。

こうした『紫式部日記』の記述については、それを一般化する前に「日記」に記されているということを等閑視してはなるまい(6)。石坂妙子氏は『平安期日記の史的世界』において、日記が女房としての公的世界という視点を抜きにしては語れないことを様々の論を引用しつつ強調しておられる(7)。特に「3　日記する女の視座――『無名草子』を起点として」の冒頭には、岩佐美代子氏の論を引用しつつ、

仮名日記を、女房という〈女〉が書くに至った動機と背景を捉える考察は、この指摘によって開かれた地平からはじめなければならない。

と述べておられる。岩佐氏の「指摘」を引用する。

「私」の世界を確立するためには、女性はまず、「公」の世界に生き、その空気を呼吸し、そこで鍛えられなければなりません。徹底して私の世界に生きたかのように見える『蜻蛉日記』作者が、そもそもの執筆動機を、「天下の人の品たかきやとはむためしにもせよかし」と対社会意識をもって宣言しておりますし、和泉式部・孝標女・阿仏も、宮廷女房として多かれ少なかれ公的社会の空気を呼吸しております。それによ

ってはじめて、「私」の意識も鮮明に自覚できるようになるのでございます。(8)

筆者もこうした公意識が上述のような『源氏物語』と作者に関わる記述にも反映しているものと把握しており、日記の持つ重要な要素であると認識している。その上に立つ『源氏物語』に関する紫式部の記述であることを忘れてはなるまい。『源氏物語』作者であることは紫式部の意識としては私的領域であったかもしれないのである。

こうした点については改めて考えることとしたい。

三、『更級日記』奥書の「とぞ」は婉曲表現か

『更級日記』の定家自筆本の奥書には周知のように次のことが付記されている。

ひたちのかすみがはらのたかすゑのむすめの日記也　母倫寧朝臣女　傳のとのゝはゝうへのめいなり　よはのねざめみつのはまゝつみつからくゆるあさくらなどはこの日記の人のつくられたるとぞ

これを前半と後半部分に分ければ、前半には日記作者の明記があり、後半には「よはのねざめ」以下の各物語の作者はこの日記の作者である、との伝聞を記す。とりあえず「伝聞」と述べたが、伝聞の形を用いて断定を避ける、という方に比重を移して考えることも可能である。「とぞ」という表現は、書き手である定家の、作者を断言することを憚る気持を伝えたものであって、そこにもやはり、『紫式部日記』について述べたと同様に「物語作者であることは、いうべきではない」という事情があてはまるのではないだろうか。定家は当の『更級日記』を含めて、作品の読み方・書写の機微については熟知している巧者である。その微妙さから、奥書には断定ではなく伝聞の形を取った、という読みの可能性もあながち否定できないと考えるのである。

『更級日記』の書き手が誰であるかはこの日記の前半部分によってほぼ特定され、かつ外部資料からもそれはお

おおむね裏付けられる。しかし作者自身——ひたちのかみすがはらのたかすゑのむすめ——は自らの名を作品内に記さず、潜在的な「私」（あづま路の道の果てよりも、なほ奥つかたに生ひ出たる人）を中心として、「母」「継母」「はらからなる人」「頼む人」「幼なき人」などの呼称があるばかりである。この辺りにも虚構性と共に、『更級日記』にとって、その内部の表現と作者との関係は極めて重要な問題であることが推測される。後半の「よはのねざめ」以下の記述もさまざまな問題をはらむが、少なくとも『更級日記』中に、自らを物語作者と明記する表現は読み取れない。(9)

最近公刊された横井孝氏・久下裕利氏の編による『平安後期物語の新研究』には、諸氏による『寝覚』と『浜松』に関する最新の論考が収録されている。(10)そこには「孝標女」が作者であるか否かの論考ではなく、「孝標女生誕千年紀記念」とあるように、「孝標女」作という認識を前提とした論がある。両作品とも、一般に孝標女作であろうという推測は様々に行われているが、確認には至っていない。しかし、もともと確認できる事柄ではない、とも言えそうである。「孝標女」はあるいは千年後の研究者による特定作業を信じて、物語を作ったのか。あるいは定家にとって孝標女は記号化した存在なのだろうか。

定家の奥書に挙げられた作品のうち現存している『寝覚』『浜松』の作者が孝標女であると仮定した場合、この二作品の成立は『更級日記』に言及がない事実と絡めて日記執筆後と把握するか否か、という問題に逢着する。この点についての確証もないものの、私見では物語執筆後であっても日記には記さなかったものと把握したい。物語に対する独自の姿勢から見て、やはり物語との結びつきの痕跡は残さなかったのではあるまいか。この日記には自己（私）を他と切り離して、まず個として確立させる傾向がある。『寝覚』『浜松』が孝標女の作であるとしても『更級日記』の執筆時期と関わりなくその意識において、物語と作者との関係は『紫式部日記』と同様の微妙さを指しているものと見たい。

孝標女と物語の関係については、例えば、かつて稲賀敬二氏は「孝標女の初恋の人は『雫に濁る人』か」において、

孝標女はもともと自分の心の中を、あからさまにさらけ出すのを避けたい性格が強かったのではあるまいか。この事は後にふれる「日記執筆後の物語創作」という予想にもつながるものであるが。

とされ、日記執筆という行為によって『寝覚』等の物語も生まれたと見ておられる。[11] いずれにせよ、これも物語作者であることを明確に記しはせぬが痕跡は残った、ということではないだろうか。研究上の作者の推定は、物語のうちに、現実の作者の痕跡を注意深く探る、という手法が行われることが多いが、稲賀氏の推定もその成果のひとつである。なお稲賀氏の『物語流通機構論』は、物語の創作は、制作から享受までの過程において、すなわち作品成立、伝流、流通に、女房圏ともいうべき集団を背後に持つ動的な営みであることを推定した画期的な論である。筆者がこれまで述べたことは、このような「流通」に至る前の個人の内部の姿勢であって、それを物語の匿名性と関わるものとして把握したいのである。なお、竹原崇雄氏「『更級日記』と『夜の寝覚』――物語の成立と日記」（『更級日記の新研究――孝標女の世界を考える』所収）、には諸説の整理がある。[12]

四、物語作者であるということ

物語とは異なり、歌はその一首ごとに作考名を明示し、詠み手を確定するのが一般であり、物語の匿名性に対して原則として実名性を持つ。この点では『伊勢物語』と『古今集』の関係についての複雑な問題を始め、古くからの研究史上の問題である。

物語と作者を考える上で興味深い事例として天喜三年五月三日に行われた『六条斎院物語合』がある。ここに

は物語名とその作者と思しき女房の名が記されており、作者の「明記」がなされる。その十五番に小式部の作として「逢坂越えぬ権中納言　左　君が代の長きためしにあやめ草千尋にあまる根をぞひきつる」の記載があり、この歌と『堤中納言物語』中の『逢坂越えぬ権中納言』の歌が一致し、ここに殆ど唯一といってよい作者名──小式部──が結びつくこととなったのは言うまでもない。この歌合については、物語が歌あるいは歌合に包括された、あるいは物語の価値観が歌合に近付いたという面があると筆者は考えている。

『物語歌合』において歌の作者名が物語作者名と一致することは、その作者名を共同体内に言明したこととなる。即ち歌合の場を物語に転換したわけで、ここに近代的な意味における「作者」の概念に近いものの誕生を見る思いがする。ここでは匿名化した物語の自由の代わりに、その場に個人をあらわにして歌を詠むという行為と同質な何ものかを物語制作の場に見るのである。しかし、この歌合はやはり例外であり、むしろ短篇・長編の問題として、また個々の物語の個別の性格として把握したい。天喜三年の頃、例えばサロン的な特色が濃厚な集団の場で物語が生まれた場合は、その人間関係や共通の知識を広く包摂してその人々を意識した傾向を持つ作品が生まれるのは当然であろう。やはり物語自体も多様化し、作者の意識も変化したことが窺われる。

この実名性と匿名性の問題は、例えば『八雲御抄』『河海抄』などの『清少納言枕草子』といった、『枕草子』に固有の人名を付した名称の問題に繋がろうし、下って江戸時代に至れば戯作者群の「名を隠す」現象や出版の実体、あるいは昨今の電子媒体の問題にも発展するものである。前述のように文字による表現という行為そのものの抽象性や、ある意味における作品の非日常性・遊びといった要素が、現在においてもその匿名性を可能にする要因であり、その意味での問題の根は深いところにある。

以上のように「作者不明」ということを物語と作者との関係の一端として捉えてみたいが、いずれにせよ物語を作るという不思議さの点では古今東西変わりがないことは言うまでもない。現実の状況に対峙して一つの世界を創作する、微妙かつダイナミックな営みの上に、あらゆる物語はまず立脚しなおかつ作者を離れて独自の生命を持つ。

本稿では極めて簡単に触れたが、「作者不明」ということには、その背後になお考えるべき問題が山積しており、筆者としてもなお未解決の部分を多く抱える。なお今後の検討を期し、ひとまず覚え書きとしたい。

注

（1）筆者は「六条斎院物語歌合　物語と作者の関係」と題し、歌の実名性と比較して当該「物語歌合」の物語史的な位置づけを試みたことがある。その論の前半に物語における作者の問題について述べ、「作者不明」ということに考察を加えた。本稿は諸賢による物語論を視野におさめつつ前稿を敷衍して再考した覚え書きである。永井和子「六条斎院物語歌合——物語と作者の関係」。（『屏風歌と歌合』——和歌文学論集5所収　平成七・八　風間書房）。

（2）注1の論を参照されたい。

（3）藤井貞和氏『平安文学叙述論』（平成一三・三　東京大学出版会。第三章　第二節　長編の出現——『うつほ』）傍線は筆者による。引用部分には更に次の文が続く。「作者が名まえをあらわにしておこなう文学行為はいくらもある。和歌のすくなからぬ場合や、漢文、あるいは近代文学の小説類はほとんど名まえを明らかにして書かれたり、発表されたりする。物語文学が、例外的な場合を除いて、匿名性にかくれて生産されることは、これが、近代文学などよりも、語り物や芸能などの無名性の世界にはるかに近いことを証しだてる。」同書にはその他にもこれに類似した指摘が度々見られる。

（4）池田利夫氏『『源氏物語』の文献学的研究序説』（昭和六三・一　笠間書院）、他。なお『紫式部日記』に関しては、三田村雅子氏、『記憶の中の源氏物語』に権力者との関わりを重視する把握がある。（同書「はじめに」）。

平成二〇・一二　新潮社）。

（5）　室伏信助氏「紫式部論」（『女流日記文学講座3　和泉式部日記・紫式部日記』平成三・七　勉誠社）。高橋亨氏『源氏物語の詩学』第Ⅱ部第1章「謎かけの文芸としての源氏物語」、第Ⅲ部第2章「物語作者のテクストとしての紫式部日記」は、物語作者についての詳細な論がある。平成一九・九　名古屋大学出版会。

（6）　例えば小谷野純一氏は『平安日記の表象』（平成一五・九　笠間書院）において次のように述べられる。「式部にとって、日記表象とは、煎じ詰めれば、自己確認の行為であったと見られるが、けだし、当初から強固な構想があったのではなく、基本的には、書くことによって自ずと拓かれてゆくという能動としてあったものと理解されるように思われる」（三三九頁）。

（7）　石坂妙子氏『平安期日記の史的世界』（平成二二・二・一八　新典社）。氏は同書の発刊直前の二月十日に逝去された。心からご冥福をお祈り申し上げる。

（8）　岩佐美代子氏『宮廷に生きる　天皇と女房と』（平成九・六　笠間書院）。

（9）　和田律子氏『藤原頼通の文化世界と更級日記』（平成二〇・一二　新典社）。第六章「宮仕えの記――物語の男君」には『源氏物語』『紫式部日記』『更級日記』の相関性に対して詳細な論がある。

（10）　横井孝氏・久下裕利氏編『平安後期物語の新研究　寝覚と浜松を考える　孝標女生誕千年紀記念』（平成二一・一〇　新典社）。

（11）　稲賀敬二氏『源氏物語の研究　物語流通機構論』（平成五・七　笠間書院）。

（12）　竹原崇雄氏「『更級日記』と『夜の寝覚』――物語の成立と日記」（『更級日記の新研究――孝標女の世界を考える』所収　平成一六・九　新典社）。

4 「紅梅文庫」覚え書き——目録を中心に

はじめに

「紅梅文庫」は前田善子の文庫である。前田善子（まえだよしこ　以下善子と記す。一九一〇—二〇〇七）は昭和十八年に三省堂から刊行された『小野小町』の著者であり、その研究の必要から小町に関係する古典資料を広く集め、併せて多数の典籍を蒐集し、これを「紅梅文庫」と名付けた。筆者はこの文庫に関して調査を進めているが、その途次、善子が二〇〇七年四月十八日に死去したため、残されていた目録を中心にその旧蔵本の一部についてとりあげ、おおよその覚え書きとしておきたい。「紅梅文庫」が多数の古典籍を擁した文庫として存在していた時期はおそらく一九三〇年代から三〇年間ほどと思われ、その蔵本は既に大部分が善子の手を離れているため全容は必ずしも明らかではないものの、一人の女性の思いと生き方に深くかかわる「紅梅文庫」の存在は日本の古典籍、特に『源氏物語』の書物としての長い歴史において、ささやかながら一つの意味を担うと思うからである(1)。

一、前田善子と「紅梅文庫」

善子について筆者は『日本古典籍書誌学辞典』（平成一一年、岩波書店）において次のように記した。内容は善子自身の厳しい検閲を経たものである。

前田善子／まえだよしこ／蔵書家

蔵書家。明治四十三年生。著書に『小野小町』（昭和十八年、三省堂刊）がある。農学博士故前田司郎夫人。昭和十五年夫が三児を遺し三十一歳で夭折した後、学者の家を継承せんとして古典研究を志し、池田亀鑑に師事。一方平安期女流文学作品を中心とした名品の蒐集に当たる。「紅梅文庫」は前田家の遠祖と伝える菅原道真に因み、池田亀鑑による命名。倭古印を象る方形の「紅梅文庫」印は、安田靫彦の筆、香取秀真の作になる。「源氏物語（伝国冬等筆本、肖柏本、麦生本等）」「狭衣物語（伝為家筆本・重要文化財、深川本等）」「今昔物語集（日本古典大系本底本・東京大学蔵）」等を含む質量ともに傑出した蔵書であるが、現在は主として天理図書館が所蔵する。（永井和子）

【参考文献】渡邊守邦・島原泰雄編「蔵書印提要」青裳社、昭和60年。反町茂雄「一古書肆の思い出4、5」平凡社、平成元年、4年。

本稿で「紅梅文庫」と称するのは、原則としてこの『日本古典籍書誌学辞典』において述べた「紅梅文庫」の押印がある書籍を指す。善子の旧蔵書ではあるが押印の無いものも相当数にのぼると考えられるが、それらについては検証しがたい場合が多い。善子はその生涯においてしかるべき蔵本に押印したと思われ、広義に解すれば「紅梅文庫」には時期としては二〇〇七年刊行に至る書籍も含まれることとなるものの、ここでは古典籍に限っておきたい。

なお、高槻の上宮天満宮に同名の「紅梅文庫」がある。これは先々代、千代宮司が江戸期以降の各分野にわたって広く集められた蔵本として知られる。二〇〇四年改修が行われ蔵本は「香梅殿」と命名された建物二室に収蔵された由であるが、この上宮天満宮「紅梅文庫」は善子の「紅梅文庫」とは現在のところ無関係である。

二、「紅梅文庫」の蔵書印

「紅梅文庫」印に関し印記・言及等のあるものについて管見に入ったものを記せば、以下の通りである。

一・渡邊守邦・島原泰雄氏編『蔵書印提要』（一九八五年、青裳社）

本書は蔵書印を集成したものであり、五七頁に「紅梅文庫」朱印の影印がある。

二・村上清子氏「国立国会図書館所蔵本　蔵書印　―その300―　紅梅文庫」（『国立国会図書館月報』473号2000⑧、二〇〇〇年七月）

村上氏は「当館所蔵資料中の蔵書印を紹介するこの欄も三〇〇回を重ねているが、毎号登場するのは男性の蔵書印ばかりである。筆者は長い間女性の蔵書印を探し求めてきたが、大体が亡父や亡夫の蔵書を相続したケースで、自身の財力と鑑識眼をもって蔵書を収集・構築した女性の蔵書家にはお目にかからなかった。男性優位であった経済的事情もさることながら、和紙と墨を基本とした無彩色の日本や中国の古典籍は、女性が自分の手元において慈しむ対象となりにくかったことによるのではないか。その中で日本の古写本を収集した女性の蔵書印を今回紹介する」とした上で、次のように紹介される。

「紅梅文庫」は前田善子の蔵書印で、安田靫彦の筆、鋳金家の香取秀真の作とい

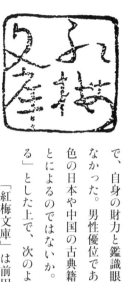

われている。前田善子は明治四十三年生まれ、夫の司郎は理化学研究所鈴木梅太郎研究室の研究員であったが、昭和十五年に三〇代で没した。夫の死後、実父の援助を受けて平安・鎌倉期の文学の古写本の蒐集に努め、池田亀鑑に師事して女流文学を研究した。著作に『小野小町』（昭和一八年刊　三省堂）があり、諸本の研究とともに、蒐集した小町集を活字化して掲載し、現在でも小町集の基本的研究書となっている。（中略）この文庫の中で、伝津守国冬等筆『源氏物語』などの『源氏物語』の諸本、『源氏小鑑』（足利中期の写本）などの慶長以前の註釈書、伝藤原家隆筆『源氏物語古系図』断簡など、源氏物語関係の善本の多くは、天理図書館に収蔵されることとなった。掲載印（永井注　原寸大）は『大浦湊へ異国船漂着御用日記』から採取した。（後略）

略した部分には『大浦湊へ異国船漂着御用日記』の内容についての紹介がある。

三．『人と蔵書と蔵書印——国立国会図書館所蔵本から』（国立国会図書館編、二〇〇二年、雄松堂出版）

上記②の月報（304まで）をもとに加筆訂正がほどこされたもの。「紅梅文庫」については「190「紅梅文庫」（前田善子）」として収録されている。

四．高田信敬氏　鶴見大学「蔵書印の語るもの」平成十三年十一月二十七日〜十二月十五日「鶴見大学図書館第九十三回展示『伊勢物語系図』『職原抄竊考』29．紅梅文庫（前田善子）」展示内容に関する高田氏の解説を引用する。

伝本少ない『伊勢物語系図』巻首に押す。系図は桓武天皇御子・藤原北家冬嗣流れの略系を掲げ、藤原敏行・紀有常ら登場人物の簡単な伝記を載せる。江戸前半の写しであろう。いかなる理由か、世の愛書家は男性であるのが常、女性に読書家はあっても財を投じて古典籍を求め、体系的な集書を行う人は絶無に近く、したがって前田善子女史（一九一〇—）は紅一点と申してよい。国文学の造詣深く、歌書・物語を中心に平安時代文学の優品を幅広く集め、研究の便宜をもはかられた。戦後の一時期出版業にも手を染め（要書房）、新進の学者の著作を世に出す。大和古印を模したその印文は安田靫彦の筆、彫金の名手香取秀真の制作になり、書物の楽園の名花一輪というところ。因みに学習院女子大学永井和子教授はその姪に当たられる。参考として同じく紅梅文庫印のある『職原抄竊考』を展示した。

なお、後述するように鶴見大学図書館には他にも「紅梅文庫」印のある蔵書が存在している。

三、「紅梅文庫」の書籍目録

前述のように「紅梅文庫」の内容は把握しがたいが、その手がかりとして本稿では或る目録を紹介しておきたい。それは「桃園文庫　書類　鈴木家」と墨書された封書に収められている三種の目録である。「鈴木家」は善子の実家をさす。桃園文庫と深いかかわりがあることは明らかであるが、記された時期は昭和十五年から二十五年の間と推定されるのみで特定しにくい。当時の「紅梅文庫」所蔵本の一端を示すものと思われるので、嗣子前田昭雄氏の許しを得てここに書きとどめておく。内容は「九頁綴」「七頁綴」「二頁」のものの三種であり、これをそれぞれ仮に「目録1」（九頁綴）「目録2」（七頁綴）「目録3」（二頁）として以下に書名等を記す。

「目録1」「目録2」

いずれもペン書きによる目録「平安時代物語草子」など内容の標題が記されている部分もある。それぞれに心覚えの標・印・数字等もあるが割愛した。書名の下部の漢数字は元のまま記した。書名の頭に通し番号を付した。本稿では最終的に①から㉝に至る。〝〟も頁の区切りを示すために筆者が付したものである。

「目録1」（九頁）

〔以下一頁。付箋あり。〕

①鳳来寺本源氏物語　四十八冊　三三〇四

②近衛家本源氏物語　五十一冊　四六六〇

③南葵文庫旧蔵本　五十五冊　欠一冊　夢浮橋　二〇二六

④飛鳥井雅康等各筆本　五十四冊　三七一二

⑤古寫本源氏物語　二十九冊　欠二十五冊　四六〇二

⑥河内本　一條兼良奥書本　二冊　二五二〇

⑦源氏物語　五十四冊　五〇三二

⑧藍本源氏物語　青表紙証本　奥入アリ　三十三冊　五〇三三

⑨大久保家旧蔵本源氏物語　三十冊　四二一八」

〔以下一頁の付箋〕

⑩源氏物語古抄（類本ナシ）永正頃寫　十冊

⑪源氏物語抄（二十巻抄）九冊

⑫別本源氏小鏡（古活字本）一冊

⑬源氏細談《ママ》抄（箋の古本）五冊

⑭とりかへばや物語　古寫本　三冊

⑮大和物語　古寫本　二冊

⑯大和物語　古寫本　一冊

⑰異本　太平記　古寫本　二冊」
〔以下二頁〕
⑱河海抄　古寫本　一冊　二九二六
⑲河海抄　二十冊　四一六四
⑳河海抄　古寫本　一冊　四五四三
㉑河海抄　天海旧蔵　五冊　三五八六
㉒河海抄　古寫本　二十冊　四〇一七
㉓河海抄　古寫本　二十冊　一三〇五
㉔一葉抄　古寫本　十冊　二〇九四
㉕弄花抄　天海旧蔵　七冊　三五八五」
〔以下三頁。付箋あり。〕
㉖花鳥餘情　五冊　一二一四
㉗花鳥餘情　十五冊　三二三九
㉘花鳥餘情　十五冊　一三〇四
㉙花鳥餘情　天海旧蔵　十冊
㉚花鳥餘情　抄出　二冊　二〇三五
㉛源氏抄（紹巴抄）　二十冊　四〇五二
㉜源氏抄　二十冊　一六九三
㉝三源一覧　古寫　十冊　四一九二」

〔以下三頁の付箋〕
㉞中務内侍日記　一冊　寫
㉟辨内侍日記　一冊　〃
㊱讃岐内侍日記　一冊　〃
㊲更級日記　一冊　〃
㊳阿仏　道の記　一冊　〃」
〔以下四頁〕
㊴覚勝院抄　九條家本　二十一冊　三一八二
㊵〃　二十五冊
㊶休聞抄　古寫（補寫二冊）十六冊　四五四九
㊷休聞抄　〃　十五冊　三二六〇
㊸源氏物語釈（秋夜秘抄）五十四冊　四四四七
㊹源氏和秘抄　一冊　三九一二
㊺源氏和秘抄　一冊　四二五四」
〔以下五頁〕
㊻千鳥抄（源氏御談議）一冊　三八二八
㊼千鳥抄　一冊　三九二八
㊽源氏或問　三冊　四八六三
㊾源氏物語詞寄文化考　二冊　四八六五

㊿源氏註釈　二冊　四九九三
51源三知抄　古写　二冊　一四三二
52源氏四考註　二冊　四〇四七」
〔以下六頁〕
53源海集　古写　一冊　一四四九
54源氏聞書　古写　天海蔵　一冊　三五八九
55小鏡　わかな　細川幽齊筆　一冊　一八八三
56小鏡　古写　二冊　四五一八
57小鏡　〃　一冊　四五一九
58小鏡　古活字本　一冊　三二六八
59小鏡　古写　二冊　三二一九
60小鏡　雅康本　一冊　三二一八
61小鏡　古写　二冊　一九五〇」
〔以下七頁〕
62紫塵愚抄　古写　四冊　一六五四
63源語類字　古写　一冊　四五三九
64源氏類語抄　〃　一冊　四七八七
65仙源抄　〃　一冊　三八五一
66仙源抄　〃　一冊　四〇三一

(67)源氏いろは別　言葉の解　一冊　三一六〇
(68)源氏目案　寫　三冊　一七八二」
〔以下八頁〕
(69)源氏不審抄出　古寫　一冊　六五六六
(70)帚木別註　古寫　一冊　六六二九
(71)源氏装束抄　古寫　一冊　三三四五
(72)源氏物語巨細　古寫　一巻　二三六四
(73)源氏物語系図　勾当内侍筆　一冊　三八二七
(74)源氏物語歌集　古寫　一冊　五〇四六」
〔以下九頁（了）〕
(75)久母賀具礼　古寫　二冊
(76)山路の露　古寫　一冊
(77)源氏物語提要　白川雅喬王筆　十冊
(78)おさな源氏　古刊　五冊
(79)中院家本　民江入楚
(80)浄書本　源氏新釈」
「目録2」
〔以下一頁〕
平安時代物語草子

(81)竹取物語　古活字本　田中大秀　自筆書入本
(82)竹取物語　古寫本　島原侯本
(83)竹取物語　契沖校本　四八五五
(84)別本宇津保物語　二十一冊　四三二九
(85)大和物語　古活字本　田中道麿自筆書入　一五八三
(86)大和物語　三條西家本　」

〔以下二頁〕

伊勢物語

(87)後水尾院勅講抄　二冊　三二六三
(88)〃　三二二〇
(89)〃　四四一一
(90)〃　二九一六
(91)伊勢物語古註　大永寫本　一冊　三〇七四
(92)伊勢物語筆　橘守部自筆　草稿本　二冊　一八五〇
(93)山崎宗鑑筆伊勢物語　一冊　三〇七一
(94)一條兼良本伊勢物語　一冊
(95)正徹自筆伊勢物語　一冊

〔以下三頁〕

(96)紹巴筆伊勢物語

⑨⑦狭衣　平出本　一三七七
⑨⑧狭衣　古活字本　三〇二八
⑨⑨おちくぼ　九條家本
⑩⓪土左日記　為相本
⑩①紫式部日記　契沖本
⑩②風葉集　四三一〇」
〔以下四頁〕
源氏物語
⑩③陸奥家旧蔵本　四〇九五
⑩④池田光政旧蔵本　四八冊　三〇七八
⑩⑤肖柏自筆本（肖柏本）　二四六〇
⑩⑥架蔵河内本
⑩⑦後陽成天皇御奥書本（三條西家本）
⑩⑧架蔵青表紙証本（池田本）　三六五六
⑩⑨別本源氏物語　麦生本　四四四九
⑪⓪別本源氏物語　阿理莫本　四〇一六
⑪①朝顔巻　国冬筆　一帖　五〇三四」
〔以下五頁〕
⑪②長享本藻塩草　三七七二

⑬長禄三年本　拾遺愚草　二七七〇
⑭新葉和歌集　文明十二年本　九條家旧蔵本
⑮宗牧自筆古今集　嘉禄本
⑯証月歌枕名寄　稀本　四七三七
⑰風葉集抜書　三七三一」
〔以下六頁〕
⑱異本平治物語　所謂池田本　三冊　四〇五八
⑲宝物集　別本　三冊　五二〇五
⑳貞丈筆職人歌合　同異本一冊　一六六八
㉑木草物語　稀本　四冊　二九七一
㉒長明道の記　池田本　一冊　三九三二
㉓宇治拾遺　池田本　一冊　二〇五九
㉔古今著聞集　池田本　九條家本　二九七二
㉕大鏡（三巻本）」
〔以下七頁〕
㉖うつせみ　雅親筆　一帖　四〇三二
㉗もみちの賀、末摘花、葵、　堯憲筆　一帖　（同番号）
㉘ゆふきり　梶井宮御本　一帖　二七八七
㉙花散里　為明筆　三手文庫旧蔵　一四六四

(130)藤袴　慈鎮筆　三九六四
(131)蜻蛉　為明筆　四〇五九
(132)はつね　山崎宗鑑自筆　五〇四一
(133)源氏系図　為家筆　四四〇三
(134)為氏筆　東屋　三一三七」

「目録3」

別紙二枚に記されたもの。書名としては「目録1」「目録2」と重なるものがあるが、概略にとどまるので両者との関係については不明の部分が多い。同一の書籍を指す可能性（例(108)＝(135)）をも前提とした上で、便宜上「目録2」につづき、通し番号を付す。「桃園文庫」「鈴木家」の記載によって、双方いずれかの譲渡の際に記されたものと推定される。一枚目は四段、二枚目は二段にわたる。縦・横いずれに見ても不自然な順であるために、横の順に記載して段数を記した。

〔一枚目。欄外に「第一茶箱　桃園文庫　鈴木家　五十四点入り」とある〕

〔第一段〕
(135)青表紙証本　池田本
(136)源氏　麦生本
(137)肖柏自筆本
(138)阿里莫本
(139)河内本
(140)為氏　東屋

〔第二段〕
(149)山路露
(150)天海旧蔵　河海抄
(151)天海旧蔵　花鳥余情
(152)源氏物語聞書
(153)源氏物語抄
(154)源氏物語抄

〔第三段〕
(163)源氏いろは別
(164)源氏小鏡　二冊
(165)源氏小鏡
(166)源海集
(167)紫塵愚抄
(168)源氏系図　為家

〔第四段〕
(176)宇津保物語
(177)竹取　島原本
(178)竹取　古活字書入
(179)大和物語
(180)大鏡
(181)狭衣

(141)為明　花散里
(142)梶井宮　ゆふきり
(143)慈鎮　藤はかま
(144)為明　蜻蛉
(145)宗鑑　はつね
(146)国冬　朝顔
(147)阿仏　道ノ記
(148)貞丈　職人歌合

(155)弄花抄
(156)三源一覧
(157)源物四考註
(158)源三知抄
(159)源物不審抄
(160)源語類字
(161)更級日記
(162)讃岐典侍日記

(169)同　勾当内侍
(170)正徹　伊勢物語
(171)宗鑑　伊勢物語
(172)紹巴　伊勢物語
(173)伊勢物語古註
(174)落窪物語
(175)辨内侍日記

(182)太平記　二冊
(183)大和物語
(184)土佐日記
(185)新葉集
(186)古今著聞集
(187)細川幽齊　源氏小鏡
(188)中務内侍日記」

〔二枚目。欄外に「第二茶箱　桃園文庫　鈴木家　二十一点入り」とある〕

〔第一段〕
(189)大久保家旧蔵　源氏物語
(190)飛鳥井本　源氏物語
(191)源氏物語々釈
(192)源物　河内本　紅葉賀　ゐあはせ
(193)飛鳥井　けむしこかゝみ
(194)源氏巨細抄
(195)源氏小鏡　古活字
(196)源氏一葉抄
(197)覚勝院抄　九條家本

〔第二段〕
(201)紹巴抄
(202)花鳥余情　二冊
(203)仝　十五冊
(204)仝　五冊
(205)源ものかたり歌集
(206)久母賀具礼
(207)源氏装束抄
(208)平治物語
(209)風葉集」

⑱河海抄
⑲仙源抄
⑳源氏物語抄

前述のように書名の記述が簡単であるため、「目録1」「目録2」のいずれに該当するかの可否は確定しにくい。

四、「紅梅文庫」の始発

さて、善子がなぜこうした文庫の形成を為したのかについては推定による他ないが、ただその端緒と言うべきものは池田亀鑑氏への師事と、前述した『小野小町』刊行のための研究にあると言ってもよかろう。昭和十八年刊行の同書「第二章　小町家集の研究（一八頁）」の「一　小町家集の伝本」には「私の親しく調査し得た文献」として「群書類従本・歌仙家集中の小町集」等と並んで次の善子所蔵本が列挙され、それぞれの系統・内容が詳述されている。

小野小町家集（絵入版本）	架蔵版本
架蔵在原業平小野小町物争三十二首（絵入版本系と関係あり）	写本
架蔵小町集（新宮城書蔵印あり）	写本
架蔵小野小町家集Ⅰ	写本
架蔵小野小町家集Ⅱ	写本
架蔵小野小町家集Ⅲ	写本
架蔵小町家集	写本

架蔵異本小町家之集　　写本
架蔵小野小町和歌集　　写本

また、「〔付録〕小町集の本文と考異（三一二頁）」は「類従本」を底本とし対校したものであるが、その中には「架蔵小野小町家集Ⅰ・Ⅱ・Ⅲ」「架蔵異本小町家之集」が含まれている。これらは言うまでもなく善子が小町研究のために自ら蒐集したものである。ここにあげられた九本以外にもおそらく小町に関係する多数の書物を集めたことは、後にあげる奈良絵本「こしきふ」の存在からも窺われるのである。

同書「後記」には先人の研究をあげた上で、次のように述べる。

（前略）これ等の先学の業績は、それぞれ立派な研究で、小野小町を明らかにする上に、多大の貢献がありましたが、しかし未だになほ不審とすべき点がないとはいへません。私は、かねてから小町に対して特に親しみを抱いてゐましたが、三人の遺児の母として、彼等を自分ひとりで守り育てなければならない立場におかれることになりまして、とりわけ小町の歌及び生涯から感知されるところのもの、就中、現実の幸福に破れながら、なほ夢の中に第二の美しい現実を求めた態度に、非常に心ひかれるやうになりました。この小さな研究を進めるにあたりましては、方法としては、主観的に走り、独善を嘯くやうな態度は極力さけ、出来るだけ確実な根拠に立つて論をすすめるやうに努力し、先づ直接資料たる小町集の蒐集に努め、本文の批判の上に立つて、厳正に小町の歌を再吟味し、作歌を通して小町自身の芸術・性格・事蹟等を闡明しようと試みました。しかし、不敏、浅学の身には、それは中々の重荷で、ともすれば、くづをれる心を、父母の慈愛や、周囲の方々の御友情に慰められ、かつは又一科学者として短い生涯を終へた亡夫の霊に励まされながら、研究をすすめてまゐりましたところ、図らずも三省堂の御すすめによつて、今回研究の一端を発表させていただくことになりました。（下略。傍線筆者）

ここには本書の成立の機となった夫の死が痛恨の思いを込めて記されるとともに、科学者としての亡夫の研究の立脚点であったはずの方法として「確実な根拠」に立つ論をなすことによりその志を継ごうとする覚悟と、そのために「小町集の蒐集」に努めた経緯を読み取ることができる。こうした善子自身の、根拠を重視する問題意識が、当時『源氏物語』等の研究において池田亀鑑氏がとられた資料をもとに実証を重ねる方法に対しての深い共感を生んだことは、「本文の批判」といった表現などから顕著に窺われる。ここから池田氏の桃園文庫と関連して行くのはある意味で当然であったかもしれない。いずれにせよ単なる古典の愛好者ではなく、また研究資料でもなく、自己の存立にかけて真剣に為した蒐集であることが推定されるのである。

五、池田氏と反町氏と天理図書館

さて、一旦は充実した豊富な内容を擁していた「紅梅文庫」であるが、戦後はその殆どが善子の手を離れた。その理由はともかくとして、いずれの場合も多くの方々や書店のお世話になったことが推定されるが、蒐集に際して大変関係の深かった方のお一人が弘文荘の反町茂雄氏であり、また手を離れるに際しても反町氏のご労苦と中山氏のご配慮により天理図書館に入ったものが数多い。氏は『定本　天理図書館の善本稀書』（昭和五五、八木書店）『一古書肆の思い出4』（平成一、平凡社）『一古書肆の思い出5』（平成四、平凡社）等に、特に戦後の混乱期における各家の貴重な典籍の変転事情について、比類のない眼力と実力を持った古書肆の店主の立場から詳述しておられ、その中に「紅梅文庫」にも度々言及がある。そのうちのいくつかに触れておこう。

まず『定本　天理図書館の善本稀書』の「源氏物語蒐集と池田亀鑑さんと」の章には池田氏の学問の資料としての膨大な『源氏物語』蒐集と研究について詳しく記し、池田氏と善子との関連について述べておられる。ついで昭和二十五年ごろに善子が「紅梅文庫」を手放しはじめた事情にも触れておられるので、関係のある部分のみ引用する。

池田博士の、その様な意味でのスポンサーとして、第一に選ばれた方は大島雅太郎さん、最後の方は前田善子さん、その中間に、保坂潤治・七海兵吉さん等があります。みんな有力な資産家で、古典籍の好きな方々でした。この内で、最も親しかったのは前田さん、やや遠かったのは保坂さん。どなたも、池田さんの影響で、源氏の古写本の蒐集に御熱心でした。

―（中略）―

此の三人の人々の蒐集された源氏関係の古写本は、大部分国宝又は重要美術品に指定されて居ます。時期的には前田さんが最もおくれます。池田博士の指導で、小野小町の研究に熱心な、当時まだ年若い未亡人でしたが、（中略）その推せんされるものは全部購入されました。これらの有力な人人を背景にして、源氏・伊勢・土佐日記等の古写本の市場へ出るものは、一時は殆どみな池田博士の選択で、その手の届く範囲内にあって、一種の池田コレクションを形成しました。研究は着着とすすみ、「枕草子の異本に関する研究」「伊勢物語につきての研究」、それに土佐日記の本文を主題にした「古典の批判的処置に関する研究」「校異源氏物語」等の画期的な大著・力作が、つぎ〳〵に公刊されました。

―（中略）―

さて最後は前田善子さんの紅梅文庫のこと。

当時はまだ年若の、明朗な未亡人は、終戦後の動乱期にもめげず、熱心に努力をつづけられ、一時は平安朝の物語・歌書の類の蒐集では最大手で、私たちも、いつも心に置いて仕事をしたものでした。昭和二十二、三、四年頃でしょうか、出版に興味を持たれて、一、二の若い学者さんをスタッフに迎えて、要《かなめ》書房と云う名で出版業をはじめられました。しかし本来が厳しい性質の業務ですし、未経験のお嬢さん育ちの女性の主宰ですから、間もなく反動が来ますと、たちまち不況の波をはげしくかぶる破目になられた様です。それこれの御事情で、多年蒐められた古書・古典籍の類も手放されました。

これらの蒐集の内、その殆ど全部が私の手に帰しましたのは、七海さんの分と紅梅文庫の古典籍だけです。現在ではその内実については不明であるが、生前、善子は、処分は経済的事情によるものではないことを繰り返し語っていた。この点については後に触れる。

『一古書肆の思い出4』の「Ⅱ　漸く転機を迎えんとして（昭和二十五年）」の章には、「6　紅梅文庫の興亡と桃園文庫の機微」として三〇頁以上にわたる詳しい記述がある。目次は以下の通りである。

小野小町研究家　出版書肆要書房の始末　桃園文庫本の放出　先駆者、池田亀鑑博士　紅梅文庫・桃園文庫の源氏物語類　鎌倉時代古写本の世界的価値　善本揃いの源氏古注『伊勢物語』『狭衣物語』の貴重本『竹取』『大和』『堤中納言』『浜松』等々　記録に値する和歌集類　梅・桃両文庫中の絵巻・古活字本　分散すべきか、一括すべきか　偽ハムレットの推理　ここにもまた敗戦の一悲劇が　フと浮かんだアイディア　即断即決

内容は先の『定本　天理図書館の善本稀書』を更に詳述されたものである。その中には「紅梅文庫」の弘文荘買い入れ本の一部がリストアップされているので、先の「目録1・2・3」との関連から、原則として書名の部分のみを引用させていただく。詳しい内容・書誌・売価・買手等の叙述は紙幅の関係で割愛する。通し番号は反町氏が付されたものである。

反町氏は「昭和二十五年の記事を終わるに当たって、紅梅文庫の大口のお話を一括して、激動の年の結びといたしましょう。紅梅文庫は前田善子さんの御蔵書で、殆ど全部が国文学、特に平安朝及び鎌倉時代の文学関係の

古写本の大コレクションです。」と述べた上で、「**紅梅文庫・桃園文庫の源氏物語類**」の項を設け、「主要な品だけに止めますが、それにしても数が多いので、判りやすく、同種のものは一括いたします。最初に源氏物語とその注釈書とを（書名のゴチック活字の分は桃園文庫本を示す。）」としてリストを示された。

1　**源氏物語**　伝　津守国冬等筆　鎌倉末期及び足利時代写　五四冊六半本（小枡型本）。

2　**源氏物語**　鎌倉末期頃写　欠四九冊六半本。

3　**源氏物語**　伝　飛鳥井宋世筆　足利中期古写本　五四冊

4　**源氏物語**　伝　牡丹花肖柏筆　足利中、末期頃写　五四冊

池田博士『校異源氏物語』に肖柏本として使用されてあるもの。青表紙本系。

5　**源氏物語**　永正年中古写本　河内本　欠五三冊

初音の巻一帖欠。六半本、八行、朱点つき。

6　**源氏物語**　天文十五年写　麦生鑑綱自筆　欠四四冊

7　**源氏物語**　永禄十年以前写　大庭宗分自筆校合書入本　五四帖合三〇冊

極大判、袋綴じ。

8　**源氏物語**　天正七年古写本　欠四六冊

四半本（ほぼ半紙判）、五色紙大和綴じ。

9　源氏物語　伝　連歌師周桂筆　文禄二年里村紹巴自筆奥書　五四冊

六半本、原装上本。

10　源氏物語　足利末期写　三条西家本系　欠五三冊

11　**源氏物語**　足利末期写　定家の「奥入」の書込あり　欠三三冊

この項には、以下の注記がある。

なおこの外に、足利末期写の四十一冊本、阿里莫《ありも》神社旧蔵の高坂松陰手写六十冊本（雲隠六帖つき）、慶長十九年に後陽成上皇が三条西家証本を写された旨の奥書のある寛永頃の古写本五十四冊等々、特色のある本が幾つもあります。これらの内、9・10の二点以外には、すべて池田博士の桃園文庫の蔵書印がありました。『源氏』の古写本の五十四帖揃いは、鎌倉のものの甚だ稀覯《きこう》なる事は勿論ですが、足利時代書写の五十四帖揃いのものも、市中に現れる事は、想像以上に少ない。昭和五十年代の十年間には、殆ど一部も見られませんでした。それが五、六部も見られますのは、不断の注意と逃さぬ執念の成果。無比の集積と認識すべきでしょう。

鎌倉時代古写本の世界的価値

12　源氏物語藤ばかま　伝　慈鎮大僧正筆　鎌倉初期写　一冊

13　源氏物語東《あずま》屋《や》　伝　二条為氏筆　鎌倉中期写　河内本　一冊

14　源氏物語夕霧　伝　二条為氏筆　鎌倉末期写　一冊

15　源氏物語朝顔　伝　津守国冬筆　鎌倉末期写　青表紙本系　一冊

16　源氏物語蜻《かげ》蛉《ろう》　伝　二条為明筆　鎌倉末或は南北朝初写　一冊

17　源氏物語はなちる里　伝　二条為明筆　南北朝頃古写本　一冊

善本揃いの源氏古注

源氏物語の古注（慶長以前に著作された注釈書）の古写本の数もおびただしいのですが、なるべく特徴の顕著なものだけを摘記しましょう。

18　源氏物語古系図　断簡　伝　藤原家隆筆　鎌倉中期古写本　一巻

19　源氏物語古系図　後土御門院勾当内侍筆　足利中期頃古写本　一冊

20 源氏物語古系図　伝　姉小路基綱筆　足利中期古写本　一巻
21 弘安源氏論義　応永三年古写本　一冊
22 河海抄　四辻善成著　慶長頃古写本　叡山真如蔵旧蔵　五冊
23 源氏物語花鳥余情　一条兼良著　伝　兼良自筆　足利中期頃写　三〇冊
24 源氏類語抄（仙源抄）　花山院長親著　享禄五年古写本　一冊
25 源氏物語千鳥抄　平井相如著　足利中期写　牽牛文庫森潤三郎旧蔵　一冊
26 源氏小鏡　文明頃古写本　叡山真如蔵旧蔵　一冊
27 げむじのこかゞみ　伝　飛鳥井宋世筆　足利中期写　一冊
28 源氏小鏡　伝　連歌師等恵筆　足利中期写　一冊
29 源氏抄　明応二年写　一冊
30 源海集　明応十年写　実相坊覚恵自筆　三巻合一冊
31 源氏物語弄《ろう》花《か》抄　牡丹花肖柏著　足利末期写　天海大僧正旧蔵　七冊
32 源氏物語一葉抄　牡丹花肖柏著　慶長元和頃写　一〇冊
33 紫塵愚抄　柴屋軒宗長著　慶長頃写　三縁山聴松庵旧蔵　四冊
34 三源一覧　富小路俊通著　足利末期写　一〇冊
35 源氏物語細流抄　三条西公条著　慶長頃写　榊原忠次侯旧蔵　一七冊
36 源氏物語覚勝院抄　覚勝院著　江戸初期写　九条家旧蔵　欠　二一冊
37 源氏物語林逸抄　林宗二著　足利末期古写本　欠　一一冊
38 源氏物語休聞抄　里村昌休著　寛永頃写　一六冊

源氏の古注類の数は大変多く、珍しいものに富んでいました。その中でも『河海抄』『花鳥余情』『弄花抄』などは、古写本が幾つもありました。『紹巴抄』二十巻、『岷江入楚』五十四冊以下、江戸時代の注書に至っては、一々記述の繁に堪えません。しかもその多くは桃園文庫本でした。

『伊勢物語』『狭衣物語』の貴重本　『源氏』以外の、平安鎌倉の物語の主要のものを記録して置きます（以下、ゴチック活字による両文庫の区別は取り止め）。

39 別本 伊勢物語　伝 藤原藤房筆 一条兼良自筆補　一冊
40 伊勢物語　一条兼良筆 応仁二年写　一冊
41 伊勢物語　明応六年飛鳥井雅縁筆　一冊
42 伊勢物語　永正十年源澄秀筆　一冊
43 伊勢物語　足利末期写 山崎宗鑑筆　一冊
44 伊勢物語　烏丸光広筆　一冊
45 狭衣物語　伝 藤原為家筆 鎌倉中期写　四冊
後に重要文化財に指定さる。
46 異本狭衣物語　足利末期写 平出文庫旧蔵　四冊
47 異本狭衣物語　伝 道晃法親王等筆 徳川初期頃写　四冊

この文庫の内には、『狭衣』はまだいくつか良い写本がありました。

『竹取』『大和』『堤中納言』『浜松』等々

48 竹取物語　寛永十六年古写本　一冊
49 竹取物語　寛永頃古写本 島原侯松平忠房旧蔵　一冊

50	大和物語	慶長頃写　九条家旧蔵本	一冊
51	大和物語	寛永頃写　周桂筆本系統　田中大秀旧蔵	一冊
52	宇都保物語	寛永元禄頃写	二一冊
53	落窪物語	大永天文頃写九条家旧蔵本	三冊
54	堤中納言物語	元禄頃写　五色紙上写　九条家旧蔵本	一〇冊
55	堤中納言物語	延宝元禄頃写　林宜儒自筆校注本	一冊
56	浜松中納言物語	徳川中期頃写	八冊
57	とりかへばや物語	元禄頃写	三冊
58	今昔物語集	大型善写　片カナ本	一五冊
	「日本古典文学大系」の『今昔物語集』の底本に採用された要書。		
59	古今著聞集	暦応二年本伝写　寛永頃写	一〇冊
60	平治物語	足利末期写　異本	三冊
61	和泉式部物語	寛永寛文頃写　榊原忠次侯旧蔵	一冊
62	小野小町双紙	天文十四年古写本	一冊

なお日記類には、『土佐日記』（片カナ本、寛永二十一年山井我足軒奥書本）・『紫式部日記』（伏見宮邦高親王筆本の写、元禄頃）・『更級《さらしな》日記』（寛永寛文頃写、松平忠房旧蔵）・『讃岐典侍《すけ》日記』（寛政九年写）・『中務内侍《なかつかさのないし》日記』（元禄頃写）・『弁内侍《べんのないし》日記』（元禄頃写）等がありました。土佐日記以外は、みな江戸時代の写本さえも容易には市場には出ないものです。『清少納言枕草子』も、武藤元信翁旧蔵の寛永頃の古写本と、後光厳院宸翰《しんかん》本を寛文九年に書写したものなどが見られました。

記録に値する和歌集類

63 凌　雲　集　小野岑守等奉勅撰　寛永頃写　榊原忠次侯旧蔵　一冊

64 古今和歌集序　伝　冷泉為相筆　鎌倉末期写　一巻

65 後撰集為家注　享禄四年古写本　尊鎮親王自筆奥書　一冊

66 拾遺集抄註　伝　津守国冬筆　鎌倉末期写　一冊

67 千載和歌集　天文十六年釈雲岑筆　二冊

68 新古今和歌集　神祇歌　伝　阿仏尼筆　鎌倉末期写　一巻

69 新古今和歌集　巻下　応永七年古写本　一冊

70 新古今和歌集　伝　大乗院経覚筆　永享文明頃古写　四冊

71 新古今和歌集　伝　飛鳥井雅康筆　足利中期写　二冊

72 新古今和歌集　巻上　永正十一年古写本　一冊

73 三十六人集　寛文頃写　上本　丹鶴城主水野忠央旧蔵　欠三三冊

74 檜垣嫗《ひがきのおうな》集　契沖自筆　一巻

75 清少納言家集　契沖自筆　大島雅太郎氏旧蔵　一巻

76 和泉式部集　慶長十年古写本　一冊

77 散位長綱百首　天正四年古写本　一冊

78 明日香井和歌集　飛鳥井栄雅自筆奥書本　足利中期写　二冊

79 千五百番歌合　慶長頃写　上本　中村雅真旧蔵　一〇冊

80 貞治五年年中行事歌合　文明十四年古写本　巻首一枚欠　一冊

梅・桃両文庫中の絵巻・古活字本　彩色挿絵入りの写本

81　伊勢物語絵巻　慶長元和頃写　二巻
82　西行物語絵巻　梅田采女本模写　極彩色精写　二巻
83　住吉物語　大型奈良絵本　元禄頃　本文は異本　三冊

古版本

84　竹取物語　慶長中刊　古活字版　十一行本　田中大秀旧蔵書入　一冊
85　大和物語　元和中刊　古活字版　十二行本　田中道麿旧蔵書入　二冊
　右の二点は天理へ。
86　源氏物語　寛永中刊　古活字版　十一行本　欠　四〇冊
87　狭衣物語　元和中刊　古活字版　十二行本　八冊
88　嵯峨本徒然草　慶長中刊　古活字版　十行本　二冊
89　拾芥抄　慶長中刊　古活字版　三冊

以上を『一古書肆の思い出4』から抄出させていただいた。なお、青木正美氏『古書肆・弘文荘訪問記―反町茂雄の晩年―』（日本古書通信社　二〇〇五年）も参照されたい。

六、「紅梅文庫」旧蔵本の所在

前章のごとく、「紅梅文庫」の旧蔵本は反町氏のお骨折りによってその多くが天理大学図書館所蔵本となっており、主なものについては前記リストに詳しい。その他の旧蔵書のいくつかの所在を順不同に略述しておく。このうちＡＦＫは鶴見大学教授高田信敬氏のご教示によるものである。これらの旧蔵本と「目録1・2・3」にかかわる照合等についても述べたいことが多いが、簡単な書名をあげるにとどめ、目録に続けて通し番号を付す。

Ａ　今治市河野美術館―(210)『教長集』「紅梅文庫」印[2]

Ｂ　愛知県立大学附属図書館―(211)『日本紀竟宴和歌』「紅梅文庫」印・(212)『新古今和歌集』「月明荘」・「紅梅文庫」印

Ｃ　名古屋大学文学部―(213)『江談抄』「紅梅文庫」旧蔵

Ｄ　筑波大学附属図書館―(214)『古事談』「紅梅文庫」「野村蔵書」「月明荘」印・(215)『清少納言枕草紙』「紅梅文庫」旧蔵・(216)『歌道秘書』「東京教育大学附属図書館」「紅梅文庫」印・(217)『清少納言家集』「紅梅文庫」「悟堂清賞」「青谿書屋」印(218)『源氏大鏡』吉田幸一氏旧蔵本。遊紙に「写字台之蔵書」「紅梅文庫」印（「国文学研究資料館報第四五号」新資料紹介　平成七年九月　に土田節子氏の解説がある）・(219)『伝　大炊御門信量筆　新古今集』「紅梅文庫」印

Ｅ　東京大学文学部国語研究室―(220)『今昔物語集』（東大本甲　岩波日本古典文学大系・同新大系底本）「紅梅文庫」旧蔵

Ｆ　鶴見大学図書館―(221)『徒然草』「紅梅文庫」印・(222)『伊勢物語系図』(223)『職原抄竊考』（前述高田信敬氏の解説参照。なお同図書館「一一七回貴重書展」（平成二十年一月十六日〜二月六日）目録にも高田氏の解説がある）

Ｇ　平成十四年度古典籍展観大入札会（玉英堂）―(224)『永久四年百首』（細川幽齊奥書　江戸初期写）「紅梅文庫」旧蔵・(225)『秋篠月清集』「紅梅文庫」旧蔵

Ｈ　岐阜大学図書館―奈良絵本(226)『小しきふ　上下』（小野幸氏蔵本）「紅梅文庫」旧蔵

Ｉ　清泉女子大学―(227)『大和物語抄　上下』（故高橋正治氏旧蔵）「宝玲文庫」「紅梅文庫」印

J　吉田幸一氏――㉘『狭衣物語』紅梅文庫本（『狭衣物語諸本集成　第五巻』笠間書院　平成十年）

K　日本大学総合学術センター――㉙『蜻蛉日記』（元禄九年　契沖書き入本）「紅梅文庫」旧蔵・㉚『蜻蛉日記』（天保四年写）「紅梅文庫」旧蔵・㉛『竹取物語』（江戸中期写）「紅梅文庫」旧蔵・㉜『落窪物語』（江戸中期写）「紅梅文庫」旧蔵㉝『落窪物語』（江戸後期写）「紅梅文庫」旧蔵

七、「紅梅文庫」とは何か

以上のように、重要なものは天理図書館所蔵となったが、現在のところ、その他に多数の古書籍が「紅梅文庫」所蔵であったことが確認されている。蔵書の流れとしては、弘文荘他→「紅梅文庫」→弘文荘他→天理大学図書館他といった経路を辿ったことになろう。反町氏とは書籍に関して非常に親しい間柄であったようで、善子の手許には反町氏の心のこもった書簡が何通も残されていた。紅梅文庫への言及に善子は深く感謝しながら、蔵書を手放したのは要書房を立ち上げる為の経済的理由からではないということを生前くりかえし筆者に語った。筆者としても本人の心情や家庭の状況からしてそのことは首肯できると考えている。善子は才気にあふれる明敏な女性であったが、一方で物ごとに対しては直対する誠実さと勇気を持つ上に、経済的な顧慮という次元を超え、自分の意志に従って自在に生き切ることのできる環境にあったからである。一つの時期は他を切り捨て、一つのことに徹底して向かい合うというその思い切りの良さは、本人の生き方であり、生の区切りの付け方としか言いようがないように思う。小町の研究によって生きた、と善子はたびたび語っていたが、同様に古典籍蒐集によって生き、要書房によって生き、最後は『源氏物語』等の作品自体によって生きたのではないだろうか。晩年の三十年ほどは広く学問三昧の日々を過ごし、特に国文学については、故阿部秋生氏・山中裕氏・秋山虔氏・中西進氏・尾形仂氏・鈴木日出男氏・久保田淳氏を始め諸先生方のご指導を得て、真剣に作品に向かいあう時を持った。善子の没後、平成十九年六月に行われた「偲ぶ会」において師のお一人である秋山氏は、善子と『源氏物語』を読むのはまさに闘いであった、と述べられた。このことは善子の生の姿勢に対する言であるとともに、優れた研究者を終生にわたって師として仰ぐことのできた善子の類まれな至福を示すものである。「紅梅文庫」はその起伏に富んだ九十六年の生涯をかけて『源氏物語』から『源氏物語』へ、古典から古典へと回帰する道程の一つであったのかもしれない。その流れを簡単にまとめておく。

一．一九一〇年十一月三十日に生まれる。一九三二年五月三十一日前田司郎と結婚。一九四〇年一月三十一日夫と死別。池田亀鑑氏の教えを受け、古典文学に開眼する。

二．亡夫に代り学問を嗣ごうとする強い決意を持ち、研究の成果として一九四三年『小野小町』を出版する。

三．研究に伴い古典を蒐集し「紅梅文庫」と名付ける。後見として善子の実家鈴木家の存在があった。

四．学問に対する寄与の自覚に伴い、強い意志と実行力をもって戦火から蔵書を守り通す。なお、「紅梅文庫」の一部は戦後火災により焼失している。

五．「紅梅文庫」のうち主なものを手放す。

六．戦後における日本の状況から使命感に目覚め、識者の応援を得て要書房を設立し社会に貢献しようとする。

七．学問全般を広く理解するために各界の一流の研究者に師事し、特に文学作品については自分自身の目で真摯に対峙することを学ぶ。

八．二〇〇七年四月十八日死去。

結果的に市井の一女性が自らを賭して『源氏物語』を始めとする古典籍史[3]、流動史の一端に位する一人となった事実は見逃せない。時間的堆積を担う古典籍というモノに身近に接することによって得た研究者としての歓喜と、そこから飛翔してテキストとなった作品を読む歓喜の双方を経験し得た生涯であった。善子の一生は一人の個人の歴史であると同時に、紛れもなく日本の社会・文化、ひいては価値観の激動の歴史を体現しており、その渦中にあったものの一つの証言としても把握できると思うのである。

「紅梅文庫」にはなお検討すべき課題が多いが、前述のように本稿では善子の手許にあった「紅梅文庫」目録の内容を紹介するにとどめた。善子の「目録1・2・3」と反町氏のリスト等の関連性と比較、一点ごとの考察・分析等はまたの機会を俟ちたい。そのためにも、筆者の誤認、「紅梅文庫」押印があるもの、あるいは前田善子旧蔵と思われるものについてのご教示を広く賜りたいと願うのである。

注

（1）　善子は筆者の父の弟、前田司郎の妻であり、旧姓鈴木。筆者にとって叔母にあたる。司郎は鈴木梅太郎博士に師事し、新アミノ酸であるスレオニンの発見に関わったが、昭和十五年死去した。その研究については『鈴木梅太郎先生伝』「理化学研究所時代7　先生と前田司朗《ママ》（郎）さん」（社団法人鈴木梅太郎博士顕彰会・鈴木梅太郎先生伝刊行会編集・発行　朝倉書店　昭和四二）・野口忠氏「思い出すことごと」（『不二たん白質研究振興財団　財団時報』第5号　平成一四）等に言及がある。こうした司郎の研究者としての存在とその逝去は善子の生き方に直結するものである。なお、善子はむすめ時代には各方面の稽古事に真剣に打ち込み、結婚時には嫁入り本の『源氏物語』をはじめ、古典類を多く持参した。

（2）　私家集コレクション（外題『教長集』内題『貧道集』。春歌　讃岐印百首歌たてまつれとおほせられしとき立春をよめる」右上押印・大納言典侍為子集八十・兼行集八十一「むめ」右下押印）。

（3）　『源氏物語』の具体的な書誌については主として以下のものを参照した。

『増訂版 弘文荘待賈目録総索引』（平成一〇、八木書店）・同CD—ROM版『弘文荘待賈古書目』（平成一〇）、八木書店・藤田徳太郎氏『源氏物語研究書目要覧』（昭和六、六文館）・『校異源氏物語』・『源氏物語』事典下「注釈書解題」「諸本解題」（昭和三五）・『源氏物語大成 校異篇・研究資料編』（昭和二八、二九）・『桃園文庫目録 上・中』（昭和六一・六三、東海大学付属図書館）・『国書總目録』（昭和三八、岩波書店）

本稿をなすに当たって様々な面でお世話になった秋山虔氏、片桐洋一氏、久保田淳氏、高田信敬氏を始めとする皆様に御礼を申しあげる。特に「目録1・2・3」の存在についてお教え下さった秋山氏に深謝申上げたい。前田司郎の業績については大阪大学名誉教授、適塾理事、芝哲夫氏にご教示賜った。故池田亀鑑氏、故反町茂雄氏、善子のご父母故鈴木由郎氏・故せつる（勢鶴）夫人等の強い御支援とお力添えがなければ「紅梅文庫」はあり得なかったであろう。本稿をなすことを許された遺子、ウイーン大学名誉教授前田昭雄氏・今野宏子氏に対する感謝に併せて、厚く御礼を申しあげたい。

二〇〇二年七月五日、筆者は、東京大学名誉教授久保田淳氏、岩波書店『文学』編集長星野紘一郎氏と共に雑誌『文学』掲載の下準備を前提に前田善子の話を聞く機会があった。これは結局実現しなかったが、その経緯や話の内容を久保田氏が「幻におわった聞書」と題して詳しく記されている（『礫《レキ》（歌誌）』平成一九・一〇月号）。「お子さんに見せるために、池田亀鑑先生を先生として国文学の研究にいそしんだのであった。」という一節は縁者である筆者にとって心に迫るものがある。本稿執筆と重なったのも全くの偶然であり、久保田氏、星野氏、並びに『礫』誌主宰由良琢郎氏に厚く御礼申しあげる。

V 書評・紹介

書評

鈴木一雄校注　新潮日本古典集成『狭衣物語』上・下

平安後期の物語は基礎的な本文関係の検討期をようやく脱して、既に文学としての本質を問う段階に入ったかに見える。しかしそれぞれの物語に固有の問題はすくなからず存在し、改めて本文の選択や読解に立ち返らざるを得ない場合が多いのが現状である。特に流布享受の形態がそのまま錯綜した異本を持つに至った狭衣物語においては、極端に言えばその異本の数だけの別の「狭衣物語」とその読み方が存在することになろう。

昭和四十年、時を同じくして朝日古典全書（松村博司氏・石川徹氏校注）、日本古典文学大系（三谷栄一氏・関根慶子氏校注）という二つの先駆的頭注本が公刊されたが、それらは静嘉堂文庫蔵古活字本、内閣文庫本をそれぞれの底本とし、厳密な本文校訂と独自の読解を加えた、狭衣学の集大成ともいうべき輝かしい基本的な労作であった。

以後二十年を経てこのたび新しい「狭衣物語」が加わったことを心からよろこびたい。本書は上記二本以後の多くの研究者による到達点の成果を積極的にふまえつつ、極めて特色のある「狭衣物語」となり得ている。一言でいうならば、物語を読むよろこび、興じる楽しさを充分味わうことができるという意味で、狭衣物語の現代における蘇生ともいうべきものである。

「従来、読み継がれてきた流布本系統こそ、今日もなお最も多くの読者の要望に応え得ると信じるからである」という理由によって旧東京教育大学本が底本に選ばれていることによってもその基本的な姿勢は読み取ることができよう。校注者鈴木一雄氏は「研究者」としての厳しい一面と同時に、自ら物語を楽しむ心を有し、物語を読む呼吸を心得た、「享受者」の資格も備えておられる方である。これまでも源氏物語、和泉式部日記、堤中納言物語、寝覚物語などを中心とする注釈の公刊によってその独得な読み方の成果を堪能させていただいたのであるが、狭衣物語においては、まさに呼吸がぴたりと合って生き生きとした校注書となっている。この物語は源氏につぐおもしろい物語である、という古来の証言の再確認ともいうべきか。

傍注の現代語訳や和歌の解釈は、生硬ならず平俗ならず的確な現代語で極めて読みやすい。頭注は新見と工夫を加えた行きとどいたものであるが、特に注目すべきは「物語」の定型ともいうべき枠どりの明快な指摘である。小見出しの物語区分とともに、起筆、冒頭、などの物語の約束事への言及は、この物語独自の構築力や新しさの特色、緊張を秘めた豊かさなどを、素直に実感することを可能にしており、いわば構造体としての狭衣物語が生きものとして立体化してきたとも言い得るのである。解説はすぐれた狭衣論をなし、平安文学全体の、平衡感覚にあふれた把握の上に立って、位置、評価、和歌との関係、表現、方法などが明確に示されている。

故中田剛直氏の労作である校本が惜しくも巻三までで中絶しているために、格別の御苦労があろうと思われるが、それだけに独自の読みを期待しつつ、下巻の一日も早い発刊によって、狭衣物語の全体像が示される日を切望してやまない。

＊

鈴木氏校注の「狭衣物語　上」の発刊をみた時、私は同書を紹介して「…独自の読みを期待しつつ、下巻の一日も早い発刊によって、狭衣物語の全体像が示される日を切望してやまない」と述べた。様々な問題を内包する下巻に対し些かの長時間を予想していたことは否定できない。ところが僅か一年をおくのみでここに下巻がひきつづいて完成し、まさに全体像が一気にあきらかとなった。この事をまず御紹介して心からのよろこびとしたい。

鈴木氏はすでに堤中納言物語、和泉式部日記、夜の寝覚などの諸作品について、文献学的に充分な検討を経たすぐれた注釈を刊行しておられる。その何れにも当てはまることは、単なる字句の解釈ではなく、作品の全体像を文学史の流れの中に明確に位置づけることによって見えてきたものを、注釈自体が豊かに吸収していることである。それは作品を主観的な立場から把握し直すということには終わらない。鈴木氏はその作品固有のしくみの特質・原則を端的に指摘した上で、それを客観的に例証すべき「方法」を必ず発見しておられるのである。それらはその作品の個性を鋭く衝く「方法」であったと同時に、現在では他の作品の定位にも極めて有効に働きつつある。

　これらのことはこの狭衣物語についても例外ではない。この物語の特色のひとつは上巻の解説にも既に指摘されていた「おもしろさ」「構成の巧みさ」であろうが、下巻の解説や年立には更にその検証の「方法」が新しく提示されている。物語全体としての流れは「動」から「静」への傾きを持つことをおさえた上で、それは同時に主人公の「源氏の宮物語」を基調とする心情の深化であるとみる。物語の構造としては「源氏の宮物語」「女二の宮物語」「飛鳥井女君物語」の三つが決して干渉し合わずに共立し、それらは狭衣大将の「心」の内部によってのみ強力に統一がはかられている、という指摘は、まさに狭衣物語の根本を言いあてたものであろう。ここから如何にこれを物語として構築しているかというその手法の解析が問題となるが、鈴木氏は「構成場面」で物語の流れを区切ってみる、という方法を示された。これはそれぞれの女君の物語別に叙述を細分した一齣一齣なのだが、その「構成場面」とそれをつなぐ主人公の「述懐（心）」とを、精巧に工夫された年立の下欄に示した上で、その物語としての技法の特色を細密に分析される。これこそ狭衣物語に即した「方法」であって、ここからこの物語の驚嘆すべき構成技法が見事に浮かび上がってくる。この全体の、また各巻の構成意識を充分に把握した上で付されたのが、上下巻にわたる独自の頭注であり、傍注である。上巻について私の述べた「構造体としての狭衣物語が生きものとして立体化してきた」ことの基盤はここに根ざしているのであった。

　源氏物語を同時代文学として読み得た「第一読者」

（古典として読むのは「第二読者」であると言われる）としての狭衣作者の、源氏とはまた異なった物語史上の新しい方向が、鈴木氏によって鮮かに我々の前に拓かれた。以上のような野心的な校注本であるのにもかかわらず得も言われぬ優しさを湛えているのが鈴木氏の狭衣の不思議さなのである。

書評

須山名保子編著『和泉式部集（正続）用語修辞総索引』

我々は遂に和歌解読の有力な方法を入手したのかもしれない――この労作はこうした興奮へと自ずから導かれる画期的な索引である。

私たちは、言葉が重なり、響き合い、飛翔しつつ豊かな宇宙を切り取って行く式部の歌の世界を知っている。かつての、和歌文化が生きていた時であるなら、式部の天才的な創造や躍動はその微妙な陰影に至るまで直接に人の心に響いたものであろう。しかし現在、どこまでが常識でどこが独自なものなのかについて、その歌の仕組みを「言葉」として捉えようとするとき、やや困惑を感ずる。和歌の研究史はさながら国文学の研究史に置き換えられるほど長いが、その修辞・レトリック・技法の「言語」としての解明は必ずしも充分とは言えず、「修辞」という表現自体が厳密かつ統一的な疑念を持たぬし、術語とその規定もまちまちであること、従って比定の方法が乏しいこともその一因であろう。

須山氏は、「奄美方言分類辞典」をはじめ多くの辞書の編集にかかわられた国語学者であるが、文学に対する自在で柔軟な感性をお持ちで、モノを発見し、自分の言葉を以てコトを語ることのできる類い稀な方である。このたび清水文雄氏による「校定本」と「岩波文庫本」をテキストとし、石井千鶴子・佐藤順子・松田緑氏の協力のもとに、修辞に関する事項が検索できるような工夫を凝らして編まれた索引が本書である。これは一方で式部の歌は単なる「索引」には収まり切らぬものを内包している、という鋭い指摘であり、同時に「歌」「言語」「意味」という存在に対する鮮やかな主張でもある。そもそもコンコーダンスが主として近代聖書学のうちに成立した時、それは客観的な言語把握の論理的方法であると同時に、聖書の全体像を深部において洞察する目的であったことが想起される。ヤーコブソンの詩的言語解析を基礎に据えた意味論の如き方向も暗示されていよう。

基盤となるのは巻末の「和泉式部集の修辞について――索引用語の概念規定のために」と題された論考であり、狭義の「修辞法」――「掛詞・縁語・物名・枕詞・序詞」――の精緻かつ独創的な分析に最大の特色がある。これに基づき「修辞一覧」が示されるのだが、特に縁語における「オモテ（実体）の語」「ウラ（影）の語」「ナカダチ（媒介）の語」という類を見ない卓抜な用語の創出に驚かされる〈例『人も見ぬ宿に桜を植ゑたれば　花（ナカダチ語）もてやつす　み（身・オモテ語　実・ウラ語）にぞなりぬる』〉。当然編者の一首ごとの解釈、切り口が前提となり、この方法を式部以外の歌に試みて、式部の個を析出してみたい誘惑に駆られる。同時に歌は修辞を超えた抜き差しならぬ詩であって、我々の前に分析を拒むものとして屹立することをも改めて知るのである。

ほぼ時を同じくして他に二索引の発刊を見た。用例を一覧できる大部の「和泉式部集総索引」（清水文雄氏編　笠間書院）と、榊原本を翻刻した「和泉式部集全集――本文と総索引」（伊藤博・久保木哲夫氏編　貴重本刊行会）である。索引は編者の鮮烈な「解釈」であることを再認識するとともに、式部研究の新段階の機を感じる。

書評

小嶋菜温子編『王朝の性と身体――逸脱する物語』

　二十一世紀への鮮烈な橋渡しとなる意欲的な一冊である。「王朝の性と身体」に視点を定めるが、ここでいう「身体」は、例えば、身体の行為とその主体である存在の関係構造を解明する、といった認識論としての身体論ではない。小嶋氏の「序にかえて」には次のように述べられている。

「権力のカタルシス／欲望のカタルシス――文学にそのような両義的な機能があるとすれば性・身体はちょうどその境界線に位置する。（中略）そしてそこに、物語の逸脱が孕まれるのではないか」。六論文と、座談会を収め、末尾に「キーワードと文献ガイド」を置く。問題意識を紹介するために、執筆者を記せば次の通りである。論文題目は省略する。小森潔氏（キーワード＝コミュニケーション・ジェンダー・漢籍引用・越境・逸脱・抑圧の研究史。以下同じ）、小嶋菜温子氏（エロス・罪・多性愛・同性性・産む性・ケガレ・生老病死）、吉井美祢子氏（声・身体・聞くこと・類似と模倣・欲望）、小林正明氏（ジエノーテクスト・象徴界、想像界、現実界・身体と文学・父の名の隠喩・ファルスと去勢・「法華経」提婆品）、飯田祐子氏・高木信氏（〈語る主体〉カタリ＝語り／騙り・ホモーソーシャル・女の物語／男の物語・乳母子関係・誘惑）、千野香織氏・服藤早苗氏・神田龍身氏（男色ネットワーク・院政のホモーセクシャル・暴力・受け身の女役・女性恐怖・武力コンプレックス）。

　それぞれ「文献ガイド」の形で六、七編の著書をあげる（例　M・エリアーデ『聖と俗』、三谷邦明『物語文学の言説』）ことによって、王朝文学がジャンルを越える場において捉えられていること、世界圏への広がりを持つことを明確に示す。これは「叢書・文化学の越境」の一冊としての本書と特色である。「文献」全体を通じてみるとやや特定の指向性を持つように感じるのだが、にもかかわらずそれ自体を特色と見るのは、各自の立脚点なり方法自体が既に一つの定点にとどまることへの難しさを内包する「現代」を紛れもなく示しているからである。問題は「脱領域」「越境」が更に新たな「越境」という場を限定して閉鎖的なものに終わるのか、あるいは自らの言葉として創造的な新しい視野を動的に触発するのかであろう。複雑性や多義性、統一性と個、といった極限に揺れつつ我々は方法を模索する。「物語の逸脱」は様々な意味を胚胎するが、物語そのものが本来「逸脱」であるし、「ジェンダー」「タブー」といった問題意識自体も言葉として表現すると同時に危うさを内蔵することになる。集大成としての論、思い切った先鋭な論が「越境」しあい、それぞれはそうした危うさを充分知りつつ、些かも怯むところなく果敢に現代そのものに瑞々しく挑む。服籐氏の「男と女の関係云々という狭い視点だけから見るのではなくて、もっと文学運動のなかで紫式部がなしえたことの、日本の文学や文化における再評価を見たいと思っています。」という言も一つの座標軸となるだろう。今後の飛翔のための貴重な現代の証言として本書を位置付けたい。

書評

秋山虔編『王朝語辞典』

本書は、「源氏物語絵巻」の夕霧巻の一部をカバーとし、雲居雁の袴の紅を装丁の基色として彩った美しい意匠の、重厚にして典雅な一冊である。外観が象徴するようにその内容には編者の美意識が隅々まで鮮烈に行きわたっているのだが、この美意識たるものは一方で極めて厳しい側面を持つ。「その原文に対面し、その世界に自己を転位し、その世界を生き、その世界の進行とともに歩む、そうした経緯を措いて『源氏物語』との出会いはありえなかろう。」という編者の言が端的に示す如く、作品の創出の力を内蔵するものとしての抜き差しならぬ王朝の「言葉」の意味がここに自覚的に一貫して鋭く示されているからである。

この辞典は編者の喜寿に捧げる五百本の美しい花の束でもある。久保田淳氏の「あとがき」によれば、故篠原昭二氏の発議により編者の古希の祝意に発した構想を、久保田淳・山口明穂・小町谷照彦・鈴木日出男・神野志隆光・三角洋一の諸氏が編集委員として受け継がれ、編者の教えを受けた六十八名の方々を執筆者として実現に至ったとのことである。

長年にわたる編集委員の専念の結果として、その洗練と行き届いた工夫による使いやすさも際立つ。五百語の選び抜かれた多彩な言葉が、約千四百字に結実して過不足無く一頁にきりりと収まる。巻頭の「分類目次」によれば「天地」・「歳時」等と共に「世間」・「行ない・思い」といった独自な視点から項目が切り取られており、類著や一般辞書では見えにくい面白さを持つ。例えば「世間」で括られた項目は悪《あく》・主《あるじ》・有職《いうそく》・市《いち》・祝《いは》ひ・戒《いまし》め・後見《うしろみ》・氏《うぢ》の長者《ちやうじや》から始まって私《わたくし》に至る、といった具合である。物語文学のみならず説話関係の語彙、歌ことばや仏教語も充実し、巻末の詳細な「王朝語索引」は検索に極めて便利である。

各項目は、言葉が各作品において一回的なものであると同時に、歴史的な時間や空間的な広がりをも併せ持つ多重的な存在であることを端的に示す。編者の意向通り、象徴性、連想性などの喩的な意味が周到に解き明かされながら、生硬さや気取りは些かも無く、むしろ編者の感性に添った深い落ち着きを保ち、上代から中世に及ぶ歴史の変転を確実な具体的用例によって淡々と押さえつつその王朝語の本質に切り結んで行く鮮やかさは見事である。書物として通読すれば「王朝」と称された時代の言葉の香気や溌剌とした自在な息遣いと共に、日本たるものの核心をも新しく発見することになろう。日本文化の精神を感知する一つの証言として、また作品をより深く考える手がかりとして、古典を楽しみ言葉に関心を持つ方々に広くお薦めしたい。夢のまた夢のことながら、この数十、数百倍の項目と、各語彙の参考文献表が附された更なる一冊を、との思いに激しく駆られる。

こうした様々な思いが溢れる時、編者の目指された「ことばが単に物事を表示したり伝達したりするだけの、いとも手軽な道具ででもあるかのごとく虐使されつつある現今の状況に対する処方箋としての役割」をこの辞典は見事に果たしたというべきであろう。

書評

小嶋菜温子著『源氏物語の性と生誕』

『源氏物語の性と生誕』は二十一世紀の初頭を記念すべき輝かしい大冊である。まず、著者はテキストの厳密な処理と解釈、膨大な引用文献の上に立ちつつ自らの研究成果を「思想」としてここに提示した。第二に、その自らの思想は人間の持つ学問体系の中のどこに位置し、どのような問題意識のもとに構築されたかを的確に表現しようとする強靭な意志を示した。巻頭の「序章『源氏物語』の性と生誕――王朝文化史の試み」と巻末の「結びにかえて」に見えるこうした明快な姿勢によって、『源氏物語』や『王朝文化』の持つ深い専門性が、それにとどまることなく、より普遍性を帯びた世界へと連なるに至ったのである。同時にこうした意識的な構えは、自らの思考をより広範な場に引き据えて真剣な批評を待ち受ける気概でもある。

著者には編著も多いが本書は『源氏物語批評』『かぐや姫幻想――皇権と禁忌』に次ぐ三冊目の著作である。著者は今まで、人間や社会が、制度やけじめを作り同時に解体し逸脱し、それを乗り越えて再創造して行くその勢いを文学の中に敏感に読み取って来た。本書には書名に加えて副題の「王朝文化史論」が存在する。文学史にとって文化史論的視座が不可欠であることが藤岡作太郎氏・秋山虔氏の発言を基としてまず論じられ、このことから日記文学・歴史物語・和歌という研究区分や時代区分を突き抜ける姿勢へと論が展開する。「生誕」が著者の最新の研究課題であり、それを社会的に位置づけようとすれば必然的に家族史や女性史に包括される部分も多い。「生誕」は「儀礼」「賀歌」「産養」という独自の境界を伴い、この一連の「生誕儀礼」の意味づけが本書の独自な視点をなす。しかし本書はその独自な考察のみに終わるのではない。「第一部　王朝文化の性と身体――『源氏物語』とその前史」「第二部　生誕の王朝文化史――家と子の儀礼」「第三部　王朝の中世的変容と日本文化論への視座」という意欲的な位置づけが明示するごとく、これは「王朝文化」に対する二十一世紀の現在にまで及ぶ時間的かつ多領域にわたる考究であると同時に、生というなまなましい有限な身体性と、それ自体矛盾や分裂をはらむ複雑な人間を日本の文化は如何に把握したかという壮大な目論見を持つ独自な人間論である。また「物語の文学としての批評性を明らかにすることが、私の始発にして終局の目的である」と著者が述べるのに従えばそれは鋭く新鮮な「物語」への問い掛けでもある。

堅固にして意識的な構築の反面、見過ごせないのは柔軟な自然さである。著者の直感と思考が言葉として生き生きと湧出するのであり、論をなすのではなく論がなるという不思議な躍動感には得がたいものがある。一冊の書物の刊行とは多くのものを苦渋のもとに切り捨て、それ自体完成した一個の世界を創造するということであろう。精緻な美しさと工夫に満ちた周到な編集や装幀も注目に値するが、しかしそこに紛れもない自分の声の響きがあるということを、著者の身体性をとどめた見事な分身の誕生として把握したい。

書評

後藤祥子他編著『はじめて学ぶ　日本女性文学史［古典編］』

「女性文学史」とは何か。本書はこれに応える堂々たる試みの凝縮した一冊である。

「はじめに」で後藤祥子氏が述べられるように、単に女性作家の作品の羅列ではなく「文学の歴史への関わり方、女性によってそれはどう動いてきたのかということに及ぶ」視点を基盤とする文学史である。その一例として、古事記執筆下命者としての元明帝の如き、作品創造の動機付けとなる女性の役割をも包含する、といった大きさを示す。編集メンバーのみならず執筆者はすべて女性であるという意欲的な試みなのだが、といって女性の文学の優位について声高に述べ立てる訳ではない。女性である研究者が、性差を超えて極めて程度の高い論を真摯に展開しながら平明な表現に徹し、学問的に位置づけを試みる、といった確かな眼に支えられた極めて冷静な記述である。三十九人の執筆者がそれぞれの場から、あるいは闊達に、あるいは精緻に、あるいは深い洞察に、資質をきらめかせて真剣に論を展開する様は圧巻というほかはない。究極的にはこれも後藤氏の些か慎ましい「社会的な制約から来る撓められた思考と負を昇華して成ったある種の澄明さを共通項として引き出すことは、まんざら見当違いではないでしょう。」という節度ある言葉に至るが、この指摘は第一線を担う女性研究者たちの言を集約したものとして凛とした輝きを放つ。

全体的にわかりやすさへの配慮があり、古代・平安・中世・近世の区分それぞれの「時代の概観」によって論の方向性が明確に把握される。引用の原典は現代語訳をともない、挿話的なコラムも多彩な面を伝えて活き活きと楽しい。巻末には索引と年表を付す。

古代の歌の世界では「女性の歌」が対象となるばかりではなく、「女性の歌った歌」と伝えられていること自体の意味が再吟味されている。平安文学の「仮名文字は女子供の用であることを言い訳にしつつ切実な表現欲求を満たすものとして急速な発展を遂げた」という裏返しの自負としての的確な把握もある。中世における戦乱政争の世を生き抜く聡明で理知的な能力から齎された女性の特色として「論理性の深化」を指摘し、そこに新たな創造を見る視点は極めて鋭い。近世文学と女性への周到な目配りも豊かで、和歌の素養のくだりでは『浮世風呂』の登場人物としての万葉を学んだ「けり子」「かも子」が朝風呂の中で和歌の話をするといった愉快な場面もあげられ、また井伊直弼の姉、内藤充真院繁子の、絵を伴うユーモラスな旅日記『五十三次ねむりの合いの手』等への言及も新しい驚きに満たされる。

いつの世も女性の文学への志向は激しく生動していたし、同時にそのしたたかで冷静な眼は逞しく文化を担って来た。古典は現在と如何に連なるのか。女性とは何であるのか。本書は一つの結論であると同時に、学習者にとっても研究者にとってもこの時点から「はじめて学ぶ」問題提起の文学史なのである。不思議なことに「陰」の存在であるはずの男性が女性を評価したものとして逆に眩しく意識されるのは、さて、何故であろうか。

書評

秋山虔著『古典をどう読むか』

この清楚な、白色と藍鼠に彩られた一冊は、実は大変おそろしい本である。ある「古典」について、自分は新しい読み方をはじめて見出したのだ、という密かにして甘美な自負が、はかなくうち砕かれる苦しさに立ちすくむことを覚悟する必要があるからである。それと引き換えに、日本そのものの研究に関して私たちは斯くも豊潤な土壌の上に立っていたのかという発見の喜びが保証されるのではあるが。

ここには三つの音が生き生きと重なって鳴り響く。「古典」という存在、「古典」を語る選び抜かれた「名著」、秋山先生の「古典をどう読むか」という音である。今、我々は第三の音に耳を傾けつつ、第一の音を聴くに際して第二の名音を素通りしていたことに気づき、この断絶が現在直面する自分の研究の行き詰まりや苦しさの遠因ではないか、という自省に至る。本書はこの断絶を強く繋ぎ研究に生気を吹き込むものではあるが、それは「古典」や「名著」を偉大なものとして呈示する方法によってではない。先学が果したように、根源的な部分を自分の頭で考え抜き自分の足で歩むことによって、細微な自己の限界を超えた、より自在で自由な研究へと至らしめる方法である。

単なる「名著」の案内でもない。研究者が自らの読書の体験を語るということは自身の学問研究や創造の秘密を明かすに等しいことがあるが、本書はまさにそれに当たろう。一例を挙げれば、小学館の『日本古典文学全集』『完訳日本の古典』『新編日本古典文学全集』と三度にわたる源氏物語の現代語訳はこうした深い思索と共感に基づいた芳醇なわざであったことを知るのである。「名著」の言の精髄のみならず、それがどのような優れた読み手によってどのように読まれていたか、それを秋山先生は如何に読まれたかということが、混沌を分けて明晰に至る妙技によって二重三重に奏でられる。「名著」自体の言葉に多くを割き豊富な引用がちりばめられている全容から見ると、先生の言は控えめであって饒舌なものではない。しかも核心を鋭く射抜いてきびしい。「名著」が世界の思想、地理、環境等にも及ぶ広範囲なものを対象とする以上は、本書の語彙の量も尋常ではない。平常の書物の二十倍ぐらいに及ぶ語彙に立ち向かう覚悟も必要である。

「名著」への一方的な賛美や盲従でもない。真正面からの批評である。「あとがき」に「先学がどのような姿勢で、どのような関心から何を明らかにされ、また何を明らかにしえなかったかを知ることが、これからの研究者にとって大切であろう」とある。「何を明らかにしえなかったか」という表現にあるように、先学の志や問題意識自体を共有することへの誘いであるからである。ということは必然的に本書に向かう読み手の姿勢もこのようなきびしさを伴うことにならざるを得ない。

「文学というものにじかに触れていた」（一五頁）とは高木市之助氏による藤岡作太郎『国文学全史　平安朝篇』への評を引用された部分であるが、これは先生の最も共感される言の一つであろう。古典は何よりも文学であって、その生きて生動する様相こそが我々の対象である。それでは文学とは何か。文学研究とは何か。つかまえにくい何ものかを言語を介して表現し、理解し更に論じ、理論として組み立てることは一体可能であるのか。先学は明治以来、古くて新しいこの相反した微妙な命題に苦闘し、海外の理論を咀嚼した上で、それぞれの新しい日本の「しかた」や「しくみ」を発見し、あるいは問題を投げかけたことを先生は具体的に示される。時間的な懸隔のある古典は更に難しい面を伴う。古典に表現された言葉は単なる散文ではなく、詩や音楽を内部に宿す不可思議な存在なのだろうか。秋山先生の学問はその先学の根源的な問いかけを的確に受け止められた上に立つものであることを我々は畏怖の念を伴って知る。それは、どのような研究であっても、古典の生命そのものに触れず、また人間・文学・日本といった根本問題からの思考によらず、自らの位置が定まらないのであれば学問とは言えない、という毅然とした姿勢である。

こうしたことすべてを超えて、「名著」の輝くような言葉に呼応して、玲瓏玉のごとき品格のある高い香気を放ち、しかもいささかの衒いもない秋山先生の文章に触れる楽しさと幸せをどのように表現すればよいだろうか。連載の折から愛読して驚きに満たされていた私にとって歓喜というべき発刊である。日本文学・文化の研究者のみならず、人間の営みに少しでも関心のある方に申し上げたい。秋山先生という巨匠のみ奏でることが可能な、この交響曲の深い響きを聴いていただきたい、と。

書評

河添房江著『源氏物語時空論』

本書は『源氏物語』研究の埒を超え、現在の知的思想レベルの場に深く打ち込まれた鮮烈な楔である。おもて表紙の美しく豊かな櫻がさねの装幀に惹かれて風雅な源氏論を予想すると、内部には、眼の覚めるほど鋭い問題意識と冷静な分析に貫かれた、骨太で極めて厳しい、論理的な世界が展開する。

第一部「『源氏物語』と東アジア交易圏」、第二部「メディアとしての唐物」に窺えるように「東アジア」が本書の重要なキーワードの一つである。東アジアという空間認識は現代の思想的・歴史的一視点として把握されることが多いものの、既に『源氏物語』において日本固有の文化と重層する形をとり、貴重な舶来品交易の問題のみならず、作品の内部の骨格をなすしくみとして分ちがたく存在することを論証して行く。超絶した主人公性を担う人物「光源氏」の運命や命名そのものが父桐壺帝の信頼を寄せる高麗人による言葉に即したものであり「壮大な国際交流の歴史的経緯」を負うものとする視点からこの論考は語り起こされる。当然、歴史面の検証が最終目的ではなく、『源氏物語』が如何に独自の世界を動的に開墾しているか、という物語の本質に帰趨する論である。第三部「『源氏物語』の人物と表現」では人物造形に関わる表現を対象とした、喩・身体性・性差などの概念を伴う精緻でしなやかな分析によって物語を読み直す。第四部は、著者の研究の出発点である『寝覚物語』を対象とし、改作本等に関わる新しい読みによって『源氏物語』から現在に至る物語史的な階梯を明らかにする。第五部「現代によみがえる『源氏物語』」では翻訳、『源氏物語絵巻』の再現、デジタル化したテキスト、という現実に直面する現代の受容の状況を検討し、ここに至ると「東アジア」さえも「世界」へと相対化される。浩瀚な知識を持ち、最新のデジタル情報に詳しい著者の言葉は、現在における個が普遍性に転化し得る、ということを語る時ひときわ鮮やかに輝く。最終的に、東アジアと『源氏物語』の問題は同時に世界認識の問題であるという始発の論点が『源氏物語』論として見事に収束を果たしており、まさに本書は豊饒な『源氏物語時空論』であることを納得するに至る。

本書は平成十八年二月十二日付朝日新聞の「著者に会いたい」に取り上げられた。著者は「会う」に足る人物であり実に当を得た祝祭的な記事であった。著者には極めてさりげない自然な優しい風情があり、険しさも力みもなく、挙措、為す処、為す論が自ずと深く整っている、という稀有な品格の持ち主であるのだから。コラムに添えられた写真は温雅な落ち着きをよく伝える。一方で、ホームページへの訪問客は（平成十八年四月現在）十二万人に至ろうとする、現在の古典研究の先頭に立つ論客の一人、といった強靭な精神も本書から伝わってくるだろう。「国際性を持った知の体系として『源氏物語』に向きあい、再検討」したいとする著者の志は充分に満され、読者も知的興奮と共に櫻がさねの裏表紙に赴くのである。

研究紹介

吉岡曠著「源氏物語の遠近法」

一　語り手の特定化

「源氏物語の遠近法」という題名はむしろ控え目であるかもしれない。一般に、源氏物語論においては、内部に輻輳する複雑な声や語り手の存在自体をこの物語の独自性と捉え、そこから様々な視点を切り開くのが普通である。しかし吉岡曠は第一部～第三部の語り手を一人の「光源氏付きの女房」と特定し、古代叙事詩における朗誦者の如き位置を確保して物語を構造的に立体化したのである。この〝語り手特定〟という一元化が発表後様々な反響や論議を呼んだのは言うまでもない。本論は源氏物語の本質に迫る秀逸な作品論であり、同時に吉岡のスケールの大きい豊かな自然体の証明でもあった。その言を聞こう。

> 作者はこの物語の語り手を、光源氏か紫上かに近侍した女房という漠然とした存在、いつでも作者自身と置きかえうるような抽象的な存在として設定したのではなく、作中世界に、ある具体的な位置を占めている具体的な存在、（中略）等々の肉声を随所で発しながら、語り手自身が作中世界でさまざまな働きを実際に演じている存在として設定した。そして、そういう語り手の具体的な立場から直接見聞しえた事柄は直接見聞した事柄として語り、語り手の立場から伝聞でしか知りえない事柄は、伝聞の径路がおのずから明らかであるよ

うに語り、あるいは、叙述それ自体としては明記する必要のない女房名を明記することによって、それとなく伝聞の径路を明らかにしながら語った。源氏物語には、作中世界における語り手のある具体的な位置を基点として、巨大で精密な遠近法が存在したのである。（傍線は筆者による）

この部分が論全体の核をなす。これは印象による奇矯な論でも気負った挑発でもなく、用例を精緻に調査し、引用し、自らの読みを明示する立論であった。その論理の根底として用いたのは助動詞「き」と「けり」である。「き」は話者の直接体験した過去の回想、「けり」は伝聞の回想、という使い分けを前提とし、用例を検証することによって語り手を特定する。逆に言えば、「き」「けり」に使い分けが存在することを論証することにもなり得る手法である。従って、いわば「き」は遠近法の「近」、「けり」は「遠」に相当するものと措定する、という意味における「遠近法」、と捉え得るかもしれない。

二　特定の論拠と意味

この論述は一～五の構成をとる。その流れを大まかに辿り、紹介にかえる。

一　はじめに＝玉上琢彌により源氏物語のたてまえとして三人の作者が存在するという卓抜な説が提起された。吉岡はむしろ第一の作者によって書かれたと把握しながらも、主人公の言動を見聞した女房によって語られた、乃至は書かれたというたてまえは明らかであり、「語り手」と論文中で呼ぶのはその近侍者の女房のことであるとする。玉上を始めとした通説によると、語り手を特定するとしても竹河巻の「紫のゆかりにも似ざめれど云々」の記述により「紫の上に仕え、光源氏の君をも親しく知っている古女房」と見るのが一般であるが、吉岡は反論して「光る源氏に仕え、紫の上をも親しく知っている古女房」とする。作者は語り手の経歴・地位・親近の度合いを具体的に設定して書き進めていると考えるのである。その根拠は前述の如く「き」「けり」の用法にある。一般に「き」は過去に存在した事実の回想、「けり」は伝聞した事実の回想とされるが、全てについて調査した結果、「き」の会話文・心内語等の用例1930例のうち1908例は話者の直接体験した過去の回想である。地の文の954例は、一、作中人物の立場から作中人物の体験・見聞を回想する「き」397例、二、先行記事を受ける特殊用法の「き」258例、三、語り手の立場から語り手の体験・見聞を回想する「き」236例、四、語り手の立場から語り手の体験・見聞の回想とは見なされない例外的な「き」63例に四分される。このうち注意すべきは三であり、その236例を更に、A、光源氏・紫の上の女房と漠然と想定しても体験の回想であることがはっきりしている162例、B、語り手が伝聞した回想ではあるが過去の事実を確かなものとして表現する37例、C、語り手の経歴・地位・親近関係を具体的に想定できる(27文例)37例に細分し、このCこそが語り手の直接体験の回想であるとして「私にとっては、長い旅路の果てにやっとめぐりあうべきものにめぐりあったという気のすることだった」とここに焦点を定めCを論の基盤とする。

二　語り手の素姓(一)＝Cの37例から「死者にかかわるテンス的用法」3例と、「輝く日の宮」の巻の存在と関連する2例を除外した32例の用例を検証し、語り手は「桐壺帝に仕えた上の女房」であることを述べる。

三　語り手の素姓(二)＝それは「桐壺帝に仕えながら、一方で光源氏の母親代わりに一切のことを取りしきるために桐壺帝が白羽の矢を立てた」光源氏に心情的にも近く密着した女房であって、決して記録者・朗読者といった遠い存在ではないとする。ここで、竹河巻が紫の上付の女房としているのは「竹河巻偽作説のかなり重い傍証となりうるであろう」という大胆な発言をも付加するところが吉岡論の面目躍如というところである。

四　情報提供者たち＝伝聞とせざるをえない三のBを、1、光源氏にかかわる事柄は他の女房からの情報、2、交渉を持った女性たちにかかわる情報はその女性付の女房からの情報、と考え、引用例から、葵の上は宰相の君、六条御息所は女別当が相当すると述べる。

具体的な女房名の記載がその理由であるとする指摘は極めて鋭い。

五　第三部の語り手像＝第二部までの語り手と同一人物であることは匂宮巻の「むかし、光る君と聞こえしは云々」という記述によって明らかであるが、高齢に至った語り手には境遇に変化が生じ、第二部までは光源氏と一体化し作中世界に密着していたが、源氏亡きあと第三部の作中世界とは遠くなってしまった。そこに齟齬が生じて、大半は情報提供者を通した伝聞によってしか知り得なくなった、とする。

以上の手続きをもって吉岡は第一部～第三部は一人の女房が一貫して語ったという壮大な仮説を提示した。

三　著書『物語の語り手』の視点から

当該論文は「文学」昭和五十二年四月号に発表されたが、二十年後に『物語の語り手――内発的文学史の試み』（平8、笠間書院）として纏められた（本稿末尾の「追記」参照）。本書の全体像の俯瞰により当該論文の目論見や意味はより鮮明になると思われる。以下、その目次をまず掲げる。

本書ではまず語り手の考察から源氏物語の基本的な構造を把握する途次に草子地の問題に逢着したことを述べる。その前提として草子地であるか否かを客観的に識別するメルクマールとなると予想されるものとして、(イ)希望・推量・断定・回想等の助動詞、(ロ)終助詞・間投助詞、(ハ)係助詞、(ニ)若干の副詞・感動詞、(ホ)形容詞どめ、といった表現を見出す。源氏物語の完全な草子地リストを作成する手始めに、全ての「き」

「けり」について会話・心内語・和歌・消息文・地の文の用例を別々にチェックする、という根気を要する作業からこの論は始まった、というのである。

こうして「き」「けり」の用法の差異を資料の引用によって跡付けながら、第一章～第四章に亘って論証を重ね、その上で本論文の「源氏物語の遠近法」が提示されることとなる。ついで、「光源氏」や「薫」について「君」「殿」「人」等の異なった呼称が存在することは、情報提供者や語り手の意識の差を反映するものと捉える。更に源氏物語と同一の視点から他の物語を調査し内的変遷を検証する。例えば「けり」は竹取物語においては伝承の「けり」であったものが源氏物語では伝聞の「けり」へと変化した、として、これは物語を伝説から小説へと「作者が自覚的に語り手の位置を物語世界の外側から内側にもぐりこませたこと、その一事に尽きるといってよい」とする吉岡の言は瞠目に値しよう。物語の語りの構造は次第に解体しやがて終焉を迎えるに至る。寝覚物語では、語り手と作中人物の視点からの叙述が分かち難く混融し、作者の意識の中で区別されず、三人称・全知視点的文体への傾斜が認められ、その物語固有の変化が存在するという指摘も、後期物語の特質を改めて客観的に把握したものとして高く評価したい。

執筆後二十年を経てから纏めた経緯について、著者自身が同書の「あとがき」で触れる。「(…本書の)初稿は一九七七年三月から一九七九年二月までの二年間に集中して発表されている。今回一書にまとめるまで、尻切れとんぼのまま二十年近く放置してきたわけだが、これにはおよそ二つの理由がある。」として一九七八年頃この仮説の見通しが立ち、あわてて残りを書くこともあるまいと手を拱いているうちに二十年たったこと、その頃の学問的興味が源氏物語の本文研究にあったことを述べる。なおこの本文研究は『源氏物語の本文批判』(一九九四)として結実した。というわけで、研究の軌跡においても、本書に示された問題意識の屹立した頂点は、やはり「源氏物語の遠近法」にあると位置づけて然るべきであろう。

本書への言及をいくつかあげれば、「文学・語学」

（156号　平成九）において青木賜鶴子は「語り手像を軸に作り物語の出発から成長、成熟、終焉までを跡づける。源氏物語を中心とするが、竹取物語と落窪物語に各一章をあて、「き」「けり」や草子地の用法に注目して源氏物語との対比を明らかにする」と紹介する。榎本正純も同誌で「竹取から末期物語にいたる作り物語の消長の問題を「語り手像」を軸に内部から捉えようとしたユニークな試み。王朝物語文学における語り手の変遷の解明は本書によってはじめて手がつけられたわけであるが、吉岡説には、あまりにも実体化しすぎている、そのような限定された視点からでは捉え得ない叙述があるのをどう説明するのか、といった根強い批判があった。しかし、著者はいわれる。この物語の語り手には光源氏側近の古女房の立場と、その古女房が自分の見聞したことを物語るという二重の立場があり、語り手はこの両者の間を自在にゆききして語っているわけで、草子地などは古女房の立場に近い表現であり、全知視点的叙述は語り手としての自由と権利を最大限に発揮した語り方なのだと。いかにもと納得がゆく。従来の吉岡説批判は修正を求められることになるであろう。」とその意義を強調した。吉岡没後の追悼論文集『平安文学研究生成』（平成一七　笠間書院）において、編者の一人である神田龍身は、「あとがきにかえて」の部分で以下のように的確な位置づけを試みる。「（略）『物語の語り手』は、『源氏物語』の語り手の素性を本文から推定したものである。本書の特徴は、「き」「けり」という辞的表現や人物呼称にこそ語りを考える手がかりがあると着目した点、そしてきわめて国語学的分析手法をもってして帰納的に語り手を抽出した点にある。語り手はア・プリオリにあるのでなく、常に帰納されてしかその存在を認定し得ない。提出されたその語り手像について、具体的・実体的にすぎるという批判がままあるが、あくまで語りの本文から帰納された結果であることを忘れるべきではない。「き」の用法から推すと、そうでしかあり得ようがない自ずからの結論を、先生は述べられているにすぎない。」

四　吉岡曠という研究者の存在

どの論も、作品世界に対する巨視的な視点を包含しつつ、資料を蒐集し検証を進める手続きは極めて精緻である。昭和五年に生まれ平成十三年に世を去るが、逝去直後池田利夫は『物語の語り手』に触れる。「…これだけにも飽き足りないで「き」「けり」という助動詞固有の特質に着眼し、ユニークな考証と議論を積み重ねて新しい視点を開拓した。『物語の語り手――内発的文学史の試み』に纏められたのがそれであり、意欲的な研究者の姿を浮き彫りにしていると言える。」（『むらさき』第39輯「吉岡曠君が逝く」平14・12）また吉岡の遺著『作者のいる風景』も弔辞として池田が手向けた言葉を収録する。「過去の助動詞「き」と「けり」の意味上・用法上の違いに着目し、次々と論文を発表された時は驚いて、どうなるのかなどと申しましたが、「源氏物語の遠近法」という魅力的な題目を掲げて、物語の語り手の素姓や物語世界の中での位置づけを解き明かされて、あざやかに結実されました。」いずれにも故人の学風とユニークな資質が哀切に示されている。前述の神田龍身「あとがきにかえて」もすぐれた吉岡論として参照されたい。

本論文は、他の卓越した論と同様に、研究史から自立した個であることによって研究史に位置づけられるといった、若々しい活動により源氏物語研究が先導され得た時代の軌跡の一つである。昭和五十二年当時の「き」は目睹体験の回想、「けり」は間接的伝聞の回想という前提は、現在ではその切り口自体がそれほど単純ではないことが明らかとなり、研究も飛躍的に深化していることは事実である。また吉岡の拠った本文や、会話・心内語・地の文の認定自体の認定も大きく変化しており、そこに時代的な限界が存在することは否めない。語り手の特定という論旨に対してはそれに対抗する大いなる異論を期待すること切である。

作品をこう読むと思い決めた頑固な真面目さや痛快な志は終生変わらず、芸術ともいうべき文学の香気と美しさを研究の上に宿した生得の得難い研究者であった。哲学と仏文学研究を経て国文学に至った吉岡の、明晰な思惟の独自性、大問題に真正面から向かい合う晴朗な気概、曇りのない率直な論証は人を深く魅了する。「文学作品が文学作品であることを語りながら、それ自体文学でないような文章は信用することができない」と述べ「文学であることに堪えそういうものとして自立している」ことに主眼を置く、と語る通り、まさにそれを体現した。私たちは虚心に作品に対峙する姿勢を受け継ぎ、彼の残した論に率直に向かい合い、自分なりの方法をもってその論を超える意志を吉岡から要請されたことにもなろう。吉岡の他の主要著書を、若干の言葉を添えて付記し、結びとしたい。

『源氏物語論』（昭和四七　笠間書院）武田宗俊の成立論にかかわる、玉鬘後記説等、初期の重要な論を収録。

『源氏物語の本文批判』（平成六　笠間書院）青表紙本の優位を河内本と比較した精密な論証。

『全対訳日本古典新書　更級日記』（昭和五一　創英社）自在な現代語訳を著者は自讃。

『古今集・新古今集評釈』（松尾聰氏と共著。新古今集担当。昭和五六　清水書院）

『新日本古典文学大系24』（『更級日記』担当。平成一　岩波書店）

『作者のいる風景　古典文学論』（遺著。平成一四　笠間書院）没後の編集にかかわる。未収録の論を集成した論文集。洋子夫人・池田利夫・伊東祐子・永井和子の文をも収載。

追記：当該論文は雑誌「文学」に掲載されたものであるが、二十年後単行本『物語の語り手』第五章として収録の際に幾分かの補正が見られ、小異がある。著者の最新の意向を表現したものとして、『物語の語り手』収録の本文を対象とした。

自著紹介

永井和子著『源氏物語と老い』

一

『源氏物語と老い』は、源氏物語について私なりに現在の考えを述べたものである。

私の用いた「老い」という言葉には少し説明が必要かもしれない。やや正確に言えば現代語の「老耄」「老衰」に近いのだが『源氏物語と老耄（老衰）』は書名として如何？　源氏物語の内部には様々な次元の「老い」があり「老人」も存在する。しかしこの物語の言葉に即して見ると、「老い（オイ）」の語自体がかなり厳しい疎外性を伴って用いられているし、「老人（オイビト）」は老齢者一般ではなく「身分の低い老齢の女性・女房など」に限定され、「翁（オキナ）」は「身分の低い老齢の男性など」が基幹的な意味である。物語が担う中心的な世代・身分の外側にあって、異質性が強い。こうした意味において「光源氏は老いない」とも記した。即ち書名に言う「老い」は、物語の世界の価値観からはずれ、それ故に自在性を獲得した、とぼけた超越的存在、ほどのことである。というより、源氏物語の老いはそのようなものではないか、こうした老いを源氏物語は「しくみ」として動的に生かしているのではないか、というささやかな試みの問い掛け自体が本書である。

二

「老い」た人は、おとなしく沈黙している存在ではない。むしろ逆に「老いおとろふ」「老いくづほる」などの語が用いられている物語の具体的な場を見るとき、機能的には「表現する」危険な存在である。物語の胚胎する微妙な秘密や私的な感情は、多くの場合人物の内部に深く閉じられているのであるが、「老い」は肉体の発する言語によって闊達にそれを押し破り、自在に開いてしまう。主要な人物自身は語らず、物語の方法としては心内語として表現されるひそかな事柄である。聞くと同時に拒否され、同時に支持されるこうした言葉は、物語の「語り」という部分と関わり、ここに老人の語りとしての源氏物語という視点も胚胎する。老人は物語の内部から外縁にまわり、そこから物語を動かすと見るのだ。しかしこの点から言うと、源氏物語における「老人と語り」の糸は如何にも細い。具体的な実証の例としては「竹河」という捉え難い巻の冒頭の、それも極めて屈折した口上のなかの「ほけたりける人」という表現によってしか殆ど繋がらぬからだ。しかし私としてはこの細い糸を、概念としてではなく、言葉をその手掛かりとしてたぐりたいと考える。このことは抽象的に老いがあるのではなく、その用いられた位相、即ちいわゆる会話、心内語、地の文といった表現や、草子地、視点、視線の問題と具体的かつ微妙に絡みながら、この物語の年齢に関わる言葉が活きて存在することを再認識させるのである。「語り」自体こうした様々な問題をはらもうが、基本的には源氏物語は、深層の記憶としての口承性と書く行為との微妙な接点を体現したものとしてまさに一回的な作品であろう。この意味からすれば語り手としての老人は非在者であり、それ故に同時に偏在者でもある。

言葉を超えた言葉を読まざるを得ないこの非凡な物語には、一面それ自体に一種のおどけの気配がある。本書の序論の一部を引く。「老人は過去の時間を集積した存在であって、必然的にその経験に伴う精神的な老熟・知恵・透徹といったプラス面と、肉体的な老衰・迷妄・混沌などのマイナス面の複雑な二面性を持つ。そしてその二面は相反するとともに、動的にかつ微妙に交錯しせめぎ合っている。注目したいのは、老人のその微妙で不安定なゆらぎが、一瞬にして価値を反転し、過剰・過激きわまる、この世を鋭くさし貫く力として自在に働く場合があることである。源氏物語の内部における老人の異質性は、主としてこうした動的なものである。この突き抜けた異質性を、逆に生きた力として多元的に設定し、かつ実在しない幻影であることを前提として捉えたのが、物語を語るという源氏物語における外側の方法のひとつではないか、と考えるのである。」この部分は「序」を頂戴した松尾聰先生が引用して下さった部分であるが、それに続き松尾先生は「この物語に登場するすべての「老い」を自らの俎上に載せて熟視し解体し吟味し縫合し、その意味するものを的確に読者各位の前に顕現させてあますところがない、と私は感銘して読み終わったのであるが、正直に言って私はこの物語に対しては極めて未熟な読者であって、単なる「一般読者」の一員に過ぎないので、万々一にもこの評言に的外れの節でもあったとすれば、永井さんのためにも助言訂正を恵まれんことをお願いしたい。」と述べておられる。私自身から訂正させていただけば、先生の御提言は大いなる逆説であり御忠言であって、単なる未熟な部分的考察ではなく、今後「すべての老いを俎上に載せて熟視し解体し吟味し縫合し」たい、体系として把握したい、と汗あゆる思いで念ずるのみである。

「老い」は源氏物語ばかりではなく、平安期の作品全体の基層にある記憶のようなものであろう。こうした系譜としての面にも部分的には触れたが、今後補完してその意味を考えたいと思う。現在物語の「老い」に関する多くのすぐれた論考が公にされているなかで、このように、私の言う「老い」はかなり偏頗なものであることを申し添えておく。

三

無垢であり虚であることは、既成の価値観を離れて見たり考えたりすることができる、ということではなくて、否応なしに既成のものを離れさせる力を持つことであると思われる。例えば「ことば」、例えば嬰児、例えば老衰の極まった老人。これらはこの世の存在としては無力であり、それ故に分析しえぬ恐さを内包する。そのなかにおける「老い」の特異性は、そこに時間を内在させていることであろう。言い換えれば、物語はこうした時間の堆積の重みとその意味を語り口自体に内包しているもの、とも表現できるかもしれない。もとよりこの切り口は一端であってこれで全部切れるわけもないが、源氏物語はこうした想念を誘うある種の厳しい断念を内蔵している。読者は話し手を信用するのか。このあたりが問題である。更に、ドゥルーズのベケット評ではないが、「消尽したもの」とも無縁ではなかろう。「消尽したもの、それは疲労したものよりずっと遠くにいる。～疲労したものは、もはやどんな（主観的）可能性ももたない。したがって最小限のどんな（客観的）可能性も実現することができない。それでも最小限の可能性だけは残っている。～一方消尽したものは可能なことのすべてを尽くしてしまう。疲労したものはもはや何も実現することができないが、消尽したものは、もはや何も可能にすることができないのだ。」（『消尽したもの』宇野邦一訳）

源氏物語の言葉の文脈に添うとすれば現代語の「元気な老人」「美しい老年期」などは存在し得ない。このようなこちら側の世界の価値観の限定を超えた不可視の部分を「老い」は担っていよう。このあたりは物語を離れて、現代における老いに対する私自身の把握と些か関わって来るかもしれない。生命の有無長短などは、人間の知恵では絶対にはかれぬことである、と私は考えている。

四

ところで『源氏物語と老い』という書名の意味する内容は、次の三つの視点を包括したものである。一、「源氏物語と老い」という主題、二、「源氏物語」に関する問題、三、「老い」に関わる問題。従ってこの『と』という文字がくせものであって、決して『の』ではない。もっとも、この二、三とも一の主題に自ずから収斂する。本の構成はやはり三部から成るが、これは必ずしも上記の書名の三つの視点と平行してはいない。第一部「老いから物語へ」は「源氏物語と老い」及び「老い」を中心として物語を考察したものである。第二部「人物から物語へ」は、人物を軸とし、第三部「巻から物語へ」は巻を軸として源氏物語について述べた部分である。随筆めいたものも含めて本書全体として源氏物語に関わる現在までの主な考察を収め、英文の目次・要旨を付した。従って前述のように本書は「源氏物語と老い」という主題に関しては序論、あるいは試論とでも言うべきものであって、今後の課題を多く残す。一つの提言として捉えていただければ幸いである。

本書の作り方について付言すれば、当初からコンピューターを用いた部分に加え、それ以前の既発表論文はOCRを用いて収録することによって、まず全体をフロッピー化した上で改定し、索引もここからデータベースを用いて作成して、これらを著者側の礎稿とした。こうした編集作業面の方法は今後更に飛躍的に変化して行こうし、「書物・本」という形態そのものの存否も問われている。しかし、これは著者側の問題意識自体の創造的変革とは必ずしも重ならない。少なくとも源氏物語の自在な精神はこれを些事として笑うであろうと考えるのである。

初出一覧（原題による）

幻想の平安文学　［最終講義要旨］　学習院女子大学紀要8　平成八・三

Ⅰ　枕草子

1　枕草子の跋文――「書きつく」という行為をめぐって　国語国文論集27（学習院女子短期大学）　平成一〇・三
2　動態としての『枕草子』――本文と作者と　国文91（お茶の水女子大学）　平成一一・八
3　清少納言――基点としての「宮にはじめてまゐりたるころ」　解釈と鑑賞65－8　平成一二・八
4　枕草子――今後への課題　『枕草子大事典』枕草子研究会編　勉誠出版　平成一六・四
5　『枕草子』の〈終わり〉の覚え書き――日記的章段の末尾　解釈と鑑賞75－3　平成二二・三

Ⅱ　源氏物語

1　声をあげる老者たち――源氏物語をひらくもの　『いま「源氏物語」をどう読むか』室伏信助編　おうふう　平成七・六
2　末摘花覚え書き――異文化の体現者として　国語国文論集25（学習院女子短期大学）　平成八・三
3　浮舟――見られたものとしての変容　『源氏物語と古代世界』伊井春樹他編　新典社　平成九・一〇
4　源氏物語の愛と死　解釈と鑑賞65－12　平成一二・一二
5　「八の宮物語」としての宇治十帖　礫　平成一四・八
6　『源氏物語』の「齢」覚え書き――「過ぐる齢にそへて」の周辺　『王朝女流文学の新展望』伊藤博他編　竹林舎　平成一五・五

7　『源氏物語』の年齢意識――光源氏四十賀の現実性　むらさき41　平成一六・一二
8　「問はず語り」の場としての『源氏物語』――非礼なる伝達　『源氏物語へ　源氏物語から』永井和子編　笠間書院　平成一九・九
9　「柱」のある風景――『源氏物語』『枕草子』における柱に寄る人　『平安文学研究　生成』神田龍身他編　笠間書院　平成一七・一一

Ⅲ　寝覚物語

1　「寝覚」人物小考――原本・中村本の対比による　国文8（お茶の水女子大学）　昭和三二・一二
2　宇治十帖と寝覚物語――作者と読者の問題　武蔵野文学16　昭和四三・一二
3　夜の寝覚　『日本古典文学大辞典』岩波書店　昭和六〇・二
4　寝覚物語の方法と表現――「偏った物語」として　国語と国文学68―11　平成三・一一
5　〈心内語〉心情表現の深化　実例『夜の寝覚』　国文学68―11　平成三・一一
6　夜半の寝覚論――山里の女性としての中の君　『平安時代の作家と作品』石川徹編著　武蔵野書院　平成四・一
7　寝覚物語の時間――物語内部における「昔」の形成　『平安文学論集』関根慶子博士頌賀会　風間書房　平成四・一〇
8　中の君（夜の寝覚）――非現実と現実とのあいだ　国文学38―11　平成五・一〇
9　夜の寝覚の悲恋――女主人公は何を恋うたか　『悲恋の古典文学』久保朝孝編　世界思想社　平成九・一二
10　夜の寝覚の研究状況――未知の物語として　解釈と鑑賞68―2　平成一五・二
11　女主人公という選択――強い中の君の出発　『講座　平安文学論究』第十八輯　風間書房　平成一六・五

Ⅳ　物語と作者・伝えゆく人

1　鼻を茹でる――今昔物語と芥川龍之介　国語国文学会誌22（学習院大学）　昭和五四・三

2　六条斎院物語歌合――物語と作者の関係　『屛風歌と歌合』和歌文学論集5　風間書房　平成七・九

3　物語作品と作者――「作者不明」についての覚え書き　『源氏物語の展望』第八輯　森一郎他編　三弥井書店　平成二二・一〇

4　「紅梅文庫」覚え書き――目録を中心に　『源氏物語の展望』第三輯　森一郎他編　三弥井書店　平成二〇・三

Ⅴ　書評・紹介

鈴木一雄校注　新潮日本古典集成「狭衣物語」上・下　解釈と鑑賞50－8、51－11　昭和六〇・七、昭和六一・一一

須山名保子編著『和泉式部集（正続）用語修辞総索引』　解釈と鑑賞59－12　平成六・一二

小嶋菜温子編『王朝の性と身体――逸脱する物語』　解釈と鑑賞62－4　平成九・四

秋山虔編『王朝語辞典』　解釈と鑑賞65－10　平成一二・一〇

小嶋菜温子著『源氏物語の性と生誕』　解釈と鑑賞69－12　平成一六・一二

後藤祥子他編著「はじめて学ぶ　日本女性文学史［古典編］」　解釈と鑑賞70－5　平成一七・五

秋山虔『古典をどう読むか』をどう読んだか「三つの音が鳴り響く」　笠間書院（非売品）　平成一七・五

河添房江著「源氏物語時空論」　解釈と鑑賞71－8　平成一八・八

［研究論文からみる源氏物語と紫式部　研究の諸相］吉岡曠著「源氏物語の遠近法」『源氏物語と紫式部　研究の軌跡　研究史篇』　角川学芸出版　平成二〇・七

［自著紹介］永井和子『源氏物語と老い』『源氏研究』1　翰林書房　平成八・四

あとがき

本書は「幻想の平安文学」という一つの主題について論及したものではなく、既発表の論文を集成した論文集である。論としての「幻想の平安文学」を序に代えて巻頭に置き、本書の書名とした。

対象とした主な作品により、全体をⅠ枕草子　Ⅱ源氏物語　Ⅲ寝覚物語にわけ、Ⅳにはその他の作品の論を置いた。その論文は、原則として発表した年月順に配置したものであり、Ⅰ～Ⅳそれぞれの中で一貫性を持つものではない。

嘗て『源氏物語と老い』（笠間書院　一九九五・五　笠間叢書284）と題する一書を纏めたことがある。或る意味で本書はその延長線上に在るかもしれない。やはり多くを、「老い」という主題に負っているからである。

当然の事ながら古典作品は現実の時間性からみて非在であり、幻想であるといえよう。もう少しジャンルに立ち入れば「物語」はその非在性は強い。その間に「作者」が介在するからである。

老者に関わる古典として名高いキケロの『老境について』を見よう（岩波文庫　吉田正通氏訳）。これはキケロ作ではあるが「キケロが語った」ものではなく、「二人の老人の語り」という設定をほどこした仮想の上に立つ作品である。同書「凡例」に従えばキケロの執筆時は紀元前四五年、または四四年である。しかし「語り」の仮想年代は紀元前一五〇年であり、八十四歳の監察官大カトーが、二人の青年の懇望により老境のもたらす重荷とともに報償と慰謝を述べたものである。このような「語り」方の作品は古今東西枚挙に暇がないとはいえ、このように、時代や語り手を繰り上げ、年齢をも、自在に変換する方法も「幻想」の一つであろう。『枕草子』は多少趣きが異なるが、本書に取り上げた『源氏物語』『寝覚物語』もこの例として位置づけられよう。「物語」というものは概ね老者の語りという体裁をとることなど、一層その観が強い。また現実に手に取る事ができるテキストからすればほとんどが原著ではなく幾度もの書写を重ねたものであるから、これも言ってみれば非在である。

当たり前のことながらこうした幻想ともいうべき方法の内部に、いかに力強い生命が躍動しているか、を問うたのが此の書名のささやかな所以である。

この書が成るにあたり恩師、故松尾聰先生をはじめ多くの先生方・先輩・研究者の方々から多大なお教えを頂いていることに感謝したい。編集には笠間書院の重光徹様・鈴木重親様にたいへんお世話になったことにも厚く御礼を申し上げたい。

最後にささやかな私事に触れる。私の祖父前田珍男子《うずひこ》は眼科医で、明治初年にドイツで勉強を重ね神田駿河台で眼科病院を開業した人物である。その長男である私の父太郎はその志を継ぎ眼科医と成った。三男賛郎は台北帝大医学部に招かれ薬学部を創設し、四男司郎は理化学研究所において新アミノ酸を発見した。紅梅文庫主前田善子はその妻である。五男護郎はスイス・ドイツ等で十三年間にわたり聖書学等を極めた。――ということで、いずれも学問に縁があったが医業は継がなかった。

病院等は関東大震災で焼失したため新宿に移り、そこで祖父も亡くなる。やがて戦争が始まり、新宿の土地も建物も政府に撤収され、更に世田谷に移転した。私を溺愛した父も私が小学校五年生のころ、終戦による激変や大世帯を収束する労苦故に五十歳に満たず急逝した。父の、眼科医なって欲しいという強い願いを強く心におさめつつ、私がそれに従わず心中に罪悪感を絶えず持ちながら日本の古典に関わり続けていることは、何らかの意味で此の『幻想の平安文学』の底流や内部と微妙に関わるかもしれない。父の恩に報いるためにもこの書を父に捧げることとしたい。

二〇一七年秋

永井和子

著者略歴

永井和子（ながい・かずこ）

1934（昭和９）年　東京に生まれる。
1957（昭和32）年　お茶の水女子大学文教育学部文学科卒業。
1960（昭和35）年　学習院大学大学院（修士課程）修了。
現在、学習院女子大学名誉教授。

主要編著書

『寝覚物語の研究』（笠間書院・1968年）
『日本古典文学全集　枕草子』（小学館・1974年・共著）
『完訳日本の古典　枕草子』全二巻（同・1984年・共著）
『続　寝覚物語の研究』（笠間書院・1990年）
『源氏物語と老い』（同・1995年）
『新編日本古典文学全集　枕草子』（小学館・1997年・共著）
『源氏董草』（笠間書院・1999年・編）
『源氏物語の鑑賞と基礎知識　横笛・鈴虫』（至文堂・2002年・編）
『杜と櫻並木の蔭で―学習院での歳月　高橋新太郎』（笠間書院・2004年・共編）
『源氏物語へ　源氏物語から〔中古文学研究24の証言〕』（笠間書院・2007年・編）
『笠間文庫　原文＆現代語訳シリーズ　枕草子［能因本］』（笠間書院・2008年）
『笠間文庫　原文＆現代語訳シリーズ　伊勢物語』（笠間書院・2008年）
『日なたと日かげ　永井和子随想集』（笠間書院・2018年）

幻想の平安文学

2018年１月11日　初版第１刷発行

著　者　永　井　和　子

装　幀　笠間書院装幀室
発行者　池　田　圭　子
発行所　有限会社笠間書院
東京都千代田区猿楽町2-2-3［〒101-0064］
電話　03-3295-1331　fax　03-3294-0996

ISBN978-4-305-70855-7
組版：キャップス　印刷／製本：モリモト印刷